U0043468

The Heroes of Olympus

混血營英雄

智慧印記

雷克・萊爾頓 Rick Riordan◎著

蔡青恩◎譯

遠流

國際媒體讚譽

爲了拯救世界，混血營與朱比特營要組成一個超堅強的聯盟；有預言、希臘和羅馬的混血人，還有在各領域都第一名的暢銷書。

——**邦諾書店**（Barnes & Noble）

以幽默和恐懼並陳的方式貫穿全書，使作品讀起來更加生動。混血人在一連串遭遇中，巧妙運用了他們的智慧和武器，而他們的不安全感則使這些人物更具有吸引力。……萊爾頓在此創造了另一場引人注目的冒險。

——**《書單》**（*Booklist*）

到目前爲止，《智慧印記》是系列書中最棒的一本，所有喜歡希臘、羅馬神話的人都會喜歡這系列。

——**英國《衛報》**（*The Guardian*）

本書充滿驚險刺激的打鬥與冒險，會讓你血脈賁張、緊張萬分！

——讀者 Preston B.

這本書眞是太棒了！充滿了懸疑劇情、戲劇張力與打鬥畫面。我愛死這本書了，我的學生也喜歡得不得了！

——讀者 Jessica Litano

這本書實在太令人驚豔了！它有很讚的情節和結局，會讓你不斷期待下一本。

——讀者 Marco Polo

主要人物簡介

◆**波西・傑克森**（Percy Jackson）

海神波塞頓的混血人兒子。在率領混血營成功擊潰泰坦大軍後不久，他在天后希拉的安排下喪失了記憶，並來到另一個混血人的營區——朱比特營。他與法蘭克、海柔組成一支任務小隊，前往阿拉斯加釋放遭巨人禁錮的死亡之神桑納托斯。儘管在任務過程中慢慢回復了記憶，但與安娜貝斯的重逢，卻暗示著兩人之間必須面對更艱難的考驗。

◆**安娜貝斯・雀斯**（Annabeth Chase）

波西的混血營夥伴與女朋友，是智慧女神雅典娜的混血人女兒。她聰明有智慧，在協助波西成功抵抗泰坦大軍後，被天神授予重建奧林帕斯山的任務。然而波西失蹤，她開始四處尋找。當傑生解開朱比特營謎團及波西的行蹤後，她加入七人大預言的任務團隊，與傑生、里歐、派波搭乘阿爾戈二號前往朱比特營。

◆**傑生・葛瑞斯**（Jason Grace）

羅馬天空之神朱比特的混血人兒子。有著一頭金髮與難以預測的神力，可以駕馭風雲與控制氣流。在被交換到混血營後，他帶著空白的記憶，與派波、里歐一同拯救天后希拉。任務完成後，他的記憶也逐漸恢復，卻隨即成爲七人大預言中的任務成員，與其他三人搭乘阿爾戈二號前往執行最後的危險任務。

◆ **派波・麥克林**（Piper Mclean）

棕髮女孩，是愛與美之神阿芙蘿黛蒂的混血人女兒。他有印第安切羅基族血統，性格堅強倔強，習慣掩飾自己的美貌，不愛出風頭。在一場混亂風暴後，她和傑生、里歐被帶到混血營，並一同進行拯救希拉的任務。在任務中，她漸漸學會了運用自己的天賦，也在任務完成後加入了大預言中的七人小組。

◆ **里歐・華德茲**（Leo Valdez）

火神赫菲斯托斯的混血人兒子。他的身材瘦小，有一頭黑色鬈髮和尖耳朵；萬能的雙手對任何機械、五金等工藝事物都很在行，但成長過程常缺乏自信。在與傑生和派波三人拯救了希拉之後，他打造出一艘配備現代科技、能飛天下海的希臘戰船——阿爾戈二號，載著混血營的其他三人一同前往朱比特營尋求和平契機。

◆ **海柔・李維斯克**（Hazel Levesque）

羅馬冥王普魯托的混血人女兒，一九二九年出生，但後來被蓋婭計誘去阿拉斯加餵養巨人奧賽我紐斯，於一九四二年死亡。他弟弟尼克將她從日光蘭之境救出來，給了她第二次生命。她的特殊能力是可感應地下隧道，且身邊會不時冒出貴重寶石。在與波西和法蘭克成功釋放死神桑納托斯後，她爲了阻撓蓋婭毀滅世界，加入七人大預言小組。

◆ **法蘭克・張**（Frank Zhang）

羅馬戰神馬爾斯的混血人兒子，身材魁梧高大。他母親的家族血統與波塞頓有關，因此他是目前唯一具有希臘、羅馬雙重血統的混血人。他擁有任意變形的能力，並擅長射箭，然而他的生命卻維繫在一根小小的木棒上。在與波西和海柔的冒險中，他慢慢發現自己的特殊天賦，之後加入了七人大預言小組，為阻止蓋婭的毀滅計劃而繼續冒險。

◆**尼克・帝亞傑羅**（Nico di Angelo）

冥王黑帝斯的混血人兒子，本來與姊姊碧安卡相依為命，在姊姊過世後，他回到冥界，幫波西尋找贏得泰坦大戰的對策。後來他又回到冥界，將同父異母的姊姊海柔帶回人間，並在冥界搜索有關大預言任務的關鍵訊息，卻也因此遭遇危難。

◆**葛利生・黑傑**（Gleeson Hedge）

好戰且熱愛運動的中年羊男，總是一副健身教練的打扮。曾偽裝成體育老師混進傑生、派波和里歐的荒野學校保護他們。他在任務小組的行動中，一方面幫忙操控阿爾戈二號，一方面擔任這群血氣方剛青少年的監護人，雖然他常常是最先情緒失控的那一位。

◆**蕾娜**（Reyna）

羅馬女戰神貝婁娜的混血人女兒，是亞馬遜女王海拉的妹妹，也是第十二軍團的執法官，個性沉穩、冷靜、明辨是非。她有一頭深色頭髮，金色戰甲外披著紫色斗篷。在七人大預言行動開始後，因為里歐對朱比特營的失誤攻擊，她被迫帶領軍團追擊七人小組，並準備進攻混血營。

◆**雅典娜**（Athena）／**米娜瓦**（Minerva）

希臘的智慧與戰技女神，到了羅馬時代，貝婁娜取而代之成為女戰神，因此原本極受愛戴的雅典娜在羅馬較不被重視。此外，雅典娜亦爲編織工藝女神，傳說凡人阿拉克妮曾自恃高超的編織技術而向雅典娜挑戰，不僅輸掉比賽還被變成蜘蛛。她因爲遺失了一個重要的象徵物，引發希臘、羅馬兩邊的不和，於是選中安娜貝斯追隨她的記號，幫她找回這個象徵。

◆**蓋婭**（Gaea）

希臘羅馬神話中的大地之母，也是最古老的神。她與天空之父烏拉諾斯生出了泰坦巨神，泰坦巨神中的克羅諾斯與瑞雅即是三大神的父母。她也是許多巨人族與怪物的母親。在波西與泰坦大戰之後，蓋婭計劃從塔耳塔洛斯覺醒，她派出巨人和怪物孩子阻撓混血英雄的任務，並利用希臘與羅馬陣營長久以來的不和，打算毀滅世界並重掌大地。

◆**希拉**（Hera）／**茱諾**（Juno）

眾神之后，天空之王宙斯／朱比特的妻子，是掌管婚姻的女神。她以善妒聞名，常對付宙斯的私生子，但偶爾也會幫助英雄完成任務。在奧林帕斯天神中屬於主和派，認爲唯有希臘與羅馬兩營合作，才有機會打敗蓋婭。因此她安排一連串給混血英雄的計劃與試驗，包括交換了兩營的領袖波西與傑生。

獻給史畢迪（Speedy）

迷路者或流浪者，往往都是天神的賜予。

1 安娜貝斯

在遇上那個爆炸雕像之前，安娜貝斯以爲自己已經做好萬全的準備。

她在飛行戰船「阿爾戈二號」的甲板上來回巡視、再三檢查，確認弩砲鎖死，也確定象徵和平的白旗在桅桿上飄揚著。她和船上的其他成員複習好他們的計劃，也複習了備用計劃以及備用計劃的備用計劃。

更重要的是，她還支開了他們那位瘋狂好戰的監護員葛利生．黑傑教練，慫恿他今早留在艙房裡休息，觀賞武術錦標賽的精華重播。要駕駛魔法希臘戰船飛進潛藏敵意的羅馬營區，他們最不樂見的事就是一個健身裝扮的中年羊男❶揮舞棍棒高喊：「去死吧！」

每件事似乎都已經安排妥當，甚至連起飛後她便感受到的詭異寒意都消失了，至少此刻並沒有異樣感覺。

戰船穿越雲層開始下降，但安娜貝斯心裡止不住對自己的質疑：萬一這是個糟糕的點子呢？要是羅馬人一見到他們就驚惶地發動攻擊，又該怎麼辦？

阿爾戈二號看起來可一點也不友善。整艘船長達六十公尺，鍍銅的船殼從船首到船尾架設了成排的十字弓，裝飾在船頭的破浪神雕像則是一隻噴火的龍，船上還有兩尊可旋轉的弩

❶羊男（Satyrs）是希臘神話中的森林牧神，參《波西傑克森─神火之賊》六十一頁，註❼。

砲，能夠發射足以炸穿水泥牆的強力火藥箭……嗯，這的確不是和鄰居初相逢打招呼最適當的現身法。

安娜貝斯已經嘗試給羅馬人一些預警。她叫里歐將他發明的一種影像卷軸送去羅馬營，警示她在營區裡的朋友，但願這個訊息有成功達陣。里歐本來還打算在戰船底部漆上大大的「你好嗎？」，外加一個笑臉圖案，但安娜貝斯否決掉這個點子，她不確定羅馬人是否具有半點幽默感。

想要回頭也來不及了。

船身四周的雲層消散了，奧克蘭山區的翠綠金黃原野就在他們下方伸展開來。安娜貝斯的手緊抓著排列在右舷欄杆上的一面銅盾。

她的三個隊員也各就各位。

在船尾甲板上的是里歐，他像個瘋子般跑來跑去，檢查儀器，操作把桿。大部分舵手有個舵輪或舵柄就會很滿足了，里歐卻還裝置了鍵盤、顯示器、里爾噴射機❷的飛行控制系統、電音音效卡，以及任天堂遊戲機 Wii 內建的運動控制感應器。他只要拉動油門就可以讓戰船轉向，播放音樂就能夠發動武器，或者用極快的速度搖晃 Wii 的遙控器便可升起船帆。就算是以混血人的標準來看，里歐的注意力不足過動症實在有夠嚴重。

派波在主桅和弩砲間來回踱步，練習她的台詞。

「放下你們的武器，」她呢喃著：「我們只是來談話的。」

她的魅語力道如此強勁，字字句句襲向安娜貝斯，讓她頓時充滿放下匕首的慾望，只想促膝長談。

儘管派波是阿芙羅黛蒂❸的女兒，卻很努力貶損自己的美麗。今天她穿著破爛的牛仔褲、磨損的球鞋，搭上一件白色無袖上衣，上面還有粉紅色的凱蒂貓裝飾（或許她只是在開玩笑，但安娜貝斯從來不確定派波在想什麼）。她一頭棕色波浪般的鬈髮往右邊編成辮子，上面還裝飾著一根老鷹羽毛。

再來就是派波的男友傑生了。他站到十字弓高台前面，好讓羅馬人可以輕易瞧見他。以一個獻身當標靶的人來說，他除了握著黃金劍柄的指關節泛白，其他方面都還算冷靜。他穿著橘色混血營T恤與牛仔褲，外面又罩了一件長袍，再披上一件紫色斗篷，那是他之前擔任營區執法官時的官階象徵。他隨風翻飛的金色頭髮、冷若冰霜的湛藍眼睛，使他看起來堅毅帥氣又泰然自若——就是朱比特❹之子該有的樣子。他在朱比特營成長，但願這張熟悉的臉龐能讓羅馬人猶豫是否要出手轟掉這艘船。

安娜貝斯努力隱藏這個想法，但她仍然無法完全信任這傢伙。他表現得太完美了，總是遵守規定，總是舉止高尚，甚至連外表也完美無缺。在她的內心深處始終有個蠢動的想法：萬一這是個詭計，他終究會背叛我們嗎？要是我們航進了朱比特營，他卻開口說：「嘿，羅馬人，快來看我替你們帶來的囚犯，還有這艘酷船！」

---

❷里爾噴射機（Learjet）是廣泛使用於民間及軍事的商務噴射機系列，由里爾噴射機公司於一九五〇年代所設計及生產。

❸阿芙蘿黛蒂（Aphrodite），掌管愛情與美貌的女神。參《波西傑克森——神火之賊》八十七頁，註⓱。

❹朱比特（Jupiter），羅馬神話中的眾神之王，也是羅馬帝國的守護者。等同於希臘神話中的宙斯。參《混血營英雄——迷路英雄》一三一頁，註㊸。

儘管安娜貝斯不見得認爲這種事會發生，但她無法不帶著些許成見來看這個人。他是希拉❺促成「交換計劃」的一部分，目的是要引介這兩個營區。這位最最討人厭的女王陛下、也就是奧林帕斯的天后，已經說服了其他天神，必須結合羅馬後代與希臘後代兩邊的力量，才能拯救世界，對抗甦醒中的邪惡大地女神蓋婭❻及她的恐怖巨人兒子。

希拉毫無預警地將安娜貝斯的男友波西．傑克森帶走，抹掉他所有的記憶，把他丟到羅馬營去，希臘這邊則換來了傑生。這些統統不是傑生的錯，然而安娜貝斯只要看見他，就會想起自己對波西的思念有多深。

波西……此時此刻，就在他們正下方的某處。

喔，天神呀。恐慌湧上了她的心頭，她努力壓抑那些感覺，唯恐自己被沖昏頭。

「我是雅典娜❼的孩子，」她告訴自己，「我必須堅守自己的計劃，絕對不可以分心。」

她又感覺到那熟悉的震顫，就像一個有精神病的雪人爬到她的背後，在她的頸背喘息；她轉過身去，後面卻空無一人。

一定是她太焦躁了。雖然身處在這個充滿天神與怪物的世界，安娜貝斯也不相信一艘全新的戰船會鬧鬼。阿爾戈二號已做了完善防備，那些排列在圍欄上的神界青銅盾牌全都具有魔力，能夠抵擋怪物的攻擊，再加上陪同登船的羊男黑傑教練，應該也能聞出任何入侵者的味道。

安娜貝斯眞希望能向母親祈求指引，但此時此刻已經不可能了。自從上個月與母親的恐怖相逢，並且得到一份此生最糟的禮物之後，就不可能了……

寒意更加逼近。她彷彿聽到風中有個微弱的聲音在冷笑，她全身的每條肌肉都緊繃起來。有件事將會演變成很糟糕的局面。

她差點就要命令里歐掉頭，這時下面的山谷響起號角聲，羅馬人看見他們了。

安娜貝斯以爲自己已經知道將會面對什麼景象，因爲傑生向她仔細描述過羅馬營的情形，然而她還是很難相信眼前所見。這片由奧克蘭山圍繞的山谷，起碼有混血營的兩倍大，一條小河靠著一側蜿蜒流向中心，形成像大寫字母「G」的形狀，最後匯集成一座閃亮湛藍的湖泊。

而在戰船正下方，坐落於湖邊的新羅馬城正閃耀在陽光裡。她認出了傑生告訴她的幾個地標，有賽馬場、羅馬競技場、神殿和公園，還有羅馬七丘附近迴繞的街道、繽紛的房舍，以及百花爭豔的花園。

她也看到了羅馬人最近和怪物大軍征戰的痕跡。一棟建築的圓頂被炸開了，她猜想那大概就是元老院。大廣場的寬闊地面滿目瘡痍，有些噴泉和雕像也只剩下斷垣殘壁。

幾十個身穿長袍的孩子從元老院湧出來，想把阿爾戈二號看得更清楚。還有更多人從咖啡店、商店裡跑出來，伸手比劃、目瞪口呆地望著戰船下降。

號角聲從西邊八百公尺左右的山丘上響起，那裡正是羅馬人的堡壘。它的外觀和安娜貝

---

❺ 希拉（Hera），眾神之后，是掌管婚姻的女神，也是母親的守護神。參《混血營英雄——迷路英雄》六十五頁，註㉑。

❻ 蓋婭（Gaea），希臘神話中的大地之母，孕育出天空之父烏拉諾斯，並與他製造出泰坦巨神等許多子女。參《混血營英雄——迷路英雄》三一九頁，註㉔。

❼ 雅典娜（Athena），希臘神話中的智慧與戰技女神。參《波西傑克森——神火之賊》一一五頁，註㉖。

斯在軍事史書上看過的圖片一模一樣——一道布滿尖刺的防禦壕溝圍繞在外，加上高牆與瞭望塔，塔頂裝設了蠍式弩。高牆之內，排列工整的白色營房豎立在主要道路的兩邊，那應該就是普林斯巴里大道。

一群混血人從閘門跑出來，快速奔向城裡，身上的戰甲和標槍閃閃發光。在這個隊伍當中，還有一頭貨眞價實、披著戰甲的大象。

安娜貝斯希望戰船能在那支軍隊抵達前成功降落，然而現在距離地面仍有好幾百公尺遠。她掃視群眾，希望可以瞥見波西的身影。

這時，她的後方突然冒出「砰！」的一聲。

這個爆炸害她差點摔出船外。一陣天旋地轉後，她發現自己正與一尊憤怒的雕像面對面互望。

「不准進來！」他尖聲命令。

這個人顯然是突然在甲板上爆炸現身的，黃色的硫磺煙幕流竄過他的肩膀，砲渣仍然在他的鬈髮中劈啪爆裂。他的腰部以下並沒有身體，只有一塊大理石基座；腰部以上則是一個肌肉發達的男子雕像，還刻有長袍。

「我絕對不允許在波美利安界線之內出現武器！」他用一種挑剔老師的口吻說：「更不會允許希臘人出現！」

傑生拋給安娜貝斯一個眼神：我來解決這個人。

「特米納士❽，」他說：「是我，傑生．葛瑞斯。」

「哦，傑生，我記得你！」特米納士怒吼，「我以爲你還有一點理智，不會和羅馬人的敵人同夥！」

「但他們不是敵人……」

「沒錯，」派波插嘴進來，「我們只是想來談談，如果我們可以……」

「呸！」雕像打斷她的話，「你別想魅惑我，年輕人。還有，趁我還沒把你的匕首打飛之前，趕快把它放下來！」

派波看一眼自己的銅刀，顯然她完全忘記自己拿著武器。「嗯……好的。但你要怎樣把它打飛呢？你又沒有手。」

「沒禮貌！」一道黃光加上砰然巨響，派波在驚呼中鬆開匕首，而這把匕首已經在噴火花又冒白煙了。

「算你幸運，我才剛經歷過一場苦戰，」特米納士說：「如果是在我的最佳狀態，早就把這個飛行大醜怪炸出天外了！」

「等等！」里歐站過來，搖晃著他的Wii遙控器。「你剛剛叫我的船『大醜怪』？我想你不是這麼說的吧？」

想到里歐可能會拿電玩配備去攻擊雕像，安娜貝斯終於從震驚中回過神來。

「大家都冷靜下來。」她高舉雙手，表明自己沒有武器。「我明白您是特米納士，疆界的守護神。傑生告訴我，您負責保護新羅馬城，對吧？我是安娜貝斯．雀斯，我母親是……」

---

❽特米納士（Terminus），羅馬神話中的疆界守護神。參《混血營英雄——海神之子》一六三頁，註㊳。

「喔，我知道你是誰！」雕像用白茫茫的雙眼瞪著她。「你的母親是雅典娜，也就是米娜瓦❾的希臘型態。丟臉呀，你們希臘人沒有半點禮儀觀念！我們羅馬人知道那種女神適合在什麼地方。」

安娜貝斯緊咬牙關，要對這尊雕像維持禮貌並不容易。「你說『那種女神』是什麼意思？又有什麼好丟臉的……」

「是的！」傑生打斷他們的對話，「特米納士，我們真的是為了和平任務而來，懇求您的降落許可，這樣我們才能……」

「不可能！」護界神高聲大喊：「放下你們的武器投降！立刻離開我的城市！」

「你到底要我們怎樣啦？」里歐問：「投降，還是離開？」

「兩個都要！」特米納士說：「先投降，然後離開。你這個無厘頭的小伙子，問出這種笨問題，看我賞你一個大耳光！你感覺到了沒？」

「哎唷！」里歐以專業的眼光審視著特米納士。「你激動到太緊繃了喔，身體裡面有沒有什麼零件需要鬆開一點呀？我可以幫你檢查一下。」他把手上的Wii遙控器放進魔法工具腰帶，換了一把螺絲起子出來，開始敲打雕像的基座。

「住手！」特米納士斥責他，一個小型爆炸頓時震飛了里歐的螺絲起子。「任何武器都不准進入羅馬領土的波美利安界線內。」

「波什麼？」派波問。

「就是城市的疆界。」傑生幫忙翻譯。

「而你們這整艘船就是一個武器！」特米納士說：「不准降落！」

在下面的山谷，軍團部隊已經行進到通往城市的半路上，廣場聚集的人群也超過上百人了。安娜貝斯掃視過一張張的臉龐……喔，天神呀，她看到他了。他正朝著戰船的方向走來，兩隻手各環繞在另兩個孩子的肩膀上，就像他們三個是最佳夥伴；其中一個結實男孩理著軍人小平頭，另一個女孩則戴著羅馬騎兵頭盔。波西看起來神情非常自在、非常開心，他身上披著紫色斗篷，與傑生的一模一樣，就是執法官的象徵。

安娜貝斯的內心像是經歷了一場體操隊的翻滾。

「里歐，停船。」她命令。

「什麼？」

「你聽到我的話了。讓我們保持在現在的位置上。」

里歐抓出遙控器，把它用力往上一揮，全船九十支槳赫然停住不動，船身也不再下降。

「特米納士，」安娜貝斯說：「沒有規定說不可以在新羅馬上空盤旋吧？有嗎？」

雕像皺起眉頭。「嗯，是沒有……」

「我們可以讓這艘船飄浮在半空，」安娜貝斯說：「我們用繩梯下降到廣場。這樣船就不會碰到羅馬的領土，技術上來說不會。」

雕像似乎開始認眞思考這個建議，安娜貝斯有點好奇他會不會用隱形雙手來搔刮下巴。

「我喜歡技術性，」他承認，「不過……」

「我們所有的武器都會留在船上，」安娜貝斯保證，「我想羅馬人，包括那些正朝著我們

---

❾米娜瓦（Minerva），即智慧女神雅典娜的羅馬名。

行軍過來的士兵，只要進到波美利安界線以內，也都會遵守你立下的規定吧？」

「當然囉！」特米納士說：「我看起來像是那種會容忍別人破壞規矩的人嗎？」

「嗯，安娜貝斯……」里歐說：「你確定這是個好主意嗎？」

她握緊雙拳，好讓雙手不會顫抖。那股寒意依然存在，就在她的身後飄晃著，這時特米納士已經不再大聲咆哮，也不再製造爆炸了。她又感覺到那個訕笑的聲音，彷彿正爲她所下的爛決定開心不已。

然而，波西就在下面……他是如此接近，她必須找到他。

「不會有事的，」她說：「完全沒有人攜帶武器，我們就可以和平地談一談。特米納士會確保雙方都遵守規矩。」她盯著雕像男子問：「我們達成協議了嗎？」

特米納士哼了一口氣。「算是吧。現在，雅典娜的女兒，你可以拿出你的繩梯往下爬，進入新羅馬。拜託你們不要破壞我的城市。」

2 安娜貝斯

安娜貝斯穿過廣場，匆匆聚集的混血人群自動讓出一條路。有的人看起來很緊繃，有的人很焦慮；有的人身上還包紮著日前巨人大戰中受傷的繃帶，但的確沒有人攜帶武器。沒有人發動攻擊。

所有的家庭都跑來瞧瞧這些陌生的訪客。安娜貝斯看見帶著小寶寶的夫妻、抱著父母小腿的學步兒，甚至還有一些老人混搭著羅馬長袍與現代服裝現身。這些人都是混血人嗎？安娜貝斯猜想大概是吧，但她從來不曾見過像這樣的地方。在混血營裡，大多數的半神半人都是青少年，如果他們有能耐存活到高中畢業，不是留下來當營隊指導員，就是離開營隊回到凡人世界，努力開始他們的新生活。而這個地方，卻是一個多世代的完整大社區。

在群眾最遠的另一頭，安娜貝斯看到獨眼巨人⑩泰森和波西的地獄犬歐萊麗女士了，他們正是混血營最早派往朱比特營的先鋒搜索隊，他們倆看起來精神都很好，泰森對著她微笑招手。他把一條SPQR⑪的旗幟穿在身上，感覺就像穿著放大版的圍兜。

---

⑩ 獨眼巨人（Cyclops），善於煉製天神武器的巨人族，會完全模仿他人的聲音說話。參《混血營英雄——迷路英雄》二四二頁，註㉛。

⑪ SPQR，羅馬帝國政府（Senatus Populusque Romanus）的縮寫，代表元老院與羅馬人民。參《混血營英雄——迷路英雄》一六六頁。

安娜貝斯忍不住分心感受這座城市的美麗──從糕餅店傳出的氣味、汩汩湧流的噴泉，以及花園裡恣意盛開的花朵；還有這些建築物……天神呀，這些建築有光滑的大理石柱、燦爛的馬賽克拼花，還有壯觀的巨大拱門以及庭院露台別墅的建築風格。

就在她的前方，眾多混血人讓出一條路給一個女孩。她身穿全副羅馬戰甲，披著紫色斗篷，深色的秀髮垂落雙肩，烏亮的眼睛宛如黑曜石。

是蕾娜。

之前傑生已經把她的特徵描述得很清楚，但即使沒有傑生的說明，安娜貝斯也能一眼就看出她是領導者。她的戰甲裝飾著獎章，整個人散發的自信光芒，足以讓其他混血人移開目光並且退後一步。

安娜貝斯也從她的臉龐中看出另一件事：那似已準備迎向任何挑戰的堅毅嘴型與刻意微揚的下巴，都是蕾娜強迫自己表現出來的勇氣；她壓抑著不敢對大眾流露的複雜心情，其實混合著希望、恐慌與憂慮。

安娜貝斯明白那個表情，每次她對著鏡子看時就會看到它。

兩位女孩彼此端詳著，安娜貝斯的夥伴們站成扇形排在她的兩邊。羅馬人低聲喊著傑生的名字，畏怯地瞪著他。

這時，群眾中出現另一個人，安娜貝斯的視線穿越眾人望過去。

波西對她露出了微笑，就是那個困擾她多年但終於變得可愛的戲謔笑容呀。那雙大海般深綠的眼睛，一如她記憶中的燦爛；他的黑髮全撇向一邊，彷彿才剛從海邊散步回來。他看起來似乎比六個月前還要好看，膚色更油亮，人也變得更高瘦、更結實。

安娜貝斯震驚到無法移動。她感覺如果自己再靠近他一點，身上的每一部分都會燃燒起來。從他們倆十二歲起，她就在心裡偷偷喜歡他。去年夏天，他們正式開始談戀愛，當了四個月的開心情侶。然後，他就失蹤了。

在他們分開的這段時間，安娜貝斯的內心也起了一些變化。那揪心痛楚的感覺日益強烈，就好像維繫她生存的良藥硬是被人抽走。而此刻，她不知道到底哪一種狀況比較痛苦，是帶著那可怕的缺憾活下去，或是重新和他在一起。

執法官蕾娜挺直身體，帶著明顯的不情願表情，轉頭面對傑生。

「傑生．葛瑞斯，我的舊同袍……」她說著「同袍」時的語氣，就好像那是個危險的字眼。「歡迎你回家。至於這些人，你的同伴……」

此時安娜貝斯控制不住地飛奔向前，同一時間波西也朝她快步衝去，群眾緊張起來。有些人伸手要拔劍，卻忘記自己身上並沒有武器。

波西張開雙臂擁抱她。他們親吻，終於有這麼一刻，世界上沒有其他事情需要在乎了。或許有一顆行星會突然砸向地球，毀滅所有生命，但安娜貝斯也不想去理會。

波西的身體散發著海洋的氣味，他的嘴唇有點鹹。

「海藻腦袋呀。」她的腦袋不停打轉著。

波西移開臉，凝視著她的臉龐。「天神呀，我從沒想到……」

安娜貝斯突然抓緊他的手腕，送上一個過肩摔，波西整個人摔到石頭地面。羅馬人驚呼尖叫。有些人衝出來，但蕾娜大聲喝令：「停下來！退後！」

安娜貝斯跪到波西的胸口，用一隻手的前臂頂住他的喉頭；她才不在乎羅馬人怎麼看待她，她的胸膛內有一個狂熱的怒氣腫塊正在拚命脹大，那是從去年秋天就開始堆積的痛苦憂懼大腫瘤。

「如果你敢再離開我，」她說，目光如劍，「我對所有天神發誓……」

此時波西居然有膽露出笑臉，但安娜貝斯的滾燙情緒腫瘤也在這一瞬間化掉了。

「我聽到你的警告了，」波西說：「我也很想你。」

安娜貝斯站起來，順便扶起波西。她多麼渴望再與他親吻，可是她努力把持住自己。

傑生清清喉嚨。「所以呢，是呀……回家眞好。」

他先介紹蕾娜給派波認識，派波似乎有點惱怒沒用上她練習已久的台詞。然後他向里歐介紹蕾娜，里歐露出笑容，比出一個和平手勢。

「而這一位是安娜貝斯，」傑生說：「嗯，她平常是不會給人過肩摔的。」

蕾娜的雙眼發亮。「安娜貝斯，你確定你不是羅馬人，或者亞馬遜⓬戰士嗎？」

安娜貝斯不知道這是否算是一種稱讚，但她伸出一隻手。「我只有對男朋友才會那樣子攻擊，」她打包票說：「很高興認識你。」

蕾娜緊緊握住她的手。「看來我們有很多話可以聊。分隊長！」

幾個羅馬人衝向前來，明顯都是些資深軍官。有兩個孩子站到波西身旁，就是之前她看到與波西宛如死黨的那兩人。其中一個是壯碩的亞裔男孩，理著軍人小平頭，大約十五歲，有一種特大版抱抱熊貓的可愛味道。那個女孩的年紀小一點，大概十三歲左右，有一頭長鬈髮、一雙琥珀色眼睛及巧克力般的膚色。她把騎兵頭盔夾在腋下。

從他們的肢體語言中，安娜貝斯察覺得到他們與波西感情密切。他們捍衛心切地站在他兩旁，彷彿共同經歷過許多冒險。她努力壓抑心中的幾絲妒意：有沒有可能波西和這個女生……不，他們三人間的互動看起來不像是這樣。安娜貝斯這一生的時間都在學習觀察人們，這是生存的技巧。如果要她猜，她會說那個亞裔男孩才是這女生的男朋友，不過他們在一起的時間應該沒有太久。

還有一件事她不明白：這女孩究竟在瞪什麼？她不斷朝著派波和里歐的方向緊蹙眉頭，好像她認得其中一人，湧起了傷痛的回憶。

在此同時，蕾娜對軍官們下達命令：「……告訴軍團撤退。達珂塔，通知廚房的精靈，叫他們準備一場歡迎盛宴。還有，屋大維……」

「你要讓這些入侵者進到營區裡？」一個滿頭乾枯金髮的男子推擠到前面來。「蕾娜，安全上的顧慮……」

「屋大維，我們並沒有要讓他們進去營區，」蕾娜給他一個堅定的眼神，「我們是要在這裡用餐，在廣場。」

「哦，那太好了。」屋大維忿忿地說。他似乎是唯一不把蕾娜當長官看待的人，儘管他又蒼白又乾癟，不知爲何還掛了三隻泰迪熊在腰帶上。「你要我們在戰船的陰影下放輕鬆就是了。」

「他們是我們的客人。」蕾娜字字清晰地慢慢說出口，「我們要歡迎他們，也會與他們對

⓬ 亞馬遜（Amazon），希臘神話中位於黑海邊的女人國，由一群剛猛剽悍的戰士組成，男人在這裡沒有地位。參《混血營英雄——海神之子》三一一頁，註⓻⓼。

談。身為占卜師，你應該去燒一份供品，感謝天神讓傑生平安歸來。」

「好主意，」波西插嘴說：「屋大維，快去燒你的泰迪熊。」

蕾娜看起來像在強忍笑意。「去吧，這是我的命令。」

軍官們解散。屋大維朝波西射來一道憎恨的目光，然後他戒備地瞥了安娜貝斯一眼，才跨步離開。

波西的手滑向安娜貝斯的掌心。「別擔心那個屋大維，」他說：「大多數的羅馬人都是好人，就像法蘭克、海柔和蕾娜。我們會沒事的。」

安娜貝斯感覺好像有條冰冷的毛巾滑過她的頸背。她又聽到那個飄渺的冷笑，似乎那看不見的東西也跟著她下船了。

她抬頭望著阿爾戈二號，龐大的銅製船身在陽光中閃耀發亮。她心裡有一部分眞想立刻綁走波西，登船離去，在他們還可以行動的時候趕快離開。

她拋不掉那種某件事會演變成糟糕局面的感覺，她也絕不可能再冒任何失去波西的風險。

「我們會沒事的。」她重複波西的話，試著讓自己相信。

「很好。」蕾娜說。她轉向傑生，安娜貝斯覺得她的目光裡帶著一種渴慕的光芒。「我們來談談吧，我們該有場像樣的團圓會。」

3 安娜貝斯

安娜貝斯多希望自己的食慾能夠好一點，因為羅馬人實在很懂得吃。一組組的躺椅和矮桌被運進廣場，組合成宛如家具展示中心的露天餐廳。羅馬人以十或二十人為一組圍坐，大夥兒談笑風生之時，大氣精靈（也就是風精靈）便在上方飛旋送菜，端出無數種類的披薩、三明治、洋芋片、冷飲、現烤餅乾等。在群眾間飄移的還有紫色鬼魂拉雷斯，他們全都身穿羅馬長袍和兵團戰甲。在盛宴的周邊，羊男們（安娜貝斯心想：不，他們叫「方恩⑬」。）沿桌繞行，乞討食物和零錢。而在附近的空地上，大象正在和歐萊麗女士嬉戲玩耍，小朋友則在城市界線排列的特米納士雕像旁玩著抓人遊戲。

這種景象讓人感覺那麼熟悉，卻又那麼詭異，害得安娜貝斯整個暈眩起來。她一心想要的只是和波西單獨相處而已——是真正的單獨相處。她知道自己應該要等待，如果他們的尋找任務想成功，就需要這些羅馬人，那代表他們得先認識這些人，並與他們建立起良好的關係。

蕾娜與幾名軍官陪著安娜貝斯和她的隊員們一起坐，其中包括那個名叫屋大維的金髮男

---

⑬ 方恩（faun），羅馬神話裡的半人半羊，相當於希臘神話的羊男。參《波西傑克森——神火之賊》六十一頁，註⑦。

孩，他才剛獻祭完泰迪熊回來。波西加入這一桌，還帶著法蘭克和海柔這兩個新朋友。各式食物旋風般地送上桌，波西湊到安娜貝斯身邊咬耳朵說：「我想帶你看看新羅馬，就只有你和我。這地方眞是不可思議呀！」

安娜貝斯應該感到興奮才對。「就只有你和我」正是她想要的，然而怨憤之情又在她喉頭猛然浮起。波西怎麼可以這麼熱情地談論這個地方？混血營呢？那才是「他們」的營區、他們的家啊！

她努力不去看波西手臂上的新記號，那個和傑生手上一樣的刺青SPQR。在混血營裡，混血人是用陶珠項鍊來紀念受訓年資；而在這邊，羅馬人將刺青烙上你的皮肉，好像在說：你是屬於我們的，永遠都是。

她忍住尖刻的反應，說：「嗯，好吧。」

「我一直在想，」波西有點緊張地說：「我有這樣一個想法……」

他停了下來，因爲蕾娜舉杯要敬新友誼。

在介紹完整桌人員之後，羅馬人與安娜貝斯的隊員開始交換各自的故事。傑生解釋他如何在失去記憶的狀況下抵達混血營，又如何與派波、里歐找到北加州狼屋的牢籠，完成解救女神希拉的任務（你也可以稱她爲茱諾⓮，隨便你，反正她的希臘或羅馬型態都一樣惹人厭）。

「不可能！」屋大維打斷他的話，「狼屋是我們最神聖的地方，如果巨人把女神監禁在那裡……」

「他們就是打算毀滅她，」派波開口說話：「然後嫁禍給希臘人，引發兩個營區間的戰爭。現在，請安靜下來聽傑生講完。」

屋大維嘴巴開開，卻再也吐不出半點聲音。安娜貝斯實在很喜歡派波的魅語，她也注意到蕾娜的視線在派波和傑生之間游移，眉頭緊皺，彷彿逐漸明白他們倆是一對戀人。

「所以，」傑生繼續說下去：「我們就是這樣發現了大地女神蓋婭的事。儘管她仍處在半夢半醒的狀態，可是放出塔耳塔洛斯⑮的怪物、扶植巨人升起，都是她主使的。我們在狼屋和最大的巨人波爾費里翁⑯對戰，這傢伙說他會撤退到古老的地盤，也就是回去希臘。他計劃喚醒蓋婭，毀滅眾神，他要……他是怎麼說的？『搗爛最古老的根源。』」

波西若有所思地點點頭。「蓋婭也在我們這裡忙碌了好一陣子。我們和這位泥巴臉女王另有交手的經驗。」

波西開始講述他這一頭所經歷的故事。他說起自己在狼屋甦醒，全無記憶，腦海中只剩下一個人的名字——安娜貝斯。

安娜貝斯聽到這兒，努力忍住不讓眼淚掉下來。波西繼續訴說他與法蘭克、海柔前往阿拉斯加的情況，講著他們如何打敗巨人奧賽俄紐斯⑰、釋放死神桑納托斯⑱，然後帶著羅馬軍

---

⑭茱諾（Juno），羅馬神話中的天后，等同於希臘神話中的天后希拉，但形象比希臘神話中的天后希拉更為好戰。參《混血營英雄——迷路英雄》一〇一頁，註㉛。
⑮塔耳塔洛斯（Tartarus），希臘神話中的冥界最深處，是永無止盡的黑暗之地。
⑯波爾費里翁（Porphyrion）是大地之母蓋婭所生的巨人族首領。參《混血營英雄——迷路英雄》二四七頁，註㉜。
⑰奧賽俄紐斯（Alcyoneus），屬大地之母蓋婭和天空之父烏拉諾斯所生的巨人族。參《混血營英雄——海神之子》七十七頁，註⑳。
⑱桑納托斯（Thanatos），掌管死亡之神，是地獄之神黑帝斯的助手。參《混血營英雄——海神之子》一二九頁，註㉟。

團遺失的象徵物黃金老鷹回來，擊退巨人大軍的入侵。

當波西說完這些事，傑生吹了一聲表示激賞的口哨。「難怪他們推舉你爲執法官。」

屋大維哼一聲說：「那就表示我們現在有三個執法官！我們的規定明白寫著，執法官只能有兩位！」

「往好的一面想，」波西說：「屋大維，我和傑生都比你高階，所以我們兩個都可以命令你閉嘴。」

屋大維的臉色變得和羅馬營的T恤一樣紫。傑生伸手與波西互擊拳頭。

連蕾娜也露出笑容了，雖然她的眼裡滿是風暴。

「我們稍後會解決執法官人數的問題，」她說：「但現在，我們有更重要的事情要處理。」

「我會讓位給傑生，」波西一派輕鬆地說：「這沒什麼大不了。」

「沒什麼大不了？」屋大維嗆到了。「羅馬的執法權竟然『沒什麼大不了』？」

波西不理他，轉頭面對傑生。「你是泰麗雅．葛瑞斯的弟弟，對吧？哇，你們兩個長得完全不一樣。」

「是啊，我也有注意到。」傑生說：「總之，謝謝你在我離開時幫助我的營區，你做得太好了。」

「交還給你囉！」

安娜貝斯踢踢他的腿。她並不願意打斷這兩人萌發的兄弟情誼，但蕾娜說得沒錯，他們有更重要的事要討論。「我們應該來談談大預言了。聽起來，羅馬人也已經知道這個預言？」

蕾娜點點頭。「我們稱它爲『七人大預言』。屋大維，你可牢記著內容嗎？」

「那當然。」他說：「可是，蕾娜……」

「請你引述出來，用英文，不要用拉丁文。」

屋大維嘆了口氣。「七名混血人將會回應召喚。暴風雨或是火焰，世界必會毀壞……」

「發誓留住最後一口氣，」安娜貝斯接著說：「敵人擁有死亡之門的武器。」

每個人都在瞪她，除了里歐以外。里歐將包裹玉米餅的鋁箔摺成紙風車，黏到經過的風精靈身上。

安娜貝斯不知道自己爲什麼會脫口說出那兩句預言，她就是覺得非這麼做不可。

大塊頭法蘭克往前坐，用一種不可思議的眼光看著她，彷彿她的臉上多長了一隻眼睛。

「你眞的是米娜……我是說，雅典娜的孩子嗎？」

「是的，」她說，突然湧起防衛之心，「有什麼值得驚奇的嗎？」

屋大維嘲笑地說：「如果你眞的是超級有智慧的女神的小孩……」

「夠了，」蕾娜打斷他，「安娜貝斯說她是誰，她就是誰。她是爲和平而來的。再說……」

她看了安娜貝斯一眼，眼神中有種不情願的尊敬，「波西對你的評價很高。」

安娜貝斯花了一點時間來解讀蕾娜話裡的意思。波西的頭整個低下去，好像突然對他的起司漢堡充滿興趣。

安娜貝斯的臉龐燥熱起來。喔，天神呀，蕾娜想必曾對波西有所表示，這說明了爲什麼她的話裡帶著一絲苦澀、甚至是忌妒的味道。波西顯然爲了安娜貝斯而拒絕她。

這一刻，安娜貝斯原諒了這個滑稽男友曾犯下的每一個錯誤，她眞想張開雙臂環抱住波西，但此時，她只能命令自己保持冷靜。

「喔，謝啦。」她對蕾娜說：「無論如何，大預言的一部分已經愈來愈清晰。『敵人擁有死亡之門的武器』……大預言其實說的是羅馬人和希臘人。我們必須攜手合作找到那些門。」

那個長鬈髮上戴著騎兵頭盔的女孩海柔突然撿起盤邊的某個東西。那東西看起來像是一顆大大的紅寶石，安娜貝斯還來不及確認，海柔已經順手將它塞進牛仔褲的口袋裡。

「我弟弟尼克去找那些門了。」海柔說。

「等等，」安娜貝斯問：「尼克．帝亞傑羅？他是你弟弟？」

海柔點點頭，彷彿這根本不是問題。幾十個疑問快速湧出安娜貝斯的腦袋，卻又像里歐的紙風車般飛旋不已。她決定暫且不理這件事。「好的，所以你想說的是？」

「他失蹤了。」海柔抿抿嘴唇，「我怕……我不確定，但我想他可能出了什麼事。」

「我們一定會去找他，」波西保證，「總之，我們必須找到死亡之門。桑納托斯告訴我們，這兩件事都可以在羅馬找到答案，我指的是原本的羅馬。而那也同樣是前往希臘的方向，沒錯吧？」

「桑納托斯告訴你這些？」安娜貝斯想要搞懂這件事，「那個死神？」

她遇過許多天神，甚至去過冥界，但波西這個釋放死神本尊的故事，實在讓她心裡發毛。

波西咬了一口漢堡。「現在，死神又自由了，怪物將會解體，像以前一樣回到塔耳塔洛斯。不過只要死亡之門開著，他們就有機會繼續溜回人間。」

派波扭轉著繫在髮間的羽毛。「就像水壩有縫會漏水一樣。」她說。

「沒錯，」波西微笑，「我們有個無底『壩』洞。」

「什麼？」派波問。

「沒事，」他說：「以前的笑話。重點是，我們必須在前往希臘之前就找到那些門，而且把它們關好。唯有這樣，我們才有機會打敗巨人，才能確保他們輸了之後不會再回來。」

蕾娜從飄過的水果盤中拿了一顆蘋果，將它放在掌心，審視著那暗紅色的表皮。「你提議搭乘你們的戰船遠征希臘，但你可明白，那些古老的土地及整片馬利諾斯崇，都是非常危險的地方？」

「瑪莉什麼蟲？」里歐問。

「馬利諾斯崇，」傑生解釋，「是拉丁文『我們的海』，古羅馬人這樣稱呼地中海。」

蕾娜點點頭。「這片曾經屬於羅馬帝國的領域不僅是眾神的誕生之地，也是怪物祖先的家鄉，還是泰坦巨神、巨人們……以及更可怕事物的根源地。對混血人而言，在美洲旅行已經很危險，到那裡去會更加十倍的危險。」

「你說過阿拉斯加會很糟，」波西提醒她，「但我們活著回來啦。」

蕾娜搖搖頭，轉動手上的蘋果，指甲在果皮上摳出幾個眉型凹痕。「波西，在地中海旅行是完全不同等級的危險。好幾世紀以來，那裡是羅馬混血人的禁區，沒有英雄會在頭腦正常的情況下過去。」

「那麼我們去是最好了！」里歐的笑容浮在他的紙風車正上方。「因爲我們都是瘋子，對吧？再說，阿爾戈二號是一艘頂級戰艦，它會帶我們通過的。」

「我們必須趕緊行動，」傑生補充道：「我不確定巨人們到底在計劃什麼行動，但蓋婭的意識已經愈來愈清醒。她現在會用夢境入侵、現身在詭異的地方，召喚出愈來愈多怪物。我們必須趕在巨人把她完全弄醒之前阻止這一切。」

安娜貝斯打了個寒顫，她自己近來就被惡夢所困。

「『七名混血人將會回應召喚』，」安娜貝斯說：「這七人必須是我們兩方陣營混合的組合。傑生、派波、里歐和我，加起來有四人。」

「還有我，」波西說：「加上海柔和法蘭克，那就是七人了。」

「什麼？」屋大維猛然站起來，「我們就這樣接受這種事？不用元老院投票？不用經過討論？不用……」

「波西！」獨眼巨人泰森朝他們衝過來，還跟著歐萊麗女士。地獄犬的背上坐著一隻安娜貝斯所見過最纖瘦的鳥身女妖[19]，她有著病懨懨的外表、蓬鬆的紅髮，以及一對紅色翅膀。

安娜貝斯不知道這個鳥身女妖是從哪裡來的，可是看到穿著破爛法藍絨襯衫與牛仔褲的泰森，胸前還掛著反過來的ＳＰＱＲ旗幟，就讓她心頭湧起一股暖流。她和獨眼巨人之間有過一些不好的經驗，然而泰森是個大甜心，而且是波西的同父異母兄弟（說來話長），讓她覺得泰森幾乎就像親人。

泰森到他們座椅邊停下來，扭轉著他肉肉的雙手，棕色大眼睛充滿關切之情。「艾拉很害怕。」他說。

「再……也……不要船，」艾拉喃喃自語：「鐵達尼號[20]、露西塔尼亞號[21]，和平號……船不是給鳥身女妖坐的。」

里歐瞇眼斜視。他望著坐在他旁邊的海柔，問：「剛剛那個鳥女孩是不是把我的船和鐵達尼號相比？」

「她不算是鳥，」海柔別開目光，彷彿里歐會害她緊張，「艾拉是個鳥身女妖，她只是有點……容易緊張。」

「艾拉很漂亮，」泰森說：「也很害怕。我們得把她帶走，但她是不會登上那艘船的。」

「不要船。」艾拉重複著說。她直視著安娜貝斯。「厄運，就是她。『智慧的女兒單獨走……』」

「艾拉！」法蘭克突然站起來。「現在可能不是時候……」

「雅典娜的記號燒遍羅馬。」艾拉繼續唸下去，她兩手摀住耳朵，提高音調說：「孿生子扼抑天使氣息，無盡死亡之鑰歸他所攜。巨人剋星蒼白金黃矗立，從結網牢籠中痛苦勝利。」

頓時就像有人丟了一顆閃光彈到桌上，所有人都瞪著鳥身女妖，可是沒人出聲。安娜貝斯的心跳加速，「雅典娜的記號」……她壓抑住想要檢查口袋的念頭，卻能感覺到那枚銀幣的溫度在上升——那個來自母親被詛咒的禮物。「追隨雅典娜的記號，替我復仇。」

他們周圍的盛宴雖然依舊喧譁，但此時顯得飄渺虛無，好像他們這個座位區一下子滑入了一片寂靜空間。

波西是第一個恢復過來的人。他站起來，握住泰森的手臂。

---

⑲ 鳥身女妖（harpy），希臘神話中一種有翅膀的妖精，其最著名的行為就是不時去偷走色雷斯國王菲紐斯（Phineas）的食物。

⑳ 鐵達尼號（Titanic）是英國白星航運公司（White Star Line）的高級豪華郵輪，一九一四年四月駛向美國紐約的首航中，因撞上冰山致船身斷成兩半，沉入大西洋裡，造成一千五百二十二人罹難。

㉑ 西元一九一五年五月七日，英國郵輪露西塔尼亞號（Lusitinia）被德國魚雷擊沉，死亡人數高達一千一百九十八人，是史上重大船難之一。

「我知道了！」他假裝熱情地說：「你要不要帶艾拉出去呼吸新鮮空氣？你，還有歐萊麗女士……」

「等一等！」屋大維緊抓著一隻泰迪熊，顫抖的雙手不斷扭轉小熊肢體。他的目光死盯著艾拉。「她剛剛說了什麼？聽起來就像是……」

「艾拉讀很多書，」泰森脫口而出：「我們就是在圖書館發現她的。」

「沒錯！」海柔說：「也許那是她讀過的某段話而已。」

「書，」艾拉很想幫忙地咕噥開口：「艾拉喜歡書。」

現在她想講的話都說出來了，看起來似乎放鬆許多。她盤腿坐在歐萊麗女士的背上，開始梳理身上的羽毛。

安娜貝斯好奇地看了波西一眼。很顯然地，波西、法蘭克和海柔隱瞞了某件事。同樣明顯地，是艾拉剛剛已經引述出一段預言，而且是關於安娜貝斯本人的預言。

波西的表情寫著：幫幫忙。

「那是一段預言，」屋大維堅持說：「它聽起來就像是預言。」

沒有人回應。

安娜貝斯不確定現在的狀況是怎樣，但她感覺得出來，波西即將面臨一個大麻煩。

她擠出一個笑容，「真的嗎，屋大維？或許羅馬這邊的鳥身女妖不同，在我們那裡，鳥身女妖的聰明才智只夠整理房間和煮飯而已。所以你們這裡的都會預告未來嗎？那你占卜的時候，會不會先請教她們？」

她這些話果然達到預期效果，羅馬軍官們有點緊張地笑了起來。有些人看看艾拉、再看看屋大維，露出不屑的表情。一個烏女孩會發出預言的說法，顯然對羅馬人和希臘人來說都很荒謬可笑。

「我，嗯……」屋大維放開泰迪熊，「不會，但是……」

「她不過是在背誦某些書中的句子，」安娜貝斯說：「就像海柔剛剛說的。再說，我們已經有一個眞正的預言需要傷神了。」

她轉頭對泰森說：「波西說得對，你何不帶著艾拉和歐萊麗女士到哪裡去影子旅行一下。艾拉，可以嗎？」

「大狗是好的，」艾拉說：「《義犬耶拉》㉒，一九五七年上映，編劇是弗雷德．吉普森和威廉．騰柏格。」

安娜貝斯不知該如何回應，但波西露出微笑，彷彿問題已經解決了。

「太好了！」波西說：「我們這邊一弄好，就會傳遞彩虹訊息給你們，然後追上你們。」

羅馬人都望著蕾娜，等待她的命令。安娜貝斯也屏息以待。

「好吧，」這位執法官終於開口：「你們可以離開了。」

「呀呼！」泰森開始沿桌擁抱每個人，連屋大維也不例外，雖然他看起來並不怎麼開心。然後泰森爬到歐萊麗女士的背上陪伴艾拉。地獄犬一溜煙地奔出了廣場，行過元老院的陰影下，很快就消失無蹤。

㉒《義犬耶拉》（*Old Yeller*），或譯《老黃狗》、《父親離家時》等，迪士尼經典名片，描寫男孩與老黃狗之間的感人故事。

「現在，」蕾娜放下她那顆還沒啃過的蘋果，「有件事屋大維說得沒錯，在我們讓任何軍團成員出任務之前，必須經過元老院的同意，特別是一個像你們所說那麼危險的任務。」

「這整件事都存在著背叛的氣息，」屋大維抱怨說：「那艘戰船不是和平之船！」

「先生，你可以上船來瞧瞧，」里歐提議：「我替你導覽。你可以掌舵看看，如果你做得很好，我還會摺一頂小小的船長紙帽給你戴。」

屋大維的鼻孔頓時撐大。「你竟敢……」

「好主意，」蕾娜說：「屋大維，跟他去。登船觀察，我們在一小時後召開元老會議。」

「可是……」屋大維沒有再說下去，顯然他已經從蕾娜的表情看出來，爭辯下去對他的健康絕無益。「好吧。」

里歐站起來，轉身面對安娜貝斯，笑容突然變了。這改變發生得非常快，快到讓安娜貝斯以為是自己的想像，然而在那一瞬間，似乎有另一個人站在里歐的位置冷笑，雙眼閃出殘忍的光芒。然後安娜貝斯眨眨眼，里歐又回復原本的樣子，臉上浮現著平日的頑皮笑容。

「很快就回來，」他保證，「一定很壯觀的。」

一股可怕的寒意席捲了安娜貝斯。當里歐和屋大維往繩梯走去時，她眞想叫他們兩個回來，但她該如何解釋呢？該告訴大家她快要發瘋、看見幻象又感覺發涼？

大氣精靈們開始收拾餐盤。

「嗯，蕾娜，」傑生說：「如果你不介意的話，我想在元老會議之前帶派波四處看看。她從來沒見過新羅馬的樣子。」

蕾娜的表情僵住。

安娜貝斯不知道傑生的腦袋怎麼會這麼不靈光，他難道不知道蕾娜有多麼喜歡他嗎？這對安娜貝斯來說是顯而易見的事。問她能不能帶新女友在她的地盤逛逛，根本是在她的傷口上撒鹽。

「當然。」蕾娜冷冷地回答。

波西抓起安娜貝斯的手。「嘿，我也要，我想要帶安娜貝斯看看……」

「不行。」蕾娜打斷他的話。

波西的眉頭皺在一起。「抱歉，你說什麼？」

「我有話要和安娜貝斯說，」蕾娜說：「私下說。如果你不介意的話，我的執法官同事。」

她的語氣明顯不是在徵求同意。

寒意流竄過安娜貝斯的背脊，她不知道蕾娜有什麼打算。或許連續兩個拒絕過她的男生都要帶女友逛她的城市，讓執法官大人感到很不高興；也或許她真有什麼事非得私下說不可。不管是哪個原因，安娜貝斯不想在手無寸鐵時與羅馬領袖單獨相處。

「來吧，雅典娜的女兒。」蕾娜從椅子中站起來。「跟我來。」

4 安娜貝斯

安娜貝斯想要討厭新羅馬，可是身爲一個有抱負的建築師，她實在無法不欣賞這裡的露台花園、噴泉神廟，還有這些卵石曲巷與亮白莊園。在去年夏天的泰坦大戰之後，她接下了夢寐以求的工作：重新設計奧林帕斯山的宮殿。現在行走在這座迷你版的城市中，她不斷想著：「我應該蓋一個像那樣的圓頂才對，我喜歡那些立柱排列延伸到中庭的感覺。」無論新羅馬是誰設計的，他必定投入了大量的時間與感情在這上面。

「我們擁有全世界最好的建築師與建造者。」蕾娜說，彷彿看出了她的心思。「古時候的羅馬一直擁有這樣的人才。現在許多混血人在結束軍團生涯後，會繼續留在這座城市裡生活，他們在這裡上大學，安頓下來成家立業。波西似乎對這件事情很感興趣。」

安娜貝斯懷疑最後那句話的意義。她的表情想必比自己以爲的還要不悅，因爲蕾娜居然笑了起來。

「沒錯，你是個戰士，」這位執法官說：「你的雙眼裡有火。」

「抱歉。」安娜貝斯試著把眼神變得低調點。

「不用說抱歉。我是貝婁娜㉓的女兒。」

「羅馬的女戰神？」

蕾娜點點頭。她轉過身子，像招攬計程車般吹了聲口哨。才過一會兒，兩隻金屬狗便朝她狂奔而來；那是兩隻自動機械獵犬，一金一銀。牠們靠過來摩挲蕾娜的腿，發亮的紅眼緊盯著安娜貝斯。

「我的寵物，」蕾娜解釋，「亞堅頓和歐倫㉔。你不介意牠們和我一起走吧？」

再一次，安娜貝斯感覺她並不是在徵求同意。她留意到這兩隻狗都有鋼鐵箭頭般的利齒，這座城市或許不容許武器存在，如果他們眞想怎樣，蕾娜的寵物足以將她碎屍萬段。

蕾娜帶她來到一間戶外咖啡店，店員顯然認識蕾娜，微笑著遞來一個外帶杯，然後也遞一杯給安娜貝斯。

「你要喝喝看嗎？」蕾娜問：「他們的熱巧克力非常棒。雖然不是眞正的羅馬飲料……」

「但巧克力是世界性的。」安娜貝斯說。

「說得是。」

這是個微熱的六月下午，安娜貝斯還是帶著感謝接受這杯熱飲。她們兩人繼續走，蕾娜的金銀狗在附近跟隨。

「在我們營區，雅典娜叫做米娜瓦。你知道她的羅馬型態有什麼不同嗎？」

安娜貝斯從沒認眞想過這問題。她想起特米納士稱雅典娜爲「那種」女神，就好像她鬧過什麼醜聞一樣。屋大維也表現得好像安娜貝斯的出現是一種羞辱。

「我感覺米娜瓦在這裡……嗯，並不大受到尊敬？」

㉓貝婁娜（Bellona），羅馬女戰神，象徵物是劍和火把。參《混血營英雄——海神之子》五十九頁，註⑭。

㉔亞堅頓（Argentum）是拉丁文的「銀」，歐倫（Aurum）是拉丁文的「金」。參《混血營英雄——海神之子》四十三頁，註❾。

蕾娜吹吹杯裡冒出的熱氣。「我們是『尊敬』米娜瓦的，她是智慧和工藝的女神……不過她不是眞正的戰爭女神，至少對羅馬人來說不是。她還是一位處女之神，就像黛安娜㉕……就是你們說的阿蒂蜜絲。在我們這裡不會有米娜瓦的孩子。坦白說，米娜瓦有小孩這件事有點嚇到我們了。」

「喔。」安娜貝斯感到自己的臉頰熱了起來。她並不想深入探討雅典娜的孩子究竟如何誕生；他們是直接從女神的腦海產生的，如同雅典娜自己是從宙斯的頭冒出來一樣。每次提起這件事，總讓安娜貝斯感到很不自在，就好像她是什麼大怪胎。人們通常會反問她，既然她的出生方式這樣魔幻，那她是否有肚臍？她當然有肚臍啦。她無法解釋爲什麼，也打從心裡不想去弄明白。

「我了解你們希臘人看事情的角度不同，」蕾娜繼續說：「但羅馬人是非常嚴肅地看待貞潔的誓約。比如說，維斯塔貞女㉖……如果她們違背誓言，與人戀愛，就會被活埋。所以，一位守貞的女神會有小孩，這樣的事……」

「了解。」安娜貝斯的熱巧克力頓時喝來就像塵土，難怪這些羅馬人一直以奇怪的眼光看她。「照理說我是不該存在的。就算你們營區裡有米娜瓦的小孩……」

「也不會是像你這一型的人。」蕾娜說：「他們或許會是工匠、藝術家，也可能是顧問，但不會是個戰士，不會是危險訪客的領導者。」

安娜貝斯開始抗議說她並非這個任務的領導者，起碼不是正式的領導人。然而她懷疑阿爾戈二號的夥伴是否會同意她的看法。過去這幾天來，他們都在指望她發號施令，連身爲朱比特之子的傑生也是。至於黑傑教練，則是誰的命令都不甩。

「還有，」蕾娜叩擊一下手指，她的金狗歐倫立刻跨步過來。執法官搓搓牠的耳朵，說：「那個鳥身女妖艾拉……她說的就是一個預言，你我都這麼認爲，是吧？」

安娜貝斯不作聲。歐倫發紅的雙眼讓她不由自主地緊張起來。她聽過有些狗能夠嗅出恐懼，甚至偵測得到人類的心跳和呼吸變化。她不知道這兩隻魔法狗是否有此能力，但她決定此刻最好是說實話。

「它聽起來的確很像一個預言，」她承認，「可是在今天之前，我從沒見過艾拉，也從來沒聽過同樣的話。」

「我聽過，」蕾娜喃喃唸著：「至少聽過其中一些部分……」

銀狗在距離她們幾公尺遠的地方吠叫。一群小孩從巷弄間冒出來，圍著銀狗拍打嘻笑，全然無懼牠如剃刀般尖銳的牙齒。

「我們該往前走了。」蕾娜說。

她們沿著蜿蜒的路爬上山丘，兩隻金屬狗都跟過來，把那些孩子甩在後面。安娜貝斯不時偷瞄蕾娜的臉，她將頭髮撥到耳後的方式、她戴的銀戒指上火把與劍的樣式，一個模糊的記憶開始拉扯著安娜貝斯。

㉕黛安娜（Diana），羅馬神話中的狩獵女神和月亮女神，相當於希臘神話中的阿芙蜜絲（Artemis），她是太陽神阿波羅的孿生妹妹。

㉖維斯塔貞女（Vestal Virgins），羅馬女灶神維斯塔（Vesta）的神廟祭司。為了不讓灶神的火熄滅，羅馬人在一群出身高貴的女孩間挑選幾位擔當這個任務，這些少女從孩童時期就進入灶神廟守護火，如果火熄滅，羅馬將遭逢厄運。她們要立誓守貞，服務三十年。維斯塔女神則相當於希臘神話中的荷絲提雅（Hestia）。

「我們以前見過面。」安娜貝斯大膽開口：「我想當時你還很小。」

蕾娜露出苦澀的微笑。「很好，波西就不記得我了。當然，那時你們大多是和我姊姊對話，她現在是亞馬遜女王，今早你們到達前她才剛離開。總之，我們上次相遇時，我只是賽西[27]屋子裡的服務生。」

「賽西……」安娜貝斯記起她去女巫小島的那段旅程，當時她只有十三歲，和波西兩人在妖魔之海中被沖到島上，是海拉來歡迎他們的。她協助安娜貝斯清潔淨身，給了她美麗的衣裳，還幫她化妝。然後賽西就展開她的推銷大法：如果安娜貝斯可以一直留在島上，她將會獲得魔法特訓與超強能力。安娜貝斯曾經心動過，或許只有一點點，但她隨即發現這個地方是個陷阱，而波西已經被變成一隻天竺鼠（後來想起這部分就覺得好笑，不過當時眞是驚駭得不得了）。至於蕾娜……她是當時幫安娜貝斯梳理頭髮的幾個服務生之一。

「是你……」安娜貝斯十分驚奇地說：「而海拉是亞馬遜女王？你們兩個是怎麼……」

「說來話長，」蕾娜說：「但我對你的印象非常深刻。你很勇敢，我從來沒見過有人能夠抗拒賽西的殷勤，多數人都被她騙了。難怪波西這麼在乎你。」

她的聲音有些悵惘，安娜貝斯認爲此時不要回應比較安全。

她們抵達山頂，那裡有片平台可以眺望整座山谷。

「這裡就是我最喜歡的地方，」蕾娜說：「巴克斯花園。」

葡萄藤架搭成了頂棚，蜜蜂穿梭於忍冬花與茉莉花間，花叢讓午後的空氣充滿了醉人的香氣。在平台的正中央立著一座酒神巴克斯[28]的雕像，姿勢有點像在跳芭蕾舞。這個雕像全身上下僅有一件腰纏，雙頰鼓撐，嘴唇噘起，噴出水到池子裡。

儘管安娜貝斯很憂慮，此時卻差點狂笑出來。她認識這位天神的希臘型態——戴歐尼修斯，或者叫做「戴先生」，這是他們在混血營對他的稱呼。看到這位怪里怪氣的前營長化爲不朽的石雕，包著尿布還會從嘴巴吐水，讓她的心情稍微好了些。

蕾娜在平台邊緣停下腳步。這裡的景色確實值得爬上來看看，整座城市就像立體拼花馬賽克般在她們腳下展開。往南看去，湖的另一邊有座山丘，上面聚集了好幾個神殿。往北看去，一道水道橋朝柏克萊山延展過去，工程人員正在處理一個斷裂的部分，或許是近來戰事造成的損壞。

「我想聽聽你的說法。」

安娜貝斯轉身。「我的什麼說法？」

「事實的眞相。」蕾娜說：「說服我，讓我相信對你們的信任不是錯誤。告訴我你自己的事，告訴我混血營的事。你的朋友派波講話帶著魔法，我跟隨賽西那麼久，一聽到魅語就能分辨出來，我無法相信她說的話。至於傑生……嗯，他變了，他似乎變得很疏離，不再那麼像羅馬人。」

她話語裡流露出的傷痛，宛如破碎玻璃般尖銳，安娜貝斯不禁懷疑自己在拚命尋找波西的那段日子裡，是否也曾經有過同樣的語言。但至少她找到了她的男友，蕾娜卻沒有半個人

㉗ 賽西（Circe），希臘神話中最著名的女巫，善用魔藥，法力高強。參《混血營英雄——迷路英雄》三〇五頁，註㉑。

㉘ 巴克斯（Bacchus），羅馬神話中的酒神，等同於希臘神話的戴歐尼修斯（Dionysus）。參《混血營英雄——海神之子》一〇三頁，註㉓。

在身旁，只能獨自承擔整個羅馬營運作的責任。安娜貝斯感覺得出來，蕾娜希望傑生愛她，但傑生失蹤了，好不容易回來卻帶著新女友。在此同時，波西被拔擢爲執法官，不過他也拒絕了蕾娜，現在安娜貝斯又要來把他接走。蕾娜將再度孤獨地留在這裡，一肩挑起原本應由兩人分擔的責任。

當安娜貝斯抵達朱比特營時，她是準備要與蕾娜協商，甚至在必要時出手交戰。她完全沒料到，自己會替她感到難過。

她將這份難過隱藏起來。蕾娜給她的印象，絕不是那種喜歡被別人同情的人。

於是她開始告訴蕾娜自己的故事。她講到自己住在舊金山的爸爸、繼母與兩個凡人弟弟，以及她如何感覺自己像是那個家庭的局外人。她說起七歲逃家的故事，她是如何找到朋友路克和泰麗雅，一起跋涉到位在長島的混血營。她描述混血營的狀況和自己在那裡成長的歲月，提到當初遇到波西的情景，以及他們一起探險的經歷。

蕾娜是個很好的聽眾。

安娜貝斯很想告訴她更多最近面臨的問題：她與母親的爭執、銀幣禮物，還有那些惡夢。這些夢都與一個久遠的恐懼有關，讓她害怕到差點決定不要踏上這段旅程。可是，她又無法公開這麼多自己的內心世界。

當安娜貝斯說完，蕾娜的目光望向整個新羅馬。她的金屬狗在花園裡嗅聞晃蕩，拍打忍冬花叢間的小蜜蜂。終於，蕾娜舉起手，指著遠方山丘聚集的神殿群。

「那棟小小的紅色建築，」她說：「靠北邊的那個，看到了嗎?那就是我母親的神殿，貝婁娜神殿。」蕾娜轉頭面對安娜貝斯。「與你母親不同的是，貝婁娜並沒有相對應的希臘型態，她是完完全全、真正的羅馬天神。她是保護家鄉的女神。」

安娜貝斯不作聲。她對這位羅馬女神所知實在有限，她希望自己多少研讀過一些，只是對身爲希臘人的她來說，拉丁文向來不好學。在她們下方，阿爾戈二號閃閃發亮地飄浮於廣場上頭，偌大的船殼彷彿是顆加大版的銅製派對氣球。

「羅馬人要上戰場時，」蕾娜繼續說：「我們會先去貝婁娜神殿拜謁。神殿裡有一小塊地方象徵敵人的領土，我們會將長槍丟進那塊地方，表明從此進入戰爭時期。你看，羅馬人始終相信攻擊就是最好的防禦。在古代，我們的祖先只要一感受到鄰人的威脅，就會入侵對方來保護自己。」

「他們征服了周圍所有地區，」安娜貝斯說：「迦太基㉙、高盧㉚人……」

「還有希臘人。」蕾娜打住這個話題。「安娜貝斯，我的重點是，與其他勢力合作並不是羅馬人的天性。每一次希臘與羅馬的混血人遇上了就是互打，我們兩邊的衝突已經造成人類史上幾次最可怕的戰爭，特別是幾場內戰。」

「事情不見得要演變成那個樣子，」安娜貝斯說：「我們一定要合作，不然蓋婭會毀滅我

㉙ 迦太基（Carthage），腓尼基人於西元前八世紀左右在北非建立的城市國家，是當時地中海最強盛的國家，並為羅馬的強敵。但在三次普尼克戰爭（Punic Wars, 264BC-146BC）之後慘遭屠城，成為羅馬共和國的一個行省。

㉚ 高盧（Gauls），在古代地理上是指阿爾卑斯山西北部地區，包括今天的法國、義大利北部、比利時、荷蘭南部及德國的萊茵河以西。西元前五十八至五十一年，羅馬總督凱撒（Julius Caesar）陸續征服高盧各部族，將羅馬共和國的國土擴張到高盧全境。

們雙方。」

「我同意，」蕾娜說：「但合作是可行的嗎？萬一茱諾的計劃有缺陷呢？即使天神也有可出錯。」

安娜貝斯等著看蕾娜被閃電劈到，或變成一隻孔雀，但什麼事也沒發生。

不幸的是，安娜貝斯心裡也有同樣的疑慮。希拉的確出過差錯，安娜貝斯從那位傲慢女神那裡得到了的除了麻煩，別無他物。而且她永遠不能原諒希拉帶走波西這件事，即使背後有個崇高的理由。

「我並不信任這位女神。」安娜貝斯承認，「但我信任我的朋友。蕾娜，這不是詭計，我們能夠合作的。」

蕾娜喝完她的熱巧克力，把杯子放在平台欄杆上，瞭望著整片山谷，彷彿在想像戰線。

「我相信你說的都是眞心話，」她說：「不過，如果你眞要過去那片古老的土地，特別是羅馬城，你應該知道一件關於你母親的事。」

安娜貝斯的肩膀緊繃起來。「我的……母親？」

「我住在賽西的小島時，」蕾娜說：「我們有很多訪客。曾經有一次，大約是在你與波西出現的前一年，有個年輕男子被沖上岸來。他已經在海上漂流好幾天，因爲又熱又渴而有些抓狂，講的話都讓人聽不太懂。但是他說，他是雅典娜的兒子。」

蕾娜沒再說下去，彷彿等著安娜貝斯回應。安娜貝斯完全不知道這男孩可能是誰，她從沒聽說有任何雅典娜的小孩前往妖魔之海探險過，然而她心中浮起了一絲恐懼。陽光透過葡萄藤照射下來，將地上的陰影弄得宛如一群蟲子在蠕動。

「那個混血人後來怎麼了？」她問。

蕾娜揮揮手，彷彿這是個無關緊要的問題。「賽西當然是把他變成一隻天竺鼠，他算是一隻相當瘋狂的小動物。不過在那之前，他老是在咒罵自己失敗的任務。他宣稱去過羅馬，追隨雅典娜的記號。」

安娜貝斯抓緊欄杆來穩住自己。

「是的，」蕾娜看出她的不適，「他不斷自言自語說著智慧的小孩、雅典娜的記號、巨人剋星蒼白金黃矗立。那些句子和剛剛艾拉引述的一樣，可是你說今天之前都沒有聽過？」

「沒有……沒聽過像艾拉那樣的說法。」安娜貝斯的聲音變得很微弱。她沒有說謊，她從未聽過那樣的預言，但她的母親曾指示她去追隨雅典娜的記號；她想到口袋裡的那枚銀幣，一個可怕的疑慮開始在腦海裡生根。她記得母親說的苛刻話語，想到近日出現的種種奇怪惡夢。「這個混血人……他解釋過他的任務嗎？」

蕾娜搖頭。「在那個時候，我完全聽不懂他在講什麼。很久之後，當我成爲朱比特營的執法官，我才開始懷疑。」

「懷疑……什麼？」

「有一個古老傳說，在朱比特營的執法官間流傳了幾百年。如果那是眞的，或許可以解釋爲何我們兩個營區的混血人至今都無法合作，這可能就是雙方產生敵意的起因。這筆宿怨沒有解決之前，傳說會繼續流傳，羅馬陣營與希臘陣營永遠不會和平相處。而這個傳說的重心，是關於雅典娜……」

一個尖銳的聲響劃破空中，強光閃過安娜貝斯的眼角。

她轉頭看，正好見到爆炸發生，把廣場炸出一個新窟窿。一個著火的躺椅被拋到半空，驚慌的混血人四散奔逃。

「巨人？」安娜貝斯伸手拿劍，當然劍不在她身上。「我以爲他們的軍隊被擊退了！」

「不是巨人，」蕾娜的雙眼充滿憤怒的烈焰，「你背叛了我們的信任。」

「什麼？不會的！」

她的話才說完，阿爾戈二號發射了第二顆砲彈。左舷的弩砲射出一支布滿希臘火藥的長槍，直接墜入元老院的圓頂破洞，在屋內爆開，整棟建築頓時亮得像個南瓜燈籠。如果有人在裡面的話……

「天神哪，不！」一陣暈眩讓安娜貝斯差點腿軟。「蕾娜，這是不可能的，我們絕不會這樣做！」

兩隻金屬狗衝向主人身邊，牠們朝著安娜貝斯狂吠，但步伐猶豫，好像不願出擊。

「你說的是實話，」蕾娜判斷，「或許你不知道這場變節行動，但總有人要付出代價！」

在下面的廣場上，混亂正在蔓延。群眾推擠著，也開始拳腳相向。

「見血了。」蕾娜說。

「我們得阻止這一切！」

安娜貝斯有種可怕的預感，這或許會是最後一次和蕾娜認同地共同行動，但當下她們倆已一起火速衝下山。

如果這座城市裡容許武器存在，安娜貝斯的朋友大概早就死了。廣場上的羅馬混血人已經聚集成一群憤怒的暴民，有些人對著阿爾戈二號丟擲盤子、食物和石塊，但都徒勞無功，被拋出去的東西大多落回人群裡。

幾十個羅馬人將傑生與派波團團圍住，他們兩個雖然努力安撫眾人，卻沒有多大作用。派波的魅語在許多氣憤怒吼的混血人面前已經失效。傑生的前額流著血，紫色披肩也變得破破爛爛，嘴裡不斷請求說：「我是站在你們這邊的！」然而他的橘色混血營上衣對現況毫無助益，頭頂上方的戰船更不幫忙，不斷向新羅馬發射燃火長槍，其中一根落到他們附近，一間長袍店頓時變成瓦礫堆。

「普魯托㉛的護甲，」蕾娜咒罵：「你看。」

軍團的武裝士兵朝廣場趕來。兩個砲兵在緊鄰波美利安界線之外架設弩砲，準備對阿爾戈二號開火。

「那只會讓狀況變得更糟。」安娜貝斯說。

「我痛恨我的工作。」蕾娜抱怨，然後快速衝向士兵，她的兩隻狗緊跟過去。

「波西呢？」安娜貝斯想到他，焦急地掃視廣場。「你在哪裡？」

兩個羅馬人試圖抓住她，她閃過他們，奔進人群中。幾百個紫色鬼魅彷彿嫌這些憤怒的羅馬人、著火的座椅加上爆炸的建築還不夠混亂，全都飄進廣場，直接穿越羅馬人的身體，語無倫次地嗚咽哀號。方恩們也趁亂打劫，蜂擁至餐桌邊搜刮杯盤與食物。有個方恩的懷裡

㉛普魯托（Pluto），冥界之王，等同希臘神話中的冥王黑帝斯（Hades）。參《混血營英雄——海神之子》六十八頁，註⑰。

抱滿了玉米餅，嘴裡還咬著一整顆大鳳梨，從安娜貝斯身旁快步走過。

就在安娜貝斯的正前方，一座特米納士的雕像迸開成爲人形，用拉丁文對著她大罵，無疑地是在指責她是說謊者和破壞規矩的人。但安娜貝斯推開那座雕像，繼續往前衝。

她終於瞥見波西了。他和他那兩個朋友海柔及法蘭克站在一座噴泉中央，波西運用爆發的水力來抵禦羅馬人的怒火。他的羅馬長袍已經破爛不堪，不過看起來沒有受傷。

安娜貝斯呼喚他，此時又一次爆炸震撼了廣場。這次的爆炸火光直接出現在正上方，某個羅馬營的弩砲開火射擊，阿爾戈二號登時發出怪聲、往一邊傾斜，整個船身火花四濺。

安娜貝斯留意到有個人影正不顧一切地靠向繩梯，想要爬下來。那是屋大維，他手中的繩子冒著蒸氣，沾著灰的臉孔已被熏黑。

而在噴泉那一邊，波西用更多的水噴向羅馬群眾。安娜貝斯閃避過一個羅馬人的拳頭與一盤飛天三明治，朝他跑去。

「安娜貝斯！」波西大喊，「這是怎麼……？」

「我不知道！」她喊回去。

「讓我告訴你是怎麼一回事！」一個聲音從上面傳下來，屋大維已經爬到繩梯的尾端。「希臘人對我們開火！是你們那個里歐把武器對準羅馬的！」

安娜貝斯覺得胸腔內好像塞滿了液態氫，彷彿瞬間就要崩裂成百萬片冰凍碎片。

「你說謊，」她說：「里歐絕對不會……」

「我剛剛就在上面！」屋大維怒吼：「我親眼看見的！」

阿爾戈二號向羅馬營回擊。一個羅馬弩砲被炸得支離破碎，附近的軍團士兵紛紛散開。

「你看吧！」屋大維高喊：「羅馬人，殺掉入侵者！」

安娜貝斯挫敗地低吼。此刻沒人有餘裕去弄清楚眞相了，而混血營與羅馬營的人數相差懸殊，就算屋大維使了什麼詭計（她認爲相當有可能），他們也絕不可能在被俘虜殺害之前說服羅馬人。

「我們必須離開這裡，」她對波西說：「立刻就走！」

波西嚴肅地點點頭。「海柔、法蘭克，你們得做出抉擇了。你們要一起來嗎？」

雖然海柔的表情流露恐慌，但她將騎兵頭盔戴起來。「我們當然要跟著你。不過你們是上不了那艘船的，除非我們替你爭取一點時間。」

「你要怎麼做？」安娜貝斯問。

海柔吹了聲口哨，廣場颳起一陣棕色旋風，一匹高大的駿馬赫然出現在噴泉邊。牠高舉雙蹄嘶鳴，瞬間嚇退了群眾。海柔以天生好手的姿態躍上馬背，一把羅馬騎士劍已安掛在馬鞍上。

她拔出黃金劍刃。「你們安全離開後，給我一個伊麗絲訊息，到時候我們再來會合。」她說：「阿里昂，走！」

駿馬以不可思議的速度飛奔過群眾，引起一陣驚慌騷動，也迫使羅馬人紛紛後退。

安娜貝斯感覺到一線希望，或許他們可以活著離開。這時，她聽見廣場另一邊的傑生在呼喊。

「羅馬人！」他高聲說：「求求你們！」

他和派波正遭到石頭和碗盤的攻擊，傑生努力保護派波，卻被一塊磚頭擊中眼睛上方。

他彎下身體，群眾向他撲去。

「退後！」派波尖叫。她的魅語傳向人群，人們的動作猶豫起來。但安娜貝斯知道那個效力維持不了太久，而波西和她也來不及趕過去幫忙。

「法蘭克，」波西說：「要靠你了。你有辦法幫他們嗎？」

安娜貝斯無法想像法蘭克如何能靠一己之力解決這種情況，但法蘭克緊張地點了點頭。

「喔，天神呀。」他低語：「我可以的，你們快上繩梯吧！現在就上。」

波西和安娜貝斯衝向繩梯，屋大維依舊攀著繩梯底端，波西一把將他拉開，往騷動的人群推去。

他們開始往上爬，武裝的軍團成員迅速來到了廣場。飛箭掠過安娜貝斯的頭上，一個爆炸差點將她震離繩索。她爬到半空中突然聽見動物的吼聲，於是她往下一瞥。

一頭全尺寸的龍正衝過廣場，羅馬人尖叫著奔逃。那是個遠比阿爾戈二號的銅龍破浪神雕像還要可怕的怪物，有著粗皺如科摩多巨蜥㉜的灰皮、蝙蝠般的革質翅膀。牠大步朝派波與傑生邁進，飛箭和石塊紛紛從牠身上彈射回來，完全傷害不了牠。牠用前爪抓起他們兩人，然後一舉跳向天空。

「那是……？」安娜貝斯心裡有個想法，卻說不出口。

「法蘭克，」波西爬在她上面一點，跟她確認說：「他有幾種特別的才藝。」

「講得還真保守。」安娜貝斯喃喃說道：「繼續爬吧！」

如果不是海柔的駿馬與那隻大龍分散了弓箭手的力量，他們絕不可能爬上繩梯。然而他們終究攀過了一排受損的空中槳櫓，爬到甲板上。船上的索具著了火，前桅大帆掉落到中央，船身往右舷傾斜。

船上沒有黑傑教練的身影，但里歐站在船中間，冷靜地替弩砲補充砲火。安娜貝斯的內臟整個驚恐地糾結起來。

「里歐！」她尖叫：「你在做什麼？」

「毀滅他們……」他面向安娜貝斯，目光呆滯，動作宛如機器人。「全部毀滅。」

他轉回砲管旁邊，但是波西撲了過去。里歐的頭用力撞到甲板上，他眼睛一翻，頓時只見眼白。

大灰龍已經躍入視野中。牠盤旋一圈，隨即降落在船頭，放下傑生與派波這兩個昏過去的人。

「走！」波西大喊：「快讓我們離開這裡！」

安娜貝斯嚇了一跳，突然意識到波西是在對她說話。

她跑向舵輪，卻犯了一個錯誤，往欄杆外看去，只見武裝軍團在廣場上恢復陣式，備好火箭。海柔策馬奔馳，在群眾的追趕下衝出城外。更多的大砲被推出來排成一大列；而在整個波美利安界線上，所有的特米納士雕像都發出紫光，好像在蓄積某種攻擊所需的能量。

安娜貝斯的目光回到控制面板上，不禁咒罵起里歐，害他們陷入這麼複雜的處境。她知道沒有時間弄什麼高超的操控模式了，但她還知道一個基本的指令：「升空。」

㉜ 科摩多巨蜥（Komodo lizard）是目前世上體型最大的蜥蜴，體長可達三公尺，體重可達百公斤。牠的腳上有尖銳的爪子能撕裂獵物的肉，其粗壯的大尾巴可掃倒敵人，粗厚的硬皮可防止蛇咬。

她抓住飛行油門桿，使勁往後拉。整艘船發出巨響，船頭傾斜到一個可怕的角度。此時繫留繩猛然斷開，阿爾戈二號迅速衝向雲端。

5 里歐

里歐眞希望自己能夠發明一台時光機器，他就可以回到兩個小時以前，取消發生過的所有事情；要不然就發明一個「全自動賞里歐耳光機」，讓他可以嚴厲懲罰自己。只是他懷疑那種處罰再怎麼痛，也沒有安娜貝斯看他的眼神那麼傷他。

「再說一次，」她說：「到底發生了什麼事？」

里歐垂頭喪氣地靠著桅桿坐著，他的頭因爲剛剛撞到甲板還隱隱作痛。環顧四周，他的美麗新大船已經搖搖欲墜，船尾的十字弓變成一堆引火木柴，前桅大帆則變成一塊破布。用來啓動船上網路與電視的衛星天線已經被炸成碎片，把黑傑教練氣壞了。他們的破浪神雕像、也就是里歐的金屬龍非斯都，好像吃進了毛球般咳出黑煙，而從船身發出的劇烈呻吟聲裡，里歐可以判斷出左舷的飛行槳排列若非已經打亂，就是被破壞殆盡了，這也可以解釋爲何此時船身會傾斜飛行又晃動不已，引擎則像個犯氣喘的蒸氣火車頭在喘息。

他抽噎著說：「我不知道。一切都好模糊。」

太多人正盯著他看，有安娜貝斯（里歐最恨去惹到她，這女孩讓他很害怕），有穿著橘色馬球衫、戴著棒球棍（他幹嘛走到哪兒都要帶著那東西？）的毛毛山羊腿教練黑傑，還有名叫法蘭克的新成員。

里歐不確定法蘭克是什麼樣的人。他的外表看起來就像個娃娃臉相撲選手，當然里歐沒有愚蠢到說出這個形容詞。儘管里歐的記憶依然恍惚，他很確定在他仍有一半意識時，見到一條龍降落到船上，然後那條龍變成了法蘭克。

安娜貝斯雙手交疊在胸前。「你是說你什麼都不記得了？」

「我……」里歐覺得自己好像在硬吞一顆彈珠。「我記得，但一切就好像是我在看著自己做動作，卻控制不了我自己。」

黑傑教練拿球棒敲擊甲板。他的連帽運動衣遮住了頭上的羊角，整個人看起來就和在荒野學校時一模一樣；當時他以體育老師的身分在那裡混了一年，教導過派波、里歐與傑生。他那種惡狠狠瞪人的方式，讓里歐覺得他八成要罰他做伏地挺身了。

「聽好，孩子，」黑傑說：「你炸掉一些東西，攻擊了一些羅馬人。做得好！棒極了！可是，有必要弄壞衛星頻道嗎？我正在看摔角比賽耶！」

「教練，」安娜貝斯說：「你何不去檢查一下火勢都撲滅了沒？」

「我已經檢查過了。」

「那就再檢查一次。」

羊男拖著腳步離開，嘴裡叨唸個不停；即使是黑傑教練，也不會瘋狂到去反抗安娜貝斯。

安娜貝斯跪在里歐身旁，一雙灰色眼睛冷酷地像鋼珠。她的金髮披垂到肩膀上，里歐卻一點都不覺得這樣很迷人。他實在不知道那種「金髮美女沒大腦」的成見是從哪裡來的；自從去年冬天在大峽谷遇見安娜貝斯，只要她以那種「給我波西．傑克森，不然就殺死你」的表情朝他靠近，里歐就覺得金髮的女生實在太過聰明、也太危險了。

「里歐，」她冷靜地說：「屋大維是不是對你耍了詭計？他有沒有誣賴你，或者……」

「沒有。」里歐大可說謊，把責任都推到那個羅馬笨蛋身上，可是他不想讓已經夠糟的狀況變得更糟。「那傢伙是個混蛋，但他沒有對營區開火。是我開火的。」

新登船的法蘭克沉下臉說：「你是故意的？」

「不是！」里歐眼神激動。「嗯……是的，我的意思是我並不想這麼做，但同一時間裡，我又感覺到我想那麼做，有某個東西叫我做那些事。我的身體裡面有種冰冷的感覺……」

「一種冰冷的感覺？」安娜貝斯的語氣變了，聽起來幾乎是……嚇壞了。

「是的，」里歐說：「怎麼了？」

這時，下面船艙傳來波西的聲音。「安娜貝斯，我們需要你。」

喔，天神呀，里歐心想，求求你讓傑生沒事。

他們登上船後，派波就把傑生帶到下面，當時傑生頭上的傷看起來相當嚴重。里歐認識傑生的時間比混血營裡的其他人都還要久，他們是最好的朋友，如果傑生撐不過去……

「他會沒事的。」安娜貝斯的表情柔和下來。「法蘭克，我很快就回來。請你……看好里歐。拜託。」

法蘭克點點頭。

如果還有什麼事情能讓里歐的心情變得更差，那就是這個男生了。比起對里歐的信任，安娜貝斯現在居然更信任一個她幾乎才認識三秒鐘的羅馬混血人。

等到安娜貝斯離開，里歐和法蘭克互相瞪著對方。這個大塊頭披上那身床單長袍實在很古怪，他裡面穿著灰色的連帽上衣和牛仔褲，肩上還揹著船上軍械庫的弓和箭筒。里歐回想起以前遇到的阿蒂蜜絲獵女隊，她們是一群輕盈可愛的女孩，全身銀色裝束，也都帶著弓箭。他想像法蘭克和這群女生一起嬉鬧的樣子，這畫面實在太滑稽了，讓他的心情幾乎變好起來。

「所以，」法蘭克說：「你不是叫做『山米』？」

里歐皺起眉頭，「你這算什麼問題？」

「沒事，」法蘭克趕忙說：「我只是……沒事。關於你朝營區開火這件事……屋大維有可能是幕後主使者，像是魔法或什麼怪東西。他不希望羅馬人和你們這些人和睦相處。」

里歐很想相信他的說法，他非常感謝這個大塊頭並不恨他。可是他明白，這一切與屋大維無關，是他自己走向砲管開火發射。一部分的他知道這樣做不對，他問自己：「我究竟在搞什麼鬼呀？」但無論如何，他就是做了。

或許是他瘋了。這幾個月來修建阿爾戈二號累積的壓力，可能終究打垮了他。然而他又不願意這麼想。他需要做一些有建設性的事，他的雙手必須保持忙碌。

「嘿，」他說：「我必須去和非斯都談一談，還要拿損壞報告。你介意我……？」

法蘭克幫忙拉他起身。「誰是非斯都？」

「我朋友。」里歐說：「怕你多想，他的名字也不叫山米。來吧，我介紹你認識一下。」

幸好這個金屬龍沒有受到損傷，嗯，除了它早在去年就全身摔爛只剩頭部之外。但里歐沒把這件事算進來。

當他們走到船首，破浪神雕像轉了一百八十度來看他們。法蘭克驚呼著後退幾步。

「它是活的！」他說。

要不是里歐心情不好，他大概會狂笑出聲吧。「是的，法蘭克，這就是非斯都。它曾經是一隻很完整的金屬龍，可是我們出了點意外。」

「你的意外還眞多。」法蘭克強調說。

「這個嘛，我們不是每個人都能變身爲龍的，所以我們就打造屬於自己的龍。」里歐揚起眉毛對法蘭克說：「總之，我讓它重生了，成爲這艘船的破浪神，它現在有點像是這艘船的主要介面。非斯都，目前狀況如何？」

非斯都鼻孔噴煙，發出一連串嘎吱呼嚕聲。過去幾個月裡，里歐已經學會解讀這種機器語言；其他的混血人可以聽懂拉丁文和希臘文，里歐則是會講機器的嘎吱文和嘰喇文。

「呼！」里歐說：「還不算太糟，不過船殼有好幾個地方受損，左舷的飛行槳必須先修好，我們才有辦法重新以全速飛行。我們需要一些維修材料，像神界青銅、萊姆……」

「你要萊姆做什麼？」

「大塊頭，我要的是碳酸鈣成分的『萊姆石』，就是石灰啦，用在水泥還有……算了，當我沒說。重點是，如果我們修不好，這艘船跑不了多遠的。」

非斯都又發出一聲喀啦聲響，里歐沒聽懂；那聲音聽起來有點像「唉唷」。

「喔……海柔！」里歐恍然大悟，「那個頭髮捲捲的女孩，是嗎？」

法蘭克驚呼。「她還好嗎？」

「嗯，她還好，」里歐說：「根據非斯都的說法，她的馬在下面拚命跑，她有跟上我們。」

「那麼我們必須降落才行。」法蘭克說。

里歐打量法蘭克的臉。「她是你的女朋友？」

法蘭克咬著唇。「是。」

「聽起來你不怎麼確定。」

「是的，是的，絕對是。我很確定。」

里歐舉起雙手。「好啦，知道了。現在的問題是，我們只能降落一次。以現在船身與飛行槳的狀況，沒有修好之前是絕對無法再度升空。所以，我們一定要確認降落的地方具備所有維修材料才行。」

法蘭克抓抓頭。「你要從哪裡拿到神界青銅？不可能隨便的五金行都有。」

「非斯都，掃描四周。」

「它可以掃描得到魔法金屬？」法蘭克很驚訝。「有什麼是它辦不到的？」

里歐心想：「你應該看看它全身都在的樣子。」可是他沒有說出口。想起非斯都過去的模樣，實在讓人太心痛了。

里歐從船頭望出去，中加州山谷在下面移動著。對於能否在一個地方找齊所有物資，里歐並不抱持太大希望，但他們總得一試；而里歐還希望離開新羅馬愈遠愈好。阿爾戈二號能夠快速移動很遠的距離，要歸功於它的魔法引擎，但里歐認為，羅馬人一定也有他們自己的神奇交通方式。

他身後傳來踩踏階梯的聲音，波西和安娜貝斯表情凝重地上來了。

里歐心頭一沉。「傑生他……？」

「他在休息。」安娜貝斯說：「派波看著他，不過應該會沒事的。」

波西嚴肅地看著他。「安娜貝斯說，你眞的發射了那些砲火？」

「老兄，我……我也不明白事情是怎麼發生的。我很抱歉……」

「抱歉？」波西咆哮。

安娜貝斯伸手擋住波西。「我們待會再來弄清楚這件事，現在，我們必須重新分組，擬出計劃。這艘船目前的狀況如何？」

里歐雙腿顫抖。波西看著他的眼神，讓他出現那種在傑生召喚閃電時才會有的感覺；他的皮膚刺痛，體內的每個直覺都在尖叫：「快閃！」

他告訴安娜貝斯船隻損壞的狀況與所需物質。報告這些能夠修復的事情，起碼讓他感覺好一點。

當他開始哀嘆神界青銅可能難找的時候，非斯都又開始嘎吱呼嚕叫了。

「太好了。」里歐鬆了一口氣。

「什麼事太好了？」安娜貝斯問：「我現在也想有一些『太好了』的事。」

里歐擠出一個笑容。「有個地方有我們需要的全部東西。法蘭克，你何不變成一隻飛鳥之類的，飛下去告訴你的女朋友，到猶他州的大鹽湖來會合。」

當他們到達那裡時，面對的可不是一次平順的降落。在槳櫓損壞、大帆破裂的情況下，里歐連控制下降都是勉強完成的。其他人都在下面船艙裡繫好安全帶，只有黑傑教練例外，他堅持要靠到前方圍欄，吶喊：「耶！來吧來吧，大湖！」里歐站在船尾，獨守舵盤，盡力把持方向。

非斯都嘰嘰嘎嘎地發出警訊，聲音經由對講機傳輸到後甲板。

「我知道，我知道。」里歐咬著牙說。

他沒有多少時間享受眼前的景色。往東南邊看去，高聳山脈的丘陵間坐落著一座城市，在午後陰影中披上藍、紫的色彩；往南看去，則是平坦的沙漠地形無盡延伸。至於他們的正下方，就是閃耀得像鋁箔般的大鹽湖，那蜿蜒在湖邊的白鹽灘地景象，讓里歐不禁想到火星的太空照片。

「抓緊了，教練！」里歐大喊：「可能會受傷喔。」

「我就是為了受傷而生的！」

轟！一道強勁的鹹水流撲向船頭，黑傑教練整個浸在水中。阿爾戈二號往右舷嚴重傾斜，然後又自己撥正回來，在湖面上搖晃。船上機件嗡嗡作響，因為飛行槳葉正在努力轉換成航海的運作模式。

三排機器槳櫓伸入水中，開始往前划動。

「做得好，非斯都。」里歐說：「帶我們去南岸。」

「耶！」黑傑教練朝空中揮拳。他從頭上的角到腳上的蹄都溼透了，不過臉上的笑容倒是像頭發瘋山羊。「再來一次！」

「嗯……晚一點再說，」里歐說：「你就好好站在甲板上，可以嗎？你可以負責監視情勢，萬一發生……比如說，湖水決定要攻擊我們之類的狀況。」

「交給我吧。」黑傑向他打包票。

里歐搖響「解除警報」鈴，轉身朝樓梯方向跑去。他還沒跑到樓梯口，一個笨重的踩踏聲晃動了整個船身，一匹褐色駿馬出現在甲板，背上坐著海柔·李維斯克。

「你怎麼……？」里歐忍住沒問出口，只說：「我們在湖當中耶！這東西會飛？」馬匹惱火地狂嘯。

「阿里昂不會飛，」海柔說：「但牠幾乎可以在任何東西的表面上奔跑，水面、垂直壁面、小山，全都難不了牠。」

「喔。」

海柔用一種奇怪眼神看著他，就和在廣場盛宴時一樣，好像想從他臉上找出什麼東西。他想問她，是否他們以前見過，但他很確定沒這回事。如果有漂亮女孩這樣仔細打量他，他應該會記得很清楚，因為那是很少發生的事。而且她是法蘭克的女朋友，他提醒自己。

法蘭克還在下面船艙，但里歐幾乎希望那個大塊頭到樓梯上面來。海柔這樣端詳他的方式，讓他既難為情也不大舒服。

黑傑教練帶著球棒爬過來，滿腹狐疑地瞄著神奇駿馬。「華德茲，這個算是入侵者嗎？」

「不算！」里歐說：「嗯，海柔，你們最好跟我來。我在船艙裡搭了一個馬廄，如果阿里昂想……」

「牠比較像是個自由的精靈，」海柔從馬鞍上滑下來，「牠會去湖邊漫步覓食，等我呼叫牠。不過我很想看看這艘船，請你帶路吧。」

阿爾戈二號的設計仿效古代三列槳戰船㉝，尺寸卻有兩倍大。第一層艙面有一個中央走

㉝ 三列槳戰船（trireme），古希臘和古羅馬使用的大型戰艦，其名稱源自於船的每邊有三排槳，一個人控制一支槳。

道，兩邊是組員的艙房。在正式的古希臘戰船中，這層的空間大部分由三列座凳占滿，那是幾百個揮汗船夫以人力划動船隻的地方，但里歐設計了全自動的槳櫓，而且可以隱藏收起，所以只占據船身內部極小的空間。船的動力來自位在第二層與最下層船艙的引擎室，這兩層船艙裡還有醫務室、儲藏室與馬廄。

里歐帶路往大廳走去。

他替這艘船建造了八間船員艙房，七間給大預言裡的七位混血人，一間留給黑傑教練（老實講，奇戎真的認爲他是一個有責任感的成年監護人嗎？）；船尾則有一間較大的廳房，兼做餐廳與休息室，也就是里歐正要走去的地方。

往大廳的路上，他們經過傑生的房間，房門是敞開的，派波坐在傑生的臥鋪旁，握著傑生的手。傑生發出鼾聲，頭上有個冰敷袋。

派波瞄了里歐一眼，將手指放到唇邊，示意他安靜，不過看起來並沒有生氣。這很重要。里歐努力壓抑自己的罪惡感，繼續往前走。當他們來到餐廳，便看到其他人（波西、安娜貝斯、法蘭克）圍著餐桌坐，神情沮喪。

里歐當初就將這個休息室蓋得盡可能舒適，因爲他認爲他們待在這裡的時間會很多。餐櫃裡排放著從混血營拿來的魔法杯盤，可以根據指令塡滿任何想要的食物或飲料。另外還有一個魔法冰櫃，裡面塞滿了罐裝飲料，想上岸野餐絕對沒有問題。這裡的椅子是可以往後斜躺的厚軟高級按摩椅，內建耳機、置杯架與置劍架，滿足所有混血人要翹腳休息的需求。這裡沒有窗戶，但牆壁神奇地播放著混血營的連續實境畫面，從海灘、森林到草莓園。然而里歐現在忍不住思忖，這樣做是會讓人比較快樂，還是更想家？

波西渴切地望著夕陽下的混血之丘，金羊毛正在高聳的松樹枝頭閃耀著。

「我們降落了，」波西說：「接下來呢？」

法蘭克彈弄一下弓弦。「研究大預言嗎？我的意思是……艾拉所說的的確就是預言，對吧？從西卜林書[34]引述出來的？」

「西什麼？」里歐問。

於是法蘭克開始解釋，他們的鳥身女妖朋友對於書籍內容擁有多麼驚人的記憶力。在過去的某個時間中，她記下了一整組古老預言，而那些預言一直被認爲在羅馬衰亡的時候便已經毀掉了。

「所以，你們並沒有對羅馬人說，」里歐猜測說：「因爲你們不希望羅馬人掌握那個鳥身女妖。」

波西一直盯著混血之丘的畫面。「艾拉很敏感，我們發現她時，她是一個俘虜。我只是不想要……」他握起拳頭，「總之現在無所謂了。我已經傳伊麗絲訊息給泰森，叫他帶艾拉去混血營。他們到那裡就會安全的。」

里歐懷疑他們當中有誰是安全的。他們本來就面臨著蓋婭和巨人的危機，現在他又激怒了整個羅馬營。但他不敢出聲。

安娜貝斯雙手握拳。「我會好好思考這個預言。但此時此刻，我們面臨更迫切的問題，我

[34] 西卜林書（Sibylline Books），古羅馬時代的一本神諭集，包括許多先知的訊息及預言，後來被集結成冊。參《混血營英雄——海神之子》六十五頁，註[16]。

們必須修好這艘船。里歐，我們需要哪些材料？」

「最容易取得的是焦油，」里歐很高興話題轉變了，「這個東西在城裡就可以找到，一般修繕材料行都有。此外，我們還需要神界青銅與石灰。根據非斯都的說法，我們可以在這座湖中找到這兩樣東西，就在這裡往西的一座小島上。」

「我們得快一點，」海柔警告說：「按照我對屋大維的了解，他會卜卦來搜尋我們，羅馬人也會派出火力十足的追兵，這可是關係著羅馬的榮耀。」

里歐感覺到所有人的目光都集中在他身上。「各位……我不知道事情是怎麼發生的。眞的，我……」

安娜貝斯舉起一隻手。「我們也一直在討論這件事。里歐，我們都同意，這不像你會做的事。你提到有一種冰冷的感覺……我也感覺到過，那應該是某種魔法，不屬於屋大維，也不是來自蓋婭或她的爪牙。可是，直到我們了解一切原委……」

法蘭克哼了一聲。「我們怎麼能確定這種事情不會再發生？」

里歐的手指開始發燙，好像火苗就要從指間冒出來。身爲赫菲斯托斯[35]的小孩，他的神奇能力之一就是能用意志力召喚火焰，不過他必須小心不製造意外，特別是在一艘充滿爆炸品和易燃物的船上。

「我現在很好。」他堅持說，雖然心裡並不完全確定。「也許我們應該採用夥伴搭配制度，任何人都不能單獨前往任何地方。我們可以留下派波和黑傑教練來陪傑生，派一組人去城裡找焦油，另一組人去找青銅和石灰。」

「分開行動？」波西說：「聽起來是個很差勁的點子。」

「這樣做會比較快，」海柔插話說：「再說，一支尋找任務的隊伍通常不會超過三個混血人，總是有原因的吧？」

安娜貝斯挑起眉毛，就像在重新檢視海柔的長處。「你說得對。這和我們需要阿爾戈二號的原因一樣……出了混血營，七個混血人在同一個地方出現，會吸引太多怪物的注意。這艘船的功能就是要掩蔽和保護我們，所以我們在船上應該是安全無虞。但如果出去探險，就不該以超過三人的團體行動。若非必要，沒道理去引起蓋婭手下更多的注意。」

波西看起來仍然不喜歡這個決定，但他握住安娜貝斯的手。「只要是你和我搭配，我就沒問題。」

海柔露出微笑。「喔，那就容易了。法蘭克，你剛剛變身成一條大龍，實在太帥了，你可以再做一次嗎？載波西和安娜貝斯飛進城裡去找焦油？」

法蘭克嘴巴開開，好像想反駁。「我……我想可以吧。但你呢？」

「我會騎阿里昂載著山……里歐一起去。」她不安地撥弄劍柄，這讓里歐更加不自在；她的「緊張能量」居然比他還高。「我們去找青銅和石灰。天黑之前，所有人都要回到這裡。」

法蘭克繃著一張臉，顯然很不喜歡里歐搭配海柔這個點子。但爲了某個原因，法蘭克的不同意反而讓里歐變得想要出去；他必須證明自己值得信賴，他不會再隨便發射弩砲。

「里歐，」安娜貝斯問：「如果我們拿到這些材料，要多少時間才能把船修好？」

㉟ 赫菲斯托斯（Hephaestus），希臘神話中的火神與工藝之神，是天神界的工匠與鐵匠，手藝超群。參《波西傑克森—神火之賊》一二九頁，註㉚。

「運氣好的話，只要幾個小時。」

「好吧，」她做出決定，「我們會盡快回到這邊與你們會合，不過要注意安全。我們需要一點好運氣，但不一定會有。」

6 里歐

騎乘阿里昂是里歐這一整天所碰到最好的事；這說起來沒什麼大不了，因爲他今天在這之前過得糟透了。阿里昂的蹄將湖面化爲帶著鹽分的霧氣，里歐一隻手放在牠的側身，清楚感受到牠的肌肉就像保養得宜的機器在不斷運轉。里歐第一次明白爲什麼車子引擎要以馬力來計算，阿里昂根本就是一輛四隻腳的瑪莎拉蒂跑車。

他們的前方有一座島，沿岸潔白得像是精製過的食用鹽。鹽灘後面是隆起的沙丘草地和風化的石礫。

里歐坐在海柔後面，一隻手扶在她的腰上。這樣的親密接觸讓他有點不自在，但這是他唯一可以安坐在交通工具上的方式（或者隨便你怎麼稱呼騎上馬背這件事）。

他們離開前，波西將他拉到一旁，告訴他海柔的故事。波西的說法好像他只是想幫里歐一個小忙，但他話中有話，就像在說：「如果你對我朋友亂來，我會親手抓你去餵大白鯊。」

根據波西所說，海柔是普魯托的女兒，她在一九四〇年代就死了，但在幾個月前，被重新帶回人間。

里歐實在很難相信這種事情；海柔看起來溫暖又非常有活力，既不像鬼，也不像之前他交手過的那些重生亡者。

她似乎也很容易和別人相處，不像里歐。里歐與機器相處還更自在些；只要是活的東西，不管是馬匹還是女孩，他完全不懂他們運作的道理。

更何況海柔還是法蘭克的女朋友，所以里歐知道應該保持適當距離。只不過她的頭髮聞起來好香，而且和她一起騎馬讓他的心跳幾乎要違抗他的意志。這一定是因爲馬匹的速度。

阿里昂疾奔上岸。牠大力踏蹄，勝利地嘶喊，就像黑傑教練打鬥時發出的吼叫。

海柔和里歐滑下馬背，阿里昂用蹄扒著地上的沙。

「牠需要吃東西。」海柔解釋，「牠喜歡黃金，可是……」

「黃金？」里歐問。

「牠也可以接受青草。去吧，阿里昂，謝謝你載我們過來，我會再呼叫你的。」

駿馬就這樣消失得無影無蹤，只在湖面上留下一道蒸氣路徑。

「好快的馬，」里歐說：「而且吃得也好高貴。」

「不見得啦，」海柔說：「黃金對我來說是很容易取得的。」

里歐揚起眉毛說：「黃金怎麼會容易取得？拜託別告訴我你和米達斯國王㊱有關係，我不喜歡那個老頭。」

海柔抿著嘴，似乎不想提起這個話題。「沒什麼好說的。」

這下里歐更加好奇了，但他決定現在最好不要逼她說。他跪下來抓起一把白沙，說：「嗯……總算解決一個問題了，這是石灰。」

海柔皺眉問道：「這整片沙灘都是？」

「是啊，看到了嗎？這些顆粒是球形的，事實上這不是沙粒，而是碳酸鈣。」里歐從工具腰帶中抽出一個夾鏈袋，然後用雙手挖掘石灰粉。

突然，他停住了。他想起大地之母蓋婭每次在地面上向他現身，那張睡臉不是由塵土泥巴構成，就是由沙粒形成的。她老喜歡恐嚇他。他想像她沉睡的雙眼與寤夢中的微笑在這片白石灰中旋轉著。

「離開吧，小英雄，」蓋婭說：「沒有你，那艘船是修不好的。」

「里歐？」海柔問：「你還好嗎？」

他顫抖地深吸一口氣。蓋婭並不在這裡，他只是自己嚇自己。

「嗯，」他說：「還好，我還好。」

他開始將石灰裝入袋中。

海柔跪到他旁邊幫忙。「我們應該帶鏟子和水桶來的。」

這個想法讓里歐開心多了，甚至露出笑容。「我們還應該來堆一個沙堡。」

「一個石灰城堡。」

他們的眼神交會了好一會兒。

海柔移開目光。「你實在很像……」

「山米？」里歐猜測。

海柔往後倒去。「你知道？」

「我壓根不知道山米是誰。但法蘭克問過我，是否確定我的名字不叫山米。」

㊱米達斯國王（King Midas）是弗里吉亞國（Phrygia）的國王，以巨富而聞名。參《混血營英雄——迷路英雄》三三七頁，註⑱。

「所以……真的不是囉？」

「當然不是，拜託！」

「你沒有雙胞胎兄弟，或是……」海柔停了一下。「你的家族來自紐奧良嗎？」

「不是，是休士頓。爲什麼這樣問？山米是你認識的什麼人嗎？」

「我……其實也沒什麼，只是你長得很像他而已。」

里歐看得出來，她因爲尷尬而不肯再說下去。但如果海柔是來自過去的孩子，那不就代表山米也是一九四〇年代的人？若是這樣，法蘭克怎麼會認識這個人？再說，已經事隔那麼多年，海柔又怎麼會把里歐當成山米？

他們沉默地完成裝塡石灰的工作。里歐把夾鏈袋塞進他的工具腰帶中，整個袋子瞬間化爲無形，沒有重量、沒有質量、沒有體積。然而只要里歐伸手拿它，他知道這個東西就會出現。任何能夠放進腰帶口袋裡的東西，里歐都可以帶著走。他愛死了他的工具腰帶，他只希望裡面的口袋大到能裝進一把鏈鋸，或者火箭筒也好。

他站起來環顧四周，只見雪白的沙丘、片片的青草，還有因表面覆蓋鹽巴而宛如結霜的卵石。「非斯都說這附近會有神界青銅，但我不確定在哪裡……」

「在那邊。」海柔指向一片灘地，「大概四百五十公尺遠。」

「你是怎麼……？」

「貴金屬，」海柔回答：「就是普魯托家族的能力之一。」

里歐想起海柔說過黃金很容易取得。「眞是方便的天分呀。麻煩你帶路，金屬探測器小姐！」

太陽開始西沉，天色變成詭異的紫、黃混合的色彩。如果換一個時空背景，里歐可能會很享受與美女在沙灘漫步的感覺，但他們走得愈遠，他卻愈覺得緊張危險。終於，海柔轉向內陸走。

「你確定是這樣嗎？」他問。

「我們已經接近了，」她向他保證，「走吧。」

就在沙丘後方，他們見到了那個女人。

她坐在一片綠草地中央的石頭上，有輛黑黃相間的機車停在附近，但車輪的輪輻與輪圈被切掉一塊扇形的面積，所以看起來很像「小精靈」㊲。在那種狀況下的機車，根本不可能動得了。

這個女人有一頭黑色鬈髮，身材瘦削。她穿著黑色的騎士皮褲、長筒皮靴和血紅色的皮夾克，有點像是麥可傑克森加入地獄天使幫㊳的感覺。她腳邊地上丟棄著一些看似裂開貝殼的東西。她彎下腰，從袋子裡拿出新的貝殼，硬是把它敲開。在吃生蠔嗎？里歐不確定大鹽湖裡有沒有生蠔，基本上他認爲應該沒有。

他實在不想接近那個怪女人；過去他碰上怪女人的經驗都不好，比如他兒時的保母娣

㊲ 小精靈（Pac-Man）是一九八〇年發行的經典電子遊戲，遊戲主角小精靈的造型就像一個缺了一角的薄餅，其形象甚至成為一種流行文化符號。

㊳ 地獄天使幫（Hell's Angels）為一九四八年創立於美國的重型機車俱樂部，成員以騎乘哈雷機車、穿皮衣、戴飾章而聞名，後來演變成世界性俱樂部。但是在美加地區，他們被視為一個有幫派色彩的組織。

雅．凱莉達，她有個很糟的習慣，會把睡午覺的里歐放到燃火的壁爐中，結果她竟然是天后希拉；還有大地之母蓋婭在他八歲時來到五金行，縱火燒死了里歐的媽媽。再來是雪之女神齊昂妮[39]，她在索諾馬山谷時曾經試圖把里歐變成冰棒。

但海柔繼續向前走，里歐除了跟進之外，別無選擇。

當他們更靠近時，里歐又發現更多奇怪的地方：那女人的腰帶上纏著一根捲起來的鞭子，紅色皮夾克上有著淡淡的圖樣，像是扭曲的蘋果樹枝上停滿骷髏小鳥。她吃的其實不是生蠔，而是幸運餅乾[40]。

她身旁的破餅乾已經堆到腳踝的高度，她還繼續從袋子裡挖出餅乾，把它剝開，閱讀裡面的籤詩。大部分的餅乾都被丟到一旁，有幾個籤詩讓她不開心地低聲咒罵，她會用手指在紙條上劃過，一副要把它弄髒的樣子，然後餅乾神奇地黏合回去，被丟到旁邊的籃子裡。

「你在做什麼？」里歐不假思索地脫口而出。

這個女人抬起頭來。里歐的胸口一下子脹滿空氣，感覺像要爆開了。

「羅莎阿姨？」他問。

這實在沒有道理，但眼前這個女人長得和他阿姨一模一樣；她有同樣的大鼻子，鼻子旁也有一顆痣，還有看起來很尖酸的嘴巴與殘酷的眼神。但她完全不可能是羅莎阿姨才對，她絕對不會穿那樣的衣服，而且就里歐所知，阿姨應該仍住在休士頓，她不會坐在大鹽湖中央，剝開一個又一個幸運餅乾。

「你看到的是她？」那女人問：「很有趣。那你呢，親愛的海柔？」

「你怎麼會……？」海柔警覺地往後退。「你……你看起來好像我三年級的老師里爾太太，我恨你。」

女人笑了起來。「太好了，你恨她，是嗎？她對你不公平？」

「你……她說我不乖，處罰我，用膠帶把我的手黏在桌子上。」海柔說：「她說我媽媽是巫婆，她罵我的事根本沒有一件是真的，她……不對，她早就死了。你到底是誰？」

「哦，里歐知道的。」女人說：「你覺得羅莎阿姨怎麼樣，mijo（兒子）？」

Mijo。里歐的媽媽一向這樣叫他。他媽媽過世之後，羅莎阿姨很排斥里歐，說他是惡魔小孩，並且將那場害她姊姊死亡的火災全部怪罪到里歐頭上。羅莎讓整個家族的人都排斥里歐，就這樣，年僅八歲的瘦小孤兒里歐被丟到社會收容機構。他在各個寄養家庭間流浪，直到最後抵達混血營，才找到一個固定的家。里歐痛恨的人不多，但經過了這麼多年，羅莎阿姨的臉孔仍讓他湧起強烈的忿恨。

他覺得怎麼樣？他想要得到公平。他想報復。

他的目光移到那輛有小精靈輪胎的機車上。他之前曾在哪裡見過類似的車子呢？在混血營的十六號小屋，他們的門上有個破損車輪的標誌。

「涅梅西絲㊶，」他說：「你是報應女神。」

㊴ 齊昂妮（Khione），希臘神話中的雪精靈，是北風之神波瑞阿斯（Boreas）的女兒。

㊵ 幸運餅乾（fortune cookie），又稱幸運籤餅，是一種美式脆餅，裡面包有箴言或模稜兩可預言的字條、幸運數字或翻譯成英文的中國成語等。

㊶ 涅梅西絲（Nemesis），希臘神話中的報應女神，代表憤怒、懲罰與天神的復仇。參《波西傑克森──神火之賊》一三七頁，註㉞。

「你看吧，」女神笑著對海柔說：「他認得我。」

涅梅西絲又剝開一個幸運餅乾，整個鼻頭皺起來。「好運會在你最不抱希望時降臨。」她唸出籤詩。「這種就是我最討厭的鬼扯！有人打開一個餅乾，突然就可以拿到一個他會發財的預言！都怪那個隨隨便便的泰姬㊷，老是把好運胡亂送給根本不配的人！」

里歐望著堆成小山的破餅乾，說：「嗯……你知道那些都不是真正的預言，對吧？它們不過是在工廠裡被塞進餅乾中的……」

「不要替它們找藉口！」涅梅西絲打斷他的話，「泰姬就是想要讓人們懷抱希望。不行，我絕不讓她得逞。」她的手指頭在籤詩條上彈一下，上面的字立刻變成紅色。「『你會在懷抱最多期待時痛苦過世。』對！這樣好多了！」

「那太可怕了！」海柔說：「你讓人家打開幸運餅乾讀到這種字句，它會成真嗎？」

涅梅西絲不屑地哼一聲。看到羅莎阿姨的臉孔出現這種表情，真令人不寒而慄。「親愛的海柔小姐，里爾老師那樣對待你，難道你不曾希望有壞事降臨到她身上？」

「那並不代表我希望它們成真呀！」

「呸。」女神把那塊餅乾封起來，丟進她的籃子裡。「你是羅馬人，對你來說，泰姬應該叫做福爾圖娜。我想，她現在也和其他天神一樣，狀況都很差。至於我呢？我不受影響，羅馬人和希臘人都稱呼我為涅梅西絲，因為復仇是舉世皆同。」

「你到底在說什麼？」里歐問：「你來這裡做什麼？」

涅梅西絲打開另一個幸運餅乾。「幸運數字。太可笑了！這根本連個籤詩都算不上！」她捏碎餅乾，直接把碎片丟到腳邊。

「好，里歐，我回答你的問題。天神現在的狀況都很糟，只要希臘人和羅馬人開啓內戰，就會變成這個樣子。奧林帕斯天神被他們自己的兩個身分拉扯著、被兩方面呼喚著，恐怕都要精神分裂了。他們現在可是精神錯亂、頭痛欲裂。」

「但我們又沒有開戰。」里歐堅持說。

「唉，里歐……」海柔皺著眉，「你才剛剛轟炸了大半個新羅馬。」

里歐盯著她看，想知道她現在到底站在哪一邊。「我不是故意的！」

「我知道……」海柔說：「可是羅馬人不了解呀，他們一定會追過來報復。」

涅梅西絲又開口了：「里歐，聽那女孩的話。戰爭就要來臨，蓋婭早就預告了，現在又加上你的幫忙。你可以猜猜看，現在天神們把這種困境歸咎給誰？」

里歐這時就像吃到碳酸鈣那般苦澀。「我。」

女神不屑地說：「哼，你也太看得起自己了。里歐．華德茲，你不過是棋盤上的一個小卒而已。我要說的那個人，是策動你們這個可笑任務、想把希臘和羅馬人聯合在一起的始作俑者！天神怪罪的是希拉……或者你喜歡叫她茱諾，隨便你！天后為了躲避家族的怒火，已經逃離奧林帕斯了。你不要再期待你的守護者會出來幫你！」

里歐的頭抽痛起來。他對希拉有很複雜的感覺，從他還是個嬰孩時，希拉就闖進他的生活；為了達成她自己的目的，又把他拉進這個大預言裡。但起碼或多或少，希拉算是站在他們這一邊的。如果她再也不能干預……

㊷泰姬（Tyche），希臘神話中的幸運女神，相當於羅馬神話的福爾圖娜（Fortuna）。

「那你爲什麼在這裡出現？」里歐問。

「爲什麼？爲了協助你們呀！」涅梅西絲露出不懷好意的笑容。

里歐看一下海柔，海柔的表情就像被人硬塞了一條蛇一樣。

「協助我們？」里歐複述。

「當然囉！」女神說：「我喜歡對那種驕傲又有權力的人搞破壞，所以說，沒有比蓋婭和她的巨人們更值得我去破壞的了。可是我得警告你，我是無法忍受不夠格的成功者。幸運是一種恥辱，益智節目《命運之輪》是一場龐氏騙局㊸，眞正的成功是需要犧牲的！」

「犧牲？」海柔的聲音很緊繃。「我失去了我媽媽，我死過，然後又復活。現在我弟弟也失蹤了，你認爲這樣的犧牲還不夠嗎？」

里歐完全能夠感同身受。他想吶喊說他也失去了母親，他的整段人生就是一個接著一個的悲慘故事。他失去了他的金屬愛龍非斯都；他爲了打造阿爾戈二號，差點害自己小命嗚呼；接著他竟然對羅馬營開砲，顯然就要掀起戰火，同時失掉所有朋友的信任。

「此時此刻，」里歐努力壓抑自己的怒火，「我只想要神界青銅。」

「哦，很簡單，」涅梅西絲說：「越過那塊高地就有了，你會發現它和小甜心們在一起。」

「等等，」海柔說：「什麼小甜心？」

涅梅西絲嘴裡的餅乾發出卡滋卡滋的聲響，然後把餅乾連同籤詩一併吞下去。「你會知道的，海柔．李維斯克，或許他們會給你一個教訓。大部分的英雄都擺脫不了他們的本性，即使給了第二次活命的機會也一樣。」她微笑，「至於你提到你弟弟，你已經沒有多少時間了。讓我瞧瞧……今天是六月二十五日？沒錯，過了今天，還有六天。然後他會死去，整個羅馬城也會跟著毀滅。」

海柔的眼睛頓時睜大。「怎麼……什麼?」

「至於你,火焰的孩子,」她轉頭面向里歐,「你最艱困的麻煩還沒有出現。你永遠是個局外人,唯一落單的一個。你在你的同伴間,找不到可以立足的地方。很快地,你會面對一個自己無法解決的問題,雖然我可以幫你的忙……但你要付出代價。」

里歐聞到煙味。他發現自己左手的指頭起火了,而海柔正驚恐地瞪著他。

他把手插進口袋裡來熄滅火苗。「我喜歡自己解決自己的問題。」

「很好。」涅梅西絲拍拍夾克上的餅乾屑。

「不過,你說的『付出代價』是指什麼?」

女神聳聳肩。「我的某個孩子,爲了擁有改變世界的能力,最近拿一顆眼睛和我交換。」

里歐的胃頓時翻騰作嘔。「你……想要一顆眼睛?」

「以你的狀況,或許別的犧牲比較適合,但一樣很痛苦。」她遞給里歐一個還未打開的幸運餅乾,「如果你需要答案,就把它打開,它會解決你的問題。」

里歐拿著幸運餅乾的手有些顫抖,「什麼問題?」

「時間到了,你就會知道。」

「那就不用了,謝謝。」里歐堅定地說。然而他的手就像有著自己的意志,默默地把餅乾

㊸龐氏騙局(Ponzi scheme)即非法吸金或老鼠會式的斂財騙局。名稱源自美國一名義大利移民查爾斯・龐茲(Charles Ponzi),他於西元一九一九年成立空殼公司,以層壓式推銷方式吸引投資者,短短一年吸引數萬人上鉤。

滑進工具腰帶裡。

涅梅西絲從袋子裡拾起另一個幸運餅乾，迅速將它剝開。「『你很快就有理由重新思考你的抉擇。』哦，我喜歡這一條，完全不需要改。」

她將這塊餅乾密封回去，放進籃子中。「在你們這次的任務中，很少天神能夠出面協助，多數天神的能力都已經失效，而且他們混亂的情況只會愈來愈嚴重。有一件事或許能讓奧林帕斯重新整合起來，那就是『古老冤屈的最後平反』。啊哈，這確實會是很美麗的狀況，天平的兩邊終於平衡了！但除非你接受我的協助，否則這一切都不會發生。」

「我想你是不會說明你在講的這些狀況，」海柔低聲怨嘆，「也不會解釋爲什麼我弟弟尼克只剩下六天可活，更不會告訴我們爲什麼羅馬將被毀滅。」

涅梅西絲咯咯笑。她站起來，把整袋餅乾披掛到肩膀上。「哦，海柔·李維斯克，這些事全都綁在一起的。至於你，里歐·華德茲，稍微再想想我提出的東西吧。你是個好孩子，工作又認眞，我們可以合作一些事業的。不過呢，我已經耽擱你們太久了，你們應該在天色轉暗前趕去映景池才行。當黑夜來臨，我可憐的受詛咒男孩會變得非常……焦躁。」

里歐不喜歡那種聲調，可是女神已經跨上她的重型機車。雖然有個小精靈缺角車輪，但顯然這輛車眞的能動，因爲涅梅西絲發動了引擎，轉瞬間消失在一團蕈狀黑煙中。

海柔彎下身子。所有的破碎餅乾與丟棄籤詩都不見了，只剩下一張皺巴巴的小紙條。海柔將它撿起，逐字唸出：「你會看到自己的倒影，你會有絕望的理由。」

「太好了，」里歐忿忿地說：「我們就來看看那到底代表什麼意思。」

7 里歐

「羅莎阿姨是誰呀？」海柔問。

里歐不想談論她。涅梅西絲的話還在他耳中嗡嗡作響，而且他的工具腰帶似乎從放進那塊餅乾之後就變重了。這應該是不可能的，工具腰帶的口袋可以塞進任何東西，卻從來不會增加半點重量，即使放入的是最脆弱的物品，也絕不會破掉。但里歐感覺得到那塊餅乾的存在，感覺到它在拖垮他、等著他去打開它。

「很長的故事，」他回答，「她在我媽死後遺棄我，把我丟給寄養機構。」

「我很抱歉。」

「喔……」里歐急著想轉換話題。「那你呢？涅梅西絲說到你弟弟，他怎麼了？」

海柔眨了眨眼，彷彿有鹽巴跑進她眼裡。「尼克……在冥界找到我，把我重新帶回人世，還說服朱比特營的羅馬人接納我。我第二次生命的機會是他給的，如果涅梅西絲說得沒錯，尼克現在身困險境。我……一定要去救他。」

「當然。」里歐說，心裡卻對這件事感到不安，他懷疑報應女神何時曾出於善意去提醒別人。「關於涅梅西絲說的，你弟弟只剩六天可活，羅馬也將毀滅……你知道是什麼意思嗎？」

「我不知道，」海柔承認，「但我恐怕……」

她決定不說出心中想到的所有可能。她爬到附近最大的一顆岩石上，想要有好一點的視野。里歐跟了過來，卻失去平衡差點摔下去。海柔一把抓住他，將他拉上來，兩人頓時間站在一塊大石頭上，手握著手，面對面。

海柔的眼睛閃耀如金。她說過：「黃金是容易的。」但對里歐來說卻不是那樣，尤其當他看著海柔時。他很好奇山米究竟是誰，他有一種揮之不去的懷疑，覺得自己應該知道，可是偏偏想不起來。不管他是誰，能夠讓海柔這麼關心，他實在很幸運。

「嗯，謝謝你。」他放開她的手，不過兩個人仍然站得很近，他可以感受到她溫暖的氣息。她百分之百不像一個死人。

「我們在與涅梅西絲說話時，」海柔有些緊張地問：「你的手……我看到有火焰。」

「是啊，」他說：「這是赫菲斯托斯的能力，通常我可以控制住。」

「喔。」她的一隻手防衛性地放到牛仔襯衫上，好像要開始背誦忠誠誓詞。里歐覺得她應該是想要離他遠一點，只不過他們站的這顆岩石小到讓她無處可退。

眞好，里歐心想。又一個人把我當成可怕的怪胎了。

他將視線轉向整座島，另一邊的湖岸距離這裡不過幾百公尺遠。在這之間有著沙丘與卵石堆，但就是沒有看起來像映景池的地方。

「你永遠是個局外人，」涅梅西絲這樣對他說過：「唯一落單的一個。你在你的同伴間找不到可以立足的地方。」

她還不如直接把強酸倒進他的耳朵裡算了。里歐不需要任何人來告訴自己，他是落單的人。在混血營的幾個月裡，他獨自在九號密庫中打造他的船，而他的朋友卻都聚在一起集訓、共享餐點、開心地舉行奪旗大賽，還有獎品可拿。就連他最好的兩個朋友派波和傑生，也常常把他當成局外人；因爲他們開始交往了，他們倆的「好時光」裡不包括里歐。他的另一個好朋友是金屬龍非斯都，但它在上次的探險中毀損了控制面板，只剩下一顆雕像頭，里歐並沒有將它修復的技術能力。

「唯一落單的一個。」里歐知道落單的意思，代表多餘、沒有用處的傢伙。如今還加上「唯二」，顯然更悲慘。

他本來以爲這次任務也許是他的一個新起點。他爲了阿爾戈二號付出的所有心力，終將獲得回報；他以爲可以擁有六個崇拜他、欣賞他的好朋友，一起啓航去追逐日出、打敗巨人。他甚至還偷偷希望可以找到一位女朋友。

「你自己衡量看看。」里歐斥責著自己。

涅梅西絲說得對。他也許是七人小組中的一個，卻依舊是被孤立的那一個。他朝羅馬人開火，帶給朋友的除了麻煩，就沒有別的了。「你在你的同伴間，找不到可以立足的地方。」

「里歐？」海柔溫柔地問：「你不要把涅梅西絲的話放在心上。」

他皺起眉頭問：「萬一這是眞的呢？」

「她是報應女神，」海柔提醒他，「她可能是站在我們這一邊，也可能不是；但她的存在就是要激起怨恨。」

里歐希望自己能夠擺脫掉心中的這些思緒，但他做不到。總之，這不是海柔的錯。

「我們應該往前走，」他說：「涅梅西絲說要在天色轉暗前完成，我想知道是什麼意思。」

海柔望著太陽，大圓球的邊緣剛要碰觸到地平線。「她提到的受詛咒男孩是誰？」

在他們下面冒出一個聲音：「受詛咒男孩是誰。」

一開始里歐沒看到半個人，稍微調整一下視線後，才注意到距離石頭底部約三公尺處，站著一個年輕女孩。她的希臘式服裝和石頭的顏色相同，髮絲的顏色則介於褐、金和灰之間，幾乎與乾草融爲一體。她不是隱形人，絕對不是，卻能近乎完美地僞裝，只要不移動就好；即使移動了，里歐還是很難看清楚她。她的臉相當漂亮，但不容易讓人記住；事實上，里歐只要一眨眼，就記不得她的模樣，又得重新全神貫注地找尋她。

「哈囉，」海柔開口：「你是誰？」

「你是誰？」那女孩回答，語氣帶著厭倦，好像已經疲於回答這種問題。

海柔和里歐交換一個眼色。身爲混血人，你永遠不知道自己會面臨什麼狀況，十之八九不是好事。一個僞裝成大地顏色的忍者女孩，絕不是里歐現在想處理的事。

「你是涅梅西絲提到的受詛咒男孩嗎？」里歐問：「不過你是女生。」

「是女生。」女孩回話。

「什麼？」里歐說。

「什麼。」女孩痛苦地說。

「你在重複……」里歐停了一下。「喔，等等。海柔，是不是有個神話提過一個會重複別人話語的女孩？」

「艾可[44]。」海柔說。

「艾可。」女孩同意道。她移動一下，衣服也跟著周遭景物改變。她的眼睛顏色像是鹽湖的水，里歐想看清楚她的五官，卻辦不到。

「我不記得那個神話，」里歐承認，「你是受到詛咒，所以要重複最後一句你聽到的話？」

「你聽到的話。」艾可說。

「真可憐，」海柔說：「如果我沒記錯，是個女神害的？」

「是個女神害的。」艾可確認。

里歐抓抓頭。「但那不是幾千年前的事……喔，你也是從死亡之門回來的人之一，我真希望我們不要再遇見死掉的人。」

「死掉的人。」艾可說，語氣好像在責備他。

里歐突然發現海柔低下頭去盯著雙腳。

「啊……抱歉，你不要想到那裡去。」

「到那裡去。」艾可的手指向島另一側的岸邊。

「你是要指什麼給我們看嗎？」海柔問。她從卵石上下來，里歐跟隨在後。

即使距離艾可近一點，她的模樣依舊難以看清。事實上，里歐盯著她看愈久，她似乎愈加飄忽隱形。

「你真的是個人？」他問：「我的意思是……有血有肉？」

「有血有肉。」她碰觸里歐的臉，害得里歐退縮一下。她的手指是溫暖的。

「所以……你必須重複每一件事？」里歐問。

「每一件事。」

---

44 艾可（Echo），希臘神話中愛講話的林中仙女，因為終日喋喋不休而遭天后希拉處罰，從此無法主動開口，只能重複別人的最後一句話。後來，英文中的「echo」就代表「回聲」之意。

里歐忍不住笑起來，「那很有趣耶。」

「很有趣耶。」她不悅地說。

「藍色大象。」

「藍色大象。」

「親我吧，你這個笨蛋。」

「你這個笨蛋。」

「嘿！」

「嘿！」

「里歐，」海柔開口拜託：「別逗她了。」

「別逗她了。」艾可點頭說。

「好啦、好啦。」里歐回答，努力壓抑想繼續鬧下去的衝動，不是每天都能遇上一個內建自動重複對話系統的人呀。「所以你要指的是什麼東西？需不需要我們幫忙？」

「幫忙。」艾可表現出強烈的同意，做出動作要他們跟隨她，然後飛速往下坡方向衝去。里歐僅能跟著草叢的擺動和那隨石頭變色閃爍的衣服，努力跟上她的腳步。

「我們得快一點，」海柔說：「不然會跟丟的。」

他們找到問題了（如果一群長相好看的女孩聚在一起稱得上「問題」的話）。艾可帶他們下到一片形狀像是爆炸坑洞的青草地，正中央有一個小池子，聚集了幾十個精靈；至少，里歐猜測她們是精靈。這些女孩就和混血營的精靈一樣，穿著薄紗洋裝，打著赤腳，她們有小精靈的容貌，皮膚透著淡淡的綠色。

里歐看不懂她們在做什麼，但她們全都集中在一個地方，面對池子，推擠著想搶到好一點的角度；其中幾個還高高舉起行動電話，想要越過別人的頭頂拍照。里歐從來沒見過帶著行動電話的精靈，他很好奇她們是否在看屍體；如果是這樣的話，又爲什麼跳上跳下、興奮地咯咯笑？

「是什麼東西讓她們這樣看？」里歐疑惑。

「這樣看。」艾可嘆息。

「我有方法可以知道。」海柔朝池子走去，在精靈中擠出一條路。「對不起，借過！」

「喂！」有個精靈出聲抱怨：「我們先來的耶！」

「對呀，」另一個精靈不屑地說：「他才不會對你這種人感興趣！」

第二個精靈臉上彩繪著紅色特大心形圖案，洋裝外套了一件T恤，上面寫著：OMG，我愛N!!!

「喔，混血人出任務，」里歐開始幫腔，努力把話講得很官腔，「麻煩讓出位置，謝謝。」

精靈們一片抱怨，不過她們還是往旁邊散開，一個年輕男子跪在池邊，神情專注地凝望著池水。

里歐通常不會注意其他男生的長相，這大概與他常常和傑生混在一起有關；傑生長得高大挺拔又有一頭金髮，完全是里歐永遠達不到的模樣。里歐早就習慣不受女生注意，至少他了解自己不會因爲外表而交到女朋友。他希望他的幽默感與好個性有一天可以發揮一點作用，不過到目前爲止，顯然這些尚未見效。

但無論如何，里歐無法忽視池邊男子是個超級大帥哥的事實。他有一張輪廓分明的臉龐，嘴唇與雙眸有種介於女性柔美與男性帥氣間的俊俏，深色頭髮滑下眉梢。他的年紀也許是十七或二十歲，很難說，不過他的身形很像一個舞者，有著修長的手臂、結實的雙腿、完美的儀態與一種高貴沉靜的氣質。他身穿素面白T恤與牛仔褲，揹著一把弓與箭筒；那些武器顯然有一段時間沒使用了，箭上覆蓋著灰塵，弓的頂端還有蜘蛛網。

當里歐再靠近一點，他發現這男子臉上有種不尋常的金色。在夕陽下，光線從湖底的一大片神界青銅反射回來，使得帥哥先生的臉龐籠罩著溫暖的金光。

這男子似乎對自己在金屬中的倒影著迷不已。

海柔倒抽一口氣。「他長得眞是太好看了！」

附近所有精靈都認同地拍手尖叫。

「我是呀！」男子夢囈般地喃喃自語，視線仍緊盯著湖面。「我長得是那麼好看。」有個精靈拿出她的iPhone來獻寶。「他的最新YouTube影片已經有一百萬次的點擊數了，而且是在一個小時內達到的。我想裡面我貢獻了一半吧！」

其他精靈都笑了起來。

「YouTube影片？」里歐問：「他在影片裡做什麼？唱歌嗎？」

「才不是呢，別傻了！」那個精靈斥責他，「他以前是一個王子，也是一個很有本領的獵人。但那些都不重要了，現在他只是……嗯，你自己看吧。」她把影片拿給里歐看，結果內容就和眞實世界的這裡一模一樣，這傢伙死盯著湖面中的自己。

「他實在太太太太太帥了！」另一個女孩開口，她的上衣寫著：納西瑟斯夫人。

「納西瑟斯[45]？」里歐問。

「納西瑟斯。」艾可哀傷地附和。

里歐已經忘記艾可也在這邊，顯然其他精靈也都沒有注意到。

「喔，不要又是你！」身穿夫人裝的精靈想推開艾可，但她看不準這個變色女孩的位置，反而推倒了附近其他幾個精靈。

「你早就有過機會了，艾可！」拿 iPhone 的精靈說：「他四千年前就拒絕你了！你根本配不上他。」

「配不上他。」艾可苦澀地說。

「等等，」雖然海柔一點都不想把目光從男子身上移開，但她還是勉強辦到，「這裡發生了什麼事？爲什麼艾可要帶我們來這裡？」

有個精靈眨眨大眼，手上握著簽名筆和皺掉的納西瑟斯海報，說：「很久很久以前，艾可和我們一樣是精靈，但她是個多嘴婆！整天東家長西家短，永遠講個沒完。」

「我了解！」另一個精靈高喊著：「就是說嘛，誰受得了這種人？有一天呢，我對克里歐佩雅、就是那個住在我隔壁石頭的人說：『不要再講八卦了，不然下場會和艾可一樣。』克里歐佩雅眞是個超級大嘴巴！你聽她講過那個雲精靈和羊男的事嗎？」

「可不是嘛！」拿海報的精靈說：「總之，爲了懲罰艾可的多嘴，希拉詛咒她只能重複別

[45] 納西瑟斯（Narcissus），希臘神話中的美男子，因迷戀自己的容貌，終日坐在湖畔顧影自憐。為了怕失去這個倒影，他不吃不喝地日夜守護，最後倒臥湖邊而死。死後湖邊長出一叢清幽花朵，被命名為「納西瑟斯」，亦即水仙花。

人的話。我們對這點是沒有意見啦，但後來，艾可竟然愛上我們的英俊寶貝納西瑟斯，以為他會注意到她。」

「她以為！」其他六、七個精靈高喊。

「現在她心裡又有奇怪的想法，認為納西瑟斯需要拯救。」號稱納西瑟斯夫人的精靈說：「她應該離開才對。」

「離開才對。」艾可咆哮回去。

「我好高興納西瑟斯又回到世間了。」另一個穿灰色洋裝的精靈說。她的雙臂都用黑色奇異筆寫著「納西瑟斯與蕾雅」這些字。「他是最棒的！而且他就在我的地盤上！」

「喂，蕾雅，別說了，」她的朋友說：「我是池塘精靈，你不過是個石頭精靈而已。」

「欸，我可是草精靈耶。」另一個女孩抗議。

「不對，他會來這裡是因為他喜歡野花！」又換一個精靈說：「野花是屬於我的！」

這整群精靈頓時互相爭執起來，而納西瑟斯依然凝望著湖面，完全忽視其他人的存在。

「安靜！」里歐大吼：「各位女士，請你們安靜一下！我有話要問納西瑟斯。」

這些精靈終於慢慢平靜下來，開始拍照。

里歐跪到大帥哥的身旁。「嘿，納西瑟斯，你怎麼了？」

「你可以讓開嗎？」納西瑟斯心不在焉地說：「你破壞畫面了。」

里歐看向池水。他的倒影緊挨著納西瑟斯身旁，在池底的銅面上晃蕩。里歐沒有半點想看自己的慾望，和納西瑟斯比起來，他就像個發育不良的怪物。然而池底那塊金屬無疑的就是神界青銅，而且是一個直徑約一百五十公分的圓板。

這個池塘以前發生過什麼事，里歐無法確知。他聽說，神界青銅會落在地表的各種奇怪地方，那些大都是從他父親各處的工作坊裡丟出來的。當作品做不好時，赫菲斯托斯會大發雷霆，將碎片丟往人間。這片圓板看起來像是要打造成某個天神的盾牌，可是成型不良。如果里歐能把它帶回船上，他就可以修好船了。

「好的。畫面很美，」里歐說：「本人樂意讓開。但如果你不用那塊銅片，我可以把它拿走嗎？」

「不行，」納西瑟斯說：「我愛他，他好帥。」

里歐看看左右的精靈是否在笑，因爲這絕對是個超級大笑話。然而她們都迷戀認同地點著頭，只有海柔露出震驚的模樣。她的鼻子皺起來，彷佛已經做出結論：納西瑟斯聞起來比他的外觀遜色太多了。

「喂，」里歐對納西瑟斯說：「你知道你在看的是水裡面的你自己嗎？你知道吧？」

「我眞是太好看了。」納西瑟斯讚歎著。他伸出一隻手想碰水面，卻又迅速縮回。「不行，我不能製造漣漪，會破壞畫面。哇，我……我眞是長得太帥了。」

「對啦，」里歐喃喃地說：「不過就算我拿走銅片，你還是可以從水中看到你自己呀。不然……」他把手伸進工具腰帶裡，拿出一個眼鏡鏡片大小的鏡子。「跟你交換。」

納西瑟斯有點猶豫地拿過小鏡子，愛慕地看著自己。「連你也帶著我的照片？我不怪你，我實在太帥了，謝謝。」他放下鏡子，目光又回到池中。「但我已經擁有更好的影像了，這個顏色讓我更加光彩，你不覺得嗎？」

「哦，是呀！」一個精靈尖叫：「納西瑟斯，跟我結婚吧！」

「不對，跟我！」另一個聲音高喊：「可以在我的海報上簽名嗎？」

「不行，要簽我的衣服！」

「不行，要簽我的額頭！」

「不行，簽我的……」

「停下來！」海柔插嘴。

「停下來！」艾可複述。

里歐一度看不到艾可在哪裡，現在他看見她正跪在納西瑟斯的另一邊，徒手在他面前拚命揮動，好像想打破他的專注。納西瑟斯的眼睛卻眨都沒眨一下。

精靈粉絲團想把海柔擠出去，但海柔拔出她的騎士劍，逼迫這些女孩統統退開。「你們清醒一點吧！」她大喊。

「他才不會在你的劍上簽名。」海報女孩說。

「他也不會和你結婚的，」**iPhone** 精靈說：「而且你不可以拿走他的銅鏡！那是他會留在這裡的原因！」

「你們實在太離譜了，」海柔說：「他是個超級自戀狂，你們怎麼會喜歡上他？」

「喜歡上他。」艾可讚歎地說，她的手依舊在他面前揮動。

其他精靈也都跟著讚歎。

「我太帥了。」納西瑟斯表示贊同地說。

「納西瑟斯，聽著，」海柔依舊握劍備戰，「艾可帶我們來這裡是要幫你。是吧，艾可？」

「艾可。」她說。

「誰？」納西瑟斯問。

「就是世界上唯一眞心關心你的人。」海柔說：「你還記得自己是怎麼死的嗎？」

納西瑟斯皺起眉頭。「我……不記得了。那是不可能的，我這麼重要的人是不能死的。」

「你是凝望自己而死的，」海柔堅持說：「我想起這個故事了。涅梅西絲就是詛咒你的女神，因爲你傷了太多人的心，所以受到懲罰，愛上自己的倒影。」

「我愛我自己，好愛好愛。」納西瑟斯完全同意。

「你最後還是死了，」海柔繼續說：「我不確定哪個版本的故事才是眞的，你不是自己溺斃，就是變成一朵水面上的花。艾可，是哪一個？」

「是哪一個？」艾可無助地說。

里歐站起來。「這些都無所謂了。重點是，帥哥，你重生了，你現在有第二次機會，那是涅梅西絲告訴我們的。你可以站起來，展開你的新生活，艾可就是來拯救你的。不然你就留在這裡繼續看著你的倒影，直到再度死掉爲止。」

「留在這裡！」所有精靈都尖叫著。

「死前要先娶我！」又有人高喊。

納西瑟斯搖搖頭。「你只是想要我的倒影，我不怪你。但你不能擁有它，我只屬於我。」

海柔氣到只能嘆息。她瞄了一眼太陽，見它正快速西沉，然後她將騎士劍比向坑洞邊緣。「里歐，我們可以談談嗎？」

「讓一下！」里歐對納西瑟斯說。「艾可，你想不想一起來？」

「一起來。」艾可肯定地回答。

於是精靈們又聚集在納西瑟斯身邊，開始錄下新的影片，拍攝更多照片。

海柔帶頭走在前面，直到別人聽不到他們講話的地方。「涅梅西絲說得對，」她說：「有些混血人就是改變不了他們的本性。納西瑟斯會待在這裡，直到再度死亡。」

「不行。」里歐說。

「不行。」艾可也說。

「我們需要青銅，」里歐說：「如果我們拿走青銅，或許可給納西瑟斯一個清醒的機會。」

艾可也許有機會拯救他。」

「有機會拯救他。」艾可感動地說。

海柔把劍插進沙地中。「那也會讓幾十個精靈對我們非常火大，」她說：「而且納西瑟斯可能還記得如何使用他的弓箭。」

里歐思考著這件事。夕陽已近尾聲，涅梅西絲說過，納西瑟斯在天黑後會變得焦躁，或許因爲他再也見不到自己的倒影。里歐可不想在這裡待到了解女神所說「焦躁」的意義，何況他有過與瘋狂精靈交手的經驗，他完全不想讓舊事重演。

「海柔，」他說：「你使喚貴金屬的能力，是單純可以偵測出金屬，還是眞的能把它們召喚到你身邊？」

海柔皺起眉頭。「有時候我可以召喚它們，但我從來沒有試過那麼大一塊的神界青銅。我也許有辦法把它從地下拉過來，可是我必須要在距離它近一點的地方。這需要非常專注，也不可能迅速完成。」

「迅速完成。」艾可警告說。

里歐咒罵幾句。他真希望他們能夠回到船上，讓海柔從安全距離隔空傳輸神界青銅。

「好吧，」他說：「我們得試試有點危險的辦法。海柔，你可以試著從這裡召喚青銅嗎？讓它沉入地底，再鑽洞過來你這邊，然後拿了它快快衝回船上。」

「但納西瑟斯一直盯著它看。」

「一直盯著它看。」艾可重複說。

「那由我負責。」里歐說，同時已經開始痛恨自己的計劃。「艾可和我負責引他分心。」

「分心？」艾可說。

「我會解釋的，」里歐保證，「你願不願意？」

「願意。」艾可說。

「太好了，」里歐說：「現在就來祈禱我們不會死吧！」

8 里歐

里歐打起精神，準備來一次超級大變身。他從工具腰帶中召喚出一些清新薄荷糖、一副焊接護目鏡。護目鏡當然長得和太陽眼鏡不大一樣，但總能發揮一些功能。他捲起袖子，把機油抹在頭髮上做造型，還在後面口袋插了一把扳手（他不知道爲什麼要這樣做），又拜託海柔用奇異筆在他的二頭肌上畫了一個骷髏頭和交叉的骨頭，並寫上「猛男」兩字。

「你到底想做什麼？」海柔的聲音聽起來相當緊張。

「我努力不去想，」里歐承認，「一想到就會妨礙我作怪。你只要專心移動那塊神界青銅就好。艾可，準備好了？」

「準備好了！」艾可回答。

里歐深吸一口氣，邁開大步走回池塘邊。他希望自己看起來令人敬畏，而不是像個緊張得半死的人。「里歐是最酷的！」「里歐是最酷的！」他大喊。

「里歐是最酷的！」艾可吼回去。

「對，寶貝，多看我幾眼！」

「多看我幾眼！」艾可說。

「王者降臨！」

「降臨！」

「納西瑟斯很遜！」

「很遜！」

整群精靈驚訝地散開。里歐揮趕她們，彷彿她們正在煩他一樣。「我不簽名的，女孩們，我知道你們都想要有里歐握手會，但我太酷了，不做那種事。你們最好繞著那個醜爆的笨蛋納西瑟斯打轉，他是個遜咖！」

「遜咖！」艾可熱情地說。

精靈們憤怒地低語。

「你這傢伙在胡說什麼？」有個精靈帶頭問。

「你才是遜咖。」另一個說。

里歐調整一下護目鏡，露出微笑。他拱起他的二頭肌，即使沒有太多肌肉可以拱起來，還是露出他的「猛男」刺青。他已經引起精靈們的注意，也有可能是驚嚇啦，但納西瑟斯仍舊對著自己的倒影不動如山。

「你們知道納西瑟斯有多醜嗎？」里歐問群眾，「他醜到他出生時，他媽媽以為他是一隻倒著長的半人馬，因為他那張臉就像馬屁股。」

有些精靈驚呼起來，納西瑟斯皺了皺眉頭，好像隱約感覺到有小蟲子在他頭上嗡嗡飛。

「你們知道為什麼他的弓會結蜘蛛網嗎？」里歐繼續問：「他用它來獵女友，可是連一個也找不到！」

有一個精靈笑出聲來，其他精靈趕快用手肘推她，示意她安靜。

納西瑟斯終於轉過頭來，對里歐怒吼：「你是誰？」

「我是超大號的至尊無敵任意俠，嘿！」里歐說：「我是里歐．華德茲，天王壞男孩。女孩們都愛壞男孩。」

「都愛壞男孩！」艾可帶著信服的口吻跟著喊。

里歐拿出一枝筆，在一個精靈的手臂上簽名。「納西瑟斯是個輸家！他衰弱到連一張面紙都舉不起來，像這樣的超級遜咖，當你去維基百科上搜尋『遜咖』時，就會跳出他的照片，只是那張照片實在太醜了，根本沒人想點進去看。」

納西瑟斯帥氣的眉毛已經糾結在一起，臉色從金色銅光轉成鮭魚粉紅。這一刻，他終於把那個池子徹底拋到腦後，而里歐瞄見青銅圓板沉浸入池底沙中。

「你在胡說什麼？」納西瑟斯質問，「我很強，每個人都知道。」

「你強在當個驢蛋，」里歐說：「我要是像你那麼驢，我寧願淹死自己。哦，等等，這種事你已經做過了嘛。」

有個精靈噗哧笑了出來，然後又有人跟著笑。納西瑟斯的臉色沉下來，這讓他的帥氣減少了幾分。此時里歐露出笑容，揚起護目鏡上方的眉毛，攤開雙手等著大家喝采。

「這就對了嘛！」他說：「里歐隊必勝！」

「里歐隊必勝！」艾可大喊。她已經混進精靈群裡，因爲她是那麼不容易被看到，所以精靈們顯然以爲這聲音來自她們自己人。

「喔，老天爺，我是這麼棒的人！」里歐狂吼。

「這麼棒的人！」艾可叫回去。

「他很有趣耶。」一個精靈不加思索地說。

「而且很可愛，像瘦皮猴那樣可愛。」另一個精靈說。

「瘦皮猴？」里歐問：「寶貝，瘦皮猴是我帶起的潮流，瘦皮猴是最新流行到沸騰的猛男特色！而我，我就有瘦皮猴的酷樣。納西瑟斯呢？他這個大輸家連冥界都不想要他，他找不到半個女鬼願意和他約會。」

「唉唷！」一個精靈說。

「唉唷！」艾可附和。

「別再說了！」納西瑟斯站起來，「這完全不正確！這個人根本不棒，他一定是……」他努力想找出合適的字眼，畢竟他上次談論自己以外的人可能是很久以前的事了。「他一定是在要我們。」

顯然納西瑟斯還不是完全的笨蛋，他出現恍然大悟的表情，轉身看池水。「銅鏡不見了！我的倒影！把我還給我！」

「里歐隊必勝！」一個精靈喊道。但其他精靈的心思已經回到納西瑟斯身上。

「我才是俊美的人！」納西瑟斯堅稱。「他偷了我的鏡子，除非把它拿回來，不然我要離開了。」

女孩們驚呼起來，有個精靈手指高舉地說：「在那邊！」

海柔已經在坑洞頂端，拖著大銅片盡可能地快跑。

「把它拿回來！」某個精靈大叫。

或許是違心之言，艾可也呢喃說著：「把它拿回來。」

「對！」納西瑟斯拿下背上的弓，從覆滿灰塵的箭筒中取出一支箭。「第一個拿到銅鏡的人，我會幾乎像愛我自己那樣地愛你。我甚至可能會親吻你，在我親吻了自己的倒影之後！」

「哇！我的天神呀！」精靈們尖叫。

「還有，殺了那些混血人！」納西瑟斯補充說，帥氣十足地望著里歐。「他們才沒有我這麼酷！」

每當有人要殺里歐，他就能跑得飛快。說來很悲哀，因爲他的練習機會多得不得了。

他追上海柔，這很簡單，因爲她是拖著二十幾公斤的神界青銅在跑。他幫忙拉起圓板的一邊，順便回頭看。納西瑟斯正要射出一支箭，但那支箭實在太舊也太脆，直接裂成碎片。

「噢！」他聲音柔媚地叫起來：「我才剛修好的指甲！」

通常精靈都是快手快腳的一群，起碼在混血營裡是如此，可是這群精靈帶著很多累贅，像是海報、T恤、納西瑟斯的相關產品等。而且她們也不擅長團體行動，不斷彼此絆倒、推來擠去。艾可混在她們當中，努力把情況弄得更糟，竭盡所能地去擋路和襲擊她們。

然而，她們仍舊快速地在逼近。

「呼叫阿里昂！」里歐喘著氣說。

「已經叫了！」海柔回答。

他們衝向岸邊，來到湖濱，已經看得到阿爾戈二號的蹤影了，但他們到不了那裡，因爲這種距離即使沒有拉著銅片也很難游過去。

里歐轉頭看，那群追兵已經越過沙丘。納西瑟斯帶頭衝，手裡拿著他的弓，就好像樂隊指揮拿著指揮棒一樣。精靈們則變出各式各樣的武器，有的拿石頭，有的拿纏繞著花朵的木棍，有些水精靈還拿了水槍，這種武器看起來倒是不怎麼可怕，但是她們的眼神仍然殺氣騰騰！

「喔，老兄，」里歐咕噥著，空著的那隻手開始召喚火焰，「正面廝殺可不是我的強項。」

「拿好神界青銅。」海柔拔出騎士劍，「我來掩護你！」

「我來掩護你！」艾可複述。這位變色女孩已經衝到追兵的最前方，她跑到里歐面前停下來，轉身張開雙手，就好像要當他的人肉盾牌。

「艾可，」里歐彷彿喉嚨卡住東西，幾乎說不出話來，「你是個勇敢的精靈。」

「勇敢的精靈？」她的語氣帶著疑問。

「有你在里歐隊，是我的榮幸。」里歐說：「如果我們撐過這場混戰，你一定要忘掉納西瑟斯。」

「忘掉納西瑟斯？」她不確定地說。

「他根本配不上你。」

精靈們排成半圓形，將他們包圍起來。

「騙子！」納西瑟斯說：「女孩們，他們不愛我！我們都很愛我，不是嗎？」

「是的！」女孩們尖叫，除了一個身穿黃衣的精靈搞不清楚狀況地高喊：「里歐隊！」

「殺了他們！」納西瑟斯下令。

精靈們往前衝去，但他們前方的沙地突然爆炸。阿里昂不知從哪裡冒了出來，圍繞著群眾快速奔馳，引起一陣沙塵暴，噴得精靈們一身白石灰，飛灰也噴進了她們的眼睛。

「我愛這匹馬！」里歐大叫。

精靈們倒在地上咳嗽和吐沙。納西瑟斯視線模糊、跌跌撞撞地走著，還一邊胡亂揮舞著弓，好像在玩矇眼打紙偶的遊戲。

海柔跨上馬鞍，捆好銅鏡，伸手要拉里歐上來。

「我們不能留下艾可！」里歐說。

「留下艾可。」艾可重複。

她露出微笑，里歐終於第一次看清楚這張臉龐。艾可的確很美，那雙眼眸比他以為的還要湛藍許多，他之前怎麼沒發現呢？

「為什麼？」里歐問：「你不要以為你還能拯救納西瑟斯……」

「拯救納西瑟斯。」她信心十足地說。即使只是回音，里歐聽得出來那是她真正的心意。她被賜予了第二次活命的機會，下定決心要拯救這個自己深愛的人，即使他根本是個沒希望的大驢蛋（不過的確很帥啦）。

里歐想反駁她，但艾可往前一傾，親吻他的臉頰，隨即溫柔地推開他。

「里歐，快點！」海柔催促他。

其他精靈已經逐漸復原，她們揉掉眼裡的石灰粉，露出憤怒的綠色目光。里歐想要尋找艾可的身影，可是她已經消失在景色中。

「好，」他說，喉頭乾澀無比，「好的，好吧。」

他爬到海柔身後，阿里昂舉蹄迎向水面。精靈們只能在他們後方尖叫，而納西瑟斯大聲呼喊：「把我還給我！把我還給我！」

在阿里昂奔向阿爾戈二號的途中，里歐不禁想起報應女神提及艾可與納西瑟斯時說的話：「或許他們會給你一個教訓。」

里歐本來以爲她指的是納西瑟斯，現在他卻忍不住猜想，對他來說，眞正的教訓是來自艾可；對她朋友而言，她是個隱形人，又遭詛咒愛上一個絲毫不在乎她的人。「唯一落單的一個。」里歐努力甩掉這個念頭。他緊抓著銅鏡，就像在抓盾牌一樣。

他決心永遠不忘記艾可的面容，至少她値得讓人看清楚、知道她有多美麗。里歐閉上雙眼，她的笑容卻已經開始模糊。

9 派波

派波不想用刀。

然而坐在傑生的艙房枯等他甦醒，她感到既孤單又無助。傑生的臉色非常蒼白，宛如在死亡關卡走過一遭。她記得磚塊打到傑生額頭時的可怕聲響；他會受到這樣的傷害，只因爲他想保護她不被羅馬人打到。

即使他們已經強灌了神食與神飲給傑生，派波還是不確定傑生醒來後是否就會沒事。萬一他再度失去記憶呢？而這一次，他會失去關於她的記憶嗎？

那將會是上天捉弄她的伎倆中最殘酷的一個了，之前他們就對她玩弄過一些無情的把戲。她聽見隔壁艙房的葛利生．黑傑教練在哼軍歌，或許是〈永恆的星條旗〉[46]？自從衛星電視無法收視後，這位羊男幾乎都窩在臥鋪裡閱讀過期的《槍枝與彈藥》雜誌[47]。他算是個不太差的監護人，但絕對是派波遇過最喜歡逞凶鬥狠的老羊男。

當然她對羊男教練還是充滿感激。去年冬天，她的明星爸爸崔斯坦．麥克林遭巨人綁架後，是教練幫助他重新振作起來。幾個星期前，黑傑又拜託他的女朋友蜜莉去幫麥克林先生打點家務，所以他才有辦法跟來支援這項任務。

黑傑教練竭力表明，回來混血營完全是他自己的決定，派波卻覺得應該還有其他原因。過去幾週只要派波打電話回家，爸爸和蜜莉都會問她出了什麼事。也許她的聲音透露出一些訊息。

派波不能告訴他們她看到的景象，那些太讓人煩惱了，何況她父親之前喝下特殊藥水，已經將派波身爲混血人的相關記憶都洗掉了。可是他依然感覺得出她很沮喪，她相當確定是父親慫恿黑傑教練來照顧她的。

她不應該拔出刀刃，那只會讓她感覺更糟。

終於，這股衝動實在太強烈了。她抽出卡塔波翠絲；它看起來沒什麼特別，就是一把三角形匕首，握柄也不美麗，但它曾屬於特洛伊的海倫㊽所有，名字的意義就是「鏡子」。

派波看著銅刀。一開始，她只見到自己的倒影，然後金屬上的光開始波動。她看見成群的羅馬混血人聚集在廣場，金髮瘦男孩屋大維正揮舞著拳頭對群眾說話。派波聽不見他的聲音，但他的姿勢很清楚是在說：「我們要殺掉希臘人！」

執法官蕾娜站在一旁，嚴厲的表情下壓抑著情緒。是苦澀？是氣憤？派波看不出來。她心裡原本準備要討厭蕾娜的，可是她辦不到。在廣場的盛宴中，蕾娜控制自己情緒的方式讓她很敬佩。

蕾娜一開始就留意到傑生和派波的關係。身爲阿芙蘿黛蒂的女兒，派波對於這類事情向

㊻〈永遠的星條旗〉（Stars and Stripes Forever）為美國著名的愛國進行曲，由知名音樂家約翰．非利浦．蘇沙（John Philip Sousa）作曲。

㊼《槍枝與彈藥》雜誌（*Guns & Ammo*），美國著名的武器雜誌，為休閒射擊期刊中的領導品牌。

㊽海倫（Helen）是希臘傳說中最美麗的女人，她是宙斯的女兒。因與特洛伊國王子帕里斯（Paris）私奔，引發了希臘城邦與特洛伊之間長達十年的戰爭。參《混血營英雄——迷路英雄》五十九頁，註⑬。

來感覺敏銳；然而蕾娜還是能保持客氣有禮的態度，把營區的大事置於個人情緒之上。對於希臘營，她也給了一個非常公平的機會……直到阿爾戈二號開始摧毀她的城市為止。

她讓派波幾乎要以身為傑生的女友而感到罪惡。雖然這根本沒道理，因為真實生活裡，傑生從未與蕾娜正式交往過。

或許蕾娜並不是多差的人，不過現在已經無所謂了，他們自己搞砸了和平的契機，而且派波說服別人的能力在這一次全然無功。

是因為她心底隱藏的恐懼嗎？或許是她沒有完全盡力。她從來不想和羅馬人建立友誼，她太害怕傑生回到過去的生活後，她會失去他，也許她因此不自覺地沒有用盡全力說魅語。

現在傑生受了傷，這艘船也損壞得很嚴重。根據她匕首的影像，那個瘋狂的泰迪熊瘦子屋大維正積極鼓動羅馬人開戰。

刀身的景象轉變了，出現一連串她以前見過、至今仍無法理解的快速畫面：傑生騎馬奮戰，眼睛不是藍色而是金色的；一位身穿昔日南方仕女服裝的女人，站在棕櫚樹海岸公園中；一頭長著人臉、有鬍鬚的公牛從河面躍出；以及兩個穿著對襯黃色寬袍的巨人正拉動滑輪上的繩子，把一個巨大青銅花瓶從洞裡拉起來。

接著出現了最不好的畫面：她看見波西、傑生和她站在一個彷彿是大水井的晦暗圓形密室底部，水深及腰。水面快速上升，還有鬼魅陰影在移動；派波緊緊攀著牆壁想要逃離，卻又無處可逃。水面逼近他們的胸口，傑生被拉到水面下，波西一個踉蹌也接著消失。

海神之子怎麼可能被淹沒？派波不能理解，但她看到黑暗影像裡只剩下孤獨的自己不斷拍打水面，直到她的頭被淹沒為止。

派波閉上雙眼。「別再讓我看到那個影像了。」她哀求著：「給我看一些有幫助的東西吧。」

她強迫自己再度注視刀面。

這一次，她看到一條空蕩蕩的公路劃過麥田與向日葵田。路邊一個里程牌寫著：托皮卡㊾三十二。而在路肩，一個穿著卡其色短褲與紫色混血營T恤的男子站在那兒，他戴著一頂邊緣有葡萄藤裝飾的寬邊帽，帽子的陰影遮住了他的臉。他舉起一只銀製高腳杯，示意派波走過去。不知道為什麼，派波知道他打算給她一個禮物，或許是藥方，或許是解毒劑。

「嘿。」傑生突然出聲。

派波嚇到刀子都滑落了。「你醒了！」

「別這麼驚訝。」傑生摸摸前額的繃帶，皺起眉頭。「發生了……什麼事？我記得發生了爆炸，然後……」

「你記得我是誰嗎？」

傑生本來想笑，但又表情痛苦地瞇起眼睛。「上一次我檢查的時候，你是我美麗的女朋友派波。難道我離開這段期間發生了什麼變化？」

派波鬆了一口氣，感動到幾乎要哭出來。她扶他坐起來，一邊解釋事情的演變，一邊給他喝一些神飲。她才說到里歐要修船的計劃，就聽見頭上傳來馬蹄踏過甲板的聲音。

不一會兒，里歐與海柔已經走進船艙，兩人停在走道上，拖著一塊鑄打過的青銅圓板。

㊾ 托皮卡（Topeka）位在美國堪薩斯州東北部，為堪薩斯州首府。

「奧林帕斯的天神啊，」派波瞪著里歐，「你發生了什麼事？」

他的頭髮黝黑到油亮亮，前額戴著焊接護目鏡，臉頰上有口紅唇印，兩隻手臂則布滿刺青圖案。他的T恤前後寫著：猛男，壞男孩，里歐隊。

「說來話長。」他回答。「其他人回來了嗎？」

「還沒。」派波說。

里歐低聲罵了一句，然後才注意到傑生已經坐起來，而且臉色恢復了生氣。「嘿，好傢伙！真高興看到你好轉。我要去引擎室忙了。」

他拉著大銅片跑開，獨留海柔一人在走道上。

派波挑起眉毛問海柔：「里歐隊？」

「我們遇到了納西瑟斯，」海柔回答，這句話其實解釋不了什麼，「也遇到涅梅西絲，就是報應女神。」

傑生嘆氣。「顯然我錯過所有有趣的事情了。」

上面的甲板傳來「砰」的一聲，彷彿有某種龐然大物降落到船上。接著波西和安娜貝斯朝著大廳跑下來，波西提著一個五加侖塑膠水桶，那個冒著煙的桶子散發出非常難聞的氣味。安娜貝斯頭上沾了一小塊黏稠的黑色東西，而波西的衣服也沾滿了同樣的黑色東西。

「屋頂瀝青？」派波猜說。

法蘭克跟在他們後面跑下來，整個走道頓時塞滿了混血人。法蘭克的臉上沾了一大塊黑色汙泥。

「撞上某些焦油怪物，」安娜貝斯說：「嗨，傑生，真開心見到你清醒了。海柔，里歐在哪裡？」

她手指著下方。「引擎室。」

這時，整艘船突然向左舷傾斜，所有混血人都站不穩，波西的那桶焦油差點灑了出來。

「嗯，現在是怎樣？」他問。

「喔……」海柔面露窘色，「八成是我們激怒了住在這座湖裡的精靈，可能是……全部的精靈。」

「很好。」波西把焦油桶交給法蘭克和安娜貝斯，「你們去幫忙里歐，我會盡我所能擋住水精靈。」

「馬上去！」法蘭克答應。

他們三人立刻跑開，剩下海柔留在艙房門口。船身再度傾斜，海柔扶著胸口靠近胃的地方，似乎快要吐了。

「我只是……」她吞一下口水，虛弱地比著通道，然後便跑走了。

傑生和派波坐在船艙裡，任憑船身前後晃蕩；身爲混血英雄，派波覺得自己很沒用。在波浪拍打船殼的同時，甲板上也傳來憤怒的吼聲，有波西的吶喊，也有黑傑教練對湖水的咆哮，外加破浪神非斯都噴了好幾次的火。至於下面的船艙，還有海柔窩在她的艙房裡悲慘的呻吟。更下層的引擎室裡，里歐與其他幾人發出的聲音，幾乎像是腳上穿著鐵砧在跳愛爾蘭踢踏舞。彷彿過了幾個小時之久，引擎開始轟轟運轉，槳櫓也嘎吱作響，派波感覺到船隻升向天空了。

所有的震動與搖晃都停止了，整艘船安靜下來，只剩下機件規律運作的嗡嗡聲。里歐終於步出引擎室，他全身覆滿汗水、石灰粉塵與焦油；他的上衣像是被捲進電扶梯、撕扯成破爛的布條。他胸前的「里歐隊」字樣變成了「欠隊」，但臉上的笑容燦爛得像發瘋了一樣，然後他宣布他們已經安全上路。

「一小時後在餐廳開會。」他說：「很瘋狂的一天，是吧？」

每個人都梳洗過後，黑傑教練接下掌舵的責任，讓所有混血人一起去用餐。這是他們第一次可以全部坐在一起——就只有預言中的七位混血人。他們的出現本來應該讓派波心裡篤定些，然而看見這情景卻只有提醒了她：七人大預言終於要展開了。不用再等待里歐修好船，也不能留在混血營打混，還假裝預言是很久以後的事。他們已經上路，而且前有古老大地，後有憤怒的羅馬追兵；巨人們正在等待，蓋婭正在甦醒。除非他們這次的任務成功，否則世界將要毀滅。

其他人想必也有相同的感受，餐廳裡的緊繃氣氛就像有個雷電風暴正在醞釀；想想傑生與波西的力量，這其實是非常有可能的事。在這尷尬的一刻，兩個男生都想坐到桌子的首位，傑生的頭頂簡直快冒出火花。兩人短暫而靜默地僵持著，彷彿心裡在說：「喂，你真的要這樣嗎？」然後才往後退，把位子讓給安娜貝斯，他們則分別坐到兩旁相對的位子。

組員們開始比較各自在鹽湖城遇見上的種種事件，但就連里歐捉弄納西瑟斯的荒唐故事，也無法讓大家振奮起來。

「現在我們要去哪兒？」里歐滿嘴披薩地問：「我只快速修理了一下這艘船，好讓我們能趕快離開大鹽湖，可是還有一堆損壞狀況沒有處理。在我們往大西洋出發前，真的必須再落地一次，把所有問題修好。」

波西正咬著一片派餅，因爲某種緣故，那個派餅從派皮、內餡甚至上面的鮮奶油都是藍色的。「我們得離朱比特營遠一點才行。」他說：「法蘭克在鹽湖城上空看到幾隻老鷹，估計羅馬人距離我們不遠了。」

這對餐桌氣氛沒有絲毫幫助。派波其實不想發言，不過她覺得自己有責任……也有一點罪惡感。「我在想，我們是否該回頭向羅馬人說明清楚呢？或許……或許是我之前的魅語說得不夠力。」

傑生握住她的手。「派波，那不是你的錯。也不是里歐的錯。」他迅速補上後面那句話。「無論發生了什麼事，都是蓋婭害的，她要讓我們兩個營區分裂。」

派波很感謝他的支持，但她還是很不安。「或許我們可以這樣解釋，可是……」

「沒有證據？」安娜貝斯問：「而且還搞不清楚到底發生了什麼狀況？派波，我很感激你有這樣的想法，我也不希望羅馬人與我們爲敵，但在我們弄清楚蓋婭到底怎麼做以前，回頭等於是自尋死路。」

「她說得對。」海柔說。她看起來仍有點暈船想吐，不過還是試著吃了些鹹餅乾。她的盤子邊緣鑲嵌著一些紅寶石，派波很確定開始用餐時並沒有那些裝飾。「蕾娜或許願意聽，但屋大維鐵定不肯。羅馬人有權認定他們遭受攻擊，而他們一定先反擊，然後才問問題。」

派波望著自己的餐盤。魔法餐盤可以迸出許多美妙的素食，像是她特別喜歡的酪梨與烤甜椒捲餅，然而今晚她實在沒什麼胃口。

她想到在刀面上見到的景象：變成金色眼睛的傑生、人面公牛、從洞中拉起銅瓶的兩個黃衫巨人。她還清楚記得最糟糕的畫面，就是她淹沒在黑水中。

派波一向喜歡水，她有許多和父親一起衝浪的美好回憶。但自從她在卡塔波翠絲上看見那個影像後，她憶起了愈來愈多切羅基族傳說的片段。那是爺爺跟她講的故事，希望她避開小屋附近的河流。他告訴她，切羅基人相信水中有好的精靈，就像希臘神話裡的水精靈；但他們也相信水中有邪惡的精靈，那就是水底食人魔，他們會用隱形箭獵殺人類，而且特別喜歡淹死幼小的孩童。

「你是對的，」派波決定，「我們得繼續前行，而且不只是因爲羅馬人，我們是眞的得加快腳步了。」

海柔點點頭。「涅梅西絲說，距離尼克死亡和羅馬毀滅只剩下六天的時間。」

傑生皺起眉頭。「你說的羅馬是指羅馬，而不是新羅馬？」

「我是這麼認爲，」海柔回答：「但不管怎樣，沒剩多少時間了。」

「爲什麼是六天？」波西很疑惑，「而且他們要怎樣毀滅羅馬？」

沒有人回答。派波不想再增添壞消息，但又覺得自己有必要說出來。

「還有，」她說：「近來我在我那把刀上看到一些景象。」

大塊頭法蘭克的叉子捲滿麵條，正要放進嘴巴，突然呆住問：「什麼樣的景象？」

「一堆沒有道理的事情，」派波說：「都只是混亂的畫面，但我看到了兩個巨人，穿著相似的衣服，也許是雙胞胎。」

安娜貝斯盯著牆上從混血營傳送來的魔法影片，現在出現的是主屋裡的起居室，溫暖的壁爐上方掛著裝飾豹頭塞摩爾，牠正滿足地在爐火上方打鼾。

「雙胞胎，像是艾拉說的預言。」安娜貝斯說：「如果我們能夠解讀出那幾句話，可能會有幫助。」

「『智慧的女兒單獨走，』」波西說：「『雅典娜的記號燒遍羅馬。』安娜貝斯，那是在說你。茱諾告訴我……嗯，她說你到羅馬時會面臨艱難的考驗，她不知道你是不是能完成。但我知道她是錯的。」

安娜貝斯深吸一口氣。「就在這艘船對我們開火之前，蕾娜也正要對我提這件事。她說，羅馬的執法官之間流傳著一個古老傳說，某個與雅典娜有關的事情，而這個傳說或許就是希臘與羅馬人始終不合的原因。」

里歐和海柔交換了一個緊張的眼神。

「涅梅西絲也說了類似的話，」里歐說：「她說有個古老宿怨要解決之類的……」

「有件事或許能將奧林帕斯重新整合起來，」海柔回憶道：「『古老冤屈的最終平反。』」

波西沾著藍色奶油的臉皺了起來。「我才當了兩個小時的執法官而已。傑生，你曾聽過類似的傳說嗎？」

傑生依然握著派波的手，他的指間開始冒汗。

「我……呃，我不確定，」他說：「讓我想一想。」

波西瞇起眼睛。「你不確定？」

傑生沒有回應。派波很想問他有什麼不對勁，她看得出來傑生不想談論這個古老傳說。她捕捉到他的眼神，其中透露出無聲的請求：晚一點再說。

海柔打破沉默。「那麼其他的幾句話呢？」她轉動著寶石鑲飾的餐盤，「『雙生子扼抑天使氣息，無數死亡之鑰歸他所擕。』」

「『巨人剋星蒼白金黃矗立，』」法蘭克接下去說：「『從結網牢籠中痛苦勝利。』」

「巨人剋星，」里歐說：「任何是巨人剋星的東西，對我們都是好的吧？那也許就是我們該去找的東西。如果它能把眾神的精神分裂整合回去，那就更好。」

波西點頭。「沒有天神的幫助，我們是殺不死巨人的。」

傑生轉頭對法蘭克和海柔說：「我以爲你們在阿拉斯加殺死巨人是沒有天神的幫助，就靠你們兩個。」

「奧賽伐紐斯是一個特例，」法蘭克說：「他只有在他重生的地方，也就是阿拉斯加，才擁有不死之身；一旦到了加拿大就不是了。我還眞希望能把所有巨人從阿拉斯加邊界拖到加拿大，然後一舉將他們殺死。可是……」他聳聳肩，「波西說得沒錯，我們需要天神。」

派波凝視著牆面，心裡眞的希望當初里歐沒有裝上這些混血營的魔法畫面，它就好像是一條通往家的道路，而她卻怎麼樣也無法穿過那扇門。她看見荷絲提雅[50]的灶火在中央草地熊熊燃燒，小屋的燈光因爲就寢時分而紛紛熄滅。

她不知道像法蘭克與海柔這兩位羅馬混血人會如何看待這些畫面。他們從未到過混血營，這些景象會不會讓他們感到很疏離，或者覺得沒有呈現朱比特營並不公平？這些畫面也會讓他們想到自己的家嗎？

其他幾句預言一時全湧進了派波的腦海裡。什麼是結網牢籠？雙生子如何能夠扼抑天使氣息？無數死亡之鑰聽起來也讓人不愉快。

「所以說……」里歐把椅子推離桌邊，「我覺得，要緊的事得先做。天亮後我們必須降落，完成整修的工作。」

「某個靠近都市的地方，」安娜貝斯建議，「如果我們需要補給才有辦法。但也要稍微離開主要道路，羅馬人才不容易找到我們。有什麼建議嗎？」

沒有人接話。派波想起了她在刀面上看到的景象：穿著紫色衣服的奇怪男子，手持酒杯對她點頭，他站的地方立了一塊招牌——托皮卡三十二。

「這個嘛，」派波鼓起勇氣說：「你們覺得堪薩斯如何？」

㊿荷絲提雅（Hestia），爐灶女神，是宙斯的姊姊。參《波西傑克森—神火之賊》一五九頁，註㊲。

10 派波

派波怎麼也睡不著。

就寢時間的頭一個小時，由黑傑教練負責值夜。他在走道上來回走動，一邊鬼叫著：「關燈！躺平！誰敢偷溜出來，我就把你撵回長島去！」

只要一聽到艙房裡有半點聲音，黑傑教練便拿起他的棒球棍猛敲房門，吼著要每個人趕快睡覺，結果使得每一個人都睡不著。派波覺得，這應該是羊男從在荒野學校偽裝成體育老師以來最有趣的事了。

她瞪著天花板上的銅梁。她的艙房相當舒適，里歐將大家的住處設計成可以自動調節到個人喜歡的溫度，所以永遠不會覺得太冷或太熱。床墊和枕頭裡面充塡了飛馬的羽毛（里歐向她保證，製作這些東西絕對不會傷害到飛馬），所以也是非比尋常的舒服。天花板上垂吊了一盞青銅燈籠，能照亮任何派波希望亮起來的東西。燈籠的側面還打了一些洞，因此到了夜晚，牆面就會出現移轉的星座。

派波的腦海湧現太多事情，她覺得自己一定會失眠。但航行天際的船身持續搖晃，槳櫓規律運轉，帶出一種平靜的和諧感。

終於，她的眼皮變得沉重，睡意征服了她。

彷彿才過了幾秒鐘，早餐鈴聲將她喚醒。

「喂，派波！」里歐猛敲她的門，「我們降落了！」

「降落？」她迷迷糊糊地坐起來。

里歐打開她的房門，一頭探了進來。他用手矇住眼睛，本來這樣還算是有禮貌的舉動，他卻又從指縫間偷瞄。

「你穿好衣服了嗎？」

「里歐！」

「對不起，」里歐偷笑，「你的金剛戰士[51]睡衣很好看耶！」

「這不是金剛戰士！這是切羅基老鷹！」

「喔，好吧。總之，按照你的指示，我們要在托皮卡外面幾公里的地方降落了。還有，嗯……」他往外看了一下走道，又把頭伸回來說：「謝謝你沒有討厭我，就是昨天轟炸羅馬那件事。」

派波揉揉眼睛。新羅馬的盛宴竟然只是昨天的事？「沒關係的，里歐。當時的你並不受自己的控制。」

「對，可是……你也不用為我撐腰呀。」

「你在開什麼玩笑？你就像我流落在外的頑皮弟弟，我當然要替你撐腰！」

「哦……謝謝。」

上面傳來黑傑教練的聲音。「鯨魚出現！堪薩斯，喂！」

---

[51] 金剛戰士（Power Ranger），美國真人動作兒童電視劇的角色，改編自日本的「超級戰隊系列」。

「神聖的赫菲斯托斯啊，」里歐喃喃自語：「他眞的需要好好練習航海術語，我最好趕快上去。」

等到派波洗完澡、換好衣服，再去餐廳抓了一塊貝果麵包時，她便聽見起落架放下的聲音。她爬到甲板上，與其他隊員一起看著阿爾戈二號降落到向日葵田中央。船上的槳櫓已經收起，跳板開始下降。

晨間的空氣聞起來帶著灌溉水源、溫暖植物與富饒土地的氣息，是一種不錯的味道，讓派波想起了湯姆爺爺在塔立奎鎮[52]的小屋，那是位於奧克拉荷馬州的保護區。

波西是第一個注意到派波的人，他露出歡迎的微笑，這讓派波有些驚訝。他穿了一件洗白的牛仔褲與全新的橘色混血營T恤，彷彿從未離開過希臘人這一邊。或許是這些新衣服讓他的心情變好了……當然更明顯的原因，是他正一手攬著安娜貝斯，站在欄杆前。

派波很高興看到安娜貝斯的眼裡流露出光彩，因爲她是她最好的朋友。過去幾個月來，安娜貝斯都在折磨自己，只要醒著的時候，就是在尋找波西。現在，儘管他們面臨著危險的任務，起碼她找回自己的男朋友了。

「嘿！」安娜貝斯從派波手中搶過貝果，並咬一口，不過派波不以爲意；她們倆在混血營時，便老是開玩笑要搶對方的早餐。「我們到達這裡了，接下來的計劃是……？」

「我想找一條公路，」派波說：「找一個上面標示著『托皮卡三十二』的路標。」

里歐把Wii的遙控器轉了一圈，船帆便自動降下來。

「應該距離不遠了，」他說：「非斯都和我已經盡可能計算好降落的地方。到了里程牌那裡，你認爲會遇到什麼事？」

派波說明了她在刀面上看見的景象，是一位身穿紫衣、手持酒杯的男子。她並沒有提到其他畫面，比如波西和傑生的金眼模樣與自己被淹沒這些事。總之，她不能確定那些畫面的意義，而且這個早上大家的精神看起來都好多了，她實在不想破壞這樣的氣氛。

「紫色上衣？」傑生問：「帽子上有葡萄藤？聽起來很像巴克斯。」

「戴歐尼修斯，」波西喃喃說著：「如果我們跑到這麼遠只是為了要見戴先生……」

「巴克斯沒有那麼糟啦，」傑生說：「我是不喜歡他的追隨者……」

派波聳聳肩。幾個月前，她和傑生、里歐曾遇見酒神的女祭司，差點就被她碎屍萬段。

「但酒神本人還算好，」傑生繼續說：「我在加州酒鄉時，曾經幫過他一個小忙。」

波西看起來很驚恐。「管他的，或許他的羅馬型態比較好。但為什麼他會晃到堪薩斯這裡來呢？宙斯不是下令要所有天神不准與人類溝通？」

法蘭克嘀咕了一下。這個大塊頭今天一身藍色運動服，好像準備去向日葵田跑步。「眾神並沒有好好遵守那個命令，」他強調說：「再說，如果他們像海柔所說的精神快要分裂的話……」

「里歐也這麼說過。」里歐補充。

法蘭克瞪他一眼。「那麼誰知道奧林帕斯眾神到底會做出什麼事？他們那裡的狀況可能相當不好。」

---

52 塔立奎鎮（Tahlequah）位在奧克拉荷馬州，是美國原住民切羅基族人的主要聚落。參《混血營英雄——迷路英雄》二二九頁，註59。

「聽起來眞危險！」里歐欣然表示認同。「嗯……那你們幾個好好去玩，我得修好船身，黑傑教練也要負責處理壞掉的弩砲。還有呢，安娜貝斯，我非常需要你的幫忙，你是這裡唯一對引擎還有點了解的人。」

安娜貝斯帶著歉意對波西說：「他說得對，我應該留在船上幫忙。」

「我會回到你身邊的，」波西親吻她的臉頰，「我發誓。」

他們的相處這麼輕鬆自在，讓派波的心抽痛起來。

當然，傑生是個很棒的人，但有時他的舉止卻十分疏離，就好像昨天晚上，他就不大情願說出那個羅馬人的古老傳說。他似乎常常陷入昔日朱比特營的回憶裡，派波總會懷疑自己能否打破這個藩籬。

親自造訪朱比特營，見到蕾娜本人，對情況並沒有幫助；何況傑生今天還挑了紫色上衣來穿，那可是羅馬人的顏色。

法蘭克卸下肩膀上的弓，靠著欄杆放。「我想我應該變成烏鴉之類的在附近巡邏，以便留意羅馬人的老鷹。」

「爲什麼是烏鴉？」里歐問：「大塊頭，如果你能變成一條龍，爲什麼不每次都變成龍？那才是最酷的呀。」

法蘭克的臉看起來就像被灌入蔓越莓汁。「你這就好像在問人家，爲什麼不每次舉重都舉到你的最大極限。因爲那是很難的，而且對自己很傷。要變成一條龍沒那麼簡單。」

「喔，」里歐點點頭。「我不懂呀，我又不會舉重。」

「嗯，那麼，或許你該稍微用用腦筋，這位……」

海柔站到他們兩個中間。

「法蘭克，我會幫你的。」她說，同時投給里歐一個不友善的眼神。「我會呼叫阿里昂，在地面四處巡邏。」

「好的，」法蘭克的眼睛依然瞪著里歐，「嗯，謝謝你。」

派波忍不住在想，這三個人是怎麼了？兩個男生在海柔面前炫耀、彼此放話，這個她可以理解，但感覺起來又好像海柔和里歐之間曾經有段過去。根據她到目前的理解，他們兩個應該昨天才第一次碰面。她不禁懷疑昨天在大鹽湖是否發生過什麼事，某件他們沒有提起的事。

海柔轉身對波西說：「你們過去那裡要小心一點。這裡有大片的田野、大批的農作，卡波伊可能逍遙其中。」

「卡波伊？」派波問。

「是穀物精靈，」海柔回答：「你不會想要遇見他們的。」

派波不懂穀物精靈可以有多壞，但海柔的語氣讓她不敢再問下去。

「也就是說，現在剩三個人可以去找那個里程牌。」波西說：「我、傑生還有派波。我對於要去見戴先生實在沒興趣，那個人是我的痛。不過傑生，如果你和他相處得比較好……」

「是啊，」傑生說：「如果我們找到他，我來和他對話。派波，這些都是你看到的景象，你應該帶路。」

派波打了個寒顫。她看到的還有他們三人被困在暗井內，堪薩斯會不會就是那個出事的地方？似乎不像，可是她無法確定。

「當然囉。」她說，努力保持樂觀語氣。「我們去找公路吧。」

里歐說他們距離很近了；他的「很近」顯然還需要一點努力。

他們在炙熱的田野間跋涉了八百公尺，在遭遇蚊蟲叮咬、被粗糙的向日葵不斷拍打臉龐之後，終於來到公路。一個陳舊的「星際爭霸休息站」[53]廣告牌指示他們，距離第一個托皮卡交流道還有四十英里。

「請修正我的數學，」波西說：「這是不是表示我們還要再走將近八英里路？」

傑生眺望著荒涼公路的兩頭；多虧神食和神飲的魔法療效，他今天看起來好多了，氣色已經恢復正常，額頭的傷疤也幾乎消失無蹤。他的腰帶上掛著去年冬天希拉送他的一把新的古羅馬短劍。大多數人要是牛仔褲上綁著劍鞘走路，看起來會很笨拙，但是在他身上卻顯得很自然。

「沒有車子……」他說：「但我猜我們不能搭便車吧？」

「不行，」派波同意，眼神緊張地望著公路，「我們已經花太多時間在陸地上行走，大地可是蓋婭的領域。」

「嗯……」傑生突然叩擊手指頭，「我可以叫個朋友來載我們一程。」

波西挑起眉毛。「哦，是嗎？我也可以。讓我們看看誰的朋友會先到。」

傑生吹了一聲口哨。派波知道他想做什麼，然而自從去年冬天他在狼屋遇到馬形風暴怪物「暴風雨」後，至今只有成功呼叫過三次。今天的天空如此湛藍，派波看不出這樣呼叫如何能成功。

至於波西，只是閉上眼睛、集中精神。

派波之前從未這麼近距離地觀察過波西；在混血營裡聽了太多關於波西．傑克森的種種事情，她認為他長得其實……嗯，不太讓人驚豔，特別是站在傑生旁邊。波西比較瘦，又矮個兩、三公分，頭髮長一些，髮色卻暗很多。

他不是派波欣賞的那一型，如果她隨便在某個購物中心看到他，可能會以為他是個輪鞋小滑頭——邋遢得可愛，有點狂野，絕對是個經常惹麻煩的人。她會避開這種人，因為她自己的生活已經有夠麻煩了。但她可以理解安娜貝斯為什麼喜歡他，她也完全看得出波西的生活為什麼需要安娜貝斯；如果有誰能讓這種人受到控制，那就是安娜貝斯。

晴空中爆出雷聲。

傑生露出笑容。「馬上到。」

「太遲了。」波西指向東方，一個黑色有翅膀的東西正朝著他們盤旋下降。一開始派波還以為可能是法蘭克變成的烏鴉，然後她發現那東西龐大到不可能是烏鴉。

「黑色的飛馬？」她說：「我從來沒見過那樣的東西。」

一匹有翅膀的駿馬降落地面，奔到波西身邊，用口鼻撥弄波西的臉，然後轉過頭來，好奇地打量派波與傑生。

「黑傑克，」波西對飛馬說：「這是派波與傑生，他們是朋友。」

黑馬嗚叫一聲。

---

53 星際爭霸休息站（Bubba's Gas'n' Grub）是電動遊戲「星際爭霸戰」中的一個太空休息站，可以加油也可以獲取食物。

「喔，等一下吧。」波西回答。

派波曾經聽說波西能夠與馬交談，因爲他是馬神波塞頓[54]的兒子，不過她從來沒有親眼見過這種事。

「黑傑克想要什麼嗎？」她問。

「甜甜圈，」波西回答：「牠總是想要甜甜圈。牠載得了我們三個，只要……」

空氣突然變冷，派波猛然聽見爆裂聲。不到五十公尺遠的地方，一個三層樓高的迷你旋風颳過整片向日葵田上方，宛如《綠野仙蹤》[55]的實景上演。旋風在傑生身邊落地，公路上頓時出現一個馬的形體，那是一匹全身上下閃耀著電光的霧氣駿馬。

「暴風雨，」傑生開心地笑說：「朋友，好久不見！」

風暴怪物揚起前腳，放聲嘶鳴。黑傑克嚇得倒退幾步。

「放輕鬆，小子。」波西對牠說：「這也是朋友。」他遞給傑生一個頗爲稱許的眼神，「不錯的馬呢，葛瑞斯。」

傑生聳聳肩。「我在狼屋打鬥時認識的。事實上，暴風雨是個來去自由的精靈，不過每隔一陣子就願意出來幫我一下。」

波西和傑生各自跨上令他們驕傲的坐騎。派波始終無法輕鬆面對暴風雨，騎上一匹可能隨時消散不見的極速怪物，總是讓她感到很緊張。但無論如何，她還是握住了傑生伸出來的手，爬到馬背上。

暴風雨狂奔在公路上，黑傑克則飛翔於他們頭頂。幸好他們沒有遇上其他車輛，不然可能會製造出一堆車禍。不一會兒，他們來到標示著「三十二」的路標邊，所有景色都和派波見過的畫面一模一樣。

黑傑克著陸了。兩匹馬的馬蹄都還扒著路面，顯然不甘願跑得正開心時卻得突然停下。

黑傑克發出長嘯。

「你說得對，」波西說：「沒有酒鬼的影子。」

「不好意思，你說啥？」田野中冒出一個聲音。

暴風雨驀然轉身，派波差點摔了下去。

麥稈往兩邊分開，派波在刀面上見到的那個人終於出現了。他戴著寬邊帽，帽沿有葡萄藤裝飾，一身紫色短袖T恤與卡其色短褲，腳下是涼鞋配上白襪子。他看起來約略三十歲，有一點啤酒肚，一副還捨不得離開校園的社團大男孩模樣。

「剛剛有人叫我酒鬼嗎？」他用慵懶的語調問。「拜託，請稱呼我『巴克斯』，或是『巴克斯先生』，或是『巴克斯大人』。有時候呢，甚至要尊稱爲『喔我的天請不要殺我呀，巴克斯大人』。」

波西叫黑傑克往前一點，這匹飛馬似乎不怎麼高興。

「你變得不一樣了。」波西對天神說：「變得比較瘦，頭髮比較長。還有，你的衣服也沒有那麼誇張了。」

---

54 海神波塞頓（Poseidon）曾經從浪花中創造出馬這種動物，所以也被奉為馬神。

55《綠野仙蹤》（*The Wizard of Oz*）是美國一九三九年的電影，改編自鮑姆（L. Frank Baum）的經典童話。

酒神瞇著眼看他。「你究竟是在說什麼？你是誰？還有，席瑞斯[56]在哪裡？」

「嗯……什麼西樂師？」

「我想他是說『席瑞斯』，」傑生說：「也就是農業之神，你們稱呼她爲狄蜜特。」他帶著敬意對酒神點點頭。「巴克斯大人，您還記得我嗎？我曾經在索諾馬山谷幫您尋找那隻失蹤的獵豹。」

巴克斯抓抓有點鬍渣的下巴。「咦……對，強生．葛林。」

「是傑生．葛瑞斯。」

「隨便啦，」酒神說：「是席瑞斯派你來的嗎？」

「不是的，巴克斯大人。」傑生回答。「您預期在這裡和她碰面嗎？」

酒神哼了一聲。「孩子，我當然不會爲了參加派對而來到堪薩斯。席瑞斯叫我來這裡，是爲了一場戰爭會議。現在的狀況與蓋婭興起有關，農作在枯萎，乾旱在擴大，卡波伊開始騷動，連我的葡萄也不保險了。席瑞斯希望在植物大戰中能有聯合陣線。」

「植物大戰？」波西說：「你要把那些小小的葡萄全都安裝上迷你步槍嗎？」

酒神又瞇起眼睛。「我們以前碰過面嗎？」

「在混血營，」波西說：「我認識的你叫做戴先生，戴歐尼修斯。」

「啊呀！」巴克斯的表情頓時扭曲，雙手按著太陽穴，形體閃爍了起來。派波見到了另一個人，一個更胖、更蠢、穿著誇張豹紋衣的男子。然後巴克斯又變回巴克斯。「不要再那樣叫我了！」他喝令：「不准再想到我的希臘型態！」

波西眨眨眼。「嗯，可是……」

「你知道要維持專注有多麼困難？那總是讓我頭痛欲裂耶！我都不知道我在做什麼、我要去哪裡！脾氣一直很暴躁！」

「聽起來都很像你平常的樣子。」波西說。

酒神氣得七竅生煙，帽子上的一片葡萄葉已經著火。「如果我在另一個營區認識你，很奇怪我怎麼沒有把你變成海豚？」

「這件事你的確有提過喔，」波西很確定地說：「我想你當時只是太懶，所以沒去做。」

一旁的派波一直害怕又驚奇地看著他們，就好像在看一場車禍現況。此刻她已經明白，波西對事情毫無幫助，而安娜貝斯又不在他旁邊約束他。她心想，如果跟她回去的波西變成一隻海洋哺乳動物，她的朋友永遠不會原諒她。

「巴克斯大人！」派波插嘴，同時從暴風雨身上滑下來。

「小心點，派波。」傑生說。

派波以一個「讓我來」的警告眼神看了他一眼。

「大人，不好意思，打擾您一下。」她對酒神說：「事實上，我們之所以來到這邊，是想要取得您的忠告。請求您，我們需要您的智慧導引。」

她用了最欣然愉悅的語氣，並且把滿滿的尊敬加進魅語當中。

酒神皺皺眉頭，但眼裡的紫色光耀減弱了。「女孩，你很會說話。你想要忠告嗎？很好。

---

56 席瑞斯（Ceres），農業之神、穀物之神，是宙斯的姊姊，等同於希臘神話中的狄蜜特（Demeter）。參《混血營英雄──海神之子》二二三頁，註52。

我會避免去卡拉OK，眞的，現在主題派對已經不怎麼流行了。在這個消費緊縮的時代，人們會找單純一點、低調一點的樂子，配上當地自產的有機點心與……」

「不是有關派對的忠告，」派波打斷他，「雖然那的確是無與倫比的實用好建議，但巴克斯大人，我們希望您能給我們的任務一點協助。」

她解釋阿爾戈二號的出航以及阻止巨人喚醒蓋婭的計劃，並且告訴他涅梅西絲提到六天之後羅馬將要毀滅。她描述自己在刀面上看到的景象，畫面中的巴克斯給了她一個銀酒杯。

「銀酒杯？」酒神聽起來不怎麼興奮。他憑空抓出一瓶低卡的百事可樂，打開瓶蓋。

「你都是喝健怡可樂的。」波西說。

「我不懂你在說什麼。」巴克斯斥責他。「至於銀酒杯的畫面，女孩，除非你想要百事可樂，否則我沒有其他飲料可以給你喝。朱比特對我下了嚴格的命令，不准我提供酒精飲料給未成年的人；雖然有點傷腦筋，但規定就是如此。至於那些巨人，我非常了解他們。你要知道，我參與了第一次巨人大戰。」

「你會打仗？」波西問。

派波眞希望他的語氣不要那麼驚訝。

戴歐尼修斯發出怒吼，手中的可樂罐瞬間變成一根一百五十公分長的棒子，上面盤繞著常春藤，棒子頂端還裝飾著一顆松果。

「酒神杖！」派波大喊，希望在酒神出手要打波西的頭之前讓他分心。她之前見過瘋狂的精靈拿著類似的武器，她可不希望舊事重演，但她努力用極爲驚訝的語氣讚歎說：「哇，多強大的武器呀！」

「當然啦，」巴克斯同意說：「我很高興你們這群傢伙當中還有一個聰明人。這顆松果是具有可怕破壞力的祕器！我在第一次巨人大戰時還是個混血人，我是朱比特的兒子！」

傑生倒退兩步，或許他並不樂於知道這個酒鬼算是他的兄長。

巴克斯把酒神杖朝空中揮舞，他的大肚腩差點害他失去平衡。「沒錯，那些都是遠在我發明酒、成為天神以前的事。我和天神及一些混血人並肩作戰，像是……我想想，哈利克士。」

「海克力士[57]？」派波有禮貌地暗示。

「隨便啦，」巴克斯說：「總之，我殺死了那兩個粗野可怕的傢伙，就是巨人艾非亞特士與他的兄弟歐杜士[58]。兩個都被松果迎面打到臉！」

派波屏住呼吸，剎那間好幾個念頭一起浮上腦海：刀面的影像、昨晚討論預言的種種內容。她感覺就好像昔日和她父親去浮潛，他會在水中拿下她的面罩，突然間，所有事物都變清晰了。

「巴克斯大人，」她說，努力控制自己的緊張，「那兩個巨人，艾非亞特士和歐杜士……他們是雙胞胎嗎？」

「咦？」酒神似乎因為揮舞酒神杖而有點分心，但他還是點點頭。「對，沒錯，他們是雙胞胎。」

派波轉頭看傑生。她知道傑生想的和她一樣：「雙生子扼抑天使氣息。」

[57] 海克力士（Hercules），宙斯與底比斯王后所生的兒子，是希臘神話中的大力士。參《混血營英雄——迷路英雄》九十三頁，註[29]。

[58] 艾非亞特士（Ephialtes）和歐杜士（Otis），希臘神話中的巨人，他們是大地之母蓋婭的雙胞胎兒子。

在卡塔波翠絲的刀面上，她看見兩個身穿黃色寬袍的巨人從深處拉起一個瓶子。

「這就是我們來這裡的原因，」派波對酒神說：「您是我們這個任務的一份子！」

巴克斯皺起眉頭。「抱歉，親愛的孩子，我已經不是混血人了，我不出任務的。」

「但是巨人只有在混血人與天神合作的情況下才會被殺死。」派波堅持說：「您現在是一位天神，而我們要去反抗的兩個巨人就是艾非亞特士和歐杜士。我認為……我認為他們正在羅馬等我們，他們正打算毀滅羅馬。我在刀面上看到的銀酒杯……或許代表來自您的幫忙。您務必幫助我們殺死那些巨人！」

巴克斯瞪著她，派波知道自己說錯話了。

「孩子，」他冷冷地說：「沒有什麼事是我必須做的。何況，我只幫助那些敬奉適當獻禮給我的人，而這種人已經好幾世紀都不曾出現了。」

黑傑克緊張地嘶吼起來。

派波不怪牠，她也不喜歡酒神提到的「獻禮」。她記得那些追隨巴克斯的酒神女祭司，她們會徒手傷害不信奉酒神的人，而且那還只是在她們心情好的時候。

波西提了一個她不敢問出口的問題：「什麼樣的獻禮？」

巴克斯不屑地揮揮手。「都是你們辦不到的事，沒禮貌的希臘人。不過看在這個女孩還懂一點禮貌的份上，我可以提供你們一些免費的忠告。去找蓋婭的兒子弗爾庫斯59，他一直很恨自己的母親，這我不怪他；而且他對他的雙胞胎兄弟也沒多大用處。你可以在某個城市裡找到他，也就是以一位女英雄的名字命名的城市——亞特蘭妲60。」

派波愣了一下。「你是指亞特蘭大？」

「就是那裡。」

「但這位弗爾庫斯，」傑生問：「他是巨人嗎？還是泰坦巨神？」

巴克斯大笑。「都不是。去找鹹水。」

「鹹水……」波西說：「在亞特蘭大？」

「對，」巴克斯說：「你是有重聽嗎？如果有人能給你蓋婭與雙生子的內線消息，那個人非弗爾庫斯莫屬。要提防他就是了。」

「這話是什麼意思？」傑生問。

酒神望著太陽，現在幾乎已是日正當中。「席瑞斯是不大可能遲到的，除非她察覺到這一帶有危險，或者……」酒神的臉突然垮下來，「或者這是個陷阱。嗯，我必須離開了！如果我是你們，我也會這樣做！」

「巴克斯大人，等等！」傑生說。

天神形象閃爍，接著出現一聲像是打開易開罐的聲響，他瞬間消失。

風吹過向日葵，馬匹不安地踱步。儘管天氣燥熱，派波卻打起寒顫。一股寒意……安娜貝斯和里歐都提過的一種冰冷感覺……

「巴克斯說得對，」她說：「我們得趕快離開……」

---

❺❾ 弗爾庫斯（Phorcys）是遠古老海神澎濤士（Pontus）和大地之母蓋婭所生的孩子，也是遠古海神、希臘神話中的百怪之父，孕育許多有能力的怪物。

❻⓿ 亞特蘭妲（Atalanta）是希臘神話中善跑的女獵手，曾與傑生和阿爾戈英雄一同前往尋找金羊毛。參《波西傑克森──妖魔之海》二二五頁，註❺❶。

「太遲了。」一個沉睡的聲音從四周田野間轟轟響起，派波腳下的土地發出共鳴。

波西和傑生拔出劍，站在他們之間的派波嚇得呆立著。蓋婭的力量突然無所不在，所有的向日葵轉頭瞪著他們，麥稈朝他們彎腰，彷彿百萬把大鐮刀。

「歡迎參加我的派對。」蓋婭低沉誦唸。她的聲音讓派波聯想到玉米的生長；從前在奧克拉荷馬度過的寧靜夜晚，她曾在湯姆爺爺的小屋聽過那裂開的嘶嘶聲，整夜激烈地持續著。

「巴克斯說了什麼？」大地女神嘲笑說：「找單純一點、低調一點的樂子，配上當地自產的有機點心？沒錯，就像我要的點心，我只需要兩種：一個女性混血人的血，再加上一個男性混血人的血。親愛的派波，你來挑一個陪你死的英雄吧。」

「蓋婭！」傑生吶喊：「別再躲在麥田裡，現形吧！」

「眞勇敢呀。」蓋婭的低沉語調又響起，「不過另外那個波西．傑克森也很有吸引力。派波．麥克林，做出選擇吧，不然我來選。」

派波心跳加速。蓋婭要殺她，她一點都不驚訝，但要她在兩個男生之中做選擇，又是怎麼一回事？爲什麼蓋婭要讓另一個逃走呢？這想必是個陷阱。

「你瘋了！」她大喊：「我才不會爲了你做出任何選擇！」

傑生突然驚呼一聲，在馬鞍上坐直。

「傑生！」派波尖叫：「怎麼了……？」

他朝下望著派波，表情極度冷漠。他的眼珠子不再是藍色，全成了閃耀的金色。

「波西，快來幫忙！」派波踉蹌退離暴風雨身邊。

波西卻策馬離開他們。他跑到公路上距離十公尺遠的地方停下來，然後讓飛馬掉頭。他高舉長劍，劍尖指向傑生。

「必定有一個人要死。」波西開口，但聲音不像他本人。那聲音低沉又空洞，好像有人在砲管裡呢喃。

「我來選擇。」傑生回答，聲音同樣空洞。

「不要！」派波大喊。

派波周圍的田野響起嘶嘶裂開的聲音，那是蓋婭的狂笑，這時波西與傑生已拔出武器，揮向對方。

11 派波

若非那兩匹馬，派波早就死了。

雖然傑生和波西朝著彼此進擊，暴風雨和黑傑克卻出現一段舉步不前的空檔，派波才有跳開的機會。

她滾到路邊再回頭看，感到茫然又恐慌，兩個男生長劍交錯，黃金和青銅對打，火花四濺。他們的武器在出招與回擊間已形影模糊，地面跟著震動起來。第一回合的交手只花了一秒鐘的時間，派波簡直無法相信他們拔劍的速度可以如此之快。兩匹馬彼此後退，暴風雨發出雷鳴般的抗議，黑傑克則猛拍雙翼。

「停下來！」派波大喊。

這一瞬間，傑生留意到她的喊話。他的金色眼眸轉向她，而波西在此時出擊，長劍揮向傑生。感謝眾神，或許是故意、也可能是意外，波西的劍突然轉向，結果是鈍的那一面打到傑生的胸口；不過這樣的力道已經足以將傑生打下馬背。

黑傑克跨步退開，暴風雨則困惑地高舉前蹄。這匹風暴怪物衝進向日葵田，轉眼化爲蒸氣消失無蹤。

波西努力讓他的飛馬掉頭。

「波西！」派波疾呼：「傑生是你的朋友，放下你的武器！」

波西舉劍的手垂下來。派波或許還能控制住波西，但不幸的是，這時傑生站了起來。傑生咆哮，晴空頓時劈下一道閃光。閃電震下了傑生的古羅馬長劍，也把波西從飛馬背上打下來。

黑傑克長嘯，往麥田狂奔而去。傑生朝波西進攻，此時波西躺在地上，衣服被閃電打到冒煙。

在極度驚恐的瞬間，派波發不出半點聲音。蓋婭似乎在對她低語：「你一定要選一個，何不讓傑生殺了他呢？」

「不！」她尖叫：「傑生，住手！」

傑生赫然呆住，劍尖離波西的臉只有十五公分。

傑生轉過頭來，金色雙眼閃著不確定的光芒。「我無法住手，必有一人要死。」

那個聲音……不是蓋婭，也不是傑生。無論是誰，那說話吞吞吐吐的樣子好像英文並不是他的母語。

「你是誰？」派波大聲問。

傑生的嘴形扭曲，擠出一個陰森森的笑容。「我們是幻影幽靈，我們都將重生。」

「幻影幽靈……？」派波努力回想，她在混血營裡研讀過各種怪物，可是對這個名詞沒有任何印象。「你們……你們是一種鬼魂嗎？」

「他一定得死。」傑生的注意力已經回到波西身上，但波西恢復的程度遠遠超過他們的想像。他突然抬腿一踢，傑生立刻摔到地上。

傑生的頭直接撞到路面，發出好大一聲「砰！」。

波西站起來。

「住手！」派波再度尖叫，話語裡卻沒有半點魅惑的成分，那完全是個絕望驚恐的呼喊。

波西高舉他的波濤劍，抵住傑生的胸口。

恐慌鎖住了派波的喉嚨。她想拿自己的匕首襲擊波西，但她知道那根本沒用。不管操控波西的是什麼，那東西擁有波西所有的技巧，派波不可能在打鬥中贏過他的。

她強迫自己集中精神，把全部的憤怒從聲音裡發出：「幻影幽靈，住手！」

波西呆住。

「面對我！」派波下令。

海神之子轉過頭來。他的眼睛不是綠色而是金色，臉孔蒼白、冷酷，一點也不像波西。

「你還沒選擇，」他說：「所以這個人得死。」

「你是從冥界來的幽靈，」派波猜測，「你附身到波西．傑克森的身上，對吧？」

波西不屑地哼一聲。「我會在這個身體上重生，大地之母承諾過我。我可以去我愛去的地方，控制我想控制的人。」

一道冰冷的浪潮沖刷過派波全身。「里歐……那就是發生在里歐身上的事，他是被幻影幽靈控制了。」

這個「波西」冷冷地笑起來。「現在知道也來不及了，你找不到可以信任的人。」

傑生依然昏迷不醒。派波沒有半點支援，更無法保護他。

波西後面的麥田有些動靜，派波見到黑色翅膀的頂端，而波西開始轉身去找聲音的來源。

「別理它！」派波喊：「看著我！」

波西聽了話。「你阻止不了我的，我會殺死傑生．葛瑞斯。」

黑傑克從波西後方的麥田冒出來，偌大的身體居然能夠鬼鬼祟祟地偷偷移動。

「你不要殺死他。」派波下令，但眼神不是看著波西。她凝視著飛馬，傾注所有力量到話語裡面，希望黑傑克能明白。「你要踢昏他。」

魅語的力量襲向波西，他猶豫地搖晃身體。「我要……踢昏他？」

「喔，抱歉，」派波微笑，「我不是在跟你說話。」

黑傑克舉起前腳，接著馬蹄就落到波西的腦袋上。

波西倒下去，直接躺在傑生身邊。

「喔，天神呀！」派波往兩個男孩衝過去，「黑傑克，你沒有踢死他吧？不會吧？」

飛馬輕蔑地噴了噴鼻息。派波不會說馬語，不過她感覺黑傑克像是在說：「我知道自己的力道。」

暴風雨依然不見蹤影。晴空之下，這匹閃電坐騎顯然回到風暴怪物應該歸屬的地方了。

派波檢查傑生的情況。他還有規律的呼吸，但兩天內撞頭兩次，對他總有不良的影響。接著她再檢查波西的頭，她看不到任何出血，可是被馬踢到的地方起了一個大腫塊。「我們得把他們兩個帶回船上。」她對黑傑克說。

黑傑克同意地點點頭。牠蹲低下來，好讓派波把波西和傑生拖到牠的背上。派波費了好大的勁（無意識的男生可是無比笨重），終於把他們安全地固定好。她自己也跟著爬上馬背，啓程飛回戰船。

當派波騎著飛馬回來，還帶著兩個失去意識的混血人，其他人不免有些驚訝。法蘭克和海柔負責照顧黑傑克，安娜貝斯和里歐則過來幫派波將兩個男生送到醫務室。

「照這種速度，我們的神食很快就會用光。」黑傑教練一邊醫治傷口、一邊抱怨。「爲什麼這種暴力場合都不邀請我去？」

派波坐在傑生身旁。她喝了點神飲與清水後，感覺好多了，但兩個男生的狀況依然讓她十分擔心。

「里歐，」派波說：「我們準備出航了嗎？」

「嗯，不過……」

「設定目標爲亞特蘭大，我晚點會解釋。」

「可是……好吧。」他急忙離開。

安娜貝斯也沒有反駁派波的意見，她正急著檢查波西後腦勺的馬蹄形傷口。

「他被什麼踢到？」安娜貝斯問。

「黑傑克。」派波說。

「什麼？」

趁著黑傑教練把療傷藥膏塗到兩人頭上時，派波開始解釋。她以前對於黑傑的醫術並沒有什麼印象，但他一定是做了某些適當的處置，要不然就是幻影幽靈的附身帶給這兩人特異的體力，他們竟然發出聲音，還睜開了眼睛。

才過幾分鐘，傑生和波西已經從各自的床鋪坐起，並且能夠說出完整的句子，兩人對於發生的事情都只有模糊的記憶。當派波描述他們在公路的對決時，傑生的臉不禁抽搐一下。

「兩天被打昏兩次，」他喃喃自語：「好一個混血人。」他不好意思地看著波西，「對不起，朋友。我不是故意要劈你的。」

波西的上衣有著一點一點燒過的破洞，頭髮比平日更凌亂。儘管如此，他還是努力露出虛弱的笑容。「也不是第一次了，你姊姊在混血營也劈過我一次。」

「喔，可是……我差點殺了你。」

「不然就可能是我殺死你呀。」波西說。

傑生聳聳肩。「如果堪薩斯有海洋，或許有可能。」

「我不必用到海洋就可以殺……」

「男生們，」安娜貝斯打斷他們的對話，「我知道你們兩個對於殺死對方都有足夠的能力，不過現在，你們需要的是休息。」

「先吃東西，」波西說：「可以嗎？拜託！而且我們眞的需要談一下，巴克斯說的一些事情並沒有……」

「巴克斯？」安娜貝斯舉起手。「好吧，我們必須談談。十分鐘後到餐廳，我會通知其他人。還有波西……拜託你換一下衣服，你身上的味道聞起來像被電流怪馬踩踏過全身。」

里歐再次把掌舵的大任交給黑傑教練，並且請這位羊男先生發誓，絕不會只爲了好玩，就帶領他們靠近任何軍事基地。

所有人都聚集在餐桌旁，派波開始說明在「托皮卡三十二」發生的事，從與巴克斯的對話、蓋婭設的陷阱，說到占據兩個男生身體的幻影幽靈。

「這就對了！」海柔猛拍一下桌子，嚇得法蘭克鬆掉手中的捲餅。「這就是發生在里歐身上的情形。」

「所以眞的不是我的錯囉。」里歐鬆了一口氣，「第三次世界大戰不是我引起的，我只是被邪惡幽靈附身，終於放心了！」

「但是羅馬人並不知道這些事，」安娜貝斯說：「而且他們爲什麼要相信我們的說法。」

「我們可以聯絡蕾娜，」傑生提議，「她會相信我們的。」

派波聽著傑生提起她的口氣，彷彿那是通往他過去的命脈，一顆心整個往下沉。

傑生轉頭看她，眼裡閃爍希望的光芒。「派波，你可以說服她的，你一定行的。」

派波感覺全身的血液似乎都流到了腳底。安娜貝斯同情地望著她，好像在說：「男生就是這麼愚蠢。」連海柔的臉都跟著扭曲了。

「我可以試試，」她不帶熱忱地說：「但屋大維才是我們需要擔心的人。我從刀面上看到他掌控了羅馬群眾，我不確定蕾娜是否擋得住他。」

傑生的表情黯淡下來。劃破他的夢想泡泡並不會讓派波高興一點，不過其他的羅馬人，也就是法蘭克和海柔，卻一致同意地點著頭。

「她說得對，」法蘭克說：「今天下午巡邏時，我們又看到老鷹了。雖然他們距離還很遠，卻以很快的速度在接近。屋大維要出征了。」

海柔的表情非常難看。「這正是屋大維一直夢想的機會，他一定會嘗試奪取權力；如果蕾娜反對，他就會說她對希臘人太過軟弱。至於那些老鷹……牠們好像聞得出我們的存在。」

「牠們的確可以，」傑生說：「羅馬老鷹靠著混血人的神奇氣味來獵捕他們，這種能力甚至比怪物還要強。這艘船也許可以幫助我們隱蔽到某種程度，但不可能完全遮住，起碼對那些老鷹來說。」

里歐敲著指頭說：「太好了。我應該在船上弄一個煙幕裝置才對，讓這艘船聞起來像一個特大號的炸雞塊。下次要提醒我發明這種東西。」

海柔皺起眉頭。「什麼是炸雞塊？」

「唉唷……」里歐有些不可置信地搖頭，「對呀，你錯過了過去……七十年的時間呢。這個嘛，徒弟，炸雞塊就是……」

「那無關緊要，」安娜貝斯插話進來，「重點是，想對羅馬人解釋眞相非常困難，即使他們相信我們……」

「你說得對，」傑生往前靠，「我們應該繼續往前走，一旦飛到大西洋上就安全了，至少可以遠離軍團的威脅。」

他的話中充滿沮喪之情，派波不知道該替他難過還是怨恨。「你怎麼能夠確定呢？」她問：「爲什麼他們不會再追過來？」

他搖搖頭。「你聽蕾娜提起過，在古老的土地有太多危險。好幾世代以來，那裡都是羅馬人的禁地。就算是屋大維，也不敢在這條規定上造次。」

法蘭克呑下一口捲餅，看起來卻好像捲餅在他口中變成了硬紙板。「所以說，如果我們前往那裡……」

「我們就是違法之徒，也是叛徒。」傑生肯定地說：「任何羅馬混血人都有權力在看到我們時將我們殺死。不過我不擔心這件事，如果我們能跨越大西洋，他們一定會放棄追蹤，他們會認爲我們將命喪地中海，也就是他們口中的『馬利諾斯崇』。」

波西拿他的披薩指著傑生，「你這位先生，還眞是一線曙光呀。」

傑生沒有反駁。其他混血人都瞪著自己的餐盤，只有波西例外，他繼續享用他的披薩。派波不知道他如何能把那麼多的食物都放在盤中，這個人吃起東西來簡直像個羊男。

「所以，我們要事先計劃好，」波西建議，「而且要確保我們不會死。戴先生……巴克斯……嗯，我現在應該稱呼他巴先生嗎？總之，他提到了艾拉預言裡的雙胞胎。那兩個巨人，一個叫歐杜士，另一個是不是叫什麼飛的？」

「艾非亞特士。」傑生說。

「雙胞胎巨人，就像派波在刀面上看到的……」安娜貝斯的手指在杯子邊緣打轉，「我記得有個關於雙胞胎巨人的故事，他們堆起好幾座山，想靠那樣來爬上奧林帕斯山。」

法蘭克差點噎到。「哇，那還眞是偉大，巨人可以像堆積木般地堆起山丘。而且你們說，巴克斯用一根棒子上的松果，就殺死了這兩個巨人？」

「某種類似的東西。」波西回答。「我不認爲這一次我們可以仰賴他的幫忙。他想要一個獻禮，但他又說得很清楚，那是我們辦不到的事。」

桌旁陷入一片安靜。派波可以聽到黑傑教練在甲板上哼唱著〈向前航行〉[61]，只不過他不知道歌詞，所以幾乎都是在哼「哇啦啦呵哇啦啦」。

派波甩不掉巴克斯應該要幫助他們這個念頭。巨人雙生子在羅馬，他們握有某種混血人需要的東西，而那東西藏在一個銅瓶裡。不管它是什麼東西，她有種感覺，它握有守住死亡之門的答案，也就是無數死亡之鑰。她深信如果沒有巴克斯的幫助，他們永遠無法打敗巨人的；而如果他們不能在五天內完成這件事，羅馬就會被毀滅，海柔的弟弟尼克也會死亡。另一方面，如果這個巴克斯拿酒杯給她的影像是錯誤的，那麼或許其他畫面也不會成眞，尤其是她與波西、傑生被淹沒的那一幕。或許，這一切都只是象徵而已。

「一個女性混血人的血，」蓋婭曾說：「再加上一個男性混血人的血。親愛的派波，你來挑一個陪你死的英雄吧。」

「她想要我們當中的兩個人。」派波喃喃自語。

所有人都轉頭看她。

派波最討厭成爲眾人注目的焦點，這對阿芙蘿黛蒂的孩子來說或許是很怪的事，但她一路看著自己的電影明星爸爸多年來處理盛名的狀況。她記得在那個營火晚會上，阿芙蘿黛蒂當著全體隊員的面認領了她，同時丟給她一身選美皇后的大變裝，那眞是她此生最尷尬的一刻。現在這裡即使只有六個混血人，也讓派波覺得自己要被看穿了。

他們是我的朋友，派波對自己說，沒事的。

但她有種奇怪的感覺……好像在看她的不只六雙眼睛。

「今天在公路上，」派波說：「蓋婭跟我說，她只需要兩個混血人的血，一個男生，一個女生。她……她要我挑一個男孩赴死。」

傑生握住她的手。「但我們兩人都沒有死，你救了我們。」

「我知道。我只是……爲什麼她要這樣做呢？」

61〈向前航行〉（Blow The Man Down）是十九世紀美國著名的水手歌謠。

里歐輕聲吹口哨。「各位，記得狼屋嗎？我們那位美麗的冰雪公主齊昂妮？她說過要把傑生的血灑在地上，還說什麼可以留下幾世代的血痕。或許混血人的血液具有某種力量。」

「喔……」波西終於放下他的披薩，往後一靠，眼神變得空洞，似乎被飛馬踢到腦袋的影響現在才開始發作。

「波西！」安娜貝斯抓住他的手臂。

「哦，糟糕，」他喃喃唸著：「糟糕，糟糕。」他望向桌邊另一頭的法蘭克和海柔，「你們還記得波呂玻特斯[62]嗎？」

「就是入侵朱比特營的巨人，」海柔說：「波塞頓的死對頭，最後被你用特米納士的雕像打到頭。是的，我還記得他。」

「我作過一個夢，」波西說：「在我們飛去阿拉斯加時夢到的。波呂玻特斯對蛇髮女怪說，他要把我抓去關，但不會殺我。他是這麼說的：『我希望把那傢伙拴在我腳下，以便時機成熟時可以殺了他。我要用他的血來澆淋奧林帕斯山的石頭，喚醒大地之母！』」

派波懷疑這個房間的恆溫裝置是否壞掉了，因爲剎那間她忍不住一直發抖，這正是她在托皮卡外的公路上感到的寒意。「你認爲巨人們要拿我們的血……我們之中兩人的血……」

「我不知道，」波西說：「不過在我們弄清楚前，我想我們都要避免被活捉。」

傑生咕噥著說：「這我完全同意。」

「但我們要怎樣才能弄清楚？」海柔問：「雅典娜的記號、雙生子、艾拉的預言……這些事情要如何兜在一起？」

安娜貝斯的雙手緊緊按著桌邊。「派波，你剛剛叫里歐設定亞特蘭大爲目的地？」

「對，」派波說：「巴克斯叫我們要去找……他的名字是？」

「弗爾庫斯。」波西說。

安娜貝斯看起來很驚訝，好像不習慣自己的男朋友是給別人答案的人。「你認識他？」

波西聳聳肩。「起初我沒什麼印象，後來巴克斯提到鹹水，我就想起來了。弗爾庫斯是在我爸之前的老海神，我從沒見過他，不過想當然他是蓋婭的兒子。然而我還是不理解，一個海神在亞特蘭大是要做什麼。」

里歐哼了一聲。「那個酒神能在堪薩斯做什麼？天神就是古怪。總之，我們明天中午前就能抵達亞特蘭大，除非出了狀況。」

「不要烏鴉嘴。」安娜貝斯唸他。「已經有點晚了，大家該好好睡一覺。」

「等一下。」派波說。

再一次，所有人的目光都集中到她身上。

她的勇氣快速流失，懷疑自己的直覺是否有錯，但她強迫自己開口說話。

「最後一件事，」她說：「幻影幽靈，那些會附身的鬼魅，他們還在這裡，在這個房間。」

62 波呂玻特斯（Polybotes），大地之母蓋婭所生的巨人族之一，他在巨人與天神的大戰鬥中與海神對戰。

12 派波

派波無法解釋她為何知道。

幽靈鬼魅和痛苦魂魄的故事，向來會把派波嚇得半死。她的爸爸曾經拿許多湯姆爺爺的切羅基族傳說來開玩笑，但就連他們住在加州馬里布的面海大豪宅時，只要她爸爸對她講起鬼故事，她就無法把那些故事甩出腦海。

切羅基的幽靈總是焦躁不安。他們通常是在前往死亡國度時迷了路，或是頑固地躲藏在生者背後不走。有時他們甚至不明白自己早就沒了生命。

派波學到愈多有關混血人的事，就愈覺得切羅基傳說和希臘神話沒有那麼不同。這些幻影幽靈的行徑，與她爸爸故事裡的鬼魂非常類似。

派波直覺認為他們還在這裡，單純是因為根本沒有人叫他們離開。

當她對大家解釋完畢，其他人不安地看著她。甲板上的黑傑教練好像在唱〈海軍樂〉[63]，同時傳來的還有黑傑克的踱步聲與抗議叫聲。

終於，海柔嘆了一口氣。「派波是對的。」

「你怎麼能確定？」安娜貝斯問。

「我見過幻影幽靈，」海柔說：「在冥界。當時我是……你知道的。」是死人。

派波已經忘記海柔是第二次來到人世。在某種程度上，海柔也算是鬼魂重生。

「所以……」法蘭克揉揉自己的小平頭，彷彿鬼魂可能從他的頭皮入侵。「你覺得那些東西還潛伏在這艘船上，或者……」

「或者潛伏在我們幾個人當中，」派波說：「我們都不知道。」

傑生握緊了拳頭。「如果是眞的……」

「我們必須採取行動，」派波說：「我想我可以試試。」

「怎麼試？」波西問。

「只要認眞聽，好嗎？」派波做了一次深呼吸。「所有人聽清楚了。」

派波看著每個人的雙眼，一次注視一個人。

「幻影幽靈，」她用魅惑的語調說：「舉起你的手。」

一陣緊繃的安靜。

里歐緊張地笑起來。「你眞的以爲這樣做可以……」

他的聲音停止，臉孔垮下，接著舉起一隻手。

傑生和波西也做出同樣的動作，他們的眼睛變成透明的金色。坐在里歐旁邊的法蘭克嚇得滾離座位，背脊緊貼著牆壁站立。

「喔，天神呀，」安娜貝斯哀求地看著派波說：「你可以治好他們嗎？」

㊸〈海軍樂〉（In The Navy），是美國迪斯可樂團「村民」（Village people）於一九七九年發行的一首膾炙人口的歌曲。

派波其實很想哭著躲到桌子底下，可是她必須幫助傑生。她不敢相信她握手的對象竟然是……不，她不願再想下去。

她先專注在里歐身上，因爲他是最不嚇人的一個。

「你們還有其他成員在船上嗎？」她問。

「沒有，」里歐用空洞的聲音回覆：「大地之母派了三個最強、最好的。我們將會重生。」

「不是在這裡，你們辦不到的。」派波斥責他。「你們三個，全部聽好了。」

傑生和波西都轉頭看她。金色的眼眸固然讓人恐懼，但是看到三個男生都變成這樣，卻加深了派波的怒火。

「你們要離開這些身體。」她下令。

「不要。」波西說。

里歐輕呼一聲。「我們一定要活著。」

法蘭克摸索著自己的弓。「萬能的馬爾斯[64]，這實在太可怕了！滾出這裡，惡鬼們！離開我的朋友！」

里歐轉向他。「戰神之子，你不能命令我們。你的生命那麼脆弱，你的靈魂隨時都可能燃燒。」

派波不大明白這些話的涵義，但法蘭克踉蹌倒地，就像被人在肚子上痛打了幾拳。他拔出一支箭，雙手在發抖。「我面對過……面對過比你更糟糕的東西，如果你想打鬥……」

「法蘭克，不要。」海柔站起來。

她身邊的傑生立刻抽劍。

「住手！」派波下令，不過聲音顫抖。她對自己的計劃快速失去信心，她讓幻影幽靈們現身，然後呢？如果她無法說服他們離開，任何傷害都是她造成的大錯。她的腦海深處幾乎可以聽到蓋婭在冷笑。

「聽派波的話。」海柔指著傑生的劍。那把黃金劍在他手中似乎沉重起來，它重重落到桌面上，傑生也跟著坐回椅子。

波西發出了非常不像波西的聲音說：「普魯托的女兒，你也許可以控制寶石和金屬，可是你不能控制死人。」

安娜貝斯朝波西走去，好像想要制伏他，但海柔揮手叫她離開。

「聽著，幻影幽靈，」海柔堅定地說：「你們不屬於這裡，我或許不能控制你們，但派波可以，遵從她的命令。」

她轉頭看著派波，臉上的表情清楚說著：「再試一次，你一定可以辦到。」

派波奮力集中所有的勇氣。她凝視傑生，目光直接射入那控制他的鬼魂雙眼。「你們要離開那些身體。」她再說一次，而且更加有力。

傑生的臉板起來，前額滲出汗珠。「我們……我們要離開這些身體。」

「你們要對冥河發誓，永遠不再回到這艘船上。」派波繼續說：「永遠不再附身到這裡任何一個隊員的身上。」

---

64 馬爾斯（Mars），羅馬軍團最崇拜的戰神，也是農業守護神，等同於希臘神話中的阿瑞斯（Ares）。但羅馬人重視軍事，所以他的地位僅次於眾神之王朱比特。參《混血營英雄——海神之子》五十九頁，註15。

里歐和波西一起發出嘶嘶聲抗議。

「你們要對冥河發誓。」派波堅持說。

緊繃的一刻。派波感受得到他們的意志正在反抗她的話語。但接著，三個幻影幽靈齊聲說話：「我們要對冥河發誓。」

「你們死了。」派波說。

「我們死了。」他們同意。

「現在，離開這裡。」

三個男生一起往前癱軟。波西的臉朝他的披薩急速靠近。

「波西！」安娜貝斯抓住他。

派波和海柔趕在傑生滑下椅子前抓住他的手臂。

里歐就沒有那麼幸運了。他朝法蘭克的方向倒過去，但法蘭克沒打算接住他，於是里歐直接撞到地板上。

「唉唷喂呀！」他慘叫。

「你還好嗎？」海柔問。

里歐自己爬起來，額頭上黏著一根麵條，還彎成數字「3」的形狀。「成功了嗎？」

「成功了。」派波說，感覺自己的判斷應該很正確。「我想他們不會再回來了。」

傑生眨眨眼。「意思是，從現在起，我不會再撞到頭？」

派波大笑，所有的緊張也跟著飛散離開。「來吧，閃電男孩，我們去找點新鮮空氣。」

派波和傑生在甲板上走來走去。傑生依然有些搖搖晃晃，所以派波鼓勵他把手環繞著她，才能支撐走穩。

里歐守著舵輪，利用對講機與非斯都通話；從過去的經驗，他知道要給傑生和派波一點空間。自從衛星電視修好以後，黑傑教練很開心地窩在房間裡看武術格鬥比賽；波西的飛馬黑傑克則飛去某個地方。至於其他的混血人，都在準備就寢。

阿爾戈二號朝東方加速前進，航行在離地一、兩百公尺的空中。原野上的小鎮燈火宛如黑暗大海中的點燈小島，一一掠過他們下方。

派波憶起去年冬天，他們騎著非斯都飛行於魁北克城的上空。她之前從未見過如此美麗的景物，也從不知被傑生攬著會如此快樂。但是，現在的感受更好。

這是一個溫暖的夜晚，船隻的航行比金屬龍的飛行平順許多。而所有事情當中最好的，就是他們正極力以最快的速度遠離朱比特營。無論古老土地有多麼危險，派波卻等不及要到那裡去。她希望傑生說的是對的，羅馬人不會追過大西洋去。

傑生在船身中間停下來，倚靠著欄杆。月光將他的金髮映成銀色。

「謝謝你，派波。」他說：「你又救了我一次。」

他的手臂環繞著她的腰。她想到他們跌落大峽谷的那一天，那是她頭一回知道傑生可以控制氣流。當時他將她抱得好緊，緊到她能感覺到他的心跳；然後他們停止墜落，飄浮在半空中。史上最佳男友。

她很想親吻他，但有件事讓她沒這麼做。

「我不知道波西以後還會不會信任我，」她說：「我竟然叫他的馬踢他。」

傑生笑起來。「你不用擔心這個啦，波西是個好人。不過我有種感覺，他的腦袋應該每隔一陣子就需要踢一踢。」

「你也差點殺死他。」

傑生的笑容褪去。「那不是我。」

「但是，我差點就讓你那樣做了，」派波說：「當蓋婭叫我選擇，我猶豫了，然後……」

她眨眨眼，心中責怪自己太愛哭。

「別對自己這麼嚴苛，」傑生說：「是你救了我們兩人。」

「可是如果我們當中眞的有兩個人必須死，一個男生、一個女生……」

「我不接受這種事。我們要阻止蓋婭，我們七個人都要活著回去，我向你發誓。」

派波眞希望他不要說「發誓」兩個字，這個字眼只會讓她想起七人大預言裡的話：「發誓留住最後一口氣。」

「求求你，」派波心裡想著，不知她的愛神母親能否聽得到，「別讓它成爲傑生的最後一口氣，如果愛情代表一切，請別把他帶走。」

當她許下這個願望，心中又馬上充滿罪惡感。她如何能眼睜睜看著安娜貝斯承受波西死去的痛苦？如果七人之中有任何一人死掉，她又如何能安心地活下去？他們當中的每一個人，都已承受了太多苦難；就連那兩個新加入的羅馬孩子法蘭克與海柔，即使派波對他們了解甚少，仍舊覺得他們宛如家人般親近。波西描述過他們前往阿拉斯加的旅程，聽起來就和派波經歷過的同樣痛苦難熬。而在剛剛驅魔的過程中，海柔與法蘭克努力要幫忙，她更可以確信他們是善良又勇敢的人。

「安娜貝斯提到的傳說，」她說：「關於雅典娜的記號……為什麼你當時不想說？」

她很怕傑生會叫她閉嘴，傑生卻只是低下頭去，彷彿已經等著要被問到這個問題。「派波，我不知道什麼是眞的、什麼不是。那個傳說……它很可能造成很大的危險。」

「對誰？」

「對我們所有人，」他悲哀地說：「這個故事說，羅馬人從希臘人那裡偷了某樣重要的東西，那是在很久很久以前、當羅馬人征服希臘城市時的事。」

派波等待著後續說明，但傑生似乎陷入沉思。

「他們偷了什麼？」她問。

「我不知道，」他說：「我甚至不知道全軍團裡是否有任何一個人知道。但根據故事，那個東西被帶到羅馬藏起來。而雅典娜的小孩、希臘的混血人，從此非常痛恨我們。他們總是不斷結盟要反抗羅馬人。不過就像我說的，我不知道這裡面有多少是事實……」

「但你爲何不乾脆告訴安娜貝斯呢？」派波說：「她不會突然就恨你的。」

他的眼神變得飄渺恍惚。「我希望不會。可是根據傳說，雅典娜的小孩找尋這個東西已經有千年之久，每個世代都有幾位小孩被女神選上，要去搜尋它。顯然，他們都是被一些徵兆帶到羅馬去……雅典娜的記號。」

「如果安娜貝斯也是搜尋者之一……我們應該幫她的忙。」

傑生遲疑了一會。「或許吧。等我們快到羅馬時，我會告訴她我知道的一點點事情，眞的。但是這個故事，至少我聽到的內容，卻說如果希臘人發現了他們被偷的東西，他們就永遠都不會原諒我們。他們會毀滅軍團和羅馬，徹底地毀滅。所以，當我聽到涅梅西絲告訴里歐，羅馬會在五天後滅城……」

派波審視著傑生的臉龐。他無疑是她所認識最勇敢的人，但她明白，他很害怕。這個傳說，這個會害他們的群體分裂、城市毀滅的想法，讓他徹底感到驚恐。

派波很好奇希臘人到底是被偷了什麼東西，竟然有如此的重要性。她無法想像有任何事物會讓安娜貝斯瞬間變得只想復仇。

然而又一次，派波無法想像要挑出一個混血人，讓他的生命凌駕於另一個混血人之上。今天在那條荒涼的公路上，在那一瞬間，蓋婭幾乎要說動她……

「還有，我很抱歉。」傑生說。

派波抹去臉上最後一滴淚珠。「爲什麼要抱歉？都是幻影幽靈的攻擊……」

「和那個無關。」傑生上唇的小疤痕似乎在月色下閃耀出白光。她一直很喜歡這個小疤，這一點的不完美讓他的臉龐看起來更有趣味。

「我竟然蠢到叫你聯絡蕾娜，」他說：「我沒用大腦思考。」

「喔。」派波抬頭看著雲朵，懷疑母親阿芙蘿黛蒂是否眞的用了什麼方法去影響傑生，他的道歉眞是美好到令人難以相信。

別停止呀，她心想。「沒關係啦，眞的。」

「我只是……我對蕾娜從來沒有那種感覺，」傑生說：「所以我沒有想到那可能讓你心裡不舒服。派波，你不需要擔心任何事。」

「我其實很想討厭她，」派波承認，「我多麼害怕你會從此回到朱比特營。」

傑生看起來有些驚訝。「那是不可能的事，除非你和我一起回去，我發誓。」

派波握住他的手，勉強擠出微笑，心裡卻在想：又一個誓言，發誓留住最後一口氣。

她努力把這些想法拋出腦海，她知道自己應該單純享受與傑生共處的寧靜時刻。但當她往船外看去，她忍不住想起黑夜的原野有多麼像黑暗的大水，宛如刀面影像中淹沒她的空間。

13 波西

忘掉那個炸雞煙幕裝置，波西現在希望里歐能夠發明一頂終止作夢的帽子。

這一晚，他作了好幾個恐怖的惡夢，先是夢到自己因爲尋找軍團老鷹的任務，又回到阿拉斯加。他爬上一條山路，才踏出路肩，就被泥沼吞噬，海柔說那叫做「泥岩沼澤」。泥巴中的他快要窒息、不能移動、看不見任何東西或無法呼吸，那是他生平第一次了解到被淹沒是什麼樣的感覺。

「這只是夢，」他告訴自己：「我會醒來的。」

但那並沒有減少他半點恐懼。

波西過去從來沒有怕過水，水是他父親的基本成分。然而自從這個泥岩沼澤的經歷後，他對窒息產生了一絲絲的恐懼。他不敢對任何人承認，但這絲恐懼甚至讓他連下水都感到緊張。他知道這樣想實在很蠢，因爲他是不可能淹死的；可是他也不禁懷疑，如果自己無法控制這種恐懼，是否恐懼會開始控制他。

他想到好友泰麗雅，雖然她身爲天空之王的女兒，卻有懼高症。她的弟弟傑生能夠召喚氣流、飛行空中，而泰麗雅不行，或許就是因爲太過害怕以至於不敢嘗試。如果波西也認爲自己會被淹沒……

泥沼又開始壓迫他的胸口，他的肺簡直要爆開了。

「不要恐慌，」他告訴自己：「這不是眞的。」

就在他再也憋不住氣的那一秒，夢境改變了。

他站在一個空曠陰暗、像是地下停車場的大空間裡，一排排石柱往不同方向豎立，撐住約六公尺高的屋頂。一個個獨立的火盆在地面上映照出黯淡的紅光。

陰影之中，波西無法看得太遠，但還看得出天花板上垂掛下來的滑輪、沙包，以及成排的黑色舞台燈。房間四周堆著木箱，上面標示著「道具」、「武器」和「戲服」，還有一個標示寫著「各種火箭發射器」。

波西聽見黑暗中有機件運轉的聲音，還有大齒輪轉動、水流過水管的聲響。

然後，他看見巨人了……起碼波西認爲他是個巨人。

他的高度接近四公尺，以獨眼巨人來說算是很高的，然而比起其他波西對打過的巨人，他只有他們的一半高而已。他的長相也比其他巨人更接近正常人，不像他那些有著蜥蜴腿的近親。儘管如此，他的紫色長髮紮成細辮子，再集中綁成一條馬尾，中間又綁著一串金幣銀幣，依舊是會讓波西害怕的巨人髮型。他的背上掛著一把約三公尺長的標槍，這也是巨人版的武器。

他身穿一件波西見過最大號的黑色高領衫，下半身則是黑色牛仔褲與黑皮鞋，鞋子的尖頭又長又捲，搞不好以前是小丑穿的鞋。他在一塊高起的平台前來回走動，檢視一個幾乎與波西一樣高的青銅花瓶。

「不，不，不，」那個巨人喃喃自語：「爆點在哪裡？價値在哪裡？」他朝著黑暗大喊：「歐杜士！」

波西聽見遠方有東西移動過來的聲音，另一個巨人從黑暗中出現。他穿著同樣的黑色衣服、同樣的捲頭皮鞋。兩個巨人的唯一差異，在於這個人的頭髮是綠色而非紫色的。

第一個巨人咒罵：「歐杜士，爲什麼你每天都這樣？我跟你說過，我今天要穿黑色高領衫！你什麼都可以穿，就是不該穿黑色高領衫！」

歐杜士彷彿剛睡醒般眨眨眼睛。「我以爲你今天要穿黃色長衫。」

「那是昨天！昨天你也穿黃色長衫！」

「喔，對。對不起啦，艾非。」

他的兄弟哼一聲。他們兩個一定是雙胞胎，因爲兩張臉一模一樣，也同樣醜陋。

「還有，不准再叫我艾非，」艾非說：「要叫我『艾非亞特士』，那才是我的名字。要不然就叫我的藝名『大飛哥』！」

歐杜士露出一張苦瓜臉。「我還不確定可以用那個藝名。」

「什麼廢話！這名字非常完美。現在，準備工作做得如何？」

「很好。」歐杜士的聲音聽起來不怎麼熱忱。「食人虎、旋轉刀……但我還在想，加幾個芭蕾女伶應該也不錯。」

「不要芭蕾女伶！」艾非亞特士打斷他，「還有這個東西。」他面帶噁心地朝銅瓶揮揮手，「這個是要做什麼？一點都不刺激。」

「但這才是整場演出的重點。除非有人來救他，否則他必死無疑。而如果那些人按照計劃過來……」

「呵，他們最好是這樣！」艾非亞特士說：「七月一日，也就是七月的凱林德日，那可是獻給茱諾的聖日。母親大人就是想在這一天消滅那些笨蛋混血人，好讓茱諾丟盡顏面。況且，我也不想再給那些格鬥士鬼魂延長節目了。」

「嗯，到那時他們都死了，」歐杜士說：「然後我們開始破壞羅馬，一切按照母親想要的那樣，保證完美。群眾一定會喜歡的，羅馬鬼魂最愛這一類的事。」

艾非亞特士看起來並不信服。「不過這個瓶子就只是像這樣立在那裡嗎？難道我們不能把它懸掛到火堆上，或者放進一池強酸中溶掉它？」

「我們要讓他再活個幾天。」歐杜士提醒他的兄弟。「不然那七個傢伙不會上鉤，急著來救他。」

「嗯，我想想。我還是比較喜歡有點尖叫聲，這種緩慢的死法實在很無聊。啊，那個啦，我們那位天才朋友如何？她準備好迎接訪客了嗎？」

歐杜士一臉掃興的樣子。「我真的非常不想提到她，她讓我很緊張。」

「但她到底準備好了沒？」

「早就好了，」歐杜士不甘願地回答：「她已經準備了好幾個世紀，沒有人動得了那一尊雕像。」

「太好了，」艾非亞特士躍躍欲試地搓揉雙手，「我的好兄弟，這是我們的大好機會。」

「上次我們特技表演時，你也是這樣說，」歐杜士抱怨：「我被封進冰塊，吊掛在勒特河[65]

[65] 勒特河（River Lethe），希臘神話中的遺忘之河，是位於冥界的河川之一。參《混血營英雄──迷路英雄》一〇七頁，註[35]。

上六個月，結果根本沒有媒體注意到我們。」

「這次不一樣！」艾非亞特士堅持說：「我們會樹立娛樂界的新指標！如果母親大人開心的話，我們從此可以名利雙收！」

「你愛怎麼說隨便你，」歐杜士嘆一口氣，「不過我還是覺得，那些天鵝湖的芭蕾舞衣非常可愛……」

「不要芭蕾舞！」

「抱歉。」

「來吧，」艾非亞特士說：「我們去檢查老虎，我想確認牠們都在飢餓狀態！」

巨人跨步離開，往黑暗處走去。波西轉向那個銅瓶。

我必須看到裡面，他心想。

他集中意志，讓夢境往前行。他前進到了瓶子前面，然後穿透過去。

銅瓶裡充滿陳腐溼氣與鏽蝕金屬的味道。裡面唯一的光線來自一把黑劍映出的紫色微光，那是用冥界黑銅打造的劍，就靠在瓶壁。黑劍旁邊蜷縮著一個表情沮喪的男孩，他身穿黑色T恤、老舊的飛行員夾克與破牛仔褲，右手上有個閃著微光的銀製骷髏頭戒指。

「尼克！」波西喊著，但這位黑帝斯的兒子並沒有聽見他的呼喊。

這個容器是完全密閉的，裡面的空氣變得有毒。尼克雙眼緊閉，呼吸很淺，顯然處於冥想狀態。他的臉色蒼白，身形比波西印象中還要消瘦。

在瓶身的內壁，看起來好像被尼克用劍刮出了三個粗糙的記號。有可能是尼克已經被囚禁在裡面三天的意思嗎？

被關在裡面這麼久而沒有窒息，似乎是不大可能的事。即使在夢裡，波西都開始感到恐慌，拚命想要獲取多一點的氧氣。

然後他才注意到尼克雙腳之間有個東西，那是一小撮略有光澤的小顆粒，每個都只接近一顆乳牙的大小。

波西突然了解到，那是種子，都是石榴的種子，有三顆已經吃過又吐出來，另外五顆則仍包覆在暗紅色的果肉裡。

「尼克，」波西說：「這是什麼地方？我們會來救你……」

影像消退了，一個女孩子輕聲喊著：「波西。」

一開始，波西以爲自己還在夢中。在失去記憶的那段期間裡，他有好幾個星期一直夢到安娜貝斯，那是他對於過去僅存的印象。然而當他睜開眼睛、視線變得清晰時，才確定安娜貝斯是眞的站在那裡。

她站在他的臥鋪旁，低頭微笑看著他。

她的金髮垂落到肩上，暴風雨般的灰色眼眸明亮美麗。他還記得五年前第一次來到混血營時，他從昏迷中醒來，看見安娜貝斯站在他旁邊，對他說：「你睡覺時會流口水。」

她就是那樣情緒化。

「怎……怎麼了嗎？」他問：「我們到了？」

「還沒，」她壓低聲音說：「現在是半夜。」

「你是說……」波西開始心跳加速。他知道自己穿著睡衣躺在床上，八成還流過口水，或者作夢時至少發出一點聲音。更加無疑的是，他還有一頭睡覺會嚴重亂翹的頭髮與絕不迷人的口臭。「你偷溜進我的房間？」

安娜貝斯翻了個白眼。「波西，你再過兩個月就十七歲了，你不需要這麼擔心會惹到黑傑教練吧。」

「嗯，你有看過他那根棒球棍嗎？」

「再說，海藻腦袋，我只是想和你散散步而已。我們兩個一直還沒有時間獨處，我想帶你看看一個東西，就是這艘船上我最喜歡的地方。」

波西的心跳依然超過正常值，但已經不是因爲害怕惹上麻煩了。「那我可不可以，這個嘛，先刷一下牙？」

「那最好，」安娜貝斯說：「因爲你沒刷牙前我是不會親你的。還有，刷牙時順便梳一下頭髮。」

以戰船而言，這艘船算是非常大，但對波西來說依舊是個溫暖舒適的地方，就像他在楊西學校的宿舍大樓，或者任何一所把他踢出來的寄宿學校。安娜貝斯與他躡手躡腳地爬下樓梯，進入第二層船艙。這一層除了醫務室之外，波西都不曾去過。

她帶他經過引擎室，那裡看起來像一個非常危險的機械化格子爬梯，從中央的銅製球體伸出許多水管、活塞和管線。纜線就像巨大的金屬麵條在地上蜿蜒，然後爬上牆面。

「那個東西究竟是如何運轉的？」波西問。

「不知道。」安娜貝斯說：「而且呢，我還是除了里歐之外唯一會操作的人。」

「那還眞叫人安心。」

「應該沒問題啦，它只有一次差點爆開的紀錄。」

「我希望你是在開玩笑。」

她露出微笑。「來吧。」

他們經過儲藏室與軍械庫，來到靠近船尾的地方。再過去有一扇雙開的木門，裡面是一間大馬廄，馬廄裡有新鮮乾草與羊毛毯的味道。靠著左邊牆面隔了三間空馬房，就像混血營裡給飛馬住的地方；右邊則有兩個空空的大籠子，尺寸大到足以關進動物園的大型動物。

在正中央的地板上，有一塊約六公尺見方的透明區塊。遠遠的下方就是黑夜中的陸地景色，綿延的漆黑田野交織著點了燈的條條公路，宛如一張網。

「一艘玻璃底的船？」波西問。

安娜貝斯從最靠近的馬廄欄內抓出一條毯子，鋪在玻璃地板的一角。「陪我坐。」

他們就像去野餐一樣，坐在毯子上放鬆一下，望著下面的世界流轉而逝。

「里歐打造這個馬廄，好讓飛馬可以來去自如。」安娜貝斯說：「只是他沒想到飛馬喜歡自由自在地巡遊，所以馬廄永遠是空的。」

波西不禁想到黑傑克，牠是否也在空中的某處巡遊，但願牠正追隨著他們前進。雖然波西的頭曾被黑傑克狠狠踢過，至今仍會隱隱抽痛，但他並不會因此就討厭馬。

「你說『飛馬可以來去自如』，是什麼意思？」他問：「難道飛馬不用走那兩段階梯下來嗎？」

安娜貝斯用指節敲敲坐著的玻璃。「這個就是艙門，好像轟炸機的裝置。」

波西驚呼。「你是說我們坐在門上？萬一門打開了呢？」

「我想我們會摔死吧。但應該不會打開的，不大可能啦。」

「太好了。」

安娜貝斯笑笑。「你知道我爲什麼喜歡這個地方嗎？不只是因爲這裡的視野。這個地方會讓你想起哪裡？」

波西左右看看，有馬廄和籠子、梁上掛著的神界青銅吊燈、乾草香氣，當然還有坐在他身邊的安娜貝斯。在柔和的琥珀色燈光下，她的臉孔如魅影般美麗。

「那輛動物園卡車，」波西說：「把我們載去拉斯維加斯的那輛卡車。」

她的笑容讓波西知道自己答對了。

「那是好久以前的事了，」波西說：「那時我們有點悽慘，爲了尋找愚蠢的閃電火，得橫越整個國家，結果搭上一輛滿載受虐動物的卡車。你怎麼會對那種事情還念念不忘？」

「因爲呀，海藻腦袋，那是我們第一次眞正的談話，就你和我兩個人。我跟你說了我的家庭，還有……」她把營隊項鍊拿下來，那上面串著她父親的大學戒指與每年混血營發的彩色陶珠。現在那條皮革項鍊上還串著另一個東西，是波西在他們開始正式約會時送她的紅色珊瑚吊飾，這是波西從父親的海底宮殿帶回來的禮物。

「還有，」安娜貝斯繼續說：「它讓我想起了我們認識有多久。那時我們十二歲，波西，你相信嗎？」

「不，」波西說：「所以……你從那時候就喜歡我？」

安娜貝斯傻笑。「我一開始很討厭你，覺得你很煩。然後我忍耐了你好幾年，然後……」

「好啦好啦。」

她靠過來親他，那是一個甜美、像樣的吻，沒有羅馬人在旁，沒有羊男監護人的尖叫。她退開來。「波西，我想你。」

波西也想對她說同樣的話，但又覺得只說那幾個字似乎太少了。當他身在羅馬營時，他幾乎是靠著思念安娜貝斯才有辦法活下去，單單「我想你」完全不足以涵蓋這些思緒。

他想到今天傍晚的時候，派波努力把幻影幽靈趕出他的腦中。他一直到派波使用魅語，才知道幽靈的存在；等到它離開了，他感覺前額就像被拔出了一根炙熱的釘子，直到幽靈跑掉之後才體會到自己承受的痛苦。接下來，他的思緒變得清朗，他的靈魂安定舒適地回到他的身體中。

與安娜貝斯坐在這裡，也帶給他同樣的感受。過去這幾個月的生活，或許只是無數怪夢中的某一個夢境，那些在朱比特營發生的事，已經變得模糊又不眞實，就像他和傑生被附身時打的那場架一樣。

然而他並不後悔曾經在朱比特營付出的時光，那讓他在許多方面都眼界大開。

「安娜貝斯，」他有些遲疑地說：「在新羅馬，混血人可以一輩子平和地住下去。」

她的表情露出了防衛心。「蕾娜向我解釋過這件事。可是波西，你屬於混血營，那種生活……」

「我知道，」波西說：「但我在那裡的時候，看到許多混血人不用活在恐懼之中；孩子去上大學，情侶結婚成家，那是混血營裡從來沒有的情況。我一直想到你和我……或許有一天當這場巨人大戰結束……」

雖然在金黃燈光下很難辨別，波西覺得安娜貝斯臉紅了。「喔。」她說。

波西很怕自己說得太多，他怕自己的未來大夢會嚇到她，通常她才是那個做計劃的人。他不禁默默地咒罵自己。

他認識安娜貝斯那麼久，但仍然覺得自己對她的了解很有限。即使已經交往幾個月，他們的關係始終有種又新又脆弱的感覺，彷彿一尊玻璃雕像，他很怕做錯什麼事就會打破它。

「對不起，」他說：「我只是……我只是必須這樣想，才有辦法繼續活下去，給自己一點希望。忘掉我提過的事吧……」

「不！」她說：「不是的，波西。天神呀，你的話非常窩心，只是……我們可能已經把那座橋梁燒斷了。如果我們不能修復與羅馬人之間的關係……唉，這兩方的混血人從來不曾好好相處過，所以天神才會把我們兩邊分開。我不知道我們是否能夠永遠屬於那裡。」

波西沒有爭辯，但他不會放棄希望。他覺得這是很重要的事，不只爲了他和安娜貝斯，更爲了所有混血人。同時屬於兩個不同世界必定是有可能的，畢竟身爲混血人就是那麼一回事，不全然屬於凡人，也不完全屬於奧林帕斯，卻努力在兩邊固有的本性中保持和平。

不幸的是，這讓他想到了眾神，想到他們面臨的大戰，以及他夢中那對名叫艾非亞特士與歐杜士的雙胞胎。

「你來叫醒我時，我正在作一個惡夢。」他說。

他告訴安娜貝斯他的夢境。

安娜貝斯連最糟糕的部分似乎都不太驚訝。當她聽到尼克被關在青銅花瓶裡，難過得直搖頭。當波西講到巨人正在計劃某種毀滅羅馬的盛大演出，而且以他們的痛苦死亡作爲開幕式時，她的眼裡冒出怒火。

「尼克就是誘餌，」她喃喃地說：「蓋婭的軍隊想必是用計抓到他，但我們不知道他被關的確切地點。」

「在羅馬的某個地方，」波西說：「某個地方的地下。按照他們的說法，尼克似乎還有幾天可活，不過我很難想像他如何能在缺氧的情況下撐那麼久。」

「根據涅梅西絲的說法，還有五天，」安娜貝斯說：「七月的凱林德日，至少那個期限現在聽起來有意義了。」

「什麼是凱林德日？」

安娜貝斯開始偷笑，好像很高興回到他們昔日慣有的相處模式——波西很無知，安娜貝斯則忙著解釋。「那只是羅馬的特有名詞，專指每個月的第一天，英文的『calender』這個詞就是這麼來的。可是，尼克怎麼能撐那麼多天？我們應該找海柔談一下。」

「現在？」

她猶豫了。「不，可以等到天亮。我不想在大半夜拿這個消息打擊她。」

「巨人還提到雕像，」波西回憶說：「也提到有個天才朋友負責守護它。不管這個朋友是誰，顯然是個歐杜士會害怕的人。究竟是誰能讓一個巨人感到恐懼……」

安娜貝斯往下望著漆黑山間蜿蜒的公路。「波西，你最近看過波塞頓嗎？或者有任何他傳來的消息嗎？」

他搖搖頭。「沒有，自從……哇，我好久沒去想這件事了，自從泰坦大戰之後就沒有了。我上次見到他是在混血營裡，不過那已經是去年八月的事了。」一種恐懼感突然爬上他的心頭，「怎麼了？你見過雅典娜嗎？」

她迴避他的目光。

「幾個星期前，」她承認，「那……是個不好的經驗。她不像她了，或許如同涅梅西絲說的，她也處於希臘、羅馬間的精神分裂狀態，我無法確定。但她說了一些很傷人的話，她說我讓她失望。」

「你讓她失望？」波西不確定自己是否聽錯。安娜貝斯是一百分的半神半人小孩，她具備所有雅典娜女兒該有的特質。「你怎麼可能……」

「我不知道，」她失落地說：「而且除了這件事之外，我已經好一陣子都在作惡夢，那些夢不像你的夢還有點道理。」

波西等待她說下去，安娜貝斯卻不再提及任何細節。他想讓她心裡舒服一些，想告訴她會沒事的，然而他知道他辦不到。他好想解決他們兩人的每一個問題，好讓他們能有完美的結局。在這些年的辛苦之後，即使最冷血的天神也該承認，他們倆理當擁有一個好結局。

可是他有種直覺，這一次除了單純的陪伴，他什麼忙也幫不上安娜貝斯。「智慧的女兒單獨走。」

他感覺自己就像沉入泥沼中，深陷又無助。

安娜貝斯勉強擠出笑容。「好一個浪漫的夜晚，是吧？到天亮之前，都不准再說不好的事情了。」她又親了他一下。「我們會弄清楚每一件事。你終於回到我身邊，這才是眼前最重要的事。」

「對，」波西說：「不准再講蓋婭要升起、尼克是人質、世界會毀滅、巨人將……」

「閉嘴，海藻腦袋，」她下令，「只要抱我一下下就好。」

他們相擁而坐，享受彼此的溫暖。不知不覺中，引擎的運轉、昏黃的燈光以及有安娜貝斯陪伴的感覺，讓他的眼皮愈來愈沉重，終於沉沉睡去。

當他醒來，陽光已經穿過玻璃地板。一個男孩的聲音說：「哦……你們兩個慘了。」

14 波西

波西見過法蘭克被食人魔包圍，還見過他面對殺不死的巨人，甚至釋放死神桑納托斯，但他從來沒見過法蘭克像現在這樣嚇壞的模樣，只因爲發現他們兩個在馬廄裡睡著了。

「怎麼了……？」波西揉揉眼睛，「喔，我們只是睡著了。」

法蘭克沒有說話。他穿著慢跑鞋與黑色垮褲，上身是溫哥華冬季奧運T恤，領口別著羅馬分隊長徽章（現在他們已是叛徒，那東西在波西看來，若不是有點悲哀，就是還帶點希望）。他把目光轉到別處，彷彿看到他們兩人在一起會把他灼傷。

「每個人都以爲你們被綁架了，」他說：「我們在船上到處搜索，等到黑傑教練發現實情……喔，天神呀，你們整夜都在這裡嗎？」

「法蘭克！」安娜貝斯的耳朵和草莓一樣紅。「我們只是下來這裡談話，然後就睡著了，純屬意外，就是這樣。」

「還有親吻了幾下。」波西說。

安娜貝斯瞪他。「不要幫倒忙！」

「我們最好……」法蘭克指著馬廄的門，「嗯，我們應該集合吃早餐了。你們可以自己解釋一下做了什麼……我是說，不要由我來解釋？我的意思是……我眞的不想被那個方恩，我是說羊男揍扁。」

法蘭克拔腿跑開。

當所有人終於集合到餐廳時，情況並沒有像法蘭克害怕的那麼糟。傑生和派波是最不在乎的人，里歐則一直忍不住咧嘴笑並低聲說：「經典呀！經典。」只有海柔似乎有些震驚，或許因爲她是從四〇年代過來的人；她不斷對著臉搧風，不願直視波西。

不用說，黑傑教練絕對是火冒三丈，但波西很難把羊男的怒氣看得太嚴重，因爲他根本還不到一百五十公分高。

「我這一生從來沒碰過！」黑傑教練咆哮著，一邊揮舞著球棒，還打翻一盤蘋果，「違反規定！不負責任！」

「教練，」安娜貝斯說：「眞的只是意外。我們聊天，然後不小心睡著。」

「還有，」波西說：「你講話開始很像特米納士了。」

黑傑瞇起眼睛。「傑克森，你在侮辱我嗎？那我會……我會『踢你去死』，臭小子！」

波西忍住笑意。「教練，不會再發生這種事情了，我保證。現在我們是不是應該談談別的事了？」

黑傑還在生氣。「好吧！但我會好好看著你的，傑克森。至於你，安娜貝斯．雀斯，我本來以爲你比較懂事……」

傑生清清喉嚨。「所以，大家趕快去拿點食物，我們該開始了。」

這場會議好像一個提供甜甜圈的戰爭會報。又一次讓人回想到在混血營時，他們會圍坐在休閒室的乒乓球桌邊討論最嚴肅的事，一邊吃著餅乾與起司條，這讓波西有一種回到家的感覺。

他告訴大家他的夢：雙胞胎巨人在放置火箭發射器的地下停車場裡，等著迎接他們的到來。尼克·帝亞傑羅被關在青銅花瓶中，將因窒息而慢慢死去，腳邊還有石榴種子。

海柔差點哭出來。「尼克……喔，天神呀。那些種子。」

「你知道它們是什麼嗎？」安娜貝斯問。

海柔點點頭。「他給我看過一次。那是從我繼母的花園裡來的。」

「你的繼母……喔，」波西說：「你是指泊瑟芬[66]？」

波西見過一次黑帝斯的妻子，她不算溫暖陽光那一型。他也去過她的冥界花園，那是一個充滿水晶樹與花朵的詭異地方，花朵不是血紅就是死白。

「那些種子是萬不得已時的生機，」海柔說。波西看得出她很緊張，因爲桌上所有的銀器開始朝她接近。「只有黑帝斯的小孩可以吃它。尼克總是隨身攜帶，萬一被困住時就可以派上用場。但如果他眞的被監禁了……」

「巨人是想引誘我們上鉤，」安娜貝斯說：「他們認爲我們會去救他。」

「那他們猜對了！」海柔環視餐桌，信心頓時驟減。「我們會去吧？」

「會的！」黑傑教練滿嘴紙巾地大喊：「去那裡一定可以打架，對不對？」

「海柔，我們當然會幫他，」法蘭克說：「但我們有多少時間……嗯，應該說，尼克可以撐多久？」

「一顆種子撐一天，」海柔傷心地說：「如果他能讓自己進入死狀迷睡的狀態。」

「死狀迷睡？」安娜貝斯驚奇地問：「聽起來不好玩。」

「這種狀態可以讓他避免消耗空氣，」海柔說：「就像冬眠，或者昏迷。一顆種子勉強可以幫他撐一天。」

「他還有五顆，」波西說：「也就是包括今天的話，剩下五天。想必這些都在巨人的計劃之中，所以我們必須在七月一日到達。假設尼克是被藏在羅馬的某個地方……」

「時間實在有限，」派波把一隻手放到海柔肩上，總結發言，「我們會找到他的，至少現在我們知道預言裡那些話的意思了。『雙生子扼抑天使氣息，無數死亡之鑰歸他所攜。』你弟弟的姓是帝亞傑羅，而『亞傑羅』（Angelo），在義大利文就是『天使』。」

「喔，天神呀，」海柔喃喃驚呼：「尼克……」

波西看著自己的果醬甜甜圈。他和尼克．帝亞傑羅之間有段好壞交雜的過往；這個人曾經把他騙到黑帝斯的宮殿，害他後來被關進牢裡。但大多數時間裡，尼克是在好人這一邊。他當然不應該被關在銅瓶裡慢慢等死，而且波西也不願眼睜睜看著海柔這麼痛苦。

「我們會去救他，」他向她保證：「我們必須去，預言說他握住了無數死亡之鑰。」

「沒錯，」派波鼓勵說：「海柔，你弟弟是去冥界尋找死亡之門，對吧？他一定找到了。」

「他可以告訴我們那些門在哪裡，」波西說：「以及如何關上它。」

海柔深呼吸一口氣。「對，好。」

「嗯……」里歐在座位上動來動去，「有一件事。那些巨人正等著我們做這些事，對吧？

---

66 泊瑟芬（Persephone），冥王黑帝斯的妻子，農業之神狄蜜特的女兒。參《波西傑克森——神火之賊》二〇九頁，註47。

所以，我們就這樣走進陷阱中？」

海柔看著里歐，好像他做了一個無禮的舉動。「我們別無選擇！」

「海柔，不要誤會我的意思。只是你弟弟尼克……熟悉兩個營區，是嗎？」

「嗯，是的。」

「他一直在兩邊來來去去，」里歐說：「可是他對兩邊都沒有說。」

傑生往前坐，臉色沉下來。「你是在擔心我們能否信任這個人。我也是。」

海柔跳起來。「我真不敢相信。他是我弟弟啊，他把我從冥界帶回人世，而你們卻不願意幫助他？」

法蘭克拍拍她的肩膀，「沒有人那樣說，」他瞪里歐一眼，「最好沒有人會那樣說。」

里歐眨眨眼。「嘿，各位，我的意思只是……」

「海柔，」傑生說：「里歐提出的是一個公平的論點。我記得朱比特營的尼克，現在我發現他也到過混血營，確實讓我很震驚……也有一點起疑。我們知道他到底忠誠於誰嗎？我們只是必須謹慎一點。」

海柔的雙手顫抖，一個銀盤子朝她快速移動過去，撞向她左邊的牆壁，整盤炒蛋飛散。

「你……偉大的傑生．葛瑞斯……我尊敬的執法官，你本來應該非常公平，做一個優秀的領導。而現在你……」她猛地跺腳，然後拔腿衝出餐廳。

「海柔！」里歐朝她大喊：「啊，唉唷，我應該……」

「你夠了沒。」法蘭克怒斥他，站起來要去追海柔，但派波示意他等等。

「給她一點時間。」派波提醒他。然後她給里歐和傑生一個很難看的臉色。「你們兩個實在很殘酷。」

傑生嚇了一跳。「殘酷？我只是謹慎一點而已。」

「他的弟弟快死了。」派波說。

「讓我和她談談。」法蘭克堅持說。

「不，」派波說：「讓她自己先冷靜下來，這一點請你相信我。等一下我會去看她。」

「可是……」法蘭克像一頭被激怒的大熊，「好，我等。」

上面傳來一個像是巨大鑽頭在旋轉的聲音。

「是非斯都，」里歐說：「我把他轉到自動駕駛模式，但我們應該快到亞特蘭大了。我得上去上面……嗯，我們知道降落的地點吧？」

所有人轉頭看波西。

傑生揚起眉毛。「你是鹹水船長，請問專家有何建議？」

他的聲音裡有不滿嗎？波西懷疑傑生是否暗自對堪薩斯的決鬥心懷怨恨。傑生曾拿這件事開玩笑，不過波西覺得他們兩人都有點不爽吧。讓兩個混血人對打，很難不讓他們探究到底是誰比較強。

「我不確定，」他承認，「到一個中心一點、位置高一點的地方，這樣我們可以眺望城市。或許是有樹林的公園？總不能讓戰船停到鬧區裡去吧。我懷疑迷霧能否掩護得了這麼大一艘船。」

里歐點點頭。「立刻去辦。」他往階梯跑去。

法蘭克不安地坐回位子。波西替他感到難過；前往阿拉斯加的這一段旅程，他看著海柔和法蘭克日益親密，他知道法蘭克有多麼想保護她。他也注意到法蘭克對里歐的眼神非常不友善。於是他決定，讓法蘭克下船一會兒可能比較好。

「我們降落之後，我會在亞特蘭大四周查看一下。」波西說：「法蘭克，我需要你幫忙。」

「你是又要我變成一條龍嗎？老實說，波西，我不希望這整個任務都是來當大家的飛行計程車。」

「不是的，」波西說：「我希望你跟著來，因爲你身上也有波塞頓的血統，或許你可以幫我找出有鹹水的地方在哪裡。更何況，你在戰鬥中表現很優異。」

這些話顯然讓法蘭克感覺好一點。「好吧，我去。」

「很好，」波西說：「我們還需要一個人。安娜貝斯……」

「哼，不行！」黑傑大叫：「小女生，你被禁足了。」

安娜貝斯盯著他看，彷彿他剛剛說的是外國話。「不好意思，你是說……？」

「你和傑克森不准一起去任何地方！」黑傑教練堅持說。他狠狠瞪著波西，示意他閉嘴。「我負責陪同法蘭克與這位『偷溜傑克森』，其他人給我好好守著這艘船，確保安娜貝斯不會再違反任何規定！」

眞好呀，波西心想，就和法蘭克與嗜血的羊男來場男人的約會吧，一起在內陸都市找尋鹹水的蹤跡。

「這一定會……」他說：「好玩得不得了。」

15 波西

波西爬上甲板，忍不住「哇！」了一聲。

他們降落在接近山頂的山坡樹林。左邊的松樹林裡錯落著一群很像是博物館或大學的白色建築；下方是一整片的亞特蘭大市區，公路、鐵道、房舍、綠帶綿延在平坦的土地上，約三、四公里遠的地方，矗立著一群棕色和銀色的摩天大樓。

「呵，不錯的地方。」黑傑教練深吸一口早晨的空氣。「選得好，華德茲。」

里歐聳聳肩。「我只是挑個高一點的山頭。那邊是總統圖書館，至少非斯都是這麼說。」

「我可不知道那個！」黑傑喊道：「但你們知道這座山頭發生過什麼事嗎？法蘭克．張，你應該知道的！」

法蘭克怯怯地說：「我應該知道？」

「你是阿瑞斯的兒子耶！」黑傑憤慨地說。

「我是羅馬人……所以請說『馬爾斯』。」

「隨便你！這裡是美國南北戰爭[67]中著名的地方！」

---

[67] 南北戰爭（American Civil War）發生於一八六一至一八六五年，為美國歷史上最大規模的內戰，不僅改變美國的政治與經濟情勢，美國南方亦廢除奴隸制度，對日後美國的社會產生巨大影響。

「事實上，我是加拿大人。」

「隨便啦！北方聯邦軍的薛爾曼將軍[68]就是站在這裡看著亞特蘭大城起火燃燒，從這裡切出一條毀滅大道，一路燒到海邊。焚毀、掠奪、劫殺……好一個混血人！」

法蘭克退離羊男幾步。「喔，這樣呀？」

波西不太關心歷史故事，卻不禁懷疑降落在這裡，是否是一個不祥的徵兆。他早就聽過人類史上多數的內戰都是由希臘與羅馬混血人引起的，而現在，他們竟然站上這樣一個歷史戰場。他們下方的這個都市曾被夷平，下令的便是阿瑞斯的孩子。

波西可以想像混血營裡有些小孩也會發出這種命令，比如說克蕾莎．拉瑞，但他無法想像法蘭克是這樣殘忍。

「總之，」波西說：「這一次我們會努力別再燒掉這座城。」

教練看起來有點失望。「好吧。但我們要去哪裡？」

波西指著市中心。「沒有確定答案時，就從中心開始。」

搭車進城這件事比他們想像中容易多了。他們三個先朝總統圖書館走去，原來這裡是卡特中心[69]。他們詢問工作人員能否幫他們叫計程車，或者幫忙指路前往最近的公車站。雖然波西可以召喚黑傑克，但距離上次那場災難才不久，實在不想這麼快又請求牠幫忙。至於法蘭克，更不想變身成任何東西。再說，波西有點希望能換個交通方式，像正常人一樣旅行。

有位名叫艾瑟的圖書館員堅持載他們一程。她對這件事表現得實在太過熱心，波西擔心她是偽裝的怪物。但黑傑教練把他拉到一邊，向他保證艾瑟的氣味聞起來像個正常人類。

「聞起來有大雜燴的香氣，」他說：「丁香、玫瑰花瓣。美味呀！」

他們坐進艾瑟的凱迪拉克大黑頭車，往市中心開去。艾瑟非常矮小，坐在駕駛座幾乎被方向盤擋住視線，但她似乎不以爲意。她一邊加速穿越車陣，一邊向他們介紹亞特蘭大幾個瘋狂家族的故事，有昔日的大種植場地主、可口可樂創辦人、運動明星，還有CNN新聞台的人。聽起來她的知識很豐富，所以波西決定試試自己的運氣。

「嗯，艾瑟，」他說：「問你一個很難的問題。說到亞特蘭大的鹹水，你先想到什麼？」

艾瑟笑起來，「哦，小可愛，這很簡單。鯨鯊！」

法蘭克和波西交換一個眼神。

「鯨鯊？」法蘭克緊張地問：「你們亞特蘭大有那種東西？」

「小可愛，在水族館呀。」艾瑟說：「很有名的，就在市中心。你們想去那裡嗎？」

水族館。波西思考了一下。他不知道希臘老海神能在喬治亞州的水族館裡做什麼，但他也想不出更好的答案。

「是的，」波西說：「我們就是想去那裡。」

艾瑟把他們載到水族館的大門口，這時已經有人在排隊。她堅持要把她的行動電話號碼

---

68 薛爾曼將軍（William Tecumseh Sherman, 1820-1891）是美國南北戰爭時北方聯邦軍名將，以著名的側翼包抄戰術多次擊退南軍，占領重要據點。一八六四年秋，他奉令對亞特蘭大進行毀滅性的縱火大掃蕩，上千名市民被活活燒死，亞特蘭大城化為廢墟。

69 美國的總統圖書館是專門收藏各任總統文獻檔案的機構，分設於各州（通常是總統的家鄉州）。位在喬治亞州亞特蘭大的總統圖書館，即是收藏第三十九任總統吉米·卡特（Jimmy Carter）的史料。

給他們，以備不時之需；她還想給他們回卡特中心的計程車錢與一罐自製水蜜桃乾，那桃乾不知爲什麼會放在後車廂的盒子裡。法蘭克把這罐水果乾塞進背包，然後向艾瑟道謝。此時艾瑟已經不稱他「小可愛」，改稱他「心肝寶貝」了。

她離開後，法蘭克問：「亞特蘭大的人心腸都這麼好嗎？」

黑傑教練咕噥著說：「但願不是。要是他們心腸太好，我就打不起架了。咱們去找鯨鯊開打吧，那個才夠刺激！」

波西現在才想到他們也得買門票，而且必須跟在一堆家庭與參加夏令營的學童後面排隊。看著來自不同夏令營的小學生穿著色彩鮮豔的T恤，波西心裡浮出淡淡的感傷。這個時間的他應該是在混血營裡，整理自己要住整個夏天的小屋，或去競技場教導劍術，還要計劃如何捉弄其他指導員。這些小孩根本無法想像夏令營可以瘋狂到什麼程度。

他嘆了一口氣。「唉，我想我們得去排隊。有人有錢嗎？」

法蘭克檢查口袋。「三個朱比特營的迪納里⑳、五塊加拿大幣。」

黑傑教練拍拍運動短褲，掏出所有東西。「七毛五，再加兩毛。橡皮筋，還有……得分！一段芹菜。」

他把芹菜拿起來咬，眼睛卻盯著銅板和橡皮筋看，好像準備接下來吃掉它們。

「這下可好了。」波西說。他的口袋裡除了那枝可以變成波濤劍的筆之外，就沒有別的東西了。他正在考慮是否要找機會溜進水族館裡，一個穿著藍、綠色「喬治亞水族館」上衣的女生朝他們走來，臉上帶著大大的微笑。

「啊哈，特別來賓！」她的臉頰有迷人的雀斑，戴著粗框眼鏡與矯正牙套，捲捲黑髮綁成兩邊各一小撮，雖然她可能接近三十歲了，看起來卻像個書呆子學生，有點可愛，也有點古怪。她上半身穿著「喬治亞水族館」的馬球衫，下身配上暗色的寬長褲與黑球鞋，兩隻腳邊走邊跳，彷彿控制不了自己的能量。她的名牌上面寫著「凱特」。

「喔，你們來買票呀，」她說：「太好了。」

「什麼？」波西問。

凱特搶走法蘭克手中的三個迪納里。「好了，這樣就可以了。請往這邊走！」

她一轉身，往大門口走去。

波西看看黑傑教練與法蘭克。「陷阱？」

「八成是。」法蘭克說。

「她不是人類，」黑傑教練嗅著空氣說：「或許是某種來自塔耳塔洛斯的惡魔，專吃羊男與混血人。」

「保證是。」波西也同意。

「好可怕！」黑傑揚起嘴角，「我們走吧。」

凱特帶他們從排隊的人潮旁走過，毫無阻礙地直接進入水族館。

「請往這邊走。」凱特對著波西微笑，「這裡有非常棒的展示品，你們不會失望的。我們很難得有特別來賓造訪！」

「嗯，你是指混血人嗎？」法蘭克問。

---

⑩ 迪納里（denarii），古羅馬銀幣。

凱特朝他使個調皮的眼色，一根手指頭放到嘴唇上。「這個地方是寒冷水域體驗區，有企鵝、白鯨和一堆叫不出名字的東西。而那一邊……嗯，顯然有一些魚。」

以一個水族館職員來說，她對於小型魚類的了解似乎有點貧乏，也不大在乎。他們走過一個超大水族箱，裡面滿是熱帶魚類，法蘭克指著其中某種特別的小魚，向她問名字時，凱特回答：「喔，那是黃色魚。」

他們經過禮品店，法蘭克在特價櫃前放慢腳步，翻看那些出清的衣服與玩具。

「想要什麼就拿什麼。」凱特對他說。

法蘭克眨眨眼。「眞的？」

「當然，你是特別來賓啊！」

法蘭克遲疑了一下，然後抓了幾件T恤塞進自己的背包中。

「大塊頭，」波西說：「你在做什麼？」

「她說可以拿，」法蘭克輕聲說：「而我需要幾件衣服。我打包時沒準備旅行這麼久！」

他又抓了一個雪花玻璃球飾品藏起來，波西懷疑那根本不是衣服。法蘭克則拿起一個編織成圓筒狀的東西，大小就像一根糖果棒。

他瞇起眼睛看。「這是什麼……」

「中國手銬[71]。」波西說。

身爲中國裔的加拿大人，法蘭克彷彿被冒犯了。「這東西哪裡是中國的？」

「我不知道，」波西說：「但它的名字就是那樣，算是一種整人玩具。」

「男孩們，快跟上來！」凱特從大廳的另一邊喊道。

「我晚一點再玩給你看。」波西向他保證。

於是法蘭克將那個手銬塞進背包，繼續前行。

他們穿過一個透明隧道，魚群從他們頭上游過，波西感覺到無名的恐慌積在他的喉頭。「別笨了！」他告訴自己：「我在水底待過了一百萬次，而現在根本不是在水裡。」

眞正的威脅是凱特，他提醒自己。黑傑教練已經偵測出她不是人類，她可能隨時會變身爲怪物攻擊他們。不幸的是，波西沒有別的選擇，只能繼續陪她玩這個「特別來賓導覽行程」，即使可能走進更深的陷阱，也要玩到遇見老海神弗爾庫斯爲止。

他們來到一間沐浴在藍色光線下的展示廳，玻璃牆的另一邊是波西有生以來見過最大的水族箱，幾十隻大型魚類在水中優游環繞，包括兩隻身上有斑點的鯊魚，體型是波西的兩倍大。這些魚很肥，動作緩慢，嘴巴開開的，裡面沒有牙齒。

「鯨鯊，」黑傑教練吼著：「現在我們要和你一決死戰！」

凱特呵呵笑起來。「傻羊男，鯨鯊是溫馴的動物，牠們只吃浮游生物。」

波西沉下臉，疑惑凱特如何能知道黑傑教練是羊男。黑傑穿著長褲和特製包蹄鞋，像平常一樣混在凡人中，頭上的棒球帽也完全遮住了羊角。凱特愈是嘻笑友善，波西就愈不喜歡她，但黑傑教練似乎並不擔心。

「溫馴的鯊魚？」黑傑教練的語氣充滿不屑，「那有這種道理！」

---

71 中國手銬（Chinese handcuff），是用薄竹片或布條編的小管子，當雙手食指插到管子裡後向外拉，就會愈拉愈緊，無法鬆脫。

法蘭克讀著水族箱旁邊的牌子。「全球唯一圈養鯨鯊，」他若有所思地說：「這倒是很特別呢。」

「是呀，這些還算是小隻，」凱特說：「你應該看看我在野外的其他寶貝。」

「你的寶貝？」法蘭克問。

從凱特眼裡閃爍的邪惡光彩，波西很確定自己完全不想見到凱特的寶貝。他覺得已經到了該提出關鍵問題的時機，他不想再沒必要地在水族館裡閒晃下去。

「凱特，」波西說：「我們在找一個人……應該說是一位天神，名叫弗爾庫斯。不知道你認識他嗎？」

凱特哼了一聲。「認識他？他是我兄弟耶，小傻瓜。我們接下來就是要去找他。眞正的展覽要穿過這裡才算開始。」

她指向對面的牆，實心的黑色牆面頓時起了漣漪，一個新的隧道出現，穿過一片螢光紫的水域，通往前方。

凱特開始往裡面走。波西現在最不想做的事，就是跟隨她的腳步，但如果弗爾庫斯眞的就在另一頭，而且如果他眞的擁有對他們的任務有幫助的資訊……波西深吸一口氣，跟著朋友一起走進隧道。

他們一進入隧道，黑傑教練就開始吹口哨。「現在才叫做有趣呀！」

滑行過他們頭頂的動物，是一群巨大的彩色水母，身體像公共垃圾桶那麼大，每隻都有上百根觸手，宛如光滑的鐵絲。有隻水母纏住了一條三公尺長的劍魚，將牠麻痺，捉住獵物的觸手緩緩加大糾纏力道。

凱特對著黑傑說：「看到沒？忘掉那些鯨鯊吧！而且我們還有更多喔。」

凱特帶他們進入一個更大的展示間，四面排列了更多的水族箱。其中一面牆上有個亮燈的紅色牌子，上面寫著：「終極深海！贊助商：怪物甜甜圈」。

因爲波西有閱讀障礙，他看了這個牌子兩次，然後又再看了兩次，才確定上面的文字。

「怪物甜甜圈？」

「喔，是呀，」凱特說：「那是我們的企業贊助者之一。」

波西倒吸一口氣。他前一次碰到怪物甜甜圈的經驗並不怎麼愉快，牽扯上一堆噴強酸的蛇頭、不斷的尖叫，以及一座大砲。

在一個水族箱中，有十幾隻馬頭魚尾怪漫無目標地在漂流。波西曾在野外見過許多馬頭魚尾怪，甚至騎過幾次，但他從來不曾在水族館裡見過牠們。他試著與馬頭魚尾怪講話，牠們卻只是漂來漂去，偶爾還撞上玻璃牆，似乎腦袋都是一片空白。

「這不對勁。」波西喃喃自語。

他轉過身，看到更糟糕的景象。在一個尺寸較小的水族箱底部，竟然有兩個大海精靈被關在裡面，她們盤腿相對而坐，正在玩撲克牌，看起來無聊到了極點，綠色長髮毫無生氣地在臉旁漂著，雙眼則是半開半閉。

波西氣憤到快要不能呼吸。他瞪著凱特問：「你怎麼能把她們關在這邊？」

「我知道。」凱特嘆氣，「她們實在不太有趣。我們想過要教她們一些把戲，可是成果不彰。我想，你一定會喜歡這邊再過去的水族箱。」

波西想要抗議，但凱特已經往前走去。

「唉唷，我的羊媽媽呀！看看這些美麗的東西！」

他呆愣在兩條海蛇前面。那是接近十公尺長的怪物，全身有發亮的藍色鱗片，還有足以將鯨鯊咬成兩半的尖利牙齒。旁邊的另一個水族箱裡設有水泥山洞，一隻烏賊從洞裡往外探，牠的體長就像個巨無霸貨櫃車，嘴喙宛如特大號螺栓剪。

第三個水族箱裡，有十幾隻像人的動物，身體如光滑的海豹，臉像狗，卻有人類的手。牠們坐在水箱底部的沙子上堆疊樂高積木，精神狀況卻和大海精靈一樣茫然。

「那些是……？」波西勉強問出口。

「你是說鐵勒金[72]？」凱特說：「沒錯，牠們也是唯一被圈養的鐵勒金喔。」

「但牠們去年還替克羅諾斯[73]打仗！」波西說：「牠們是危險的怪物！」

凱特翻了個白眼。「喂，如果這裡的展示品不夠危險，我們就不能把這區稱爲『終極深海』了。你不用擔心，我們替牠們做了鎮靜治療。」

「鎮靜治療？」法蘭克問：「合法嗎？」

凱特顯然沒聽見這個問題。她繼續往前走，繼續指著其他展示。波西回頭看看那些鐵勒金，裡面有一個明顯還是幼兒，想把樂高積木組成一把劍，可是又昏昏沉沉地湊不出來。波西向來不喜歡海怪，不過此時卻爲牠們感到難過。

「至於這些海中怪物，」凱特在前方繼續解說：「牠們在深海裡可以長到一百五十公尺，擁有超過一千顆的牙齒，而且，牠們最喜愛的食物是混血人……」

「混血人？」法蘭克大喊。

「不過他們也會吃鯨魚和小船。」凱特轉向波西，臉頰紅了起來。「對不起……我太著迷於這些海怪了！我想這些你應該都知道，畢竟你是波塞頓的兒子。」

波西感覺到體內的警鈴大作。他不喜歡凱特對他了解到這種程度，他不喜歡她講話的那種輕忽態度，無論是說到對俘虜下藥，還是她的寶貝們喜歡虐待混血人。

「你究竟是誰？」他大聲問：「凱特這個名字有什麼特別意義？」

「凱特？」她看起來突然有些糊塗了，然後低頭看一下名牌。「喔……」她笑起來，「不，這個是……」

「哈囉！」某個新的聲音冒出來，在整個廳裡轟轟迴盪。

一個矮小的男人從黑暗中快步出現，他走路會歪向一邊，雙腳彎曲好像螃蟹，背駝得很嚴重，兩手高舉在兩側，彷彿正端著一張隱形盤子。

他穿著一套潮溼的西裝，上面有好幾抹陰森的綠色，側面還印有發亮的銀色文字「肥庫斯的華麗秀」，一個頭戴式麥克風橫跨過他又油又硬的頭髮。他的眼睛是混濁的藍色，兩眼高低不一。雖然他面帶微笑，看起來卻不友善，那張臉彷彿是待在風洞中被吹得臉皮往後拉。

「有訪客！」男子說，聲音透過麥克風傳出來就像是雷鳴。他的聲音如ＤＪ般低沉有磁性，和他的外表完全不搭調。「歡迎光臨弗爾庫斯的華麗秀！」

他大手一揮，彷彿在指揮舞台來個瞬間大爆發。可是什麼事也沒發生。

「可惡，」他咒罵：「鐵勒金，那是叫你們要表演了！我揮個手，你們就要在水箱裡力道

---

72 鐵勒金（telkhines），魔法工匠，是鑄造武器的高手。他們有著狗頭和魚鰭手。由於他們用黑魔法對付宙斯，因而被關進地獄深淵塔耳塔洛斯。參《波西傑克森—終極天神》第三十一頁，註❻。

73 克羅諾斯（Kronos），泰坦巨神的首領。參《神火之賊》十九頁，註❶。

十足地跳起來，同步做一個雙轉跳，然後落地時排成金字塔型。我們練習過了呀！」

海怪們依舊對他不理不睬。

黑傑教練靠到螃蟹男身邊，聞他那件閃亮又潮溼的衣服。「很棒的西裝。」他的話聽起來不像在開玩笑。當然，羊男則是搞笑地穿著學校運動服出來。

「謝謝！」男子喜形於色地說：「我是弗爾庫斯。」

法蘭克不安地左右晃動，「爲什麼你的西裝上寫著『肥庫斯』？」

弗爾庫斯面露怒容，「都是那家笨蛋制服公司啦，沒有一件事做得好！」

凱特敲敲她的名牌。「我跟他們說過我的名字是凱托[74]，他們卻寫成凱特。至於我哥……你瞧，變成肥仔。」

「我才不是呢！」男子打斷她的話，「我根本不肥！而且這個名字和華麗秀完全不搭。『肥庫斯的華麗秀』算哪門子的表演名稱？不過你們幾位一定不想聽我們一直抱怨。來瞧瞧這個神奇壯觀的殺人巨烏賊吧！」

他動作誇張地指向烏賊的水箱。這一次，煙火就在他做出手勢的瞬間準時冒出來，還噴出金色火花的水流。音樂從擴音器中傾瀉而下，燈光大亮，展現了整座神奇美妙卻空盪盪的大水箱。

烏賊顯然縮進那個水泥洞了。

「可惡！」弗爾庫斯又罵一遍，朝他妹妹大步走去。「凱托，你是負責訓練烏賊的。我說過要教牠雜耍，最後再來點撕裂血肉作爲收尾。我這樣要求很過分嗎？」

「可是牠很害羞啊，」凱托捍衛自己，「再說，牠的每一根觸手都有六十二個剃刀般的倒鉤，每天都需要打磨。」她轉身對法蘭克說：「你知道嗎？這種巨烏賊是目前已知唯一能把混血人整個吃下去的怪物，即使穿著戰甲也沒問題，不會消化不良。我是說眞的！」

法蘭克跳離開她幾步，摸著自己的肚子，彷彿在確認自己是否仍然身首合一。

「凱托！」肥庫斯拍擊他的手指頭。他拍擊手指頭和大拇指的方式，很像螃蟹的螯。「你講那麼多，會害我們的來賓聽得很無聊。少說一點話，多弄一些表演！我們明明討論過這件事了。」

「可是……」

「沒有可是！我們在這裡是要展示怪物甜甜圈贊助的『終極深海』！」

「怪物甜甜圈」這幾個字在整個空間裡不斷地回響，霎時燈光閃爍起來，地上噴出雲狀的煙，然後形成甜甜圈的樣子，還飄散出眞正的甜甜圈香味。

「甜甜圈在賣場攤位就買得到，」弗爾庫斯建議，「不過你們花了辛苦賺來的迪納里，才買到特別來賓的導覽行程，所以應該看看這個！跟我來！」

「嗯，等一下。」波西說。

弗爾庫斯的笑容以一種極端醜陋的方式消失。「咦？」

「你是一位海神，是吧？」波西問：「是蓋婭的兒子？」

螃蟹男嘆了口氣。「五千年了，我依然被當成蓋婭的小寶寶，沒把我看做現存最老的海神

㊹ 凱托（Keto），大地之母蓋婭與泰坦海神歐開諾斯所生的女兒，也是古老的海怪。參《波西傑克森——泰坦魔咒》一二七頁，註㊵。

之一。對了，我可比你那位驕傲的父親還要老，我是神祕深海之神！水中恐怖事件之王！上千種怪物之父！可是，沒有人……幾乎沒人認得我。我犯了一個錯誤，就是在泰坦大戰中支持泰坦，所以被驅逐出海洋，來到亞特蘭大。」

「我們以爲奧林帕斯那些傢伙是在說亞特蘭提斯，」凱托解釋，「我猜他們在開玩笑，結果我們被送來這裡。」

波西瞇起眼睛。「所以你也是個女神？」

「凱托是啊！」她開心地笑說：「我是海怪女神，眞的喔！鯨魚、鯊魚、烏賊和其他巨型的海中生物都歸我管，但我的心始終在那些怪物身上。你知道嗎？那些年輕的海蛇可以把吃進去的東西不斷反芻，同一餐可以在六年之內不限次數反覆享用。我是說眞的！」

法蘭克抱著胃，一副快吐了的樣子。

黑傑教練吹了一聲口哨。「六年？這太神奇了。」

「我就說呀！」凱托很興奮。

「還有，殺人巨烏賊是如何撕扯受害者的血肉呢？」黑傑教練問：「我眞愛大自然啊。」

「喔，這個嘛……」

「別再說了！」弗爾庫斯厲聲要求，「你在搞砸這場演出耶！現在，專心看看大海精靈格鬥士一決死戰！」

一顆鏡面迪斯可燈球降入精靈水箱中，整箱水頓時呈現彩色光芒舞動起來。兩把劍跟著落入池底，插進沙中。然而精靈們無視這些變化，繼續玩牌。

「可惡！」弗爾庫斯又歪向一邊猛跺腳。

凱托朝黑傑教練扮鬼臉。「別理肥庫斯，他就愛說大話。我親愛的羊男，跟我過來這裡，我給你看怪物獵食習性的彩色解說圖。」

「太棒了！」

波西還來不及反對，凱托已經帶著黑傑教練穿過迷宮般的水族箱玻璃通道離開，留下波西與法蘭克陪伴螃蟹老海神。

一滴汗珠沿著波西的頸背滑下去，他和法蘭克互相交換緊張的眼神。現在的感覺就好像陷入「各個擊破」的戰略中，他看不出這場相遇會出現任何好結果。他心裡有一部分很想立刻對弗爾庫斯發動攻擊，這樣至少還能給他們一點驚奇，但他知道他們還沒得到半點有用的消息。波西不確定自己能不能再找到黑傑教練，甚至不確定能不能找到出口。

弗爾庫斯一定看出他的心思了。

「哦，沒問題的。」老海神向他保證，「凱托這個人也許有點無聊，但她一定會好好照顧你的朋友。老實說，最精采的地方我們還沒有看到呢！」

波西試著思考，可是他開始感到頭痛，他不知道是因爲昨天頭部受了傷，還是弗爾庫斯施展的特殊效果，抑或是他妹妹凱托令人昏沉的海怪解說所造成。「呃……」他勉強說出幾個字，「是戴歐尼修斯叫我們來這裡的。」

「巴克斯。」法蘭克糾正他。

「對。」波西努力壓抑自己的惱怒，他好不容易才記住每一個天神的名字，同時記住兩種名字實在要求太多。「反正就是酒神。」他望著弗爾庫斯，「巴克斯說，你可能知道你母親和艾非亞特士及歐杜士這兩個雙胞胎兄弟接下來要做什麼。還有，如果你知道關於什麼『雅典娜的記號』……」

「巴克斯認爲我會幫你？」弗爾庫斯問。

「嗯，是的。」波西說：「我的意思是，你是弗爾庫斯，每個人都在談論你。」

弗爾庫斯歪著頭，這讓他那高低不一的兩隻眼睛幾乎成一行。「眞的嗎？」

「當然了，法蘭克，你說對不對？」

「喔……眞的呀！」法蘭克說：「人們幾乎時時刻刻都在談論你。」

「他們怎麼說？」弗爾庫斯問。

法蘭克有些不自在。「嗯，你有超強的煙火技術，有很好聽的播報員嗓子，還有，嗯，有迪斯可燈光球……」

「確實如此！」弗爾庫斯興奮地敲響手指，「我還收藏了全世界最豐富的圈養海怪！」

「而且你什麼都知道，」波西在旁補充說：「比如那對雙胞胎要做什麼，你也都知道。」

「雙胞胎！」弗爾庫斯的聲音大到產生了回音，海蛇的水箱前頓時迸出跳動的火花。「沒錯，我知道艾非亞特士和歐杜士的每一件事，那兩個懷抱星夢的傢伙！他們總是和其他巨人格格不入，他們太矮，還有腳上那些蛇……」

「腳上的蛇？」波西記得夢中兩個巨人都穿著前面捲起的長鞋子。

「對，對，」弗爾庫斯不耐煩地說：「他們兩個知道自己不能以力氣取勝，所以決定花心思在戲劇效果上，譬如錯覺幻象、舞台花招那一類。你要知道，蓋婭把她每一個巨人孩子都塑造成天生有個死對頭，所以每個巨人生來就是要殺死一個特定的天神。艾非亞特士和歐杜士……嗯，他們兩個人合起來，大概是要反抗戴歐尼修斯。」

波西的腦袋開始努力整理這個說法。「所以……他們想要用蔓越莓汁或什麼東西來取代所有的酒嗎？」

老海神哼了一聲。「才不是呢！艾非亞特士和歐杜士老是想把事情辦得更豪華、更棒、更壯觀！喔，當然囉，他們是想殺死戴歐尼修斯，但是在那之前還要先羞辱他，要讓他的盛宴顯得沉悶無趣。」

法蘭克看著跳動的火花。「所以就要利用煙火或是迪斯可燈光球？」

弗爾庫斯的嘴巴咧成風洞般笑開了。「完全正確！我教了雙胞胎所有他們應該知道的事，至少我努力過了，但他們從來不肯聽進去。第一個大花招嗎？他們想要把一座山堆到另一座山上，以爲一座座堆上去就可以爬到奧林帕斯。我跟他們說那太離譜了。『你們應該從小招數開始嘗試，』我建議他們，『比如互把對方鋸成兩半，或是從帽子裡取出蛇髮女怪之類的表演。而且你們還應該穿著相配的亮片服裝，雙胞胎就要那樣！』」

「很好的建議，」波西認同地說：「那現在他們兩個……」

「喔，在羅馬準備他們的末日表演，」弗爾庫斯不屑地回答：「這是母親莫名其妙的一個點子，他們把某個人犯關在一個大銅瓶裡。」他轉身問法蘭克：「你是阿瑞斯的小孩，對吧？你有那種味道。雙胞胎曾用同樣方法關過你爸爸一次。」

「我是馬爾斯的小孩。」法蘭克糾正他。「等等……這些巨人把我爸關在一個銅瓶裡？」

「對，又是一個愚蠢的噱頭，」老海神說：「如果你把人犯關在銅瓶裡，要怎麼向別人炫耀呢？一點娛樂價值都沒有，根本比不上我這些可愛的收藏品！」

他指著馬頭魚尾怪，牠們正無動於衷地拿頭去撞玻璃牆。

波西想要努力思考，他覺得這些海中生物的昏沉狀況已經開始對他產生影響。「你說這個……這個末日表演是蓋婭的點子？」

「這個嘛……母親的計劃總是有很多層面，」他說著便笑起來，「大地本來就具有很多層面嘛！我想我這樣講很有道理。」

「嗯哼，」波西說：「所以她的計劃……」

「喔，她爲了對付一群混血人，提出非常慷慨的獎賞。」弗爾庫斯說：「她不在乎由誰去殺他們，只要他們都被殺死就好。不對……我收回這句話。她特別提到要留兩個活口，一個男生和一個女生，但只有塔耳塔洛斯才知道爲什麼。無論如何，雙胞胎已經設計好他們的節目，希望能夠吸引那些混血人到羅馬去。我猜銅瓶裡面的人應該是混血人的朋友或相關人士，又或者他們認爲這群混血人會笨到跑進他們的領土，尋找那個雅典娜的記號。」弗爾庫斯用手肘頂頂法蘭克的胸膛。「哈，那樣的話就要祝他們好運了，是吧？」

法蘭克緊張地笑笑。「對，哈哈。那樣做笨極了，因爲，嗯……」

波西瞇起眼睛。

他的手滑進口袋，抓緊波濤劍。以這個老海神的小聰明，必定知道他們就是可以換得豐厚獎賞的那群混血人。

但弗爾庫斯只是微笑，然後又用手肘頂了法蘭克一下。「哈，好傢伙，馬爾斯的兒子，我想你是對的，沒必要再說什麼了。就算那群混血人能在查爾斯頓[75]找到那個地圖，也無法活著到達羅馬！」

「對，查爾斯頓的地圖。」法蘭克提高音量說。他還睜大眼睛用力看著波西，確保他沒有錯失這個資訊，這是他除了舉個大牌子寫著「線索！」之外所能做的最明顯提示。
「無聊的解說教育到此爲止！」弗爾庫斯說：「你們花錢買的是特別來賓導覽行程，何不讓我帶你們走到最後？你要知道，那三個迪納里是不能退的喔。」
波西實在沒興趣再看更多的煙火、甜甜圈香氣煙幕及沮喪的海中生物，可是他瞧了法蘭克一眼，決定最好還是陪螃蟹老海神繼續玩下去，至少等到找回黑傑教練，然後平安抵達出口爲止。何況，他們或許還能從弗爾庫斯口中挖出更多消息。
「結束後，」波西說：「我們可以問問題嗎？」
「當然可以！我會告訴你所有你該知道的事。」弗爾庫斯拍兩下手，紅色發亮招牌下的牆面出現一條新隧道，通往下一個水族箱展示間。
「請往這邊走[76]！」弗爾庫斯身體歪向一邊地邁步前行。
法蘭克抓抓頭。「我們也要這樣……？」他也跟著身體歪歪地跨出步伐。
「拜託，那只是字面上的意思。」波西說：「跟著去吧。」

---

[75] 查爾斯頓（Charleston），美國南卡羅萊納州第二大城，也是最古老城市。在南北戰爭之前，與波士頓、紐約、費城並列為四大城市，更是其中最富裕的城市。
[76] 此句英文為「walk this way」，也有「請用這種方式走路」之意。

16 波西

這條隧道是位在一個像體育館那麼大的水箱之下，水箱裡面只有水與一些廉價裝飾，似乎空得離譜。波西估計，他們頭頂上的水大約有五萬加侖。如果這條隧道因爲某種原因破裂的話……

沒什麼大不了的，波西心想，我已經被水包圍過幾千次了，水是我的主場。但他的心跳怦怦加快起來。他又想起在阿拉斯加沉入冰冷泥沼的經驗，黑暗的泥巴蓋住了他的雙眼、嘴巴與鼻子。

弗爾庫斯在隧道中間停下腳步，驕傲地攤開雙手。「多漂亮的展示呀，不是嗎？」

波西盡量只看一些小地方，以分散自己的注意力。在水箱的一角有一叢人工海草，裡面有一間按實物尺寸做的塑膠薑餅屋，屋頂煙囪還會冒泡泡。和它相對的角落有尊塑膠雕像，是一個穿著舊式潛水衣的人跪在藏寶箱邊；藏寶箱每隔幾秒就會迸開、吐出泡泡，然後又關起來。箱底的白色沙灘上散布著如保齡球大小的彩色彈珠，還有一些奇奇怪怪的武器，比如三叉戟和魚槍。水族箱外是一座圓形劇場，座位可以容納數百人。

「你在這個地方放什麼東西？」法蘭克問：「巨大殺人金魚？」

弗爾庫斯揚起眉毛，「哦，那也挺不錯！不過呢，不對，法蘭克．張，波塞頓的後代，這個水箱不是用來裝金魚的。」

波塞頓的後代？法蘭克心頭一驚，他後退幾步，像準備揮出狼牙棒般抓住自己的背包。

一股恐懼感如咳嗽糖漿般滑下波西的喉頭，不幸的是，這種感覺似曾相識。

「你怎麼知道法蘭克的姓？」波西問：「你又怎麼知道他是波塞頓的後代？」

「這個嘛……」弗爾庫斯聳聳肩，想要裝出謙虛的模樣。「八成是蓋婭提供給我的資訊。波西‧傑克森，你也知道，爲了那個豐厚的獎賞。」

波西拿下筆蓋，波濤劍立刻出現在他手中。「別耍我，弗爾庫斯，你承諾會給答案。」

「會呀，在特別來賓行程結束後。」弗爾庫斯同意說：「我答應過你，會告訴你所有你該知道的事情。但實際的情況是，你根本不需要知道任何事情。」他的醜怪笑容再度咧開，「你想想看，就算你們去到羅馬，當然這機率很低，如果天神不幫你們，你們絕對無法打敗我的雙胞胎巨人兄弟。而哪個天神會幫助你們呢？所以，我有一個更好的計劃。你們就別離開了。你們是特別來賓——特別關起來冰！」

波西跳起來，法蘭克把背包朝老海神砸過去。弗爾庫斯卻瞬間消失。

海神的聲音從水族館的播音系統傳出，迴盪在整個隧道裡。「對！很好！戰鬥是好事！你們瞧，母親從來不相信我能辦大事，但她答應過我，可以把任何獵捕到的東西統統留下來。你們兩個絕對會是完美的展示品——世上唯二被圈養的波塞頓血統混血人。『驚魂混血人』，對，我喜歡這名字！我們已經聯合平價商場來贊助這個展覽，你們兩個可以在每天早上十一點和下午一點對戰，傍晚七點還可以再來一場。」

「你瘋了！」法蘭克吶喊。

「不要小看你自己！」弗爾庫斯說：「你會是我最大的賣點呢！」

法蘭克朝出口急奔，卻一頭撞上一面玻璃牆。波西往另一個方向跑，發現自己也同樣被困住。他們所在的隧道已經變成一個泡泡。他用手抵住玻璃，卻發現它正在軟化，就像冰塊要融化的感覺。大水很快就會灌進來了。

「我們才不會和你合作，弗爾庫斯！」波西怒吼。

「喔，我倒是很樂觀，」老海神的聲音隆隆作響，「如果你們兩個一開始還不想對戰，沒問題，我可以每天送一些新鮮海怪進來。等你們習慣這裡的食物，也就被鎮靜治療得差不多了，到時候就會乖乖聽從指令。相信我，你們一定會愛上這個新家。」

波西頭上的玻璃屋頂出現裂縫，水開始滲出來。

「我是波塞頓之子！」波西盡量不讓自己的聲音流露出恐懼，「你無法將我監禁在水中，水裡是我能力最強的地方！」

弗爾庫斯的笑聲彷彿從四面八方一起傳來。「這麼巧！那剛好也是我能力最強的地方！這個水箱經過特殊設計，專門用來關混血人。現在，請兩位好好享受。餵食時間一到，我會再來看你們！」

玻璃屋頂瞬間崩解，大水一舉湧入。

波西憋住呼吸，直到撐不住為止。當他的肺終於充滿水分時，感覺就會像平時呼吸那樣。水壓並不會對他造成困擾，甚至衣服也不會打溼，他的水中能力和過去一樣好。

這只不過是愚蠢的恐慌症，波西對自己說。我不會被淹沒的。

然後他想到了法蘭克，剎那間害怕與罪惡感一起浮現。波西一直很擔憂自己的狀況，以至於忘記他的好朋友是個隔了非常多代的波塞頓後裔。法蘭克是無法在水中呼吸的。

可是他人在哪裡呢？

波西轉了一圈，沒看到人影。再往上看，只見頭頂有一條巨大的金魚在徘徊。法蘭克變身了，衣服、背包、所有東西都不見了，整個人化爲一條錦鯉，身長接近人類的少年。

「好傢伙！」波西在水中傳遞心語，那是他和水中生物說話的方式。「你變成金魚了？」

法蘭克的聲音傳回來。「我嚇壞了，因爲我們剛剛提到了金魚，所以就直接想到它。你怪我吧。」

「我和一條巨無霸錦鯉在互通心語，」波西說：「眞是不錯！你能不能變成……有用一點的東西？」

一片沉默，或許法蘭克正在集中心智。但這很難判斷，因爲金魚臉上沒有太多表情。

「抱歉，」法蘭克似乎很尷尬，「我卡住了。有時候太害怕就會這樣。」

「好吧。」波西咬著牙。「我們來研究怎麼逃出去。」

法蘭克到處游了一下，回報說這個水族箱並沒有出口。水箱頂端覆蓋著神界青銅打造的金屬網，就像賣場打烊時商店拉下的鋼絲鐵捲門。波西試圖用波濤劍砍出缺口，可是半點凹陷都砍不出來。他試著用劍柄去敲打玻璃，同樣沒有作用。水箱底部散落著一些武器，波西一一拿起來試，結果總共弄壞了三支三叉戟、一把劍和一把魚槍。

最後，他決定要試著控制水流。他想利用水流去撐開水族箱，迫使水族箱破裂，或者從上面爆開。但水流不聽從他的意志，很有可能這些水都被施了魔法，又或著它們都受到弗爾庫斯的控制。波西努力集中所有精神，直到他的耳朵快脹破爲止。可是他能達到的最大效果，就只是弄開塑膠藏寶箱的蓋子而已。

唉，好吧，他氣餒地想著。我的餘生就要在這間塑膠薑餅屋裡度過，每天和大金魚朋友對打，等待餵食時間到來。

弗爾庫斯打包票說，他們會愛上這裡的。波西想到那些昏沉沉的鐵勒金、大海精靈、馬頭魚尾怪，全都興味索然地懶散漂游著。想到人生將要變成如此，實在無助於他降低心中的焦慮。

他不禁懷疑弗爾庫斯說的是否有點道理，即使他們想辦法逃走，如果天神們都不幫忙，他們要如何打敗巨人？巴克斯也許可以幫忙，他以前殺死過雙胞胎巨人，但現在他要一份不可能的獻禮才會加入決鬥。一想到要獻給巴克斯任何東西，就讓波西反胃，很想吐出一個怪物甜甜圈。

「你看！」法蘭克說。

就在玻璃牆的外面，凱托正帶領黑傑教練穿過圓形劇場，同時仍在解說。黑傑教練讚賞地看著座位席，頻頻點頭。

「教練！」波西大喊，然後他立刻了解，這樣做根本沒用，教練是聽不到心語的。

法蘭克用頭去撞玻璃，黑傑教練似乎還是沒留意到。凱托迅速帶他橫越劇場，完全沒往玻璃這邊瞧，可能因爲她以爲裡面還是空的。她指著最遠一頭的房間，好像在說：「快來，這邊過去還有更多可怕的海怪。」

波西知道，教練再過幾秒鐘就會離開。他游向他們，但這時水流不像平常那樣會幫助他移動，甚至好像把他往後推。他放開波濤劍，用雙手一起游。

黑傑教練和凱托距離出口只剩一公尺半。

絕望之中，波西拚了命地拿起一顆超大彈珠，以丟擲保齡球的下拋方式用力甩出去。彈珠撞到玻璃，發出「砰！」的一聲，可是不足以引起任何注意。

波西整顆心往下沉。

不過，黑傑教練有一對羊男的耳朵。他回頭一瞥，看到波西，表情在那萬分之一秒間出現好幾種變化，有不懂、驚訝、生氣，然後假裝冷靜。

凱托還沒留意到任何事，黑傑將手伸向圓形劇場的屋頂，看起來好像在尖叫：「奧林帕斯的眾神呀，那是什麼東西？」

凱托轉身，黑傑教練立刻脫下他的僞裝腳，山羊硬蹄對準凱托的後腦勺送出一個忍者飛踢。凱托倒在地上。

波西的臉部抽搐一下，近日的腦袋被踢經驗讓他心生同情，可是能夠擁有這樣一位喜歡混合武術摔角的監護人，他突然感到前所未有的開心。

黑傑衝到玻璃旁，舉起手掌像是在問：「傑克森，你跑到裡面做什麼？」

波西用拳頭敲打玻璃，用嘴型努力喊出：「打破它。」

黑傑吼回來，他說的可能是：「法蘭克在哪裡？」

波西指指超大錦鯉。

法蘭克搖搖左邊背鰭。「不賴吧？」

黑傑教練背後的女神開始在動，波西焦急地用手比劃。

黑傑教練擺動一隻腳，好像在爲下一次飛踢熱身。波西拚命揮手表示不行，他們不可能每次都對凱托使出踢頭這招。她是不死的天神，不可能昏迷太久；再說，這樣做也不能把他們弄出水箱。而且弗爾庫斯遲早會回來查看。

「數到三，」波西的嘴型說，同時伸出三根手指，然後比一比玻璃，「我們一起撞牆。」

波西向來很不會玩「比手劃腳」的遊戲，但黑傑教練好像完全理解般地點了點頭。撞擊東西可是羊男最熟悉的。

波西舉起另一顆大彈珠。「法蘭克，我們也需要你。你還能變身嗎？」

「也許變回人。」

「人類好呀！你要憋住氣，如果這樣做行得通……」

凱托跪起來，沒有時間可以浪費了。

波西用手指頭數三。一，二，三！

變回人的法蘭克用肩膀使勁去撞玻璃，黑傑教練則做了一個武打巨星查克．羅禮士[77]般的迴旋踢。波西用盡全力把大彈珠砸向玻璃，但他不只做這件事，他還召喚水流聽從他的命令，而且這一次他不准它們說不。他感覺到這個水箱裡面充滿被禁閉的壓力，他要轉而利用它。水喜歡自由，給它時間，它會克服任何障礙。它痛恨被禁閉束縛，就跟波西一樣。他想著要回到安娜貝斯身邊，想著要破壞這些海中生物的可怕監獄，想著要把弗爾庫斯的麥克風打進他醜陋的喉嚨。五萬加侖的大水呼應了他的憤怒。

玻璃開始破裂。裂痕從撞擊點開始曲曲折折地出現，然後就在一瞬間，整個水箱爆開。波西被一道水流拉出去，滾到圓形劇場的地板上，伴隨他的還有法蘭克、幾顆大彈珠與整叢假海草。凱托正要站起來，塑膠潛水夫雕像卻以一副想要擁抱她的樣子撞上她。

黑傑教練吐出一口鹹水。「天啊，傑克森！你跑到裡面做什麼？」

「弗爾庫斯！」波西焦急地大喊：「陷阱！快跑！」

他們衝出展示間時警鈴已經大作。他們跑過大海精靈的水族箱，然後是鐵勒金。波西好想釋放他們，但怎麼做呢？他們都被下了藥，呆滯得不想動；而且他們是海中生物，除非他有辦法將他們送到大海，否則出去了也不能存活。

更何況，如果弗爾庫斯捉到他們，波西很確定老海神的能力絕對比自己高強。而且凱托也會追在後面，等著拿他們幾個去餵她的寶貝海怪。

「我會回來的。」波西保證。但就算這些被展示的生物聽到波西的話，牠們仍舊毫無反應。

播音系統出現弗爾庫斯的低沉吼聲：「波西．傑克森！」

火焰噴柱和火花開始到處爆發，甜甜圈香氣的煙霧瀰漫整個展覽廳；五、六個不同聲道的誇張音樂同時從擴音器播放出來，燈光爆掉，隨即冒出火苗，似乎這整棟建築裡的所有特效在一瞬間都被啓動了。

波西、黑傑教練和法蘭克跑出玻璃隧道，發現他們已經回到鯨鯊展示間。水族館裡的凡人區域已經充滿尖叫的群眾，來參觀的家庭與夏令營學童如同無頭蒼蠅般胡亂奔跑。工作人員慌忙地衝來衝去，向所有人保證這一切只是警鈴系統失靈。

波西經驗可多了。他和朋友加入凡人群眾裡，一起朝出口跑去。

---

❼❼ 查克．羅禮士（Chuck Norris），美國電影演員，一九四〇年生，曾獲世界空手道比賽冠軍，是著名的動作片明星。參《混血營英雄──迷路英雄》八十一頁，註㉖。

17 安娜貝斯

安娜貝斯努力要讓海柔開心一點，她把過去和波西在一起的最佳「海藻腦袋」故事都說給她聽，這時法蘭克跌跌撞撞地走下大廳，衝進她的艙房。

「里歐在哪裡？」他喘著氣說：「升空，升空！」

兩個女孩立刻站起來。

「波西呢？」安娜貝斯問：「還有那頭羊呢？」

法蘭克抱著膝蓋喘氣，他的衣服又溼又硬，好像全身都上過漿。「在甲板上，他們都很好。我們被跟蹤了！」

安娜貝斯從他面前衝出去，一步跨三階地跑開。海柔緊追在後，法蘭克也跟著離開，但依舊在大口喘氣。波西和黑傑教練躺在甲板上，看起來筋疲力盡。黑傑教練的鞋子不見了，他對著天空微笑，喃喃說著：「好棒，好棒。」波西則滿身是刮傷和割傷，彷彿剛從窗戶跳出來。他什麼話都沒有說，只虛弱地握住安娜貝斯的手，好像在說：一旦世界停止運轉，我會立刻回到你身旁。

里歐、派波和傑生本來都在餐廳吃東西，現在也火速衝上來。

「什麼？什麼？」里歐哀號，手中有個吃了一半的烤起司三明治。「難道一個人不能有一點午休時間嗎？出了什麼事？」

「被跟蹤了！」法蘭克吼回去。

「被什麼跟蹤了？」傑生問。

「我不知道！」法蘭克上氣不接下氣。「鯨魚？海怪？還是凱特或肥庫斯！」

安娜貝斯眞想扭斷這傢伙，她只是不確定自己的手夠不夠圍住他的粗脖子。「全都是沒有意義的話。里歐，你最好還是趕快讓我們離開這裡。」

里歐用上下排牙齒咬住三明治，一副海盜的架式，然後衝向舵輪。

阿爾戈二號很快就升上空中，安娜貝斯去操控船尾的十字弓。她看不到任何鯨魚，更沒有追兵。直到亞特蘭大的天際線已在遠方模糊，波西、法蘭克和黑傑教練才逐漸恢復。

「查爾斯頓，」波西說，他像個老人般蹣跚走在甲板上，聲音聽起來還是很虛弱，「設定目標為查爾斯頓。」

「查爾斯頓？」傑生的語氣就像這個地名挑起了他的不愉快回憶。「你們在亞特蘭大究竟發現什麼？」

法蘭克打開他的背包，把紀念品一個個拿出來。「一些桃子乾、幾件T恤、一顆玻璃球飾品。還有，嗯，這些是一點都不中國的中國手銬。」

安娜貝斯努力保持冷靜。「你可以從頭講起嗎？不用從你的背包開始講。」

他們在船尾甲板集合，好讓里歐在駕駛時也能聽到對話。波西和法蘭克輪流講述在喬治亞水族館發生的事，黑傑教練不時插話：「那眞的很棒！」或「然後我一腳踢上她的頭！」

至少教練似乎忘掉前一晚波西和安娜貝斯溜去馬廄過夜的事了。但從波西的故事聽來，安娜貝斯顯然有著比禁足還要糟糕的事情得擔憂。

當波西說到水族館裡那些海中生物的狀況時，她終於了解爲什麼他看起來這麼沮喪。

「實在太糟了，」她說：「我們必須幫助他們。」

「我們會的，」波西承諾，「終究會的。不過我得想出辦法，我希望……」他搖搖頭，「算了。我們要先處理的是針對我們腦袋的豐厚獎賞。」

黑傑教練已經對這個話題失去興趣，或許因爲談話主題裡不再有他。他往船首散步過去，不時練練迴旋踢，然後稱讚一下自己的技巧。

安娜貝斯緊握她的刀柄。「我們腦袋換來的獎賞……看來我們吸引到的怪物還不夠多。」

「我們有被做成通緝海報嗎？」里歐問：「還有，他們有獎賞的價目表嗎？」

海柔皺起鼻頭。「你在說什麼？」

「只是好奇最近的我值多少錢，」里歐說：「我的意思是，我可以理解自己不像波西或傑生那樣值錢，但也許……我相當於兩個法蘭克或三個法蘭克的價值嗎？」

「喂！」法蘭克抱怨。

「別鬧了，」安娜貝斯命令，「起碼現在我們知道要前往查爾斯頓，還要找出一份地圖。」

派波靠在儀表板上。她今天是用白色羽毛編辮子，配上她的深褐色頭髮的確很好看。安娜貝斯很好奇她怎麼有時間打理這些事，她自己都差點忘記梳頭髮了。

「地圖？」派波說：「什麼用途的地圖？」

「雅典娜的記號。」波西小心翼翼地望著安娜貝斯，好像唯恐自己講得太超過；安娜貝斯過去一直有種「我不想討論這個」的強烈反應。

「不管是爲了什麼，」他繼續說：「我們知道它指引向羅馬城裡某個非常重要的東西，一個有可能讓希臘與羅馬的裂痕癒合的東西。」

「是『巨人的剋星』。」海柔加上這句。

波西點點頭。「在我的夢裡，雙胞胎提到一個雕像。」

「嗯……」法蘭克在指間把玩著那個「一點都不中國」的中國手銬，「根據弗爾庫斯的說法，我們是笨極了才會去找那個東西。但那究竟是什麼東西？」

所有人都看著安娜貝斯。她頭皮發麻，彷彿腦袋裡的想法急著衝出來：一尊雕像……雅典娜……希臘和羅馬、她的惡夢、她和母親的爭執。她看到一塊塊碎片逐漸拚在一起，可是她不敢相信這一切是眞的。這個答案太過巨大、太過重要，也太駭人。

她注意到傑生正在審視她，就好像完全知道她在想什麼，而且和她一樣不喜歡這些事。她又一次忍不住在想：爲什麼這個人會讓我這麼緊張？他眞的站在我這一邊嗎？或者那可能就是她母親說的……

「我……我快找到答案了，」她說：「如果我們能找到這份地圖，我就會知道更多。傑生，你剛剛提到查爾斯頓的語氣……你以前去過嗎？」

傑生不安地看了一下派波，但安娜貝斯不明白原因。

「嗯，」他承認，「蕾娜和我在一年前出任務時去過那裡。我們去打撈漢利號[78]上的帝國黃金武器。」

[78] 漢利號（H.L. Hunley）是美國南北戰爭時期隸屬於南方邦聯的一艘潛艇，曾在南卡羅萊納州的查爾斯頓灣擊沉北方聯邦軍的戰鬥用帆船，是歷史上第一艘在作戰中擊沉敵方戰艦的潛艇。

「什麼號？」派波問。

「哇！」里歐說：「漢利號是史上第一艘成功的軍事潛水艇，在南北戰爭時期啓用。我一直想親眼看看呢。」

「它是由羅馬混血人設計的，」傑生說：「艦上始終藏匿了一堆帝國黃金爆破雷，後來我們把它找出來，運回朱比特營。」

海柔雙手交叉在胸前。「所以羅馬人是站在南方邦聯這邊囉？身爲奴隸的孫女，我可不可以說……這一點都不酷？」

傑生兩手往前攤。「我個人在那個時代還沒出生，而且實際狀況也不是羅馬人全在一邊、希臘人全在另一邊。但是沒錯，這一點都不酷。有時候，混血人是會做出錯誤的選擇。」他突然靦腆地看著海柔。「就像有時我們的疑心病太重，還有說話不經大腦。」

海柔瞪著他。然後她似乎慢慢明瞭，傑生是在對她說抱歉。

傑生用手肘頂了里歐一下。

「唉唷！」里歐驚呼。「我是說，對……做了錯誤的選擇，比如不信任別人的兄弟，而且呢，那個人可能需要人救。我是假設地說。」

海柔嘟起嘴。「好吧。回到查爾斯頓的話題，所以你覺得應該再去檢查潛水艇嗎？」

傑生聳聳肩。「這個嘛……在查爾斯頓，我會想到兩個可能搜查的地方。停放漢利號的博物館是其中一個，那裡有很多南北戰爭的遺物，地圖可能就藏在其中。我熟悉裡頭的布置，我可以帶一組人進去。」

「我也要去，」里歐說：「那裡聽起來很酷。」

傑生點點頭。他轉身看法蘭克，法蘭克正努力把手指頭從中國手銬裡拔出來。「你應該也要來，法蘭克，我們需要你。」

法蘭克露出驚訝的表情。「爲什麼？不是因爲我在水族館那裡做得太好了吧？」

「你做得很好，」波西向他保證，「我們三個要一起合作才能打破玻璃。」

「何況，你是馬爾斯的兒子，」傑生說：「戰爭造成的鬼魂一定會聽你的命令。查爾斯頓的博物館裡有著一大堆南軍鬼魂，我們需要你去讓他們乖乖聽話。」

法蘭克一時說不出話來。安娜貝斯記得波西對於法蘭克變成金魚的評語，她可是努力壓抑想笑的衝動。她現在看到這個大塊頭，很難不把他想成大錦鯉。

「好吧。」法蘭克緩和下來。「我去。」他對著自己的手指皺眉頭，試著要把它們弄出來。「嗯，這個是要怎樣……？」

里歐咯咯笑起來。「老兄，你以前從沒看過這種玩意兒嗎？要脫身有個簡單的技巧。」

法蘭克又拉一次，仍舊不成功。就連海柔都快忍不住笑意了。

法蘭克的臉因爲專心而變形，突然間，他消失了，甲板上原本他站的地方出現一隻綠蜥蜴，就蹲在一副空空的中國手銬邊。

「做得好，法蘭克．張，」里歐冷冷地說，隨手畫著半人馬奇戎的模樣，「那的確就是人們從中國手銬脫身的方法，他們把自己變身成蜥蜴。」

所有人都爆笑出聲。法蘭克變回人類的樣子，撿起中國手銬塞回背包，勉強擠出一個尷尬的微笑。

「總之，」法蘭克說，顯然急著轉變話題。「博物館是個可以去搜查的地方。不過，嗯，傑生，你剛剛不是提到兩個地方？」

傑生的笑容褪去。無論他想的是什麼，安娜貝斯看得出來絕非好事。

「對，」他說：「另一個地方叫做『砲台』，它現在是一個臨港的公園。上一次我去那裡時……和蕾娜……」他瞥了派波一眼，趕緊說下去，「我們在公園裡看到某個東西，一個鬼魂，或是某種幽靈，模樣就像南北戰爭時的南方仕女，發著光在那裡飄流。我們試著接近它，但只要一靠近，它就消失了。然後，蕾娜說她有種感覺，她應該獨自去找它，也許它只願意和女孩子對話。於是她單獨追上那個幽靈。結果確實如此，它和她談話了。」

所有人屏息等待。

「那個東西說了什麼？」安娜貝斯問。

「蕾娜不願意告訴我，」傑生說：「不過鐵定是什麼重要的事。她似乎……心神大受影響，也許是聽到預言或某些壞消息。從那之後，蕾娜對我的態度就和之前完全不同。」

安娜貝斯認真想了一想。經歷過幻影幽靈事件，她實在不喜歡這個接近鬼魂的想法，尤其是那種會用預言或壞消息去改變別人的鬼魂。但另一方面，她的母親是知識女神，而知識就是最有力的武器。安娜貝斯無法放棄一個可能的消息來源。

「這麼說來，就是一個專屬女生的探險，」安娜貝斯說：「派波、海柔可以和我一起去。」

兩人都點點頭，不過海柔看起來有些緊張；無疑地，冥界時光已帶給她兩段人生足夠的鬼魂經驗。派波的眼睛則閃爍出勇敢迎向挑戰的光芒，彷彿任何蕾娜能做的，她也能做到。

安娜貝斯知道，如果他們六個分成兩組出任務，那就會剩下波西一人陪同黑傑教練留守船隻，這或許不是一個體貼的女友應該做的決定，何況她並不想在分別那麼多個月之後，再度讓波西離開她的視線。但另一方面，目睹過那些被囚禁的海中生物，讓波西顯得十分煩憂，她覺得或許波西可以休息一下。她迎向他的眼神，無聲地詢問他的看法。他點點頭，像在說：「可以的，沒問題。」

「所以就這麼決定了。」安娜貝斯轉向里歐，他正在研讀操作面板，聆聽菲斯都在對講機裡的嘰嘰嘎嘎。「里歐，我們還要多久才會抵達查爾斯頓？」

「好問題，」他喃喃地說：「菲斯都才剛剛偵測到，有一大群老鷹飛在我們後方。是遠距離雷達，目測還看不到。」

派波靠過去控制台。「你確定他們是羅馬人嗎？」

里歐翻了個白眼。「不確定，他們有可能是一群大老鷹恰好排列整齊地飛行。拜託，他們當然是羅馬人！我想我們應該把船掉頭，過去跟他們拚了……」

「那是個非常差的主意，」傑生說：「而且，請排除任何我們是羅馬敵人的疑慮。」

「或者，我有另一個想法，」里歐說：「如果我們直接飛往查爾斯頓，再幾個小時就會到達。但老鷹會追上我們，情況會變得複雜。不如我們派出誘餌去騙老鷹，把船繞道，走遠路去查爾斯頓，然後明天早上抵達……」

海柔正想抗議，里歐舉起手說：「我知道，我知道。尼克有危險，我們得快一點。」

「今天已經是六月二十七日了，」海柔說：「過了今天，剩四天。然後他就會死。」

「我知道！但這樣做可能讓羅馬人不再擋我們的路，我們應該還有足夠時間趕到羅馬。」

海柔沉下臉。「你說『應該有足夠』……」

里歐聳聳肩。「那我改說『勉強足夠』，你覺得如何？」

海柔望著自己比出「三」的手指頭。「這就是我們目前的狀況。」

安娜貝斯決定把這句話當成可以前行的信號。「好的，里歐。那麼我們說的誘餌是什麼樣的東西？」

「我眞高興你提問了！」他按了幾個操控面板上的按鍵，轉了轉盤，再用非常快的速度不斷重複按 Wii 遙控器上的 A 鍵。他呼叫對講機：「巴福特，請回報狀況。」

法蘭克倒彈一步。「這艘船上還有別人？誰是巴福特？」

一股蒸氣從階梯處噴上來，里歐的機器人桌子隨即爬到甲板上。

安娜貝斯在這段旅程中並不常見到巴福特，它多數時間待在引擎室裡（里歐堅持說巴福特超級暗戀引擎）。它是一張三腳桌，桌面是桃花心木，下面的銅製基座有幾個抽屜、旋轉齒輪和一組蒸氣通風口。巴福特拖著一個袋子，很像把郵包綁在腳上的感覺。它鏗啷鏗啷地走向舵輪，發出如同火車汽笛的聲音。

「這位就是巴福特。」里歐宣布。

「你替你的家具取名字？」法蘭克問。

里歐哼了一聲。「嘿，你只能祈求自己也能擁有這樣酷的家具。巴福特，準備好成爲『作戰邊桌』了嗎？」

巴福特噴出蒸氣，然後走向欄杆。它的桌面分裂成四塊，每塊都延展成木頭槳葉。這些葉片旋轉起來，巴福特升空離開了。

「直升機桌子，」波西喃喃說道：「我承認這個很酷。那個袋子裡裝了什麼？」

「混血人的髒衣服，」里歐說：「希望你不會介意，法蘭克。」

法蘭克愣住。「什麼？」

「它會誤導老鷹跟蹤我們的味道。」

「我就只有多帶那幾條褲子耶！」

里歐聳聳肩。「我叫巴福特趁這趟出去，把那些衣服洗好並摺好。希望它會做到。」里歐搓搓手笑笑。「太好了，今天工作圓滿成功。我要重新計算我們的繞道航線，晚餐時見！」

波西早早就昏睡過去，這讓安娜貝斯在傍晚時無事可做，只能盯著自己的電腦。

當然，她帶了代達羅斯的筆記型電腦上船。這台電腦是兩年前那位史上最偉大的發明家親手送給她的，裡面裝滿了發明點子、工程圖解和計劃圖表，其中大多數內容安娜貝斯還在努力探索中。一般電腦在使用兩年後就會過時，但安娜貝斯認爲，代達羅斯的電腦仍超前了五十年。它可以展開成一台大尺寸的筆記型電腦，也可以縮小成平板電腦，甚至可以摺起來變成比行動電話還小的金屬晶片。它處理資料的速度比起她曾用過的任何一台電腦都來得快，還可以連上衛星、接收赫菲斯托斯從奧林帕斯發送的電視訊號，而且什麼用途的特製程式統統跑得動，只差不會綁鞋帶而已。或許裡面眞的有這種應用程式，只是安娜貝斯尚未發現罷了。

她坐在臥鋪上，用代達羅斯的某個立體透視程式來研究雅典的帕德嫩神殿[79]。她一直期待

---

[79] 帕德嫩神殿（Parthenon）是古希臘雅典娜女神的神廟，興建於西元前五世紀的雅典衛城，是現存最重要的古希臘時代建築，也是舉世聞名的偉大文化遺產。

能親自造訪那個地方，因爲她本身熱愛建築，也因爲那是一座屬於她母親的最著名神殿。

現在，她的願望或許可以實現，如果他們能夠活著抵達希臘的話。但她愈去想雅典娜的記號與蕾娜提過的羅馬傳說，心裡就愈緊張。

她不免回想起與母親的那場爭執。即使已經過了好幾週，那些話語仍讓她感到刺痛。

好一段時間裡，安娜貝斯拜訪完波西的媽媽，就會從曼哈頓的上東城搭地鐵回去。在波西失蹤的幾個月中，安娜貝斯每週至少去探訪她一次，一部分是因爲要和莎莉·傑克森與她的丈夫保羅說明最新的搜尋狀況，一部分則因她們兩人需要互相支持和鼓勵，說服彼此相信波西會平安無事。

這個春天又過得分外艱辛。在那個時候，雖然安娜貝斯已經有理由相信波西還活著，因爲希拉的計劃似乎要將他送到羅馬營，但她就是無法得知他身在何處。傑生對於自己舊營區的位置大概有點印象，可是所有的希臘魔法（包括混血營裡黑卡蒂小屋的能力）就是無法確認波西是否在那裡，或在其他任何地方，他似乎從這個星球消失了。神諭女孩瑞秋曾經嘗試要讀取未來，她見到的有限，但她確定里歐必須先將阿爾戈二號打造完畢，他們才能與羅馬人接觸。

儘管如此，安娜貝斯依舊用盡所有的空檔時間，在所有可能的消息來源中尋找關於波西的任何風聲。她找自然界的精靈談話，閱讀羅馬的故事，從代達羅斯的電腦裡挖掘線索，還用了幾百個德拉克馬[80]金幣來發送伊麗絲訊息，傳給所有友善的精靈、混血人，甚至是曾遇過的怪物，但始終沒有得到回音。

那天下午，從莎莉·傑克森的家回來的路上，安娜貝斯感覺比平常更虛脫。之前她和莎莉忍不住哭了，然後才努力調整心情，但她們的精神已經十分耗弱。後來，她從萊辛頓大道搭地鐵到中央車站。

要回到上東城的學校宿舍其實還有其他的走法，但安娜貝斯就是喜歡穿過中央車站；這裡漂亮的設計和廣闊的公共空間總會讓她想到奧林帕斯山。雄偉的建築讓她的心情變好，或許是因爲置身在一個這麼永恆的場所，她也會跟著感到穩定一些。

她才剛經過「美國糖果店」，波西的媽媽以前曾在這裡工作過；她正想走進去買一些藍色糖果來緬懷舊時光，卻瞥見雅典娜在研究牆上的地鐵路線圖。

「媽媽！」安娜貝斯簡直不敢相信。她已經幾個月沒有見到母親，也就是從宙斯關上奧林帕斯的大門、禁止天神與混血人聯絡之後，就沒再見到她了。

安娜貝斯好幾次試著聯絡母親，請求她指引，在混血營的每頓餐食前也都燃燒獻禮來祈求，但母親全無回應。現在雅典娜就在她眼前，穿著牛仔褲、登山鞋與法蘭絨襯衫，黑髮垂落肩頭。她拿著一個背包和一支登山杖，好像準備遠行。

「我一定要回家，」雅典娜喃喃自語，研究著地圖，「路線好複雜，眞希望奧德修斯[81]在這裡，他一定看得懂。」

「媽！」安娜貝斯說：「雅典娜！」

女神轉頭。她的視線似乎直接穿過安娜貝斯，沒有認出她來。

---

[80] 德拉克馬（drachma），古希臘貨幣名，也是近代希臘的貨幣單位，於二〇〇二年為歐元所取代。

[81] 奧德修斯（Odysseus），希臘神話中的英雄人物，個性勇敢、忠誠且寬厚仁慈。參《波西傑克森——妖魔之海》五十三頁，註❼。

「那是我以前的名字，」女神含糊地說：「後來他們掠劫我的城市，奪走我的身分，害我變成這個樣子。」她厭惡地看著自己的衣服。「我一定要回家。」

安娜貝斯震驚地後退。「你是……你是米娜瓦？」

「不准那樣叫我！」女神的灰色眼眸燃起怒火，「我曾經帶著標槍與盾牌，我掌握過勝利，我曾經遠遠超過現在這個樣子。」

「媽，」安娜貝斯的聲音顫抖，「是我，安娜貝斯。我是你的女兒。」

「我的女兒……」雅典娜重複說：「是的，我的小孩會爲我復仇。他們必定要毀滅羅馬人。恐怖的、卑鄙的、只會抄襲的羅馬人。希拉堅持說我們得讓兩個陣營老死不相往來；我說不行，要讓他們對打，讓我的小孩毀滅這些篡奪者。」

安娜貝斯的心跳猛烈到自己都聽得到。「你想要那樣？但你是有智慧的，你對戰爭的了解遠勝於其他……」

「那是以前！」女神說：「被取代了，被奪走了。像個戰利品被搶走，然後硬拖到距離我摯愛家鄉很遠的地方。我失去太多了，我發誓絕對不會原諒他們，我的小孩也不可以原諒。」她更貼近地凝視安娜貝斯。「你眞的是我女兒？」

「是的。」

女神從襯衫口袋裡翻出一個東西，一枚昔日的地鐵代幣，然後把它塞到安娜貝斯手中。

「追隨雅典娜的記號，」女神說：「替我復仇。」

安娜貝斯凝視這枚硬幣。就在她看著的時候，它從紐約地鐵代幣變成了古希臘的德拉克馬銀幣，也就是雅典人使用的錢幣。銀幣上有一隻代表雅典娜的神聖動物貓頭鷹，左右兩側各有橄欖枝和希臘銘文。

雅典娜的記號。

在那時，安娜貝斯完全不知道那個字眼的意思。她不了解母親的行爲舉止爲什麼變成這樣。不管她是不是米娜瓦，她不該顯得這麼茫然困惑。

「媽……」她盡可能讓自己敘述得有條理，「波西失蹤了，我需要你的幫助。」她開始解釋希拉要聯合兩個陣營來對抗蓋婭和巨人的計劃，女神卻拿她的登山杖猛敲大理石地板。

「絕對不可以！」她說：「任何幫助羅馬的人都該去死。如果你加入他們，你就不是我的小孩。你已經讓我失望了。」

「媽媽！」

「我一點都不在乎這個波西。如果他跑去羅馬人那邊，就任他去死。殺了他，殺光羅馬人。找到記號，追隨到它的源頭。去見識羅馬人怎樣侮辱我，並且發誓爲我復仇。」

「雅典娜不是復仇女神。」安娜貝斯握拳的手指甲緊緊扣入掌心，手中那塊銀幣似乎變得愈來愈燙。「波西是我的一切。」

「那復仇就是我的一切，」女神咆哮：「我們哪一個比較有智慧？」

「你有點不對勁，出了什麼事？」

「出了一個羅馬！」女神痛苦地說：「看看他們做了什麼！做了一個羅馬的我。他們希望我當他們的神？那就讓他們嘗嘗自己的罪惡。孩子，殺了他們。」

「不！」

「那你就什麼都不是了。」女神轉向地鐵地圖。她的表情軟化了，變得迷惑又失神。「如果我可以找到那條路……回家的路，那麼也許……不，不行。為我復仇，不然就離開我，你不是我的小孩。」

安娜貝斯的雙眼刺痛。她想了一千件可怕的事要說出口，但她辦不到。她轉過身去，急速逃開。

她試圖丟掉那枚銀幣，但它就是會自行回到她的口袋中，和波西的波濤劍情況相同。不幸的是，安娜貝斯的古硬幣沒有魔法力量，至少沒有實用的力量。它只會帶給她惡夢，而且無論她怎麼努力都擺脫不了。

現在她坐在阿爾戈二號的艙房中，可以感覺到那枚銀幣正在口袋裡變熱。她看著電腦的帕德嫩神殿模型，又想起自己與雅典娜的爭吵。這幾天她聽到的字句片段在她腦海中不斷盤旋：一個天才朋友、準備迎接賓客、無人能夠取回那雕像、智慧的女兒單獨走。

她恐怕自己終於了解所有的意思了。她向眾神祈禱，希望她想的並不對。

一陣敲門聲嚇得她跳起來。

她希望那人是波西，然而探進頭來的是法蘭克‧張。

「嗯，對不起，」他說：「我可以……？」

她實在很驚訝會見到法蘭克，花了好一會兒才意識到他想要進來。

「當然，」她說：「請進。」

他走進來，左顧右盼地看著這個房間。艙房裡沒有多少可看的東西，書桌上有一疊書、雜誌與筆，還有一張她爸爸駕駛駱駝戰鬥機的照片，臉上帶著微笑，做出滿意的手勢。安娜貝斯很喜歡這張照片，它讓她想起與父親感覺最親密的時光；那一次他用神界青銅的機關槍掃射一整群怪物，就是爲了保護她——非常像一般女孩夢想中最好的禮物。

牆壁上的掛鉤則掛了她的洋基帽，這是母親送給她最珍貴的禮物。這頂帽子曾經具有讓穿戴者隱形的魔力，但自從安娜貝斯與雅典娜爭吵後，魔力便消失了。安娜貝斯不知道原因，但仍執意隨身帶著帽子出任務。她每天早上都會試戴，希望它能恢復功能，但迄今爲止，它只是一個母親盛怒的顯示器。

除此之外，她的房間沒有什麼東西了。她保持簡單與乾淨，這樣有助於她思考。有件事波西一直不相信，就是成績始終很好的安娜貝斯也和多數混血人一樣患有注意力不足過動症，當她的個人空間有太多讓人分心的東西時，她永遠無法專心。

「所以……法蘭克，」她開口說：「請問你找我有什麼事？」

在所有登船的孩子中，她本來認爲法蘭克是最不可能登門造訪她的。當他紅著臉將中國手銬掏出口袋時，她的疑惑仍然沒有絲毫減少。

「我不喜歡對這個東西一無所悉，」他咕噥著說：「你可以教我那個技巧嗎？我不好意思問其他人。」

安娜貝斯一時沒有聽懂他的意思。等等……他是在請求幫忙嗎？然後她突然明白，當然是啊，法蘭克今天窘斃了。里歐那麼用力地嘲笑他，沒有人會喜歡成爲別人的笑柄。法蘭克堅定的表情顯示他希望再也不要發生這種事，他想了解這個謎題，但不要用蜥蜴來解題。

安娜貝斯感到一種特別的榮耀。法蘭克信任她不會取笑他，更何況，任何願意追求知識的人都讓她很感動，即使是像中國手銬這麼簡單的小事情。

她拍拍身旁的臥鋪。「當然可以，坐下來吧。」

法蘭克坐在床墊邊緣，彷彿隨時準備落跑的樣子。安娜貝斯把中國手銬拿過來，放到電腦旁邊。

她按下遠紅外線掃瞄的鍵，只花幾秒鐘的時間，螢幕上就出現中國手銬的立體模型。她把電腦轉個角度，好讓法蘭克能看清楚。

「你怎麼辦到的？」他驚奇地問。

「先進的古希臘科技，」她說：「好，你看看，這是一個圓柱形的雙軸編辮，所以具有絕佳的彈性。」她操作畫面，圖像便出現如同風琴般的壓縮與伸展動作。「當你把手指頭放進去，它會放鬆，但你要拔出指頭時，它就會收縮變緊。所以你愈是掙扎，就愈不可能脫身。」

法蘭克茫然地看著她。「解決辦法是什麼？」

「這個嘛……」她給他看一些自己的計算，也就是手銬如何在極端壓力下對抗拉扯的力量，取決於這個編辮使用的材質。「一個編織構造有這種效果，不可思議吧？醫生利用它來做牽引術，而電工……」

「嗯，但解決方法是？」

安娜貝斯笑笑。「不要反抗你的手銬。你要把手指頭伸得更進去，而不是拉出來，這樣編辮就會鬆掉了。」

「喔。」法蘭克試一次，果然成功了。「謝謝。可是……難道不能只用手銬來說明，省掉那些立體模型與計算？」

安娜貝斯遲疑了。有時智慧來自奇怪的地方，甚至可能來自一個巨大的金魚少年。「我想你說得對，那的確沒意義。我也學到一些道理了。」

法蘭克再玩一次中國手銬。「當你知道解答時，做起來就容易了。」

「許多最好的陷阱都很單純，」安娜貝斯說：「你只需要去想一想，然後希望你的受害者不會這麼想。」

法蘭克點點頭，他似乎不太想離開。

「你知道嗎，」安娜貝斯說：「里歐並不是故意要這麼刻薄，他只是有張大嘴巴。當別人造成他緊張時，他就用幽默來自我防衛。」

法蘭克皺起眉頭。「為什麼我會讓他緊張？」

「你的身材是他的兩倍大，你可以變成一條巨龍。」還有海柔喜歡你，安娜貝斯心想，但她沒有說出口。

法蘭克看起來不大相信。「里歐能召喚火。」他轉動手銬。「安娜貝斯……或許找個時間，你可以幫我解決一個不是那麼單純的問題嗎？我有……我有一個你們好像稱為『阿基里斯的腳跟』⁸²的弱點。」

安娜貝斯感覺她似乎剛喝下一杯羅馬熱巧克力。以前她從來不理解為何『毛茸茸的溫暖』可以拿來形容心情，但此時的法蘭克給了她這種感覺。他就像一隻特大號泰迪熊，她可以明白海柔為何喜歡他。「我很高興能夠幫助你，」她說：「還有其他人知道這個『阿基里斯的腳跟』嗎？」

---

82 阿基里斯的腳跟（Achilles' heel）源自希臘神話，阿基里斯是希臘第一勇士。他母親希望他刀槍不入，在他出生時將他倒提著浸泡在冥河中，但被握住的腳跟沒泡到水，從此腳跟成為他的致命弱點。

「波西和海柔，」他說：「就只有他們兩個。波西……他眞的是一個非常好的人，我願意追隨他到任何地方，我想應該讓你知道。」

安娜貝斯拍拍他的手臂。「波西就是擁有挑到好朋友的訣竅，比如你。可是法蘭克，你可以相信這艘船上的任何一個人，包括里歐在內。我們是一個團隊，我們必須彼此信任。」

「我……想是吧。」

「所以你擔心的弱點是什麼？」

晚餐鐘聲響起，法蘭克跳起來。

「也許……晚一點再說，」他說：「有點難以啓齒。不過謝謝啦，安娜貝斯。」他拿起中國手銬。「讓事情單純。」

18 安娜貝斯

這一晚，安娜貝斯完全沒作惡夢，這反而讓她醒來時更緊張，就像暴風雨前的寧靜。

里歐把船停泊在查爾斯頓港的碼頭，緊臨著堤防。沿著海邊是一整片老城區，高大的宅邸、棕櫚樹與鑄鐵護欄交錯林立，還有骨董大砲對準海面。

安娜貝斯來到甲板上時，傑生、法蘭克和里歐已經出發前往博物館。據黑傑教練說，他們答應在日落前回來。派波和海柔也準備出發，但安娜貝斯先去找波西，此時波西正靠在右舷欄杆，眺望整個海灣。

安娜貝斯握住他的手。「我們離開這段時間，你想做什麼？」

「跳進港中。」他隨口回答，就像小孩子可能會說的「我去買零食」。「我想試著與這裡的大海精靈聯絡，或許她們可以給我一些建議，看看如何釋放那些亞特蘭大的俘虜。而且，我在想大海或許對我有幫助。待在那間水族館，讓我覺得……不乾淨。」

他的頭髮一如往常又黑又亂，安娜貝斯想到他一邊的頭髮曾經有過一抹灰色。在他們十四歲時，兩人曾經輪流撐住天空（非屬自願），那股壓力讓他們兩個都出現一些灰髮。經歷了去年波西失蹤的事件後，這些灰髮終於自兩人頭上消失，卻使得安娜貝斯有些傷感和憂慮，她覺得失去了某個與波西連結的象徵。

安娜貝斯親他一下。「海藻腦袋，祝你幸運。一定要回來，好嗎？」

「我會的。」他承諾。「你也一樣。」

安娜貝斯努力壓抑上升的緊張感。

她轉身面對派波和海柔。「好了，女孩們，我們去找砲台的鬼魂吧。」

後來，她真希望自己是和波西去跳港，甚至寧願去拜訪住滿鬼的博物館。並不是她不喜歡與派波、海柔在一起。一開始，她們很順利地在砲台區漫步。根據路標，這個濱海公園的名字是「白點花園」。海風吹散了夏日午後的悶溼，走在棕櫚樹的陰影下更是涼爽。沿街排列了南北戰爭時期的大砲與歷史人物銅雕，這讓安娜貝斯心生顫慄。她想到泰坦大戰時期紐約街頭的雕像，在代達羅斯的第二十三號計劃命令下全都活了起來。她懷疑這個國家裡，究竟有多少神祕機器人等待被啓動。

查爾斯頓港在陽光下閃耀，往南往北都有帶狀陸地，就像伸出雙臂般擁抱這片海灣。而在一公里半之外的岬口，有一座立有石頭碉堡的小島。安娜貝斯隱約有個記憶，那是南北戰爭一個重要的地方，但她沒花太多時間思考這件事。

多數時間她都在呼吸海風與思念波西。她真的非常不想和波西分開，再度造訪海洋的時候，她實在無法不憶起她破碎的心。當她們離開海堤往花園的內陸地區探索時，她總算放鬆了些。

公園裡的群眾並不多，安娜貝斯猜想許多本地人可能都已經出去度暑假或是在家睡大覺。她們沿著南砲台街走，路的兩邊是四層樓的殖民式宅邸。磚牆上攀爬著常春藤，房舍正面的高聳雪白立柱彷彿羅馬神殿建築。家家戶戶的前院綻放著薔薇、忍冬花與九重葛，看起來就像狄蜜特幾十年前計時設定讓所有植物生長，然後卻忘了回來檢查它們。

「有點讓我想到新羅馬，」海柔說：「這裡的大宅院和花園，還有拱門與立柱。」

安娜貝斯點點頭。她記得南北戰爭前的美國南方常將自己與羅馬相提並論，在過去的時光裡，他們的社會就是充滿華麗的建築、名譽與騎士精神，而黑暗的一面是，這些也和奴隸制度有關。「羅馬有奴隸，」有些南方人爭論說：「爲什麼我們不能有？」

安娜貝斯不禁打了一個寒顫。她喜歡這裡的建築，所有的房舍與庭園都非常美麗，也非常有古羅馬建築風格。但她開始思考爲什麼美麗的事物總會伴隨黑暗的歷史。可不可以有其他的方式？或許就是黑暗的歷史才更需要打造出美麗的表象，好掩飾那不堪的一面。

她搖搖頭。波西不會喜歡她這麼像哲學家。如果她試著與波西討論類似的話題，他的眼睛就會變得呆滯。

其他的女孩都不多話。

派波一直左右張望，就像她擔心會有埋伏。她曾說在刀面上看到這個公園，卻不願描述細節。安娜貝斯猜測她是害怕提起，畢竟前一次她想要解讀的刀面影像，就是後來波西與傑生在堪薩斯幾乎互相殺死對方的場景。

海柔也是顯得心不在焉。或許她是在了解環境，也可能是在擔心弟弟。除非她們能找到他並救出他，不然再過不到四天，他就會死。

安娜貝斯同樣感覺這個大限重重壓迫著她。她對於尼克．帝亞傑羅始終有著複雜的情緒，她懷疑自從他們在緬因州的軍事學校救出他與他姊姊碧安卡後，他便偷偷喜歡她，可是安娜貝斯對他一點感覺也沒有；他年紀太小，又太情緒化，他有一種會讓她緊張的黑暗面。

然而，她仍覺得自己對他有份責任。時光回溯到他們初遇的時候，當時還沒有人知道他有海柔這個同父異母的姊姊，所以碧安卡是尼克在世上唯一的親人。她過世後，尼克成爲無家可歸的孤兒，獨自在世上流浪。安娜貝斯理解那種感受。

她陷入沉思，差點就這樣在公園裡無止境地走下去，但派波抓住她的臂膀。

「那裡。」她的手指向港口，不到一百公尺遠的地方有個閃爍的白色身影在水上漂浮。一開始安娜貝斯以爲那可能是個浮標或小船在陽光下閃耀，可是它顯然是自身發出光亮，而且移動得比船隻更平順，正朝著她們筆直前進。當它更接近時，安娜貝斯看出那是一個女人的身形。

「那個鬼。」她說。

「那不是鬼，」海柔說：「鬼不會發亮到那種程度。」

安娜貝斯決定相信她的話。面對著如此年輕就離世、又從冥界返回的海柔，她難以想像那種對亡者的了解比對生者還多的感受。

派波似乎在恍神中直接跨過馬路朝海堤走去，差點就撞上一輛馬車。

「派波！」安娜貝斯呼喚她。

「我們最好趕快跟上。」海柔說。

安娜貝斯和海柔趕到時，幽靈就在幾公尺以外。

派波瞪著它，好像眼前出現了攻擊她的事物。

「是她。」她怨忿地說。

安娜貝斯瞇起眼睛看著幽靈，可是光線太強，導致她看不清楚細部。然後那個幽靈飄上了海堤，在她們前面停住。光芒消失了。

安娜貝斯倒抽一口氣，這女人有種驚人的美麗與莫名的熟悉感。她的臉孔很難形容，五官一下子像某個大明星，一下子又像另一個大明星。她的眼睛閃爍出戲謔的光彩，有時帶著綠色或藍色，有時又像琥珀色；她的頭髮也會從長直的金髮轉變爲暗棕色的鬈髮。

安娜貝斯的忌妒感油然升起。她一直希望能有暗色頭髮，因爲她感覺金髮女孩很容易被忽視，她必須花費雙倍的努力，人家才會認爲她可以勝任戰略家、建築師、營隊指導員等任何需要大腦的工作。

這個女人的穿著打扮便是南方仕女的模樣，完全符合傑生的描述。洋裝的上半身是低胸的粉紅絲質緊身衣，下半身是內有鐵圈的三層蓬裙，綴有扇形的白色蕾絲。她戴著白色絲質長手套，將一把粉紅、雪白相間的羽毛扇握在胸前。

她的所有特徵彷彿都經過精算，就是要讓安娜貝斯相形見絀。她穿著洋裝的輕鬆優雅感；完美但低調的化妝，還有她散發的那種男人難以抵抗的女性魅力。

安娜貝斯明白她的忌妒很不理性，因爲這個女人就是要讓她有這種感受。這是她之前有過的經驗。即使這個女人的面孔每秒都在變化，而且愈變愈美麗，她也認出她是誰了。

「阿芙蘿黛蒂。」她說。

「維納斯[83]？」海柔驚訝地問。

「媽。」派波毫無熱情地說。

---

[83] 維納斯（Venus），阿芙蘿黛蒂的羅馬名字，掌管愛情、美貌與生育。

「女孩們！」女神張開雙臂，好像想一舉擁抱她們三個。

這三個混血人沒有回應，海柔反而退到一棵棕櫚樹邊。

「好開心你們都在這兒，」阿芙蘿黛蒂說，「戰爭就要開始了，血腥無法避免，所以只剩一件事可做。」

「嗯……是哪件事？」安娜貝斯不加思索地問。

「啊，顯然我們該來喝點茶談談吧。跟我來！」

阿芙蘿黛蒂眞懂得喝茶。

她帶她們進到花園的中央涼亭，那涼亭豎立著雪白柱子，中間的桌上放了銀器餐具、骨瓷茶杯，當然也有一壺冒著蒸氣的熱茶，飄散出的香氣就如同阿芙蘿黛蒂的容貌不斷轉換，有時是肉桂、茉莉，有時是薄荷。盤子上的點心有奶油鬆餅、餅乾、小蛋糕、新鮮奶油和果醬，全是安娜貝斯認爲的超級發胖食物。當然，如果你是長生不老的愛神就沒差了。

阿芙蘿黛蒂坐在她的高背孔雀藤椅中，有點像女王上朝。她倒茶、分點心，完全不會弄到身上衣服，姿態永遠完美，笑容燦爛。

安娜貝斯坐在這兒愈久，就愈討厭她。

「哦，我親愛的女孩們，」女神說：「我眞是喜歡查爾斯頓呀！我來這座亭子參加過的婚禮都讓我感動得想哭，還有舊南方時代的高雅舞會。啊，統統好可愛。這裡許多大宅第的院子裡還有我的雕像，只是他們稱我爲維納斯。」

「那你是哪一個呢？」安娜貝斯問：「維納斯，還是阿芙蘿黛蒂？」

女神輕啜一口茶，眼神閃爍出調皮的光彩。「安娜貝斯．雀斯，你已經長成一位十分美麗的年輕淑女了，不過你實在應該好好整理一下頭髮。至於海柔．李維斯克，你的衣服……」

「我的衣服？」海柔低頭看著自己皺巴巴的牛仔褲，露出不自覺的困惑表情，彷彿不明白哪裡有問題。

「媽媽！」派波說：「你讓我很尷尬。」

「這樣啊，我看不出爲什麼要尷尬。」女神說：「派波，只因爲你不懂得欣賞我的時尚訣竅，並不代表別人也不會欣賞。我可以快速幫安娜貝斯化個妝，而海柔呢，可能換成像我這樣的絲質舞會洋裝……」

「媽！」

「好啦，」阿芙蘿黛蒂嘆了一口氣，「安娜貝斯，我就回答你的問題。我既是阿芙蘿黛蒂，也是維納斯。我和那些奧林帕斯山上的同伴不一樣，當一個時代演變到另一個時代，我幾乎完全沒有改變。事實上，我認爲自己連變老一點點也沒有！」她的手指頭在臉蛋上自我讚賞地輕輕拍打。「總之，愛情就是愛情，管你是希臘人還是羅馬人。這場內戰對我的影響不會有其他人那麼多。」

眞好呀，安娜貝斯心想。她母親本來是奧林帕斯最冷靜明理的女神，現在變成地鐵站裡暴躁的瘋婆子。然後在所有可能幫助他們的天神之中，唯一不受希臘羅馬分裂人格影響的，似乎只剩下阿芙蘿黛蒂、涅梅西絲和戴歐尼修斯。愛情、復仇和酒，眞是太有幫助了。

海柔小口咬著一片蜜糖餅乾。「親愛的女神，我們還沒進入內戰呀。」

「哦，親愛的海柔。」阿芙蘿黛蒂摺起扇子。「你眞是樂觀，但是心痛而絞的日子就在前方等著你。戰爭當然就要來了，愛情與戰爭總是一起出現，它們是人類情緒的高峰！罪惡與良善、美麗與醜陋。」

她對安娜貝斯微笑，就像洞悉剛才安娜貝斯對於舊南方的想法。

海柔放下蜜糖餅乾，下巴還有一些餅乾屑。安娜貝斯喜歡她這種不知道或是根本不在乎的模樣。

「請問您剛剛說的，」海柔問：「『心痛如絞的日子』是什麼意思？」

女神笑起來，彷彿海柔是一隻可愛的寵物狗。「這個嘛，安娜貝斯可以替你說明。我曾經承諾過要讓她的愛情生活很有趣，我不是做到了嗎？」

安娜貝斯差點折斷茶杯上的把手。這幾年來，她的心承受了多少折磨。首先是她第一個暗戀的對象路克．凱司特倫只當她是一個小妹妹，後來變成壞人，在他死之前才說喜歡她。接下來是波西，這傢伙既惹人生氣又討人喜歡，可是他似乎喜歡上另一個名叫瑞秋的女孩，然後他又差點死了，而且是好幾次。好不容易，波西屬於安娜貝斯了，他卻失蹤六個月，還失去記憶。

「很有趣，」安娜貝斯說：「這算是很溫和的說法。」

「嗯，你遇到的麻煩不該全由我負責。」女神說：「但我的確喜歡愛情故事裡有起伏轉折。哦，你們每個人都有著這樣完美的故事；我是說，女孩們，你們令我驕傲！」

「媽媽，」派波說：「你來這裡有什麼事？」

「咦？你是說喝茶以外的事嗎？我常來這裡，因爲我喜歡這裡的景觀、食物、氣氛。你可以聞到空氣中的羅曼蒂克和心碎的氣味，有沒有？這是幾世紀以來所累積的。」

她指著附近一棟豪華宅第。「你有看到那個屋頂露台嗎？南北戰爭開打當晚，我們在那裡有場宴會。就是桑特堡[84]砲戰那天。」

「那就對了。」安娜貝斯想起來。「港口的那座島是南北戰爭的第一場戰役發生地。南軍砲轟當時仍由北軍鎮守的桑特堡，取得這座要塞。」

「哦，那是個好棒的宴會！」阿芙蘿黛蒂說：「有弦樂四重奏，所有紳士都穿上高貴嶄新的軍官服，女士們的服裝……你們要是能看到就好了。我和阿瑞斯跳舞，或者他是馬爾斯？恐怕我當時已經有點暈了。港口冒出漂亮的火光，砲彈的轟隆聲讓男人有藉口環抱他們受驚嚇的甜姐兒！」

安娜貝斯的茶已經涼了，她沒有吃進任何東西，卻覺得想吐。「你在講的是美國歷史上最血腥戰爭的開始，超過六十萬人死亡，比第一次與第二次世界大戰中陣亡的美國人加起來都要多。」

「還有大亮點呢！」阿芙蘿黛蒂繼續說：「啊，太神妙了。畢瑞嘉將軍[85]親臨會場，他那時候已經再婚了，但你應該看看他盯著莉絲白．庫柏的眼神……」

「媽媽！」派波把鬆餅丟給鴿子。

「好，對不起，」女神說：「簡而言之，女孩，我是來這裡幫助你們的。我不認爲你們有

---

[84] 桑特堡（Fort Sumter）是美國南卡羅萊納州查爾斯頓港入口處的一座石製防禦工事，一八六一年四月十二日遭到南方邦聯軍砲轟，引爆南北戰爭。

[85] 畢瑞嘉將軍（General P.G.T. Beauregard, 1818-1893）美國南北戰爭時南方邦聯軍的第一位將官，也是桑特堡砲戰時駐守查爾斯頓的指揮官。

機會見到希拉，你們的小任務已經讓她在王座廳裡不大受到歡迎。而且其他天神的狀況也相當不好。你們都知道，他們在羅馬與希臘兩種型態之間掙扎，有幾位又特別嚴重。」阿芙蘿黛蒂的目光定到安娜貝斯身上。「我想你應該和朋友提過你與你媽拌嘴的事？」

安娜貝斯的臉頰頓時脹紅，海柔和派波好奇地看著她。

「拌嘴？」海柔問。

「就是吵架的意思。」安娜貝斯說：「沒什麼大不了的。」

「沒什麼大不了？」女神說：「嗯，這我就不知道了。雅典娜是眾神之中最希臘化的，畢竟她是雅典城的守護者。當羅馬取而代之……喔，他們順應潮流接納了雅典娜，她變成米娜瓦，是智慧與工藝的女神。可是羅馬人另有幾位符合自己口味的戰神，那才是他們更信賴的羅馬天神，比如貝婁娜……」

「蕾娜的母親。」派波喃喃自語。

「是的，完全正確。」女神同意說：「我曾與蕾娜有過一段有趣的談話，也是在這個公園裡。當然，羅馬有馬爾斯，後來出現一位密特拉[86]，他不是希臘人也不是羅馬人，但羅馬軍團瘋狂地膜拜他。我始終認為他是粗魯、新來的神。總之，羅馬人將雅典娜排擠出核心，她的軍事重要性大多被奪走了。希臘人從來無法原諒羅馬人的這種侮辱，雅典娜本人更是不可能原諒他們。」

安娜貝斯的耳朵嗡嗡作響。

「雅典娜的記號，」她說：「它通往一座雕像，是嗎？它就是通往……那一尊雕像。」

阿芙蘿黛蒂露出微笑。「你很聰明，就像你母親。不過你要了解，你的手足們、也就是雅典娜的子女，已經搜尋了好幾世紀，到現在還沒有人發現那一尊雕像。在此同時，希臘也一直維持仇恨羅馬人的態度。每一次的內戰……這麼多的血腥與傷心……幾乎就是雅典娜的小孩策畫的。」

「那是……」安娜貝斯本來想說「不可能」，但她憶起雅典娜在中央車站說的那些刻薄話，眼中燃燒著恨意。

「浪漫嗎？」阿芙蘿黛蒂問：「是吧，我想是的。」

「可是……」安娜貝斯想要澄清腦海中的濃霧，「雅典娜的記號究竟是怎麼回事？是一連串的線索，或是雅典娜設計出來的路線？」

「嗯，」阿芙蘿黛蒂看起來客氣而興味索然，「很難說。我不相信雅典娜是刻意創造出那些記號，如果她知道那尊雕像在哪兒，只要明白告訴你去哪裡找就好了。不……我猜。那個記號就像是麵包屑路徑的精神版本，是雕像與雅典娜小孩的特有連結。你要知道，那尊雕像『希望』被人找到，但它只能讓最配得上的人釋放。」

「而幾千年來，」安娜貝斯說：「沒有人能找到。」

「等等，」派波說：「我們在講的到底是哪一尊雕像？」

女神笑了。「哦，我想安娜貝斯可以爲你說明。無論如何，你需要的線索就在附近：一張雅典娜的小孩在一八六一年時留下的地圖，這個紀念品會在你抵達羅馬時，替你開啓前進的

86 密特拉（Mithras），古老的印度、波斯神祇，西元初的幾個世紀，羅馬世界對密特拉的崇拜風行一時，成為基督教的強大對手。

道路。不過，安娜貝斯．雀斯，就像你說的，到現在還沒有人成功追隨雅典娜的記號直到盡頭。在那裡，你將面對你最深的恐懼，所有雅典娜的孩子都有的恐懼。即使你存活下來，你會怎樣使用你的收穫呢？用在戰爭還是和平？」

安娜貝斯慶幸這裡有桌巾，她才可以掩飾桌子底下顫抖的雙腳。「這張地圖是在哪裡？」她說。

「你們看！」海柔指著天空。

棕櫚樹上方出現兩隻盤旋的老鷹，更上面則有一輛飛馬馬車在快速下降。顯然里歐派出的桌子巴福特沒有達到轉移目標的效果，至少效果沒有持續很久。

阿芙蘿黛蒂把奶油抹到小蛋糕上，彷彿她仍擁有大把時間。「喔，那張地圖當然是在桑特堡。」她用奶油抹刀指向港口外的小島，「看起來羅馬人已經過來阻擋你們的去路了，如果我是你，我會趕快回到船上。你們要打包一些茶點回去嗎？」

19 安娜貝斯

她們來不及趕回船上。

往碼頭的途中，三隻巨鷹降落到她們前方，每一隻都放下一位羅馬突擊隊員。他們身穿紫衣與牛仔褲，罩上金光閃閃的戰甲，帶著黃金劍與盾牌。巨鷹飛走了，站在中間那個比其他人乾瘦的羅馬人，將他的護面甲往上推。

「向羅馬投降！」屋大維用尖細的聲音叫囂。

海柔拔出騎士劍怒吼：「不可能，屋大維。」

安娜貝斯低聲咒罵。如果只有這個瘦皮猴算命師，她一點也不擔憂；但另外兩個人看起來就像是經驗豐富的戰士，又高又壯，絕非安娜貝斯想要交手的對象，尤其她和派波只有一把匕首而已。

派波舉起手做出和解的手勢。「屋大維，營區發生的事是被設計的，我們可以解釋。」

「聽不見你說的話！」屋大維大喊：「我們耳朵裡都塞了蠟，這是對抗邪惡誘惑的標準程序。現在，放下你們的武器，慢慢轉過身，讓我捆綁你們的手。」

「讓我宰了他，」海柔喃喃自語：「拜託。」

船距離她們只有十五公尺，但安娜貝斯沒看到黑傑教練在甲板上的蹤影，他也許下到船艙，正在觀賞那些愚蠢的武術節目。傑生那組人要到日落前才會回來，而波西在水面下，不知道有人進攻。如果安娜貝斯有辦法登船，她就能操作大砲，然而現在根本無法擺脫這三個羅馬人。

她快沒時間了。巨鷹在上空盤繞，發出呼嘯聲，好像在提示同黨：「嘿，這裡有一些美味的希臘混血人！」安娜貝斯已經看不到飛行馬車，但心中認為它就在附近。她必須在更多羅馬人抵達之前想出辦法。

她需要支援……發出一些急難訊號給黑傑教練，或者……給波西更好。

「怎麼樣？」屋大維厲聲問，他的兩個同伴揮舞著劍。

安娜貝斯非常緩慢地、只用兩根手指頭丟出她的匕首。不過她不是往地上放，而是盡可能往遠方水面拋。

屋大維唉叫一聲。「那是要怎樣？我沒說要丟出去！那很可能是證據耶，要不然就是戰利品！」

安娜貝斯努力擺出一個金髮女孩沒大腦的微笑：「喔，我好笨！」認識她的人一定不會被她騙倒，但屋大維似乎相信了。他激動地繼續恐嚇。

「另外那兩個……」他用劍指向海柔和派波。「把你們的武器放到碼頭上，不准有不規矩的……」

查爾斯頓港忽然就像是拉斯維加斯的水舞秀場，水流圍繞著羅馬人噴發開來。當海水牆落下時，三個羅馬人已經被捲入海灣，一邊胡亂拍打著水花，一邊發瘋似地努力讓穿著盔甲的身體保持漂浮。波西站在碼頭上，手裡拿著安娜貝斯的匕首。

「你掉了這個。」他說，擺出一張撲克臉。

安娜貝斯伸出雙臂擁抱他。「我愛你！」

「各位，」海柔打岔，臉上有著淺淺的笑容，「我們還是要趕快。」

掉在水中的屋大維拚命喊：「把我弄上來！我要殺了你！」

「不錯吧？」波西往下喊回去。

「什麼？」屋大維大吼。他正抓住另一個突擊隊員，而那個人似乎沒辦法讓他們倆一起漂在水面。

「沒事！」波西也吼回去。「我們走吧。」

海柔皺起眉頭。「我們不能讓他們溺死吧？」

「他們不會溺死的，」波西保證，「我已經讓水流在他們腳下環繞，等我們走遠，我會把他們沖到岸上去。」

派波也露出微笑。「不錯喔。」

他們爬上阿爾戈二號，安娜貝斯衝向舵輪。「派波，你先下去，用船艙廚房的水槽發送伊麗絲訊息，通知傑生回到這裡！」

派波點點頭，立刻跑開。

「海柔，去找黑傑教練，叫他帶著那毛茸茸的後腳趕快上來甲板！」

「是！」

「還有，波西……你和我必須讓這艘船飛到桑特堡。」

波西點點頭，跑向桅杆。安娜貝斯掌握舵輪，雙手快速在控制面板上移動，她多希望自己擁有足夠的知識來駕馭它。

安娜貝斯以前曾見過波西用自己的意志力控制全尺寸的船，這一次，他也沒有讓她失望。繩索自行飛動著，碼頭的繫留繩解開了，船錨也被拉起來。船帆張開，迎風鼓起。在此同時，安娜貝斯發動引擎，槳櫓伸出的聲音就像機關槍開火。阿爾戈二號從碼頭轉向，朝不遠處的小島出發。

那三隻巨鷹還在上方盤旋，但並沒有降落船上的意圖，或許是因爲牠們只要一靠近，破浪神非斯都就會噴出火苗。更多的老鷹排好陣式往桑特堡飛去，至少有一打之多。如果每隻上面都載了一個羅馬混血人……那可是有相當多的敵人。

黑傑教練用他的蹄砰砰砰地踏上階梯，海柔和他在一起。

「他們在哪裡？」他問：「我要殺誰？」

「不准殺人！」安娜貝斯命令：「只要捍衛船隻！」

「可是他們打斷我看查克．羅禮士的電影！」

派波也從下面冒出來。「得到傑生的訊息了。雖然有點模糊，不過他們已經出來，應該在……啊，那邊！」

在城市上方有一隻巨大的白頭鷹朝他們的方向飛來，看起來不像羅馬人的巨鷹。

「是法蘭克！」海柔說。

里歐攀抓在白頭鷹的腳上，即使隔了那麼遠的距離，安娜貝斯聽得到他在尖叫與咒罵。在他們後方飛行的是傑生，他騎乘在氣流上。

「我從沒見過傑生飛行，」波西抱怨說：「他看起來像個金髮的超人。」

「現在不是開玩笑的時候！」派波對他吼：「你看，他們有麻煩了！」

的確，羅馬人的飛行馬車從雲端下降，朝他們逼近。傑生和法蘭克都偏轉方向又拉升高度，以免被飛馬踢到。馬車上的人拉開弓，許多箭瞬間飛過里歐腳下，害他發出更多的尖叫與咒罵。傑生與法蘭克被迫飛過阿爾戈二號，直接朝桑特堡而去。

「我來處理他們！」黑傑教練大喊。

他衝向左舷的大砲。安娜貝斯才喊出「別做蠢事！」時，黑傑教練已經開火，一個爆裂的火球朝馬車射去。

火球在飛馬頭上爆炸，引起牠們的恐慌。不幸的是，它也燒到法蘭克的翅膀，使他失去控制地在空中打轉，里歐手一滑就摔了下來。馬車則朝著桑特堡衝去，撞上了傑生。

安娜貝斯驚恐地看著明顯已經頭昏又帶傷的傑生撲向里歐，把他抓住，然後努力維持飛行高度。他只能勉強減緩下降的速度，然後兩人消失在堡壘的防禦牆後方。法蘭克搖搖晃晃地跟在他們後面。接著馬車也掉落到堡壘的某個地方，碰撞時發出了骨架飛散的鏗啷聲，一個破損的車輪還飛旋到空中。

「教練！」派波尖叫。

「什麼？」黑傑問：「那只是個警告而已！」

安娜貝斯全力啓動引擎，船身因瞬間加速而抖動。距離小島的碼頭只剩九十公尺，但十幾隻老鷹已經飛過來這邊，每一隻的腳爪都帶著一個羅馬混血人。

阿爾戈二號的成員和他們的人數一比，幾乎是一比三的懸殊差距。

「波西，」安娜貝斯說：「我們會猛烈地靠進小島，我需要你控制水流，這樣我們才不會撞上碼頭。我們一到達那裡，你要負責抵禦敵人。其他人協助守住船隻。」

「可是……傑生！」派波說。

「還有法蘭克和里歐！」海柔也說。

「我會找到他們的。」安娜貝斯承諾。「我必須找出地圖，而且我很確定這件事只有我辦得到。」

「整個堡壘都是羅馬人，」波西警告她：「你要去拚出一條路、找到我們的人，假設他們都還好，還要找到地圖，把所有人平安帶回來。這一切你都要一個人去？」

「不過就是尋常的一天啊，」安娜貝斯親吻他一下，「你做什麼都可以，就是別讓他們奪走這艘船！」

20 安娜貝斯

一場新的內戰就此展開。

里歐不知怎麼能落到地面卻沒受什麼傷，安娜貝斯看到他在柱廊間閃來閃去，老鷹飛撲向他，他就生火攻擊。羅馬混血人想要追趕他，卻被成堆的砲彈絆倒，還得避開尖叫打轉的奔逃遊客。

遊客的導覽人員不斷吶喊：「這只是在演歷史劇！」但聲音聽起來並不是很確定，畢竟迷霧對凡人眼睛所見的改變只能做到這麼多。

大庭中央有一隻成年大象（那會是法蘭克嗎？），牠在旗竿附近橫衝直撞，揮趕著羅馬戰士。傑生站在距離不到五十公尺的地方，持劍與一個壯碩的分隊長對打。那個人的嘴唇染成櫻桃紅的顏色，有點像鮮血。他是在模仿吸血鬼，還是對紅色果汁上癮？

安娜貝斯看著他們。傑生大喊：「達珂塔，抱歉啦！」

他像特技人員般一舉跳過分隊長的頭，隨即用古羅馬短劍的劍柄敲羅馬人的後腦袋。達珂塔倒地。

「傑生！」安娜貝斯呼叫他。

他環顧戰場一圈才看到她。

她指著阿爾戈二號停泊的碼頭。「叫其他人上船，撤退！」

「那你呢？」他叫道。

「不要等我！」

他還來不及抗議，安娜貝斯已經快速消失。

安娜貝斯費了好大的勁才穿過成群的觀光客。爲什麼會有這麼多人在這樣悶熱的夏天造訪桑特堡呢？但安娜貝斯很快就發現，是這些群眾救了她一命。如果不是這些驚慌失措的凡人製造了混亂，羅馬人早就用數倍的人力將她包圍了。

安娜貝斯躲進一個小房間，這裡想必曾是要塞的一部分。她努力讓呼吸平穩下來。她想像一八六一年時島上北軍士兵的情景：敵軍圍繞，糧食與物資日益短缺，後援無法進來。有一些北軍的守兵是雅典娜的小孩，他們把一張重要的地圖藏在這裡，那是一個他們不希望落入敵人手中的東西。如果安娜貝斯是那些混血人當中的一員，她會想要放在哪裡？

突然間牆壁亮了起來。空氣變得溫暖，安娜貝斯懷疑是自己的幻覺。她正想跑向出口，房門卻猛然關上。石頭之間的灰泥開始冒泡。泡泡破掉了，上千隻小型黑蜘蛛湧出來。

安娜貝斯不得動彈，心跳似乎停止了。蜘蛛遍布牆面，一隻爬過一隻，然後往地面散播，逐漸將她包圍。這是不可能的，這不是眞的。

恐懼將她推向了回憶。她又回到七歲，一個人單獨在維吉尼亞州里奇蒙的家中臥室，蜘蛛在入夜後出現。牠們一波又一波地從衣櫃爬出來，躲在陰影下等待。她哭喊著找爸爸，但爸爸出門工作了。他似乎總是出外工作。

進來的是她的繼母。「我不在乎當那個拿棒子的人。」她曾對安娜貝斯的父親說，當時她以爲安娜貝斯不會聽到。

「這只是你的幻想，」她的繼母對蜘蛛事件下評論：「你這樣會嚇到弟弟們。」

「他們不是我弟弟。」安娜貝斯抗議，這讓繼母的表情變得無情，她的眼神幾乎和蜘蛛一樣可怕。

「快去睡覺。」繼母堅持說：「不准再尖叫。」

等到繼母一離開房間，蜘蛛立刻湧回來。安娜貝斯躲到棉被裡，但也沒多少用處。她在極度驚嚇中慢慢睡著了。第二天早上醒來，她身上有被咬過的斑點，眼睛、鼻子、嘴巴都覆著蜘蛛網。

那些斑點在她更衣前便已經消褪，所以她只能讓繼母看那些蜘蛛網，繼母卻認爲那是她要小聰明的招數。

「不要再講蜘蛛了。」繼母堅決地說：「你現在已經是個大孩子了。」

隔天晚上，蜘蛛再度出現。她的繼母繼續堅守拿棒子的角色，不准安娜貝斯用這種無聊事打電話吵她爸爸。不，他不會提早回家的。

第三個晚上，安娜貝斯逃家了。

後來在混血營裡，安娜貝斯才知道，所有雅典娜的小孩都很怕蜘蛛。很久以前，一位名叫阿拉克妮[87]的凡人編織者因爲太驕傲，被雅典娜嚴厲懲罰，詛咒她成爲世上第一隻蜘蛛。從那之後，蜘蛛便非常痛恨雅典娜的小孩。

---

[87] 阿拉克妮（Arachne），希臘神話中的人物，善織繡。她宣稱自己的技藝比雅典娜好，挑起與女神的比賽。雅典娜對阿拉克妮的完美技藝大為惱怒，把織物撕成碎片，阿拉克妮因絕望而自縊身亡。女神出於憐憫鬆開繩子，繩子變成了蜘蛛網，而阿拉克妮則變成了蜘蛛。

但了解原因並沒有減少她在面對時的恐懼。有一次在混血營裡，柯納．史托爾把一隻狼蛛放到她床鋪，她差點把他殺了。幾年後，她在丹佛的水上樂園也碰上恐怖攻擊，那次是波西與她被一堆機器蜘蛛包圍。而在過去幾個星期中，安娜貝斯幾乎每晚都夢到蜘蛛，像是爬上她的身體、害她窒息、用蜘蛛網將她包覆。

一個睡夢般的聲音在她腦海裡呢喃：「很快地，親愛的，你就會遇到編織者。」

「蓋婭？」安娜貝斯喃喃說道。她很害怕聽到答案，但她說：「誰……誰是編織者？」

蜘蛛興奮起來，蜂擁爬過牆面，圍繞在安娜貝斯腳邊，形成一個發亮的黑色漩渦。只有靠著「一切或許是幻象」這個希望，才讓安娜貝斯硬撐著沒嚇昏。

「我希望你活著，孩子，」女人的聲音說：「我比較喜歡由你來當我的獻禮，但我們必須讓編織者復仇……」

蓋婭的聲音消褪。在最遠那面牆上、蜘蛛湧出點的正中心，突然出現一個火熱的紅色標記，是一隻直視著安娜貝斯的貓頭鷹，長相和德拉克馬銀幣上的圖案一樣。然後，一切如同她的惡夢那般，雅典娜的記號燒過牆面，引燃蜘蛛，一直燃燒到房間空無一物，只剩下甜膩的灰燼氣息。

「走吧，」出現的是另一個聲音，安娜貝斯的母親，「爲我復仇，追隨雅典娜的記號。」

火紅的貓頭鷹標記消失。要塞的房門突然打開。安娜貝斯震驚地站在房間中央，不確定方才的事件究竟是眞實或只是幻象。

一個大爆炸撼動了整棟建築。安娜貝斯想起朋友仍處於危險中，她已經在這裡待太久了。

她強迫自己移動，雖然身體依然在顫抖，她還是努力跑到外面去。海洋的氣息讓她頭腦清醒許多。她的視線越過中庭，越過驚慌的遊客和戰鬥的混血人，看到城垛的邊緣有一尊指向海面的大迫擊砲。

也許是安娜貝斯的幻想，但她覺得這尊老舊的大砲似乎正發出紅光，於是朝它跑過去。一隻老鷹飛撲下來，她閃避之後繼續前行。現在已經沒有什麼東西能像蜘蛛那樣嚇到她了。

羅馬人已經形成陣勢，往阿爾戈二號進攻，不過一個小型風暴也正在他們頭上集結成形。雖然附近晴空萬里，羅馬人上方卻是雷聲大作、閃光劈落，狂風驟雨逼得他們後退。

安娜貝斯沒有停下來思考這些。

她衝向大砲，把手放在砲口。在用來封住砲口的塞子上，雅典娜的記號開始閃耀——一個火紅的貓頭鷹輪廓。

「在砲管裡，」她說：「那當然。」

她徒手想撬開塞子，結果行不通。她邊罵邊拔出匕首，當神界青銅一碰到塞子，塞子瞬間縮小鬆開。安娜貝斯趕緊拔下它，將手伸進砲管裡。

她的手指碰觸到一個冰冷、平滑的金屬物，拉出一個大小如茶杯托盤的小銅片，上面蝕刻著精細的文字與圖案。她決定晚點再來研究內容，先把銅片放進包包，轉身離開。

「急著走？」蕾娜問。

這位執法官站在三公尺遠的地方，身穿全套戰甲，手持黃金標槍，她的兩隻金屬狗在旁邊叫囂。

安娜貝斯掃視四周，她們或多或少落單了。多數的打鬥已經移到碼頭，但願她的朋友們已平安登船，但他們必須立刻啓航，不然就會有被占領的危險。安娜貝斯必須趕快跑過去。

「蕾娜，」她說：「在朱比特營的發生的事是蓋婭的錯。幻影幽靈，就是那些會附身的鬼魂……」

「省省你的解釋吧，」蕾娜說：「留到審判時再說。」

兩隻狗一面吠、一面逼近，這一次，它們似乎已不在乎安娜貝斯說的是不是實話。她心裡盤算著脫逃計劃，懷疑自己能否在一對一的情況下打敗蕾娜。現在再加上那兩隻金屬狗，她實在沒有贏面。

「如果你任由蓋婭分裂我們兩個營區，」安娜貝斯說：「巨人就已經贏了。他們將會毀滅羅馬人、希臘人、眾天神與凡人的世界。」

「你以爲我不知道嗎？」蕾娜的聲音如同鋼鐵般堅定，「但你給了我什麼選擇？屋大維聞到血腥，他激起軍團的憤怒情緒，我根本無法阻止。投降吧，我會帶你回去新羅馬審判。審判不可能公平，你會受到痛苦的刑罰，但這樣才有可能避免未來的戰爭。屋大維當然不會就此滿足，不過我想我可以說服其他人不要再爭執。」

「不是我！」

「無所謂！」蕾娜厲聲說：「一定要有人爲發生的事付出代價，就讓你來當那個人，這是比較好的選擇。」

安娜貝斯寒毛豎立。「比什麼好？」

「用你的智慧好好想一想，」蕾娜說：「如果你逃過今天，我們不會再追下去。我跟你說過，沒有瘋子會橫跨海洋，到那片古老的土地。如果屋大維不能對你們的船隻進行報復，他就會把注意力轉移到混血營。軍團會踏上你的領域，我們會搗毀一切，讓那裡永無生機。」

「殺了羅馬人，」她聽見母親的鼓譟，「他們永遠不會成爲你的盟友。」

安娜貝斯很想哭。混血營是她心目中唯一眞正的家，而在要與蕾娜結爲朋友的初衷下，她告訴了她混血營的確切地點。她不能就這樣丟下混血營，任由羅馬人蹂躪，自己卻跑到大半個地球以外的地方。

但是他們的任務，以及爲了波西回來她所承受的一切……如果她不前往那片古老土地，一切都沒有意義了。何況，雅典娜的記號不見得非得要通往復仇。

「如果你能找到那條路，」她的母親這樣說：「回家的路……」

「你會怎麼使用你的收穫？」阿芙蘿黛蒂問過她：「用在戰爭還是和平？」

會有答案的，雅典娜的記號會把她帶到那裡，如果她得以存活的話。

「我要離開了，」她告訴蕾娜：「我要去羅馬追隨雅典娜的記號。」

執法官搖搖頭。「你無法想像那裡是什麼在等著你。」

「可以的，我知道。」安娜貝斯說：「橫在我們兩個營區之間的仇恨……我可以解決的。」

「我們的仇很有幾千年之久，一個人的力量如何能解決？」

安娜貝斯很希望自己能提出有說服力的證明，譬如拿一個立體圖或美妙圖表給蕾娜看，但她做不到。她只知道自己必須試試，她記得母親那張茫然的臉孔說：「我一定要回家。」

「這個任務必須成功，」她說：「你可以試著阻止我，那樣的話我們必須決鬥至死。或者你可以讓我走，我會盡一切努力來拯救兩個營區。如果你們非得要進軍混血營，至少想辦法延期，安撫一下屋大維。」

蕾娜瞇起眼睛。「一個戰神的女兒面對另一個戰神的女兒，我很尊敬你的勇氣。但如果你現在想離開，你就是在毀滅自己的營區。」

「不要低估混血營的力量。」安娜貝斯警告。

「你從來沒有見過戰爭中的軍團。」蕾娜回嘴。

在碼頭那邊，一個熟悉的尖細聲音高喊：「殺了他們！殺光他們全部！」屋大維已經從港邊的意外中倖存，他蹲在衛兵身後，尖叫著鼓動其他羅馬混血人朝船隻進攻，而這些人全都高舉著盾牌，好像希望圍繞他們的暴風雨能就此轉向。

在阿爾戈二號的甲板上，波西和傑生站在一起，兩人的長劍交錯。當安娜貝斯意識到這兩人是不顧一切合爲一體來召喚海空力量時，全身一陣顫慄。風與水劇烈翻騰，海浪拍打城垛，閃光劈過天空，巨鷹被打到天空之外，飛行馬車的殘骸在海面燃燒，當羅馬大鳥靠近，黑傑教練就用十字弩砲做近距離射擊。

「你看到了？」蕾娜苦澀地說：「長槍出來了，戰爭開始了。」

「如果我能成功就不會這樣了。」安娜貝斯說。

此時蕾娜的表情就和她在朱比特營發現傑生有了新女友一樣。這個執法官實在太孤單、太痛苦、太常遭背叛，無法相信好事會降臨到她身上。安娜貝斯等待她出手攻擊。

然而，蕾娜只是揮揮手。金屬狗後退了。「安娜貝斯．雀斯，」她說：「當我們再度相逢時，你我會是戰場上的敵人。」

執法官轉身走向城垛，金屬狗緊跟在她身後。

安娜貝斯深恐這可能是某種計謀，但她也沒有時間懷疑了。她拔腿跑向船隻。困擾羅馬人的強風似乎對她全無影響。

安娜貝斯跑過羅馬人的陣線，屋大維吶喊：「擋住她！」

一支標槍飛過她的耳邊，阿爾戈二號已經準備離開碼頭。派波站在跳板上，把手伸得長長的。

安娜貝斯跳起來，抓住派波的手掌。跳板落入海中，兩個女孩彈向甲板。

「走！」安娜貝斯尖叫：「走！走！快走！」

下方的引擎轟轟響起來，槳櫓激烈地擺動。傑生改變風向，波西呼叫大水流，於是船隻被撐到比堡壘城牆還高的高度，一把就被推進海裡。當阿爾戈二號運轉到最高時速時，桑特堡已成爲遠方一個小黑點。他們全速迎向海浪，朝古老的土地前行。

21 里歐

在襲擊一座住滿南軍鬼魂的博物館後，里歐以爲這天不可能再出現更糟的事。他錯了。

他們在南北戰爭的潛水艇裡找不到任何東西，在博物館的其他地方也一無所獲，只看到一些上了年紀的觀光客、偷打瞌睡的保全人員，還有在他們試圖檢查工藝品時冒出的一整營身著灰色軍裝的發光殭屍。

至於那個法蘭克能夠控制鬼魂的想法呢？嗯……差不多算失敗了吧。在派波用伊麗絲訊息警告他們羅馬人進攻時，他們已經在回船隻的路上了，並且正被整群惱怒的南軍亡魂追趕了大半個查爾斯頓市區。

然後，喔，可憐的里歐，得搭一趟「友善老鷹法蘭克」的便車，以便能和羅馬人對戰。里歐就是「開砲燒城者」的風聲已經傳了出去，那些羅馬人對於殺死里歐表現出強烈的興趣。

不過等等，精采的還在後面！黑傑教練把他們炸出天外，法蘭克則將他去丟包（此事絕非意外），然後他們如墜毀般降落到桑特堡上。

現在阿爾戈二號疾駛於海面上，光是爲了讓船身保持完整，他就必須竭盡所能，因爲波西和傑生兩人呼風喚雨的能力實在好過頭了。

曾經有一度，安娜貝斯站到他身邊，力抗狂風怒吼地對他大喊：「波西說，他在查爾斯頓和大海精靈談話了！」

「那很好！」里歐喊回去。

「大海精靈叫我們找奇戎的兄弟幫忙。」

「什麼意思？那些愛開派對的瘋馬？」里歐從來沒有碰過半人馬奇戎的瘋狂親戚，但他聽過許多傳言，比如玩具寶劍大戰、麥根啤酒拚酒大賽，甚至還有把發泡奶油填進高壓水槍裡的事件。

「我也不確定，」安娜貝斯說：「但我已經拿到座標值。你有辦法輸入經緯度嗎？」

「我可以輸入天文星圖，如果你想喝奶昔也能幫你下單。拜託，我當然能輸入經緯度！」

安娜貝斯快速說出一堆數字，里歐努力在單手控制舵輪的情況下輸入資料。一個紅點瞬間躍出銅製顯示螢幕。

「那個位置是在大西洋的正中間，」他說：「難道派對瘋馬們還有遊艇？」

安娜貝斯無助地聳聳肩。「你就盡力撐住這艘船，直到我們距離查爾斯頓再遠一些。傑生和波西還會維持這種風勢的！」

「那就享受一下趣味時光吧！」

時間彷彿過了一世紀那麼久，好不容易海面平靜下來，風勢止息。

「華德茲，」黑傑教練以令人驚奇的紳士語氣說：「我來掌舵，你已經駕駛兩個小時了。」

「兩個小時？」

「對，舵交給我吧。」

「教練！」

「怎樣，孩子？」

「我的手鬆不開。」

這是眞的。里歐覺得自己的手指已經變成石頭，雙眼因緊盯海面而燒灼，膝蓋軟得就像棉花糖。黑傑花了好些工夫才把他從舵輪上撬開。

里歐再看了一眼操控台，聽一聽非斯都的嘎叮文和嘰剌文狀態報告，他覺得自己好像忘了某件事。他盯著控制面板努力想，不過想不出來，甚至眼睛也不大能聚焦。「就是要留意怪物，」他對教練說：「還有，要注意已經受損的穩定器，還有……」

「我都會注意。」黑傑教練向他保證，「你趕快離開啦！」

里歐疲倦地點點頭，蹣跚走過甲板，去找他的朋友。

波西和傑生倚著桅桿而坐，兩人一副筋疲力盡、快要垮掉的模樣。安娜貝斯和派波在他們身旁，設法讓他們多喝一點水。

海柔和法蘭克站得較遠，里歐聽不見他們在說什麼，但可以看到他們起了爭執，不時揮動手臂、猛搖頭。對於這種場景，里歐不該感到開心才對，然而他心裡有一點高興，又對自己的高興覺得很不應該。

他們的爭執在海柔看到里歐時突然停止。所有人都聚集到桅桿這邊。

法蘭克吼叫的方式就像是要努力變成一隻鬥牛犬。「沒有追兵的跡象。」

「也沒有陸地。」海柔補充。她的臉色有點發青，里歐不確定她是因爲暈船還是爭執。

里歐環視海平面，四面八方除了大海還是大海。這其實沒什麼好驚訝，他花了六個月的時間打造一艘船，本來就是爲了要橫渡大西洋。只是一直等到今天，他們要啓航前往古老土地這件事才變爲事實。除了金屬龍飛到魁北克的那一趟短短旅程，里歐從來沒有到過美國以外的地方。現在他們位在遼闊大洋的中間，往「我們的海」馬利諾斯崇前進，而那裡正是可怕怪物與恐怖巨人的家鄉。羅馬人也許不會再追殺他們了，但他們也無法再仰賴混血營的任何幫助。

里歐拍拍自己的腰，確認魔法工具腰帶還在身上。不幸的是，這樣做只是讓他想起涅梅西絲給他的幸運餅乾，就放在裡面的一個口袋中。

「你永遠是個局外人，」女神的聲音依舊在他腦中打轉，「唯一落單的一個。」

忘掉她，里歐告訴自己。集中精神在自己可以處理的事情上。

他轉頭問安娜貝斯：「你發現要找的地圖嗎？」

她點點頭，但面色蒼白。里歐不禁好奇她在桑特堡遭遇到什麼事，竟讓她變得如此失神憂愁。

「我還要仔細研究。」她回答，彷彿這話題到此為止。「我們距離那個經緯度還有多遠？」

「依照最快行船速度，再過一個小時會到。」里歐說：「知道我們要找什麼東西嗎？」

「我不知道，」安娜貝斯承認說：「波西呢？」

波西抬起頭來。他的綠色眼眸布滿血絲，看起來無精打采。「大海精靈說，奇戎的兄弟們在那裡，他們想要了解亞特蘭大水族館的事。我不確定精靈的意思是什麼，但是……」他停了一下，好像他的體力只夠一口氣講那麼多話。「她也警告我要小心。水族館裡的那個女神叫做凱托，她是海怪之母，可能被困在亞特蘭大，不過她還是有辦法派她的孩子來追蹤我們。大海精靈說，我們應該會遭受一次攻擊。」

「太好了。」法蘭克咕噥著。

傑生試圖站起來，但這不是一個好主意。派波抓住他的手，讓他不至於摔倒，結果他背靠著桅桿又滑坐下來。

「我們有辦法讓這艘船升空嗎？」他問：「如果用飛的……」

「那當然會很好，」里歐說：「只是非斯都告訴我，後飛行穩定器在船身斜擦過桑特堡的碼頭時撞爛了。」

「我們當時很趕，」安娜貝斯說：「趕著要去救你。」

「拯救我是個崇高的理由，」里歐同意說：「我的意思是，修理它需要時間。在還沒修好以前，我們哪裡也飛不去。」

波西動動肩膀，臉部肌肉抽搐一下。「對我來說沒問題，有海很好。」

「那是你自己的想法，」海柔眺望著即將碰到海平面的傍晚太陽，「我認為我們必須快點出發，一天又要過去了，尼克只剩下三天可活。」

「我們可以辦到。」里歐保證。他希望海柔已經原諒他對於她弟弟的不信任（嘿，對里歐來說就像是一個合理的懷疑），但他不想重掀舊傷口。「我們可以在三天之內到達羅馬……假設啦，你知道的，如果沒有意外發生。」

法蘭克咕噥著，他看起來似乎還在努力要變身成鬥牛犬。「有沒有什麼好消息？」

「事實上，有的。」里歐說：「根據非斯都的報告，我們在查爾斯頓時，飛行邊桌巴福特已經安全返回，那些老鷹沒有抓到它。不幸的是，它搞丟了洗衣袋，你的褲子沒回來。」

「可惡！」法蘭克怒吼。里歐認爲這兩個字可能是在罵他。

無疑地，法蘭克一定還想罵更多的話，什麼去死啦、見鬼啦，但因爲波西突然彎下腰呻吟而打斷。

「世界顛倒了嗎？」他問。

傑生的雙手也按壓到自己頭上。「對，一切都在旋轉，所有東西都變成黃色了。世界應該是黃色嗎？」

安娜貝斯和派波互換一個關切的眼神。

「召喚暴風雨耗掉你們太多力氣了，」派波對兩個男生說：「你們得去休息。」

安娜貝斯點頭表示同意。「法蘭克，你可以幫我們把他們帶下船艙嗎？」

法蘭克看了里歐一眼，顯然不情願讓他單獨和海柔相處。

「沒事的，大塊頭。」里歐說：「下去的路上不要把他們摔出去喔。」

當其他人都下去後，海柔和里歐面面相覷。甲板上除了黑傑教練，他們算是獨處了。教練在後面船尾唱著卡通《神奇寶貝》的主題歌，他把歌詞改成「我要殺光他們」，而里歐並不想知道他改詞的理由。

這首歌對海柔的暈船完全沒有幫助。

「唉……」她彎下身子，雙手抱住身體。她有一頭美麗的頭髮，金褐色、捲捲的，像肉桂捲。她的頭髮讓里歐想起休士頓有個地方做的超美味吉拿棒，飢餓感隨即湧上來。

「不要彎身，」他提醒說：「也不要閉上眼睛。那會讓你的反胃更嚴重。」

「真的嗎？你也會暈船？」

「我不會暈船，但是我會暈車，還有……」

他停止不說。本來他想說「和女生說話也會暈」，但他決定還是當成自己的祕密就好。

「暈車？」海柔有些吃力地直起身體。「你可以開船，可以指揮一條龍在天上飛，坐車反而會暈？」

「對呀，」里歐聳聳肩，「我這樣是有點特別啦。聽我說，把你的視線定在水平面上，會有幫助的。」

海柔深呼吸，然後凝視遠方。她的眼睛閃著金色光澤，就像非斯都機械頭腦中的銅製品和青銅圓盤。

「好一點了嗎？」他問。

「也許有一點吧。」她的回答聽起來像客套話。雖然她的視線落在遠方，里歐卻覺得她在揣測他的心思，考慮要說什麼話。

「法蘭克不是故意要讓你掉下去，」她說：「他不是那種人，只是有時候沒那麼靈活。」

「呼，」里歐開始模仿法蘭克的聲音，「把里歐丟進一群敵軍裡，可惡！」

海柔忍住笑意。里歐認為笑絕對比想吐好多了。

「對他寬容一點，」海柔說：「你和你的火球讓法蘭克很緊張。」

「那傢伙可以變成一頭大象，然後你說我會讓他緊張？」

海柔仍舊凝視著海平面。她看起來沒那麼想吐了，雖然黑傑教練仍在舵輪前哼唱著《神奇寶貝》。

「里歐，」她說：「在大鹽湖上發生的事……」

終於來了，里歐心想。

他想起與報應女神涅梅西絲會面的事，工具腰帶裡的幸運餅乾開始變得沉重。昨晚從亞特蘭大起飛後，里歐躺在他的房間裡，想著自己激得海柔如此生氣，要用什麼方法把事情圓回來呢？

「你很快就會面對一個自己無法解決的問題。」涅梅西絲說過：「我可以幫你的忙……但你要付出代價。」

里歐從腰帶拿出幸運餅乾，在手指間撥弄，想像著如果把它打開要付出何種代價。

也許就是現在。

「我願意……」他對海柔說：「用這塊幸運餅乾來找到你的弟弟。」

她看起來非常震驚。「什麼？不！我的意思是……我絕不會要求你那樣做，尤其涅梅絲西絲還要求那可怕的代價。我們根本不太認識彼此呀！」

這句「不太認識彼此」聽起來讓人有點受傷，然而里歐知道這也是事實。

「所以……那不是你想要討論的事嗎？」他問：「嗯，還是你想要討論站在卵石上手牽手的一刻？因爲……」

「不是的！」她很快地說，又做出那種她緊張時就會在臉龐揮手的可愛動作。「不是的。我只是在想你耍計騙過納西瑟斯和那些精靈時的樣子……」

「喔，對。」里歐瞧瞧自己的雙臂，那個猛男刺青圖樣還沒有完全消退。「在那種時候似乎是個不錯的主意。」

「你做得棒極了。」海柔說：「我反覆思索，你很容易讓我聯想到……」

「山米，」里歐猜說：「我希望你告訴我他究竟是誰。」

「他『過去』是誰。」海柔更正，表示山米已經不在人世。傍晚的空氣依舊溫暖，海柔卻打了個寒顫。「我一直在想……或許可以帶你去看看。」

「你是說看照片？」

「不是。有時候我會突然暈厥，不過已經有好一段時間沒發生了，我也不曾刻意讓這種事發生。但我曾經和法蘭克一起暈過一次，所以我想……」

海柔的目光定到里歐身上。里歐開始感到緊張興奮，好像被人注射了咖啡一樣。如果這種暈厥是海柔曾經與法蘭克共享的……那麼，里歐不是根本不想涉入，就是非常想要嘗試。他不確定要選哪一種。

「你說會暈厥……」他停了一下，「到底是什麼樣的狀況？安全嗎？」

海柔伸出手。「我不會要求你一定要這麼做，但我確信這件事很重要。我們會相遇不是巧合，如果這樣做能成功，或許我們終於能了解我們之間的關聯。」

里歐回頭看舵輪。他始終懷疑自己忘了某件事情，但黑傑教練看起來似乎做得很順手。前方的天空乾乾淨淨，沒有麻煩要來的徵兆。

「好吧，」他軟化了，「帶我去看看。」

他握住海柔的手，世界在他眼前消溶。

22 里歐

他們站在一座老宅院的中庭，那裡很像修道院。紅磚牆面爬滿葡萄藤，高大的木蘭樹長到地面都隆起裂開。陽光照射下來，空氣的溼度達百分之兩百，黏稠感比休士頓還嚴重。里歐聞到附近有煎魚的味道，頭頂上的雲層壓得很低，灰色的帶狀雲朵有如虎皮上的條紋。

這個院子和一座籃球場差不多大，有一顆洩了氣的破舊足球掉在聖母瑪莉亞雕像下的一個角落。

建築物四邊的窗戶都是打開的，里歐可以看到裡面有人在走動，卻安靜得有點詭異。他沒有看到任何空調設備，這代表房子裡面應該熱得不得了。

「我們在哪裡？」他問。

「我以前的學校，」海柔在他身旁說：「聖阿格尼斯有色人種與印第安人學院。」

「這名字……」

他轉頭看海柔，驚呼出聲。海柔變成一個鬼，就像潮溼空氣中的一縷蒸氣輕煙。里歐往下看，才發現自己的身體也變成了飄渺煙霧。

似乎他周圍的所有事物才是眞實有形體的，而他卻是個鬼。三天前才有過被幻影幽靈附身的經驗，現在的他一點也不喜歡這種感覺。

他還來不及發問，建築物裡面的鐘聲響了。那不是現代電子的鐘聲，而是老式敲擊金屬的嗡嗡聲。

「這是重返回憶，」海柔說：「所以沒有人看得見我們。瞧，我們來了。」

「我們？」

每一扇門瞬間湧出幾十個孩子衝進院子，彼此呼喊吼叫。他們大多數是非裔美國人，有少數看起來像是西班牙裔的孩子，年紀從幼稚園到高中生都有。里歐看得出來這是昔日時光，因爲所有的女孩都穿著裙裝與釦環皮鞋，男孩穿著白色有領襯衫與吊帶褲，還有許多人戴著像是馬術師的帽子。有一些孩子帶著餐盒出來，有些則沒有。他們的衣服都很乾淨，但有磨損、褪色的痕跡。有些人的褲子膝蓋處破了洞，或者鞋跟鬆脫了還在穿。

幾個女孩用舊的曬衣繩開始玩跳繩；大男孩們丟著破舊的棒球，來回練習接投；帶午餐的孩子則聚集在一起，邊吃飯、邊聊天。

沒有人注意到鬼魂里歐和海柔。

然後，海柔（過去的海柔）出現了。她走進中庭，里歐輕易就認出她來，雖然她看起來比現在小了兩歲左右。她的頭髮往後夾成一個包包頭，金色眼睛不安地張望院子四周。她穿了一件暗色洋裝，不像其他女孩穿著純白棉衣或彩色花裙，所以有點突兀，像是參加葬禮的人跑到婚禮上。

她抓了一個帆布午餐袋沿著牆邊走，似乎不想被人發現。

沒有用。一個男孩大叫：「小女巫！」他衝向她，把她逼到牆角。那男孩大約在十四到十九歲間，之所以很難確認是因爲他實在太高、太壯，很容易成爲操場上的最大塊頭，里歐判斷他應該留級過好幾次。他穿了一件又髒又破爛的襯衫、陳舊的羊毛褲（在這種炎熱天氣鐵定很不舒服），而且打著赤腳。或許是老師太怕他而不堅持要這孩子穿鞋，也可能是他真的沒有鞋子。

「那是洛福斯。」鬼魂海柔帶著厭惡的語氣說。

「真的嗎？他的名字叫做洛福斯？」里歐說。

「來吧。」鬼魂海柔說，朝他們那裡飄過去。里歐趕緊跟上，雖然他從來沒有飄過，但他騎過賽格威電動代步車，操作起來大概就像那種感覺。他只要把身體往想去的方向一偏，就可以開始滑行。

這個大個子洛福斯的五官非常扁平，彷彿他三不五時就拿臉去撞人行道。他理了個大平頭，幾乎可以當模型飛機的降落跑道。

洛福斯伸出手。「午餐。」

「過去」的海柔沒有抗議。她把帆布午餐袋交給他，就像這是很平常的事。

幾個大一點的女孩走過來圍觀，其中一個對著洛福斯咯咯笑。「你不會想吃那個的，」她警告他：「搞不好有毒耶。」

「你說得對，」洛福斯說：「李維斯克，這是你那巫婆老媽做的嗎？」

「她不是巫婆。」海柔低聲說。

洛福斯把袋子往地上丟，接著踩上去，裡面的東西在他的光腳丫下變得稀爛。「你可以拿回去了。不過我想要一顆鑽石，聽說你媽可以憑空生出那種東西。給我鑽石！」

「我沒有鑽石。」海柔說：「你走開！」

洛福斯舉起拳頭。里歐待過太多不良學校與寄宿家庭，他感覺到就要出事了。他想站出來幫助海柔，但他只是一個鬼魂，何況這一切都是幾十年前的往事。

這時，陽光下冒出另一個孩子。

里歐的呼吸差點停止，這男生看起來和他一模一樣。

「你看到了？」鬼魂海柔問。

假里歐的身高和真正的里歐差不多，這代表假里歐是個矮冬瓜。他和里歐一樣神經質，就是手指頭會不時在褲子上拍打、在襯衫上揮動，動不動就調整棕色鬈髮上的馬術帽（里歐覺得矮冬瓜實在不該戴那種騎師帽，除非他真的是騎師）。假里歐也有同樣的淘氣邪惡笑容，完全是里歐每次照鏡子時就會看到的模樣。這個模樣讓老師們一看到就會大喊：「不准打歪主意！」然後便把他調到最前排座位。

很顯然，假里歐剛剛被老師罵過。他手上拿著一頂「笨高帽」，那是如假包換、用厚紙板捲成的圓錐尖帽，上面寫著「笨蛋」。里歐還以爲那是卡通裡才會出現的東西。

他可以理解假里歐爲什麼不願意戴上它。看起來像騎師已經夠慘了，如果再加個圓錐到他頭上，看起來就會像個侏儒。

有些小孩在假里歐出現時後退了一些，有些則推擠著跑過來，好像等著要看表演。

這時，大餅臉洛福斯還在纏著海柔給他鑽石，對假里歐的出現絲毫不以爲意。

「快點，女孩，」洛福斯握緊拳頭逼近海柔，「給我東西！」

海柔抵著牆壁，突然間她腳邊的地上出現「啪」的一聲，就像嫩芽迸出來的聲音，一顆像開心果大小的完美鑽石出現在她兩腳之間。

「哈！」洛福斯看到時大叫一聲。他彎下腰要去撿鑽石，但海柔驚叫：「別撿它！」語氣彷彿是真心關懷這個大流氓。

這時假里歐溜了過來。

終於來了，里歐心想。假里歐即將出現一個黑傑教練式的柔道招數，一舉拯救世界。

假里歐反而是把笨高帽的尖端朝向自己的嘴巴，就像拿著擴音器般大喊：「卡！」

他喊叫的方式充滿了權威感，其他孩子瞬間呆住。連洛福斯也直起身體，疑惑地後退。

有一個小男孩溜到他身邊，說：「誇張的山米。」

「山米……」里歐全身顫慄，「這個傢伙到底是誰？」

假里歐山米拿著笨高帽衝到洛福斯面前，看起來很生氣。

「不對，不對，不對！」他宣布，同時用沒拿東西的那隻手朝著其他孩子大力揮舞，那些人正集結過來準備看好戲。

山米轉向海柔。「拉瑪小姐，你的台詞是……」山米十萬火急地看看四周，「劇本！海蒂．拉瑪[88]小姐的台詞是什麼？」

「『不，求求你，你這個惡棍！』」有個男生喊出來。

「謝謝你！」山米說：「拉瑪小姐，你應該要說：『不，求求你，你這個惡棍！』至於你，克拉克．蓋博[89]先生……」

---

[88] 海蒂．拉瑪（Hedy Lamarr, 1914-2000），美國著名電影演員，《霸王妖姬》是她的代表作。她同時也是無線電跳頻專利的發明者之一，這項發明對現代通訊有極大影響。

[89] 克拉克．蓋博（Clark Gable, 1901-1960），美國著名電影演員，一九三九年的《亂世佳人》是他的巔峰之作，被視為美國影史上永遠的影帝。

整個中庭爆出狂笑聲。里歐對於老片裡的克拉克．蓋博隱約有點印象，但知道得並不多。顯然大餅臉洛福斯被當成大帥哥克拉克．蓋博，對這群孩子來說實在太好笑了。

「蓋博先生……」

「不！」有個女孩大叫：「讓他當賈利．古柏[90]！」

笑聲更多了。洛福斯看起來好像一個要爆開的氣閥，他握起拳頭像是想找人打架，但又不能打所有的學生。他很明顯地不喜歡成爲被嘲笑的對象，可是他運轉緩慢的腦袋瓜不大明白山米究竟要做什麼。

里歐很欣賞地點著頭。山米就像他，里歐幾年來也以同樣的方式來對付霸凌事件。

「對！」山米帶著命令語氣喊：「古柏先生，請你要說：『喔，但這顆鑽石是我的，我那不忠的甜心呀！』然後你就要像這樣把鑽石撈起來！」

「不要，山米！」海柔抗議，但山米快速拿起鑽石又順勢放進口袋，動作一氣呵成。

他跑到洛福斯面前。「我要表情！我要讓觀眾席上的女士們感動到暈倒！各位女士，古柏先生有讓你們快要暈倒嗎？」

「沒有！」好幾個聲音喊回來。

「瞧，你聽到了？」山米高聲說：「現在，從頭開始！」他用他的笨高帽當擴音器講話，「開麥拉！」

洛福斯的腦袋終於擺脫混沌狀態。他朝山米走去，開口說：「華德茲，我要把你……」

鐘聲響起，孩子們蜂擁向門口，山米拉著海柔跑到旁邊。而一群小小孩（他們就像被山米收買了一樣）群聚到洛福斯旁邊，讓他跟著他們走，所以他看起來就像被一波幼稚園學童帶著走。

很快的，中庭只剩下山米、海柔和兩個鬼。

山米撿起海柔那被踩爛的午餐袋，做了一個努力拍走灰塵的表演動作，然後深深一鞠躬遞給海柔，彷彿在獻上皇冠。「拉瑪小姐。」

「過去」的海柔接過她那爛掉的午餐，看起來像要哭了，里歐無法分辨那是因爲放鬆、悲傷還是感動。「山米……洛福斯會殺了你的。」

「啊，他知道和我糾纏會怎樣。」山米把笨高帽放到頭上的馬術帽上面。他站得筆直，挺起骨瘦如柴的胸膛，然後笨高帽掉了下來。

海柔笑起來。「你實在很誇張。」

「啊！謝謝您，拉瑪小姐。」

「不客氣，我不忠的甜心。」

山米的笑容消退了，氣氛變得不自在。海柔盯著地面。「你不該碰那顆鑽石，那是危險的東西。」

「喔，拜託，」山米說：「我不會啦！」

海柔謹愼地看著他，像是想要相信他。「有可能會發生不好的事情，你還是不應該……」

「我不會拿去賣的，」山米說：「我發誓！我會保留它，當成是你品味的象徵。」

90 賈利・古柏（Gary Cooper, 1901-1961），曾兩度獲得奧斯卡最佳男主角獎的美國知名演員，他是《亂世佳人》原先計劃的男主角，因此常被拿來與克拉克・蓋博相提並論。

海柔勉強露出微笑。「我想你要說的是我『好心的象徵』91。」

「我就說嘛！我們應該要繼續演下一幕：『海蒂．拉瑪差點死於英語課的無趣』。」山米像個紳士般把手肘伸出來，但海柔開玩笑地把他推開。「謝謝你過來解圍，山米。」

「拉瑪小姐，我會永遠在你需要的時候過來！」他愉快地說，然後兩人就飛奔進入校舍。

里歐感到自己眞的很像個鬼。或許他這輩子的眞實身分就是幻影幽靈，因爲他剛剛見到的這個孩子應該才是眞正的「里歐」。他更聰明、更酷、更有趣。他這麼會逗弄海柔，顯然已經偷走她的心。

難怪海柔第一次看到他的表情那麼奇怪，難怪她說「山米」這兩個字時總是充滿感情。但里歐不是山米，比那個大餅臉洛福斯不像克拉克．蓋博的程度還更不像。

「海柔，」他說：「我……我不……」

學校中庭幻化成另一個場景。

海柔和里歐仍舊是鬼魂，但他們現在站在一棟破敗的屋子前面，旁邊是長滿雜草的排水溝，院子裡有一叢枯垂的香蕉樹，階梯上放著一個老式收音機，正在播放墨西哥鄉村音樂。而在遮蔭的陽台上有一張搖椅，上面坐了一位清瘦的老人在遙望遠方。

「我們在哪裡？」海柔問。她仍是團蒸氣煙霧，聲音卻充滿警覺。「這不是我的生活！」

里歐卻覺得他的鬼魂自我意識高漲起來，好像一切變得比較眞實。這個地方給他一種莫名的熟悉感。

「這裡是休士頓，」他突然意識到，「我記得這個景觀。這條排水溝……這是我媽媽的老家附近，是她成長的地方。哈比機場就在那邊。」

「這是你的生活？」海柔說：「我不懂，怎麼會……？」

「你在問我？」里歐反問她。

突然間，老人家喃喃自語起來。「啊，海柔……」

里歐的背脊一陣顫慄。這個老人的目光仍然定在遠方地平線，但他怎麼會知道他們兩個鬼也在這邊？

「我想我們已經沒時間了，」老人繼續夢囈般地說：「唉……」

他沒有把話說完。

海柔和里歐站著不動，老人沒再出現見到或聽到他們的跡象。里歐忽然明白，那個人應該是在對自己說話。可是他爲何會提到海柔的名字？

他有著粗糙的皮膚、鬈曲的白髮，還有一雙多結節的手，像是一輩子都在修理廠工作。他穿著潔淨的淡黃色襯衫，配上灰色吊帶褲和擦得晶亮的黑皮鞋。

雖然他已經上了年紀，他的眼神銳利而清澈，坐姿相當莊嚴。他看起來十分平和、愉快，甚至像是在想：「可惡，我怎麼這麼長壽？酷耶！」

里歐很確定自己從未見過這個男人，爲什麼覺得他很面熟呢？然後他注意到那個人的手在敲打椅子的扶手，但不是隨意敲打。他正在使用摩斯密碼，就像媽媽教他的一樣……而且老人打的也是同一個信號：我愛你。

紗門打開了，一位年輕女子走出來。她身穿牛仔褲與藍綠色襯衫，有一頭黑色短髮，很

---

91 山米原本要說 favor（好心），卻說成 flavor（品味）。

漂亮，但不是那種纖細的美。她有著結實的手臂和多痂的手掌，褐色雙眸也與老男人同樣透出愉快清亮的眼神。她的懷中有個寶寶，裹在一條藍色毯子裡。

「你看，mijo（兒子），」她對寶寶說：「這是你的 bisabuelo（曾祖父）。Bisabuelo，你想抱抱他嗎？」

當里歐聽到她的聲音，當下抽泣起來。是媽媽，比他印象中還要年輕，而且非常有活力；也就是說，她懷中的寶寶是……

老人露出大大的笑容；他有一排完美的牙齒，潔白得如同他的白髮。他的臉上布滿了笑紋。「男孩耶！Mi bebito（我的寶貝）里歐！」

「里歐？」海柔輕聲問：「那……那是你？Bisabuelo 是什麼？」

里歐說不出話來。「曾祖父。」他想要回答。

老人看著懷裡的嬰兒里歐，滿意地咯咯笑，搔弄他的小下巴。這時，鬼魂里歐終於明白自己在看什麼了。

海柔以某種能力讓他重返過去，讓他發現他們倆生命中有關聯的一個事件。在這裡，里歐的生命和海柔有了交會。

這一位老男人……

「喔……」海柔似乎同時了解到這老男人是誰。她的聲音變得非常微弱，淚水幾乎湧出。「喔，山米，不……」

「啊，小小里歐，」七十歲卻仍相當健康的山米．華德茲說：「你會是我的替身，對嗎？我想他們都是這樣稱呼的。幫我告訴她，我希望我活著，但是呀，那個詛咒沒有包含這點！」

海柔啜泣了。「蓋婭……蓋婭告訴我，他六〇年代死於心臟病。但這個不是……這個不可能是……」

山米・華德茲繼續對著寶寶說話，這時，里歐的母親愛絲佩蘭薩則用略帶悲傷的微笑看著他們，或許是有點擔心里歐的曾祖父糊塗了，也或許是對他的胡言亂語感到悲哀。

「那個叫做凱莉達女士的人警告過我，」山米難過地搖頭，「她說，海柔最大的危險不會在我的人生旅途中出現，但我發過誓，會在她需要時出現。里歐，你要幫我告訴她，我很抱歉。里歐，如果你可以，請你幫助她。」

「Bisabuelo，」愛絲佩蘭薩說：「我想你累了。」

她伸出手要抱回寶寶，但老人又多抱了一會。嬰兒里歐看起來完全接受。

「告訴她，我把鑽石賣掉了，我很抱歉。好嗎？」山米說：「我違背了我的誓言。當她在阿拉斯加消失時……啊，那真是好久以前的事了，我終於還是利用了那顆鑽石，搬到一直夢想要去的德州。我開了五金行，開始建立我的家庭，那是美好的人生。可是海柔說得對，鑽石的出現伴隨著詛咒，讓我再也見不到她。」

「喔，山米，」海柔說：「不是的，一個詛咒並不能使我離開，我也想回來。我死了！」

老人沒有聽到。他低頭對著寶寶微笑，親吻他的額頭。「里歐，我要給你我的祝福，我的第一個曾孫呢！我感覺得到你會是個特別的人，就像海柔一樣。你不只是一個尋常的寶寶，對吧？你會替我傳承，你終有一天會見到她。幫我跟她說哈囉。」

「Bisabuelo!」愛絲佩蘭薩說，語氣多了一點堅持。

「好，好，」山米笑笑，「El viejo loco（瘋老頭）瘋言瘋語。愛絲佩蘭薩，你說得對，我累了，我很快就會去休息。我已經過了一段美好的人生。好好把他養大吧，nieta（孫女）。」

場景消失。

里歐站在阿爾戈二號的甲板上，緊緊握著海柔的手。太陽早已西沉，船上僅靠著銅燈籠打光。海柔的眼睛因爲哭泣而顯得浮腫。

他們看到的一切實在太多了。整個海洋在他們之下起伏，里歐此時第一次感覺到他們是否在漫無目標地漂流。

「哈囉，海柔．李維斯克。」他沙啞地說。

他的下巴顫抖。她別過身去，張嘴想說話，但還沒說出口，整艘船突然偏向一邊。

「里歐！」黑傑教練大叫。

非斯都發出警報，對著夜空噴射火苗。船上的警鈴跟著大作。

「那些你在擔心的怪物，」黑傑教練吼著說：「有一隻發現我們了！」

23 里歐

里歐也該戴上一頂笨高帽。

如果他認眞思考過，應該在一離開查爾斯頓時就把偵測系統由雷達改爲聲納。這就是他忘記做的那件事。他將船殼設計爲每幾秒就會共振，可以透過迷霧傳送聲波，當附近有任何怪物時，便能警示非斯都。然而偵測系統一次只能在一種模式下作用：水中或是空中。

他被羅馬人搞得太過驚惶了，接下來是暴風雨，接下來又有海柔，他已經完全忘記這檔事。而現在，一隻怪物就出現在他們的正下方。

船身往右舷傾斜，海柔抓住欄杆。黑傑教練吶喊：「華德茲，哪個按鍵才能炸掉怪物？過來掌舵！」

里歐爬過傾斜的甲板，抓著左舷欄杆，歪歪斜斜地朝舵輪走去。但看到怪物的背部，他又忘了該如何移動。

那東西和阿爾戈二號一樣長，在月光下看起來彷彿巨大龍蝦與鱷魚的混種，有著粉紅色的甲殼、扁平的螯蝦尾巴；在怪物擦撞過阿爾戈二號船殼時，類似馬陸的腳催眠般地波動著。

牠的頭部最後才浮現，那是一個巨大無比的鯰魚頭，黏滑的臉是粉紅色的，眼睛呆滯、沒牙的嘴開開的，每個鼻孔旁都伸出一叢觸鬚，那是里歐見過最濃密也最噁心的鼻毛。

里歐記得以前每週五的特別晚餐時間，他和媽媽會去休士頓的海鮮餐廳享受大餐，他們會吃鯰魚和蝦子。但現在想到這件事讓他想吐。

「快點，華德茲！」黑傑教練拚命喊：「你過來掌舵，我才能去拿我的球棒！」

「球棒沒有用。」里歐說，但還是努力朝舵輪走去。

在他的後面，其他人都爬上了階梯。

波西大喊：「這是怎麼……啊！巨蝦怪！」

法蘭克衝到海柔身邊。她緊抓住欄杆，剛才的暈厥讓她仍然有些昏沉，但她比出一個還好的手勢。

怪物再次衝撞船隻，船殼呻吟起來。安娜貝斯、派波和傑生跌到右舷，差點翻出船外。

里歐來到舵輪前，雙手在控制面板上飛快移動。對講機傳來非斯都的喀拉喀拉報告聲，顯示下甲板有漏水情況，不過船隻尚未陷入沉沒的險境，起碼此刻還沒有。

里歐切換槳櫓功能。這些槳櫓可以變形成長槍，應該足以嚇跑怪物。不幸的是，它們故障卡住了，想必是巨蝦怪剛才撞壞了它們的排列。而且現在牠已經非常接近，表示里歐不可能用砲火攻擊牠，因爲船身可能也會跟著起火。

「牠怎麼會靠到這麼近的距離？」安娜貝斯大吼，拉著一個欄杆盾牌站起來。

「我不知道！」黑傑教練吼回去。他環視左右尋找球棒，它已經滾到後甲板的另一邊。

「我笨死了！」里歐怒罵自己：「我笨死了，笨死了！我忘了轉到聲納！」

船身朝著更右邊傾斜，怪物若不是想要擁抱他們，就是想弄翻他們。

「聲納？」黑傑教練問：「潘的蘆笛啊，華德茲！如果你沒有死盯著海柔的眼睛、牽她的手牽那麼久……」

「什麼？」法蘭克驚呼。

「事情不是你想的那樣！」海柔抗議。

「都不重要了！」派波說：「傑生，你有辦法呼叫閃電嗎？」

傑生努力要站起來。「我……」他努力的程度只能做到搖頭。先前召喚暴風雨已經耗掉他太多能量，里歐懷疑以這可憐傢伙的目前狀況，能不能點燃一個火星塞。

「波西！」安娜貝斯說：「你有辦法和那個東西對話嗎？你知道它是什麼東西？」

海神之子搖搖頭，顯然他也很迷惑。「或許它只是對這艘船很好奇，或許……」

怪物的觸鬚急速揮向甲板，里歐連大喊「小心！」的時間都沒有。

一根觸鬚打在波西的胸口，將他直接打下階梯。另一根觸鬚捲住了派波的腳，把尖叫的她往欄杆拖行。幾十隻觸鬚在桅杆旁捲曲扭動，纏繞住十字弓，扯斷了索具。

「攻擊鼻毛！」黑傑教練高舉他的球棒，跳起來對觸鬚發動攻擊，但他的一陣猛敲只是被觸鬚毫髮無傷地彈了回來。

傑生拔劍想救派波，但他依然很虛弱。雖然黃金劍身可以刺穿觸鬚，觸鬚移動的速度卻遠快過傑生揮向它的速度，而且有愈來愈多觸鬚冒出來。

安娜貝斯也拔出刀鞘，衝向整叢觸鬚，揮刀猛擊任何出現的目標。法蘭克拿出弓，在船邊朝大怪物的身體射箭，瞄準牠外殼的裂隙，但那樣似乎只是激怒了牠。怪物怒吼，猛烈震搖船身，船桅出現裂痕，隨時有可能斷掉。

他們需要更多火力，可是不能使用弩砲。他們需要的是不會傷害到船隻的爆炸，但如何才能辦得到呢？

里歐的目光突然移到海柔腳邊的一個材料箱上。

「海柔！」他大喊：「那個箱子！打開它！」

她遲疑了一下，才看到里歐指的材料箱。箱子上面標示著：「警告，切勿開啓」。

「打開它！」里歐再喊一次：「教練，換你來掌舵！把我們轉向怪物的方向，不然就要翻船了。」

黑傑教練用山羊蹄敏捷地跳過一堆觸鬚，鬥志高昂地邊走邊打它們，他跳向舵輪前，接下操控的任務。

「但願你有好計劃！」他大喊。

「一個爛計劃。」里歐衝向桅杆。

怪物再一次用力推撞阿爾戈二號。甲板已經傾斜四十五度，儘管所有人都在努力奮戰，但觸鬚的數量多到難以回擊。它們似乎可以盡情伸展到想要的長度，很快就把整艘阿爾戈二號包纏起來。波西摔下去後始終沒再出現，其他人則與鼻毛繼續做生死鬥。

「法蘭克！」里歐在衝向海柔時大喊：「幫我們爭取一點時間，你可以變成鯊魚之類的東西嗎？」

法蘭克左看右看，臉色沉下來。就在此時，一根觸鬚猛然揮向他，將他打出船外。

海柔尖叫。這時她已經打開材料箱，差點就要將手上兩個玻璃藥瓶摔到地上。

里歐趕快拿過瓶子。這兩個瓶子大小與蘋果差不多，裡面的液體呈現有毒的綠色光澤。玻璃摸起來很溫暖，里歐的胸口卻因爲罪惡感而快要爆開。剛剛是他讓法蘭克分心，搞不好已經害得他送命，但他不敢再想下去，他必須拯救這艘船。

「快點！」他交給海柔一個瓶子。「我們可以殺死怪物……救回法蘭克！」

他希望自己不是在說謊。移動到左舷的過程比較接近攀岩而不是步行，不過他們終於來到準備位置。

「這是什麼東西？」海柔護著玻璃瓶，喘著氣問。

「希臘火藥[92]！」

海柔瞪大了眼。「你瘋了嗎？如果這瓶子破了，整艘船會燒掉的！」

「怪物的嘴！」里歐說：「只要朝那裡丟下去……」

里歐整個人突然撞到海柔身上，世界瞬間偏向一邊。當他們被舉到半空，里歐才發現他們兩個已被一根觸鬚纏繞在一起。他的手沒被綁住，但能做的也只是努力護住手中的希臘火藥。海柔在掙扎，她的手被限制住，那表示夾在他們之間的那個玻璃瓶隨時可能碎裂……而這對他們的生命是極端危險的。

他們被舉到怪物頭上三公尺高、六公尺高、十公尺高。里歐瞥見他的朋友對著怪物鼻毛揮刀吶喊，拚命在打一場結局不樂觀的戰爭；他也看見黑傑教練努力不讓船身翻覆。海面漆黑，然而在月光之下，他似乎見到一個發亮的東西在怪物旁邊漂浮，或許就是失去意識的法蘭克。

「里歐，」海柔喘著氣說：「我沒有辦法……我的手……」

---

[92] 希臘火藥（Greek fire），古代軍用火藥的統稱，特別是指西元七世紀由希臘人發明的火藥。參《波西傑克森——妖魔之海》三二一頁，註[66]。

「海柔，」里歐說：「你信任我嗎？」

「不！」

「我也不信任我自己，」里歐承認，「這個怪物鬆開我們時，憋住你的呼吸。無論如何，把這個瓶子丟得離船身愈遠愈好。」

「爲什麼……爲什麼它會鬆開我們？」

里歐往下看著怪物的頭，這會是困難的舉動，但他別無選擇。他舉起左手的玻璃瓶，再用右手壓住觸鬚，然後召喚掌心火苗。一個小小的熾熱火焰燃燒起來。

這果然引起怪物的注意。里歐壓住的觸鬚被火苗燙到顫抖了起來。怪物的大嘴抬高，痛苦咆哮，里歐立刻將希臘火藥朝牠的喉頭擲去。

這之後的形勢是一團混沌。里歐感覺觸鬚將他們鬆開，他們跌了下來。他聽見低沉的爆炸聲，看見怪物的粉紅甲殼瞬間變成燈罩，從身體裡面發出綠光。里歐的臉撞擊到水面，感覺像是撞到包著砂紙的磚塊，然後沉入無盡的黑暗中。他緊閉嘴巴，試著暫停呼吸，卻又感覺到自己的意識逐漸消失。

在鹹鹹海水的刺痛中，里歐隱約看到船隻的身影在他正上方，一個黑暗的橢圓形被一片熾熱的綠色光暈環繞著。但他無法確定船隻是否眞的著火了。

被一隻大蝦子殺死，里歐苦澀地想著。「至少要讓阿爾戈二號撐過來，讓我的朋友沒事。」

他的視線開始變模糊，肺在燃燒。

就在他將要放棄之際，一張奇特的面孔突然在他身邊徘徊，一個長得有點像他們混血營導師奇戎的男子。他有著同樣的鬈髮、蓬鬆的鬍鬚及智慧的眼眸，長相介於父執輩的教授和狂野的嬉皮之間，除了他的膚色是青豆般的顏色。這男子默默舉起他的匕首，悲傷的表情中帶著責備，好像在說：「現在，乖乖不要動，不然我就不能好好殺你了。」

里歐暈過去。

里歐醒來時，不禁懷疑自己是否又成為另一場暈厥中的鬼魂，因為他正無重力地漂浮著，他的眼睛也慢慢適應了昏暗的光線。

「時間差不多了。」法蘭克的聲音有太多回音，彷彿透過一層層保鮮膜在講話。

里歐坐起來……或者說是挺直地漂起來。他是置身於水面下的一個洞中，洞的大小就像可停兩輛車的車庫。磷光苔癬覆滿了洞頂，讓整個空間籠罩在藍綠光下。洞底是整片的海膽，走在上面一定很不舒服，里歐很慶幸自己可以用漂的。他不明白在沒有空氣的地方為什麼還能夠呼吸？

法蘭克以打坐的姿勢浮在他的附近。他鼓脹的臉頰配上不開心的表情，看起來就像一個開悟的菩薩卻不滿意自己的成就。

這個洞的唯一出口被一大堆鮑螺殼堵住了。這些殼閃耀著珍珠、玫瑰、青綠色的光彩，如果這個洞是一座監牢，至少它還有一扇令人驚豔的門。

「我們在哪裡？」里歐問：「其他人到哪裡去了？」

「其他人？」法蘭克抱怨說：「我不知道，到目前為止我只看到了你、我和海柔下來這裡。這些魚馬怪在大約一個小時前帶走海柔，把我留下來陪你。」

法蘭克的語氣顯然不認同這些安排。他看起來沒有受傷，但里歐注意到他的弓與箭都不在身邊。里歐突然一驚，拍拍自己的腰際，他的工具腰帶也不見了。

「他們對我們搜身，」法蘭克說：「任何可能是武器的東西都被拿走了。」

「是誰？」里歐問：「這些叉魚叉馬的怪物是什麼……？」

「就是魚馬怪。」法蘭克解釋，但有解釋和沒解釋一樣。「他們一定是在我們落海時抓住我們，把我們拖到……不知這是什麼地方來。」

里歐記得昏倒前最後看到的，是青豆臉色的帶刀鬍鬚男。「那個大蝦子怪物。阿爾戈二號……我們的船還好嗎？」

「我不知道。」法蘭克不快地說：「其他人可能面臨險境或受了傷，或者……或者狀況更糟。但我猜你對你的船的關心遠超過對朋友的關心。」

里歐只覺得自己的臉又撞到水面了。「這是什麼蠢……」

他突然了解到法蘭克爲何這麼生氣，因爲那一次暈厥。事情發生得太快，緊接著就遭受怪物攻擊。他差點忘記之前的事了。黑傑教練的確說了一些蠢話，他說里歐和海柔手牽著手凝視對方，接下來的狀況更是火上加油，因爲里歐害法蘭克被打出船外。

里歐突然不大敢迎接法蘭克的眼光。

「聽好，大塊頭……我很抱歉害我們陷入這種困境，這整個狀況都是我搞出來的。」他做了一次深呼吸，想到自己置身水中，突然覺得呼吸意外地正常。「我會和海柔牽手……並不是像你想的那樣。她是想藉著突發性暈厥帶我看看她的過去，找出我和山米的關聯。」

法蘭克氣憤的表情開始釋然，取而代之的是好奇。「那她……你們找到了嗎？」

「嗯，」里歐說：「應該算有吧。之後因爲巨蝦怪的關係，我還找不到機會和她談談。不過，山米是我的曾祖父。」

他告訴法蘭克他們看到的事。里歐對於這段離奇的經歷還沒有完全消化，現在試著對別人說明，讓他更覺得難以置信。海柔過去喜歡的對象竟然是他的曾祖父，而他早在里歐還是嬰兒時就已經過世了。里歐之前沒有聯想到這裡，但他隱約記得家族裡的老人會叫他祖父為「山姆二世」，那代表里歐的曾祖父是「山姆一世」，也就是山米。在某個時間點，希拉化成蒂亞．凱莉達來與山米談話、給他安慰，也給了他關於未來的一點小提示。這意思是希拉在里歐出生的幾代以前，就已經開始捏塑他的人生了。如果海柔在一九四〇年代時繼續活下去，如果她嫁給了山米，里歐可能就是海柔的曾孫。

「哦，呃，」里歐結束故事後感嘆著：「感覺不大好。但我對冥河發誓，這就是我看到的情景。」

法蘭克的表情就和那個怪物的鯰魚頭一樣——呆滯的眼睛和開開的嘴巴。「海柔……海柔喜歡你的曾祖父？她因為這樣才喜歡你？」

「法蘭克，我知道這實在很怪，但請你相信我，我不喜歡海柔，不是那種喜歡啦。我不會去追求你的女朋友。」

法蘭克的眉頭糾結在一起。「不會嗎？」

里歐希望自己沒有臉紅。老實說，他摸不清楚自己對海柔是什麼感覺。她是一個很棒的人，很可愛，而里歐向來無法抗拒可愛的女孩。然而這一次的暈厥讓他的感覺複雜起來。

何況，他的船正陷入險境。

「我猜你對你的船的關心遠超過對朋友的關心。」法蘭克剛才這麼說。

那不是事實，對吧？里歐的父親赫菲斯托斯曾經承認，他不大會和有生命的東西打交道，而且沒錯，里歐向來覺得與機器相處比和人類相處輕鬆得多。但他眞的很關心他的朋友，派波、傑生……他認識他們最久，其他人對他來說也很重要，即使是法蘭克也一樣，他們就像是他的家人。

問題是，里歐有家人已經是很久以前的事了，他幾乎記不得家人的感覺。當然，去年冬天他成爲赫菲斯托斯小屋的指導員，但他多數時間都拿來打造這艘船。他喜歡他的室友，知道如何和他們合作，可是他眞的了解他們嗎？

如果里歐有家人，那就是阿爾戈二號上的混血人……也許再加上黑傑教練，但這一位里歐就不太想大聲承認。

「你永遠會是個局外人。」涅梅西絲警告過，但里歐試圖甩掉它。

「對，所以……」他看看身旁，「我們必須計劃一下。我們是怎麼呼吸的？如果我們在海底，爲什麼不會被水壓給壓扁呢？」

法蘭克聳聳肩。「魚馬怪的魔法吧，我猜。我記得綠皮傢伙用刀尖碰觸我的頭，然後我就可以呼吸了。」

里歐審視螺殼大門。「你可以撞開那個嗎？變成一條雙髻鯊之類的？」

法蘭克沉下臉，搖了搖頭。「我的變身術失效了，我不知道原因。也許他們詛咒我，或是我的狀況太差而無法專注。」

「海柔可能面臨危險，」里歐說：「我們一定要離開這裡才行。」

他游向門口，手指在螺殼上面撫摸移動，卻找不到任何機關或鎖頭。也許這扇門只能用魔法或蠻力來打開，但兩者都不是里歐的強項。

「我都試過了，」法蘭克說：「而且就算我們出得去，我們也沒有武器。」

「嗯……」里歐舉起手，「我想想。」

他集中精神，手指頭開始有火花閃爍。那一剎那他十分興奮，因爲沒想到在水底下也有作用。然後他的計劃進行得有點太順利，火苗爬上他的手臂，進而竄到全身，整個人旋即被一層薄薄的火焰罩住。他想要呼吸，吸進的卻是純然的熱氣。

「里歐！」法蘭克四肢向後胡亂揮舞，就像是從高腳椅摔下去的樣子。他沒有衝向前幫里歐的忙，反而緊緊扒著洞壁，盡量躲得遠遠的。

里歐強迫自己鎮定下來，他了解到是怎麼一回事了。火焰本身並不會傷害到他，他用意志力命令火焰熄滅，再默數到五。然後他輕輕吸一口氣，又重新得到氧氣了。

法蘭克不再往牆壁貼近。「你……你還好嗎？」

「嗯，」里歐抱怨：「謝謝你的幫忙喔。」

「我……我很抱歉。」法蘭克看起來非常驚恐又不好意思，讓里歐無法繼續對他發火。

「聰明的魔法，」里歐說：「我們身體周圍有一圈薄薄的氧氣，就像多了一層皮膚，它應該是自行產生的，所以我們才能呼吸，也才能保持身體的乾爽。這層氧氣可以提供火苗燃燒，不過火焰也會害我窒息。」

「我只是……這是怎麼一回事呢？」

「我眞的不行……」法蘭克倒吸一口氣，「我不喜歡你召喚火焰。」他又開始朝牆壁貼近。

里歐眞的不是故意要笑，但他實在忍不住了。「大塊頭，我不會攻擊你啦。」

「火焰。」法蘭克再說一次，就像這個字眼可以解釋一切。

里歐記起海柔說過，他的火球會讓法蘭克緊張。他之前見過法蘭克緊張的表情，卻始終沒有放在心上。法蘭克似乎比里歐來得更有力量，卻也膽小得多。

現在里歐才突然意識到，法蘭克可能有過關於火的不好經驗。里歐自己的媽媽死於五金行的火災，這件事被歸咎到里歐頭上；他從小常被人罵怪胎、縱火犯，因爲只要他一生氣，就會有東西燒起來。

「對不起，我不應該笑你。」里歐說，而且是發自內心，「我媽媽就是死於火災，所以我可以理解怕火的感覺。你是不是……是不是也發生過類似事情？」

法蘭克似乎在衡量該怎麼對他說明。「我的家……我奶奶的家，是被焚毀的。但不只是這樣……」他望著地上的海膽，「安娜貝斯說我可以相信這艘船上的任何一人，包括你在內。」

「包括我，嗯？」里歐很好奇這樣的話竟會出現在他們的對話中。「哇，高度讚美喔。」

「我的弱點……」法蘭克開始說，語氣就像字字都會割到他的嘴，「有一段火柴棒……」

螺殼大門忽然打開。

里歐轉頭，赫然與青豆臉色男子面對面。其實這傢伙不能眞的算是「男人」，里歐現在終於看清楚了，他應該算是里歐見過長相最古怪的生物，這句話包含了很多意思。

這個人在腰部以上或多或少還有點人樣，是個打赤膊的清瘦傢伙，腰帶上有一把匕首，一條串起的海螺像子彈帶般掛在胸前。他的皮膚是綠色的，散亂的鬍鬚是棕色的，長髮用寬得像手帕的海帶綁起來，頭上像是長角般地隆起了兩個龍蝦螯，不時互相敲擊和轉向。

里歐認爲他長得不怎麼像奇戎，反而比較像媽媽以前藏在工作室的海報主角——墨西哥梟雄潘丘維拉[93]，只不過他沒有海螺帶和龍蝦角。

至於腰部以下就複雜多了。他的前腳是藍綠色的馬腳，有點像半人馬，但往背後看去，馬形的身體轉變成魚一樣的尾巴，長達三公尺，還有彩虹般多彩的V型尾鰭。

現在里歐才明白，爲什麼法蘭克會稱呼他魚馬怪了。

「我是拜索斯，」綠皮人說：「我負責訊問法蘭克·張。」

他的口氣冷靜且堅定，毫無轉圜的餘地。

「你爲什麼要抓我們？」里歐問：「海柔呢？」

拜索斯瞇起眼睛，表情就像在說，這小東西剛剛有對我說話嗎？「你，里歐·華德茲，去見我哥哥。」

「你哥哥？」

里歐發現在他後面有個更巨大的身影，那模糊的影子非常寬闊，幾乎塞滿整個出口。

「是的，」拜索斯冷笑著說：「小心別惹毛阿弗羅斯。」

[93] 潘丘維拉（Pancho Villa, 1878-1923），墨西哥革命英雄，一次大戰期間曾率領人民對抗政府軍。

24 里歐

阿弗羅斯的外表很像他弟弟，只是皮膚不是綠色而是藍色，而且身材更高大。他有《魔鬼終結者》阿諾史瓦辛格般的胸膛與臂膀，以及一顆四角形、像野獸般的頭。他的背上掛了一把像電影《王者之劍》的大長劍，就連他的頭髮也很誇張，一大片黑藍色的鬈髮無比濃密，使得那對龍蝦螯好像淹沒在髮海之中，還得努力游泳才能冒出頭來。

「他們是因為這樣才叫你『阿弗羅斯』嗎？」里歐在他們從洞裡走出來的路上問：「因為你的阿飛螺絲頭？」

阿弗羅斯怒斥：「什麼意思？」

「沒事。」里歐趕緊回答，至少他覺得日後會記得住哪個魚怪叫哪個名字。「所以，你們到底是什麼東西？」

「半人馬魚[94]。」阿弗羅斯說，那口氣就像已經被問到很不耐煩。

「咦，半什麼？」

「半人馬魚，我們是奇戎的變種兄弟。」

「哦，他是我們的朋友！」

阿弗羅斯瞇起眼睛。「那個叫海柔的人也這麼說，但事實會由我們來判定。快走。」

里歐不喜歡他說「判定事實」的方式，那讓他聯想到嚴刑拷打與炙熱鐵條。

里歐跟隨半人馬魚穿過一大片海草森林。如果他隨便衝進任何一個方向，很容易就可以不見人影，但他沒有這麼做，一方面是他認為阿弗羅斯在水中的移動速度可能快很多；另一方面，這傢伙也有可能終止讓里歐在水中移動和呼吸的魔法。所以關在洞裡或走出洞外，里歐基本上同樣是個俘虜。

而且，里歐完全不知自己身在何處。

他們在成排像公寓大樓那麼高的巨型海藻間漂動，綠黃相間的植物輕飄飄地搖擺著，宛如一排排充填氦氣的氣球。遠遠的上方，里歐見到幾抹白色，或許是陽光吧。

他猜想他們已經在這裡待了一晚。不知道阿爾戈二號還好嗎？是否已拋下他們繼續前行了？或者朋友們仍在找他？

里歐連自己所在位置的深度都不確定。既然能長出植物，表示不算太深，對吧？然而他也知道，想靠游泳浮出水面是不可能的，他聽說過人們從水的深處太快浮出水面，血液中會產生氮氣泡泡。里歐可不想在他的血液裡加氣。

他們漂流了快一公里遠。里歐本來想問阿弗羅斯要帶他去哪裡，但半人馬魚揹著的那把大寶劍讓他打消了念頭。

終於，海草森林變得開闊了。里歐倒抽一口氣，發現他們正站到（或者說是游到，隨便啦）一座海底山丘的頂端。在他們的下方，一整座布滿希臘式建築的城鎮綿延在海床上。

---

94 半人馬魚（Ichthyocentaurs），希臘神話中一對上半身為人、下半身為馬的前腳及魚的尾巴的魚馬怪，和聰明的半人馬族奇戎（Chiron）是半個兄弟關係。

珠母貝嵌飾著建築的屋頂，珊瑚與海葵點綴了美麗的花園，馬頭魚尾怪在海藻間覓食。一群獨眼巨人在裝設一座新神殿的圓頂，利用藍鯨來當吊車。而在街道間巡遊、在中庭閒晃、在競技場拿三叉戟和長劍練習打鬥的，則是幾十隻男男女女的人魚。

里歐見過太多瘋狂的事情，但他始終以爲人魚是荒誕的童話故事角色，就像藍色小精靈或青蛙劇場一樣，全是人類編造出來的。

然而，這些人魚可沒有什麼荒唐或可愛的地方。即使隔著一段距離，他們看起來都很凶狠，一點也不像人類。他們有著發亮的黃色眼睛、鯊魚般的牙齒，粗糙的皮膚有多種顏色，從珊瑚紅到墨水黑都有。

「這是一個訓練營。」里歐明白了。他敬畏地看著阿弗羅斯。「你在訓練英雄，和奇戎一樣？」

阿弗羅斯點點頭，眼中閃過一抹驕傲。「我們訓練過所有著名的人魚英雄！你隨便說一個英雄名字，都是我們訓練出來的！」

「喔，當然，」里歐說：「比如……比如……小美人魚？」

阿弗羅斯皺起眉頭。「你說誰？不是！要像崔萊頓[95]、格勞克斯[96]、維斯穆勒[97]和比爾！」

「喔，」里歐完全不知道這些人是誰。「你訓練過比爾？不簡單。」

「那當然！」阿弗羅斯拍拍他的胸膛。「比爾是我親自訓練的，他是偉大的人魚。」

「你教戰鬥術，我猜。」

阿弗羅斯惱怒地高舉雙手。「爲什麼每個人都這樣想？」

里歐瞥了一眼他背上的巨大寶劍。「嗯，我不知道耶。」

「我負責教的是音樂與詩詞！」阿弗羅斯說：「生存技巧、布置家庭，這些對英雄來說是很重要的。」

「沒錯沒錯。」里歐努力保持正經。「縫紉呢？烘焙呢？」

「對，很高興你能理解。如果等一下不用殺你，我會分享我的布朗尼甜點食譜給你。」阿弗羅斯用不屑的眼神往後面比一比，「我弟弟拜索斯才教戰鬥術。」

原來訊問法蘭克的才是武術教練，里歐不知道自己該鬆一口氣，還是該感到被羞辱，自己竟然是由家政老師來負責。「喔，很好。這個營區……你們怎麼稱呼它呢？混魚營？」

阿弗羅斯眉頭糾結。「我希望你是開玩笑，這裡是——營。」他發出一連串水中吐納音。

「我亂鬧的。」里歐說：「你要知道，我眞的很想要那些布朗尼！所以，我們要怎樣才能進入『不用殺我』的階段？」

「跟我說你的故事。」阿弗羅斯說。

里歐遲疑了一下，但沒有遲疑太久。不知怎地，他感覺到自己可以在這裡說眞話，於是他從故事的最初講起。他說起希拉如何跑去當他小時候的保母，把他放到火焰中；他的母親如何在蓋婭的陷害中死去，而蓋婭把他視爲未來的敵人；他談到自己在一個個寄養家庭中度過童年，直到與派波、傑生一起被帶到混血營；他解釋了七人大預言、阿爾戈二號的建造，

❾❺ 崔萊頓（Triton），相貌為半人半魚，是波塞頓和安菲屈蒂所生的兒子。參《波西傑克森——終極天神》五十五頁，註❷⓿。

❾❻ 格勞克斯（Glaucus），是希臘神話中的海神，有人魚的身體，會解救遇到暴風雨的漁夫和水手。

❾❼ 維斯穆勒（Johnny Weissmuller, 1904-1984），美國著名游泳健將與電影明星。

以及他們要遠赴希臘的任務，希望能在蓋婭甦醒前打敗巨人。

當他說明時，阿弗羅斯從他的腰帶拔出一些外觀邪惡的金屬尖刺。里歐害怕自己說錯話，但接著阿弗羅斯從他的包包中拿出海草毛線，開始編織起來。「繼續說，」他鼓勵著，「不要停下來。」

當里歐說到幻影幽靈、與羅馬人的爭執、橫越美國時遇上的狀況，再講到他們從查爾斯頓的啓航，阿弗羅斯已經織完一頂寶寶軟帽了。

里歐等待半人馬魚放下手上的東西。阿弗羅斯頭頂上的龍蝦螯還在濃密髮中努力游泳，里歐努力克制自己想去解救它們的衝動。

「很好，」阿弗羅斯說：「我相信你。」

「就這麼簡單？」

「我很擅長分辨謊話，從你說的故事中我聽不出半點虛假。而且你說的也符合海柔．李維斯克告訴我們的內容。」

「她還好吧？」

「當然，」阿弗羅斯說：「她很好。」他把手指放進嘴裡，吹了一聲口哨；哨聲在水中聽起來頗怪，很像海豚在尖叫。「我的人很快就會把她帶來。你得要知道……我們位在一個守衛森嚴的祕密地點，你和你的朋友搭乘戰船出現，又和凱托的怪物互相追逐，我們無法確定你們到底是哪一邊的人。」

「我們的船還好嗎？」

「受損了，」阿弗羅斯說：「但不算太嚴重。巨蜈蚣在嘴巴被燙後撤退了，你們做得好。」

「謝謝你。巨蜈蚣？我從來沒聽過。」

「算你幸運，牠們是非常可怕的東西，凱托一定眞的很痛恨你們才對。總之，在牠要往大海深處撤退時，我們把你和另外兩個人從牠的觸鬚中救出來。你的朋友們還在上面搜尋你們，不過我們暫時擋住了他們的視線。我們必須確認你們不會威脅到我們，否則連我們也要……採取行動。」

里歐一時說不出話來，他很確定「採取行動」絕對不是多烤幾個布朗尼。而如果這些傢伙的能力強到讓擁有波塞頓水中力量的波西無法發現他們的營區，顯然這些人魚不是好惹的傢伙。「所以……我們可以離開了嗎？」

「很快，」阿弗羅斯保證，「我得向拜索斯再確認一下，等他和那個橄欖克講完話……」

「法蘭克。」

「法蘭克。等他們講完話，我們會送你們回到船上，也許還會送你們一些警語。」

「警語？」

「啊！」阿弗羅斯伸出手指，海柔從海草森林中出現，旁邊有兩個面孔猙獰、露出獠牙嘶嘶叫的人魚護衛。里歐本來以爲海柔可能處在危險狀態，看到她一派輕鬆，還跟護衛聊天，里歐才發現，原來人魚是在笑。

「里歐！」海柔朝他滑過來，「這地方眞有趣，不是嗎？」

他們被單獨留在山脊上，這表示阿弗羅斯確實非常信任他們。當半人馬魚和人魚去找法蘭克時，里歐和海柔浮到山頭，瞭望整個海底營區。

海柔告訴他這些人魚如何立刻給她溫暖，阿弗羅斯和拜索斯對她的故事感到非常驚奇，因爲他們從來沒遇見過普魯托的小孩。而且更重要的是，他們居然聽過一大堆關於阿里昂的傳說。他們非常驚訝海柔能夠和阿里昂成爲朋友。

海柔答應他們，會帶阿里昂再來此處拜訪，人魚們用防水墨汁寫下手機號碼在海柔的手臂上，以便日後聯絡。里歐根本不想追問，在大西洋中的人魚要怎麼收到手機訊號？

當海柔說話時，她的頭髮像雲朵般在臉龐四周漂移，彷彿淘金礦工盤中的黃土與金沙在流動。她看起來非常自信、非常美麗，一點都不像那個在紐奧良校園裡的緊張害羞小女孩，只能任憑午餐袋被蹂躪、丟棄在腳邊。

「我們還沒有機會談一談，」里歐說，雖然他不願提起這個話題，他知道這或許是他們倆僅存的獨處機會。「我是指山米。」

她的笑容消失了。「我知道……我只是需要一點時間來消化。想到你和他……很奇怪。」

她不需要說完她的想法，里歐完全明白這一切有多奇怪。

「我不確定有沒有辦法對法蘭克解釋清楚，」她又說：「就是我們兩個牽手的事。」

她避開里歐的目光。下面山谷裡的獨眼巨人正在歡呼，因爲神殿的圓頂終於蓋好了。

「我已經和他談過，」里歐說：「我跟他說，我並不是想要……你知道的，破壞你們兩個的關係。」

「喔，那就好。」

她聽起來有點失望嗎？里歐不大確定，也不確定自己是否想要弄明白。

「法蘭克，他，嗯，好像在我召喚火焰時嚇壞了。」里歐解釋了在山洞裡發生的事。

海柔看起來很震驚。「喔，糟糕，那一定把他嚇死了。」

她將手伸進牛仔夾克內側，好像在確認內袋裡的某樣東西。她總是穿著這件外套，不然就是別的罩衫，即使天氣變熱也一樣。里歐一直以爲她那樣做是故意要低調，或是因爲這樣騎馬比較方便，就和機車騎士愛穿夾克同樣的理由。現在他才開始好奇。

他的腦袋進入高速運轉模式，想起法蘭克說他有一個弱點……一根火柴棒。他在想這個大孩子爲什麼那麼怕火，海柔又爲什麼能如此理解他的感覺。里歐回想他在混血營聽過的故事，因爲自身的背景，他始終對於和火有關的傳說很感興趣。現在，他突然想起一個好幾個月來不曾想到的故事。

「有一個關於英雄的古老傳說，」他回憶道：「他的生命就繫於一根壁爐裡的火柴上，如果那根小木棒燒掉了……」

海柔的表情黯淡下來，里歐知道他碰觸到了眞相。

「法蘭克也有這種問題？」他猜說：「而這一段火柴棒……」他指著海柔的夾克。「他交給你保管？」

「里歐，拜託……我不想談這件事。」

里歐身爲技工的本能直接發揮作用。他立刻開始思考木頭的性質與鹽水的腐蝕性。「那根火柴棒在這樣的海水下沒問題嗎？你身邊的空氣層有保護到它嗎？」

「沒問題的。」海柔說：「那根木頭完全沒有弄溼。而且，它包裹在層層的布與塑膠裡，還有……」她沮喪地抿起嘴，「我本來不該提起這個的。里歐，重點是，如果法蘭克似乎有點怕你或者與你相處時不自然，你必須諒解……」

里歐很慶幸自己現在是漂流在水中，不然他可能已經頭暈腦脹到無法站立。他想像著法蘭克的立場，他的生命如此脆弱，事實上可能隨時會燃燒殆盡。他想像要有多大的信任，才能將自己的生命線交託給一個外人，那幾乎等於交出自己的整個生命。

很明顯地，法蘭克已經選擇了海柔，所以當他看到里歐，一個可以用意志力召喚火焰的人接近他的女朋友……

里歐不禁發抖。難怪法蘭克不喜歡他。突然間，法蘭克可以變身成多種動物的能力不再顯得那麼了不起，如果得伴隨這樣一個巨大弱點的話。

里歐想到七人大預言裡他最不喜歡的一句：「暴風雨或是火焰，世界必會毀壞。」有好一段時間，他認為波西或傑生會負責暴風雨這部分，或者兩人一起負責，里歐則負責火焰的部分。雖然沒人這樣說，一切就是這麼明顯。里歐是具有關鍵影響力的人，如果他稍微不小心，世界可能毀壞。不……是「必會」毀壞。里歐懷疑法蘭克的火柴棒是否與這句預言有關，里歐已經犯下某些巨大錯誤，對他來說，不小心把法蘭克送到火堆根本是很容易的事。

「原來你們在這裡！」拜索斯的聲音讓里歐嚇一跳。

拜索斯和阿弗羅斯陪伴在法蘭克的兩側，一起漂流過來。他看起來很蒼白，但沒有其他狀況。法蘭克仔細觀察著海柔與里歐，好像想讀出他們剛才的談話內容。

「你們自由了。」拜索斯說。他打開他的大袋子，把沒收的東西交還給他們。里歐從來沒有像現在這麼開心地把工具腰帶掛回腰上。

「告訴波西．傑克森不用擔心，」阿弗羅斯說：「我們已經了解你們說的亞特蘭大故事，知道那些被俘虜的水中生物的事了。必須有人去阻止凱托和弗爾庫斯，我們會派出人魚任務小組去擊敗他們，釋放所有被囚禁的生命。也許派居魯士去？」

「還是比爾？」拜索斯提議。

「對！比爾太適合了，」阿弗羅斯同意說：「總之，很感謝波西讓我們知道這件事。」

「你們應該親自對他說的，」里歐建議，「我的意思是，畢竟他是波塞頓的孩子。」

兩位半人馬魚同時嚴肅地搖搖頭。「對我們來說，最好還是不要和波塞頓這一邊有什麼互動。」阿弗羅斯說：「當然，我們對海神是友善的，可是海底世界的天神政治是……十分複雜的，我們珍惜我們的獨立性。總之，告訴波西我們很感謝他。我們會盡可能幫助你們快速橫越大西洋，不讓凱托再派怪物來干擾你們。但我們要警告你們，在古老的海域『馬利諾斯崇』中，有更多危險等著你們。」

法蘭克嘆了一口氣。「的確如此。」

拜索斯拍拍大塊頭的肩膀。「法蘭克．張，你不會有事的，繼續練習你的海底生物變形術。大金魚那招很棒，不過下次可以試試變成綽號『葡萄牙戰士』的僧帽水母。記得我教你的訣竅，重點是在呼吸。」

法蘭克看起來尷尬到快要死掉。里歐緊閉嘴唇，告訴自己絕對不可以笑。

「還有你，海柔，」阿弗羅斯說：「要再來看我們，記得帶你的馬來喔！我知道你很介意在我們這裡待了一晚，流失了許多時間；你很擔心你弟弟尼克……」

海柔緊緊握住她的騎士劍。「他……你知道他在哪裡嗎？」

阿弗羅斯搖頭。「不太清楚，但是當你接近時，一定可以感覺到他的存在，不要害怕！如果你要救他，一定要在後天抵達羅馬。你們仍然有時間的。你務必要拯救他。」

「對，」拜索斯同意說：「他對你們的旅程非常重要，我不知道是怎麼個重要法，但我感覺得到確實如此。」

阿弗羅斯把手放到里歐肩膀上。「至於你，里歐·華德茲，到達羅馬時要與法蘭克和海柔在一起。我感覺他們將會面臨……嗯，機械問題，只有你有辦法解決。」

「機械問題？」里歐問。

阿弗羅斯就像聽到大好消息般露出微笑。「還有，我有禮物要給你，這位勇敢的阿爾戈二號領航者！」

「我喜歡把自己想成是船長，」里歐說：「或是最高指揮官。」

「布朗尼蛋糕！」阿弗羅斯驕傲地喊著，順手把一個老式的野餐籃掛到里歐的手臂上。野餐籃外面罩著一層空氣泡泡，里歐希望那能保護到布朗尼，讓它不會變成鹹水含糖爛麵糰。「在籃子裡面，你也可以找到食譜。最大的關鍵就是不可以加太多奶油！我還幫你準備了要給提庇留的介紹信，他是台伯河的河神。等你們到達羅馬，你們的朋友雅典娜的女兒會需要這個東西。」

「是安娜貝斯……」里歐說：「好的。但是爲什麼呢？」

拜索斯笑笑。「她要追隨雅典娜的記號，不是嗎？提庇留可以給這個任務一點指引。他是一位既古老又驕傲的天神，有時候……很難相處。但介紹信對羅馬的神鬼是很重要的，這封信可以說服提庇留幫助她。但願如此。」

「但願如此。」里歐複述。

拜索斯從大袋子裡取出三顆粉紅小珍珠。「現在，該離開了，混血人。一路平安！」他把三顆珍珠朝他們三個一一丟過去，三大顆閃亮的粉紅泡泡頓時充滿能量地將他們包起來。

他們開始從水底上升。里歐只有時間想：這是黃金鼠球電梯嗎？然後他們的速度突然加快，火箭般迎向上方的陽光。

25 派波

派波的「十大派波無用時機清單」又多了新的項目。

與巨蝦怪對戰可以用匕首和美妙的聲音嗎？沒什麼作用。然後怪物沉入深海，連帶拉下三位朋友，她也完全無力救援。

那之後，安娜貝斯、黑傑教練和邊桌巴福特衝去修理船隻，讓船不要沉沒。儘管波西已經疲累不堪，也幫忙搜尋在海洋中失蹤的朋友。同樣累到沒力的傑生則像金髮彼得潘一樣，在索具旁飛來飛去地滅火，因為那個照亮天空的第二次綠色大爆炸就發生在主桅杆上方。

至於派波，她能做的只有瞪著她的卡塔波翠絲，試著找出里歐、海柔和法蘭克的位置。結果出現的唯一畫面是她一點都不想看到的：三輛黑色休旅車從查爾斯頓往北出發，滿載著羅馬混血人，蕾娜坐在前導車的駕駛座。巨鷹從空中護衛他們。發亮的紫色鬼魂不時駕著鬼馬車出現在鄉間，跟在他們後面，沿著九十五號州際公路快速北上，朝紐約與混血營前進。

派波更努力集中心志，又看見以前那些惡夢般的景象：人面公牛從水面上升，深井形狀的房間有黑水灌入，傑生、波西和她掙扎著不願被淹沒。

她把卡塔波翠絲的刀鞘蓋回去，不禁想著特洛伊戰爭時的海倫，如果這把刀是她唯一的消息來源，她如何能保持理智？然後她想起來，海倫周遭的每個人都被入侵的希臘軍隊殺掉了，或許她並沒有完全保持理智。

直到太陽出來，船上的每個人都還沒有入睡。波西搜尋了海床，毫無發現。阿爾戈二號已經解除沉船的危險，然而里歐不在的情況下，他們無法將它完全修理好。船已經可以航行了，但沒有人建議要離開這片海域，如果沒找回朋友的話。

派波和安娜貝斯傳送了夢境畫面到混血營去，警示奇戎有關他們與羅馬軍人在桑特堡發生的事。安娜貝斯說明了她和蕾娜的對話，派波則轉述關於北上休旅車的刀面景象。在與她們對話時，慈祥的半人馬臉孔幾乎老了三十歲，但他向她們保證混血營會做好防禦準備。泰森、歐萊麗女士和艾拉都已經平安抵達混血營，必要時泰森可以召喚一支獨眼巨人軍隊來幫忙；而艾拉和瑞秋．戴爾已經開始比對預言，努力想要對未來有多一點了解。奇戎還提醒他們，阿爾戈二號上面七位混血人的工作是要完成任務，並且平安地回去。

在伊麗絲訊息結束後，混血人在甲板上安靜地來回踱步，凝視海面，期待奇蹟發生。

奇蹟終於出現。三顆粉紅色大泡泡從船頭右側的海平面爆開，吐出法蘭克、海柔和里歐三個人。派波樂瘋了，因爲心情放鬆而大叫，乾脆直接躍入大海中。

她在想什麼？她並沒有抓條繩子，也沒有穿救生衣或其他裝備，當下的她只是太開心了。她游向里歐，朝他臉頰一親，這動作似乎有點嚇到了他。

「你親我？」里歐大笑。

派波的情緒頓時湧上來。「你們究竟去了哪裡？怎麼可以活到現在？」

「說來話長。」他說，一個野餐籃突然從他身邊迸出海面。「想吃布朗尼嗎？」

他們登上船隻，換上一身乾爽的衣服（可憐的法蘭克必須向傑生借一條明顯太小的褲子來穿），所有人集中到後甲板上享受慶祝早餐，只有黑傑教練例外。他抱怨說這種氣氛對他來說太過溫馨可愛，他寧願下去船艙修理船殼受損的部分。當里歐專心掌控舵輪時，海柔和法蘭克負責講述半人馬魚和海底訓練營的故事。

「眞是不可思議。」傑生說：「這些布朗尼蛋糕眞是好吃啊。」

「那是你的唯一評語？」派波問。

他看起來很驚訝，「怎麼了？我在聽故事呀，有半人馬魚、人魚、台伯河神介紹信，統統聽進去了。可是這些布朗尼……」

「我知道，」法蘭克說，滿嘴塞滿食物，「搭配艾瑟的水蜜桃乾來吃看看。」

「那個，」海柔說：「眞是難以想像的噁心。」

「遞給我那個罐子，老兄。」傑生說。海柔和派波交換了一個快昏倒的表情：這些男生！

至於波西，基於他的身分，亟欲知道所有關於海底營區的細節。他不斷地回到一個重點：「他們不想和我見面？」

「不是那樣，」海柔回答：「只是……海底政治學，我猜啦，這些人魚是有領域性的。好消息是，他們會去關照亞特蘭大的水族館，而且會保護阿爾戈二號橫渡大西洋。」

波西心不在焉地點點頭。「但他們還是不想和我見面？」

安娜貝斯猛敲他的腦袋。「醒醒吧，海藻腦袋！我們還有別的事要擔心。」

「她說得對，」海柔說：「過了今天，尼克剩下不到兩天的時間。半人馬魚說我們務必拯救他，因爲不知道什麼原因，他對我們這趟任務很重要。」

她帶著捍衛的心情看看大家，好像等待有人與她爭論，但沒有人出聲。派波試著想像尼克．帝亞傑羅的感覺，他被關在不見天日的瓶子裡，只剩下兩顆石榴種子來硬撐，不知道自己能否得救。這樣一想，讓派波也想衝去羅馬，即使她有種恐怖的感覺，她也將航向自己的牢籠，那個充滿水的黑暗房間。

「尼克一定擁有死亡之門的資訊，」派波說：「我們會救出他的，海柔。我們會準時到達吧，里歐？」

「什麼？」里歐的眼睛暫時離開控制面板。「喔，對。我們應該會在明天早上抵達地中海，利用剩下的時間航向羅馬，或是飛向羅馬，如果在那之前我能修好穩定器的話……」

傑生的表情就像布朗尼與水蜜桃乾突然變得不可口一樣。「這樣的話，我們到羅馬時已經是可以解救尼克的最後一天了，只剩二十四小時不到的時間可以找他。」

波西盤起腿。「這只是問題的一部分，另外還有雅典娜的記號。」

安娜貝斯看起來並不高興轉換話題。她把手放到背包上，那是她離開查爾斯頓後就一直不離身的東西。她打開背包，拿出一片大小像是甜甜圈的銅盤。「這就是我在桑特堡發現的地圖，它是……」

她突然不說話，目光盯住平滑的銅盤表面。「變空白了！」

波西拿過去檢查它的正反面。「之前不是這個樣子嗎？」

「不是！我還在房間裡研究它，然後……」安娜貝斯小聲嘀咕：「它一定是和雅典娜的記號一樣，只有在我單獨一人的時候才看得出來。它不會出現在其他混血人眼前。」

法蘭克往後退縮，彷彿那個小銅盤會爆炸一樣。他的嘴邊和鬍髭還有柳橙汁和蛋糕屑，讓派波很想遞給他一張面紙。

「那上面有些什麼？」法蘭克緊張地問：「而雅典娜的記號是什麼？我還是搞不懂。」

安娜貝斯從波西手中拿回小銅片，放到陽光下，上面依舊一片空白。「這張地圖很難懂，但是出現了羅馬台伯河上的一個地點。我想，那就是我的任務起始點……一條我得去追隨記號的道路。」

「或許那就是你會見到河神提庇留的地方，」波西說：「但『記號』是什麼樣子呢？」

「硬幣。」安娜貝斯喃喃說道。

波西皺眉。「什麼硬幣？」

安娜貝斯掏掏口袋，拿出一個德拉克馬銀幣。「自從我在中央車站遇見我的母親後，我就一直隨身攜帶著它。這是雅典的錢幣。」

她把硬幣傳給大家看。當混血人檢視它時，派波想起一個可笑的往事，那是小學時的玩具分享經驗。

「一隻貓頭鷹，」里歐說：「好吧，這也有道理。那個樹枝是橄欖樹吧？那麼旁邊刻的文字 AθE 是什麼？」

「那些是希臘字母的第一、第八、第五個字母，」安娜貝斯說：「代表『雅典人的』……或者你也可以解讀爲『雅典娜的小孩』。它就有點像是雅典人的代表文字。」

「比如 SPQR 之於羅馬嗎？」派波猜說。

安娜貝斯點點頭。「總之，雅典娜的記號就是一隻貓頭鷹，很像硬幣上的圖案。它會以火紅的樣子出現，我在夢中見過，然後在桑特堡又看到兩次。」

她解釋了在桑特堡的遭遇，從蓋婭的聲音、要塞房間的蜘蛛，講到牠們被記號燒光光的情形。派波看得出來，要將這些事情說出口，對安娜貝斯來說很不容易。

波西握住安娜貝斯的手。「我應該陪你過去的。」

「重點就在這裡，」安娜貝斯說：「沒有人可以陪我過去。我抵達羅馬之後必須自己單獨出擊，不然記號不會現形。我必須一路追隨記號……直到它的源頭。」

法蘭克從里歐手中拿過硬幣，他仔細端詳那個貓頭鷹。「『巨人剋星蒼白金黃矗立，從結網牢籠中痛苦勝利。』」他抬頭看著安娜貝斯，「在源頭的這個東西……是什麼呢？」

安娜貝斯還沒有回答，傑生卻先站起來。

「一座雕像，」他回答，「是一座雅典娜的雕像……至少我這麼認為。」

派波皺起眉頭。「你說你不知道的。」

「我不知道啊。但是當我想得愈多，就愈覺得……只有一樣東西可以符合傳說的敘述。」他轉頭對安娜貝斯說：「我很抱歉，我早該告訴你我聽說過的每一件事。可是老實說，我很害怕。如果這個傳說是眞的……」

「我知道，」安娜貝斯說：「傑生，我已經判斷出來了，我眞的不怪你。但如果我們能想辦法拯救這尊雕像，希臘人和羅馬人一起……你看不出來嗎？或許可以使這個大裂痕癒合。」

「等等，」波西做出一個暫停的手勢，「到底是什麼雕像？」

安娜貝斯拿回銀幣，放入口袋中。「雅典娜．帕德嫩雕像。」她說：「是史上最有名的希臘雕像，有十二公尺高，整座雕像包覆著黃金與象牙，豎立在雅典的帕德嫩神殿正中央。」

船上陷入一片沉寂，只剩下海浪拍打船殼的聲音。

「好吧，告訴我吧，」里歐打破沉默，「它發生了什麼事？」

「它不見了。」安娜貝斯說。

里歐皺一下眉頭。「一個十二公尺高的大雕像立在帕德嫩神殿的中央，然後說不見就不見了？」

「那是個好問題，」安娜貝斯說：「這是史上最大謎團之一。有些人認為它被融化了，因為要取得上面的黃金；或是被入侵者毀壞了，雅典城的確被掠劫過好多次。有些人則認為，這座雕像是被帶走……」

「被羅馬人帶走。」傑生補充說：「至少有這種假設存在，而這個假設符合我在朱比特營裡聽到的傳說。為了打擊希臘的精神，羅馬人占領雅典城後，就把雅典的帕德嫩雕像押送出去，藏到羅馬的一個地下神殿中。羅馬混血人發誓，絕不讓雕像重見天日。他們偷走了字面上的『雅典娜』，讓她不能再成為希臘軍事力量的象徵。於是她變成米娜瓦，一個溫柔許多的女神。」

「從此以後，雅典娜的小孩就開始尋找這尊雕像，」安娜貝斯說：「大部分的人都不知道這個傳說，但每個世代會有幾個人被女神選上，拿到一個類似我所擁有的這種硬幣。他們追隨雅典娜的記號……一種讓他們能夠與雕像產生連結的魔法路徑，希望藉此找到雅典娜·帕德嫩的存放地點，把雕像帶回來。」

派波看著安娜貝斯與傑生這兩人，心中浮現相當的驚歎。他們兩人說話的方式就像一個團隊，彼此沒有敵意、沒有責難。然而這兩人本來並非全然互信，派波與他們兩個的交情都夠好，所以知道狀況。可是現在……如果他們能如此冷靜地討論這樣重大的問題，談論這樣一個羅馬人與希臘人互相憎恨的最初源起，或許這兩個營區終究會有和平的希望。

從波西臉上的驚訝表情來看，他似乎也有同樣的想法。「所以如果我們……我是指你，發現了那尊雕像……我們要怎麼處理它？我們有辦法移動它嗎？」

「我不確定，」安娜貝斯承認，「但如果我們眞有辦法救它出來，就可能聯合兩個營區，可能消弭掉我母親心裡這份將她撕成兩半的仇恨，而且或許……或許這座雕像具有某種能力，可以幫助我們打敗巨人。」

派波敬畏地看著安娜貝斯，開始敬佩這位朋友竟要承擔這麼大的責任！而且，她的意思是要自己單獨來。

「這可能會改變所有的事，」派波說：「可能會終結雙方數千年來的敵意，可能成爲打敗蓋婭的關鍵。但如果我們不能幫你……」

她的話沒有說完，但她的問題似乎已懸在半空中。「有可能救得了那尊雕像嗎？」

安娜貝斯挺直肩膀。派波知道她的內心一定有無比的恐懼，可是隱藏得很好。

「我一定要成功，」安娜貝斯回答得很簡單，「冒再大的險都値得。」

海柔焦慮地撥弄著自己的頭髮。「我不喜歡你獨自冒著生命危險這件事，但你是對的。我們已經看到黃金老鷹象徵回到羅馬軍團後帶來的影響，如果這尊雕像是史上最有力量的雅典娜象徵……」

「它可以殺得對方屁滾尿流。」里歐接口。

海柔皺起眉。「我不會用那種字眼，不過意思是這樣沒錯。」

「可是……」波西再度握住安娜貝斯的手，「到目前爲止，還沒有任何一個雅典娜的小孩找到它。安娜貝斯，那下面到底有什麼？是什麼東西在守衛它？是和蜘蛛有關的東西嗎？」

「從結網牢籠中痛苦勝利。」法蘭克背誦預言。「結網，就是蜘蛛網嗎？」

安娜貝斯的臉色就像要送進印表機的白紙。派波懷疑安娜貝斯其實知道前方有什麼在等她……或至少她心裡有底了。安娜貝斯正努力壓抑心中的恐慌與懼怕大浪潮。

「等我們到達羅馬再來處理這件事。」派波提議，她加了一點點魅惑的力量到話語中，希望能夠舒緩他們的情緒。「一定可以解決的，安娜貝斯也會順利完成。大家等著瞧。」

「對，」波西說：「我很久以前就學到，絕對不要賭安娜貝斯不行。」

安娜貝斯感謝地望著他們兩個。

從大家吃了一半的早餐來看，其他人仍然很緊張，但里歐設法趕走緊張氣氛。他按下一個按鈕，非斯都的嘴巴瞬間大聲地噴出一股蒸氣，嚇得所有人都跳起來。

「好呀！」他說：「很棒的誓師大會。不過在我們去地中海之前，這艘船還有太多地方需要修理。請向最高指揮官里歐報告你的無聊工作中最有趣的部分！」

派波和傑生負責清理下甲板，這裡在怪物的攻擊下變得一團混亂。重新整理醫務室、用木條釘牢儲藏室，就花了他們一整天的大半時間，但派波並不介意。理由一是她可以有很多時間和傑生在一起，理由二就是昨晚的爆炸讓她變得十分尊敬希臘火藥。她不希望再有任何填裝那種東西的玻璃瓶鬆脫，在夜裡滾過船艙的走廊。

他們在整修馬廄時，派波忍不住想到安娜貝斯與波西意外在這裡度過整晚的事件。派波好希望她也能和傑生聊整晚，單純蜷縮在馬廄地上，享受共處的時光。爲什麼他們不也來犯規一下？

但傑生不是那樣的人。他天生具有領導人氣質與模範生本色，本性裡沒有犯規這種事。

無怪乎蕾娜崇拜他這種個性，派波也是……大部分時候啦。

有一次她說服他小小叛逆一下；那是在荒野學校的時候，他們在夜間偷溜到屋頂上去看流星雨，這也是他們初吻的地方。

不幸的是，那個記憶只是迷霧耍的小伎倆，是希拉植入她腦中的魔法幻象。如今派波和傑生在現實生活中眞的交往了，但他們關係卻是始於幻覺。如果派波要叫眞實的傑生在夜裡偷溜出來，他會答應嗎？

她把乾草掃成一堆，傑生在修理馬廏一個破損的門。玻璃地板透出下面海洋的光亮，那是一整片的綠色光影，無止境地延伸出去。派波不時往外看，很怕會看到一張怪物臉孔探出來，或是出現爺爺故事裡的水生食人魔。不過她見到的東西，頂多是偶爾出現的鯡魚群。

她看著傑生工作的模樣，眞的很崇拜他可以把每項工作都輕鬆完成，無論是修理門板或是給鞍具上油。那不只是因爲他有強壯的臂膀與靈活的雙手（當然這也是派波欣賞他的地方），更因爲他總是做得那麼愉快積極又有自信。他做該做的事不會口出怨言；他保持一貫的幽默感，即使昨晚沒睡也應該累癱了。只要講到工作與責任，傑生就是徹底的羅馬人。

派波想到與母親在查爾斯頓共享的下午茶。她不禁好奇，在一年前，女神究竟和蕾娜說了什麼，爲什麼從此改變了蕾娜對傑生的態度。阿芙蘿黛蒂到底是鼓勵她去喜歡傑生，還是不鼓勵呢？

即使派波不知道答案，她還是很希望母親當時不要出現在查爾斯頓。正常的母親已經夠讓孩子尷尬了，萬人迷的天神母親邀請孩子的朋友喝下午茶、聊八卦，那更是丟臉。

阿芙蘿黛蒂對海柔和安娜貝斯那麼留意，讓派波的心裡不大舒服。因爲她媽媽一旦關心起別人的感情生活，通常是不祥的徵兆，表示麻煩要來臨了。或者就像阿芙蘿黛蒂說的，會有「起伏轉折」。

但另一方面，沒有得到媽媽的關心也讓她隱隱有種受傷的感覺。阿芙蘿黛蒂幾乎沒看她幾眼，也沒有提到傑生，她甚至連提都不提與蕾娜的對話內容。

那幾乎像是阿芙蘿黛蒂已經對派波失去興趣。派波找到她的男友了，現在是她自己要去做好她的工作，而阿芙蘿黛蒂得要繼續找下一個八卦的對象。這種轉移對她來說，就和丟掉一本過期的八卦雜誌一樣容易。

「你們每個人都有著這樣完美的故事，」阿芙蘿黛蒂這麼說過：「我是說，女孩們。」

派波不欣賞那句話，心裡有一部分卻會想說：「好，我不想成爲一則故事，我想有穩定美好的生活，想有穩定的好男友。」

就好像只有她最清楚交往成功的祕訣。身爲阿芙蘿黛蒂小屋的指導員，她被視爲理所當然的專家；混血營裡其他小屋的成員總是會來徵詢她的意見。派波會竭盡所能幫助別人，可是面對自己的男朋友，她一籌莫展。她經常在事後懊悔自己太在乎傑生的表情、情緒和隨口說的話。爲什麼事情變得這麼辛苦呢？爲什麼沒有那種「從此過著快樂生活」的感覺？

「你在想什麼？」傑生問。

派波這才意識到自己一直苦著臉。在玻璃門的反射中，她看到自己的表情就像吞下了一整匙的鹽巴。

「沒事，」她說：「我只是……在想很多事情。好像一下子思緒全都湧上來了。」

傑生笑了。他嘴上的小疤痕在他笑的時候幾乎消失不見，想想看他經歷過的一切，現在能有這樣的好心情還眞教人驚奇。

「會解決的，」他說：「這是你自己說的。」

「對，」派波同意，「不過我那樣說只是爲了讓安娜貝斯的心情好一點。」

傑生聳聳肩。「但那也是眞的呀。我們就快要到達古老的土地了，我們已經把羅馬人遠遠拋到後面。」

「可是他們正在前往混血營的路上，準備攻擊我們的朋友。」

傑生遲疑了一會兒，好像要把這個話題轉成正面思考有點難。「奇戎會有辦法拖延他們的。羅馬人或許要花上幾個星期才能找到混血營的確切位置以及計劃如何攻擊。何況，蕾娜會盡一切力量讓事情慢下來，她還是站在我們這邊的，我知道。」

「你信任她。」派波的聲音連自己聽來都覺得不眞誠。

「聽好，派波，我告訴過你，你一點都不需要忌妒。」

「她很美麗，很有力量。她是那麼的……羅馬。」

傑生放下手中的槌子，握起她的手。一陣電流瞬間滑過她的手臂。派波的爸爸曾經帶她去太平洋水族館看一種叫做電鰻的魚，他說那種鰻魚會釋放電流來電擊與麻痺獵物。每當傑生凝視著她或握起她的手時，她就有類似的感覺。

「你既美麗又有力量，」他說：「而我不希望你變成羅馬人。我希望你就是派波。還有，我們是一個團隊，你和我。」

她想要相信他。事實上，他們已經在一起幾個月了，可是她仍擺脫不了這些疑慮，就像傑生手臂上烙印的ＳＰＱＲ一樣除不掉。

在他們倆上方，響起了船上的晚餐鈴聲。

傑生刻意笑笑說：「我們最好趕快上去，我們不想被黑傑教練在脖子上掛鈴鐺吧。」

派波一陣顫慄。黑傑教練在波西與安娜貝斯的違規事件後曾威脅要這樣做，這樣他就會知道誰在半夜偷溜出去。

「對呀。」她有點遺憾地看著腳下的玻璃門地板。「我想我們是需要吃晚餐……還有一夜好眠。」

26 派波

第二天早上派波醒過來時，船上的汽笛聲改變了。那宛如爆炸的聲音大到完全把她震下了床。

她猜想這是不是里歐的另一個玩笑，然後汽笛又響了一次。這次聽起來好像來自幾百公尺遠的地方，應該是來自另一艘船。

她急忙起來穿衣服，等她爬上甲板時，其他人已經聚集在上面。每個人都是匆忙更衣跑出來，只有黑傑教練例外，因爲他負責站夜班。

法蘭克的溫哥華冬季奧運紀念衫裡外穿反了。波西穿著睡褲配上青銅胸甲，反倒有種時尚流行風的趣味。海柔的頭髮全吹向一側，好像剛從旋風中走出來。里歐則是不小心在身上起了一場小火災，T恤出現炭烤花邊，手臂在冒煙。

距離左舷不到一百公尺的地方，有一艘大郵輪航行過去，船上遊客從十五、六排的陽台上朝他們揮手，有些人微笑拍照，沒有人對一艘古希臘戰船的出現大驚小怪。或許迷霧讓他們看到的像一艘小漁船，也可能觀光客們以爲阿爾戈二號就是個觀光景點。

郵輪再次鳴起汽笛，阿爾戈二號跟著顫抖了一下。

黑傑教練塞住耳朵。「他們需要這麼大聲嗎？」

「他們只是在打招呼。」法蘭克推測。

「什麼？」黑傑教練喊回去。

那艘大船徐徐從他們前面駛過，朝遠方大海而去。船上的遊客還在揮手，如果他們發現了異象，比如阿爾戈二號上搭載的是一群沒睡飽的少年，有人穿睡褲和戰甲出現，還有一個長著山羊腳的大人，他們也都沒有透露出來。

「再見！」里歐喊著，揮舞冒煙的手。

「我可以操作弩砲嗎？」黑傑教練問。

「不行。」里歐擠出微笑說。

海柔揉揉眼睛，望向整片閃亮的深綠海洋。「我們是在哪……哇！」

派波跟隨她的目光看去，也驚呼起來。沒有那艘郵輪阻擋他們的視線，她才看到北方不到八百公尺的地方聳立了一座山。派波見過不少壯觀的斷崖，她曾沿著加州海岸的一號公路旅行，甚至與傑生摔落到大峽谷又飛上來，但那些景色都比不上這片白得耀眼、插向天空的岩石令人驚奇。這座山的一邊是石灰岩斷崖，幾乎垂直般的陡峭，派波估計，從崖頂到海面起碼有幾百公尺的落差。山的另一邊是平緩的山脈，覆滿蓊鬱森林。這景象讓派波聯想到一座巨大的人面獅身像，經過千年的磨損，有著巨大的白色頭胸，背部則披著綠色大斗篷。

「直布羅陀巨岩，」安娜貝斯驚嘆道：「在西班牙的最尖端，而那裡……」她指向南方，在那更遠的陸地上綿延著赭紅色山脈。「那裡想必就是非洲了。我們已經到了地中海的入口。」

這是一個溫暖的早晨，派波卻打了個寒顫。儘管前方有寬闊的海洋，她感覺好像站在一道無法穿越的屏障前面。一旦進入地中海，也就是馬利諾斯崇，他們就將進入古老的地盤。如果所有傳說都是真的，他們的任務即將會變成十倍的危險。

「現在要做什麼?」她問:「就這樣開進去嗎?」

「爲什麼不呢?」里歐說:「這是一個大航道,永遠有船隻在進進出出。」

但都不是載著混血人的戰船,派波心想。

安娜貝斯凝望著直布羅陀巨岩。派波看得出來,那是她陷入沉思的表情,而那也幾乎代表她預期會有麻煩出現。

「在古代,」安娜貝斯說:「人們稱呼這個地方爲『海克力士之柱』,這塊大石頭原先應該是一根柱子,另一根柱子則是非洲的某座山,沒有人確定到底是哪一座。」

「海克力士,哼?」波西皺著眉頭說:「這傢伙眞像是古希臘的星巴克咖啡店,每個地方只要一轉身就會看到他。」

一個雷聲般「轟」的一聲震撼了阿爾戈二號,派波不知道這次的雷是打哪裡來的。她沒有見到其他船隻,而天空也是萬里無雲。

她的嘴巴突然變得乾澀。「所以……這些海克力士之柱,危險嗎?」

安娜貝斯的注意力還在白色斷崖上,好像在等待雅典娜的記號會突然亮起來。「對希臘人來說,這些柱子代表『已知世界的終點』。而羅馬人說這些柱子上刻了拉丁文警語……」

「Non Plus Ultra。」波西說。

安娜貝斯顯得非常震驚。「沒錯,意思是『此處之外無一物』。你怎麼知道?」

波西用手一指。「因爲我正好看到。」

在他們正前方的海峽中間出現一座閃爍的島嶼,派波很確定之前那裡並沒有任何小島。它是一塊小丘陵地,上有森林,白沙灘環繞,不像直布羅陀巨岩那樣景色驚人。可是在小島前面離岸約九十公尺的地方，從浪濤中突出了兩根古希臘巨柱，高度就像阿爾戈二號的桅杆一樣。在兩柱之間，巨大的銀色文字從水面下發出光輝；也許是錯覺，也許是嵌在沙中，那些字就是「Non Plus Ultra」。

「各位，要我掉頭嗎？」里歐緊張地問：「還是……」

沒有人回答。對派波來說，或許因爲他們已經發現海灘上站著一個人。當船隻朝那兩根立柱靠近時，她看見一個身穿紫色長袍的深色頭髮男子，雙手交疊在胸前瞪著他們的船，好像在等著他們。派波從這樣的距離看不清楚那個人的其他特徵，但若只從站立的姿勢來判斷，他並不怎麼高興。

法蘭克忽然倒抽一口氣。「那會不會是……？」

「海克力士，」傑生說：「史上最有力量的混血人。」

阿爾戈二號現在距離立柱只有幾百公尺遠。

「我需要答案，」里歐焦急地說：「我可以轉向，或者我們可以升空。穩定器已經可以作用了。但我需要盡快知道……」

「我們要繼續前行，」安娜貝斯說：「我認爲他是在守護這個海峽。如果他眞的是海克力士，不管我們是航行離開或飛行跑掉都沒有好處。他會想和我們談談。」

派波克制自己想說魅語的衝動。她好想對里歐大喊：「飛吧，把我們弄出這裡！」不幸的是，她也覺得安娜貝斯說得對。如果他們想要進入地中海，這是一場無可避免的會面。

「海克力士不會站在我們這邊嗎？」她抱著希望地問：「我的意思是……他應該算我們的人，對吧？」

傑生咕噥地說：「他是宙斯的兒子，死了之後變成天神。你永遠不知道天神會怎麼想。」

派波想起他們在堪薩斯與巴克斯的會面，他也是一位混血人出身的天神，確實就沒有提供多少幫助。

「太好了，」波西說：「我們七個對抗海克力士。」

「還有一個羊男！」黑傑教練補充說：「我們可以打敗他的。」

「我有一個更好的主意，」安娜貝斯說：「我們派代表上岸，幾個人就好，最多一、兩個人。先試著和他談一談。」

「我可以去，」傑生率先說：「他是宙斯的兒子，我是朱比特的兒子，或許他會對我友善一點。」

「搞不好他會更討厭你，」波西說：「同父異母兄弟不見得處得來。」

傑生沉下臉。「謝謝你喔，樂觀先生。」

「還是值得一試，」安娜貝斯說：「至少傑生和海克力士有共同點。然後我們還需要我們的最佳外交官，一位最擅長外交辭令的人。」

大家都轉頭看派波。

她壓抑自己要尖叫跳船的念頭。一股不祥的預感在她胃裡翻騰，但如果傑生要上岸，她想陪他去。或許這位極有力量的天神會願意伸出援手，他們偶爾也該碰到好運，不是嗎？

「好吧，」她說：「先讓我換好衣服。」

當里歐把阿爾戈二號下錨在兩根立柱之間，傑生立刻召喚氣流，將派波與他送到岸上。

紫衣男子正等著他們。

派波聽過太多海克力士的故事，也看過一堆相關的乏味電影與卡通。在今天之前，如果叫她想到海克力士，她只會翻白眼，然後想像出一個三十幾歲、愚蠢多毛的壯丁，有著結實胸膛與嬉皮鬍鬚，披著獅皮[98]蓋過頭，拿一根棍棒，一副山頂洞人的模樣。她想像他會有難聞的氣味，不時打嗝搔癢，講話呼嚕呼嚕的。

她一點也沒料到是這個樣子。

海克力士打著赤腳，腳上覆著白沙。他穿著長袍，看起來像是一位神父，雖然派波記不得哪一個位階的神父是穿紫衣的，是樞機主教嗎？還是一般主教？抑或紫色代表他是羅馬版的海克力士，而非希臘版？他的鬍子凌亂得有型，就像派波的爸爸與演員朋友的造型，那種剛好兩天沒刮鬍子、但依然帥氣的樣子。

他的身材很好，可是不會過度壯碩。黑檀木色的頭髮理得很短，是羅馬人的風格。他有著和傑生一樣的閃亮藍色眼眸，膚色卻是古銅色的，彷彿一輩子都躺在日光浴床上曬成的顏色。最令人驚奇的是，他看起來大約只有二十歲，保證不會更老。他有一種粗獷的帥氣，但絕對不是山頂洞人那一型。

他的確有一根棍棒，就放在腳邊沙灘上，看起來比較像加大尺寸的球棒，一支一公尺半長、光亮的桃花心木圓柱加上皮革嵌銅握把的球棒，黑傑教練一定會忌妒。

傑生和派波走到浪花邊緣。他們慢慢接近，小心不做出任何帶有威脅性的舉動。海克力士面無表情地看著他們靠近，好像他們是某種以前沒見過的海鳥。

「哈囉。」派波說，這永遠是最好的開場白。

「什麼事？」海克力士說。他的聲音低沉但隨意，很有現代感，就像是在高中更衣室裡的那種打招呼方式。

「呃，沒什麼事，」派波瑟縮了一下，「這個嘛，老實說，有滿多事的。我是派波，這位是傑生。我們……」

「你的獅皮呢？」傑生突然打岔。

派波想要用手肘頂他，但海克力士看起來是驚喜多於生氣。

「現在氣溫超過攝氏三十度，」他說：「我何必穿獅皮呢？你去海邊會穿毛皮大衣嗎？」

「這樣講的確有道理，」傑生聽起來有點失望，「只是因爲在所有的圖畫中，你都會穿著獅皮呀。」

海克力士用抱怨的眼神瞪著天空，好像想要和父親宙斯說幾句話。「不要相信那些關於我的傳聞，成爲名人不是你想像中那麼有趣。」

「告訴我爲什麼。」派波嘆氣。

海克力士明亮的藍眼睛轉而注視派波。「你是有名的人嗎？」

「是我爸爸……他演電影。」

海克力士吼了一聲。「不要跟我講那些電影。奧林帕斯的眾神呀，他們從來就沒有做對任何事。你有看過任何一部關於我的電影中，我是長得像現在這個樣子嗎？」

98 天后希拉給海克力士十二項任務的第一項即是殺死奈米亞獅子（Nemean Lion），之後海克力士便以獅皮為斗蓬，並將獅頭作為頭巾裝飾。

派波必須承認這一點他說得對。「我的確很驚訝，你好年輕。」

「哈！身為不死天神是有幫助的。不過我死的時候也沒那麼老，以現在的標準來說絕對不老。我在當英雄的歲月裡做了非常多的事……老實說，太多了。」他的目光轉移到傑生身上。「宙斯的兒子，是吧？」

「朱比特。」傑生回答。

「沒有太大差別，」海克力士抱怨說：「父親的兩個形式都很討厭。像我，我叫赫拉克勒斯，然後羅馬人來了，改叫我海克力士。我本身沒有多少改變，但最近一想到這件事就會讓我頭痛欲裂……」

他的左邊臉孔抽動，長袍突然閃爍，瞬間變成白色，然後又變回紫色。

「總之，」海克力士說：「如果你是朱比特的兒子，你或許能夠理解。這是很大的壓力，永遠都不滿足，到最後會害人崩潰的。」

他轉回去看派波，派波覺得好像有上千隻螞蟻爬上她的背。他的眼睛裡混合著悲傷與黑暗，似乎不是很清醒，而且絕對不安全。

「至於你，親愛的，」海克力士說：「要小心。宙斯的兒子可能是……算了，不提了。」

派波不確定他要說什麼，她突然很想盡可能遠離這位天神，但她努力維持鎮定、客氣的表情。

「所以，海克力士大人，」她說：「我們在進行一個任務，想得到許可進入地中海。」

海克力士聳聳肩。「這就是我在這裡的原因。我死了以後，父親任命我為奧林帕斯的守門員。我說，太好了！到宮殿上班！一天到晚舉行宴會！但他沒有提到要我守在古老地盤的大門口，生生世世困在這座小島上，還眞是樂趣無窮啊。」

他指著浪花間突出的柱子。「愚蠢的柱子。有人說，直布羅陀海峽是我劈開山脈創造出來的，也有人說那些山是柱子。眞是一堆奧吉斯的牛糞[99]！柱子就是柱子嘛。」

「是的，」派波說：「就是如此。所以……請問我們能通過嗎？」

天神抓抓他時髦的鬍子。「這個嘛，我得給你們標準的警告詞，告訴你們古老的土地有多危險，混血人很難在馬利諾斯崇存活。因爲這樣，我必須給你們一項任務，來證明自己夠格，夠……什麼什麼的。老實說，我不會把事情弄得很大，通常我都叫混血人去採購一趟、唱好玩的歌之類。在我替那邪惡的表親尤里士修斯[100]做了那麼多苦差事後，嗯……我不想成爲那樣的人，你懂嗎？」

「很感謝。」傑生說。

「嘿，沒問題。」海克力士說得很放心、也很輕鬆的樣子，但派波依舊很緊張。他眼眸裡有一抹黑色閃光，讓她想到泡在煤油裡的木炭，隨時準備瞬間引燃。

「所以呢，」海克力士說：「你們的任務是什麼？」

「巨人，」傑生說：「我們要前往希臘，阻止巨人喚醒蓋婭。」

「巨人，」海克力士喃喃說：「我痛恨那些傢伙。當我還是個混血英雄時……啊，不提

---

[99] 海克力士的十二項任務中，有一個是幫助奧吉斯國王清理牛棚，他改變兩條河的河道，才清理掉累積了三十年的牛糞。

[100] 尤里士修斯（Eurystheus），提林斯國王、海克力士的堂兄弟。因為海克力士年輕且負盛名，尤里士修斯深恐他威脅到自己的王位，所以海克力士為他完成十二件苦差事時，他想盡辦法設計刁難。

了。所以是哪個天神叫你們做這些事……爸爸？雅典娜？該不會是阿芙蘿黛蒂？」他挑起眉毛看派波。「像你這麼美麗的女孩，我猜她就是你媽。」

派波的腦筋應該要動得更快，可是海克力士讓她心神不安。太遲了，她發現這個對話就要變成地雷區。

「希拉派我們來的。」傑生說：「她讓我們聯合起來……」

「希拉。」突然間海克力士的表情就像直布羅陀的斷崖——一個堅實、無情的冰冷石塊。

「我們也很討厭她，」派波趕快說。天呀，她剛剛怎麼沒有想到？希拉可是海克力士的死對頭。[101]「我們一點都不想幫助她，她沒給我們多少選擇。可是……」

「你們就來到了這裡。」海克力士說，所有善意已經煙消雲散。「對不起，兩位。我不在乎你們的任務有多麼重要，不在乎任何希拉想要做的事。一點都不在乎。」

傑生看起來很迷惑。「我以爲你變成天神後就和她和好了。」

「就像我告訴過你的，」海克力士忿忿地說：「不要相信傳聞。如果你們眞的想要進入地中海，恐怕我要給你們特別艱難的任務了。」

「但我們就像兄弟耶，」傑生抗議，「希拉也毀掉了我的生活，我可以理解……」

「你什麼都不理解，」海克力士冷冷地說：「我的第一個家庭，人都死光光了。我的人生浪費在誇張離譜的任務上。我的第二任妻子也死了，因爲被騙說要毒死我、讓我痛苦。而我的回報呢？就是變成一個小天神。我死不了，所以永遠忘不掉那些苦痛。困在這邊當守門員，其實……就是奧林帕斯的僕役。不，你不能理解。唯一可以稍稍理解我的只有戴歐尼修斯，他至少發明了一樣有用的東西。我什麼都不能留給世人，除了一堆亂改我人生的爛電影之外。」

派波啓動魅惑模式。「海克力士大人，您這一切眞是太悲慘了。但是，請求您對我們寬容一些，我們不是壞人。」

她認爲自己這招應該成功了，因爲海克力士遲疑了一會兒。然後他緊閉下巴，搖了搖頭。「在這座島嶼的另一邊、山丘的後面，你會看到一條河。河流當中住著一位老天神，名叫阿刻羅俄斯[102]。」

「然後呢……？」傑生問。

海克力士暫停下來，好像這個消息應該會把他們嚇跑才對。

「然後，」海克力士說：「我希望你打斷他的另一個角，拿來給我。」

「他有角，」傑生說：「等等……他的另一個角？什麼……？」

「自己去弄清楚，」天神斷然說道：「這個，或許可以幫忙。」

他說「幫忙」的語氣卻好像是說「傷害」。海克力士從長袍下拿出一本小書，朝派波丟過去，她差點沒接好。

這本書光滑的封面上是一些集錦照片，有希臘的神殿和微笑的怪物。彌諾陶[103]伸出朝上的

---

[101] 天后希拉（即宙斯的妻子）知道海克力士是宙斯的私生子，千方百計想要置他於死地。當海克力士還是嬰兒時，希拉偷偷將一條雙頭蛇放在搖籃中，海克力士卻將蛇弄死。後來海克力士娶了底比斯的公主，生了兩個孩子。結果希拉又讓海克力士發瘋，殺死了自己的妻兒。

[102] 阿刻羅俄斯（Achelous），希臘神話中的河神，泰坦海神歐開諾斯（Oceanus）的兒子。

[103] 彌諾陶（Minotaur），希臘神話中牛頭人身的怪物。參《波西傑克森—神火之賊》七十五頁，註[10]。

大拇指，書名是《海克力士的馬利諾斯崇指南》。

「夕陽西下前，把那個角帶來給我。」海克力士說：「就你們兩個人，不准聯絡你們的朋友。你們的船隻就停在那裡，如果你們成功了，便可以進入地中海。」

「如果沒成功呢？」派波問，雖然她完全不想聽到答案。

「這個嘛，顯然阿刻羅俄斯會殺掉你們。」海克力士說：「而我會徒手把你們的船劈成兩半，送你們的朋友到少年墳場。」

傑生不安地移動腳步。「難道我們不能唱些有趣的歌嗎？」

「我要走了。」海克力士冷漠地說：「夕陽西下，不然就等著朋友死亡。」

27 派波

《海克力士的馬利諾斯崇指南》對解決蛇與蚊子的問題毫無幫助。

「如果這是一座魔法島嶼，」派波忍不住抱怨，「爲什麼不能是一座美好的魔法小島呢？」

他們爬上一座山丘，再下到一個樹木濃密的山谷，小心避開在岩石上曬太陽的紅黑條紋蛇。蚊子在谷底的死水池塘上群集飛舞，林間的植物大多是矮小的橄欖樹、扁柏和松樹。聒噪的蟬鳴、逼人的暑氣讓派波想到在奧克拉荷馬小屋裡度過的夏日。

到目前爲止，還沒有發現任何河流。

「我們可以用飛的。」傑生再度建議。

「我們可能會錯過什麼東西，」派波說：「何況，我並不想掉下去就撞上一個不友善的天神。他叫什麼名字呀？愛刻——螺絲？」

「阿刻羅俄斯，」傑生邊走邊翻閱指南，所以他不斷地撞到樹或絆到石頭。「這裡說他是河……嗎？」

「他是河馬？」

「不，他是河神。根據這邊寫的，他是希臘一些河流的河神。」

「既然我們不是在希臘，可以假設他已經搬家了。」派波說：「看來這本書沒有多少用處，我們還是不要抱太大期望。還有寫別的嗎？」

「有說海克力士和他對打過一次。」傑生說。

「海克力士和古希臘百分之九十九的東西都對打過吧？」

「也對，我來看看。海克力士之柱……」傑生翻到下一頁，「這裡說這個島上沒有旅館、沒有餐廳、沒有交通工具。景點：海克力士與兩根柱子。咦，這個有趣了。金錢的符號，就是字母『S』上面畫兩槓的符號，據說是來自西班牙的國徽；那個圖形裡面有這兩根海克力士之柱，然後有一面旗幟在兩根柱子間盤繞。」

眞好，派波心想。傑生終於和安娜貝斯一國了，她異乎常人的智慧開始影響到他。

「有什麼有用的資訊嗎？」

「等等，這裡有一個關於阿刻羅俄斯的小註解：『這位河神曾經因爲搶奪美女黛安妮拉[104]，和海克力士打了一架。在衝突中，海克力士弄斷他的一個角，這個角後來成爲世上第一個富饒角。』」

「什麼角？」

「就是那個感恩節的裝飾品，」傑生說：「一個東西裝到滿出來的角？我們在朱比特營時，餐廳裡就放過這種裝飾品。我從來沒想到原來這個角眞的是從某人頭上折下來的。」

「我們是要拿下他的另一個角，」派波說：「我猜那不容易辦到。黛安妮拉是誰？」

「海克力士娶了她，」傑生說：「我想……這本書上並沒有寫，但我想她應該發生了什麼不幸。」

派波還記得剛才海克力士說的，他第一次婚姻的家庭成員都死光了，第二任妻子因爲被騙去毒害他，後來也死了。派波對於這個任務的喜愛程度愈來愈低了。

他們又越過了兩山之間的一個山脊，盡量走在陰影下，然而派波整個人已經被汗水浸溼了。蚊子咬的腫包遍布她的腳踝、手臂和脖子，她看起來八成很像得了天花。

她好不容易有了可以和傑生獨處的機會，結果竟然是這樣度過。

當她聽到傑生提起希拉時，眞的有點火大，但她知道不應該怪他。或許她只是對於所有關於他的事情都很焦慮。自從造訪過朱比特營之後，她一直懷抱著許多憂慮與怨恨。

她很想知道海克力士本來想要告訴她宙斯兒子的事。不能信任他們嗎？他們活在太大的壓力下嗎？派波試著想像傑生死後也變成天神，站在某個海灘看守某片大海入口，而那時派波與所有他認識的凡人都離世了。

她很好奇海克力士是否曾經是個和傑生一樣正面的人——更樂觀、更有自信，而且容易安撫？當然這些事很難知道。

當他們走到下一個山谷，派波的思緒跑到阿爾戈二號，想像船上會有什麼事。她很想傳遞伊麗絲訊息過去，可是海克力士警告他們不可以和朋友聯絡。她希望安娜貝斯能猜測到這裡的狀況，不要再派另一組人馬出來；她不確定海克力士再被激怒時會做出什麼舉動。她想像著黑傑教練會失去耐心，朝紫衣男子發射弩砲，或者幻影幽靈附身到所有船員身上，在海克力士的命令下強迫他們自殺。

派波打了一陣寒顫。她不知道現在幾點了，但太陽已經開始西沉，這一天怎麼過得如此

104 黛安妮拉（Deianira），海克力士的第二任妻子。為了讓丈夫永遠愛她，誤信半人馬奈瑟斯（Nessus）的話，讓海克力士穿上沾有毒液的衣服，海克力士因而死亡。

迅速？本來日落帶來的涼爽氣溫應該會讓她開心才對，然而日落是他們的大限。如果他們都死了，夜晚的涼風也毫無意義。更何況，明天就是七月一日，所謂的七月「凱林德日」，如果他們的消息正確，那將是尼克．帝亞傑羅的末日，也是羅馬的毀滅之日。

「停！」傑生突然說。

派波不確定發生了什麼狀況，然後她聽到前方有流水聲。他們穿過樹林，發現來到一條河的岸邊。河面有十幾公尺寬，卻只有幾十公分深，閃亮的銀色河水潺潺流過平滑的岩石河床。在下游幾公尺的地方，水流湧入一個深藍色、可以游泳的水潭中。

這條河流不知為何讓她感到煩悶。樹上的蟬鳴停止了，鳥叫聲也不見了，彷彿河流在給大家上課，只准它自己發出聲音。

但派波愈仔細聆聽河流的聲音，愈覺得河流在發出邀請。她想要喝些水，也許她應該脫下鞋子泡一下腳。至於那個水潭……如果和傑生一起跳進去，在樹蔭之下放鬆，在清涼的水中漂浮，那是多麼浪漫的事呀！

派波搖晃一下身體，這些想法不是她自己的。這裡一定有什麼狀況，感覺就像是河流在魅惑她。

傑生坐在一顆石頭上，正要開始脫鞋。他朝著水潭微笑，彷彿等不及要跳進去了。

「停下來！」派波對著河流大喊。

傑生嚇了一跳。「什麼停下來？」

「不是你，」派波說：「是他。」

她知道這樣指責河水很奇怪，但她很確定河水正在使出某種魔法，支配他們的感受。

就在她覺得自己已經失去了控制力，而傑生也會這麼說她的時候，河水說話了。「原諒我，唱歌是我僅存的幾個樂趣之一。」

一個身影從水潭出現，就像搭電梯那樣上升。

派波的肩膀整個緊繃，因爲那個身影正是她在刀面上見過的怪物，一個長著人臉的公牛。他的皮膚如河水般湛藍，腳蹄漂浮在水面上，牛頭之上長出一個人類的頭，頭頂是短而捲曲的黑髮，鬍鬚是捲曲的古希臘型式，雙焦眼鏡後面的眼睛顯得很哀傷，一張嘴彷彿定格在永遠噘起的模式。在他頭頂的左側有根牛角往外伸出，是那種戰士會取下來當杯子用的黑白彎曲牛角。不平衡的頭頂使他的頭向左邊偏斜，好像想把耳朵裡的水倒出來。

「哈囉，」他憂愁地說：「我猜，你們是來殺我的。」

傑生把鞋子穿回去，慢慢站起來。「嗯，這個嘛……」

「不是的！」派波趕忙說：「很抱歉，這實在有點難爲情，我們並不想打擾你，可是海克力士叫我們過來。」

「海克力士！」公牛男嘆了一口氣。他用蹄拍打水面，好像準備出擊。「對我來說，他永遠是赫拉克勒斯，那才是他眞正的希臘名字，意思是『希拉的榮耀』。」

「眞有趣的名字。」傑生說：「因爲他恨她。」

「沒錯，」公牛男說：「也許就是這樣，所以當羅馬人改了他的名字，他完全沒有抗議。當然，那也是現在絕大多數人知道的名字，就像是他的……品牌，如果你要我說的話。這個海克力士除了在乎形象，其他什麼也沒有。」

公牛男的刻薄話語裡帶著一種熟稔的感覺，好像海克力士曾經是他的好朋友，但已經漸行漸遠。

「你是阿刻羅俄斯？」派波問。

公牛男把前腳彎曲並壓低頭行個禮，讓派波覺得既甜蜜又有點感傷。「我願為您效勞。我是非凡的河神，從前希臘最強河流的主神，如今被判常居於此，與宿敵在同一個島上生活，各據一方。喔，眾神們實在很殘酷！但是將我們兩個安排在這麼近的地方，到底是懲罰我還是懲罰海克力士，我一直不確定。」

派波不明白他說這話的意思，然而河流的背景聲音又開始入侵她的腦袋，提醒她天氣有多熱、嘴巴有多渴，提醒她下水游泳會是多麼愉快的事。她努力叫自己集中精神。

「我是派波，」她說：「這位是傑生。我們不希望發生衝突，只是赫拉克勒斯……海克力士，不管他是誰，對我們很生氣，叫我們過來這裡。」

她解釋他們的任務，是要去古老的土地阻止巨人喚醒蓋婭。她描述他們的小隊是由希臘人與羅馬人共同組成的，以及海克力士在發現希拉是主使者之後勃然大怒。

阿刻羅俄斯不停地朝左邊點頭，派波不確定他是聽到打瞌睡，還是單邊牛角讓他疲勞。

當她終於說完，阿刻羅俄斯卻好像把她當成是惱人的紅疹發作。「喔，親愛的……你要知道，傳說都是眞的。這些精靈，還有食人魔。」

派波忍住想哭的衝動。她並沒有對阿刻羅俄斯提起任何相關的事情呀。「怎麼……？」

「河神知道很多事，」他說：「唉呀，你都在注意錯誤的故事。如果你要去羅馬，那淹水的故事更適合你聽。」

「派波，」傑生問：「他到底在說什麼？」

她的想法瞬間雜亂得像是萬花筒。淹水的故事……如果你要去羅馬……

「我……我不確定。」她說，雖然提到淹水的故事就像遠方敲起了警鐘，「阿刻羅俄斯，我不懂……」

「是啊，你不懂的，」河神同情地說：「又一個可憐的女孩要和宙斯的兒子在一起了。」

「等一下，」傑生說：「事實上，我是朱比特的兒子。還有，爲什麼那樣會讓她變成可憐的女孩？」

阿刻羅俄斯不理他。「親愛的女孩，你知道我和海克力士打架的原因嗎？」

「爲了一個女人，」派波回憶說：「黛安妮拉？」

「是的。」阿刻羅俄斯嘆息。「那你知道她發生了什麼事？」

「嗯……」派波瞄向傑生。

傑生拿起那本指南，開始拚命翻閱。「上面沒有寫……」

阿刻羅俄斯憤怒又不屑地問：「那是什麼東西？」

傑生眨眨眼。「只是……只是一本《海克力士的馬利諾斯崇指南》，他給我們這本書，讓我們……」

「那不是書，」阿刻羅俄斯堅持說：「他給你們這個只是要徹底激怒我，不是嗎？他知道我痛恨那些東西。」

「你痛恨……書？」派波問。

「呸！」阿刻羅俄斯臉紅了，藍色的臉突然變成茄子般的紫色。「那不能叫做書。」

他又用蹄拍了拍水面，一個卷軸就像迷你火箭般從河裡噴射出來，落在他的正前方。他舉蹄輕輕將它推開，一份飽經風霜的黃色羊皮紙文件展開了，上面有褪色的拉丁文手跡與精緻的手繪圖案。

「這才叫做書！」阿刻羅俄斯說：「喔，這羊皮紙的香味、卷軸的優雅，都從我的蹄下傳來了。你根本無法隨便複製出類似的傑作。」

他忿忿地指著傑生手上的指南。「你們現在的年輕人和新發明的小玩意兒！裝訂的書、又小又擠的文字方塊，對我們有蹄類是很不友善的。那種裝訂成冊的書，如果你非要我說的話，就是一本『裝出來』的書。總之，它不是傳統的書，它永遠不能取代優美的老卷軸！」

「喔，那我現在要把它丟到一邊了。」傑生迅速把那本指南塞進背包去，彷彿他手上拿的是個危險武器。

阿刻羅俄斯似乎稍微冷靜了一點，這讓派波也感到放鬆一些，起碼她暫時不用擔心被只有一個牛角的古書瘋狂愛好者踩爛了。

「看，」阿刻羅俄斯指指卷軸上的一張圖說：「這就是黛安妮拉。」

派波跪下來看。這幅手繪的肖像畫很小，但她看得出來這個女人十分美麗，有著深色長髮與深色眼睛，俏皮的笑容可能會讓一堆男人爲之瘋狂。

「卡呂冬的公主，」河神哀傷地說：「她已經許諾了我，直到海克力士半途殺進來。他堅持要決鬥。」

「他還打斷你的角？」傑生猜說。

「沒錯，」阿刻羅俄斯說：「這件事讓我永遠不能原諒他。過著只有一邊有角的生活，是不舒服到幾近恐怖的感受。但是，可憐的黛安妮拉狀況更悽慘。她當時如果嫁給我，就會有長久幸福的人生。」

「嫁給一個公牛男，」派波說：「而且還住在河裡。」

「完全正確，」阿刻羅俄斯說：「看起來她不可能拒絕吧？但結果不是這樣，她選擇了海克力士，跟著那個帥氣浮誇的大英雄離開，放棄了忠實優秀、眞正會善待她的丈夫人選。後來發生了什麼事？唉，她早該料到的，海克力士的精力全放在解決自己的問題上，而不是如何當個好丈夫。你要知道，他已經謀殺了一個妻子，希拉詛咒他，所以他在瘋狂之下殺光了自己的家人。眞是可怕的事，所以他才被懲罰去做十二件苦差事來贖罪。」

派波十分驚駭。「等等……希拉讓他發瘋，卻要海克力士接受懲罰？」

阿刻羅俄斯聳聳肩。「奧林帕斯眾神好像從來不用爲自己的罪惡付出代價。而且，希拉向來痛恨宙斯的兒子……或朱比特的兒子。」他不信任地看了傑生一眼。「無論如何，我可憐的黛安妮拉從此走向悲劇的結局，她變得忌妒海克力士的眾多緋聞。你要知道，他遊覽了一堆國家，然後就和他父親宙斯一樣處處留情。後來黛安妮拉絕望極了，便聽從人家不好的建議；一隻名叫奈瑟斯的半人馬對她說，如果想換得海克力士永遠的忠誠，可以把一些半人馬的血液灑在海克力士最愛穿的衣服內面。不幸的是，奈瑟斯說的是謊話，因爲他想報復海克力士。黛安妮拉乖乖照著半人馬的方法去做，但結果不是換得海克力士的永遠忠誠……」

「半人馬的血就像強酸。」傑生說。

「沒錯，」阿刻羅俄斯說：「海克力士痛苦死亡。黛安妮拉知道自己鑄下大錯，她……」

河神在脖子前擺出一個自刎的動作。

「太可怕了。」派波說。

「所以親愛的，你明白這故事的寓意？」阿刻羅俄斯問：「就是要提防宙斯的兒子。」

派波不敢看自己的男朋友，她不確定自己能否隱藏住眼眸中的緊張。傑生絕對不會像海克力士那樣的，但這個故事確實激出了她內心所有的恐懼。希拉操弄過她和傑生的關係，就像操弄海克力士一樣。派波想要說服自己，傑生絕不會像海克力士那樣陷入殺人的瘋狂狀態。可是她又想到，幾天前他才被幻影幽靈附身，差點殺死波西．傑克森。

「海克力士現在是一位天神了，」阿刻羅俄斯說：「他娶了青春女神希碧[105]，卻依然很少在家。他長年住在這座島上，守衛那兩根怪異的柱子。他說是宙斯叫他這樣做的。但我認爲是他自己比較喜歡待在這裡而不回奧林帕斯，每天在這裡醞釀他的悲情、傷痛他的人生。我的存在提醒了他人生的失敗，特別是最後那位殺了他的女人。而他的存在也提醒了我可憐的黛安妮拉，一個原本要成爲我妻子的女人。」

公牛男拍拍卷軸，卷軸便自動闔起，沉入水中。

「海克力士要取我的另一個角，就是要羞辱我。」阿刻羅俄斯說：「或許他只要知道我過得很悲慘，便可以自我感覺好一點。再說，這個角可以拿來當富饒角，美好的食物和飲品會從裡面流出來，如同我那能讓河水流動的能力。難怪海克力士要自己留著富饒角，這眞是一個悲劇、一個浪費呀。」

即使派波感覺河流的聲音與阿刻羅俄斯令人昏沉的嗓音都在影響她思考，她還是忍不住認同起河神的話，開始討厭海克力士了。這可憐的公牛男看起來如此悲傷與孤獨。

傑生有了動作。「我很抱歉，阿刻羅俄斯。老實說，你得到很不合理的對待。但或許……沒了另一隻角，你比較不會這麼不平衡，說不定感覺會好很多。」

「傑生！」派波抗議。

傑生攤開雙手。「只是建議而已。再說，我們沒有多少選擇。如果海克力士沒有拿到牛角，他會殺死我們和我們的朋友。」

「他說得對，」阿刻羅俄斯說：「你們沒有選擇，所以，我也希望你們原諒我。」

派波皺起眉頭。河神的聲音聽起來是那麼的心碎，她想拍拍他的頭。「原諒你什麼？」

「我也沒有選擇，」阿刻羅俄斯說：「我必須阻止你們。」

河水爆發，一整片水牆衝向派波。

---

105 希碧（Hebe），古希臘神話中的青春女神，宙斯與希拉所生的女兒，也是奧林帕斯山眾神的斟酒官。後來她嫁給升上天界的大英雄海克力士。

28 派波

水流像手掌一般抓住派波，把她拉向深處。掙扎是無用的，她閉緊嘴巴，強迫自己不要吸氣，但她幾乎控制不住心裡的恐慌。除了一連串的泡泡，她幾乎什麼也看不到，只聽見自己的拍水聲和水流低沉的咆哮聲。

她正想著這就是自己可能的死亡方式：溺死在一個不存在小島上的水潭。這時，與剛剛被往下拉同樣突然，她猛地被推上水面。她發現自己處在一個漩渦的中心，可以呼吸，卻無法脫離漩渦。

在幾公尺遠的地方，傑生也浮出水面喘息，手裡還握著劍。他狂亂地揮舞著長劍，但並沒有可攻擊的對象。

就在派波右邊約六公尺處，阿刻羅俄斯從水中升起。「我眞的爲此感到抱歉。」他說。

傑生撲向他，召喚氣流將自己抬離水面。但阿刻羅俄斯的動作更快，也更有力，一股水流襲向傑生，又把他打入水中。

「停下來！」派波尖叫。在漩渦中載浮載沉的同時還要說魅語，並不是容易的事，不過她確實吸引到阿刻羅俄斯的注意。

「恐怕我是無法停下來的，」河神說：「我不能讓海克力士拿走我的另外一個角，那將是奇恥大辱！」

「還有別的方法呀！」派波說：「你可以不用殺死我們！」

傑生又努力浮出水面。一個迷你風暴雲已經在他的上方醞釀成形，雷聲大作。

「不可以那樣做，朱比特之子，」阿刻羅俄斯斥責說：「如果你呼叫閃電，你剛好會電死你的女朋友。」

水勢再度把傑生拉了下去。

「放開他！」派波把所有足以說服人的力量全數加入話語中，「我發誓，我絕對不會讓海克力士拿到你的角！」

阿刻羅俄斯遲疑了。他涉水朝她接近，頭仍歪向一邊。「我相信你是眞心誠意那樣說的。」

「我是！」派波承諾，「海克力士太卑鄙了。但是，求求你，先放開我的朋友。」

傑生沉沒處的河水翻騰起來。派波好想尖叫，他這樣憋著氣能撐多久呢？

阿刻羅俄斯從他的雙焦鏡片往下看著派波，表情顯得軟化了。「我知道了，你願意當我的黛安妮拉，你願意當我的新娘，彌補我的損失。」

「什麼？」派波不確定自己有沒有聽懂他的意思，這個漩渦眞的害她連腦袋都在打轉。

「嗯，我眞正在想的是……」

「喔，我了解，」阿刻羅俄斯說：「你不好意思在自己男朋友的面前提議。當然，你是對的。我對待你會比朱比特的兒子對你還要好很多，在這麼多世紀以後，我終於可以做出一些正確的事情了。我無法拯救黛安妮拉，但我可以拯救你。」

已經過三十秒了嗎？還是一分鐘？傑生無法再撐多久的。

「你得讓你的朋友死去，」阿刻羅俄斯繼續說：「海克力士一定會很生氣，不過我可以保護你，我們倆在一起會很快樂的。我們就從讓那個傑生淹死開始，好嗎？」

派波幾乎嚇到魂飛魄散，可是她必須專心。她隱藏住自己的恐懼和憤怒，她是阿芙蘿黛蒂的小孩，她必須使用她的天賦工具。

她盡可能露出最甜美的笑容，舉起雙手。「求求你，拉我起來。」

阿刻羅俄斯的臉色一亮，抓住派波的手，將她拉離漩渦。

她從來沒有騎過牛，但她在混血營時，曾經練習過騎在沒有馬鞍的飛馬背上，她還記得怎麼做。她利用瞬間的動能，一隻腳飛跨過阿刻羅俄斯的背，然後用兩邊的腳踝扣住他的脖子，一隻手繞到他的喉嚨，另一隻手拔出刀。她把刀刃抵住河神的下巴。

「放開──傑生，」她把所有力量放進命令中，「現在！」

派波知道她的計劃有許多破綻，河神可能只需要簡單地溶進水中，或者把她拉到水面下讓她淹死。但顯然她的魅惑發揮作用了，也可能是阿刻羅俄斯興奮到腦筋沒在思考。他八成不習慣被美女威脅著要割他的喉嚨。

傑生就像人肉砲彈般射出水面，他撞斷一根橄欖樹枝，跌向草地。那想必很不舒服，但他還是努力站起來，一邊喘氣一邊咳嗽。他舉起長劍，烏雲瞬間在河流上方聚集。

派波射來一道警告的眼神：「再等等。」她還得先離開河面，免於被溺死或電死的危險。

「當一頭乖牛。」她警告。

阿刻羅俄斯弓起了背，彷彿在思考這是否爲一場騙局。派波將他喉嚨上的刀刃抵得更緊。

「你承諾過，」阿刻羅俄斯從咬緊的牙關間說：「你承諾不會讓海克力士拿到我的角。」

「他不會，」派波說：「但是我會。」

她舉起刀子，劃下河神的牛角。神界青銅削過牛角的基座，宛如削過溼黏土般輕鬆。阿刻羅俄斯憤怒地咆哮，派波趁他還沒恢復之際站上他的背，一手持刀，一手拿牛角，往岸邊跳過去。

「傑生！」她吶喊。

感謝眾神，他懂她的意思。一陣風接住了她，將她安全帶到岸上。當她滾落地面時，頸背寒毛全都豎直了。一種金屬味道飄散在空氣中，她轉身要看河流，一陣眩目到令人眼盲的光頓時劈下來。

轟！閃光攪動了水流，河面瞬間變成一個沸騰的大湯鍋，冒著蒸氣、發出聲響，還夾雜著電流。派波眨眨眼，甩掉眼中冒出的黃色斑點。這時，河神阿刻羅俄斯也在嗚咽中消溶到水面下。他驚恐的表情好像在說：「你怎麼能這樣對我？」

「傑生，快走！」她依然覺得滿懷恐懼又發暈想吐，但兩人還是匆匆衝向樹林。

當派波爬上山頭，把牛角緊握在胸前時，她才發現自己正在哭泣。然而她不確定這些眼淚是因爲害怕、放鬆，還是羞愧自己竟然這樣對待老河神。

他們一直走到山腰才放慢腳步。

派波覺得頭暈，她告訴傑生他在水中掙扎時發生的事，不時停下來哭泣。

「派波，你是不得已的。」他把手放到她的肩膀上。「你救了我的命。」

她揉揉眼睛，努力控制住自己。太陽已經接近地平線，他們必須趕快回到海克力士那邊，不然朋友們都會死。

「是阿刻羅俄斯逼迫你的，」傑生繼續說：「再說，我懷疑那個閃電是否眞的可以殺死他。他是古老的天神，必須毀掉他的河流才能完全殺死他。況且，他失去了角還是可以活下去。至於不會讓海克力士拿到角這件事，如果你必須騙他……」

「我不是在騙他。」

傑生盯著她看。「派波……我們沒有選擇，海克力士會殺了……」

「海克力士不配得到這個東西。」派波不知道自己從哪裡冒出這麼大的怒火，但她一輩子從沒像現在有這麼確定的感受。

海克力士是一個刻薄又自私的混蛋，他已經傷害太多人，現在竟然還想繼續傷害他們。或許他經歷過一些痛苦時光，或許他曾經被眾神踢來踢去，但這些不能成爲他的藉口。儘管英雄控制不了天神，他應該有能力控制住自己。

傑生永遠不會像他那樣的，他永遠不會把自己的問題怪罪到別人頭上，或者把力氣放在抱怨而不去做該做的事。

派波不要重蹈黛安妮拉的覆轍，她才不要因爲海克力士英俊、強壯又有點讓人害怕，就順從地和他在一起。他這次不能恣意而行了，尤其是在他威脅了他們的生命，只因唾棄希拉便叫他們去害阿刻羅俄斯之後。海克力士不配擁有一個象徵富饒的牛角，派波要他只能待在適合他的地方。

「我有一個計劃。」她說。

她告訴傑生要怎麼做，她甚至沒有發現自己是在用魅語和傑生說話，直到傑生目光變得呆滯才注意到。

「你說的都好。」傑生保證。然後他眼睛眨了眨，「我們總是要死，但我會去做。」

海克力士站在原來的地方等待他們。海克力士正凝望著阿爾戈二號，它停泊在兩根柱子中間，太陽在它後方西沉，船上看起來很正常，但派波開始覺得自己的計劃太瘋狂了。要重新考慮也來不及了。她已經傳送伊麗絲訊息給里歐，傑生也已經做好準備。再說，又一次看到海克力士讓她心中更加篤定，絕對不要給他想要的東西。

海克力士看到派波拿著牛角出現時，並沒有那種眼睛爲之一亮的欣喜，只是愁容和皺紋少了一些。

「好，」他說：「你拿到東西了。既然這樣，你們可以自由離開了。」

派波看著傑生。「你聽到他說的，他已經批准了。」她轉頭看天神，「那表示我們的船可以進入地中海？」

「對，沒錯，」海克力士彈一下手指頭，「現在，把牛角給我。」

「不行。」派波說。

天神皺起眉頭。「你說什麼？」

她舉起富饒角。這個牛角從阿刻羅俄斯的頭上被砍下來後就變成空心的，內側平滑而黝黑，看起來不像是有魔法的神器，但派波還是希望仰賴它的力量。

「阿刻羅俄斯說得對，」她說：「你是他的不幸，就好像他也是你的不幸。你是一個英雄的爛藉口。」

海克力士盯著她看的神情，宛如她講的是日本話。「你知道我彈一下手指就可以殺死你，」他說：「我可以把棒子丟向你的船，直接將船身切成兩半。我還可以……」

「你可以閉嘴！」傑生說。他拔出長劍，「或許宙斯和朱比特是不一樣的，因爲我不會容許我的兄弟做出像你這樣的行爲。」

海克力士脖子上的青筋變得和他的長袍一樣紫。「你不會是我第一個殺死的混血人。」

「傑生比你優秀太多了，」派波說：「但你別擔心，我們不會和你打鬥，我們會帶著牛角離開這個島。你不配得到這份禮物，我會留著它，提醒自己身爲混血人不該犯的錯，提醒自己記得可憐的阿刻羅俄斯和黛安妮拉。」

天神氣到鼻子快噴火。「不准提起那個名字！你不要以爲我會害怕你那弱小的男朋友，世上沒有人比我更強壯。」

「我沒有說他比較強壯，」派波糾正他：「我是說，他比你優秀。」

派波將牛角的開口對準海克力士。她把從造訪朱比特營之後所生出的怨懟、疑慮、憤怒統統拋開，集中心神在所有與傑生．葛瑞斯共享的美好事情上：在大峽谷御風飛行、在混血營沙灘攜手漫步、在歌詠會裡觀賞星空、在慵懶的午後坐在草莓園中聆聽羊男吹奏蘆笛。

她想像巨人被擊潰後的未來。蓋婭繼續沉睡，他們會幸福快樂地在一起，再也沒有忌妒，沒有怪物要去攻打。她的內心塡滿這些想法，開始覺得富饒角也變得溫暖起來。

牛角噴發了。它噴湧出源源不絕的食物，力道之強就像阿刻羅俄斯的河流。奔騰的新鮮水果、烘烤食物與煙燻香腸，將海克力士整個淹沒了。派波不知道那麼多的東西是如何塞進牛角的，但她覺得火腿的出現倒是頗爲適當。

當這些噴發食物多到足以塞滿一整間屋子時，牛角自動停下來。派波聽到海克力士在食物堆的某處發出尖叫與掙扎，顯然世上最強壯的天神被埋進新鮮食物時也會措手不及。

「快走！」她對傑生說。傑生顯然已經忘記他在計劃裡的角色，只是驚奇地盯著整座水果山。「走！」

他抓住派波的腰，召喚風勢。他們離開島嶼的速度之快，讓派波覺得像是被掃出去的，但時間抓得剛剛好。

就在島嶼從他們的視線往後退時，海克力士的頭已經從食物山裡冒出來了。半顆椰子卡在他的頭頂上，看起來就像戴著頭盔。「我要殺死你們！」他大聲怒吼，彷彿練了好久就為了能這樣喊一次。

傑生降落到阿爾戈二號的甲板上，謝天謝地，里歐已經做好啓航的準備。船隻的槳櫓已經轉換到飛航模式，船錨也已拉起。傑生呼叫了一陣風，風力大到將他們瞬間颳向天空。波西同時向岸邊送出一波三公尺高的巨浪，鳳梨與海浪同時襲擊，再度將海克力士打倒在地。

等到這位天神重新站起來、開始從遠遠的下方對他們拋射椰子時，阿爾戈二號已經穿過雲層，飛行在地中海上空了。

29 波西

波西感覺不到愛。

被邪惡老海神趕出亞特蘭大已經夠糟糕了，然後他還阻止不了一隻大蝦子對阿爾戈二號的攻擊。接著是奇戎的兄弟半人馬魚，他們居然不願意見他。

經過那些事件後，他們到達海克力士之柱，波西卻必須在船上留守，讓那個超級巨星傑生去找他的同父異母兄長。海克力士是史上最有名的混血英雄，波西也同樣沒機會見到他。

好吧，總之，根據派波所說，海克力士是個混蛋，但仍然……波西開始厭倦這種一直待在船上、只能在甲板來回走動的時光。

廣闊的大海理應是他的領域，他應該站出來承擔責任，保護每個人的安危。相反地，在橫越大西洋的整段航程中，他的貢獻非常有限，只能偶爾和鯊魚講講話、聽黑傑教練哼唱電視節目主題歌。

更糟的是，自從他們離開查爾斯頓後，安娜貝斯就顯得十分疏離。她大多時間待在自己的艙房，研究在桑特堡取得的銅盤地圖，不然就是在用代達羅斯的電腦查資料。

無論何時波西經過去看她，她總是陷入沉思，所以他們的對話就變成像這樣：

波西說：「嘿，還順利嗎？」

安娜貝斯說：「嗯，不謝。」

波西說：「好吧……你今天吃東西了嗎？」

安娜貝斯說：「我想是里歐在輪班，去問他。」

波西說：「那，我的頭髮著火了。」

安娜貝斯說：「好，等我一下。」

她有時候會變成這個樣子，這是和雅典娜小孩交往的挑戰之一。然而，波西還是在想能做什麼來博取她的注意。她在桑特堡遇到蜘蛛後，波西很擔心她的狀況，他不知道能怎樣幫助她，特別是在她不想理他的時候。

離開海克力士之柱時，除了有幾顆椰子打進甲板，船身並沒有受到損害。這之後他們就航行在空中，一飛幾百公里。

波西很希望古老的土地並不會像他們聽說的那麼糟糕。但真實情況就像廣告中常聽到的一句話：「你立刻就會發現差異！」

船在一小時內遭到好幾次攻擊。一群嗜食血肉的斯廷法利斯湖怪鳥[106]掠過夜空，非斯都朝牠們噴火。風暴怪物偶爾會在桅桿旁打轉，傑生用閃電趕走牠們。當黑傑教練在前甲板上吃東西時，一隻狂野的飛馬憑空冒出來，踩過教練的玉米捲餅又飛走，只留下滿甲板沾著起司的蹄印。

「那是什麼東西呀？」黑傑教練大聲問。

---

[106] 斯廷法利斯湖怪鳥（Stymphalian bird）是希臘神話中的凶猛怪物，棲息在斯廷法利斯湖畔，長有銅爪銅嘴，會吃人肉，羽毛可像箭一樣發射出去。參《波西傑克森—妖魔之海》一一三頁，註[32]。

看到飛馬出現，波西好希望黑傑克能在這邊。他有幾天沒看到這位朋友了，暴風雨和阿里昂也都沒有出現。或許牠們都不願意來地中海冒險，如果是這樣，波西不會怪牠們。

在第九次或第十次空中攻擊結束後，終於進入午夜時分。傑生對他說：「你要不要先睡一下？我會盡我所能劈走天空出現的怪物，然後我們可能要走一段海路，就換你來值班。」暴躁的風暴怪物在他們穿過雲層時不斷搖晃船身，波西實在不知道這種天候下是否睡得著。但傑生說的有道理，於是他下到船艙，整個人癱到臥鋪裡。

當然，他的惡夢根本不會讓他平靜。

他夢到自己身處在一個黑暗洞穴中，視線只能看到一、兩公尺遠，但這地方想必很寬廣。他附近有水珠滴落的聲音，滴答聲響在相隔甚遠的牆壁間迴盪。空氣流動的方式也讓波西感覺得出來，洞頂距離地面恐怕非常遙遠。

他聽見沉重的腳步聲，然後兩個巨人艾非亞特士和歐杜士從黑暗中拖著腳步出現。波西只能從頭髮分辨出這兩個人，艾非亞特士是滿頭綠色細辮子綁著金、銀硬幣，歐杜士則是紫色辮子，夾著……那些是鞭炮嗎？

他們兩人穿著一模一樣的衣服，外觀同屬標準惡夢等級。他們下半身是白色垮褲，上半身是海盜襯衫，領口開襟很低，以至於露出了過多的胸毛。他們腰上繫著犀牛皮腰帶，上面掛了十二支帶鞘的匕首；他們的鞋子是露趾的涼鞋，證明他們的腳上的確長了蛇。那些蛇的脖子被鞋帶包覆住，應該是腳趾頭的地方則冒出往上伸展的蛇頭。那些蛇興奮地來回吐著蛇信，金色眼睛朝各個方向掃描，就好像小狗在車廂內往窗外看的模樣。或許牠們上一次被穿進「看得到風景」的鞋子，已經是很久以前的事了。

兩個巨人站在波西面前，但完全不理會他，反而盯著黑暗處看。

「我們到了。」艾非亞特士宣布。儘管他的聲音很低沉，說出來的話卻在洞中飄散開來，回音盪漾，直到愈來愈小，終至無聲。

遠遠的上方出現回應：「是的，我看得見，你們那種衣服很難不被發現。」

這個聲音讓波西的胃頓時下垂十五公分。它聽起來有點像女性的聲音，但不是人類。每個咬字裡都混雜著高低不同音的嘶嘶聲響，好像一窩非洲殺人蜂一起學習說英文。

那不是蓋婭，波西很確定。然而無論它是誰，雙胞胎巨人變緊張了。他們的蛇腳坐立難安地游移著，蛇頭帶著敬意上下擺動。

「當然，女士大人，」艾非亞特士說：「我們帶來消息……」

「你們爲什麼要穿成那樣？」那聲音在黑暗處發問。她似乎不打算靠近，這讓波西感覺好一點。

艾非亞特士狠狠瞪他兄弟一眼。「我兄弟應該要穿得和我不一樣，不幸的是……」

「是你說我今天要當丟刀的人。」歐杜士抗議。

「我說今天是我丟刀！你今天是要變魔術！啊，請原諒我，女士大人，您一定不想聽我們吵架。我們是按照您的要求，替您帶消息過來這裡。那艘船已經接近了。」

這個不知道是什麼東西的女士大人發出一連串激烈的嘶嘶聲，有點像輪胎被反覆劃破的噪音。波西一陣顫慄，明白她是在狂笑。

「還要多久？」她問。

「我想，他們在破曉之後很快會登陸羅馬。」艾非亞特士說：「當然，他們得先通過黃金男孩。」

他不屑地哼了一聲，彷彿黃金男孩不是他欣賞的傢伙。

「我希望他們平安抵達，」女士大人說：「他們太早被抓會讓我們少掉很多樂趣。你們都準備好了嗎？」

「好了，女士大人。」歐杜士往前站，洞穴跟著撼動。歐杜士左邊的蛇腳下方出現裂痕。

「小心點，你這個白痴！」女士大人怒吼。「你想要痛苦地回到塔耳塔洛斯去嗎？」

歐杜士退縮回去，垮下來的臉上滿是驚恐。波西知道這是什麼樣的地面了，它看起來像實心的石頭，實際上卻更像他在阿拉斯加踩過的冰河，某些地方堅硬，某些地方……卻不是。他很慶幸自己在夢境中沒有重量。

「沒剩多少東西能撐住這個地方了，」女士大人警告，「當然，除了我的能力之外。雅典娜幾世紀的怒氣只能遏制到這樣，大地之母睡眠中也在底下翻騰。夾在這兩個力量之間……我的網已經破損。但願雅典娜的這個小孩成為值得的祭品，她或許是我最後的玩具。」

艾非亞特士倒抽一口氣，他的目光還停在地上的裂隙。「很快這些就都不重要了，女士大人。蓋婭會升起，我們會得到獎賞。您不需要再守衛這個地方，或者隱藏您的作品了。」

「或許吧。」黑暗中的聲音說：「可是我會想念復仇的甜蜜。我們已經一起合作幾個世紀了，不是嗎？」

雙胞胎鞠了一個躬。艾非亞特士頭髮裡的硬幣跟著閃動，而波西突然有了令他反胃的發現：那些硬幣中有著德拉克馬銀幣，模樣就和安娜貝斯的媽媽給她的完全相同。

安娜貝斯對他說過，每個世代都會有幾個雅典娜的小孩被賦予任務，去尋找失蹤的帕德嫩雕像，但沒有人成功過。

「我們已經一起合作幾個世紀了……」

巨人艾非亞特士的髮辮擁有幾個世紀以來的銀幣，原來那竟是幾百個戰利品。波西想像安娜貝斯獨自站在這個黑暗的地方，想像著巨人奪走她一路攜帶的硬幣，然後加進自己的收藏之中。波西好想拔劍幫巨人剪頭髮，而且要從脖子開始剪起，但他無力行動，能做的只是觀看。

「嗯，女士大人，」艾非亞特士緊張地說：「我要提醒您，蓋婭希望活捉那女孩。您可以折磨她、逼瘋她，當然了，隨便您要怎麼做。可是她的血液必須灑在古老的石頭上。」

女士大人嘶嘶喊說：「別人的血液也可以拿來應付那件事。」

「喔，是的。」艾非亞特士說：「但最好還是那個女孩的血，還有那個男孩，波塞頓的兒子。您應該看得出來，他們兩人最適合這項任務。」

波西不確定這句話的意思，不過他眞想踩裂這地面，讓兩個愚笨又衣著誇張的雙胞胎摔出世間。他絕不會讓自己的血液被用在蓋婭的任務上，更不容許任何人去傷害安娜貝斯。

「我們等著瞧，」女士大人埋怨地說：「現在，離開這裡吧。去準備你們自己的工作，你們有你們自己的場子。而我呢……我要在黑暗中工作。」

夢境消失，波西醒過來。

傑生敲敲他開著的門。

「我們已經下降到海面上了，」他對波西說，表情流露出無比的疲憊。「輪到你了。」

雖然波西不想這麼做，他還是過去搖醒安娜貝斯。他想黑傑教練應該不會介意他們在宵禁之後還敢談話，如果這個談話是有關生死存亡。

他們站在甲板上，除了他們就只有里歐還在負責掌舵；里歐一定也累壞了，但他完全不肯去睡一下。

「我不想再有任何像巨蝦怪之類的驚喜。」他堅持說。

他們一直對里歐說，巨蜈蚣的攻擊不完全是他的疏失，可是他聽不進去。波西了解他的感受，不肯原諒自己的錯誤也是波西最大的天賦之一。

現在大約是凌晨四點，天氣十分糟糕。霧氣濃烈到連在船首的非斯都也看不見，溫熱的溼氣宛如珠簾般懸在空氣中。他們航行在六公尺高的翻騰巨浪裡，波西可以看見可憐的海柔在她的房間裡……胃也在翻騰。

撇開這些，波西還是很高興能夠回到海面上，比起穿越暴風雨、被食人鳥攻擊、玉米餅被飛馬踩爛，他還是喜歡在水上。

他與安娜貝斯站在船首的欄杆邊，然後他對她說起自己夢到的事。

波西不知道她聽了之後是怎麼想的，但她的反應比他預期中還要令人擔心：她似乎沒有驚訝之情。

她望向濃霧。「波西，你必須答應我一件事。不要對別人提起這個夢。」

「不要什麼？安娜貝斯……」

「你所看到的是關於雅典娜的記號，」她說：「其他人知道了，對情況也沒有幫助，只會讓他們更擔心，這樣會讓我更難單獨行動。」

「安娜貝斯，你不是說眞的吧。在黑暗中的那個東西、那個地面不穩的巨大空間……」

「我知道。」她的臉色顯出不自然的蒼白，波西猜想不只因爲濃霧的關係，「但我必須獨自去做這件事。」

波西嚥下他的憤怒。他不確定自己是在氣安娜貝斯或這個夢，還是這個扭轉人類歷史幾千年的希臘羅馬世界，竟然有這樣一個可惡目標：讓波西．傑克森的人生爛到爆。

「你知道洞裡面的東西是什麼，」波西猜說：「它和蜘蛛有關嗎？」

「對。」她小聲回答。

「那你如何能……」波西停止發問。

一旦安娜貝斯做了決定，再與她爭論都是枉然。他記得三年半前在緬因州的那個晚上，他們才救出碧安卡與尼克．帝亞傑羅，安娜貝斯就被泰坦巨神阿特拉斯抓走。波西有好一陣子不知道她是生是死，他橫跨了整個國家，才把她從泰坦手中救回來。那是他生命中最難熬的幾天，不只因爲怪物與打鬥，更因爲憂心。

現在他如何能蓄意放她單獨走，而且明知道前路有更多危險存在？

他突然明瞭，之前他持續幾天的痛楚，大概就是這六個月來安娜貝斯在他失蹤、失憶時每天的感受。

這讓他有種罪惡感，覺得站在這裡和她爭論的自己其實有點自私。她「必須」親赴這個任務，這個世界的命運也可能就此決定。可是他內心還有一小部分在呼喊：「忘掉全世界。」他不想要過著沒有她的生活。

波西望著濃霧。他看不到任何東西，但是在海上他有絕佳的方向感，知道他們所在位置的準確經緯度，知道所在海洋的深度、流過洋流的名字；他能判斷船隻的速度，感應航線上有無暗礁、沙洲或其他的天然危險。然而，完全看不見東西的情況依然令人不安。

從他們下降到水面之後還沒有遭遇到任何攻擊，但這片海洋本身似乎不大一樣。波西待過太平洋、大西洋，甚至阿拉斯加灣，這片海域卻讓他感覺更古老、更有力量，可以感覺到有層層漩渦在他下方。每個希臘或羅馬英雄（從海克力士到埃尼亞斯[107]）都航行過這裡。怪物依然居住在深處，被迷霧緊緊包覆著，以至於經常在沉睡。可是波西察覺到他們開始騷動了，應該是對希臘戰船的神界青銅與混血人的血液味道有了反應。

「他們回來了。」怪物好像在說：「終於有新鮮的血了。」

「我們距離義大利海岸已經不遠，」波西說，主要是爲了打破沉默，「或許再一百海浬就會到台伯河的河口。」

「很好，」安娜貝斯說：「破曉前我們應該……」

「停下來。」波西突然覺得像被潑了一身寒冰。「我們必須停船。」

「爲什麼？」安娜貝斯問。

「里歐，停船！」他大喊。

太遲了。另一艘船赫然從霧中出現，迎頭撞上他們。在那萬分之一秒中，波西看到了一些細節：那是另外一艘古戰船，黑色船帆上畫著蛇髮女怪的頭，船隻前方聚集了一群巨大笨重的戰士，看起來不大像人類，全都穿著希臘戰甲，長劍標槍也已握在手中。船身在海平面處有個銅製大撞鎚，直接撞上阿爾戈二號的船殼。

安娜貝斯和波西差點被撞出船外。

非斯都噴出火焰，十幾個戰士嚇得尖叫並跳入海中，但有更多戰士湧上了阿爾戈二號。爪鉤繩纏繞住欄杆和桅桿，鐵製尖爪戳進船身的木板條中。

等到波西恢復理智，船上已經到處是敵軍。雖然在濃霧與黑暗中不能看得很清楚，這些入侵者似乎是很像人類的海豚，或是很像海豚的人類。有些有著灰色的口鼻，有些腳蹼上握著劍，有些蹣跚走動時，兩隻腳好像合在一起，還有一些則是把鰭狀肢當成腳，讓波西聯想到小丑鞋。

里歐拉起了警鈴。他要衝向最近的弩砲，卻被一群嘴巴唸個不停的海豚戰士擋下來。

安娜貝斯和波西背靠背站著，兩人一起拔出武器，就像以前他們無數次的合作那樣。波西努力召喚海浪，希望能將兩艘船分開，甚至能將敵船淹沒。然而，什麼事都沒發生，感覺就像有某種東西在力擋他的意志，使勁讓大海不受他的控制。

他舉起波濤劍準備出擊，但雙方人數懸殊到毫無希望。幾十個戰士放低標槍，將他們團團圍住，還聰明到知道要保持在波西長劍能碰到的距離以外。海豚人個個張開口鼻，發出口哨或爆破的噪音。波西以前從來沒注意過海豚的牙齒看起來竟然這麼惡毒。

他試著思考，也許他可以衝出重圍，殺傷幾個敵軍，但無法避免其他海豚人繼續對付他與安娜貝斯。

---

⑩⑦ 埃尼亞斯（Aeneas），愛神阿芙蘿黛蒂與特洛伊國王所生的兒子，在特洛伊戰爭中是戰績彪炳的英雄。參《混血營英雄──海神之子》四八一頁，註⑩⓪。

至少這些戰士看起來並不想立刻殺掉他們，只是繼續包圍著波西和安娜貝斯。同時，愈來愈多的敵軍湧下船艙，占據整艘船。波西可以聽到他們撞開房門、與朋友扭打的聲音。其他人即使沒有很快進入夢鄉，也很難有機會面對這麼多敵人入侵。

里歐在甲板上被拖來拖去，半昏迷地呻吟著，然後被丟到一堆繩索上。下船艙的打鬥聲慢慢變少，若非他們被制伏了，就是……波西不願想下去。

包圍他們的標槍陣有一邊散開了，海豚戰士退後，讓某個人走進來。那人看起來完全是人類的外型，但從其他海豚人在他面前退卻的樣子，顯然他就是領袖。他穿著一身希臘格鬥盔甲（涼鞋、及膝裙、護脛甲配上胸甲的裝扮，胸甲上有著精雕細琢的海中怪物裝飾），而且，穿在他身上的所有東西都是黃金做的，就連那把很像波濤劍的希臘長劍也同樣由黃金打造，而非由青銅鑄成。

「黃金男孩，」波西心想，他想起了他夢中那句話：「他們得先通過黃金男孩。」

最讓波西感到緊張的是這個人的頭盔。他的頭盔具有可以遮住整張臉的面甲，外型很像蛇髮女怪的頭，有彎曲的獠牙、咆哮模樣的恐怖五官，再加上黃金蛇髮纏繞在臉孔周圍。波西以前遇過蛇髮女怪，這個頭盔的相似度非常高，不過對他來說有點高過頭了。

安娜貝斯轉過身來，與波西肩並肩站立。他很想伸手攬住她的腰來保護她，但他懷疑安娜貝斯是否欣賞他這個舉動，而且，他並不想要讓這個黃金傢伙聯想到安娜貝斯是他的女朋友。敵人已經掌握優勢了，沒道理再給他們更多籌碼。

「你是誰？」波西問：「想要什麼？」

黃金戰士咯咯笑起來。他的長劍一閃，快到波西根本還來不及反應，波濤劍就被打出手並墜入海裡。

「哈囉，兄弟，」黃金戰士的聲音圓潤又柔和，還帶著外國腔，或許是中東腔吧，隱約有種熟悉感，「每次搶劫波塞頓的兒子，我總是很開心。我是克呂薩奧爾[108]，也就是黃金劍客。至於我想要什麼呢……」他的黃金面具轉向安娜貝斯。「啊，這個簡單，我想要你擁有的每樣東西。」

[108] 克呂薩奧爾（Chrysaor），海神波塞頓和梅杜莎之子，他名字的意思是「全副黃金裝備的人」。參《波西傑克森——終極天神》六十九頁，註[27]。

30 波西

當克呂薩奧爾在甲板上走來走去，把他們幾個當做重要牲口在檢視時，波西的心臟就像在做劇烈的開合跳。十幾個海豚戰士繼續包圍他們，長槍抵住波西的胸口，其他幾十個戰士則洗劫了整艘船，在下船艙中不斷亂敲亂打。有一個戰士把整盒神食拿上來，另一個則拿了滿手的弩箭和一箱希臘火藥。

「拿那個要小心！」安娜貝斯提出警告：「它足以把我們兩艘船都炸毀。」

「哈！」克呂薩奧爾說：「女孩，我們很了解希臘火藥的，別擔心。我們已經在馬利諾斯崇這一帶燒殺擄掠千百年了。」

「你的聲音聽起來好熟悉，」波西說：「我們碰過面嗎？」

「我還沒有這份榮幸。」克呂薩奧爾的黃金女怪面具對著他咆哮，不過看不到面具下的眞實表情。「但我聽過太多關於你的事了，波西．傑克森。喔，對，比如說一個年輕人拯救了整個奧林帕斯，還有他忠實的共犯，安娜貝斯．雀斯。」

「我才不是什麼人的共犯，」安娜貝斯怒斥：「還有，波西，他的口音之所以聽起來很熟悉，是因爲很像他的母親。我們在紐澤西時殺了那女人。」

波西皺起眉頭。「我很確定他不是紐澤西腔。他是……？喔。」

所有拼圖都拼起來了。是米耶阿姨的花園小矮人藝品店，那位大說謊家梅杜莎[109]。她講話也有同樣的怪腔調，起碼在波西砍下她的頭之前還有。

「梅杜莎是你媽媽？」他問：「老兄，你還眞慘啊。」

從克呂薩奧爾喉嚨發出的聲音來判斷，此時他面具下的表情應該和面具一樣猙獰。

「你和最早的柏修斯[110]一樣狂妄自大，」克呂薩奧爾說：「但是呢，波西．傑克森，波塞頓是我父親，梅杜莎是我的母親。後來梅杜莎變成一個怪物，是因爲某位叫智慧女神的……」黃金面具又轉到安娜貝斯的方向，「我想，那位應該是你的母親吧。梅杜莎有兩個小孩被困在她的身體裡，無法生出來，當原本的那位柏修斯砍掉梅杜莎的頭……」

「兩個孩子便蹦出來，」安娜貝斯想起來了，「一個是飛馬沛加索斯，另一個就是你。」

波西眨眨眼。「所以你的兄弟是有翅膀的馬，但你也是我同父異母兄弟，所以全世界會飛的馬都是我的……你知道嗎？我們把這些都忘掉吧。」

他好幾年前便已經知道，不要追根究柢去問天神之間誰與誰有關聯。在獨眼巨人泰森認他做哥哥之後，波西便決定他認親最遠只到泰森爲止。

「但如果你是梅杜莎的小孩，爲什麼以前我從來沒聽說過你？」

克呂薩奧爾惱火地嘆氣。「當你的兄弟是沛加索斯，就要習慣被人遺忘。哦，看呀，一匹有翅膀的馬耶！有任何人關心過我嗎？沒有！」他把劍舉高到波西的眼前。「但不要低估我。我的名字代表『黃金劍』，確實是有道理的。」

---

[109] 梅杜莎（Medusa），三位蛇髮女怪（Gorgon）之一，任何人只要看到她的臉就會變成石頭。

[110] 柏修斯（Perseus），希臘神話中的英雄人物，他切下蛇髮女怪梅杜莎的頭，獻給雅典娜，並救出了衣索比亞的安朵美達公主。

「帝國黃金？」

「呸！是『魔法』黃金！後來羅馬人才叫它帝國黃金，但我可是世上第一個冶金煉劍的人，我才應該是史上最著名的英雄！自從那些說故事的人決定忽略我以後，使我變成一個反派角色。我索性決心要好好利用我生來就有的權利。身為梅杜莎的小孩，我可以激發恐懼感；身為波塞頓的小孩，我可以盤據海洋！」

「你就成了海盜。」安娜貝斯做了總結。

克呂薩奧爾張開雙臂，這對波西來說是好事，因為黃金劍的劍尖終於離開他眼前。

「最好的海盜，」克呂薩奧爾說：「我航行在這些海域好幾世紀了，攔截所有笨到跑來馬利諾斯崇探險的混血人。現在這裡就是我的領域，所有你們擁有的東西已經變成我的了。」

一個海豚戰士把黑傑教練從下面船艙拖上來。

「放開我，你這個臭鮪魚！」教練大罵。他想要踢戰士，他的蹄卻只能在抓他那人的盔甲上踢出鏗啷聲響。從海豚人胸甲、頭盔上的蹄形印記來看，黑傑教練應該已經踢過好幾回。

「啊，羊男，」克呂薩奧爾思忖地說：「雖然有點老、肉質纖維又有點粗，不過獨眼巨人應該會付不少錢來買類似這樣的小東西。把他拴起來。」

「我才不要當別人的羊肉塊！」黑傑教練抗議。

「把他的嘴巴也塞住！」克呂薩奧爾下令。

「為什麼你要塗那些金子……」黑傑教練的難聽話才剛要說出口，嘴巴就被海豚人塞了一塊油布。很快地，黑傑教練已經像打敗的鬥牛般被五花大綁，和其他的掠奪物資丟到一塊，陪伴他的有成箱的食物、備用的武器，甚至還有從餐廳搬出來的魔法冰櫃。

「你不能這樣做！」安娜貝斯大吼。

克呂薩奧爾的笑聲在他自己的金面具間迴盪著，波西不禁好奇，他的眞面目是否和面具一樣可怕，或者他的眼神也和他母親一樣會使人變成石頭。

「我可以做任何我想做的事，」克呂薩奧爾說：「我的戰士被訓練到要求完美。他們是惡毒的、凶狠的……」

「海豚。」波西補充。

克呂薩奧爾聳聳肩。「是的，所以呢？他們幾千年前運氣不好，綁架綁錯人。有些成員就完全變成了海豚，有一些發瘋了，但這一些……他們活了下來，成爲混種的怪咖。當我在海裡發現他們、提供他們新的生活後，他們全都成了我最忠實的跟班。在這個世界上，根本沒有他們會怕的東西！」

一個戰士緊張地過來和他竊竊私語。

「對，對，」克呂薩奧爾吼說：「他們會怕一個東西，但那幾乎沒影響，他不在這兒。」

一個點子開始在波西的腦海裡輕輕叩門。他還來不及追蹤這個念頭，階梯那邊已經跑出更多的戰士，把其他朋友統統架上甲板來。傑生看起來失去了意識，從他頭上的新瘀青判斷，應該是奮力戰鬥過。海柔和派波則是手腳都被綁住，而且派波的嘴巴也被封起來，顯然她的魅惑功夫已被海豚人識破。唯一沒看到的是法蘭克，不過有兩個海豚人臉上有被蜜蜂螫過的痕跡。

法蘭克確實變成一窩蜜蜂嗎？波西心中希望如此。如果他仍在船上某個地方，可以自由活動，那會是他們的一大利多，只要波西想得出辦法和他溝通。

「太好了！」克呂薩奧爾滿意地說。他指揮戰士把傑生丟到十字弓旁，然後像檢查聖誕禮物般檢查兩位女生，這讓波西氣得咬牙切齒。

「男生對我一點用都沒有，」克呂薩奧爾說：「但我們和賽西女妖有共識，她會買下這些女孩，不管拿去當奴隸還是當實習生都好，就看她們有什麼技能。可是不包括你，親愛的安娜貝斯。」

安娜貝斯退卻了一下。「你不能帶我去任何地方。」

波西的手滑進口袋裡，他的筆已經默默回到牛仔褲中，他需要的只是能讓敵人分神的一個瞬間，好讓他把劍拔出來。或許他可以快速擊敗克呂薩奧爾，他的船員就會恐慌了。

他多希望能夠知道克呂薩奧爾的弱點是什麼。通常這種資訊都是由安娜貝斯提供，但顯然這位黃金戰士沒有什麼傳說，所以他們都毫無頭緒。

黃金戰士嘖嘖發出聲音。「哦，安娜貝斯，抱歉的是，你也不能跟著我，儘管我心裡想得很。不過你和你的朋友波西都有人訂購了，有位女神提供豐厚的獎賞來抓你，而且還要盡可能活捉，但她倒是沒說非得毫髮無傷不可。」

這時，派波製造了他們需要的分神干擾。她突然嗚咽得很大聲，即使透過塞住嘴巴的那團東西也聽得清清楚楚。然後她昏倒在最靠近的守衛身上，把他撞翻。海柔看出她的點子，也跟著倒在甲板上，像是怪病發作般又踢腳、又扭動身體。

波西立刻拔出波濤劍揮擊，劍刃應該能直接刺穿克呂薩奧爾的脖子才對，可是黃金劍客的動作快到不可思議。他一個閃躲迴避掉攻擊，其他海豚人迅速後退，一邊看守俘虜，一邊留出空間給他們的領袖戰鬥，他們細碎的談話聲和尖聲嘶吼聲煽動著波西進攻。波西下沉的心開始懷疑，這些成員早就習慣這樣的娛樂了，他們完全不覺得自己的領袖正面臨危險。

波西很久沒和這樣的對手比劍，自從……嗯，自從和戰神阿瑞斯[111]對打之後。克呂薩奧爾真的非常厲害，儘管波西的力量在這些年間確實更加強大，但此刻波西才發現，原來他成長的能力並不包括劍術這部分，可惜發現得太晚了。

他的劍術已經不靈光了，起碼在面對像克呂薩奧爾這樣高強的對手時。

他們前後移動，快速地出擊、擋劍。波西耳中不自覺地浮出路克．凱斯特倫（他在混血營的第一位劍術教練）的聲音，路克在他腦中拋出種種建議，可是沒有幫助。

黃金的蛇髮女怪面具實在太讓人焦躁。還有溼熱的霧氣、滑溜的甲板、海豚戰士細細碎碎的聲音……這些都無助於現況。波西從眼角看見一個海豚人用刀子抵住安娜貝斯的頸部，不讓她有動歪腦筋的機會。

於是他先虛晃一招，再朝克呂薩奧爾的腹部出擊。但黃金戰士已預料到他會有這一手，他再次打落波西的長劍，波濤劍又再一次掉進海中。

克呂薩奧爾輕鬆地笑了，連氣都沒喘一下。他將黃金劍的劍尖抵著波西的胸口。

「不錯的嘗試，」海盜說：「但現在你就要被鎖鏈拴住，送到蓋婭的隨從那裡去了。他們正渴望著要澆淋你的血液，好把蓋婭喚醒。」

---

[111] 阿瑞斯（Ares），戰神，統管所有戰爭相關事項，是野蠻、戰爭與屠殺的代表。參《混血營英雄——迷路英雄》一〇五頁，註[34]。

31 波西

沒有什麼比全然的失敗更能生出偉大的點子了。

當波西站在那裡，比武失敗，武器全無，計劃便在他的腦海裡成形。他太習慣依靠安娜貝斯提供希臘神話的資訊來克敵，以至於很震驚自己還記得一點有用的東西，可是他得盡快行動才行。他不要讓朋友發生任何事情，不要失去安娜貝斯……絕對不要再來一次。

克呂薩奧爾是無法被打敗的，至少在一對一的戰鬥中不行。但如果沒有他那些船員……然後再多幾個混血人一起攻擊，或許是可以征服他的。

該如何處理克呂薩奧爾的船員呢？波西把片段的訊息組合在一起：幾千年前，這些海盜擄錯人，於是被變成了海豚人。波西知道這個故事，拜託，那個被擄錯的人還曾經威脅要把波西變成一隻海豚。而當克呂薩奧爾說世上沒有他的船員會怕的東西時，有一隻海豚還緊張地糾正他。「對，」克呂薩奧爾說：「但他不在這兒。」

波西往船尾看過去，瞄到了法蘭克，此時他已恢復正常人類的型態，躲在一座弩砲後往外偷看，靜靜等待著。波西忍住心中浮現的笑意，這個大塊頭總認為自己笨拙無用，可是每次波西有需要時，他就會出現在對的地方。

女孩們……法蘭克……冰櫃。

這是個瘋狂的點子。不過就和平常一樣，這是波西唯一能想出的東西。

「好吧！」波西吶喊，聲音大到船上的每個人都注意到他。「你就把我們帶走，如果我們的船長允許的話。」

克呂薩奧爾的金面具轉動了。「什麼船長？我的人搜過了整艘船，船上沒有別人。」

波西誇張地舉起雙臂。「天神只會在他願意的時候出現。但他是我們的領袖，他領導我們的混血營。就是他呀，不是嗎，安娜貝斯？」

安娜貝斯反應極快。「當然是啊！」她熱血沸騰地狂點頭，「戴先生，我們最偉大的戴歐尼修斯大人！」

一股不安之情瞬間瀰漫在所有海豚人之間。其中一個還掉了劍。

「不要亂動！」克呂薩奧爾怒吼：「這艘船上才沒有什麼天神，他們只是在嚇唬你們。」

「你們是應該要害怕！」波西用同情的眼光看著海盜船員，「你們害我們的航程嚴重誤點，戴歐尼修斯一定非常火大，保證會處罰我們所有的人。你們沒注意到那些女生已被酒神弄得瘋瘋癲癲了嗎？」

海柔和派波已經停止搖晃嗚咽，坐在甲板上朝波西這邊看。但是波西意有所指地特別瞪著她們倆時，她們又開始裝腔作勢，全身晃個不停，甚至像條魚般胡亂抖動、上下翻滾。海豚人這下是拚了命地要遠離這兩個俘虜。

「全是作假！」克呂薩奧爾咆哮：「閉嘴，波西．傑克森！你的營長根本不在這裡，他被叫回奧林帕斯了，這是大家都知道的事。」

「所以連你也承認戴歐尼修斯是我們的領袖囉！」

「他曾經是，」克呂薩奧爾修正說：「每個人都知道。」

波西做了一個黃金戰士自打嘴巴的手勢。「你們瞧，我們全都完蛋了。如果你們不相信，去檢查那個冰櫃看看！」

波西衝向魔法冰櫃，沒有人敢過去阻擋他。他猛然打開蓋子，快速在冰塊中翻找。拜託，一定要出現一瓶；結果他真的拿到一罐印有銀色、紅色的可樂！他高舉罐子，像是要噴殺蟲劑般在海豚戰士面前搖晃。

「看哪！」波西大聲說：「天神的必備飲料。在最最可怕的健怡可樂面前發抖吧！」

海豚人陷入一片恐慌，他們已經在撤退邊緣，波西感覺得出來。

「酒神會接收你們的船，」波西警告，「他會把你們的變形工作做個了結，把你們變成真正的海豚，或者讓你們發瘋，或者把你們變成發瘋的海豚。總之，你們唯一的希望就是現在趕快游走，快！」

「太可笑了！」克呂薩奧爾的聲音變得尖銳，他似乎不知道該把劍舉向誰，是該向著波西還是自己的船員。

「救救你們自己吧！」波西警告：「我們已經來不及了。」

然後他驚呼著指向法蘭克躲藏的地方。「哦，不會吧，法蘭克就要變成海豚了！」

沒有任何事發生。

「我說了，」波西重複一次，「法蘭克要變成一隻發瘋的海豚！」

法蘭克突然蹦了出來，緊抓住自己的脖子。「哦，不，」法蘭克就像按照讀稿機開始表演，「我要變成一隻發瘋的海豚了。」

他開始變形，鼻子拉長成了口鼻，皮膚變得光滑且呈現出灰色。他變成一隻海豚倒在甲板上，尾巴拍打著甲板。

海豚人嚇得散開了，一邊顫抖、一邊喀噠喀噠丟下武器，完全忘記他們的俘虜，也聽不進克呂薩奧爾的命令，全都跳下船去。在一陣混亂中，安娜貝斯快速移到海柔、派波和黑傑教練旁邊，切斷綁住他們的繩索。

不到幾秒鐘，克呂薩奧爾變成了一人軍隊，還被包圍起來。波西和朋友們沒什麼武器，只剩下安娜貝斯的刀與黑傑教練的蹄，但是他們殺氣騰騰的表情，足以讓黃金戰士相信自己已經沒有機會。

他退到欄杆邊。

「一切還沒結束，傑克森，」克呂薩奧爾說：「我會復仇……」

他的話被法蘭克打斷了。此時法蘭克已經再度變身，一頭將近四百公斤的大熊絕對可以打斷別人的對話。他把克呂薩奧爾打到一旁，還扯下他頭盔上的黃金面甲。克呂薩奧爾尖叫，立刻遮住自己的臉，跳進海中。

他們衝向欄杆，克呂薩奧爾已經消失。波西在想是否要去追他，可是他不熟悉這片海域，況且，他也不想再和黃金戰士單獨對打了。

「那可真是聰明之舉！」安娜貝斯過來親了波西一下，他的感受頓時好了不少。

「絕命之舉。」波西更正說：「還有，我們得要處理掉這艘海盜船。」

「燒了它？」安娜貝斯問。

波西看看手中的健怡可樂，「不，我有更好的想法。」

結果這花了比波西預期還要久的時間。他在作業中不時瞄著海平面，看看克呂薩奧爾和他的船員會不會回來，但他們始終沒有出現。

多虧神飲的功效，里歐終於可以站起來。派波照顧傑生的傷口，不過他的傷勢並沒有看起來那麼嚴重，他倒是爲了自己又被完全制伏感到很羞愧。這一點波西很能體會。

他們把所有的物資放回船上歸位，並清理敵人造成的損害。黑傑教練則去敵船一遊，用他的球棒砸爛所有他看到的東西。

當他砸夠了之後，波西便把敵軍的武器搬回海盜船上。這艘船的儲藏室裡堆滿了金銀財寶，但波西堅持他們不可以碰觸那些東西。

「我感應到海盜船上有價值六百萬的黃金，」海柔說：「還有鑽石、紅寶石……」

「六百……萬？」法蘭克結巴了，「加拿大幣還是美金？」

「別碰它，」波西說：「這些都是獻禮的一部分。」

「獻禮？」海柔問。

「嗯，」派波點點頭，「堪薩斯。」

傑生露出微笑，遇到酒神的當時他也在場。「有點瘋狂，但我喜歡。」

最後，波西又登上海盜船，打開溢流閥。他拜託里歐用他的動力機具在船殼底部多鑽幾個洞，里歐欣然從命。

所有阿爾戈二號的船員都聚集到欄杆邊，將爪鉤繩全部切斷。派波拿出她的「富饒角」，在波西的指示下祈願它噴出健怡可樂。結果富饒角以消防栓水柱之勢噴出可樂，澆灌到敵船的甲板上。波西以爲還要幾個小時才能完成，但敵船下沉的速度非常快，很快就被泡在健怡可樂與海水裡了。

「戴歐尼修斯，」波西高舉著克呂薩奧爾的黃金面甲，開始呼喚，「或是巴克斯，無論你是哪一位，是你讓這次的成功變得可能，即使你沒有現身。你的敵人在聽到你的名字……或是你的健怡可樂，就魂飛魄散。所以，是的，我們感謝你。」

要波西說出這些話並不容易，但他努力克制自己不要作嘔。「我們將這艘船當成獻禮奉獻給你，希望你會喜歡。」

「六百萬的黃金，」里歐喃喃自語：「他最好喜歡這東西。」

「噓，」海柔罵他：「貴重金屬不一定都那麼了不起，相信我。」

波西把黃金面甲丟到敵船上，現在敵船下沉的速度甚至更快了。深褐色的冒泡液體從戰船的槳櫓缺口噴出來，也從載貨區湧出來，將附近的海面變成棕色的泡沫海。

波西召喚一道大浪，敵船就此沉沒。當海盜船消失在水面下時，里歐加速把阿爾戈二號駛離現場。

「不會汙染海域嗎？」派波問。

「我不擔心這個，」傑生對她說：「如果巴克斯喜歡，那艘船會完全消失。」

波西不知道那種情況是否會發生，不過他覺得自己已經做到所有他能做的事了。他不確定戴歐尼修斯是否聽見他們的話、在乎他們，更沒有信心他是否會在與雙胞胎巨人的對抗中幫忙，但他必須試試看。

當阿爾戈二號繼續朝東邊的濃霧前行時，波西心想，至少在他與克呂薩奧爾的比劍中發生了一件好事，那就是他開始心懷謙遜，甚至謙遜到願意向那個酒鬼致上獻禮。

經歷過這場海盜對抗賽，他們決定將剩餘的旅程改成在空中飛行。傑生堅持說他狀況很好，足以執行整夜的崗哨，何況還有黑傑教練陪伴。黑傑依舊處在腎上腺素過度分泌期，每次只要船隻碰上亂流，他就揮舞著球棒大喊：「去死！」

離天亮還有幾個鐘頭的時間，於是傑生建議波西去睡一下。

「嘿，沒問題的，」傑生說：「給別人一點拯救船隻的機會，好嗎？」

波西同意。只是一回到自己的艙房，他卻睡不著。

他望著天花板垂吊的銅製燈籠，回想著比劍的過程，他是那麼輕易就被克呂薩奧爾打敗。黃金戰士可以不流一滴汗就輕取他的小命，他之所以沒殺波西，只是因爲有人付了高價，買下日後殺他的權利。

波西感覺就像他的盔甲上有個裂隙，一支箭滑過裂隙、穿進他的身體，彷彿他還有阿基里斯的腳跟，而某人發現了他的致命弱點。當他年紀愈長，以混血人的身分存活愈久，就有愈來愈多的朋友仰賴他。他們依賴他、信任他的種種力量，就連羅馬人也將他舉到盾牌上，推舉他爲執法官，即使他才認識他們幾個星期而已。

然而，波西不覺得自己充滿力量。他做了愈多的英雄事蹟，便愈了解自己的力量有限。他有時覺得自己好像一個詐欺犯，「我沒有你們想像的那麼偉大。」他想這樣警告朋友。他的失敗，比如今晚這一場對決，似乎就是個證明。或許因爲如此，他才會開始害怕窒息。不見得是淹沒在地底或海中，但是那種陷入過多期待的感覺已經縈繞在他的腦海。

哇……當他開始有這些想法的時候，他就知道他花太多時間和安娜貝斯在一起了。

雅典娜曾經告訴波西，他的致命弱點就是對朋友太忠誠，看不見大局。即使拯救朋友會換來世界毀滅，他還是要去救朋友。

當時波西不理會那個評語，對朋友忠誠怎麼會是壞事呢？再說，泰坦大戰時這樣做都行得通，他既拯救了朋友，也打敗了克羅諾斯。

然而此時此刻，他開始懷疑。只要能避免朋友受到傷害，他會甘心把自己丟到任何怪物、天神或巨人手中。但如果那個任務不是他的呢？如果那個任務是其他人必須自己去完成的呢？這是他難以承認的狀況，他連單純放手讓傑生去站崗哨都要操心。他不想仰賴別人來保護他，尤其那人可能為了保護他而受傷。

他媽媽就做過這樣的事。她和一個噁心的凡人男子過著不美滿的婚姻生活，因為她認為這樣可以保護波西不被怪物發現。他最好的朋友格羅佛也是，他在波西知道自己是混血人的前一年就開始保護他，有一次還差點被彌諾陶殺掉。

波西不再是個孩子了，他不希望任何他所愛的人為他承擔風險。他必須成為一個夠強壯的人，足以保護自己。現在，他卻得看著安娜貝斯單獨離開，她明知自己可能死亡，也要去追隨雅典娜的記號。如果要他在拯救安娜貝斯或成功完成任務之間做選擇，他真的會選擇完成任務嗎？

極度疲倦終於征服了他，他昏睡過去。在夢境中，轟轟雷鳴變成大地之母的聲聲訕笑。

波西夢到他站在混血營主屋的陽台，蓋婭的沉睡臉孔出現在混血之丘的山腰，綠草山坡的陰影形成她偌大的五官。她的嘴唇沒有動，聲音卻在山谷迴盪。

「所以，這裡就是你的家，」蓋婭喃喃說著：「再看最後一眼吧，波西．傑克森。你本來應該回到這裡的，至少在羅馬人入侵時和同袍一起死去。但現在，你的血液就要被灑在離家很遠的地方，灑在古老的石頭上，而我將升起。」

地面搖動了。在混血之丘的山頭，泰麗雅松樹冒出一片火海，整座山谷陷入混亂。綠草變成黃沙，森林碎成塵土；小溪和獨木舟湖乾涸，小屋和主屋化爲灰燼。當撼動停止，混血營看起來就像遭原子彈炸過的悲情荒地，唯一剩下的就是波西佇立的陽台。

他身旁的塵土飛旋起來，迅速聚集形成一個實體，是一個女人的模樣。她閉著眼睛，宛如在夢遊；長袍是森林般的綠色，點綴著金、白色澤，就像是穿過樹梢的陽光。她的頭髮黑得像耕地的土壤，臉孔算是漂亮，即使嘴角帶著一種夢囈般的微笑，面容依然顯得冷漠疏離。波西有種感覺，她可以看著混血人死亡或城市焚毀，那個笑容也不會消退。

「當我重新取得大地，」蓋婭說：「我會永遠離開這片不毛之地，提醒我記得你們這群人，以及你們想要阻止我時是多麼無力。我可愛的小卒呀，你們何時墜落並不重要，不管是弗爾庫斯、克呂薩奧爾或我親愛的雙生子，你終究會墜落的，而我會在那裡等著毀滅你。你現在唯一的選擇是……你要獨自墜落嗎？心甘情願地來我這裡吧，把那女孩也帶來。或許我願意放過你熱愛的這個地方。否則……」

蓋婭睜開眼睛。眼眸中的綠色與黑色如漩渦般打轉、如地殼般深沉。蓋婭看見所有事物，她的耐心無限。雖然她甦醒得很慢，可是一旦升起，力量是任誰也無法阻擋。

波西寒毛直豎，手掌麻木。他低頭一看，發現自己也在裂解成粉末，就像以前被他殺過的所有怪物。

「享受塔耳塔洛斯吧，我親愛的小卒。」蓋婭說。

一連串金屬的匡啷聲傳入波西夢境，他睜開眼睛，才了解原來剛才聽到的是降落機件正在放下的聲音。

有人敲門，傑生的頭探進來。他臉上的瘀青已經褪去，藍色眼睛閃爍著興奮。

「嘿，」他說：「我們在羅馬上空準備下降了，你一定要來看看。」

天空是耀眼的藍，彷彿暴風雨從來沒有發生過。太陽從遠方山丘升起，下面的一切閃亮晶瑩，整個羅馬城就像剛剛做完汽車大美容。

波西見過許多大城市，畢竟他來自紐約。但巨大壯觀的羅馬城彷彿掐著他的脖子，令他呼吸不過來。這個城市似乎不理會地理上的界線，逕自往山丘與谷地蔓延，又跳過台伯河的幾十座橋，就是要在地平線上無盡伸展。玻璃帷幕大樓矗立於古蹟區旁，天主大教堂緊鄰著羅馬立柱列，旁邊又是現代足球場。附近一些區域裡坐落著櫛比鱗次的灰泥紅瓦別墅，卵石街道穿梭其間。如果波西只注意這些地方，他會以爲自己回到了古代時光。他往每個方向看，都可以看到寬敞的廣場和交通擁擠的街道。公園穿越過城市，瘋狂地將棕櫚樹、松樹、橄欖樹聚集在一起，彷彿羅馬不能決定自己到底屬於世界的哪一個區塊，或者它就是認爲，整個世界仍然屬於羅馬。

羅馬這個城市彷彿知道波西夢到了蓋婭，知道大地之母打算將人類文明夷爲平地，於是這個矗立千年的城市開口對蓋婭說：「你要消滅這座城市嗎，泥巴臉？你試試看！」

換句話說，羅馬就像凡人城市版的黑傑教練，只是比較高。

「我們要在那座公園降落，」里歐宣布，他的手指向一片點綴著棕櫚樹的綠帶，「但願迷霧讓我們看起來像一大群鴿子。」

波西多盼望傑生的姊姊泰麗雅也在這裡，她總是有辦法把迷霧轉換成她希望人類看到的樣子，這點波西從來做不到。他只會一直想：不要盯著我看。希望羅馬人在早晨的交通顛峰時間，不會注意到一艘銅製大戰船降落在市中心。

迷霧似乎奏效了。波西沒看到路上有任何車輛轉向，也沒有行人指指點點，尖叫喊著外星人。阿爾戈二號停在一片草地上，槳櫓全數撤收。

儘管馬路上的交通噪音環繞著他們，公園裡一片祥和寧靜。在他們左邊，綠色草地沿著斜坡伸展進樹林，一棟古老的別墅僻處在看似詭異的松樹陰影裡。那些樹幹又細又彎，卻向上長了十幾公尺高，再橫向開展成濃密遮蔭，這讓波西想到小時候媽媽講的蘇斯博士故事書裡的樹。

在他們的右邊，一道長長的磚牆沿著山丘蜿蜒到山頂，牆上有供弓箭手使用的銃眼。那或許是中世紀時的防禦城牆，或許是古羅馬遺跡，波西無法確定。

在他們的北邊，越過層層疊疊城市再過去一公里半左右，就可以看到圓形競技場拔起於所有屋頂之上，與風景圖片中的景色一模一樣。這時，波西的雙腿開始發抖了，他眞眞實實來到這個地方。他想到阿拉斯加的探險，那已是相當有異國風的旅程，然而現在置身的地方是古羅馬帝國的心臟，是希臘混血人的敵對領域。以某種方式來說，這裡對他生命的影響力和紐約是同等級的。

傑生指著弓箭手城牆的底部，那裡有個階梯，往下通到像是隧道的地方。

「我想我知道我們在哪裡了，」他說：「那是西庇阿墓園。」

波西皺起眉頭，「西庇阿……蕾娜的飛馬？」

「不是的，」安娜貝斯插話進來：「他們是羅馬的一個尊貴家族，而且……哇，這個地方眞是太神奇了。」

傑生點點頭。「我以前研究過羅馬的地圖，那時候總是很想來這裡。但是……」

沒有人在乎那句話是否說完。從朋友們臉上的表情看來，波西知道每個人都和他一樣，滿懷敬畏之心。他們辦到了，他們抵達羅馬，這個眞正的羅馬。

「有什麼計劃呢？」海柔問：「尼克的生命只到日落爲止，那還是在最好的情況下。而且，這整座城市預計今天被毀滅。」

波西努力甩開自己目睹羅馬的驚異。「你說得對。安娜貝斯……你從銅盤地圖上找到準確位置了嗎？」

她灰色的眼眸變成雷雨風暴般的黝暗，波西對那種眼神的解釋就是：「記得我說的，夥伴，把那個夢留給你自己。」

「有的，」她謹愼地說：「在台伯河上，我想我可以找到。不過我應該……」

「帶我一起去，」波西做出結論，「對，你說得對。」

安娜貝斯狠狠地瞪著他。「那可不……」

「不安全，」他接口：「一個混血人單獨走在羅馬街頭太不安全。我會陪你走到台伯河，希望可以遇到河神提庇留，便能用上那封介紹信。也許他能給你一些指引與協助。然後從那邊起，你就可以獨自前往。」

於是他們進行了一場沉默的互瞪比賽，但波西絕不退縮。當他開始和安娜貝斯交往時，媽媽就叮嚀過他：「把約會對象送到門口是基本禮貌。」如果此話爲眞，那麼陪她走到孤獨壯烈的死亡任務門口，一定也是基本禮貌。

「好吧。」安娜貝斯咕噥說：「海柔，現在我們到羅馬了，你可以感覺得到尼克的所在位置嗎？」

海柔眨眨眼，好像剛從觀賞波西與安娜貝斯的對望中回過神來。「嗯……但願可以，如果距離夠近的話。所以我必須在城市裡走一走。法蘭克，你願意和我一起來嗎？」

法蘭克整個人抖擻起來。「當然願意。」

「還有，嗯……里歐，」海柔補充說：「或許你跟過來也是件好事。那些半人馬魚說，我們可能需要你幫忙解決機械問題。」

「是的，」里歐說：「沒問題！」

法蘭克的笑容轉變成比較接近克呂薩奧爾的面具臉孔。

波西對於感情這種事的領悟力很低，但即使如此，他可以感受到那三個人之間的緊張關係。而且從他們被打落大西洋後，感覺又起了一些轉變；不僅僅是兩個男生在搶海柔，還有點像是三個人互相鎖定。他們互動的方式簡直就像一場謀殺疑雲，只是他們還沒發現到底哪一個會是受害者。

派波拔出她的匕首放到欄杆上。「傑生和我可以留守船隻，我會留意卡塔波翠絲顯示的影像。但是海柔，如果你們找出了尼克的位置，千萬不可以三個人自己跑進去，回來告訴我們，大家一起去。要打倒巨人，需要我們全部人的合作。」

她並沒有說出更重要的事：即使全部人的合作也不夠，除非有位天神願意站到我們的陣線。波西決定不提。

「好主意，」波西說：「我們何不約個時間回來這裡碰面，就說……？」

「今天下午三點鐘？」傑生提議，「我們最晚的會合時間應該只能拖到那個時候，才有希望打倒巨人、拯救尼克。如果發生了什麼事得改變計劃，大家試著用伊麗絲訊息聯絡。」

其他人都同意地點著頭，但波西注意到好幾個朋友瞥向安娜貝斯。這是另一件大家不願意說出來的事：安娜貝斯會有一個不同的時間計劃表。她或許會在三點回來，或許更晚，或許再也不回來了。但她必須單獨走，追尋雅典娜的記號。

黑傑教練突然冒出聲音。「那我就會有很多時間吃椰子了，我的意思是把船上的椰子都挖出來。還有……波西、安娜貝斯，我很不喜歡你們兩個結伴去走你們自己的路。只是要記住，『給我規矩一點』。如果讓我聽到任何有趣的風聲，我一定會罰你們禁足，直到冥河結凍為止。」

在他們正要拿生命去冒險的時分，禁足這件事聽來實在很可笑。波西忍不住笑起來。

「我們很快就會回來。」他保證。他環視身邊的朋友，努力不讓自己感覺像在訣別。「祝大家好運。」

里歐降下跳板，波西和安娜貝斯率先離開船隻。

32 波西

如果是在不同的時空背景下，能和安娜貝斯漫步在羅馬街頭其實是件極其美妙的事。他們手牽著手穿行在蜿蜒街道，閃避瘋狂的摩托車騎士，擠過成群觀光客，還要跋涉過大片的鴿子海。白天的暑氣很快就上升了，當他們離開塞滿車輛的主要道路，空氣中便聞得到烘烤麵包與新鮮切花的香氣。

他們的目的地是圓形競技場，因爲它是個顯著的地標，但是要走到那裡比波西的預期困難許多。從上空看這個城市，一切是又大又複雜，而來到地面情況更是加劇。好幾次他們迷失在沒有出口的死巷，也意外地見到美麗的噴泉與壯觀的紀念碑。

安娜貝斯評論著各式建築，波西的眼睛卻在留意其他東西。他看見一個發亮的紫色鬼魂從某個公寓窗口凝望他們，那應該是個拉雷斯。另一次他看見一個白袍女人拿著一把看起來很邪惡的刀子，飄移在公園傾頹的圓柱間，或許是位女神，也可能是精靈。沒有人攻擊他們，但波西感覺到自己似乎受到監視，而監視者並不友善。

他們終於抵達圓形競技場。十幾個穿著廉價羅馬格鬥士服裝的凡人和警察扭打在一起，這是塑膠刀劍與警棍的對決。波西不知道那究竟是怎麼一回事，但他與安娜貝斯決定繼續前行。有時候，凡人的表現會比怪物還奇怪。

他們朝著西邊前進，每隔一陣子就問人家台伯河該怎麼走。波西之前從未想過一個問題，就是這裡的人講的是他完全不懂的義大利語。沒想到這並未構成太大問題，有幾次在街頭上有人靠近他們問事情，波西只要一臉疑惑地看著對方，他們就會自動改用英語對話。

另一個發現是，義大利人使用歐元，而波西沒有半毛錢，當他發現一家觀光店面有賣汽水時才覺得很遺憾。時間已近中午，天氣十分炎熱，波西開始妄想能擁有那艘灌滿健怡可樂的戰船。

安娜貝斯解決了這個問題。她在背包裡摸了一下，拿出代達羅斯的電腦，輸入幾個指令，一張塑膠卡片便從側面插槽跳出來。

安娜貝斯得意地揮舞卡片。「國際信用卡，緊急時可用。」

波西萬分驚喜地看著她。「你是怎麼……？算了，不提了，我現在不想知道，只要繼續製造奇蹟就好。」

汽水的確有幫助，然而他們到達台伯河時還是又渴又熱。沿著河岸築有石頭堤防，岸上則擁擠雜亂地並排著倉庫、公寓、店家與咖啡館。

台伯河本身河面寬闊，水流平緩，水色像焦糖，幾棵高聳的扁柏懸在河岸上方。距離最近的一座橋看起來很新，是用大鐵梁建造的；但它旁邊一座崩頹的石頭拱橋就只剩下到河流中間的一段，或許那是從凱撒大帝時期一直遺留到現在的古蹟。

「就是它。」安娜貝斯指著古老斷橋，「我在地圖上看到它。我們現在該做什麼呢？」

波西很高興聽到她說「我們」，他還不想離開安娜貝斯。事實上，他也不知道當那個時刻來臨時，他會如何自處。蓋婭的話又湧上他的心頭：「你要獨自墜落嗎？」

他看著河流，好奇要怎樣和河神提庇留接上線。他不想直接跳進河水中，這條河看起來不比紐約市的東河乾淨，而他在家鄉已經碰過太多滿腹牢騷的河流精靈了。

他指著附近一家咖啡館，裡面有許多可以觀望河流的座位。「差不多是午餐時間了，要不要再試試那張信用卡？」

即使現在是午餐時間，這地方卻空蕩蕩的。他們挑了一張靠河邊的桌子坐下，服務生立刻衝過來。他看起來有點驚訝見到他們，特別是在他們說明想要用餐的時候。

「美國人？」他問，臉上露出痛苦的笑容。

「是的。」安娜貝斯回答。

「我要點披薩。」波西說。

服務生的表情好像正要吞下一枚歐元硬幣。「當然沒問題，先生。讓我猜猜，你還要可口可樂？加冰塊？」

「太好了。」波西回答。他不明白這個服務生爲什麼要送給他一張苦瓜臉，又不是要跟他點藍色可樂。

安娜貝斯點的是帕尼尼三明治和汽泡水。當服務生離開，她對波西笑著說：「我想，義大利人的用餐時間都比較晚，他們喝飲料不加冰塊，還有，他們只替觀光客做披薩。」

「喔，」波西聳聳肩，「那是最棒的義大利食物耶，可是他們自己不吃？」

「我可不會在服務生面前那樣說喔。」

他們的手越過桌面緊緊握著。光是能夠凝望陽光下的安娜貝斯，波西就感到很滿足。陽光總是讓她的頭髮顯得明亮又溫暖，她的眼眸吸收了天空與鵝卵石的顏色，在褐色或湛藍間變換流轉。

他不禁猶豫，是否要告訴安娜貝斯那個混血營被蓋婭毀滅的夢。然後他決定不要提起。她不需要再去擔心其他任何事情，她已經有自己要面對的事。

但這也讓他很好奇……如果他們沒有嚇跑克呂薩奧爾的海盜，究竟會演變成什麼狀況？波西和安娜貝斯會被銬上鎖鏈，送給蓋婭的隨從，他們的血液會被澆淋到古老的石頭上。波西猜測，那八成代表他們會被帶到希臘，去當某種恐怖的獻禮。波西和安娜貝斯已經共同經歷過許多極糟的狀況，他們會想出辦法逃脫，拯救那一天……而安娜貝斯就不會面對羅馬這個單獨的任務了。

「你們何時墜落並不重要。」蓋婭這麼說。

波西甚至有點懊惱他們沒在海上被俘，至少被俘之後，他就可以一直和安娜貝斯在一起了。他知道這是一個可怕的想望。

「你不用覺得丟臉，」安娜貝斯突然說：「你還在想克呂薩奧爾的事，對嗎？劍不能夠解決所有問題的，你最後還是救了我們呀。」

波西不由自主地笑了。「你是怎麼辦到的？每次都知道我在想什麼。」

「我了解你。」她說。

「還有你喜歡我？」波西想要問她，但話到嘴邊又縮回來。

「波西，」她說：「你不能擔負這整個任務的重責，這是不可能的，所以才會需要我們七人小組。而且你必須放手，讓我自己去尋找雅典娜．帕德嫩。」

「我想你，」他開始告白：「想了好幾個月。我們的生活被剝奪了好大一塊。如果我再度失去你……」

午餐來了。服務生看起來冷靜很多，在接受他們是無厘頭的美國觀光客後，他顯然決定原諒他們，並且對他們客氣一點。

「這裡的景色很漂亮，」他朝著河面點頭說：「請好好享用。」

他一離開，兩個人便沉默地用起餐點。這塊披薩是一片淡而無味的方形麵團，上面鋪著少少的起司。波西心想，或許這就是羅馬人不吃披薩的原因。可憐的羅馬人。

「你必須相信我。」安娜貝斯說。波西差點以為她是在對她的三明治說話，因為她的眼神不是對著他。「你一定要相信，我會回來的。」

他再吞下一口食物。「我相信你，那不是問題。問題是你會從哪裡回來呢？」

摩托車的聲音突然打斷他們的對話，波西沿著河邊看過去才恍然大悟。這輛摩托車是那種古老的「偉士牌」，有著偌大的淺藍色車身。車上的騎士穿著絲質灰色西裝，後面載了一位年輕許多的女性，她綁著頭巾，雙手扶在騎士的腰上。他們鑽過一張張的咖啡桌，閒晃悠波西和安娜貝斯旁邊停下來。

「嗨，哈囉。」那男人說。他的聲音低沉到幾乎沙啞，好像電影演員。他的短髮抹了油而且往後梳，露出一張稜角分明的臉孔，帶著彷彿一九五〇年代電視上老爸的那種帥氣。他的衣服也是相當老派風格，他下車後便露出那比一般褲子的褲腰還高很多的老式剪裁，然而他還是穿得很有型、很有男人味，一點也不像蠢蛋。波西猜不出他的年紀，也許三十幾歲，不過他的穿著打扮和行為舉止都像個老爺爺。

那女生也滑下摩托車。「我們享受了最美好的早晨。」她氣喘吁吁地說。

她看起來約有二十一歲，服裝也是早期的風格。她的及踝長裙和白襯衫間別著一條超寬的大皮帶，讓波西見識到此生看過最細的女人腰。當她拿下頭巾，波浪般的黑色短髮立刻彈回完美的造型。她有一雙深色、頑皮的眼睛，還有明亮動人的笑容。波西見過的精靈都遠不及這位女士調皮可愛。

安娜貝斯手上的三明治滑下來。「喔，天神呀，怎麼會……怎麼會……？」

她看起來有夠震驚，以至於波西覺得自己應該也認得這兩人才對。

「你們兩位看起來好面熟。」他開口了。他判斷自己應該是在電視上見過這兩張面孔，或許是從什麼老節目中看到的。但這樣講也不對，因為眼前這兩位根本不老。不管怎樣，他指著那男人試著猜猜看。「你是《廣告狂人》[112]影集裡的那個人嗎？」

「波西！」安娜貝斯看起來嚇壞了。

「怎麼啦？」波西抗議：「我看過的電視不多嘛！」

「那是葛雷哥萊．畢克[113]！」安娜貝斯的眼睛圓睜，嘴巴大開，「然後……喔，天神呀，這是奧黛麗．赫本[114]！我知道這部電影，《羅馬假期》。但那是一九五〇年代的電影了，怎麼會……？」

---

[112]《廣告狂人》（*Mad Men*）是美國自二〇〇七年起製播至今的電視影集，以一九六〇年代為背景，講述當時曼哈頓廣告界的故事。

[113]葛雷哥萊．畢克（Gregory Peck, 1916-2003），美國知名電影明星，演出作品包括《梅崗城故事》、《麥克阿瑟傳》等多部電影。

[114]奧黛麗．赫本（Audrey Hepburn, 1929-1993），英國知名電影女星，以高雅氣質與品味的穿著著稱，《羅馬假期》（*Roman Holiday*）是她演出多部電影中的經典作品之一。

「哦，親愛的！」這女人如大氣精靈般飛旋坐到他們桌邊。「恐怕你們把我認錯成別人了！我的名字是瑞亞．西爾維亞⑮，是羅慕樂和雷慕斯的母親，那是幾千年前的事了。但你們眞是善良，以爲我看起來有一九五〇年代的人那麼年輕。而這一位呢，是我的丈夫……」

「提庇留。」葛雷哥萊．畢克說，非常紳士地對波西伸出他的手，「台伯河的河神。」

波西和他握手。這男子帶著刮鬍膏的味道。當然啦，如果波西是台伯河，他大概也想用古龍水來掩蓋自己的味道。

「嗯，嗨，」波西說：「你們兩位看起來總是那麼像美國明星嗎？」

「我們像嗎？」提庇留皺著眉頭審視自己的服裝，「老實說，我也不知道。西方文明的遷徙是有來有往的，羅馬影響世界，世界也影響羅馬。最近受到美國的影響似乎很大，但是我也好幾個世紀沒有認眞記錄了。」

「好吧，」波西說：「不過……你來這裡是要幫忙的嗎？」

「我的精靈告訴我，你們兩位來到這裡。」提庇留的深色眼眸朝安娜貝斯投射過去，「親愛的，你有那張地圖嗎？有沒有介紹信？」

「嗯……」安娜貝斯交給他介紹信與銅盤地圖，她看著河神的專注眼神，讓波西開始感到忌妒了。

「所……所以……」她結結巴巴地說：「你也幫助過其他雅典娜的小孩進行這個任務？」

「呵，親愛的！」這位漂亮的女士瑞亞．西爾維亞說：「提庇留總是那麼願意幫忙呀。你可知道，他救了我的孩子羅慕樂和雷慕斯，把他們帶到母狼魯芭那裡去。當那個老國王努密特⑯要殺我時，也是提庇留憐憫我、娶我爲妻。從那之後，我就陪著他一起治理台伯河。他眞是好到不可思議呀！」

「謝謝你，親愛的。」提庇留露出一絲苦笑，「是的，沒錯，安娜貝斯．雀斯，我幫助過許多你的手足……至少讓他們有個安全的出發點。可惜的是，所有人後來都痛苦離世。好吧，你的文件看起來沒有問題，我們應該出發了，雅典娜的記號在等你。」

波西抓住安娜貝斯的手，有點太用力了些。「提庇留，讓我跟她一起去，只要再陪她走一小段路就好。」

瑞亞．西爾維亞甜甜地笑起來。「傻孩子，你不可以去。你必須回到你的船上，與其他朋友會合，去和巨人對戰！照著你的朋友派波所看到的影像去做。安娜貝斯有不同的路要走，她必須單獨走。」

「沒錯，」提庇留說：「安娜貝斯一定要自己去面對神殿的守護者，那是唯一的方法。至於你，波西．傑克森，你能解救瓶中朋友的時間比你以爲的少很多，你必須趕快行動。」

波西感覺胃中的披薩突然變成了水泥塊。「可是……」

「可以的，波西。」安娜貝斯用力按了一下他的手。「我必須去做這件事。」

他想要反駁，可是她的表情阻止了他。安娜貝斯是如此驚恐，卻用最大的努力在掩飾她

115 瑞亞．西爾維亞（Rhea Silvia），相傳是建立羅馬城的羅慕樂（Romulus）和雷慕斯（Remus）兄弟的母親。她與戰神馬爾斯生下這對雙生子。

116 努密特（Numitor），瑞亞的父親，原是義大利中部亞伯隆加城的國王，被弟弟阿穆流斯奪權，瑞亞也被迫去當女祭師。後來瑞亞與戰神馬爾斯發生關係、生下兩兄弟後，阿穆流斯下令將她監禁，並將兩兄弟丟進台伯河。

的心情，這完全只是爲了他好。如果他再繼續爭論下去，只會讓她的處境變得更艱難。甚至更糟的是，他也許說服她留下來了，卻一輩子活在從最大挑戰退卻下來的陰影裡……如果他們可以撐過羅馬要被夷平、蓋婭即將升起、世界要被毀滅種種事而還能倖存的話，雅典娜的雕像握有擊敗巨人的關鍵。波西不知道究竟爲什麼或怎麼回事，安娜貝斯偏偏就是這個唯一可以去找尋它的人。

「你們說得對。」波西強迫自己說出這些話：「祝你一路平安。」

瑞亞．西爾維亞咯咯笑起來，好像他說了很可笑的話。「平安？一點都不平安！不過也是個必要的祝福啦。來吧，親愛的安娜貝斯，我們會帶你看看你開始的路徑。那之後，你就得自己走了。」

安娜貝斯給波西一個吻。她遲疑了一會兒，彷彿在想還要說什麼。然後她背起背包，坐上摩托車的後座。

波西痛恨這種情況，他寧願去和世上任何一隻怪物打架，寧願再去找克呂薩奧爾對決。但他強迫自己坐在椅子上，眼看著安娜貝斯坐著摩托車鑽進羅馬街道，被葛雷哥萊．畢克和奧黛麗．赫本載走。

33 安娜貝斯

安娜貝斯本來以爲情況會更糟。

如果她必須單獨去赴一個可怕的任務，至少她還先和波西坐在台伯河邊一起享用了午餐。現在，她甚至被葛雷哥萊．畢克載了一段路。

她會知道這部老電影，全是因爲爸爸的關係。

過去這幾年，因爲他們兩個和好了，也就多了許多相處的時間，她開始知道爸爸比較多愁善感的那一面。沒錯，他喜歡研究戰爭史、武器、雙翼飛機；但他也喜歡看老電影，特別是一九四〇和五〇年代的愛情喜劇，《羅馬假期》就是他最喜愛的其中一部，是他讓安娜貝斯看這部電影的。

她認爲這部電影的故事有點可笑。有位公主逃過了密切監護，在羅馬和一個美國記者墜入愛河。不過她懷疑爸爸之所以喜歡這部電影，是因爲這讓他聯想到自己與雅典娜女神的浪漫故事，他們是另一個無法有快樂結局的錯誤結合。她的爸爸完全不像葛雷哥萊．畢克，雅典娜更絕對不會是奧黛麗．赫本，但安娜貝斯知道，人們會看見自己想要看見的部分，他們不需要迷霧來蒙蔽自己的感覺。

當淺藍色偉士牌摩托車在羅馬城中迂迴穿梭，瑞亞女神也針對這個城市幾百年來的演變，爲安娜貝斯做了即時現場解說。

「蘇布里休橋[117]以前就在那裡，」她指著河流一個轉彎處說：「你可知道，賀雷修斯[118]和他的兩個朋友就是在這裡擊退敵軍，守護住城市。那可是一個勇敢的羅馬人呀！」

「還有，親愛的，你看，」提庇留補充說：「那裡就是羅慕樂和雷慕斯被沖上岸的地方。」

他在講的似乎是河邊一個鴨子聚集的地方，幾隻鴨子正用磨損的塑膠袋與糖果紙來築巢。

「嗯，是呀。」瑞亞．西爾維亞開心地嘆息。「是你好心地讓水淹上來，把我的寶寶沖上岸，好讓母狼發現他們。」

「這不算什麼。」提庇留說。

安娜貝斯開始覺得頭暈。這位河神在講的是幾千年前發生的事，當時這地方還是一片荒蕪，只有沼澤溼地，或許還有一些小屋。提庇留救了兩個小寶寶，其中一個後來建立了世上最偉大的帝國。結果「這不算什麼」。

瑞亞．西爾維亞指著一棟巨大的現代公寓建築。「那裡曾有一座維納斯的神殿，後來變成教堂，然後是住宅大廈。它焚毀過三次，現在重新蓋成公寓大樓。至於在那個地方的是……」

「求求您，」安娜貝斯說：「您讓我頭暈了。」

瑞亞．西爾維亞大笑。「親愛的，我很抱歉，因爲這裡就是有著一層又一層的歷史。但是和希臘比起來，這裡又算不了什麼。當羅馬還只是土屋聚集的村落時，雅典已經是一個歷史悠久的城市了。你會看到的，如果你能活下來。」

「完全幫倒忙。」安娜貝斯喃喃自語。

「我們到了。」提庇留宣布。他在一棟高大的大理石建築前停下來，建築正面雖然積了都市的陳年灰垢，依然十分美麗，華麗的羅馬天神雕刻裝飾了建築的屋頂。它寬敞的入口有鐵柵欄圍住，嚴禁進入。

「我要進去那裡？」安娜貝斯突然希望自己帶著里歐同行，或至少從他的工具腰帶借了一些鐵剪。

瑞亞．西爾維亞掩嘴而笑。「不是啦，親愛的。不是進去裡面，是去它的下面。」

提庇留指著建築側面的一段石階，如果在曼哈頓，就是通到公寓地下室的那種台階。

「地面上的羅馬是雜亂無章的，」提庇留說：「但是和地下比起來根本不算什麼。安娜貝斯．雀斯，你必須進到地下的城市，找到外來天神的祭壇。前輩們的失敗會指引著你，在那之後……我就不知道了。」

安娜貝斯覺得肩上的背包突然沉重起來。她已經研究銅盤地圖好幾天了，也在代達羅斯的電腦裡拚命搜尋資料。不幸的是，她找到的一些東西只讓這個任務看起來更不可能完成。

「我的手足們……沒有人走完全程，到達那個神殿，是嗎？」

提庇留搖搖頭。「不過你知道等著你的獎賞是什麼，如果你能讓它自由。」

「是的。」安娜貝斯說。

「它可以帶來希臘與羅馬後代之間的和平，」瑞亞．西爾維亞說：「它可以改變即將來臨的戰爭發展。」

「如果我能存活的話。」安娜貝斯說。

⓱ 蘇布里休橋（Sublicious Bridge），橫跨台伯河的古羅馬第一座木橋，大約建於西元前七世紀。

⓲ 賀雷修斯（Horatius Cocles），古羅馬軍官，西元前六世紀時以英勇擊退入侵羅馬的敵軍、保住蘇布里休橋而聞名。

提庇留哀傷地點點頭。「因爲你知道你必定會遇到的守護者是誰嗎?」

安娜貝斯記起桑特堡的蜘蛛，還有波西描述他夢裡那隱身黑暗中的嘶嘶聲。「是的。」

瑞亞．西爾維亞看著她的丈夫。「她很勇敢，也許比其他人都還要強。」

「但願如此。」河神說：「再見了，安娜貝斯．雀斯。祝你好運。」

瑞亞．西爾維亞眉開眼笑。「我們有一個美麗的午後計劃！該去逛街了！」

葛雷哥萊．畢克和奧黛麗．赫本騎上他們的淺藍色摩托車快速離開。然後安娜貝斯轉身，獨自步下階梯。

她有過許多造訪地下的經驗。

然而走下台階到一半，她意識到自己上回獨自歷險是多久以前的事了。她停下腳步。天神呀……從她還是個小女孩算起，她已經很久沒有做過類似的事了。她逃家後曾獨自生活了幾週，住在窄巷躲避怪物。然後碰到泰麗雅和路克，受到他們的保護。後來她到了混血營，在那裡生活到十二歲，又開始和波西與其他朋友一起進行尋找任務。

她上一次感到孤獨惶恐應該是七歲的時候。她記得那一天泰麗雅、路克和她走進布魯克林區一個獨眼巨人的巢穴，泰麗雅和路克都被抓了，安娜貝斯必須去救他們出來。她還記得自己躲在那間傾頹大宅的黑暗角落發抖，聽著獨眼巨人模仿朋友的聲音，想要騙她走出來。

會不會這也是一場騙局呢?她不禁感到懷疑。會不會那些雅典娜孩子的死亡，是被提庇留和瑞亞．西爾維亞帶進陷阱?葛雷哥萊．畢克和奧黛麗．赫本會做出這種事嗎?

她強迫自己繼續走。她別無選擇。如果雅典娜．帕德嫩眞的在這下面，它可以決定戰爭的命運；更重要的是，它可以幫助她的母親。雅典娜需要她。

在階梯的最下方，她來到一扇有著鐵製拉環的木門前，拉環上方有一塊附有鑰匙孔的金屬牌子。安娜貝斯想了一下取得鑰匙的方式，但當她一碰觸拉環，一個火紅的圖形立刻烙印在門扉中央，正是雅典娜的貓頭鷹輪廓。輕煙從鑰匙孔飄出來，門扉自動往內開啟。

安娜貝斯朝上面看了最後一眼。在階梯的頂端有一方湛藍的天空。凡人們想必正享受著溫暖的下午，情侶手牽手坐在咖啡廳，觀光客穿梭於商店與博物館間；尋常的羅馬人做著每天例行的工作，也許沒想過他們腳下踩著幾千年的歷史，也不會知道這些精靈、天神、怪物依舊存留在這邊，當然更不會想到他們的城市可能在今天毀滅，除非有一小群混血人能夠成功抵擋巨人。

安娜貝斯踏入門廊。

她發現自己置身的地下室空間是建築物裡的賽伯格[119]。古代的磚牆與現代的電纜管道縱橫交錯，支撐屋頂的則有古羅馬花崗岩柱，也有鋼骨鷹架。

地下室的前半部堆著許多板條箱，安娜貝斯出於好奇，打開幾個來看。有些裡面是一捲捲的彩色線，像是風箏或美勞用品的材料；有些則裝著廉價的塑膠格鬥士寶劍。也許這個地方曾是觀光商店的儲藏室。

地下室後半部的地板被挖開，露出另一段階梯（是白色石階），通往更深的地下。

[119] 賽伯格（cyborg）指的是機械化有機體，也就是被加入人造機械以便適應新環境的生物組織或生化機器人，現在也代表著跨越疆界之後產生的新主體。

安娜貝斯緩緩走到石階邊緣。即使靠著她刀鋒的光芒，下面還是暗到什麼也看不見。她把手放在牆壁上試探，結果找到一個燈的開關。

她輕輕碰了一下，耀眼的白色日光燈立刻照亮了階梯。她往下一看，見到馬賽克拼花地板，上面有鹿與方恩的裝飾。這或許是古羅馬別墅裡的一個房間，就隱藏在這座現代地下室的下方，和這些裝滿彩線與塑膠寶劍的板條箱共處。

她往下走。這個房間大約六平方公尺大，牆面曾經有過亮麗的彩繪，如今多數壁畫已經斑駁或脫落。這裡唯一的出口是角落邊地板上的一個洞，那裡的馬賽克磁磚已經被挖起來。安娜貝斯蹲到洞口旁，發現它垂直下降到一個比較大的洞，但是她望不到底。

她聽見流水的聲音，也許在下面九到十二公尺的距離。空氣的味道聞起來不像是廢水，只是有點霉味，還帶點甜味，像是正要凋謝的花朵。或許它是連接水道橋的古老水道。沒有再往下的路。

「我不要跳下去。」她自言自語。

就好像要回覆她的話似的，黑暗中有個東西發出光芒。雅典娜的記號在洞底躍然出現，照亮了地下十二公尺處的下水道磚壁。火紅的貓頭鷹似乎在恫嚇著她：「喂，孩子，就是這條路。所以你最好找出方法。」

安娜貝斯考慮著她眼前的選擇。跳下去太危險。沒有繩索或階梯。她想過要去借一些金屬鷹架，就像消防隊滑降桿那樣溜下去，但那些鋼骨都固定住了。再說，她可不希望造成整棟建築崩塌在她上方。

挫折感有如白蟻大軍般爬上她心頭。她一輩子在觀望其他混血人取得神奇的力量。波西可以控制水流，如果他在這裡就可以升高水面，讓她輕鬆地漂浮下降。還有海柔，按照她自己的說法，她可以用無誤差的準確度在地下找到出路，甚至創造或改變隧道的走法，輕易弄出一條新路來。里歐會從他的工具腰帶抓出最適當的工具，製造出任務所需的東西。法蘭克可以變成鳥；傑生能夠控制氣流就飄下，即使派波也可以使用魅語……她能夠說服提庇留和瑞亞．西爾維亞多幫一點忙。

安娜貝斯有什麼呢？一把沒有特殊功能的銅製匕首，一個被詛咒的銀幣。她有一個背包，裡面有代達羅斯的電腦、一瓶水、幾塊緊急時可用的神食，以及一盒火柴。火柴可能是沒用的東西，但她父親給了她根深蒂固的觀念，她應該一直要有可以生火的方法。

她沒有任何神奇力量，連她唯一真正具有魔法的寶貝隱形洋基帽也失去功效，而且還留在阿爾戈二號她的艙房裡。

「你擁有你的智慧。」有個聲音說。安娜貝斯很好奇是不是雅典娜想和她說話，但那或許只是她的一廂情願。

智慧……就像雅典娜最喜歡的英雄奧德修斯，他用頭腦贏得特洛伊戰爭，而非靠蠻力。他克服了所有的怪物攻擊與艱難關卡，憑藉的就是靈活的腦袋，那才是雅典娜看重的地方。

「智慧的女兒單獨走。」

安娜貝斯了解，這句話不只代表沒有其他人同行，還代表沒有其他特別的力量伴隨。好吧……所以要如何安全到達下面，而且確保萬一有需要時可以出得去呢？

她爬回到剛剛的地下室，看著打開的板條箱。風箏線與塑膠劍。她腦海中浮出的點子荒唐到自己幾乎要笑出來，不過總比什麼都沒有來得好。

她開始工作，雙手好像完全知道要做什麼。有時候就是會有這種情形，比如她幫里歐調整船上的機器，或者使用電腦繪製建築藍圖時。她從來沒有用風箏線或塑膠劍做過任何東西，但一切似乎很簡單、自然。幾分鐘不到的時間，她已經用十幾個線球和一整箱的寶劍做成一個臨時繩梯——用細線編成的繩子，強度增加但不會太粗，每隔六十公分綁上一把塑膠劍，作爲扶手兼踏階。

爲了測試，她把繩梯的一頭綁在一根梁柱上，將全身的重量盡量壓到繩梯上。她腳下的塑膠劍彎曲了，但它使得繩結變得粗大一些，這樣至少她可以抓得牢一點。

這個繩梯贏不了任何設計大獎，但或許能夠把她安全帶到洞底。她先把剩下的線球塞到背包裡，她不確定爲什麼需要這樣做，不過它們是眼前現成的資源，而且也不重。

她走向馬賽克地面的那個洞，將繩梯的一頭固定在最靠近的一根鋼骨上，再將繩梯往洞裡放，然後爬下去。

34 安娜貝斯

安娜貝斯懸在半空中，從瘋狂晃動的繩梯上一步步下降。她感謝奇戎這些年來在混血營給她的攀爬訓練，過去她常常大聲抱怨攀繩技巧對她擊敗怪物絕對沒有幫助，奇戎卻只是微笑，彷彿知道這一天終究會到來。

安娜貝斯終於來到底部，她錯過了磚壁的邊緣，然後就掉進下水道。結果水只有幾公分深，冰涼的水很快滲進她的跑步鞋裡。

她舉起閃亮的刀。這條淺淺的水道兩旁是用磚砌成的隧道，每隔幾公尺就有陶製水管從牆壁延伸出去，她猜測那些水管就是下水道，是古羅馬水道系統的一部分。不過她很驚訝這樣的水道仍能保存至今，隱身在地面下，與幾世紀的水管、地下室、廢水共存。

一個突然的想法在瞬間帶來比水更冷的寒意。幾年前她與波西出一個任務，去到代達羅斯的迷宮。那是一個由隧道與房間組成的祕密網路系統，被魔法深深包圍，在美國各個城市下蔓延分布。

當代達羅斯在迷宮戰場上過世，整座迷宮也崩塌了……安娜貝斯這麼相信著。但那樣的迷宮是否只存在於美國呢？如果這個地方正是迷宮的更老版本呢？代達羅斯曾告訴她，他的迷宮有它自己的生命，它會不斷成長與變化。或許迷宮可以重生，就和怪物一樣。這麼說是有道理的。這是一種原型的力量，就像奇戎說的，某些東西永遠不可能真正的死亡。

如果這是迷宮的一部分……

安娜貝斯決定不要鑽牛角尖去想那件事，但她也決定，不要輕率以爲自己的方向是正確的。迷宮會讓距離變得沒有意義，如果她不小心，可能朝錯誤的方向走了六公尺，就會走到波蘭。

單純爲了安全考量，她綁了一個繩球到繩梯的底端，這樣她可以一邊在這裡面探險、一邊鬆開線球。這是個古老的伎倆，但確實是不錯的點子。

她猶豫著要往哪個方向去，水道兩邊看起來都一樣。這時候，在她左邊約十五公尺的牆壁上，雅典娜的記號忽地亮起來。安娜貝斯發誓，那雙火紅的眼睛好像瞪著她說：「你有什麼問題，快走呀！」

她眞的開始討厭這隻貓頭鷹了。

等她到達那個點時，圖像已經消失，她的第一個線球也已經用完。

她綁上新的線球，望了一下整條水道。磚牆上有一段破裂的地方，好像被大槌敲出一個洞的樣子。她決定跨過去瞧瞧。她將匕首插在洞口取光，看到下方有一個長而窄的房間，地板鋪著馬賽克磁磚，牆上有壁畫，兩側有長凳，整個形狀有點像是地鐵車廂。

她把頭探進洞中，希望不會冒出任何東西咬掉她的頭。房間靠近她這一邊有個被磚牆堵住的走道，遠端的那邊有一張石桌，或者是個祭壇。

嗯……水道雖然繼續往前延伸，但安娜貝斯確定這裡才是她的方向。她記得提庇留有提到：「找到外來天神的祭壇。」這間神壇室似乎沒有任何出入口，不過這個洞與下面的長凳只有一小段落差，她應該可以爬過去，沒有問題。

她仍抓著細線，讓自己下到那個房間。

這個房間有著桶狀屋頂與磚造圓拱，但安娜貝斯不喜歡支撐柱的樣子。就在她頭頂正上方，最靠近走道口的磚造圓拱上的頂石已經裂成兩半，應力斷裂的裂痕一直延伸到天花板。這地方可能已經兩千年沒被碰觸過了，她判定最好不要在裡面待太久，運氣不好的話，再過兩分鐘就會崩塌。

狹長的馬賽克磁磚地板上有七個圖案排成一排，彷彿是個時間軸。在安娜貝斯腳下的是一隻渡鴉，旁邊是獅子，還有幾個看起來像羅馬戰士的人帶著各式武器。其他圖案都毀損得太厲害或積滿塵垢，安娜貝斯看不出細節。兩側的長凳上棄置了破碎的陶器，牆上的壁畫是宴會的場景：長袍男子戴著像冰淇淋勺的彎帽，坐在一個全身射出光芒的大漢旁邊。他們周圍站著手持火把的人與侍者，背景還出現一些獅子、烏鴉等動物。安娜貝斯不確定這幅圖代表的意義，起碼她無法聯想到任何她所知道的希臘神話。

在房間另一頭的神壇有精巧的雕飾帶，刻劃的是戴冰淇淋勺帽子的男人，持刀比向公牛頭部。而在神壇之上有一座石雕，形狀是一個男子雙膝跪陷在石頭裡的樣子，高舉的手中有匕首和火炬。安娜貝斯對這些景象完全沒有頭緒。

她朝神壇走近一步。腳下突然喀噠一聲，她低下頭看，發現自己一腳踩進一個人類的胸腔裡。

安娜貝斯壓抑住自己的尖叫。這東西是從哪裡冒出來的？她才剛剛低頭看過，並沒有見到任何骨骸，現在地板上卻散落著骨頭。這個胸腔顯然已經歷史悠久，在她拔腳出來的時候就碎成粉末。在它附近有一把鏽蝕的銅刀，和安娜貝斯擁有的那把非常相似，若非是這個死人自己的武器，就是用來殺死這個人的凶刀。

她拿出自己的刀，以便照亮前方。再往前一點的馬賽克地板上蜷縮著一個更完整的骷髏，上面還殘留著紅色繡花緊身衣，看起來像是文藝復興時期的男子。他褶邊的衣領與頭骨被焚燒得很嚴重，就好像他想要用焊槍來洗頭的樣子。

這下可好，安娜貝斯心想。她把目光往上移到神壇，看著那座手持匕首與火炬的石雕。或許是某種試煉吧，安娜貝斯暗下結論。這兩個人都失敗了；修正一下，不只兩個人，往神壇的方向到處散落著骨骸與衣服碎片，她算不出這樣究竟代表多少人命，但她敢打賭全都是歷來的混血人，而且都是雅典娜的小孩，來此追尋同樣的任務。

「我不會成爲你地盤上的另一副骨骸。」她對著石雕說，希望自己的聲音聽起來很勇敢。

「一個女孩，」一個微弱的聲音出現，在房間裡迴盪，「不允許有女孩。」

「一個女性混血人，」第二個聲音說：「不可饒恕。」

房間震動，塵土從龜裂的屋頂落下，安娜貝斯奔向來時的洞口，但那個洞已經消失，她的線也斷掉了。她爬上長凳，敲著本來有洞的牆面，希望洞的消失只是她的幻覺，然而這面牆就是堅實無破綻。

她被困住了。

沿著長凳邊，十幾個鬼魂閃爍現身。他們都是身著羅馬長袍的發亮紫色男子，很像她在朱比特營見過的拉雷斯。他們瞪著她，彷彿她打斷了他們的會議。

她做了唯一能做的事，就是走下長凳，退回被磚牆封住的走道口。她努力讓自己看起來有信心，雖然怒目相視的鬼魂和腳邊混血人的骨骸讓她只想當隻縮頭烏龜放聲尖叫。

「我是雅典娜的小孩。」她說，盡可能表現出很大膽的樣子。

「希臘人。」其中一個鬼魂語帶不屑地說：「那更糟糕。」

在房間另一頭，有個外表蒼老的鬼魂動作困難地站起來（老鬼也有關節炎？），站到神壇旁邊，然後用深色的眼睛凝視著安娜貝斯。她的第一個感覺是他非常像人類，穿一身閃亮長袍，戴尖頂帽，還有一根牧羊杖。

「這裡是密特拉的洞穴，」年長的鬼魂說：「你已經干擾了我們的神聖儀式，你不可以看過我們的祕密還繼續活下去。」

「我並不想看你們的祕密，」安娜貝斯向他保證，「我是在追尋雅典娜的記號。告訴我出口，我會去走我自己的路。」

她的聲音聽起來很冷靜，讓她自己都有些驚訝。她完全不知道該如何離開此地，但她知道在這個手足們失敗過的地方一定要成功。她的路還很長，遠遠深入到羅馬的層層地下。

「前輩們的失敗會指引著你，」提庇留說過：「在那之後……我也不知道。」

鬼魂們用拉丁語交頭接耳，安娜貝斯聽到幾句不友善的字眼，都是關於女性混血人與雅典娜。

終於，頭戴教宗帽的人以牧羊杖敲敲地面，其他拉雷斯安靜下來。

「你們的希臘女神在這裡是毫無力量的，」教皇拉雷斯說：「密特拉才是羅馬戰士仰賴的天神！他是軍團之神、帝國之神！」

「他不是羅馬人，」安娜貝斯反駁他們：「他是……嗯，好像是從波斯那裡過來的嗎？」

「褻瀆神明！」老鬼驚呼，又拿牧羊杖猛擊地板幾下，「密特拉保護我們！我是這群修士會的 pater。」

「神父。」安娜貝斯把拉丁文翻譯出來。

「不要打岔！身爲神父，我必須保護我們的祕密。」

「什麼祕密？」安娜貝斯問：「十幾個穿長袍的死人坐在一個洞裡？」

這些鬼開始低聲交談抱怨，直到老神父用一個計程車鳴笛才讓他們安靜下來，這個老傢伙顯然肺活量十足。「你顯然不信奉我們的神。和其他人一樣，你必須死。」

其他人？安娜貝斯盡量不去看滿地骨骸。

她的腦袋拚命運轉，想抓住任何她所知道的密特拉訊息。他有神祕的戰士膜拜方式，在軍團間極受歡迎，他是取代雅典娜成爲戰爭代表的天神之一，阿芙蘿黛蒂曾在查爾斯頓的下午茶提過這件事。除此之外，安娜貝斯別無所知。密特拉不是他們會在混血營裡討論的天神，她不知道這些鬼魂是否願意等她拿出代達羅斯的電腦搜尋一下。

她掃視地上的馬賽克磁磚，瞥過排成一列的七幅圖。她再看看鬼魂們，發現他們的長袍上都有某種徽章，也許是渡鴉，也許是火把或烏鴉。

「你們有通過儀式，」她脫口而出：「七種階級的信徒，最高階就是 pater。」

鬼魂們全都倒抽一口氣，然後又異口同聲地尖叫起來。

「她怎麼會知道這件事？」其中一個問。

「這女孩蒐集我們的祕密！」

「安靜！」神父命令。

「但是她可能知道我們的神裁法[120]！」另一個鬼魂大喊。

「神裁法！」安娜貝斯說：「我當然知道！」

另一回合的驚呼聲響起。

「太荒唐了，」老神父怒吼：「這女孩說謊！雅典娜的女兒，選擇你要死的方式，如果你不做選擇，我們的神會替你選擇！」

「火刑或刀刑？」安娜貝斯猜說。

這下連老神父也很震驚，顯然他不記得過去受刑的死人現在都躺在地板上。

「怎麼……怎麼你會……」他說不出話來。「你究竟是誰？」

「雅典娜的小孩，」安娜貝斯再說一次，「但不是隨便一個小孩。我是……嗯，我是修女會的 mater（會長），事實上是 magna mater。對我來說，沒有任何事是祕密。密特拉的任何事情都逃不過我的眼睛。」

「是 magna mater！」一個鬼魂絕望地哀號：「大聖母！」

「殺了她！」某個鬼魂衝出來，伸手想要扭住她，卻直接穿過她的身體。

「你早就死了。」安娜貝斯提醒他，「坐下來。」

那個鬼魂看起來十分尷尬，坐回他的位子。

「我們不需要親手殺死你，」老神父咆哮：「密特拉會替我們執行的！」

神壇上的雕像開始發光。

⑫⓪「神裁法」就是由神明來做判決。中古時代的人認為神力可以對人世間的是非做出判定，而對當事人或嫌疑者施行各種考驗，例如吞食毒物、伸手下油鍋、決鬥等的原始審判方式。

安娜貝斯的手按著背後堵起來的磚牆。那必定是出口。灰泥已經在崩落，但整面牆還沒有脆弱到她可以用身體的力量直接撞出去的程度。

她失望地環伺這個房間，有出現裂痕的天花板、地面上的馬賽克、牆壁的圖畫、雕刻的神壇。她開始擠出話語，把腦海中的推論一個個說出來。

「沒用的，」她說：「我知道所有的事。你們採取火刑，是因爲火炬就是密特拉的象徵。他的另一個象徵是匕首，所以你們的另一種試煉就是用刀。你們想要殺死我，就好像……嗯，密特拉想要殺死聖牛。」

這完全是安娜貝斯的猜測，但神壇的雕塑刻劃出密特拉屠牛的樣子，所以安娜貝斯認爲那必定是一件重要的事蹟。所有的鬼魂都在哭號，還把耳朵遮住。有些鬼拚命打著自己的臉，彷彿從惡夢中驚醒。

「大聖母什麼都知道！」一個鬼魂說：「這是不可能的！」

除非你好好看看這個房間，安娜貝斯心想。她的信心已經逐漸增強。

她瞪著剛剛說話的那個鬼魂。他長袍上的徽章是一隻渡鴉，和她腳下這一個地板圖案是一樣的。

「你只是隻渡鴉而已，」她斥責，「是最低等的階級。不准發言，讓我和神父說話。」

那個鬼魂膽怯了。「原諒我！原諒我！」

在房間最前頭的老神父全身顫抖，也許是因爲憤怒或害怕，安娜貝斯不確定原因。他的教宗帽在頭上斜向一邊，就好像油表快要降到零。「沒錯，大聖母，你知道很多事，你的智慧很偉大，不過這就是你不能離開的原因，編織者警告我們你會出現。」

「編織者……」安娜貝斯的心整個下沉，她明瞭老神父說的是什麼，也就是波西夢中黑暗裡的聲音，那個神殿的守護者。這一次她眞的很希望自己不知道答案，但她只能努力保持冷靜。「那個編織者畏懼我，她不希望我追隨雅典娜的記號。可是你們會讓我通過的。」

「你必須選擇一種神裁法！」老神父堅持，「火刑或刀刑，從中倖存，然後，也許就可以通過。」

安娜貝斯低頭看著手足們的遺骸。「前輩們的失敗會指引著你。」

他們都選擇了火刑或刀刑兩者之一。也許他們認爲自己可以勝過這些酷刑，但他們都死了。安娜貝斯需要第三種選擇。

她瞧著神壇上的雕像，它一秒比一秒光亮，整個房間可以感受到它的熱度。她的直覺本來要去注意雕像的匕首或是火炬，然而此刻她的心思集中到雕像的底座上。她很好奇爲何它的腳陷進石頭中，然後一個想法冒了出來，或許這尊小小的密特拉雕像不是陷在石頭裡，而是從石頭迸出來。

「既非火刑，也非刀刑，」安娜貝斯堅定地說：「還有第三種試煉，我將會通過。」

「第三種？」老神父問。

「密特拉是從石頭裡生出來的，」安娜貝斯說，但願自己的猜測正確。「他從石頭中冒出完整的成年形貌，手上握有匕首與火炬。」

尖叫哀嚎的聲音讓她知道自己答對了。

「大聖母知道所有的事！」一個鬼魂喊著：「這是我們最嚴格保守的祕密呀！」

安娜貝斯心想：「那麼你可能不應該放個雕像在你的神壇上。」不過她很感謝這些愚蠢的男性鬼魂，如果他們允許女性戰士參與他們的膜拜儀式，可能就有機會學到一點常識。

安娜貝斯誇張地比著自己爬進來的牆說：「我也是從石頭裡生出來的，和密特拉一樣！所以，我已經通過你們的第三種試煉了！」

「呸！」神父罵說：「你是從牆上的洞爬進來的！那是完全不一樣的事！」

好吧，顯然老神父不是一個完全的白痴，但安娜貝斯依舊保持信心。她看了一下屋頂，另一個點子又浮出來，所有的細節都湊在一起了。

「我可以控制眞正非凡的石頭。」她高舉雙手。「我可以證明我的力量比密特拉還大。只要單純一擊，便能弄垮這個房間。」

鬼魂嗚咽著發抖起來，統統朝上看著天花板，可是安娜貝斯知道，他們看不見她眼中關注的東西。這些鬼魂都是戰士，不是工程師；而雅典娜的孩子具有許多技能，不是單單只會打鬥。安娜貝斯研究建築好多年了，她知道這個古老的房間已經處在崩塌邊緣，她清楚屋頂上那些壓力裂痕代表的意義，它們全都從一個點發散出來，就在她頭頂正上方的圓拱頂端。那塊頂石已經接近崩解，而當這個情況發生時，假設她可以把時間計算得剛剛好……

「不可能！」老神父咆哮，「編織者給了我們非常多的獻禮，要我們毀掉任何一個膽敢闖進我們神殿的雅典娜小孩，我們從來沒有讓她失望過。我們不會讓你通過的。」

「那你就見識我的力量吧！」安娜貝斯說：「你承認我可以弄垮你的神聖殿堂了！」

老神父的臉色沉下來。他不安地扶直頭頂上的帽子，安娜貝斯知道，她已經把他逼到死角，他再說什麼退卻的話都會顯得膽怯。

「使盡你的能耐吧，雅典娜的小孩。」他決定說：「沒有人可以弄垮密特拉的洞穴，尤其是只靠單純一擊，更不可能被一個女孩擊倒！」

安娜貝斯舉起匕首。天花板很低，她可以輕易碰觸到頂石，但她必須讓這一擊有價值。她後面的走道已經堵住，理論上來說，如果這個房間開始要傾倒，那些磚塊應該會垮下崩裂，她也應該可以在屋頂落下之前衝出一條路。當然，這一切都是假設，假設磚牆背後還有泥土之外的其他東西，假設安娜貝斯的動作夠快、力道夠強、運氣夠好。不然的話，她將變成混血人煎餅。

「好吧，各位，」她說：「看來你們似乎選錯了戰神。」

她擊向頂石，神界青銅的刀刃就像劃過一顆方糖般。這一瞬間，沒有任何事發生。

「哈！」老神父沾沾自喜地喊著：「你看吧！雅典娜在這裡一點力量也沒有！」

房間搖晃了。一道裂痕橫跨整個天花板，洞穴最遠的那一頭率先崩塌，將神壇與神父都掩埋了。更多的裂痕開始加大，磚頭從圓拱掉落下來。鬼魂們尖叫奔逃，卻好像無法穿越牆面，顯然他們都被局限在這個房間裡，即使早就死了還是出不去。

安娜貝斯轉身，用盡全身力量重擊這面堵住入口的磚牆，然後磚塊鬆開了。當密特拉的洞穴在她身後塌陷爆裂時，她往黑暗中衝過去，發現自己正在下墜。

35 安娜貝斯

安娜貝斯以為自己知道什麼叫做痛。她從混血營的熔漿岩牆上摔下來過，她在威廉博格橋被劇毒刀刃劃傷過，她甚至還曾經一肩撐起天空的重量。

但那些都比不上落地時重重摔下的腳踝。

她立刻知道自己應該是骨折了。那種痛就像是灼熱的鋼絲從腿上一路戳到臀部，世界只剩下她、她的腳踝和極度的痛楚。

她幾乎要暈過去。她的頭在旋轉，呼吸又淺又急促。

「不行，」她告訴自己：「你不可以休克。」

她試著讓呼吸變慢一點，盡量躺著不動，等待自己的痛苦從極端的折磨減緩成只有可怕的抽痛。

她內心有一部分想要怒吼，這個世界是如此不公平，她走了這樣一段路，難道要因為像腳踝骨折這種平凡理由而停止？

她強迫自己把情緒壓下來。在營區裡，她被訓練成要能在各種惡劣狀況下生存，也包括類似這樣的傷害。

她看看四周。她的匕首飛到一、兩公尺外的地方，刀面微光讓她可以看到這個房間的一些特徵。她躺在一片冰冷的砂岩石塊地板上，天花板約有兩層樓高，她墜落進來的通道離地有三公尺，現在完全被碎片殘骸堵住了，還像瀑布般落下了一堆到房間裡，弄出一場土石流。在她附近散落著一些老舊的木頭，有的只是些微乾裂，有的則已經裂成乾柴。

「我眞笨！」她斥責自己。她撲向那個通道，以爲會有個同樣水平的走廊或另一個房間，根本沒想到會有從高處摔下的可能。這些木頭很有可能是以前的樓梯，只是早就腐朽了。

她檢查自己的腳踝。她的腳看起來沒有彎曲得太奇怪，還感覺得到腳趾頭，也沒有見到出血。這些都是好事。

她伸手要碰一塊木頭，即使這樣一個小動作，都讓她痛得哀嚎出聲。

木板到她手中就碎裂了。這些木頭可能有幾世紀了，或甚至幾千年；她無法得知這個房間是否比密特拉的神殿還要古老，或者就像那個迷宮，這些房間是幾世代以來被隨意丟在一起的大雜燴。

「好吧，」她大聲說，只爲了聽見自己的聲音，「認眞思考，安娜貝斯，擬出優先順序。」

她記起以前在營區時，格羅佛教過一個無聊的野外求生術，起碼在當時似乎是很無聊的。第一步就是，環視附近有無立即威脅。

這個房間看起來沒有立即崩塌的危險，土石流已經停歇，四周的牆壁是堅硬的石塊，眼睛所見沒有重大裂痕，屋頂也不會垮。很好。

唯一的出口是在最遠的牆邊，有一道拱頂走廊通往黑暗。在她與那條走道之間有一條小小的磚砌溝渠橫過地面，水流由房間的左邊流向右邊。也許是羅馬時代就有的水道？如果這個水是可以飲用的，那也很好。

有個角落堆積著破掉的瓷花瓶，乾癟的棕色東西從裡面散出來，或許是多年前的水果乾掉了，有點噁心。另一個角落則有一些板條箱，看起來比較完好無缺，還有一些用皮帶綁著的藤盒。

「所以，沒有立即的威脅。」她對自己說：「除非有什麼東西從那個黑暗隧道衝出來。」

她看著那個走道，幾乎在賭自己的運氣是否還會更糟。沒有出現新狀況。

「好吧。」她說：「下一步，清點存貨。」

她可以清點什麼呢？她有水瓶，想要更多水的話還可以靠前面這條溝，如果她碰得到的話。她有她的刀，還有背包，裡面塞滿彩色線（呼！）、筆記型電腦、銅盤地圖、一些火柴，以及緊急時可用的神食。

啊……對嘛！這次就是標準的緊急時機，她從背包裡挖出那個天神食品，趕緊吞下。一如往常，它嘗起來就像安撫人心的回憶，這次的味道是奶油爆米花，讓她回想起屬於她與父親在舊金山看電影的夜晚。那一次沒有繼母跟隨，沒有弟弟陪伴，只有安娜貝斯和父親兩個人，窩在沙發上看著愛情喜劇的老片。

神食溫暖了她的全身，腳上的痛楚變成隱隱的抽痛。安娜貝斯知道自己的問題仍然很大，因爲即使是神食也無法讓骨折立即癒合。它或許能加速癒合，但在最好的狀況下，她還是會有一、兩天不能把重量放到那個腳踝上。

她試著去拿她的刀，可是距離太遠了。於是她往刀子的方向滑過去，痛楚又直衝上來，彷彿釘子刺進她的腳。她的臉滿是汗珠，但她努力再撐一次，終於拿回自己的匕首。

拿著它讓她感覺好多了，不只因爲有了保護和光線，更因爲這是一種好熟悉的感覺。

下一步是什麼？格羅佛的求生技巧課提過要留在原地等待救援，然而這種狀況在這裡不會發生。即使波西有辦法追蹤到她，密特拉的洞穴也已經崩塌。

她可以試著用代達羅斯的電腦與其他人聯絡，但她懷疑深入到地下的此處是否會有半點訊號。再說，她要和誰聯絡呢？她不能傳簡訊給任何還在附近的人幫忙，混血人是從來不帶行動電話的，因爲那些訊號會吸引太多怪物的注意。再說，此時她的朋友也沒有誰會悠閒地坐在那裡檢查電子郵件。

伊麗絲訊息呢？她有水，但她懷疑是否有足夠光線來製造彩虹。她唯一擁有的硬幣就是那枚雅典人的德拉克馬銀幣，也是幫不了多少忙。

要尋求支援還有另一個問題：這次的任務應該是一個單人任務。如果安娜貝斯眞的接受救援，就等於承認失敗。她知道雅典娜的記號不會再指引她，她可能在這裡永遠晃蕩下去，也找不到雅典娜．帕德嫩。

所以……留在原地等待救援是沒用的。這表示她必須找到方法，讓自己獨自繼續前行。

她打開水瓶，喝了一點水，才了解自己原來有多渴。當水瓶喝到空了，她爬到溝渠邊，準備再裝水進去。

這裡的水既冰冷又流動快速，這是好現象，代表它可能是可以安全飲用的水。她把水裝滿，用手舀起一些水來沖沖臉頰，這讓人感覺清醒多了。她再稍微清理一下，盡可能把身上的擦傷弄乾淨。

安娜貝斯坐直起來，瞪著自己的腳踝。

「你竟然給我斷掉。」她罵它。

腳踝沒有回應。

她必須要用某種敷料把它固定起來才行。這是她唯一能夠移動的辦法。

嗯……

她舉起匕首，利用銅面光線再檢查房間一次。現在她距離那個通道比較近了，也就更不喜歡它。它通向一個黑暗無聲的迴廊，裡面飄出來的空氣帶著微弱的甜味與一種邪惡感。不幸的是，安娜貝斯看不見有其他的路可以選擇。

經過一堆痛苦喘氣與眨回眼淚的過程，她爬到了階梯的殘骸堆旁。她找到兩塊木板條，狀況還不錯，長度又足以拿來做固定用的夾板。然後她滑到藤盒那裡，用刀將皮帶割下來。

當她正忙著固定腳踝時，她注意到其中一個板條箱上面有些褪色的字：荷米斯[121]快遞。

安娜貝斯興奮地滑向那個板條箱。

她完全無法想像這個東西在這裡做什麼，但荷米斯負責替所有天神、精靈甚至混血人運送各種有用的物資。或許他多年前便把照護包裹送過來，用以幫助像她這樣出任務的混血人。

她撬開箱子，拉出好幾層的氣泡紙。但裡面的內容物已經不見了。

「荷米斯！」她抗議。

她難過地看著氣泡紙。然後她的腦子突然動了起來，意識到這個氣泡紙可是一份禮物。

「呵……這實在太完美了！」

安娜貝斯把氣泡紙包覆在骨折的腳踝外面，將木頭夾板放到兩邊，接著再用皮帶整個綑綁起來。

以前在急救課的訓練中，她曾經替營隊學員固定過假裝斷掉的腳，但她從來沒想到，有一天她會爲自己做夾板固定。

這是一個辛苦而且痛苦的工作，但安娜貝斯終於完成了。她又在階梯殘骸間翻找，終於找到一截欄杆；那是一段長約一百二十公分的細木棍，可以用來當拐杖。她把背抵著牆，讓那隻受傷的腳站好，然後將自己撐起來。

「哇。」她眼冒金星，但保持站立。

「下一次，」她對著黑暗房間自言自語：「就讓我對抗一隻怪物，那簡單多了。」

這時，在那條走道的上方，雅典娜的記號赫然出現在圓拱屋頂。

火紅的貓頭鷹似乎充滿期待地看著她，彷彿在說：「時候到了。哦，你想要怪物是嗎？就從這邊走！」

安娜貝斯不禁懷疑這個火燒記號是否來自於一隻眞正的神聖貓頭鷹。如果是的話，等她倖存後就要去找到那隻貓頭鷹，朝牠的臉重重打一拳。

這個想法提振了她的士氣。她跨過溝渠，一跛一跛地慢慢走到迴廊。

---

⑫ 荷米斯（Hermes），商業、旅行、偷竊及醫藥之神，也是奧林帕斯天神的使者，穿著有翅膀的飛鞋為眾神傳遞物件與信息。參《波西傑克森—神火之賊》一〇三頁，註㉑。

36 安娜貝斯

隧道筆直暢通，但從墜落事件之後，安娜貝斯決定不要冒險。她以牆作爲支撐，用拐杖拍拍前方地板，確認前面眞的沒有陷阱。

她行走時，原本微弱的甜味香氣變得愈來愈明顯，讓她也跟著緊張不安起來。流水的聲音在她身後消失，取而代之的是一種乾乾的低鳴，好像有百萬個微細聲音一起出現，似乎是從牆壁裡面發出來的，而且聲音漸漸變大。

安娜貝斯想要加快速度，但她一加快，身體就會失去平衡或者牽動到骨折的腳踝。她跛著腳繼續前行，確信有某種東西在跟著自己。那些細碎聲音集結在一起，愈來愈接近。

她的手碰到牆壁，縮回來時上面沾了蜘蛛網。

她驚呼出聲，然後馬上責罵自己製造出聲音。

只不過是蜘蛛網，她告訴自己。她心中的吼叫並沒有停止。

她本來就預期會有蜘蛛，她知道前方要面對的是什麼：編織者、女士大人、黑暗中的聲音。但這個蜘蛛網讓她了解到，自己已經多麼接近這些挑戰。

她在石頭上抹去手上的蜘蛛網時，那隻手是顫抖的。而此時她在想什麼呢？她沒有辦法單獨完成這項任務。

太遲了，她告訴自己，繼續往前走吧。她一步一階困難地走下通道，在她後面的低吟變得更大聲，幾乎就像幾百萬片枯葉一起在空中飛舞旋轉。蜘蛛網愈來愈多，幾乎遍布整條隧道。蜘蛛絲就像噴罐彩絲般黏了她一身。很快地，她推開眼前的層層紗網，扯掉覆在她身上有如噴霧彩帶的薄紗簾幕。

她的心臟想要衝出胸部並逃開，她只能不顧一切地踉蹌往前奔跑，不去在乎腳踝的痛楚。

通道終於到了盡頭，她來到一個門口，這裡堆滿了及腰的舊木頭，好像以前曾經有人試著設障礙封鎖住這個出口。那不是個好兆頭，但安娜貝斯還是盡量用拐杖推開這些木頭。然後她爬過剩下的木頭堆，沒有拿拐杖的那隻手被刺了幾十次。

在障礙堆的另一側是一間像籃球場那麼大的房間。地板上拼貼著羅馬式馬賽克磁磚，牆上有遺留的陳舊掛毯，門口兩側各有一個壁式燭台插著未點燃的火炬，統統覆滿了蜘蛛絲。

就在這個房間最遠的那一頭，雅典娜的記號在另一個門口火紅地出現了。不幸的是，在安娜貝斯與雅典娜的記號當中，橫著一道寬約十五公尺的大裂口，把地板一分爲二。在這個裂口上跨有兩條平行的木柱，然而由於間距太大，無法兩腳踩著它們通過。而且這兩根木柱本身細到難以在上面行走，除非安娜貝斯是個體操選手，而她顯然不是；又除非她腳踝沒有骨折，但她明明就有。

她剛剛走過的通道充斥著嘶嘶噪音，蜘蛛網顫動起舞，第一隻蜘蛛帶頭出現了。牠不會比一個水果軟糖大，但身形飽滿黝黑，輕輕掠過牆面和地板。

這是哪一種蜘蛛呢？安娜貝斯完全不清楚，只知道牠們是衝著她而來，而她只有幾秒鐘的時間可以思考應變。

安娜貝斯很想哭。她想要有人在這裡陪她，任何人都好。她想要里歐陪，里歐會生火；

她想要傑生陪，傑生會呼喚閃電；或者是海柔，她可以讓隧道坍掉。她最希望陪伴她的是波西，只要波西陪著她，她就會變得更勇敢。

我不要死在這邊，她告訴自己。我還要再見到波西。

第一群蜘蛛已經快到門口。在牠們後面則是浩浩蕩蕩的一整群大軍，一片令人毛骨悚然的黑色爬蟲海。

安娜貝斯跛著腳走到牆邊燭台，拿下一把火炬。火炬頂端裹著一層松脂，好讓火容易點著。即使安娜貝斯感覺自己的手指頭像鉛塊那麼重，她還是努力把手伸到背包裡摸索找尋火柴。她抽出一根，瞬間點燃火炬。

她把火苗朝障礙堆伸去，那些乾柴立刻著火。火焰跳到蜘蛛網上，一路熊熊燃向通道，燒死了成千上萬隻蜘蛛。

安娜貝斯退離這堆營火。雖然她替自己爭取到一點時間，但也懷疑這樣是否就能殺死所有蜘蛛。一旦火勢熄滅，蜘蛛大軍可能又會快速重組、蜂擁而至。

她走到裂口邊緣。

她把火炬移到裂口往下照，可是完全看不到底部。跳下去絕對是自殺。或許她可以嘗試用手攀抓木頭爬過去，但她又不信任自己的臂力。她也看不出就算爬到另一頭時，她如何能背著一個笨重的背包、帶著骨折的腳踝把自己撐上來。

她蹲下來研究這兩根木柱。上頭都有整組鐵環鉤，以三十公分的間隔排列在內側。或許這木柱是以前的橋梁木條，而中間的橫條已經被移走或毀壞。但是環鉤呢？那應該不是拿來固定板條的東西，比較像是……

她看看牆面，同樣的環鉤也拿來吊掛那些留下來的掛毯。

她明白這些木頭不是用來當橋梁，而是某一種織布機。

於是她將手中的火炬丟向裂口的另一頭。其實她對自己的計劃能否奏效並沒有信心，不過她還是把背包裡所有的線都取出來，開始在兩根橫梁間編織，以翻花繩的方式在環鉤間來回穿梭，將細線層層加厚起來。

她的手飛快地移動。她不再想著這個大任務，只是全心全意地編織，將線條繞圈打結，慢慢將她的網伸展過裂口。

她忘了腳上的疼痛，也沒有注意到後面障礙堆的火即將熄滅。她的身體慢慢移到裂口上方，編織繩網支撐了她的重量，不知不覺間她已經橫跨了一半的距離。

她是怎麼學會這些的？

是雅典娜，她告訴自己。母親的能力是實用的技藝，過去安娜貝斯從來不覺得編織有什麼特別的用處，現在她知道了。

她回頭看看身後。火堆已經熄滅，有一些蜘蛛在門口邊緣爬行。

於是她拚命地繼續編織，終於跨過裂口了。她拿起火炬，把火燒向自己做的編織繩橋。火焰沿著彩線一路燃燒過去，就連木柱也燒起來了，火勢凶猛，彷彿之前曾經泡過油一般。

瞬間，這座橋燒出一個清晰的圖案——整排都是相同的火紅貓頭鷹。安娜貝斯眞的把它們織進了線條中嗎？或者這是個魔法奇蹟？她不知道。然而當蜘蛛開始要跨越過來時，木柱整個崩塌，全部掉進裂口裡。

安娜貝斯屏住呼吸。她不明白爲什麼蜘蛛不從屋頂或牆壁爬過來，如果牠們這樣做，她一定會拔腿狂奔，而她相當清楚，自己的腿是不可能狂奔的。

不知爲什麼，蜘蛛並沒有追過來。牠們集結在裂口邊緣，就像一張騷動爬行的恐怖黑地毯。然後它們又分散開來，各自回頭湧向剛剛燒過的通道，好像對安娜貝斯不再感興趣。

「我通過一個考驗了。」她大聲說。

她的火炬熄滅了，只剩下匕首的微光陪伴她。這時她才發現，她把那根臨時拐杖留在裂口的另一邊。

她感到筋疲力竭，點子也用光了，心智卻非常清明。那些恐慌好像隨著編織繩橋一起燃燒殆盡。

「編織者。」她心想，我一定已經接近了。至少我知道前方有什麼。

於是她走向下一個長廊，希望能盡量不把重量加諸受傷的腳上。

她不用走太遠。

大約六公尺之後，隧道豁然開朗，她進到一個寬廣如大教堂的洞中，這地方大到她沒辦法一眼看完每個景象。她猜測這就是出現在波西夢境的房間，不過它並不陰暗。就像奧林帕斯山上的那種銅製火盆發出魔法光芒，照亮了整個房間，裡面散布著華美的編織掛毯。石頭地面上遍布著裂痕，宛如一片薄冰。洞頂非常高，在陰暗與層層蜘蛛網中幾乎快要看不見。

一縷縷像柱子一般粗的絲從洞頂垂落，有的固定到牆面，有的垂到地上，很像是懸吊橋梁的纜索。

蜘蛛網也環繞著神殿正中央的一個裝飾物，這個裝飾物很有威嚴，讓安娜貝斯幾乎不大敢抬頭正眼看它。這個隱約逼近她的正是一個高約十二公尺、身上是象牙白膚色與黃金衣裝的雅典娜雕像。她的一隻手中還握著一個雕像，是名叫妮琪[122]的帶翼勝利女神；這個雕像從下面看起來很小，但實際尺寸或許和一個正常大人差不多。她的另一隻手放在一個像告示板那麼大的盾牌上，盾牌後面冒出一條雕像蛇，彷彿雅典娜在保護它。

女神的表情安詳又和藹，而且……而且看起來很像雅典娜。安娜貝斯見過太多完全不像母親的雕像，但這個千年以前打造的巨大版，讓她覺得那位藝術家一定親眼見過雅典娜，因爲他對她的刻劃已近完美。

「雅典娜．帕德嫩。」安娜貝斯喃喃說著：「你眞的在這裡。」

她一輩子夢想能夠造訪帕德嫩神殿，而現在，她就在這裡看著曾經矗立在那兒的代表景物，而且她是千年來第一位親眼目睹的雅典娜小孩。

安娜貝斯知道她的嘴巴還是開開的，於是強迫自己嚥下口水。她知道自己可以這樣一整天張望下去，然而她的任務還只是進行到一半。她已經發現了雅典娜．帕德嫩，現在該如何把她救出這個洞穴？

蜘蛛絲像是紗網帳篷般覆蓋著她。安娜貝斯懷疑若非有這些網子，雕像早在多年前便已墜穿這個脆弱的地面。當她踏進這個空間時，她就注意到地面有許多非常寬的裂隙，一不小心腳就會陷進去。而裂痕之下，她見不到任何東西，只有空曠的黑暗。

一陣寒意竄過她全身。守護者在哪裡呢？安娜貝斯要如何解救雕像而不踩壞地板？她不

[122] 妮琪（Nike），希臘神話中的勝利女神，相當於羅馬的維多利亞（Victoria）。雖然出身泰坦家族，但在泰坦大戰時站在奧林帕斯眾神這一方，為他們帶來勝利。

大可能拉著雅典娜．帕德嫩走向她來時的通道吧。

她環視整個洞穴，希望能找到可用的東西。她的眼睛流連在那些編織掛毯上，那些可是扣人心弦的美麗作品。有一幅的圖案是田園景象，立體到彷彿眞的就是一扇窗；另外一幅是天神與巨人對戰的情景。她還看到冥界風景圖，它旁邊則是現代羅馬城的天際線。而在她左邊的這張掛毯……

她一時停止了呼吸。這是兩個混血人在水下親吻的畫像，而那兩個人就是安娜貝斯與波西，是在營區裡朋友們把他們兩人丟到獨木舟湖的那一天。它栩栩如生的程度，讓她不禁猜想編織者是否眞的到過那裡，躲在湖裡用防水相機拍下這個畫面。

「這怎麼可能？」她自言自語。

在她上方的陰暗處，有個聲音出現了：「多年來我一直知道你會過來，我的小甜心。」

安娜貝斯打起哆嗦。突然間她又回到了七歲的夜晚，那個躲在被子下等待蜘蛛攻擊的時分。這個聲音和波西描述的一模一樣：高低不同音的憤怒嘶嘶聲響，像女性卻不是人類。雕像上方的網子裡有東西在移動，是一個黑暗又龐大的東西。

「我在我的夢裡見過你。」那個聲音說，語氣中飄散著淡淡的甜味與邪惡感，就像通道裡的氣味。「我必須確認你的確有價值，是唯一聰明到可以通過種種考驗、活著抵達這邊的雅典娜小孩。確實，你是她最聰明的孩子。所以當你徹底失敗時，你的死亡會讓我的宿敵感受到極大的痛苦。」

對安娜貝斯來說，腳踝的痛苦已經遠遠比不上她現在血液裡的酸楚冰冷了。她心裡想要跑開，想請求憐憫，可是她絕對不能示弱，至少現在不行。

「你是阿拉克妮，」她喊出來，「那位被變成蜘蛛的編織者。」

那個身影往下降，變得更清晰、也更可怕。「被你母親詛咒的，」她說：「被所有人奚落，變成一個面目可憎的東西，只因爲……只因爲我是一個比她強的編織者。」

「可是你輸了那場比賽。」安娜貝斯說。

「那是號稱勝利者寫的故事！」阿拉克妮尖叫：「看看我的作品！你親眼看一看！」

安娜貝斯不用再看了。這些編織掛毯是她這輩子見過最美麗的作品，比女巫賽西的還要好，而且，沒錯，甚至比她在奧林帕斯山上看過的一些編織品都要來得好。她也不禁會想母親是否眞的贏了比賽，如果她把阿拉克妮藏起來、然後重寫歷史的話。然而此時此刻，這些都無關緊要了。

「你從古早以前就在守護這個雕像？」安娜貝斯猜說：「但它並不屬於這裡，我要把它搬回去。」

「哈。」阿拉克妮說。

就連安娜貝斯本人也得承認，自己的威脅實在太可笑了。一個腳踝包著氣泡紙的女孩，如何能把一尊巨大的雕像搬出地底洞穴呢？

「你恐怕得先打敗我才行，我的小甜心。」阿拉克妮說：「要不然，那是不可能的事。」

這個身影從蛛網簾幕中現身，而安娜貝斯明白，自己的任務是毫無希望了，她即將面臨死亡。

阿拉克妮的身體就像一個巨大的黑寡婦，腹部下方有一個紅色毛茸茸的沙漏型記號，還有一對不斷分泌中的吐絲器。她八隻細長的腳上都排列著彎曲倒鉤，大小就像安娜貝斯的七首。如果蜘蛛再靠近一點，她那甜到臭的氣味便足以讓安娜貝斯暈倒。然而她最最可怕的部分，是那張畸形的臉蛋。

她也許曾是美麗的女子，現在黑色的下巴卻像獠牙一樣從嘴巴突出，其他的牙齒變形成細細的白色針管。她的臉頰長出纖細的黑色鬚毛，眼睛又大又黑，沒有眼瞼，還有兩顆小眼睛從她的太陽穴伸出來。

這個怪物發出一種像小提琴聲的「哩——哩——哩——」，或許是她在大笑。

「現在，我就要盡情享用你了，我的小甜心。」阿拉克妮說：「不過你別怕，我會替你編一張漂亮的掛毯，描繪你的死況。」

37 里歐

里歐眞希望自己沒有那麼厲害。

眞的，有時候那只會讓他很尷尬。如果他不是對機械這麼有感覺，他們可能永遠找不到祕密通道，在地底下迷失方向，還被金屬怪物攻擊。但他就是這麼厲害。

一部分也是海柔的錯。以一個對地下有超能感應力的女孩來說，她在羅馬的表現實在不怎麼強。她不斷帶著他們在城裡打轉，搞到頭暈，然後又折回原路。

「對不起，」她說：「實在是……這裡有太多地底下的地方，又太多層，整個感覺太強了，我就好像站在一個交響樂團的中間，試著要專心聆聽單一種樂器，我已經快聾了。」

結果這樣子下來，他們已經進行了一趟羅馬城之旅。法蘭克看起來像一隻開心伴隨的牧羊犬（哼，里歐好奇他是否眞能變成一隻這樣的狗，或是更好的東西，比如可供里歐騎乘的好馬），但里歐開始覺得不耐煩。他的腳會痠，天氣熱，太陽大，街頭又被觀光客塞到爆。

廣場還算好，但上面大部分古蹟都長滿樹木和灌木叢，要將這一切視為古羅馬的繁華市中心，需要很大的想像力。里歐之所以還能夠想像，是因爲他見過位在加州的新羅馬。

他們經過了大教堂、獨立的拱門、服裝店及速食餐廳。其中一個古羅馬雕像中的老兄好像還用手指著附近的麥當勞。

到了寬敞一點的街道，馬路上的交通完全處於瘋狂狀態；天啊，里歐本來以爲休士頓的人開車已經夠瘋狂了。不過他們多數時間都在小巷裡穿梭，經過了許多噴泉和小咖啡館，可是里歐不能進去休息。

「我從來沒想過會有機會來到羅馬，」海柔說：「當我活著時，我是指第一次的時候，執政的是墨索里尼，那時在打仗。」

「墨索里尼？」里歐皺起眉頭，「他不是和希特勒很麻吉？」

海柔像是看著外星人般看著里歐。「麻吉？」

「算了。」

「我想去看那個噴泉許願池。」她說。

「每個街角都有噴泉呀。」里歐咕噥說道。

「或是西班牙階梯[123]。」海柔又說。

「爲什麼你要到義大利來看西班牙階梯呢？」里歐問：「這就好像去中國找墨西哥食物，不是嗎？」

「你眞是沒救了。」海柔抱怨。

「有人這樣說過我了。」

她轉向法蘭克，抓住他的手，彷佛里歐已經消失退場。「走，我想我們應該走這邊。」

法蘭克給里歐一個困惑的微笑，就好像他對於里歐的白目不知該幸災樂禍還是感激。不過他還是開開心心地任由海柔拖著走。

在幾乎走了一輩子的路之後，海柔終於在一座教堂前面停下來，至少里歐認爲那是一座教堂。它的主體部分是個大圓頂，入口處這頭的屋頂則是三角形，有著典型的羅馬列柱，列柱上刻了一行M. AGRIPPA什麼的與其他文字的銘文。

「是拉丁文『冷靜一下』的意思嗎？」里歐推測。

「這是我覺得最有可能的地方了。」海柔的聲音聽起來是這一整天最篤定的。「裡面的某個地方應該有個祕密通道。」

一堆觀光客聚集在階梯附近，導遊們拿著上面有不同號碼的彩色小牌子，用幾十種語言在解說導覽，好像大家一起在玩什麼跨國賓果遊戲。

里歐聽了幾秒鐘的西班牙語解說，然後向朋友報告：「這裡就是萬神殿，最早是由馬庫斯・阿格里帕[124]所建立，是建給眾神的神殿。後來起火燒毀，哈德良大帝又重新建造，之後便一直矗立在這裡長達兩千年，是世界上保存最好的羅馬建築之一。」

法蘭克和海柔瞪著他。

「你怎麼會知道這些事？」海柔問。

「我天資聰穎。」

「天生賴皮，」法蘭克說：「他跑去竊聽人家觀光團的解說。」

里歐笑笑。「或許啦。我們去找那個祕密通道吧，我希望這地方有冷氣。」

---

123 西班牙階梯（Spanish Steps）是位在羅馬的一座戶外階梯，建於一七二五年，連接了下方的西班牙廣場與上方的山上聖三教堂。此區因當時的西班牙大使館位於附近而得名。

124 馬庫斯・阿格里帕（Marcus Agrippa, 63-12 B.C.），古羅馬政治家與軍人，他曾三度擔任執政官，最初的萬神殿（Pantheon）即是他第三度擔任執政時官時設計建造的。

當然囉，這裡面沒有冷氣。

往好的方面想，這裡不用排隊、不收門票，所以他們只需要擠過眾多遊客，就可以直接走進去。

整個室內讓人印象深刻，特別是它建立於兩千年前。大理石地板上有正方形與圓形圖案交錯排列，就像羅馬式的井字遊戲。主要的空間是一個廣闊的大廳，上面有個大圓頂，有點類似美國國會大廈的那種樣子。沿著牆面排列的是一個個神壇、雕像和墳墓等物，不過眞正讓人眼睛爲之一亮的是正上方的屋頂，這棟建築裡的所有光源都來自最上面的一個圓形開口。一整束光線穿過圓頂射進來，照得地板在發亮，彷彿是宙斯在上面拿著放大鏡，想要烤乾渺小的凡人。

里歐不像安娜貝斯是個建築師，但他能夠欣賞這裡的工程。羅馬人用大塊石板做出這個圓頂，但他們還挖空石板，做出「方中有方」的設計，看起來就很酷。而且里歐認爲這樣也減輕了圓頂的重量，讓它更容易被支撐住。

他並沒有對朋友提到這些事，他懷疑他們是否在乎。可是如果安娜貝斯在這裡，他一定會花一整天時間來談論這些。一想到這裡，他不免猜想她的雅典娜記號探險不知進行得如何。里歐從來沒想過自己會有這種感覺，但他確實在替那個可怕的金髮女孩擔心。

海柔站在大廳中間轉了一圈。「眞是奇妙。在古代，兀兒肯[125]的小孩會偷偷來到這裡，奉獻混血人的武器，這裡就是帝國黃金被賜與魔法的地方。」

里歐很好奇那是如何發生的。他想像一群穿著深色長袍的混血人，努力要把蠍式弩安靜地滾過前門。

「但我們不是爲此而來的。」他猜說。

「的確不是，」海柔說：「這裡有一個入口，是一個隧道，可以帶我們過去尼克那邊，我感覺他就在附近，可是不確定在哪兒。」

法蘭克冒出聲音：「如果這個地方有兩千年的歷史，那麼它確實很可能有一些從羅馬時期就留下來的祕密通道。」

就是這時，里歐開始犯下他太過厲害的這個錯誤。

他環視神殿內部，思考著：「如果是我來設計祕密通道，我會把它設在哪裡呢？」

有時他想要了解一部機器的運作，只要把一隻手放到機器上就可以辦到。他之所以會開直升機，就是這樣學會的；他也是這樣修理非斯都（在它墜機燒毀之前）。有一次，他甚至將時代廣場電子告示板的程式重設，讓它寫出「所有美女愛里歐……」，當然，這事純屬意外。

現在他試著感應這座古老建築裡的種種運作。他轉身朝向一塊看起來像祭壇的紅色大理石，上面還有聖母瑪利亞的雕像。「在那裡。」他說。

他信心十足地走向那個神龕。那裡的形狀有點像是壁爐，底部有個拱形的凹處，壁爐架的地方刻著文字，彷彿一座墳墓。

「通道就在這附近，」他說：「這傢伙長眠的地方擋到路了。拉斐爾是什麼人？」

「有名的畫家，我想。」海柔說。

里歐聳聳肩，他有個表哥名叫拉斐爾，他對這個名字沒有太多印象。他很好奇是否能從

125 兀兒肯（Vulcan），羅馬神話中的火神與工藝之神，等同於希臘神話中的赫菲斯托斯。

工具腰帶中弄出一小段炸藥，然後搞一個不引人注意的小破壞。不過他想，負責管理這地方的人應該不會核准這種事情。

「等一下……」里歐看看四周，確定沒有人在注意他們。

大部分的觀光客都在驚奇地觀看圓頂，但有一組三個人讓里歐感到不安。距離里歐他們約十五公尺的地方，有幾個中年胖男子正大聲對談，說話有美國腔，互相抱怨天氣很熱。他們看起來就像套著海灘衣的海牛，穿著涼鞋、運動短褲、觀光客T恤，戴著鬆垮的帽子。他們的腿又白又粗，還看得見蜘蛛絲般的血管。他們在這裡顯得極其無聊，里歐懷疑他們為什麼要晃蕩到這個地方來。

他們沒有在看他，所以里歐不確定為什麼他們會讓他感到緊張，或許只是因為他不喜歡海牛。

不要理他們。里歐告訴自己。

他溜到這座墳墓的旁邊，把手放到一根羅馬列柱的背面，一路觸摸到它的底座。就在最下方，一連串的線條蝕刻在大理石上。那是羅馬數字。

「嘿，」里歐說：「動作不優雅，但是效率很高。」

「什麼？」法蘭克問。

「號碼鎖。」他在柱子後面又多摸了幾下，發現一個和插座差不多大的方洞。「這個鎖的表面已經被拿掉了，或許是過去幾個世紀裡無意間被破壞的。可是，我應該有辦法控制裡面的機件，如果我可以……」

里歐把手放到大理石地板上，他感覺得到石頭表面下有銅製的機件。正常的銅可能早就鏽蝕到無法使用，但這些可是神界青銅，而且是混血人手工打造的。里歐用了一點意志力，鼓勵它們移動，以那組羅馬數字來導引。小圓柱動了，滴滴答，然後滴滴。

靠著牆邊的地板有一塊大理石滑到另一塊的下方，露出了一個正方形開口，大概只夠一個人鑽進去。

「羅馬人一定很瘦小，」里歐品頭論足地看著法蘭克，「你要變瘦一點才進得去。」

「那樣說眞沒禮貌。」海柔斥責他。

「什麼？我只是說……」

「不用擔心，」法蘭克咕噥著說：「我們應該和其他人聯絡後再來探索，派波交代過。」

「他們在大半個城市以外耶，」里歐提醒他，「況且，嗯，我也不確定能不能把這個開口再闔起來。這些機件都很老舊了。」

「太好了，」法蘭克說：「我們如何知道下面是安全的呢？」海柔跪下來，她把手放在開口上，好像在測試溫度。「裡面沒有活的東西……至少一兩百公尺以下沒有。隧道是斜斜向下，然後平走一段朝南邊去，大概吧。我沒有感應到任何陷阱……」

「你如何鑑別出這些的？」里歐問。

她聳聳肩。「我猜的，就像你可以在大理石柱上找到鎖一樣。我很高興你沒有走上搶劫銀行這條路。」

「喔……銀行金庫，」里歐說：「我還從來沒想過呢。」

「忘了我剛剛說的話。」海柔嘆口氣。「你們看，現在還不到三點鐘，至少我們還可以稍微探索一下，再聯絡其他人前來，試著找出尼克精確的位置。你們兩個留在這裡，直到我呼叫你們。我想先檢查一下，確定隧道的結構很完整安全。我一旦到了地下，就可以辨別出更多事情。」

法蘭克沉下臉。「我們不會讓你獨自下去，你可能會受傷。」

「法蘭克，我會照顧自己的，」她說：「地下世界是我的專長，對我們所有人來說，我打頭陣才最安全。」

「除非法蘭克想變成一隻鼴鼠。」里歐建議。

「你閉嘴啦。」法蘭克嘀咕。

「或是獾。」

法蘭克伸出一根手指頭比著里歐的臉。「華德茲，我發誓……」

「你們兩個都安靜一點。」海柔斥責他們。「我很快就會回來，給我十分鐘，如果沒有聽見我的動靜……算了，我不會有事的。你們兩個不要趁我下去時互相殺來殺去就好了。」

於是她下到那個開口裡。里歐和法蘭克盡量幫她擋住別人的視線，兩個人並肩站著，努力表現出很隨意的樣子，兩個青少年在拉斐爾墳墓邊晃蕩，是再自然不過的事了。

觀光團來來去去。大部分的人都忽視里歐和法蘭克的存在，有幾個人略微擔心地看著他們，然後繼續前行，或許觀光客以為他們想要討小費。不知什麼原因，里歐的微笑就是有辦法使人焦躁。

那三個美國胖海牛還在大廳正中央閒晃，其中一個身穿寫著「羅馬」的T恤，好像他不這樣就會忘記自己置身在哪座城市。每隔一陣子，他會往里歐和法蘭克這邊瞄過來，彷彿覺得他們的存在很礙眼。

那個傢伙讓里歐覺得不大對勁。他希望海柔的動作能快一點。

「她之前和我談過了，」法蘭克突然說：「海柔告訴我，你已經知道關於我的生命線的事情了。」

里歐的記憶一下子被喚起，他幾乎忘記法蘭克就站在他旁邊。

「你的生命線……哦，那個燒過的火柴棒，沒錯。」里歐克制住自己想在手中生火然後大叫「哇哈哈」的慾望。這個點子頗有趣，不過他沒那麼殘忍。

「聽好，大塊頭，」里歐說：「那很酷。我絕對不會做出任何害你陷入危險的事，我們是一個團隊。」

法蘭克撥弄著他的分隊長徽章。「我一直知道火苗可以殺死我，但自從我奶奶在溫哥華的大宅被焚毀，一切感覺才眞實起來。」

里歐點點頭。他替法蘭克感到難過，可是這個傢伙說到他家的「大宅」時，並沒有讓人感覺比較舒服，就好像有人說：「我撞爛了我的藍寶堅尼！」然後等待別人安慰他：「哦，你這個小可憐！」

里歐當然不會告訴他這些。「你的奶奶……她死於火災嗎？你沒有提過這點。」

「我……我不知道。她當時生病，而且年紀也很大。她說她會在自己的時間、用自己的方式離開。但我想她逃出了那場火，我看見一隻鳥從火場裡飛出來。」

里歐想了想。「所以你整個家族都有這種變身的能耐？」

「我猜吧。」法蘭克說：「我媽媽有，奶奶認爲她就是因爲這樣才會死於阿富汗；她是在戰場上死去的，爲了幫助她的一些好夥伴……我不知道確實的狀況是怎樣，總之是有一個燃燒彈。」

里歐的臉部也有些抽搐。「這麼說來，我們兩個都是因爲火而失去母親的。」他也沒想到自己會開口提起這事，但他對法蘭克說起在五金行那一晚的故事，蓋婭出現在他面前，後來母親過世。

法蘭克的眼睛溼潤了。「我從來不喜歡人家對我說『很抱歉聽到你媽媽的事』。」

「每次都覺得不是眞心話。」里歐同意道。

「但聽到你媽媽的事，我是眞的很遺憾。」

「謝謝。」

沒有海柔的消息。美國觀光客還在萬神殿周圍兜圈子，他們似乎愈圍愈靠近，好像想要偷偷溜上拉斐爾的墓卻又怕被人發現的樣子。

「當我還在朱比特營的時候，」法蘭克說：「我們小屋有個名叫瑞提庫拉斯的拉雷斯，他跟我說，身爲馬爾斯的兒子，我擁有比多數混血人更多的力量，還擁有來自我媽媽家族的變身能力。他也說，那就是爲什麼我的生命會維繫在一根火柴棒上的原因，這樣巨大的弱點有點像是要把事情平衡回來。」

里歐記得他和報應女神涅梅西絲在大鹽湖的對話。她提過類似的事，希望天平的兩端要平衡。她還說：「幸運是一種恥辱，眞正的成功是需要犧牲的。」

她給的幸運餅還在里歐的工具腰帶裡，等著被打開。「很快的，你就會面對一個自己無法解決的問題。我可以幫你的忙……但你要付出代價。」

里歐希望可以把那個回憶挖出腦海、塞進工具腰帶中，它實在占去太多空間了。「我們都有弱點，」他說：「比如像我，我很不幸地既風趣又英俊。」

法蘭克哼一聲。「你或許有弱點，但你的生命不會繫於一根小木棒上。」

「是不會啦。」里歐承認。他開始思考，如果是他面臨了法蘭克的這個問題，他會如何解決？幾乎每個設計的瑕疵都是可以解決的。「我在想……」

他往外看的同時突然結巴了。那三個美國觀光客正朝他們走來，不再繞圈圈或鬼祟行動。他們筆直走向拉斐爾之墓，三個人都盯著里歐瞧。

「嗯，法蘭克？」里歐問：「已經過了十分鐘嗎？」

法蘭克跟著他的目光看去。那些美國人的臉有憤怒也有疑惑，好像在一個很惱人的惡夢中夢遊的樣子。

「里歐．華德茲。」穿羅馬T恤的人說。他的聲音改變了，變得生硬空洞，說英文的方式就像英文是他的第二外國語。「我們又見面了。」

三個觀光客一起眨著眼，眼睛已經變成純然的金色。

法蘭克驚呼：「幻影幽靈！」

海牛壯丁握緊他們的拳頭；通常里歐是不會擔心被戴著鬆垮大帽的胖子謀殺，但他猜想幻影幽靈就算待在那樣的身體內，危險性也很高，特別是他們根本不在乎宿主的死活。

「他們進不了那個洞的。」里歐說。

「沒錯，」法蘭克說：「地下似乎不錯。」

他變成一條蛇，瞬間溜過洞口。里歐跟在他後面跳下去，任由幽靈鬼叫：「華德茲！殺死華德茲！」

38 里歐

解決了一個問題：他們上方的開口自動關閉，追兵的路被切斷。光線也被切斷了，但里歐和法蘭克可以處理這問題。里歐只希望他們不用從原路出去，他不確定自己能否從下面打開這個洞口。

至少被附身的海牛在另一邊。里歐頭上的大理石地板正在晃動，像是胖觀光客的腳在猛踢。法蘭克想必已經變回人形，里歐聽到他在下面的黑暗中喘氣。

「現在怎麼辦？」法蘭克問。

「好，不要恐慌，」里歐說：「我會召喚一點點火苗，足夠讓我們看得見就好。」

「謝謝你的警告喔。」

里歐的食指亮起來，彷彿一根生日蠟燭。在他們前面有一條低矮的石隧道延伸出去。如同海柔的預測，隧道是斜斜的向下，然後走一段平坦的路朝南邊去。

「喔，」里歐說：「只有一個方向。」

「我們去找海柔。」法蘭克說。

里歐沒有異議。他們走下隧道，里歐舉著火光走在前面，他很高興法蘭克在他後面，萬一那些被附身的觀光客想辦法打破了入口、硬塞進來跟蹤他們，就有又高又壯又能變成可怕動物的法蘭克墊底。他很好奇幻影幽靈是否會丟下那些身體，直接溜到地下，附身到他們其中一人身上。

「喔，那可是我今天最開心的想法了！」里歐罵自己。

他們走了三十幾公尺，轉個彎後就碰到海柔。她正全神貫注利用她黃金騎士劍的光芒檢查一扇門，以至於沒有注意到他們出現，直到里歐說：「嗨！」

海柔快速轉身，就要揮出她的古羅馬騎士劍。算里歐的臉運氣好，那把長劍在隧道裡沒有揮灑的空間。

「你們來這裡做什麼？」海柔問。

里歐一時語塞。「對不起，我們遇到幾個憤怒的觀光客。」他告訴她發生了什麼事。

她沮喪地嘆氣。「我痛恨幻影幽靈，我以爲派波讓他們發誓離開了。」

「喔……」法蘭克說，好像也有了今天最開心的想法。「派波叫他們允諾離開那艘船，不要附身到我們任何一人身上。但他們跟蹤我們，用其他的軀體來攻擊我們，技術上來說也沒有違背誓言……」

「眞好，」里歐喃喃說道：「幻影幽靈還眞像律師。現在我眞的很想殺死他們。」

「好了，現在忘了他們。」海柔說：「這扇門實在讓我很抓狂。里歐，你可以用你的技術打開這個鎖嗎？」

里歐壓壓自己的指關節。「麻煩站到旁邊，讓大師出手。」

這扇門十分有趣，比上面那個羅馬號碼鎖來得複雜。整扇門鍍著帝國黃金，中心嵌著一個和保齡球差不多大小的機械球體。這顆機械球是由五個同心圓環所組成，每一個都刻有黃道帶的象徵圖案，像牛、蠍子等，還有看起來沒什麼意義的數字與字母。

「這些字母是希臘文耶。」里歐驚訝地說。

「嗯，很多羅馬人會說希臘語。」海柔說。

「我想也是，」里歐說：「不過這個工藝技術……沒有要冒犯朱比特營的意思，但它遠比羅馬時期的東西複雜多了。」

法蘭克不屑地說：「反正你們希臘人就是喜歡把事情變複雜。」

「喂！」里歐抗議，「我要說的只是這個東西非常精巧細緻，讓我想到……」里歐看著球體，試著回憶他曾在哪裡看過或聽過類似的古希臘機器。「這是一種更先進的鎖，」他說：「你得把不同圓環上面的象徵圖案排出正確的順序，然後就可以打開了。」

「但正確的順序是什麼呢？」海柔問。

「好問題。希臘球體……天文學、地理學……」里歐心裡突然有種暖暖的感覺，「喔，不會吧，我想想……π的數字是多少？」

法蘭克皺起眉頭。「哪一種派？」

「他是指一個數字啦，」海柔猜說：「我在數學課時學過，但是……」

「那是用來測量圓形的圓周率，」里歐說：「這是球體，如果它是由我所猜想的人所設計的話……」

海柔和法蘭克都茫然地望著他。

「算了，」里歐說：「我很確定圓周率是，嗯，三點一四一五，後面還有一堆沒完沒了的數字。但這個球體只有五個圓環，所以那應該就夠了，如果我猜對的話。」

「如果不對呢？」法蘭克問。

「嗯，那麼里歐掉下去，摔個稀巴爛。我們來試試看吧！」

他轉動圓環，從最外面的開始往裡面移動。他不去理會黃道帶象徵圖案與字母，只管排列數字，也就是排出圓周率的數字。沒有任何事發生。

「我眞笨，」里歐喃喃自語：「圓周率應該要由內往外排才對，因爲它是無限小數。」

於是他把數字倒過來排列，從最中心開始一直排到最外緣。當他排到最後一個數字時，球體裡面突然「喀啦」一聲，門跟著開啓。

里歐笑容滿面地看著朋友。「各位瞧瞧，這就是我們在里歐世界的做事方法！來，咱們進去吧。」

「我討厭里歐世界。」法蘭克喃喃地說。

海柔大笑。

這個房間裡塞滿了各種酷炫的東西，足夠讓里歐忙上好幾年。房間的大小和混血營的兵工廠差不多，沿著牆面有銅桌面的工作檯，還有一籃籃的古希臘金屬加工工具。幾十個形狀類似的青銅與黃金球體隨處放置，看起來就像蒸氣龐克[126]風的籃球，每個都拆解到不同的階段。鬆開的機件與鐵絲掉到地上，粗厚的金屬纜繩從每張桌子拉向房間的後面，那裡有一個像是劇院聲控室的密閉小閣樓，兩邊都有階梯可以走上去。所有的纜繩似乎都是拉到那裡面去。左邊的樓梯旁有一排小隔間，裡面放了皮革的圓柱體，或許是古希臘卷軸的外盒。

---

[126] 蒸氣龐克（Steampunk），流行於八〇年代、以工業革命時代的早期科技為題材所構築的一種超現實設計風格，其特徵是大量使用黃銅、管線、齒輪、指針、儀表等，並加上維多利亞時代的古典紋飾。

里歐正打算往桌子走去時，向左邊一瞄，嚇得差點連鞋子都彈飛了。門口出現了兩個武裝的模型人，就像是由銅管做成的骷髏骨架，外面罩著全套羅馬戰甲與盾牌寶劍。

「好傢伙！」里歐走近其中一個模型人。「如果他們能動就太可怕了。」

法蘭克從模型人旁邊退開幾步。「這些東西將會活躍起來，然後攻擊我們，是嗎？」

里歐大笑，「沒機會啦，它們都還沒有完成。」他拍拍最近那個模型人的頸部，鬆開的銅線從胸甲後面冒出來。「你看，這個頭的連接線沒接上。而手肘這裡，關節的滑輪排列得完全不對。我猜，羅馬人想要複製希臘設計，但他們沒有這種技術。」

海柔挑起眉頭。「我認爲是羅馬人不擅長當複雜的人。」

「或者精巧，」法蘭克補充，「或者細膩。」

「喂，我才正要說呢，」里歐輕輕搖晃模型人的頭，讓他就像同意似地點點頭。「不過呢……也算是很驚人的嘗試了。我聽說過羅馬人沒收阿基米德著作的傳說，但……」

「阿基米德？」海柔看起來很困惑，「他不是一個古代數學家之類的人？」

里歐笑笑。「他絕對不只是那樣而已。他是世上唯一有名的赫菲斯托斯的孩子。」

法蘭克抓抓耳朵。「我聽過他的名字，但你怎麼能確定這些模型人是他設計的？」

「一定是的！」里歐說：「聽好，我研讀過所有和阿基米德有關的事，他是九號小屋的英雄。他是希臘人，對吧？他住在希臘殖民地之一的南義大利，那時羅馬還沒變偉大，也還沒取代希臘。後來羅馬人的勢力終於擴張到那裡，摧毀了他居住的城市。羅馬將軍想要赦免阿基米德，因爲他是一個人才，就像古代世界的愛因斯坦……可是，某個愚蠢的羅馬士兵把他殺死了。」

「你又來了，」海柔喃喃說：「里歐，不要老是把『愚蠢』和『羅馬人』連在一起啦。」

法蘭克也表示認同。「不過，你是怎麼知道這些事情？」他問：「難道這裡也有西班牙語的導遊？」

「不是的，」里歐說：「身爲一個打造東西的混血人，你不可能不知道阿基米德。這傢伙超級優秀，圓周率是他算出來的；他的許多數學理論，我們仍然使用在工程上。他發明了阿基米德螺旋抽水機，可以把水從水管抽上來。」

海柔皺眉頭。「螺旋抽水機，抱歉，我並不知道那個可怕的成就。」

「他還用鏡子射出死亡光線，燒毀了敵船。」里歐說：「這樣夠不夠可怕呢？」

「我在電視上看過那樣的東西，」法蘭克承認，「他們說那是不可能的。」

「啊，那是因爲現代凡人不懂得如何使用神界青銅，」里歐說：「那是關鍵。阿基米德還發明了一個巨大的鉗子，可以在吊車上擺動，把敵船拉出水面。」

「好吧，那很酷，」法蘭克又承認，「我喜歡玩抓娃娃的遊戲。」

「對嘛，你這樣就對了。」里歐說：「總之，他的發明非常多。羅馬人毀了他居住的城市，把他也殺了。根據傳說，羅馬將軍很喜歡他的創作，於是劫掠了他的工作坊，然後搬走一堆紀念品到羅馬。它們就這樣從歷史上消失了，除了……」里歐的手在桌上的東西前揮一揮。「就是這些。」

「金屬籃球？」海柔問。

里歐不敢相信他們不懂得欣賞眼前的東西，但他試著壓抑自己的惱怒。「各位，阿基米德建造出天體儀這樣的球體，羅馬人還理不出個頭緒。他們以爲這只是在講時間或追蹤星球，因爲上面有行星和恆星的圖案。但這就好像找到一把來福槍，卻以爲它是一根登山杖。」

「里歐，羅馬人是一流的工程師，」海柔提醒他，「他們建造了水道橋、馬路……」

「還有攻城武器，」法蘭克補充說：「公共下水道。」

「對，沒錯，」里歐說：「不過阿基米德完全自成一格。他的球體可以拿來做任何事情，只是還沒有人確定……」

突然間，里歐有一個不可思議的點子，讓他的鼻子噴出火苗來。他盡可能地趕快拍熄它。老天，發生這種狀況還眞丟臉。

他跑向那排小隔間，檢視皮革圓筒上的記號。「喔，天神呀，眞的就是這個！」

他非常小心地拿起一個卷軸，雖然他的古希臘文並不強，但他看得懂筒上的銘文寫的是「球體的製作」。

「各位，這就是消失的那本書！」他的雙手顫抖。「阿基米德寫了這個東西，描述建造方法，可是所有的稿件在古代都遺失了。如果我能翻譯的話……」

那就有無限的可能。對里歐來說，這趟任務已經呈現出一個新的面向，里歐必須將這些球體與卷軸帶出這裡。他必須保護這些東西，讓它們安全回到九號密庫，再來好好研讀。

「阿基米德的祕密，」他喃喃自語：「嘿，兩位，這比代達羅斯的電腦還要偉大。如果羅馬人來攻打混血營，這些祕密可以拯救營區，甚至可能讓我們在對抗蓋婭與巨人時勝出。」

海柔和法蘭克懷疑地互望。

「好吧，」海柔說：「我們來這裡的目的不是爲了卷軸，不過我想還是可以把它帶走。」

「假設……」法蘭克補充說：「你不介意把那些祕密和我們這些愚蠢又不夠複雜的羅馬人

分享。」

「什麼？」里歐茫然地看著他。「不，聽著，我並不是要侮辱……啊，算了。反正重點就是這是一個好消息！」

這麼多天以來，里歐第一次有充滿希望的感覺。

自然地，那也就是情況要轉壞的時候。

在法蘭克和海柔旁邊的桌子上，有個小球喀啦一聲轉動了。它的赤道線伸出一排細長腳，小球站起來，兩條銅纜從頂端射出，彷彿能讓人在高壓下眩暈的泰瑟槍一般打中了海柔和法蘭克。里歐的兩個朋友瞬間倒地。

里歐衝去要幫他們，但兩個不可能會動的模型人移動了。它們拔出長劍，步向里歐。

左邊那個模型人轉動著彎曲如狼頭的頭盔。儘管他沒有臉、也沒有嘴，面甲的後面卻發出熟悉的空洞聲音。

「里歐．華德茲，你無法逃出我們的手掌心。」它說：「我們並不喜歡附身在機器身上，但它們比觀光客還要好。你絕對無法活著離開這邊。」

39 里歐

里歐同意涅梅西絲說的一件事，即「好運是一種恥辱」。至少在里歐好運時就是如此。上個冬天，他驚恐地看著獨眼巨人一家子要把傑生和派波塗上辣醬烤來吃，他想辦法溜了出去，用自己的力量拯救了朋友，但那一次他至少有時間思考。

這次沒有多少時間了。海柔和法蘭克已經被蒸氣龐克球的觸鬚打倒，兩套態度很差的盔甲衣服正打算殺他。

里歐不能用火對付他們。金屬戰甲不怕火，而且海柔和法蘭克又距離太近。他不想要燒到他們倆，或者不小心燒到那根維繫法蘭克生命的小火柴棒。

在里歐的右邊，戴獅頭頭盔的戰甲發出嘎喀聲，他移動著細線連結的頸部，看著躺在地上失去意識的海柔與法蘭克。

「一個女性的混血人，一個男性的混血人。」獅頭說：「這個就行了，如果其他的都死掉的話。」他的中空盔甲頭轉向里歐。「我們不需要你，里歐。」

「喔，嘿！」里歐試著擠出勝利的笑容。「你們永遠都需要里歐的！」

他張開雙臂，希望自己看起來充滿自信又有用。他在想，此時才把「里歐隊」寫在衣服上是不是太遲了。

悲哀的是，這兩套戰甲並不像納西瑟斯粉絲團那麼容易甩開。

戴狼頭頭盔的那套戰甲怒吼說：「我曾經進入你的腦海，里歐，是我幫助你開啓戰爭的。」

里歐的笑容消失了，他後退一步。「那個就是你？」

現在他知道爲什麼那三個觀光客讓他感到不對勁，爲什麼這個聲音聽起來又很熟悉了，原來是他在自己的腦海裡聽過。

「是你讓我發射砲彈？」里歐問：「你說這叫做『幫助』？」

「我知道你是怎麼想的，」狼頭說：「我知道你的限制。你既瘦小又孤單，你需要朋友保護你。沒有他們，你無法抵抗我們。我發誓不會再附到你的身上，但我依然能夠殺死你。」

空心戰甲往前站，劍尖距離里歐的臉只有十幾公分。

里歐的恐懼瞬間化成無比的憤怒。這個狼頭的幻影幽靈讓他名聲掃地、控制他心智、叫他攻擊新羅馬；它危害了他的朋友，阻撓了任務的進行。

他望著工作檯上的靜止球體，想想自己的工具腰帶，還有後面的小閣樓，也就是那個看起來像聲控室的地方。靈光乍現：來首急板的《廢物堆作戰》好了。

「第一，你不認識我。」他對狼頭說：「第二，再見！」

他衝向階梯，跳到最上面。戰甲雖然嚇人，動作卻不快。如同里歐所猜測的，小閣樓兩邊都有門，是摺疊式的金屬閘門，當初操作者設想到，萬一發生火災時要有所保護……就像現在。里歐迅速關上兩邊的門，召喚手心火苗，熔化鎖頭。

兩套戰甲從兩側逼近，它們搖晃閘門，拿利劍猛揮。

「這樣蠢斃了，」獅頭說：「你只是在延緩自己的死亡。」

「延緩死亡是我最大的嗜好之一。」里歐環視自己的新家，有一張桌子可以綜觀整間工坊，很像是中控台。閣樓裡面塞滿各種垃圾廢棄物，但多數東西里歐都立刻不予考慮，比如一張絕不可能有用的人肉砲彈示意圖、一把奇怪的黑劍（里歐的劍術向來很爛）、一面大銅鏡（里歐的影像看來糟透了），還有一組看起來被人弄壞的工具；若不是在挫折中弄壞的，就是被愚笨地糟蹋了。

他專心在主要計劃上。在桌面正中央，有人拆解了一顆阿基米德天體儀，齒輪、彈簧、槓桿、棍棒都散落在附近。所有進到房間下面的銅纜則連接到天體儀下的一塊金屬板。里歐感覺得到，神界青銅在這個工坊的分布就像是動脈連接心臟一樣，魔法能量是準備從這個點傳導出去的。

「一顆籃球主導全部。」里歐喃喃自語。

這個球體就是一個主控器，他站在古羅馬的任務指揮台。

「里歐．華德茲！」幽靈咆哮：「打開這個門，不然我殺了你！」

「眞是公平又大方的條件！」里歐說，目光仍盯著天體儀。「先讓我弄完這個，這是我最後的要求，好嗎？」

那句話必定讓幽靈們感到困惑，因爲他們瞬間暫停了對鬧門揮劍。

里歐的手在球體上快速移動，重新組合掉落的部分。爲什麼愚笨的羅馬人要拆解這個美麗的儀器呢？他們殺死阿基米德、偷竊他的作品，然後糟蹋一個他們永遠都不了解的偉大機械。然而另一方面，至少他們還有點常識，把這一切鎖在這裡兩千年，所以里歐才有機會來挽回它們。

幻影幽靈又開始猛撞門。

「來者何人？」里歐問。

「華德茲！」狼頭怒吼。

「華德茲誰啦？」里歐又問。

幻影幽靈們終於發現自己無法進入。這時，狼頭就好像眞正理解了里歐的想法，決定換個方式來強迫他合作。里歐必須加快動作。

他連接齒輪，放錯了一個，然後又得重新開始。赫菲斯托斯的手榴彈，這東西眞是有夠難弄！

好不容易，他把最後一個彈簧放進正確位置。那些手殘的羅馬人幾乎要弄壞這個張力調節器，但里歐從工具腰帶裡拿出鐘錶師傅工具組，做了一些最後的調整。阿基米德眞是個天才……假設這東西眞的能動的話。

他撥轉發動器的發條，齒輪開始轉動；他又關上球體的頂端，研究這些和入口大門上面類似的同心圓。

「華德茲！」狼頭拚命敲門。「我們的第三個同夥會殺掉你的朋友！」

第三個同夥！里歐低聲咒罵。他往下看著打昏海柔和法蘭克的細腳球體「泰瑟槍」。他已經想到，第三個幻影幽靈就是躲在那裡面，然而，里歐還是必須按照正確的步驟進行，啓動這顆控制球。

「好的，好的，」他說：「你給我……給我一秒鐘就好。」

「一秒都不行！」狼頭大叫：「現在就開門，不然他們都得死。」

被附身的泰瑟槍射出長鬚，再次打擊海柔和法蘭克。他們無意識的身體抽動一下，那樣的電流可能已經麻痺了他們的心臟。

里歐忍住淚水。這眞的很難，他辦不到。

他瞪著球體的表面。七個圓環，每一個都覆滿小小的希臘字母、數字和黃道帶象徵圖案。這次的答案一定不是圓周率，阿基米德不會同樣的事情做兩次。再說，光是把他的手放到球體上，里歐都可以感覺到這次的順序是隨機產生的，那是只有阿基米德才知道的答案。

據說，阿基米德死前最後一句話是「不要打擾我畫圓」。

沒有人知道那代表的意思，里歐現在卻想到這個球體。這個鎖的設計太複雜了，如果給里歐幾年時間，或許他就可以破解這些符號，找出正確的組合，但現在他連幾秒鐘都沒有。

他的時間用光了，運氣也用光了，而他的朋友也瀕臨死亡。

「一個無法解決的問題。」有個聲音在他腦海出現。

涅梅西絲……她告訴他要等著這一刻出現。里歐的手伸進工具腰帶裡，把幸運餅乾掏出來。女神警告過他，取得她的幫助要付出很大的代價，像是失去一顆眼睛那樣大的犧牲。但如果他不嘗試，朋友就死定了。

「我需要知道這個球體的密碼。」他說。

他剝開幸運餅。

40 里歐

里歐打開裡面的小紙條。上面寫著：

那就是你的要求？真的嗎？（完畢）

紙條背面寫著：

你的幸運數字是：十二，木星，獵戶座，第四個字母，三，第八個字母，最後一個字母。（向蓋婭復仇，里歐．華德茲。）

里歐顫抖著手指快速轉動圓環。

在閘門外面，狼頭挫折地咆哮。「如果朋友對你來說一點也不重要，或許你需要更多的鼓勵。我想我應該破壞這些卷軸才對，這些統統是阿基米德最寶貴的作品呀！」

最後一個圓環卡到正確位置了，整個球體赫然充滿力量。里歐將手滑過球體表面，感覺到這些微小按鍵和拉桿都在等待他下達命令。

魔法和電流脈衝波沿著神界青銅竄出去，瞬間湧進整個工坊。

里歐從來沒有彈奏過樂器，但他想像中應該就像這樣——因爲非常熟悉每個鍵盤、每個音符，所以根本不需要去想自己的手該怎麼按，只要專注在自己想製造出的樂音。

他從小的球開始。先是對準下方空間中一個還算完整的金球。金球震動了一下，它長出像三腳架的腳，走向泰瑟槍。一把微小的圓鋸從金球頂端迸出來，開始切入泰瑟槍的腦袋。

里歐試著啓動另一個球體。這顆球爆出一個小蕈狀雲，噴出來的是銅灰與煙。

「喔哦，」他喃喃說道：「對不起呀，阿基米德。」

「你在做什麼？」狼頭問他。「停止愚蠢的行爲，出來投降！」

「喔，對耶，我要投降！」里歐說：「我正在全面投降中啊！」

他試著控制第三顆球，這一顆也破了。里歐對於弄壞這些古代發明感到很不好受，然而現在是生死關頭。法蘭克曾經指責他，說他對機器的關心比對朋友多。但如果是面臨拯救老機器或是朋友的情況，那就沒得選擇了。

第四次嘗試好多了。一個紅寶石鑲嵌的球從頂端爆開，直升機式的螺旋槳立刻展開。里歐很慶幸巴福特不在這邊，不然他一定一眼就愛上它。紅寶石球竄入空中，直接飛向小隔間。纖細的黃金臂從中間延伸出來，抓住珍貴的卷軸盒子。

「夠了！」狼頭吶喊：「我要毀掉……」

他轉身剛好看到紅寶石球拿走卷軸，迂迴飛過工坊，在最遠的角落盤旋。

「什麼？」狼頭尖叫：「殺了這些犯人！」

他想必是在對泰瑟槍說話，不幸的是，泰瑟槍已經無法聽命。里歐的黃金球體正落在它那大開的頭蓋上方，好像在挖南瓜似地抓出裡面的齒輪和線圈。

感謝眾神，海柔和法蘭克的身體開始晃動。

「呸！」狼頭對著另一邊的獅頭比動作。「走，我們自己動手殺掉這些混血人。」

「我可不這麼想，兩位！」里歐轉向獅頭。他的手在中控球體上移動，接著感覺一陣電流通過地板。

獅頭顫抖著放下長劍。

里歐微笑。「現在，你是在里歐世界裡。」

獅頭轉身，火速衝下階梯。但他不是衝向海柔和法蘭克，而是又爬上另一個階梯，迎向自己的同夥。

「你要做什麼？」狼頭問：「我們必須……」

匡啷！

獅頭把他的盾牌撞向狼頭的胸甲，長劍的劍柄痛打同夥的頭盔，狼頭就變成一個看起來不大開心的變形平板大狼頭。

「住手！」狼頭說。

「我沒辦法！」獅頭哀號。

里歐現在比較知道訣竅了。他命令兩套戰甲放下長劍和盾牌，不斷互打對方。

「華德茲！」狼頭用顫抖的聲音說：「你這樣做，我一定要你死！」

「對啦，」里歐大喊：「現在究竟是誰附身到誰呀？小精靈？」

兩個機器人摔下階梯，里歐強迫他們像一九二〇年代的狂放少女那樣跳吉魯巴舞。他們的關節開始冒煙，工坊裡的其他球體也紛紛打開。古老的房間裡有太多能量在跳動，里歐手中的中控球體開始發出令人不舒服的熱度。

「法蘭克、海柔！」里歐吶喊：「快醒過來！」

他的朋友仍然昏昏沉沉，驚訝地觀望跳吉魯巴的金屬怪胎，但同時聽到里歐的警告。法蘭克把海柔拉到最靠近的桌子下方，用自己的身體保護她。

最後一次扭轉球體，里歐送進大量電波到這個系統中。兩個戰甲模型人瞬間爆裂崩解，棍棒、活塞、銅片到處飛散，桌面上所有的球體也像汽水罐受熱般爆開。里歐的黃金球體停住，握有卷軸的飛行紅寶石小球也掉到地面。

房間突然安靜下來，只剩幾個小火花與滋滋聲。整個空間的味道像是過熱的汽車引擎。里歐衝下階梯，發現躲在桌下的法蘭克和海柔都平安無事。他從來沒有這麼開心地看見他們兩個抱在一起。

「你們還活著！」他說。

海柔的左眼顫動著，或許是被泰瑟槍嚇到了，其他看起來都還好。「嗯，究竟是發生了什麼事？」

「阿基米德來過了！」里歐說：「剛好這間老機房留有夠多的能量。一旦我拿到密碼，一切就容易了。」

他拍拍中控球體，那顆球正冒著蒸氣，看起來狀況不太好。里歐不知道它能否修好，但他現在好不容易鬆了一口氣，還不想去管這些。

「幻影幽靈，」法蘭克說：「他們離開了嗎？」

里歐笑笑。「我的最後一個指令讓他們的殺人開關超過負荷，基本上就是鎖住他們所有的電流迴路、熔解了他們的核心。」

「說英文好嗎？」法蘭克問。

「我把幻影幽靈困在線路中，」里歐說：「然後熔掉他們。他們不會再來騷擾任何人了。」

里歐扶著朋友站起來。

「你救了我們。」法蘭克說。

「不要這麼驚訝。」里歐看看這整間被毀掉的工坊，「這些東西都被毀了，實在太可惜，但至少我搶救了這些卷軸。如果我可以把它們帶回混血營，或許能夠學習如何複製阿基米德的發明。」

海柔揉一揉頭的側邊。「可是我不明白，尼克在哪裡？這條隧道應該是要帶我們找到尼克才對。」

里歐幾乎忘了他們下到這個地方的目的。尼克顯然不在這裡，這個地方已經是死路。但爲什麼……？

「喔，」他感覺好像有一把圓鋸在他頭上，要把裡面的齒輪和線圈都拉出來，「海柔，你是用什麼在追蹤尼克的呢？我的意思是說，只因爲他是你的弟弟，你就可以感受到他在附近了嗎？」

她皺起眉頭，好像因爲被電擊過還有些搖搖晃晃。「不……不完全是。有時候我可以感覺到他就在附近。可是，就像我說的，羅馬實在很讓人困惑，從所有的隧道、地洞冒出這麼多的干擾……」

「你是用你的金屬探測力來感應他的劍嗎？」里歐猜說。

她眨眨眼。「你怎麼知道？」

「你最好過來這邊。」他帶海柔和法蘭克走上中控室，指著那把黑劍。

「哦，哦，不！」如果不是法蘭克扶著海柔，她一定當下就暈倒了。「這是不可能的！尼克的劍明明和他一起在銅瓶裡，波西在夢中看到的！」

「如果不是夢境有錯，」里歐說：「就是巨人把劍移到這裡，當成一個誘餌。」

「所以這是一個陷阱，」法蘭克說：「我們上鉤了。」

「但爲什麼呢？」海柔尖叫，「我弟弟到底在哪裡？」

一陣嘶嘶聲突然充斥著中控室。一開始，里歐以爲幻影幽靈又回來了，然後他看到桌上的銅鏡冒出蒸氣。

「啊，我可憐的混血人呀，」蓋婭沉睡的臉孔出現在銅鏡中。一如往常，她說話時嘴巴不動，如果她有一隻會說腹語的寵物，那就更可怕了。里歐痛恨這些東西。

「你們有過選擇。」蓋婭說。她的聲音在房間裡迴盪，彷彿不只從銅鏡中發出聲音，也從石牆上發出來。

里歐了解到，她將他們包圍了。當然囉，他們現在是在大地之下。他們費盡辛苦打造阿爾戈二號，以便能在空中旅行、在海上航行，然而到了最後，他們總歸要終結於大地。

「我給過你們所有人救贖的方式，」蓋婭說：「你們當時可以回頭，但現在就太遲了。你們來到古老的土地，這裡是我力量最強的地方……是我將甦醒的地方。」

里歐從工具腰帶裡拿出一把榔頭，猛地就朝銅鏡揮擊下去。因爲是金屬，所以它只像茶盤般震動了一下，不過敲擊蓋婭的鼻子感覺很好。

「泥巴臉，怕你沒有注意到，」他說：「你的伏兵已經失敗了。你的三個幻影幽靈都熔成銅液，而我們還好好的。」

蓋婭輕輕笑著。「喔，我親愛的里歐，你們三個已經和朋友分開了，那才是重點。」工坊的門猛然闔上。

「你們被困在我的懷抱中了。」蓋婭說：「在此同時，安娜貝斯．雀斯要單獨面對她的死亡，滿心驚恐、步履不穩，落到她母親最大的宿敵手上。」

銅鏡上的景象轉變了。里歐看見安娜貝斯躺臥在黑暗洞穴的地上，舉起她的銅刀像是要避開怪物。她的面容憔悴，腳上包著奇怪的夾板。里歐看不見她在注視的東西，但想必那是非常可怕的。他很想把這個景象當成是假象，心中卻有不祥的感覺，知道那就是現在正在發生的事。

「其他幾個人，」蓋婭說：「傑生．葛瑞斯、派波．麥克林，以及我親愛的朋友波西．傑克森，他們再過幾分鐘就會沒救了。」

鏡中影像再度改變。波西手持波濤劍，帶領傑生和派波走在螺旋梯上，朝黑暗接近。

「他們的力量將會背叛他們，」蓋婭說：「他們會死在自己的要素中。我幾乎希望他們可以倖存，他們本來應該是更好的獻禮。但是呀，海柔和法蘭克，你們兩個也可以的。我的隨從很快就會來接你們，帶你們去古老的地方。你們的血液終於要喚醒我了。在那之前，我會允許你們看著朋友滅亡。請你們……好好欣賞這個失敗任務的最後一瞥。」

里歐再也無法忍受。他的手發出白炙熱光，海柔和法蘭克都往後退，看著他將手按壓在銅鏡上。銅鏡熔成一池銅液。

蓋婭的聲音停息，里歐耳中只聽見自己的奔騰血液。他顫抖地深吸一口氣。

「對不起，」他對朋友說：「她愈來愈討人厭。」

「我們該怎麼辦？」法蘭克問：「我們必須逃出去，去幫助其他人。」

里歐環視整個工坊，現在這裡遍布冒煙的破損球體。他的朋友們還需要他，這依舊是要看他的表現。只要他還擁有工具腰帶，他絕不會坐困愁城，觀賞混血人的死亡頻道。

「我有個主意，」他說：「但需要我們三個一起努力。」

他開始說明他的計劃。

41 派波

派波努力要弄出最好的狀況。

當她和傑生已經在甲板上散步散到厭煩，也不想再聽黑傑教練唱《王老先生有塊地》（不過他是唱「王老先生有武器」），他們決定要到公園野餐。

黑傑教練勉強同意他們。「要留在我看得到的地方。」

「我們是什麼？小孩嗎？」傑生問。

黑傑教練哼了一聲。「小孩是幼小的山羊，很可愛，又會遵循社會價值觀。你們絕對不是小孩。」

他們在池塘邊的一棵柳樹下攤開野餐布，派波轉動她的富饒角，倒出豐盛的一餐，有包裝精巧的三明治、罐裝飲料、新鮮水果，不知爲什麼居然還有生日蛋糕，上面裹著紫色糖衣，還附了蠟燭。

她皺著眉頭。「有人生日嗎？」

傑生的臉抽動了一下。「我不打算說的。」

「傑生！」

「發生了太多事，」他說：「而且老實說，一直到上個月之前，我還不知道自己的生日是哪一天。是泰麗雅上次到營區時告訴我的。」

派波不禁想著那會是什麼樣的感覺，連自己是什麼時候出生都不知道。傑生兩歲的時候就被送到母狼那裡，他幾乎不認識他的凡人母親，親生姊姊也是直到去年冬天才相認。

「七月一日，」派波說：「七月初一，凱林德日。」

「對。」傑生笑笑。「羅馬人認爲那是吉祥的日子，因爲七月是用尤利烏斯．凱撒的名字來命名的。這一天也是茱諾的神聖日子。耶！」

派波並不想在他沒有心情慶祝時硬是要慶祝。

「十六歲？」她問。

他點點頭。「是呀，我可以去考駕照了。」

派波笑起來。傑生已經殺死了這麼多怪物、拯救世界這麼多次，想到他還要花力氣去考駕照，眞的有點好笑。她想像他坐在某輛林肯老車的方向盤前面，車上貼著「駕訓班學生」標示，附有緊急煞車器的乘客座上則坐了一個暴躁的老師。

「嗯，」她鼓勵他，「吹蠟燭吧。」

傑生吹了蠟燭。派波不知道傑生是否許了願，比如他和派波能從這次任務中倖存，然後永遠快樂在一起之類的。她決定不要開口問他，她不希望給那個願望帶來厄運，更不希望發現萬一他們心中想的是不同的願望。

自從昨天傍晚離開海克力士之柱後，傑生似乎顯得有些分神。派波並不怪他。身爲一個大哥，海克力士是個令人相當失望的傢伙，而老河神阿刻羅俄斯又說了一些朱比特的兒子不好的話。

派波看著這個富饒角，不禁想到阿刻羅俄斯是否習慣了沒有角的生活，她希望如此。雖然他的確想殺他們，但派波依舊爲老河神感到難過。她完全不了解，爲什麼這個孤獨沮喪的老神仙可以創造出一個富饒的角，射出鳳梨和生日蛋糕來。會不會是那樣的角把他所有的好運都掏空了呢？現在兩個角都不在了，也許他可以替自己塡充一些快樂，把美好留給自己。

她也忍不住一直想起阿刻羅俄斯的忠告：「如果你必須去羅馬，那淹水的故事更適合你聽。」她知道他在說哪個故事，只是想不出能有什麼幫助。

傑生拉出那根最長的蠟燭。「我一直在想……」

這句話把派波拉回現實。當你的男朋友說「我一直在想」，通常是段可怕的開場白。

「想什麼？」她問。

「朱比特營，」他說：「這些年來我在那裡受訓，我們總是要求團隊合作，以一個單位來工作。我以爲我了解團隊的意義。但其實呢？我永遠是領導者，即使在我小一點的時候……」

「身爲朱比特之子，」派波說：「你是軍團中力量最強的小孩，你就是明星。」

傑生看起來不大自在，但他不否認。「身爲這七人小組中的一員……我不確定該做什麼，我不習慣處在這麼多……這麼多能力相當的人之中。我覺得自己正在失敗。」

派波握住他的手。「你沒有失敗。」

「當克呂薩奧爾攻擊我的時候，我眞的就是那樣的感覺。」傑生說：「在這艘船上的多數時間，我都是被踢昏頭又無助。」

「打起精神來，」她斥責說：「身爲混血英雄，並不代表你就不會被征服，只是代表你夠勇敢，足以站出來去做應該做的事。」

「可是如果我不知道該做什麼事呢？」

「那就是朋友存在的意義。我們每個人都有不同的強項，齊心合力，我們就能想出來。」

傑生審視著她。派波不確定他是否聽進了她的話，但傑生願意在她面前坦誠吐露心聲讓她很高興。她喜歡他有一點自我懷疑的模樣，他不見得每次都會成功，不會一有狀況就認為宇宙欠他一個道歉，不像她最近遇見的另一位天王之子。

「海克力士是個廢物。」他說，彷彿讀出了派波的心思。「我永遠也不想變成那樣的人。但如果沒有你帶頭，我那時也不會有勇氣站出來面對他。那個時候，你是我的英雄。」

「我們可以輪流當英雄。」她提議。

「我不配。」

「我不准你那樣說。」

「爲什麼不行？」

「那是個分手詞，除非你要分手……」

傑生靠過來親吻她。羅馬午後的色彩頓時變得鮮豔起來，好像整個世界都變成了高畫質畫面。

「不會分手的，」他承諾，「我也許把頭撞昏了好幾次，不過我沒有那麼愚蠢。」

「很好，」她說：「現在，這塊蛋糕……」

她的話沒說完，因爲波西．傑克森朝他們跑過來，派波從他的表情可以看出他帶來了新消息。

他們聚集在甲板上，好讓黑傑教練也能聽到這段故事。當波西報告完畢，派波還是覺得難以置信。

「所以安娜貝斯被一輛摩托車綁架，」她下結論，「帶走她的人是葛雷哥萊．畢克與奧黛莉．赫本。」

「不能算是綁架，」波西說：「只是我有這種不好的感覺……」他深吸一口氣，像是努力不讓自己崩潰，「總之，她……她離開了。也許我不應該讓她走，可是……」

「你必須那麼做，」派波說：「你知道她必須單獨走。何況安娜貝斯聰明又堅強，她會沒事的。」

派波加了一點魅惑的力量到話語中，或許這不算是很酷的事，但波西必須專心。如果他們進入戰鬥狀態，安娜貝斯一定不希望波西因爲分心想她而受傷。

他的肩膀稍微放鬆了一些。「也許你是對的，總之，葛雷哥萊……不，我是指提庇留，他說我們可以解救尼克的時間已經比我們以爲的還少。海柔他們都還沒回來嗎？」

派波檢查舵輪控制台上的時鐘，她之前並沒有意識到時間已經這麼晚了。「現在是下午兩點，我們說好三點要會合。」

「最晚三點。」傑生說。

波西指著派波的匕首。「提庇留說，你可以找到尼克的位置……你知道，用那個東西。」

派波抿起嘴。她最不想做的事情就是觀看卡塔波翠絲上的可怕影像。

「我試過了，」她說：「這把刀不見得會顯現我想看的東西，事實上，幾乎沒有過。」

「拜託，」波西說：「再試一次。」

他用那雙海水般碧綠的眼睛發出懇求，好像可愛的海豹寶寶等待援助。派波不禁懷疑安娜貝斯和他吵架時要怎樣才會贏。

「好吧。」她嘆了一口氣，拔出刀來。

「你們在看的時候，」黑傑教練說：「是不是能查到最新的棒球比數？義大利人都不報棒球比賽的。」

「噓。」派波檢視銅製刀面。光芒閃爍中她看到一棟閣樓公寓裡擠滿了羅馬混血人，十幾個人圍站在桌前，看著屋大維拿一張大地圖又是比劃、又是講話。蕾娜在窗前來回踱步，不時往下望向中央公園。

「不好了，」傑生喃喃說著：「他們已經在曼哈頓設置前進基地。」

「那張是長島的地圖。」波西說。

「他們在偵查附近的區域，」傑生猜測，「討論進攻的路線。」

派波真的不想看到這些。她更加努力集中心智，光線如漣漪閃過刀面。她看見了古蹟遺址，有一些傾頹的牆面、一根獨立的柱子、一片覆蓋著青苔和枯藤的石頭地面，全都聚集在一片草坡山丘邊，幾根松樹聳立其間。

「我才剛到過那邊，」波西說：「是在舊廣場哪裡。」

景象拉近。在石頭地面的一邊露出一道被挖出來的階梯，往下通到一個有著掛鎖的現代鐵門。刀面影像再直接拉到門裡面，下了一座螺旋梯後，進入一個黑暗的圓柱型空間，就像是筒狀穀倉的內部。

派波放下刀子。

「怎麼了？」傑生問：「它正要向我們顯示某件事。」

派波感覺船又回到了大海，她的腳下開始搖晃。「我們不能去那裡。」

波西皺起眉頭。「派波，尼克快要死了，我們必須去找他，更不要說羅馬已經面臨毀滅的危機了。」

她發不出聲音來。她把這個圓型房間的景象當成祕密已經這麼久了，現在卻發現無法開口說明。她有種可怕的預感，就算她解釋將要發生的事，波西和傑生也不會改變主意。她無法阻止即將發生的事情。

她再度拿起刀，刀柄似乎比平常還要冰冷。

她強迫自己正視刀面。兩個穿著格鬥士戰甲的巨人坐在特大號執法官椅子上，他們拿著黃金酒杯互相敬酒，好像打贏了什麼戰爭。在他們倆中間的是一個銅製大花瓶。

景象再度拉近。在銅瓶裡面，尼克．帝亞傑羅蜷縮成一顆球，不再有動靜，所有的石榴種子都已經吃完了。

「太遲了。」傑生說。

「不，」波西說：「不，我不相信。也許他進入更深的休眠來換取時間，我們要趕快。」

刀面黯淡下來。派波將刀子放回刀鞘中，努力克制不讓雙手發抖。她希望波西是對的，尼克仍然活著。另一方面，她不了解淹水房間和這個畫面有何關聯。或許巨人之所以舉杯慶賀，是因爲她和傑生及波西已經死亡。

「我們應該再等等其他人，」她說：「海柔、法蘭克和里歐應該很快就會回來。」

「我們不能再等了。」波西堅持。

黑傑教練發言：「只是兩個巨人而已。如果你們要的話，我去對付他們就夠了。」

「嗯，教練，」傑生說：「那可是幫了大忙。但是，我們需要你的人留在船上，或者需要你的羊留在船上。」

黑傑教練沉下臉。「然後讓你們三個去做所有好玩的事？」

波西抓住羊男的手臂。「海柔和其他人需要你留在這裡。當他們回來時，他們需要你的領導，你是他們的磐石。」

「對呀。」傑生努力維持一張正經的臉。「里歐總是說，你是他的磐石。你可以告訴他們我們去了哪裡，然後把船開到廣場附近，來與我們會合。」

「還有這個。」派波解下卡塔波翠絲，交到黑傑教練手上。

羊男的眼睛圓睜。混血人向來不會把自己的武器留在船上，可是派波已經受不了那些邪惡的景象，她寧願直接面對死亡，也不想再看預告畫面。

「請密切注意刀面，查看我們的行動，」她說：「你也可以查看棒球比數。」

交易完成。黑傑堅定地點著頭，準備承接這個任務裡屬於他的責任。

「好吧，」他說：「但如果有任何巨人朝這邊來……」

「請隨意炸掉他們。」傑生說。

「如果是討厭的觀光客呢？」

「不行。」他們異口同聲。

「喔，好吧。那就拜託不要拖太久，不然我會帶著猛烈的弩砲去找你們。」

42 派波

這地方很容易找到。波西直接帶他們過去，就在荒涼山腰上一片可以眺望廣場的地方。要進去也很簡單。傑生的黃金劍直接劃開掛鎖，鐵柵門嘎吱打開。沒有凡人在看他們，警鈴沒有大作，只有石頭螺旋梯通往黑暗。

「我走前面。」傑生說。

「不！」派波驚呼。

兩個男生都轉頭看她。

「派波，怎麼了？」傑生問：「刀面的景象……你之前有見過，不是嗎？」

她點點頭，眼睛開始刺痛。「我不知道該怎麼對你說。我見到下面的這個房間充滿了水，見到我們三個被淹沒。」

傑生和波西同時皺起眉頭。

「我不會淹死。」波西說，然而他的聲音聽起來像是在問問題。

「也許未來已經改變，」傑生推論，「你剛剛給我們看的景象裡並沒有水。」

派波很希望他說得對，但她感覺他們不會如此幸運。

「這樣吧，」波西說：「我先去看一下，沒問題的。我立刻回來。」

派波還來不及反對，他已經消失在螺旋梯中。

在等待的時間裡，她在心中默數。快數到三十五的時候，她聽見他的腳步聲，然後人就出現了，不過表情看起來是困惑多於放鬆。

「好消息是，沒有水。」他說：「壞消息是，我在下面看不到任何出口。還有，嗯，詭異的消息是，你們應該看看這個……」

他們警覺地走下去。波西拿著波濤劍走在最前面，後面跟著派波，傑生在她後面押隊。這座樓梯是一個螺旋式下降的石造建築，直徑不超過一百八十公分。即使波西已經說沒有危險，派波還是小心注意有無陷阱。每一次階梯轉彎，她都擔心有伏兵。她身上沒有武器，只有肩膀上的皮帶掛著富饒角。如果事情演變到最糟的狀況，男生們的劍不能在這麼緊密的空間裡使用，或許派波可以向敵人發射高速煙燻火腿。

當他們迴旋走下樓梯，派波看到石頭上刻著一些老舊塗鴉，有羅馬數字、人名和義大利文成語。這表示曾有其他人下來這裡，而且是在比羅馬帝國還要近代的時間，但派波仍然無法放心。如果下面有怪物，他們本來就不會在意凡人，而是等待著鮮美多汁的混血人出現。

終於，他們到達了洞底。

波西轉身。「小心最後一階。」

他跳上圓柱形房間的地板，這個地面比最後一階整整低了約一公尺半，誰會設計出這樣的階梯呢？派波想不出來。或許這個房間和階梯是在不同時期建造的。

派波想轉身離開，可是沒有辦法，因爲傑生在她後面，她也不能留下波西單獨在那裡。她跳了下去，傑生也跟著下來。

這個房間就和她在卡塔波翠絲刀面上看到的一樣，除了沒有水。彎曲的牆面曾經有過壁畫，現在已經褪色成蛋殼白，偶有幾抹彩色。穹頂式的天花板離地約有十五公尺。在房間背側、階梯對面的牆壁裡刻著九個壁龕，每一個離地約一公尺半，大到足以放進真人尺寸的雕像，但九個都是空的。

空氣感覺乾燥有涼意。就像波西說的，這裡沒有出口。

「好吧，」波西挑起眉毛，「這裡就是詭異的地方，請看。」

他走進房間的正中央。這當下，綠色與藍色的光線在牆面如漣漪般出現，派波聽到宛如噴泉的聲音，但就是沒有水。這裡除了波西和傑生的劍，也看不到其他光源。

「你聞到海洋的氣味了嗎？」波西問。

派波一開始沒有注意到。她就站在波西旁邊，而波西本人一直帶著海洋的味道。不過他說得沒錯，鹹水與風暴的氣味愈來愈明顯，彷彿夏日颶風就要來到。

「幻覺嗎？」她問。突然間，她一種很奇怪的口渴感覺。

「我不知道，」波西說：「我只覺得這裡應該要有水，而且有很多水才對，可是這裡完全沒有。我從來沒有到過類似這種感覺的地方。」

傑生走到那排壁龕前。他碰碰最靠近自己那一個的底部，位置大概在他眼睛的地方。「這個石頭……還鑲嵌著海螺，這裡是水神殿。」

派波的嘴巴感覺更加乾涸了。「水什麼？」

「我們朱比特營裡也有一座，」傑生說：「在神殿山上，是爲水精靈建造的神殿。」

派波的手摸過另一個壁龕的底部，傑生說得沒錯，整個壁面都鑲嵌著貝殼、海螺與扇貝。這些海貝似乎在如水波的光線下跳著舞，摸起來卻像冰一樣寒冷。

派波過去總認為水精靈是友善的神界朋友，有點可笑與輕佻，但大多無害。他們和阿芙蘿黛蒂的小孩十分處得來，喜歡分享美容祕訣和別人的八卦。然而這個地方的感覺完全不像混血營的獨木舟湖，也不像派波經常在林間會碰到精靈的那些溪流。這裡感覺很不自然，帶著敵意，而且非常乾。

傑生稍微退後，檢視整排壁龕。「像這樣的神殿在古羅馬到處都是，有錢人家會蓋在別墅外面來榮耀精靈，確保本地水質永遠新鮮。有些神殿會蓋在天然噴泉附近，不過通常是人造噴泉居多。」

「所以……沒有精靈會眞的住在這裡？」派波帶著一點希望問。

「不確定，」傑生說：「我們現在站的地方有可能是以前一座有噴泉的水池。如果水神殿屬於某個混血人，他通常會邀請精靈住在這裡。如果精靈願意住下來，那就代表好運。」

「對屋主來說，」波西猜測，「那也是把精靈和新水源綁在一起了。如果噴泉是在陽光充足的公園裡，有水道橋送來清水，那當然很好……」

「但這地方已經在地下好幾世紀，」派波猜說：「又乾又隱蔽，精靈會發生什麼事？」

水聲一起變成了嘶嘶合唱，好像一堆蛇的鬼魂。漣漪光線從海藍色和綠色轉變成紫色和黯淡的檸檬綠。在他們上方，九個壁龕發亮了，裡面不再是空的。

站在每個壁龕裡的都是乾癟的老女人，又乾又瘦，讓派波想起了木乃伊，只是木乃伊不像她們會動而已。她們的眼睛是暗紫色，彷彿她們生命泉源的湛藍清水被濃縮變稠、塞在裡面了。她們精緻的絲質衣裝現在是既破爛又褪色，頭髮曾經插著寶石、盤捲成羅馬貴族婦人的樣子，如今蓬鬆散亂如乾草。如果水底食人魔眞的存在，派波心想，大概就是長這個樣子。

「精靈會發生什麼事？」在中央那個壁龕的女人說。

她的樣子看起來比其他幾個都還糟糕。她的背駝得像水壺的把手，乾枯的手就像薄如紙的皮膚包著骨頭。她的頭上有磨損的黃金桂冠，在那像被車子輾過的亂髮上發亮著。

她的紫色眼睛盯在派波身上。「多麼有趣的問題。親愛的，也許精靈還是願意待在這裡，承受苦難，等待著復仇。」

下一次還有機會的話，派波發誓要熔掉卡塔波翠絲，賣給廢鐵回收的人。這把愚笨的刀子從來不給她完整的故事，沒錯，她看過自己在淹沒；但如果她知道有九個木乃伊般的脫水精靈在等她，打死她也不願意下來這裡。

她想過要跳到階梯上。但當她轉身，通道已經不見了。當然，那裡什麼都沒有，只有一堵白茫茫的牆。派波懷疑那會不會也是幻覺。再說，她也不可能在木乃伊精靈跳到她身上之前，衝到房間的那一頭去。

傑生和波西分別站在她的兩邊，兩人都已經拔出長劍。她很高興有他們在身邊，雖然她不認為武器會有什麼功效。她看到這個房間裡會發生的事情，而且這些事情會將他們打敗。

「你是誰？」波西問。

正中央的精靈轉一下頭。「啊……名字。我們曾經一度擁有名字的，我叫做海歌諾[127]，九

[127] 海歌諾（Hagno），希臘南部阿卡迪亞地區（Arcadia）的精靈，據說宙斯由她撫養長大。在阿卡迪亞的呂開烏斯山（Mount Lycaeus）有一口井以她命名，用來紀念她。

個當中的第一個！」

派波覺得這樣乾枯的老巫婆名字居然叫做海歌諾，真是個殘酷的笑話，但她沒說出來。

「九個，」傑生重複說：「神殿裡的精靈，所以永遠都有九個壁龕。」

「當然，」海歌諾露出牙齒，邪惡地微笑。「但我們是最初的九個，傑生．葛瑞斯，參加你父親生日的那九個。」

傑生放低他的劍。「你是說朱比特？他出生的時候你在場？」

「宙斯，我們那時候是這樣叫他，」海歌諾說：「一個超級會尖叫的小孩。瑞雅[128]要生產時，我們服侍在她旁邊，等寶寶出生，我們把他藏起來，這樣他的父親克羅諾斯就不會吃掉他。當宙斯長大，他保證我們享有永世的榮耀，但那是在那個古老國家希臘的事。」

其他的精靈嗚咽起來，抓著她們的洞壁。她們似乎都被困在裡面，派波這才發現，她們的腳似乎和裝飾用的海螺一樣，都被黏在石頭上了。

「當羅馬勢力升起，我們被邀請到這裡來，」海歌諾說：「有一位朱比特的兒子利誘我們過來。『一個新家，』他承諾，『更大更好！免繳頭期款，環境優美，羅馬將萬古長存。』」

「萬古長存。」其他人嘶嘶哀號。

「我們受到誘惑，」海歌諾說：「於是離開位在呂開烏斯山的水井和噴泉，搬到這裡來。好幾世紀以來，我們的生活都很美好，有宴會，有獻給我們的祭禮，每個星期都有新衣服、新珠寶。所有的羅馬混血人都喜歡和我們聊天、尊敬我們。」

精靈們嗚咽嘆氣。

「但羅馬沒有萬古長存。」海歌諾怒吼：「水道橋改道了，我們主人的別墅荒廢傾頽，我們被人遺忘，埋藏到地底下，可是我們無法離開。我們的生命源頭被困在這裡，我們的主人沒找到合適的地方來釋放我們。幾世紀下來，我們在黑暗中乾枯、口渴……非常渴。」

其他精靈都抓著自己的嘴巴。

派波覺得自己的喉嚨快堵住了。

「我替你感到很遺憾。」她說，試著用上一點魅惑的力量。「那想必非常糟糕，但我們不是你的敵人，如果我們可以幫你們……」

「喔，多麼甜美的聲音！」海歌諾尖叫：「這樣漂亮的五官。我也曾經和你一樣年輕，聲音如同山間溪澗般撫慰人心。但是你眞的知道，當一個精靈被困在黑暗中，除了仇恨沒有別的可吃，除了暴力想法沒有別的可喝，她的腦袋會發生什麼事嗎？是的，親愛的，你可以幫助我們。」

波西舉起他的手。「嗯……我是波塞頓的兒子，或許我可以召喚新的水源。」

「哈！」海歌諾尖叫，其他八個精靈也跟著附和：「哈！哈！」

「說眞的，波塞頓之子，」海歌諾說：「我和你父親很熟。艾非亞特士和歐杜士保證你們會過來這裡。」

派波的手抓著傑生的臂膀，來讓自己站穩。

「巨人，」她說：「你替他們工作？」

---

128 瑞雅（Rhea）是三大神的母親，克羅諾斯的妻子，也是泰坦巨神之一。參《波西傑克森──神火之賊》一五七頁，註36。

「他們是我們的鄰居，」海歌諾微笑說：「他們的洞穴就在這個地方的後面。爲了比賽，水道橋改道去了那裡。一旦我們和你們達成交易……一旦你幫了我們……雙胞胎承諾，我們將不會再忍受這些痛苦。」

海歌諾轉向傑生。「你，朱比特的小孩，你的前輩帶我們過來這裡，卻殘酷地背叛了我們，你要付出代價。我知道天空之王的力量，我從他是小嬰兒時就帶過他！我們精靈曾經一度可以控制水井與噴泉上方的雨水；等我把你處理好，就會重新獲得那個能力。至於波西．傑克森，海神之子……從你身上，我們要取得水，無限供應的水。」

「無限？」波西的眼睛看過一個又一個精靈。「嗯，聽著……我並不知道能不能無限供應，但或許我可以弄個幾加侖來。」

「至於你，派波．麥克林，」海歌諾的紫色眼睛閃閃發亮，「這麼年輕，這麼可愛，這麼有天賦的聲音。從你身上，我們要重新取回我們的美麗。我們努力保留最後一點生命力量，就是爲了這一天。我們要從你們三位身上取飲！」

九個窟窿一起發光，精靈消失了，水從她們的壁龕湧出來，那是烏黑得令人作嘔的水，就像油一樣。

43 派波

派波需要一個奇蹟，不是床邊故事。可是現在她震驚地站在不斷湧入腳邊的黑水中，她想起了阿刻羅俄斯說的故事，那個淹水的故事。

不是諾亞方舟的故事，而是爸爸告訴她的切羅基版本，關於跳舞鬼魂和骷髏狗的故事。她還小的時候，喜歡和爸爸一起坐在大躺椅上，窩在他的身邊。她會看著窗外的馬里布海岸，聽爸爸說著以前他在湯姆爺爺的奧克拉荷馬小屋聽過的故事。

「有個人有一條狗。」爸爸總是這樣開頭。

「你不可以這樣開始講故事啦！」派波抗議，「你應該要說，很久很久以前。」

爸爸笑笑。「但這是切羅基的故事，它們都很直接。所以呢，總之，這個人有一條狗，他每天都會帶狗去湖邊喝水，這條狗會對著湖水亂吠，好像在生它的氣。」

「牠真的是這樣嗎？」

「耐心慢慢聽，甜心。後來，這個人非常生氣，覺得他的狗實在太會亂叫了，於是責罵牠：『壞狗！不要再對著湖水狂吠，它只是水而已！』出乎他意料的是，那條狗看著他，開始講話。」

「我們的狗會說『謝謝』，」派波自動補充：「牠還會喊『出去』。」

「有點像是那樣，」爸爸同意說：「但這條狗會說完整的句子。牠說：『很快地有一天，暴風雨會來，湖水會漲高，每個人都會被淹死。你可以建造一艘竹筏，拯救自己和家人。不過你首先要犧牲掉我。你一定要把我丟到水裡去。』」

「那太糟糕了！」派波說：「我絕對不會淹死我的狗。」

「那個人可能也說了同樣的話。他從狗會說話的震驚中恢復後，認爲那條狗是在說謊。當他反駁時，那條狗就說：『如果你不相信我，看看我的頸背，我已經死了。』」

「那太悲傷了！你爲什麼要跟我說這個故事呢？」

「因爲是你要求的啊。」爸爸提醒她。確實沒錯，這故事裡有吸引她的地方。她已經聽過很多次了，卻還一直想到它。

「總之，」她爸爸說：「那個人從頸背抓起那條狗後，就看到牠的皮與毛已經開始分離，下面除了骨頭什麼都沒有。這條狗是隻骷髏狗。」

「好噁心。」

「我同意。所以，他眼中含著淚水，對他那隻惱人的骷髏狗說再見，然後把牠丟進水裡，牠馬上就沉下去了。之後那個人打造了一艘竹筏，等洪水來臨時，他和他的家人就都存活下來了。」

「那條狗沒有。」

「是的，那條狗沒有了。當大雨停止，竹筏靠上陸地，這個人和他的家人是唯一活下來的一家人。這個人聽見山丘另一邊傳來了聲音，像是幾千人在跳舞嘻笑，於是他衝上山頭去看，唉呀，他往下看不到什麼東西，只有到處散落的骨骸，那是死於這場大水中幾千個人的骨骸。他了解到，死人的鬼魂在跳舞，那就是他聽到的聲音。」

派波等了一下。「然後呢？」

「然後就沒有了，故事結束。」

「你不可以就這樣結束啦！爲什麼鬼魂要跳舞呢？」

「我也不知道，」爸爸說：「你爺爺從來不認爲故事需要解釋。或許鬼魂開心還有一個家庭活下來，或許他們在享受死後的人生。他們是鬼呀，誰知道呢？」

派波非常不滿意那個結局，她有好多沒有答案的問題。這個家庭後來有再養狗嗎？而且顯然不是所有的狗都淹死了，因爲派波自己就擁有一條狗。

她忘不了這個故事，她從此看狗的方式也和以前不一樣，總猜想牠們會不會是其中一條骷髏狗。她也不明白爲什麼這個家庭必須犧牲小狗才能存活。犧牲自己來拯救家人，似乎是一件很崇高的事，一件非常像狗會做的事。

現在，在羅馬的水神殿裡，當黑水已經升到她的腰際，派波忍不住猜想，爲什麼河神阿刻羅俄斯會提到這個故事。

她希望能有一艘竹筏，但她覺得自己恐怕更像那條骷髏狗，她已經死了。

44
派波

水位以令人恐懼的速度上升。派波、傑生和波西敲著牆壁尋找出口，但他們找不到任何東西。他們爬進壁龕中以增加離地高度，不過黑水就是從這些窟窿中湧出來，所以他們就像是站在瀑布邊緣努力保持平衡。即使派波已經站到一個壁龕當中，水位仍然很快就到達她的膝蓋。如果從地面算起，水深可能已經有兩公尺半，而且還在快速增加。

「我可以試著放出閃電，」傑生說：「也許在屋頂轟出一個洞？」

「那可能會造成整個房間倒塌，把我們壓死。」派波說。

「或是把我們電死。」波西說。

「畢竟沒有多少選擇。」傑生說。

「讓我去底部搜尋一下。」波西說：「如果這個地方當初是建造來當噴泉的，那它一定有引水的方法。你們幾個檢查一下壁龕，看看有沒有祕密出口，或許那些海螺上面會有門閂之類的東西。」雖然已經是亡命邊緣的點子，但派波很高興能有一點事情可做。

波西躍入水中。傑生和派波爬過一個個窟窿，又敲又打，搖晃嵌入石中的海螺，可是都沒有好結果。

波西比派波預期的還要早出現在水面，喘著氣打水。她伸出手要幫他，結果還沒施力，就差點被波西拖下水。

「沒辦法呼吸，」他被水嗆到，「這個水……不是一般的水。我差點回不來了。」

精靈的生命力量，派波心想。這水帶著劇毒和恨意，連海神之子都無法控制。

當水位在她周遭上升，派波感到這些黑水也在影響著她。她的腿部肌肉顫抖著，像是跑了很長的路。她的手掌變得又乾又皺，儘管身處水池之中。

男孩們的動作都變得遲鈍。傑生臉色蒼白，似乎連握著劍都有困難。波西渾身溼透並發抖，而且髮色看起來沒那麼深，彷彿連顏色都在流失。

「他們在汲取我們的力量。」派波說：「榨乾我們。」

「傑生，」波西咳嗽著說：「試試看閃電。」

傑生舉起劍，房間發出隆隆聲，可是沒有出現閃電。屋頂沒有裂開，反而還有一個迷你暴風雨在天花板成形。大雨落下，讓水位上升更快，而且這不是正常的雨，落下的液體就和池裡的一樣黑，每一滴都刺痛著波西。

「這不是我想要的。」傑生說。

大水已經竄升到他們的頸部，派波可以感覺自己的力量在衰退。湯姆爺爺的水底食人魔故事是眞的，壞心的水精靈就要奪走她的性命了。

「我們會活下去的。」她喃喃對自己說，卻無法用魅語讓自己走出這個困境。毒水很快就會淹沒他們的頭，到時候他們就只能游泳，然而黑水已經先讓他們身體麻痺。

他們會淹沒，就像她在刀面上看過的影像。

波西開始用手背撥開水，彷彿在趕走壞小狗。「沒辦法……沒辦法控制水！」

「你首先要犧牲我。」骷髏狗在故事裡這樣說：「你一定要把我丟到水裡去。」

派波覺得好像有人從她的頸背刮走一塊肉，害她骨頭暴露。她緊緊抓住富饒角。

「我們無法與這個水對抗的，」她說：「如果我們退縮，那只會讓我們更加衰弱。」

「你這話是什麼意思？」傑生在雨中大聲問。

水位已經到達他們的下巴，再高個幾公分，他們勢必得游泳。但現在的水位距離天花板的高度還不到一半，派波希望這表示他們還有一點時間。

「這個富饒角。」她說：「我們要用新鮮的水來壓倒精靈們，給她們遠多於她們需要的水。如果我們有辦法稀釋這個毒水……」

「你的角有辦法嗎？」波西必須努力掙扎才能讓頭浮出水面，這對他來說顯然是一種全新的體驗，他看起來已經有點嚇破膽了。

「要有你們的幫忙才行。」派波開始了解這個富饒角要如何運用。美好的事物並不是憑空而來，她之所以能夠把海克力士埋在一整間超市的食物之下，是因為她集中心力想著與傑生的美好經驗。

要製造夠多的新鮮流水來塡滿這個房間，她需要走得更深、掀動更多情緒。不幸的是，她已經失去了集中心智的能力。

「我需要你們兩個一起傳送全部的力量到富饒角裡。」她說：「波西，想想海。」

「要鹹水嗎？」

「沒有關係！只要是乾淨的水就好！傑生，想想暴雨，愈多雨水愈好。你們兩個一起握著富饒角。」

當水面升高到將他們抬離壁面時，他們三個相擁在一起。派波開始回想她初學衝浪時爸爸教過的安全守則。幫助溺水的人，要從背後將他們環抱住，把腳往前踢，以倒退的方向來移動，就像在仰泳。她不知道這個策略是否可以同時拉住兩個人，但她將一隻手臂各抱著一個男孩，好讓他們共同握著富饒角時不會沉下去。

沒有任何事發生。大雨落下，依舊是又黑又酸。

派波覺得自己的腳如鉛塊一般沉重。高升的水在打轉，威脅著要將她往水裡拉。她可以感覺到力氣在消逝。

「沒有用。」傑生大喊，吐出髒水。

「我們毫無進展。」波西附和著。

「你們還是要一起努力。」派波大喊，希望自己是對的。「你們兩個一起想著乾淨的水、風雨的水。不要退縮，想像你們全部的力量，想像你們所有力量都流失了。」

「那不難呀！」波西說。

「可是要把它逼出來！」她說：「貢獻出你們的一切，比如……比如說你已經死了，而你一心僅存的目標就是要幫助水精靈。一定要是禮物……要有犧牲。」

那個字眼讓他們都安靜了。

「我們再試一次，」傑生說：「一起來。」

這一次派波也一起拚命將意志力集中在富饒角上。水精靈想要她的青春、她的生命，還有她的聲音嗎？好吧，她自願放棄這些，想像所有力量都從她的身體流失出去。

「我已經死了。」她告訴自己，冷靜得如同故事裡的骷髏狗。「這是唯一的方法。」

乾淨的水從富饒角裡噴湧出來，力道大到把他們往後推到牆邊。傾注下來的雨水也變成白色瀑布，如此乾淨清涼，讓派波喘了幾口氣。

「奏效了！」傑生大喊。

「好過頭了，」波西說：「我們在加速灌滿這個房間！」

他說得對。水位上升得太快，現在距離屋頂只剩下幾十公分，派波已經可以伸手摸到迷你雲團。

「不要停！」她說：「我們一定要稀釋掉毒水，直到水精靈都被洗乾淨才行。」

「萬一她們根本洗不乾淨呢？」傑生說：「她們已經下來這裡變成邪魔幾千年了。」

「不要退縮，」派波說：「付出所有，即使我們會下沉……」

她的頭頂到天花板。積雨雲散去，全部化成水，而富饒角還在噴發清新的水瀑。

派波把傑生拉過來，親了他一下。

「我愛你。」她說。

她傾吐出的這句話，就像從富饒角中噴出來的清水。她無法辨別他的反應，因為這時候他們都到了水裡。

她憋住呼吸。水流在耳邊嘯吼，氣泡在身旁飛旋。光線依舊如漣漪般在屋裡晃動，派波很驚訝自己竟能看見光。是水變得清澈了嗎？

她的肺就要爆開了，但她把最後的能量送進富饒角。水流依然汩汩湧出，即使已經沒有更多空間可以容納。牆壁會在壓力之下裂開嗎？

派波的眼前變黑。

她以為耳中的聲響是自己垂死的心跳聲，然後她才明白是房間在搖晃。水流加速打轉，她感覺自己還在下沉。

憑藉著最後一絲力氣，她往上一蹬。她的頭突破水面，換到了一口空氣。富饒角已經停止作用，水流快速離開，幾乎與它們塡滿房間的速度一樣快。

她恐慌地尖叫一聲，因為她發現波西和傑生還在水面下。她把他們拉起來，波西立刻喘一口氣，雙腳開始打水，傑生卻像布娃娃般了無氣息。

派波緊抓著他，呼喊他的名字、搖晃他的身體，甚至拍打他的臉。她幾乎沒注意到水已經完全退去，他們全都待在潮溼的地板上。

「傑生！」她拚命想著該怎麼辦。要把他轉成側躺嗎？要拍他的背嗎？

「派波，」波西說：「我可以幫忙。」

他跪到派波身旁，碰觸傑生的額頭。傑生的嘴巴吐出水，眼睛頓時睜開，一道閃電震得派波和波西往後彈開。

當派波的視線變得清晰，她看到傑生已經坐了起來，雖然還喘著氣，但血色逐漸回到他臉上。

「對不起，」他咳嗽著說：「我不是故意要……」

派波用一個擁抱攻擊他。她本來想親他，又不願讓他再度窒息。

波西笑一笑。「如果你想知道的話，剛剛那些水都是你肺中乾淨的水，我把它們完全弄出來了。」

「謝謝你，好夥伴。」傑生虛弱地和他握手。「不過我想，派波才是眞正的英雄，她救了我們全部人。」

「沒錯，她是。」有個聲音在整個房間迴盪。

壁龕亮了起來，九個身影出現，但已經不再是形乾影枯的樣子。她們是年輕美麗的精靈，身穿閃亮的水藍袍子，帶有光澤的黑色鬈髮用金、銀髮飾夾了起來。她們的眼睛是溫柔的藍色與綠色。

就在派波看著她們的時候，八個精靈已經開始消溶成蒸氣，往上飄移，只剩下正中央的精靈在他們眼前。

「是海歌諾嗎？」派波問。

精靈微笑。「是的，親愛的，我想不到這樣無私的精神竟然會存在人類身上……尤其是混血人。我無意冒犯。」

波西站起來。「我們哪受得了你的冒犯啊？你剛剛才想淹死我們、要我們的命耶。」

海歌諾的臉抽動一下。「很抱歉我那樣做，那個我真的不是我。但你們讓我想起草原上的陽光、溪流和雨水。波西和傑生，謝謝你們，我記起了海洋和天空，我被洗淨了。不過最主要的，是要謝謝派波，她分享了比乾淨流水更美好的事。」海歌諾轉過頭對她說：「你有美好的自然本性，派波。因爲我是自然的精靈，我知道我在說什麼。」

海歌諾指著房間的另一頭，返回地面的階梯重新出現了。而就在它的正下方，一個圓形開口也閃爍現形，像是下水道的水管，開口大小也只夠讓人爬進去。派波懷疑那就是水流出去的地方。

「你們可以回到地面上，」海歌諾說：「或者，如果你們堅持的話，也可以沿著水道去找巨人。但你們必須趕緊做出選擇，因爲我一離開，兩邊的門隨即就會消失。這條水管是連接到古老的水道橋管道，它供給水神殿，也供給地下墓穴，就是巨人的家。」

「啊，」波西按著自己的太陽穴，「拜託你，別再講那些複雜難搞的地名了。」

「喔，『家』不難搞呀。」海歌諾聽起來非常眞誠。「我曾經以爲它是，現在你們讓我們脫離了這個地方。我的姊妹們已經出發去找新家了……也許是山邊小溪，也許是草原湖泊，我要去追隨她們了。我等不及要再度看到森林和草地，還有清澈的流水。」

「嗯，」波西有點緊張地說：「過去幾千年，上面的世界出現很大的變化。」

「多沒意義的話呀，」海歌諾說：「它能變得多糟呢？潘不會允許大自然被汙染的，事實上，我等不及要見到他了。」

波西本來想要說話，但決定不再開口。

「祝你好運，海歌諾，」派波說：「還有，謝謝你。」

水精靈露出最後一個微笑，消失於無形中。

轉瞬間，水神殿發出了柔和許多的光線，好像滿月的月光。派波聞到異國香料與盛開玫瑰的味道，聽到遠方音樂和快樂談笑聲。她猜她聽到的是千百年前的宴會歡慶聲音，那是古代曾經在這座神殿有過的美好回憶，現在也跟隨那些精靈被釋放出來。

「這是什麼？」傑生緊張地問。

派波的手滑入傑生手掌中。「鬼魂在跳舞。來吧，我們最好趕快去見見巨人了。」

45 波西

波西對水厭倦了。

如果他大聲說出來，可能會被波塞頓的海底童軍團踢出來，但是他不在乎。在勉強活著離開水神殿後，他想要重新回到地面上，想要渾身乾爽地在溫暖陽光中坐久一點，最好能和安娜貝斯一起。

不幸的是，他不知道安娜貝斯在哪裡。法蘭克、海柔和里歐也在出任務時失蹤，而他們還得去營救尼克．帝亞傑羅，假設他還沒死的話。另外還有幾樁小事：巨人要毀滅羅馬、蓋婭甦醒並統治世界。

認眞地說，這些天神和怪物都有幾千歲了，難道他們不能休息個幾十年，讓波西有一段好好的人生？顯然他們不肯。

他們爬下水管，由波西帶頭。爬了大約十公尺，水管擴展成一條寬一點的隧道。在他們左邊，波西可以聽見不遠處有著轟隆隆和嘰嘎嘰嘎的聲音，好像是一個需要上點機油的龐大機器。波西全然不想去探求那個聲音的來源，他認爲一定就是朝那個方向過去。

一、兩百公尺以後，他們來到一個轉彎處。波西舉起手，示意傑生與派波暫停稍候。他探出頭去看看轉角。

走道開展成一個巨大的房間，屋頂高達六、七公尺，支柱成排豎立，看起來就像波西夢中那個很像停車場的地方，只是現在塞滿了更多的雜物。

那個轟隆又嘰嘰嘎嘎的聲音來自一個巨大的齒輪滑輪系統，正在把一個個區塊的地板上升下降，不過看不太出來是爲了什麼。一條開放的溝渠裡面有水在流（喔，太好了，又有水），水流轉動水車，水車又帶動機器。其他的機器都連接到幾個巨大黃金鼠滾輪，只不過在滾輪裡跑的是地獄犬。波西忍不住想起歐萊麗女士，牠不知道會多麼痛恨被關在那種地方。

從屋頂上懸吊下來的，還有一籠籠活生生的動物，有一頭獅子、幾匹斑馬、一群土狼，甚至還有一隻八個頭的許德拉[129]。外觀古老的青銅加皮革製成的輸送帶在運輸成堆的武器和戰甲，有點像是亞馬遜在西雅圖的倉庫，只是這裡看起來更舊，也更凌亂。

里歐一定會喜歡這個地方的，波西想。這整個房間就像一部龐大可怕又不可靠的機器。

「這是什麼？」派波輕聲問。

波西不知道該怎麼回答。因爲沒見到巨人，所以他示意朋友往前瞧個究竟。

大約在門內約六公尺處，有個木頭做的眞人尺寸格鬥士立牌突然從地面跳出，它彈跳一下轉上了輸送帶，被繩索勾起，然後上升到屋頂的一個窄槽中。

傑生喃喃說著：「什麼鬼東西呀？」

他們步入大房間。波西掃視整個空間，裡面有幾千種值得留意的東西，而且大多在動，不過注意力不足過動症的混血人就是有個優點，即使身處混亂狀態也很輕鬆自在。波西注意到距離大約九十公尺遠的地方有個高起來的講台，上面放了兩張特大的執法官椅子，夾在兩

---

[129] 許德拉（hydra），希臘神話中的多頭怪物，頭的數量說法不一，有五頭至九頭的版本。

張大椅子中間的，就是那個足以容納一個真人的銅製大花瓶。

「看！」他指給朋友看。

派波皺起眉頭。「這也太簡單就找到了吧。」

「沒錯。」波西說。

「但我們沒有別的選擇，」傑生說：「我們一定得去救尼克。」

「對。」波西開始跨過大房間，準備要繞過輸送帶和移動平台。

黃金鼠滾輪中的地獄犬絲毫沒在注意他們，這些狗忙著跑步和喘氣，紅色的雙眼就像頭燈在發光。至於其他的籠中動物也只投給他們無聊的眼光，好像在說：「我是很想殺你，但那會耗費我太多力氣。」

波西努力提防陷阱，然而這裡的每一個東西看起來都像是陷阱。他記起幾年前在迷宮戰場時，他有好幾次都差點死去；現在他真希望海柔也能在這邊，用她的地下探測能力來幫忙（當然更能與她的弟弟重逢）。

他們跳過那條溝渠，先避到一排關著狼的籠子下面。他們已經朝向銅瓶走到半路，這時上方屋頂突然打開，一座舞台地板從天而降。地板上站著一位動作像演員、高抬下巴又高舉一隻手的紫髮巨人艾非亞特士。

就像波西在夢中見到的，「大飛哥」以巨人的標準來說算是小隻，大概只有三公尺半高，但他嘗試用誇張的服飾來彌補這一點。他今天換下了格鬥士戰甲，穿著夏威夷襯衫，而且是那種連戴歐尼修斯都會覺得很土的款式。上面浮誇的印花圖案有垂死的英雄、可怕的酷刑、競技場裡獅子吃奴隸的圖樣。巨人的頭髮編成辮子，中間綁著金幣和銀幣。他背上掛著三公尺長的長槍，這樣子搭配襯衫實在很沒品味。他的下半身穿著白色牛仔褲，皮革涼鞋包著他的……嗯，不能算是腳，應該說是彎曲的蛇頭。這些蛇不時閃出舌頭、扭動身體，好像牠們十分不甘願承擔巨人的體重。

艾非亞特士對著混血人微笑，彷彿他眞的滿心歡喜看到他們出現。

「終於呀！」他大聲地說：「眞是太開心了！老實說，我本來不認爲你們會通過水精靈那關，但你們能通過眞是太好了，這樣就會有更多娛樂效果。你們剛好趕上主要節目！」

傑生和派波站在波西的兩側，有他們作陪讓波西的心裡感覺好一點。雖然這個巨人比他之前對戰過的要瘦小許多，但他有某種讓波西寒毛豎立的特質。艾非亞特士的眼中閃動瘋狂的光芒。

「我們來了。」波西說，這句話說出來似乎有點平淡無奇。「讓我們的朋友離開。」

「當然囉！」艾非亞特士說：「雖然我擔心他有點過了保存期限。歐杜士，你在哪裡？」

不遠處的地板打開，升起的舞台地板上站著另一個巨人。

「歐杜士，終於！」他的兄弟笑著大喊。「你穿得和我不一樣了！你……你……」艾非亞特士的表情轉爲驚恐。「你穿的是什麼？」

歐杜士看起來就像一個世界上最大號又最蠢的芭蕾舞者。他穿著粉藍色緊身連衣褲，波西眞希望那種衣服只要在想像中出現就好；他的舞鞋則剪掉了前面一半，好讓他的蛇可以伸出來；他以爆竹紮成辮子的綠色頭髮上有一個鑽石頭冠（波西決定好心一點，把它想成一頂王冠）。他看起來有些憂鬱又十分不舒服，但還是用舞者的方式鞠了一個躬，這個動作對揹了長槍又長著蛇腳的他來說，具有相當的難度。

「天神和泰坦呀！」艾非亞特士大喊：「節目時間到了！你到底在想什麼？」

「我不想穿格鬥士的衣服。」歐杜士抱怨著，「你要知道，在末日戰場就要來臨的時候，我還是覺得芭蕾舞者最完美。」他滿懷希望地對著混血人揚起眉毛，「我還有一些多出來的道具服……」

「不行！」艾非亞特士打斷他的話，這一次波西難得與他有同樣想法。

紫髮巨人轉頭面對波西。他的笑容非常痛苦，看起來就像遭過電擊。

「請原諒我的兄弟。」他說：「他的舞台表現很可怕，而且對服裝完全沒有品味。」

「好的。」波西決定他不對夏威夷襯衫發表任何意見。「現在，關於我們的朋友……」

「哦，他呀，」艾非亞特士不屑地笑著說：「我們會讓他在眾目睽睽下死去，只是他一點娛樂價值都沒有。他花了好幾天的時間，就是蜷在那邊睡覺，這有什麼好看的？歐杜士，把瓶口倒過來。」

歐杜士走上講台，偶爾停下來做個芭蕾屈膝的動作。他推倒銅瓶，瓶口蓋子立刻彈開，尼克．帝亞傑羅便直接摔出來。看到他死白的臉色和過度枯瘦的身形，讓波西心跳停止，他無法分辨尼克是死是活，只想衝上前檢查，但艾非亞特士擋在前面。

「我們現在必須快一點進行。」大飛哥說：「我們應該照你的舞台程序來實行，地下墓穴都準備好了！」

波西已經準備好要將眼前這個巨人劈為兩半，然後迅速離開，但歐杜士擋在尼克前面，萬一打鬥開始，尼克完全沒有自我防衛的能力。波西需要幫他爭取一點恢復的時間。

傑生舉起他的黃金古羅馬長劍。「我們不想成為你們表演的一部分，」他說：「還有，你剛剛在說地下的什麼?」

「地下墓穴!」艾菲亞特士回答,「你是羅馬混血人,不是嗎?你應該知道啊!喔,不過我想,如果我們都在這裡的地下工作室辦事,你的確不會知道有地下墓穴的存在。」

「我知道地下墓穴,」派波說:「它是在圓形競技場底下的一個地方,裡面擺放了各種用來製造特效的機關裝置。」

艾菲亞特士激動地拍著手。「完全正確!請問你是戲劇系的學生嗎,親愛的女孩?」

「嗯……我父親是演員。」

「太好了!」艾菲亞特士轉身看著自己的兄弟。「歐杜士,你聽到了嗎?」

「演員,」歐杜士咕噥說道:「每個人都可以當演員,沒有人會跳舞。」

「有禮貌一點!」艾菲亞特士責罵他。「總之,我親愛的女孩,你說對了,但這個地下墓穴可不只是一個競技場的特效道具間而已。你應該聽過,在很久以前,有一些巨人被囚禁在地下,每隔一陣子他們想要逃獄就會引起地震?這個嘛,我們兩個做得就更棒了!歐杜士和我被關在羅馬地底下幾百萬年了,但我們一直忙著打造屬於我們的地下墓穴。現在,我們已經準備好要打造出羅馬史上最壯觀、也是最後的場面!」

在歐杜士腳邊的尼克顫動了,波西感覺就像有個地獄犬的黃金鼠滾輪開始在他胸口重新轉動。至少尼克還活著。現在他們只需要打敗巨人,還有最好不要毀掉羅馬城市,然後離開這裡去找他們的朋友。

「所以,」波西開口,希望巨人能將注意力放到他身上。「你剛剛是說舞台程序?」

「對!」艾菲亞特士說:「現在呢,我知道按照懸賞酬勞的規定,應該盡量讓你和那個叫安娜貝斯的女孩留著小命，不過老實說，那個女孩已經完蛋了，所以我希望你們不介意我們調整一下計劃。」

波西口中像是喝到了水精靈的毒水。「已經完蛋了，你是說她……」

「死了嗎？」巨人反問：「不不，還沒有，可是不用擔心！我另外又困住了你其他幾位朋友，你知道吧。」

派波的聲音扭曲了。「里歐？海柔和法蘭克？」

「就是他們。」艾非亞特士承認。「所以我們可以用他們當獻禮，這樣就能讓那個安娜貝斯死掉，女士大人也會很開心。然後呢，我們也可以拿你們三個來表演！雖然蓋婭會有一點失望，但老實說，這樣子是雙贏嘛，你們的死亡更有娛樂效果！」

傑生怒吼：「你要娛樂效果？讓我給你一點娛樂效果！」

派波往前站，想辦法擠出一個笑容。「我有個更好的點子，」她對巨人說：「爲什麼不讓我們先走呢？那會是一個意料之外的轉折，娛樂價値最棒，而且可以向世界證明你們兩位有多麼的酷。」

尼克又動了，歐杜士低頭看他，腳上的蛇拚命朝尼克吐舌頭。

「再說！」派波快速接話，「再說，我們可以一邊離開、一邊做一些舞蹈動作，像是芭蕾的幾個基本動作！」

歐杜士立刻忘掉尼克，他朝艾非亞特士走去，對著他搖晃手指。「你看？那就是我跟你說的呀！那會很不可思議的！」

有那麼一秒鐘，波西以爲派波的計劃眞的要成功了。歐杜士用哀求的眼神看著他兄弟，艾非亞特士則摸摸下巴彷彿在考慮。

最後他搖搖頭。「不……不，恐怕不行。你看看，我親愛的女孩，我是反對戴歐尼修斯的，我以堅持而聞名。戴歐尼修斯以爲他很懂派對嗎？他錯了！他的狂歡節目和我比起來根本是黯淡無光。比如說，我們很久以前要的那個噱頭，我們把好幾座山堆上奧林帕斯……」

「我跟你說過那用的。」歐杜士喃喃唸著。

「還有那次我的兄弟用肉包裹著自己，然後跑過一大群龍當中……」

「你說赫菲斯托斯的頻道會在黃金時段播出呀，」歐杜士說：「結果根本沒有人看到。」

「嗯，但這次的場景會更加壯觀的，」艾非亞特士保證說：「羅馬人總是想要麵包和馬戲團，那就是食物和娛樂呀！當我們毀滅他們的城市時，會把這兩種一起送給他們。看呀，來個示範吧！」

天花板上掉下一個東西，落到波西腳邊。那是一條用白色塑膠袋包起來的三明治麵包，袋子上還有黃色和紅色的點點。波西撿起來。「神奇牌[130]吐司麵包？」

「很棒吧，不是嗎？」艾非亞特士的眼睛又舞動著瘋狂光芒。「你可以留下那條麵包，我計劃在消滅羅馬人時要發下百萬條給大家。」

「神奇牌吐司麵包很好，」歐杜士說：「羅馬人應該要爲它跳舞才對。」

波西看看尼克，他正好要開始移動。波西希望他至少在打鬥開始的時候，有能力自己爬出來，而波西還需要從巨人這邊多知道一點關於安娜貝斯的消息，以及其他朋友究竟被困在

[130] 神奇牌（Wonder）是美國知名的吐司麵包廠牌，其麵包包裝上有紅、藍、黃色的圓點。

哪裡。

「或許，」波西說：「你應該把我們其他的朋友帶過來。你知道，壯觀的死亡……愈多人愈美麗，不是嗎？」

「嗯。」艾非亞特士玩弄著夏威夷襯衫上的釦子。「不行，現在更換劇碼已經太遲了。但是你也不用害怕，因爲我們的馬戲表演會非常精采！而且呀……提醒你一下，不會是現代形式的馬戲表演哦。現代這種表演需要小丑，而我痛恨小丑。」

「每個人都痛恨小丑，」歐杜士說：「連其他的小丑也痛恨小丑。」

「沒錯。」他的兄弟同意。「總之，我們已經計劃了更精采的娛樂節目！你們三個會在極度痛苦中死去，更重要的是，所有天神和凡人都可以看到。但那還只是開幕式！在古代，比賽會進行好幾天或好幾個星期，我們最主要的戲碼是羅馬大毀滅，而這一齣就可以演上一個月，直到蓋婭甦醒。」

「等等，」傑生說：「再一個月，蓋婭就會甦醒？」

艾非亞特士揮揮手像是要揮掉這個問題。「對，對。八月一日因爲某件事的緣故，最適合毀滅所有人類。不過這不重要！在大地之母無限智慧的指導下，她同意羅馬可以先行毀滅，可以慢慢地、壯觀地毀滅。這樣最恰當了！」

「所以說……」波西無法相信他居然拿著一條神奇牌麵包在談論世界末日。「你是替蓋婭暖場的。」

艾非亞特士的臉色一沉。「混血人，這才不是暖場秀！我們會放野生動物和怪物到街上，我們的特效部門會製造火災和地震，還有火山和地洞會隨意憑空出現，鬼魂也會猖狂亂跑。」

「鬼魂這件事不會成功，」歐杜士說：「我們的焦點群眾認爲他們不會增加收視率。」

「那些懷疑論者！」艾非亞特士說：「這個地下墓穴可以讓任何東西都有效果的！」

艾非亞特士衝到一張放有紙張的桌子旁。他拿開紙張，露出下面一整組的拉桿旋鈕，幾乎和阿爾戈二號上的控制面板一樣複雜。

「這個按鈕？」艾非亞特士說：「這個可以噴射出十幾隻狼到廣場上；而這一個可以召喚機器人格鬥士去攻擊許願池的觀光客。至於這一個，會造成台伯河氾濫溢堤，這樣我們就可以在那沃納廣場[131]重演海上大戰耶！波西．傑克森，你應該要欣賞這件事，你可是海神波塞頓的兒子啊。」

「嗯……我想，讓我們走是一個更好的主意。」波西說。

「他說得對，」派波再試一次，「不然我們就會進入這一整個衝突戲碼中。我們打你，你們打我，我們就破壞了你們的計劃。你要知道，我們近來已經打敗很多巨人了，我也不喜歡事情變得失去控制。」

艾非亞特士若有所思地點點頭。「你說的也對。」

派波眨眨眼。「是吧？」

「我們不能讓事情變得失去控制。」巨人同意。「所有事情都必須按照時間完美地呈現。但不用擔心，我已經編好你們死亡的戲碼，你們一定會喜歡的。」

---

131 那沃納廣場（Piazza Navona）位於義大利羅馬，此處在西元一世紀時原是古羅馬的競技場，在十五世紀末闢為市場。

尼克開始呻吟著爬開。波西希望他爬得快一點、呻吟聲小一點。他在考慮是否要把吐司丟向他。

傑生換手拿他的劍。「如果我們拒絕配合你們的情節呢？」

「這個嘛，你們殺不了我們，」艾非亞特士笑起來，好像這個想法很荒謬。「況且身邊又沒有任何天神，而那是你們唯一有可能取得勝利的方式。所以說真的，痛苦的死亡才比較合理。很抱歉，這場演出已經勢在必行了。」

波西現在才了解，這個巨人要比亞特蘭大的老海神弗爾庫斯邪惡太多了。艾非亞特士並不是那麼的反戴歐尼修斯，他根本就是戴歐尼修斯的瘋狂亢進版。沒錯，戴歐尼修斯是失控和狂歡的天神，艾非亞特士卻是以暴亂和毀滅來當做自己的快樂根源。

波西看看朋友。「我已經看膩這傢伙的襯衫了。」

「我討厭神奇牌吐司。」傑生說。

就這樣，他們一起出擊。

46 波西

情況立刻變得很糟糕。巨人消失成兩縷輕煙，然後重新現形在房間正中，兩個人分據不同位置。波西朝艾非亞特士飛奔過去，但他腳邊的地面卻出現裂縫，金屬牆從他兩邊瞬間彈出，將他與朋友隔離。

金屬牆開始靠近他，就好像老虎鉗的夾口要包夾住他。波西向上跳，抓住許德拉籠子的底部。他瞥見派波像跳房子般跳過火坑，朝尼克接近，而尼克則手無寸鐵又昏沉沉地被兩隻獵豹拖行著。

在此同時，傑生朝歐杜士進攻。歐杜士拉出長槍又大大嘆了一口氣，好像此時他寧願跳天鵝湖而不是來殺混血人。

波西在剎那的時間中看到這一切，然而他能做的事不多。許德拉猛咬他的手，他晃一下並往下掉，落在一叢不知從哪兒冒出來的彩繪夾板樹中。他想要跑出這樹林時，樹木卻變換了位置，於是他只好拿出波濤劍砍下這整座假樹林。

「好呀！」艾非亞特士叫喊，他站在距離波西左邊不到二十公尺的控制台前。「我們會把這一場當成正式彩排。我現在應該把許德拉放到西班牙階梯去了嗎？」

他拉動一根拉桿，波西往後瞧。剛剛他抓住的籠子正朝天花板的一個艙口上升，三秒後應該就會不見。如果波西現在攻擊巨人，許德拉就會被送到城市裡撒野作亂。

他一邊咒罵，一邊像丟回力棒般把波濤劍丟出去。雖然這把劍在設計時並沒有這種用途，但神界青銅的利刃仍劃破了懸掛許德拉的鏈條。籠子摔向一邊，也把門摔開了，裡面的怪物掉下來，就在波西的正前方。

「喔，傑克森，你眞掃興！」艾非亞特士說：「好吧，如果你非得在這邊戰鬥的話。不過少了群眾的歡呼，你的死亡不會那麼完美了。」

波西往前跨步迎擊怪物，這時才發現他把自己的武器丟出去了。這部分顯然有點失策。

許德拉的八個頭同時噴出強酸，他滾向旁邊，剛剛所站的地面已經變成冒著蒸氣的一池岩漿。波西眞的很討厭許德拉，所以弄掉寶劍對他來說幾乎算是件好事，因爲他的本能一定會拿劍去砍牠的頭，而許德拉只要被砍掉一顆頭就會再生出兩顆來。

上一次他面對許德拉時，是被一艘配有銅砲的戰船所救，怪物都被炸成了碎片。那一招現在救不了他……或者仍然可以呢？

許德拉衝出來，波西躲在一個黃金鼠滾輪後面，左右掃視這房間，尋找他夢中看到的箱子。他記得看過火箭發射器的標示。

至於講台那邊，派波在獵豹進攻時過去保護尼克。她把富饒角對準獵豹，一個燒烤大肉塊射了出去越過豹頭。那塊肉想必十分美味，獵豹們都跑去追逐它。

距離派波二十幾公尺的地方，傑生在和歐杜士打鬥，那是長槍與長劍的對決。歐杜士弄掉了他的鑽石皇冠，看起來他對此事相當不悅。本來他有好幾次刺穿傑生的機會，卻因爲每一次攻擊都堅持要做一次原地踮腳旋轉，整個動作就慢了下來。

同一時間裡，艾非亞特士大笑著按壓控制面板上的按鈕，將輸送帶啓動到高速運轉模式，並隨意打開動物籠子的門。

許德拉從黃金鼠滾輪附近發動攻擊。波西飛旋過一根柱子，抓住一袋滿是吐司麵包的垃圾袋朝怪物丟過去。許德拉噴出強酸，結果反倒鑄成大錯。塑膠袋和垃圾袋都在半空中消溶，麵包吸收強酸之後卻像滅火器般噴出一堆泡沫，濺得許德拉身上到處都是，害牠自己全身覆滿了黏稠冒煙的高熱量有毒黏液。

許德拉顯然在發暈，牠搖晃著頭，拚命把吐司酸液眨出牠的眼睛。波西也拚命地掃描四周，他沒有看到火箭發射器的箱子，但是堆在最後面牆上有一個奇怪的玩意兒，像是畫家的畫架，上面安裝了成排的飛彈發射器。波西還看到火箭砲、榴彈發射器、巨型羅馬煙火筒以及一堆奇形怪狀的武器，它們似乎被線連在一起，朝著同一個方向連結到側面的銅拉桿。在畫架頂端，有幾個用康乃馨拼出的字：「毀滅快樂・羅馬！」

波西朝那機關飛奔過去，許德拉斷斷喊著緊追在後。

「我就知道！」艾非亞特士開心地大喊：「我們可以沿著拉比卡納古道[132]開始爆炸，我們不能讓觀眾這樣永無止境地等下去。」

波西跳到畫架後方，將它轉向著艾非亞特士。雖然他沒有里歐對付機器的那些能耐，但他知道如何瞄準武器。

許德拉已經衝到他前面，擋住他看巨人的視線。波西希望這個玩意兒有足夠火力可以一

[132] 拉比卡納古道（Via Labicana）是義大利的古老道路，由羅馬城往東南向行進，在羅馬城中部分路段現稱卡西利納大道（Via Casilina）。

次轟掉兩個目標。他用力拉那個拉桿，可是它完全不動。

許德拉的八顆頭全朝他靠近，準備把他變成一池爛泥。他再拉一次拉桿，這一次畫架搖動了，武器開始發出呼呼聲。

「找地方掩蔽！」波西吶喊，希望朋友有得到訊息。

畫架開火時，波西跳向一旁。那個聲音就像在爆炸的軍火工廠正中央有個狂歡節慶，許德拉瞬間蒸發消失。不幸的是，爆炸的後座力把畫架推向一旁，將更多彈藥射往房間各個方向。一段天花板垮下來，砸爛一個水車；更多籠子被震開鏈條，放出了兩匹斑馬與一群土狼。有一顆手榴彈在艾非亞特士頭上爆開，但只有把他震飛，控制面板看起來完全沒受損。沙包也開始橫跨整個房間如雨落下，砸到派波與尼克附近。派波努力要把尼克拉到安全一點的地方，但是一個沙包落到她的肩膀，把她砸得倒下去。

「派波！」傑生尖叫著朝她急奔過去，完全忘記歐杜士拿著長槍在他背後瞄準他。

「小心！」換波西尖叫。

傑生反應很快，在歐杜士丟出長槍的當下，他身子一滾，槍尖從他上面飛過。他的手輕彈一下，立刻召喚出一陣風，改變長槍的方向。長槍飛過房間，就在艾非亞特士正好重新站起來的時候射進他的身體側邊。

「歐杜士！」艾非亞特士退開控制面板前，緊抓著那根長槍，整個人開始要粉碎成怪物粉塵。「拜託你可以停止殺我嗎？」

「不是我的錯！」

歐杜士話才說完，波西的飛彈發射玩意兒噴出了最後一顆羅馬煙火筒的大火球。這顆致命粉紅大火球（它自然得是粉紅色）撞到歐杜士頭頂的天花板，爆開形成漂亮的火光雨瀑，彩色的火花還在巨人身旁優雅地原地旋轉。緊接著，一段三公尺長的天花板突然墜落，把巨人壓成扁平。

傑生跑到派波身邊，他碰觸她的臂膀時，派波驚呼出聲。她的肩膀出現極不自然的彎曲度，可是她一直喃喃說著：「沒事，我沒事。」在她旁邊的尼克已經坐了起來，看著身邊一團混亂，彷彿剛剛才明白他錯過了一場戰鬥。

悲哀的是，巨人還沒被終結。艾非亞特士已經開始重組成形，頭和肩膀從粉塵堆中升起。他從塵土中拉出兩隻手，惡狠狠地瞪著波西。

在房間另一邊，一排塑膠在移動，接著歐杜士迸了出來。他的頭有一點凹陷，髮際間所有的爆竹都炸開了，辮子全部冒著煙。他的緊身舞衣已經破破爛爛，大概也只有這樣能讓夠醜的他再醜一點。

「波西！」傑生吶喊：「控制面板！」

波西趕快移動。他在口袋裡又摸到波濤劍，於是他拔開筆套，衝向控制面板。他的劍劃過面板，在一堆銅刀火花中切斷了種種開關。

「不要呀！」艾非亞特士哀號。「你破壞了所有場景！」

波西轉身太慢。艾非亞特士向揮球棒般地揮出長槍，橫打過波西胸部。他跪下來，疼痛已把他的胃部變成火山熔岩。

傑生跑向他，歐杜士也蹣跚地跟在他後面。波西勉強站起來，發現自己已經和傑生肩並肩站好。在講台上的派波依舊站不起來，尼克也僅恢復了一點意識。

巨人在癒合中，每分每秒都在變強壯。但波西不是。

艾非亞特士的笑容中帶著歉意。「累了嗎，波西．傑克森？就像我說的，你們根本無法殺死我。所以，我想我們是處在一個僵局。喔，等等……我們不是處在僵局啦，因為我們馬上就要殺掉你！」

「這件事，」歐杜士說，撿起他落地的長槍。「是你一整天所說的第一件有意義的事，兄弟！」

巨人兄弟一起將武器瞄準目標，準備把波西和傑生變成烤肉串。

「我們才不會放棄。」傑生怒吼：「我們會把你們切成千千萬萬片，就像朱比特對撒頓133做的那樣。」

「沒錯，」波西說：「你們兩個都要死了，我才不在乎有沒有天神站在我們這邊。」

「哦，那就太可惜了。」一個新的聲音突然冒出來。

在他的右邊，有塊舞台地板從天花板降下來，上面站著一位隨興倚靠著長棍的男子。他的長棍頂端有松果，身上穿著紫色營隊T恤與卡其色短褲，腳下則是涼鞋配上白襪子。他舉起寬邊帽，紫色火光在他眼中跳躍。「我最討厭特別安排的旅行居然沒有一點意義。」

133 撒頓（Saturn），原本是羅馬神話中最古老的農業之神，後來與希臘神話中的克羅諾斯混為一體。

47 波西

波西從來沒想過戴先生會有讓人冷靜的影響力，但突然間，一切事物安靜了下來。機器的運轉赫然中止，野生動物不再叫囂。

兩頭豹緩步走過來（牠們仍然在對派波的烤肉流口水），把頭親切地靠到戴先生的腿邊。他搔搔牠們的耳朵。

「說眞的，艾非亞特士，」他開口斥責：「殺死混血人是一件事，但利用豹來當你的背景道具？這就太超過界線了。」

巨人發出尖銳叫聲。「這個……這是不可能的。戴……戴……」

「其實我是巴克斯，親愛的老朋友。」天神說：「當然啦，這是有可能的。有人告訴我，這裡正舉行一場派對呢。」

他看起來和在堪薩斯時一模一樣，但這位巴克斯與之前那位不怎麼友善的戴先生之間的差距，仍然讓波西有點難以克服。

巴克斯比較平庸、比較瘦，啤酒肚也比較小。他的頭髮長一些，步伐帶著多一點彈跳，眼中的憤怒也多很多，他甚至把一顆松果弄到木棍上面，讓它看起來很嚇人。

艾非亞特士的長槍在發抖。「你……你們天神都完蛋了！以蓋婭之名，你們都要毀了！」

「哼。」巴克斯看起來沒受到什麼影響。他走過被破壞的道具、舞台地板與特效作品間。

「俗氣。」他朝著格鬥士人形立牌說，然後轉向走到一個看起來像插著刀的特大號擀麵棍機器旁。「廉價、無趣，還有這個……」他檢查那個火箭發射器的玩意兒，它還在冒煙。「俗氣、廉價，而且無趣。老實說，艾非亞特士，你真的很沒有品味。」

「品味？」巨人脹紅了臉，「我有成堆的品味，我絕對有品味，我……」

「我兄弟有邋遢了的品味。」歐杜士建議。

「謝謝你喔！」艾非亞特士大喊。

巴克斯往前走，巨人往後退。「你們兩個是變矮了嗎？」天神問。

「喔，這樣講很不公平，」艾非亞特士吼著，「巴克斯，我已經高得足以毀掉你了！你們這些天神，永遠躲在你們凡人英雄的後面，把奧林帕斯的命運丟在對這些人的偏好上。」

他不屑地瞧著波西。

傑生舉起劍。「巴克斯大人，我們要殺死這些巨人了嗎？」

「這個嘛，我當然是希望如此，」巴克斯說：「所以呢，請繼續。」

波西瞪著他。「你不是來這邊幫忙的？」

巴克斯聳聳肩。「喔，我感謝你們在海上獻給我的禮物，一艘滿是健怡可樂的船，真的很好，雖然我比較喜歡的是百事可樂。」

「還有價值六百萬的黃金珠寶。」波西喃喃說著。

「對，」巴克斯說：「不過，其實混血人的派對五人或五人以上團體免收服務費，所以那是不用給的。」

「什麼？」

「不重要。」巴克斯說：「總之，你們引起我的注意，所以我來了。現在我要看你們值不值得我的幫助。出擊吧，去戰鬥！如果讓我印象好，我會加進來演出結尾的終曲。」

「我們刺中了一個巨人，」波西說：「弄垮另一個巨人頭上的屋頂。你還要怎樣才會印象好呢？」

「啊，好問題……」巴克斯拍一拍他的權杖，然後露出一個微笑，這讓波西心想「喔哦！」巴克斯說：「也許你需要一點靈感！這個舞台設置得不夠好，這樣也能算是個場景嗎，艾非亞特士？我讓你看看應該要怎麼做！」

天神化為紫色霧氣，派波和尼克也一起消失。

「派波！」傑生吶喊：「巴克斯，你到哪裡……？」

整個地面開始震動，接著往上升。天花板打開形成一系列的嵌板，陽光頓時穿透進來；空氣閃耀得如同幻影，波西聽見群眾在上方呼吼。

地下墓穴自一群風化的石柱間升起，來到一座崩壞的競技場中央。

波西的心臟就像翻了一個大跟斗。這不是隨便哪座競技場，而是那座最有名的圓形競技場。巨人的特效機關已經進入延長時間，開始將木板條鋪到所有古蹟支柱上，所以競技場中央又有了合適的地板。露天座位自行修復，再度顯出光亮潔白的樣子。巨大的金紅交錯遮棚從頂上延伸開來，幫忙抵擋午後陽光的炙熱。帝王包廂垂掛著絲織布幔，旁邊還有旗幟與黃金老鷹。群眾的歡呼來自於成千上萬的閃光紫色鬼魂，整個羅馬城的拉雷斯都被帶回這裡欣賞精采的表演。

地板上的氣窗打開了，整個競賽場的地面開始噴灑沙子。大型道具接著躍出，有車庫尺寸的石膏山脈、石頭立柱，以及一些眞實尺寸的塑膠農場動物（爲了某種原因）。一片小湖泊出現在一側，還有溝渠十字交叉在競賽場地上，提供想進行壕溝戰的人使用。波西和傑生站在一起，面對巨人雙胞胎。

「這才是眞正的表演呀！」巴克斯大聲宣告。他坐在帝王包廂裡，身穿紫色長袍，頭戴金色桂冠。他的左邊坐著尼克與派波，還有一位身穿護士服的精靈在處理派波的肩膀。在他的右側蹲著一個羊男，負責端上多力多滋洋芋片和葡萄。天神高高舉起一罐百事可樂，所有的群眾敬畏地安靜下來。

波西往上瞪著他。「所以你只要坐在那邊看？」

「混血人說得對！」艾非亞特士怒吼：「你自己下來和我們打，膽小鬼！嗯，不可以和混血人一起。」

巴克斯慵懶地笑笑。「茱諾說她組織了一隊珍貴的混血人，那就展現給我看啊。奧林帕斯的英雄，娛樂我吧。給我可以多做一點事的理由，身爲天神本來就有特權。」

他打開可樂罐，群眾響起一片歡呼。

48 波西

波西打過很多場戰役，他甚至也在一些競技場裡打鬥過，卻從來沒有像現在這樣。在這座巨大的圓形競技場裡，有成千上萬歡呼的鬼魂，有天神巴克斯向下觀看他，還有兩個三公尺半高的巨人朝他逼近。波西覺得自己非常渺小，就像一隻微不足道的小蟲。但他也感到非常憤怒。

和巨人對打是一回事，但巴克斯把它變成一場比賽又是另外一回事。

波西想起幾年前路克．凱司特倫在他完成第一個尋找任務時，曾經對他說：「難道你不明白這一切都是白費心思嗎？所有的混血英雄都是天神的卒子。」

波西現在的年紀幾乎就是路克當年的年紀，他開始可以理解那時的路克何以變得那麼心懷怨恨。過去五年中，波西有好幾次成爲被玩弄的卒子，奧林帕斯天神似乎就是輪流利用他們來完成自己的計劃。

或許這些天神比泰坦巨神、巨人或蓋婭還要好一些，但是那並沒有讓他們變好或更有智慧，也沒有讓波西喜歡上這場愚蠢的競技場鬥爭。

不幸的是，他沒有太多選擇。如果他要拯救朋友，就必須打敗巨人。他也必須努力存活才能去找安娜貝斯。

艾非亞特士和歐杜士很快就決定要進攻。他們兩個聯手挑起一座和波西在紐約的公寓差不多大的假山，然後丟向混血人。

波西和傑生迅速逃開。他們兩個一起潛入最近的壕溝，假山就在他們上方撞得粉碎，噴得他們全身都是石膏碎片。這雖然不會致命，卻刺痛得讓人抓狂。

群眾譏笑起來，叫囂要看到流血事件。「再打！再打！」

「還是由我對付歐杜士嗎？」傑生在喧鬧中朝他大喊，「或者這次你想對付他？」

波西想一想。分頭迎擊的確是最自然的方式，一對一來挑戰巨人，但前一次這樣做的效果並不好。他開始覺得，他們需要使用不同的策略。

這一整趟旅程，波西總覺得自己有責任要領導和保護朋友，他很確定傑生的心裡也有相同感受。他們一直以小組行動，希望這樣會比較安全；他們總是單打獨鬥，每個混血人都拚命盡自己最大的努力。然而，希拉讓他們七個人組成一支隊伍一定有她的意義。有幾次波西和傑生合作，像是在桑特堡召喚風暴、幫助阿爾戈二號離開海克力士之柱，甚至是在水神殿裡注滿清水，都讓波西覺得更有信心，也更有能力去發現問題。那感覺就像當了一輩子的獨眼巨人，某天醒來突然發現自己有兩隻眼睛。

「我們一起進攻，」他說：「先攻擊歐杜士，因爲他比較弱。快速解決他之後，再來對付艾菲亞特士。青銅與黃金一起進擊，但願能使他們解體得久一點。」

傑生只能乾笑，彷彿突然發現自己將會以尷尬的方式死亡。

「何不試試看呢？」他附和說：「但艾菲亞特士不會呆呆站在那邊等我們殺死他的兄弟。除非……」

「今天風勢不錯，」波西建議，「而且競賽場下方有一些流水的水道。」

傑生立刻明白地大笑，波西心中頓時湧起一陣友誼的火花。這個傢伙在很多事情上的想法都和波西一樣。

「數到三嗎？」傑生問。

「何必等呢？」

他們奔出壕溝。如同波西的猜測，巨人雙胞胎又抬起另一座假山，等待一次精準的攻擊。他們把假山舉得比頭還高，正準備丟擲出去，但波西促使它們腳下的水管爆開，晃動了那裡的地板。傑生送出一陣強風，襲向艾非亞特士的胸部，這個紫髮巨人便往後面跌下去。歐杜士再也抓不住假山，於是假山掉下來，正好砸到他兄弟的頭頂。艾非亞特士只剩腳上的蛇有機會露出來，蛇頭拚命亂竄，像是在找身體的其他部分究竟去了哪裡。

群眾給予肯定地瘋狂叫喊，但波西認為艾非亞特士可能只是受到驚嚇，他們能把握的好時光最多只有幾秒。

「嘿，歐杜士！」他叫：「胡桃鉗夾住！」

「啊！」歐杜士抓起他的長槍丟出去，但他憤怒到沒有好好瞄準，長槍被傑生擋住，飛過波西頭上後就墜入湖裡。

混血人朝水邊退後，一邊叫囂一些詆毀芭蕾舞的話。這其實有點冒險，因為波西懂的根本不多。

歐杜士空手衝向他們，他顯然還沒有特別意識到兩件事：一，他兩手空空；二，衝向一片水域去和波塞頓的兒子打架也許不是個好主意。

來不及了，他想要停下來。混血人往兩邊滾開，傑生召喚風，利用歐杜士本身的動能將他一把颼進水裡。當歐杜士掙扎著要浮起來，波西和傑生兩人合力攻擊他。他們一起奔向巨人，兩把長劍劃向歐杜士的頭。

這可憐的傢伙甚至還沒有機會踮腳轉一圈，就爆開變爲粉塵，浮散在湖水表面，看起來好像剛倒入一大包的飲料沖泡粉。

波西又攪動湖水，製造漩渦。歐杜士的粉塵嘗試重組，然而他的頭才浮出水面，傑生便召喚閃電，將他再次劈爲細碎塵灰。

截至目前爲止進行順利，但他們無法讓歐杜士永遠維持在粉末狀態。地面下的打鬥已經讓波西有些疲倦，他被槍柄打到的胃部依然在疼痛。他感覺自己的力氣愈來愈虛，可是他們還有一個巨人得處理。

就在此時，他們身後的假山爆炸了。艾非亞特士升起並怒火熊熊地咆哮。

波西和傑生靜待他走來，他的長槍已握在手上。很顯然地，被假山壓扁只是激發出他更多的能量。他的眼睛舞動殘忍的光芒，髮辮上的錢幣閃耀在午後陽光下，就連他腳上的蛇也顯得憤怒萬分，露出毒牙嘶嘶喘息。

傑生召喚另一道閃電攻擊，但艾非亞特士用長槍接住閃電，把它打向旁邊，一隻真實尺寸的塑膠牛瞬間熔解。他打飛擋住他前進的一根石柱，好像那只是一堆積木。

波西想要讓湖水繼續翻騰，他不希望歐杜士再度升起加入戰局，但是艾非亞特士快速接近，離他不到幾公尺，波西勢必要轉換重點。

傑生與他迎向巨人的攻擊。他們撲到艾非亞特士身邊，黃金劍與青銅劍飛也似地揮舞戳刺，但巨人閃過他們的每一次出招。

「我絕不退讓！」艾非亞特士怒吼，「你們也許破壞了我的場景，但蓋婭還是會毀滅你們的世界！」

波西衝出去，一刀將巨人的長槍切成兩半。艾非亞特士毫不退卻，他蹲低利用手上鈍的這一頭去打波西，波西摔了出去，持劍的手臂重重落地，波濤劍被震離他的掌握。

傑生想要利用這個時機，他往巨人貼身靠近，直接刺擊他的胸部。但艾非亞特士想辦法避開了這一擊，還以長槍尖端回劃傑生胸部，把他的紫色T恤變成背心。傑生步伐踉蹌，低頭看著胸骨下方的細細滲血線條，這時艾非亞特士一腳把他往後踢開。

在上面的帝王包廂裡，派波尖叫出聲，然而她的聲音被全場觀眾的呼聲淹沒了。巴克斯帶著驚奇的微笑繼續觀看，津津有味地吃著整包的玉米脆片。

艾非亞特士逼近到波西和傑生身邊，兩手各拿半截長槍指向他們兩人的頭。波西用劍的那隻手是麻木的，傑生的羅馬劍也飛到競賽場的另一邊，他們的計劃失敗了。

波西朝上看著巴克斯，心裡在想最後要對這位無用的酒神罵些什麼話，就在這時，他看見競技場上方天空出現一片陰影，一個巨大的黑暗卵圓形物體快速下降中。

湖水那頭的歐杜士突然出聲，想要提醒他兄弟，但那張成形到一半的臉孔只能叫得出：「嗯……嘛……哞……！」

「別擔心，兄弟！」艾非亞特士說，他的目光仍然定在兩個混血人身上。「我一定會讓他們很痛苦的！」

阿爾戈二號在空中轉向，呈現砲口這一側，然後大砲射出了綠色火光。

「說眞的，」波西說：「人要提防背後。」

艾非亞特士轉過身去，他和傑生立刻滾開，剩下巨人留在原地不可置信地呼喊。

就在波西掉進壕溝時，爆炸撼動了整座競技場。

他再度爬出來，阿爾戈二號已經準備降落。傑生從一個充當臨時炸彈庇護所的塑膠馬匹後面冒出頭來，艾非亞特士則躺在競賽場地上呻吟，身體已被烤黑。他附近的沙子被加熱到呈現出玻璃般的光澤，顯然是希臘火藥的威力。歐杜士還在湖中掙扎，拚命想重組成形，但他的臂膀以下看起來像是燒焦的燕麥糊。

波西蹣跚走向傑生，拍拍他的肩膀。全體鬼魂觀眾起立，給予他們熱烈的掌聲。阿爾戈二號也在此時放下降落機件，在競賽場中央停妥。里歐站在舵輪前，海柔和法蘭克守在他兩邊微笑。黑傑教練則在發射台狂舞，對空中擊拳吶喊道：「我就說會這樣嘛！」

波西轉頭看著帝王包廂。「怎樣？」他對巴克斯喊：「這樣有娛樂到你了嗎？你這個酒氣沖天的小……」

「不用再說了。」突然間，酒神已經現身在競賽場中，就站在他身旁。他拍掉紫色長袍上的玉米脆片碎屑。「我已經決定，你們的確是這一場打鬥中值得的合作對象。」

「合作對象？」傑生抱怨說：「你什麼都沒做耶！」

巴克斯走向湖邊，湖水立刻乾涸，留下歐杜士的頭浮在一片爛糊上。巴克斯走到湖底，抬頭看著群眾，然後高舉權杖。

群眾們發出譏笑、謾罵，大拇指紛紛往下比。波西從來就搞不清楚這樣的意思是要讓他活、還是讓他死。他兩種都有聽到。

巴克斯做出更具娛樂性的選擇。他用松果飾頂的權杖痛打歐杜士的頭，那一大坨燕麥糊頃刻間消失得無影無蹤。

群眾陷入瘋狂。巴克斯爬出湖區，朝艾非亞特士走去。此時艾非亞特士依然成大字型癱臥在地上，烤焦的身體不斷冒煙。

又一次，巴克斯高舉權杖。

「殺了他！」群眾狂喊。

「不要！」艾非亞特士嗚咽。

巴克斯敲敲巨人的鼻子，艾非亞特士瞬間化為灰燼。

巴克斯高舉勝利的雙手繞場一周，鬼魂群眾齊聲歡呼，灑下繽紛的鬼界彩帶，為了天神的威望欣喜若狂。巴克斯對著混血人微笑，「我的朋友，剛剛那個才是眞正的表演！還有，我當然有做事啊，我殺了兩個巨人！」

當波西的朋友開始下船，鬼魂觀眾都在閃爍之間消失離開。派波和尼克辛苦地從帝王包廂走下來，因為競技場的魔法整修也已化為霧氣。除了競賽場的地板仍然堅實，其他地方看起來就像是已經百萬年沒有舉辦過半場巨人殺戮競賽。

「嗯，」巴克斯說：「剛才很有趣。現在你們擁有我的允許，可以繼續你們的旅程了。」

「你的允許？」波西吼說。

「是的。」巴克斯挑起一邊的眉毛。「不過『你』的旅程會比你預期的辛苦一點，涅普頓之子。」

「是波塞頓。」波西自動糾正他。「你說『我的』旅程是什麼意思？」

「你們可以試著停到艾曼紐建築後面，」巴克斯說：「那是最容易突破的地方。現在，我的朋友，再會了。還有，嗯，另外那件小事也祝你們好運。」

天神消失在一團霧氣間，空氣中只剩淡淡的葡萄汁香氣。傑生跑去和派波、尼克會合。黑傑教練走向波西。海柔、法蘭克和里歐跟在他後面。「那個是戴歐尼修斯嗎？」黑傑教練問：「我愛死那傢伙了！」

「你們都活著！」波西對其他人說：「巨人說你們都被困住了。究竟發生了什麼事？」

里歐聳聳肩。「喔，就是另一個里歐．華德茲的精采計劃呀。你會很驚奇我們做到了哪些事，就憑著一個阿基米德的球體、一個可以感應地下狀況的女孩和一隻鼬鼠。」

「我就是鼬鼠。」法蘭克臉色無光地說。

「基本上，」里歐開始解釋，「我啓動一個液壓螺絲鑽，是利用阿基米德的某個儀器辦到的，等我把那個東西裝到船上之後一定會很棒。總之，海柔感應到最容易鑽出地面的路徑，我們就弄出一個足以讓鼬鼠通行的隧道，讓法蘭克爬出去。法蘭克帶著一個我隨便做出來的發報機，想辦法攔截到黑傑教練最愛看的衛星頻道，告訴他把船開過來附近救我們。等他找到我們之後，要找你們就容易了，多虧天神在圓形競技場放的那場燈光秀啊。」

波西聽懂了里歐版本故事的十分之一，但他決定不再追問，因為還有更迫切的問題。「安娜貝斯在哪裡？」

里歐臉部抽搐。「啊，這個嘛……我們猜想，她還是處在麻煩中。或許是受傷了，腳骨折吧。至少蓋婭給我們看的情形是如此，我們的下一站就是去拯救她。」

兩秒鐘前，波西還覺得自己快垮了，但現在另一波腎上腺素又湧流他的全身。他眞想扭斷里歐的脖子，問他爲何不讓阿爾戈二號先去救安娜貝斯。但他再想想，這樣講聽起來好像太忘恩負義。

「告訴我你們看到的影像，」他說：「告訴我每個細節。」

地面在震動。地上的木板條開始消失，上面的砂礫墜入地下墓穴。

「我們上船再說，」海柔建議，「最好在還能起飛時快走吧。」

他們飛出圓形競技場，往南航行過羅馬城的上方。

在競技場周圍，整個交通都打結了。一大群凡人聚集在一起，也許在疑惑古蹟裡面發出的奇怪聲光是什麼。在波西能夠見到的範圍裡，巨人的驚悚毀滅計劃沒有一個實現，整座城市看起來和之前都一樣，似乎沒有人注意到有艘古希臘大戰船上升到空中。

所有混血人都集中到舵輪附近。傑生幫派波扭到的肩膀紮上繃帶，海柔坐在船尾餵尼克吃神食。這位黑帝斯之子幾乎抬不起頭來，說話的聲音也極爲微弱，每次他要講話，海柔必須靠過去聽。

法蘭克和里歐開始詳述在那間充滿阿基米德球體的工坊裡發生的事，以及蓋婭在銅鏡中顯示的影像。他們很快做出決定，要尋找安娜貝斯最佳的線索，應該就是剛才巴克斯隱晦的暗示：艾曼紐建築之類的地方。法蘭克在舵輪電腦打進這幾個字，里歐則狂亂地敲著他的控制面板，喃喃唸著：「艾曼紐建築，艾曼紐建築。」黑傑教練也想幫忙，拿著一張顛倒的羅馬市街圖揉來揉去。

波西跪到傑生和派波身旁。「你的肩膀還好嗎？」

派波露出微笑。「很快就會好的。你們兩個做得眞棒。」

傑生用手肘頂頂波西。「你和我，還算不錯的搭檔。」

「比在堪薩斯騎馬打架好多了。」波西同意說。

「就是那裡！」里歐大叫，指著他的顯示器。「法蘭克，你太厲害了！我來設定航線。」

法蘭克拱起肩膀。「我只是記下螢幕上的名字，有一些中國遊客在網路地圖中做了標記。」

里歐對其他人微笑。「他會看中國字。」

「只有一點點啦。」法蘭克說。

「這實在太酷了吧？」

「各位，」海柔打岔說：「我很不想要打斷你們表達崇拜的談話，不過你們應該來聽聽這個。」

她扶著尼克站起來。尼克的臉色向來很蒼白，但是他現在的膚色完全就和奶粉一樣。他凹陷的深色眼睛讓波西想到那些被釋放的戰俘照片，基本上，波西認爲尼克經歷過的應該也差不多吧。

「謝謝。」尼克喘著氣說，他眼神緊張地看著這群人。「我已經放棄希望了。」

過去幾週，波西曾經想像當他再次遇到尼克時，會怎樣說出一堆尖刻憤恨的話。但現在這個人看起來如此脆弱哀傷，波西的怒氣也不大集結得起來。

「你已經知道有兩個營區存在，」波西說：「你可以在我到達朱比特營的第一天就告訴我，可是你沒有。」

尼克垂靠著舵輪。「波西，我很抱歉。我是在去年發現朱比特營的，因爲父親帶領我過去那裡，但我不知道他這麼做的原因。他告訴我，天神將兩邊隔離了好幾個世紀，所以我也不可以將這件事告訴任何人，時機不對。可是他又說，讓我知道是很重要的……」他彎下腰來連咳了好幾聲。

海柔扶住他的肩膀，直到他能重新站好。

「我……我以爲父親這樣說是因爲海柔，」尼克繼續說下去，「我需要一個安全的地方讓她去。可是，現在……我想他希望我能知道兩個營區的存在，這樣我就能理解你們任務的重要，因此我可以去找死亡之門。」

空氣瞬間出現電流，是眞的。傑生身上開始冒出零星火花。

「你發現那些門了嗎？」波西問。

尼克點點頭。「我是個笨蛋。我以爲自己可以在冥界任意走動，卻直接走入蓋婭的陷阱。或許是我已經厭倦要一直跑出黑洞吧。」

「嗯……」法蘭克咬著嘴唇，「你說的是哪一種黑洞？」

尼克要開口，但他要說的事情想必太過可怕，他轉頭看海柔。

海柔把手放到弟弟的臂膀上。「尼克告訴我，死亡之門有兩邊，一邊在凡人的世界，一邊在冥界。凡人的出入口是在希臘，蓋婭派重兵守在那裡，他們也是從那裡把尼克帶回上面的世界，再把他送到羅馬來。」

派波一定相當緊張，因爲她的富饒角竟吐出一個起司漢堡。「這個入口是在希臘的哪個地方？」

尼克顫抖地深吸一口氣。「『冥王之府』，那是一座位於伊庇魯斯的地下神殿。我可以在地圖上畫出它的位置，但是……但是凡人這一頭的入口並不是問題。在冥界那一邊，死亡之門是在……在……」

波西感覺就像有雙冰冷的手在他背上做出蜘蛛往下爬的動作。

一個黑洞。冥界裡一個無法逃離的區塊，連尼克．帝亞傑羅也不能去的地方。為什麼波西之前沒有想到呢？他曾經非常接近那個地方，至今仍有關於它的惡夢。

「塔耳塔洛斯，」波西猜測說：「位在冥界的最深處。」

尼克點點頭。「他們把我推入那個洞，波西。我在那下面看到的……」他的聲音破了。

海柔抿著嘴。「沒有凡人曾經去過塔耳塔洛斯，」她開始解釋，「至少，沒有人去過那裡又能活著回來。那裡是黑帝斯最嚴密保全的監獄，所有古老的泰坦巨神和天神敵人都被監困在那邊；所有世上怪物死亡後的去處，也是在那裡。它是……嗯，沒有人知道它確實的情況是怎樣。」

她的眼光移到弟弟身上，還有一句沒講出的話是：「除了尼克以外。」

海柔把他的黑劍交給他。

尼克靠到劍上，好像老人家仰賴著自己的拐杖。「現在我了解黑帝斯爲何無法關上那些門了。」他說：「就連天神也不進去塔耳塔洛斯，即使是死神桑納托斯，也不會接近那個地方。」

里歐看了一下舵輪。「所以讓我猜猜看，我們到時候得過去那邊。」

尼克搖搖頭。「不可能的。我是黑帝斯的兒子，連我都差點無法存活。蓋婭的力量一下子就壓過我，他們在下面的力量強大到……沒有混血人有半點機會。我幾乎快瘋掉了。」

尼克的眼睛彷彿碎掉的玻璃。波西不禁哀傷地懷疑，尼克的內在是不是也有某處永久破裂了。

「那我們就航行到伊庇魯斯，」波西說：「我們可以只關掉這一邊的門。」

「我也希望能這麼簡單，」尼克說：「這些門需要由兩邊一起控制才有辦法關起來，就像是雙層密封。或許，真的只是或許，你們七個集合起來可以從凡人這頭打敗蓋婭的勢力，也就是在冥王之府這邊。但除非你們能有一組人同時在塔耳塔洛斯那邊作戰，一組強到足以在怪物地盤上打敗怪物軍團……」

「一定有辦法的。」傑生說。

沒有人自願提出精采的計劃。

波西覺得胃在下沉。然後他才明白是整艘船都在下降，目標是一座形似宮殿的建築。

安娜貝斯。尼克的消息太可怕了，以至於波西竟然一時忘記安娜貝斯仍然身處險境，這讓他心底浮現不可置信的罪惡感。

「我們晚一點再來思考塔耳塔洛斯的問題，」他說：「那個就是艾曼紐建築嗎？」

里歐點點頭。「巴克斯說後面有停車場是嗎？咦，就是那邊。所以現在呢？」

波西記得他的夢裡有一個黑暗的房間，邪惡的嗡嗡怪物聲音就是女士大人。他記得安娜貝斯從遇到蜘蛛的桑特堡出來時的樣子有多麼震驚，他開始懷疑下面那個神殿裡的東西會是什麼……真正的蜘蛛之母。如果他想得沒錯，安娜貝斯已經被單獨困在下面幾個小時了，腳還骨折……此時此刻，他根本不在乎這個任務是否必須讓她單獨行動。

「我們一定要把她救出來。」他說。

「嗯，沒錯，」里歐同意，「但是，嗯……」

他看起來是想說：「萬一已經太遲了呢？」

但他極有智慧地轉換話題。「那裡眞的有一片停車場。」

波西看看黑傑教練。「巴克斯說過有什麼要『突破』的事。教練，你還有大砲需要的彈藥嗎？」

羊男先生笑得像一隻狂野的山羊。「我還以爲你永遠不會問呢。」

49 安娜貝斯

安娜貝斯已經到達恐懼極限。

她被那些大男人主義的老鬼攻擊，還跌斷自己的腳踝。她在蜘蛛大軍追擊下跨過一個大裂口。現在，她拖著那包覆在幾塊木板與一團氣泡紙中的腳踝，處在極度的痛楚中。身上除了一把匕首沒有任何武器的她，直接面對半身是蜘蛛的怪物阿拉克妮，這個怪物想要殺死她，還要做一張她死亡情景的編織掛毯。

過去幾個小時，安娜貝斯發抖、冒汗、啜泣，她忍住了多少的眼淚，身體已經連害怕都要放棄了，腦海裡好像在說：「好吧，抱歉，我已經夠害怕了，不能變得更加害怕。」

所以，安娜貝斯轉而開始思考。

這個怪物是從覆滿蜘蛛網的雕像頂端一路移動下來的。她從一縷紗晃到另一縷紗，開心地嘶嘶叫，四隻眼睛都在黑暗中發亮。她若非不趕時間，就是行動緩慢。

安娜貝斯希望她是行動緩慢。

並非這事有多重要。安娜貝斯完全不能跑，而她也不認爲自己在打鬥中會有任何機會。阿拉克妮的體重可能有上百公斤，那些帶著鉤刺的腳非常適合捕捉與殺死獵物。再說，阿拉克妮可能還擁有其他可怕的力量——充滿劇毒的啃咬，或者像古代希臘蜘蛛人的蛛網吊掛力。

不行，打鬥不是答案。

那就剩下智力與詭計。

在古老傳說中，阿拉克妮曾經因為驕傲而陷入麻煩。她誇耀自己的編織能力勝過雅典娜，才引出奧林帕斯山的第一場實境電視懲罰節目《你以為你編得比女神好？》，阿拉克妮輸得非常慘。

安娜貝斯對自傲有一些體會，因為那也是她的致命弱點。她必須常常提醒自己，不可能每件事都單獨完成，她不見得永遠是每個工作中最強的人。有時她的視野會突然狹隘，忘記別人的需要，連波西也會被她忘掉。還有，一講到她喜愛的話題，她就非常容易分心。

但是她可以利用這個弱點來對付這隻蜘蛛嗎？如果她可以拖延時間的話……雖然她不知道拖延時間能幫上什麼忙。她的朋友不可能找到她，就算他們知道該去哪兒找。援兵不會來，不過，拖延總比等死好。

她試著展現冷靜的表情，這對腳踝骨折的人並不容易。她跛著走向最接近的掛毯，那是一幅古羅馬城的風光圖。

「真叫人讚歎呀，」她說：「告訴我這塊織錦的故事吧。」

阿拉克妮的嘴唇在下巴上方捲曲起來。「你為什麼在乎？你都快死了。」

「啊，是呀。」安娜貝斯說：「但是你捕捉光線的方式實在太美妙了，你是用真正的金線來編織陽光的光束嗎？」

這幅編織作品確實令人驚豔，安娜貝斯不需要假裝自己印象有多深刻。

阿拉克妮露出了得意的微笑。「不，孩子，不是用金線。我自己混色的，把深色調的拿來和鮮豔的黃色做對比，這樣就能夠展現出立體的效果。」

「太美了。」安娜貝斯的腦袋分裂成兩個思考層次，一個在繼續對話，另一個則瘋狂搜尋計劃著存活的可能，可是現在依然還沒有想法浮出。阿拉克妮只被擊倒過一次，就是雅典娜擊倒的，那次的經驗包含著天神魔法與編織競賽中不可思議的技巧。

「所以……」她說：「你自己看過這個景色嗎？」

阿拉克妮發出嘶聲，嘴巴以不大吸引人的方式吐出白沫。「你在努力延緩你的死亡，那是沒用的。」

「不，不是的，」安娜貝斯堅持說：「我只是覺得這些美麗的掛毯不能被大家看見，眞的很可惜。它們應該屬於博物館，或者……」

「或者什麼？」阿拉克妮問。

安娜貝斯的腦海已經迅速浮現一個瘋狂的點子，就像她母親從宙斯頭上迸出來一樣。

「沒事，」她若有所思地嘆息，「是個愚蠢的想法，太不可能了。」

阿拉克妮急急地往下移動，停到了雕像上女神盾牌的頂端。從這樣的距離，安娜貝斯可以聞到蜘蛛的氣味，像是整間麵包店放了任由它腐爛一個月的糕點。

「什麼？」蜘蛛追問：「到底是什麼愚蠢的想法？」

安娜貝斯必須強迫自己不要退縮。不管有沒有摔斷腿，她體內的每條神經都在傳送恐慌，告訴她要遠離盤旋於上方的巨大蜘蛛。

「喔……只是我被賦予要重新設計奧林帕斯的責任，」她說：「你知道的，就是泰坦大戰之後的事。我大部分工作都完成了，可是我們還需要很多品質夠好的公共藝術。比如說，眾神的王座廳……我在想，如果你的作品能放到那裡去，會有多完美啊，而且奧林帕斯眾神才終於能了解你的天分有多高。不過，就像我說的，只是個愚蠢的想法。」

阿拉克妮多毛的腹部顫動了，她的四顆眼睛發亮，卻好像每顆都在想不同的事，並試著把這些事編在一張和諧的網上。

「你在重新設計奧林帕斯，」她說：「我的作品……在王座廳。」

「嗯，還有其他地方。」安娜貝斯說：「主要大堂就可以掛上好幾幅，描繪希臘風光的那幅，一定會讓九位謬思女神愛得不得了。我很確定，天神們會為了你的作品互相爭執，他們得要競賽來決定你的掛毯可以掛在誰的宮殿。我猜啦，除了雅典娜以外，其他天神都沒有眞的看過你的作品吧？」

阿拉克妮緊閉起下巴。「幾乎沒有。在古時候，雅典娜把我最好的作品都撕毀了。你瞧，我的編織畫是用比較率眞的方式來描繪天神，但你的母親不欣賞這種方式。」

「寧願偽善。」安娜貝斯說：「天神自始至終都喜歡互相取笑，所以我想訣竅是要挑一個天神與另一個作對。比如說阿瑞斯，他一定會喜歡一張取笑我母親的掛毯。他總是很討厭雅典娜。」

阿拉克妮的頭斜抬到一個不自然的角度。「你會做不利你自己母親的事？」

「我只是告訴你阿瑞斯會喜歡什麼東西，」安娜貝斯說：「至於宙斯，他就會喜歡取笑波塞頓的作品。喔，我很確定一旦奧林帕斯眾神看到你的作品，他們就會了解你有多了不起，我就得要仲裁一場拍賣大戰。講到不利於我母親這件事，為什麼不行呢？她把我送到這裡來找死，不是嗎？上一次我在紐約看到她時，她根本不認我。」

安娜貝斯告訴她自己的故事，把那些苦痛和悲傷都說給她聽。顯然她說得非常眞切，蜘蛛並沒有襲擊她。

「這就是雅典娜的本性，」阿拉克妮嘶嘶地說：「她連自己的女兒都拋棄。那個女神絕對不會允許我的作品掛在天神的宮殿裡。她一直忌妒我。」

「不過想像一下，你終於可以復仇了。」

「殺了你就可以！」

「也對，」安娜貝斯抓抓她的頭，「或者……讓我當你的經紀人。我可以把你的作品送進奧林帕斯山，可以安排展覽給其他天神看。等到我母親發現時，就已經太晚了。眾神將有機會看到你的作品才是比較好的。」

「你承認了！」阿拉克妮尖叫。「雅典娜的女兒承認我的作品比較好！喔，能親耳聽到這句話，眞是太棒了。」

「那可還有一堆好處，」安娜貝斯指出來，「如果我死在這裡，你繼續活在黑暗之中。蓋婭會毀滅天神，然後永遠沒有人知道你才是更厲害的編織者。」

蜘蛛嘶嘶狂叫。

安娜貝斯很怕母親會突然出現，咒罵她一些糟糕可怕的話。每個雅典娜的小孩學到的第一堂課就是：媽媽做每一件事都是最棒的，你絕對、絕對不可以有其他建議。

但沒有任何糟糕的事發生，或許雅典娜理解安娜貝斯說這些話只是爲了求生存。又或者雅典娜自己的狀況很不好，在希臘和羅馬兩種人格中精神分裂，根本無法搭理這件事。

「不行有這種情形，」阿拉克妮轟轟鳴叫：「我不允許它發生。」

「這個……」安娜貝斯移動一下，試著讓重量不要壓在受傷的腿上。地面又出現一道新的裂痕，她跛著後退。

「小心！」阿拉克妮大喊：「幾世紀以來，這間神殿的地基已經被吃掉大半了！」

安娜貝斯的心跳幾乎暫停，「被吃掉？」

「你無法想像我們的下方有多少的恨意在沸騰燃燒。」蜘蛛說：「那麼多的怪物懷抱惡狠狠的想法，都想要接近雅典娜的帕德嫩來毀滅它。我結的網是唯一能讓整個房間維繫在一起的東西。孩子！你踩錯了一步，就會一路墜落到塔耳塔洛斯去！而且相信我，那可不像死亡之門，它是一條有去無回的單向旅程，是一個非常猛烈的摔落！在你告訴我要如何處理我作品的計劃前，我不會讓你死的。」

安娜貝斯彷彿吃到了鐵鏽。一路墜落到塔耳塔洛斯？她努力保持專注，可是聽著地板不斷裂開與碎石崩入虛空的聲音，要專心並不容易。

「好，計劃，」安娜貝斯說：「嗯……就像我剛剛說的，我很樂意將你的掛毯送去奧林帕斯，在各處懸掛，你可以永生永世向雅典娜炫耀你的傑作。但唯一可以做到的方式是……不，那太困難了，你最好還是繼續這樣下去、殺掉我好了。」

「不行！」阿拉克妮尖叫，「我無法接受！沉思苦想已經無法再帶給我任何快樂了，我一定要讓我的作品掛到奧林帕斯去！有什麼是我一定要做的？」

安娜貝斯搖搖頭。「對不起，我實在不該提起任何事的。把我推進塔耳塔洛斯就好了。」

「我拒絕！」

「你別胡鬧，殺了我吧。」

「我不接受你的命令！告訴我該做什麼事！或者……或者……」

「或者你還是要殺我？」

「對！不對！」蜘蛛前腳按著自己的頭。「我一定要在奧林帕斯山展示我的作品。」

安娜貝斯試著壓抑自己的興奮，她的計劃或許有可能實行……但她依舊要說服阿拉克妮去做一件不可能的事。她想起法蘭克曾經給她的一個忠告：「讓事情單純。」

「我想我可以拉一些線吧。」她讓步了。

「我超擅長拉線的！」阿拉克妮說：「我是蜘蛛呀！」

「是的，不過要讓你的作品去奧林帕斯山展示，我們需要適當的測試。我得要推展這個想法，送進計劃書，做完整的介紹。嗯……你有沒有大頭照？」

「大頭照？」

「光面黑白……喔，算了。測試作品是最重要的事情，這些掛毯是完美的傑作，但天神需要非常非常特別的東西，某種可以展現你極致天分的東西。」

阿拉克妮怒吼：「你是說這些還不是我最好的作品嗎？你想和我挑戰一場比賽嗎？」

「喔，不是的！」安娜貝斯笑起來。「和我比賽？喔，拜託，你比我厲害太多了！要比賽也只能和你自己比賽，看你是否眞的有資格去奧林帕斯山展示你的作品。」

「我當然有！」

「是的，我當然也是這麼想。但測試這種事，你知道……它就是正式的程序，恐怕那會非常困難。你確定不想乾脆殺掉我就好？」

「不准再說這個！」阿拉克妮尖銳地喊說：「我到底該做什麼？」

「我拿給你看。」安娜貝斯把背包從肩膀上拿下，掏出代達羅斯的電腦，打開來看。一個希臘字母的標誌在黑暗中發光。

「那是什麼？」阿拉克妮問：「是一種織布機嗎？」

「某方面來說是吧，」安娜貝斯回答：「它是用來顯示編織概念的，會顯示你要做的作品的圖解。」

她的手指在鍵盤上抖動，阿拉克妮下降到她肩膀上方直接觀看。安娜貝斯無法不去想那些針狀牙齒是多麼容易就可以刺進她的頸部。

她打開立體圖形影像程式。她前一次的設計圖案還在，就是安娜貝斯計劃的關鍵，得自於史上最不可能的詩人法蘭克．張的靈感。

安娜貝斯做了一些快速計算，她增加模型的大小，然後給阿拉克妮看要如何打造，用一縷縷的材料編織成粗線，粗線再編織成一個長條形的圓柱體。

螢幕的金色光線映照著蜘蛛的臉孔。「你要我編出那個東西？那根本不算什麼！那麼小又那麼簡單！」

「眞實的尺寸會大很多。」安娜貝斯警告她。「你有看到要求的尺寸嗎？基本上它要夠大才能贏得天神的好印象。它看起來也許很簡單，但結構擁有不可思議的特質。你的蜘蛛絲會是最完美的材料，柔軟有彈性，卻又堅實如鋼鐵。」

「我看看……」阿拉克妮皺起眉頭，「但這根本不是個掛毯。」

「所以說它是個挑戰，它超出你感覺自在的範圍。像這樣的作品是一個抽象的雕塑，就是天神在尋找的東西。它會豎立在奧林帕斯王座廳的入口大堂，每個訪客都會看到。你就能永世留名了。」

阿拉克妮的喉頭發出不滿意的聲響，安娜貝斯看得出她並不想玩這個點子。她開始感覺手掌冰冷又冒汗。

「這會用到一大堆的網，」蜘蛛抱怨說：「比我一年能做的量還要多。」

安娜貝斯就是在希望這件事，她已經把數量和尺寸都計算好了。「你可以解開雕像，」她說：「重複使用那些絲線。」

阿拉克妮似乎想反對，但安娜貝斯對著雅典娜．帕德嫩揮揮手，彷彿它根本沒什麼重要性。「什麼事情是現在比較重要的？是掩護那個老雕像，還是證明你的藝術傑作舉世無雙？當然，你必須以不可思議的謹慎態度去做，你必須留下足夠的網來支撐整個房間。如果你覺得這樣太困難……」

「我沒那麼說！」

「好吧，只是因爲……雅典娜說過，對任何編織者來說，要創造出這樣的編織作品根本是不可能的事，連她自己都辦不到。所以如果你認爲自己不行的話……」

「雅典娜那樣說？」

「是呀，對。」

「太可笑了，我可以做！」

「太好了！但你必須立刻開始做，一定要趕在奧林帕斯眾神選上別的藝術家作品之前。」

阿拉克妮低吼：「女孩，如果你敢玩弄我……」

「我就在這裡當你的人質，」安娜貝斯提醒她，「我又不可能去別的地方。一旦你的雕塑作品完成了，你也會承認那是你做過最神奇的傑作。如果不是的話，我會開心受死。」

阿拉克妮遲疑一下。她的鉤刺腳是如此接近，隨便一揮就可以刺昏安娜貝斯。

「好，」蜘蛛說：「最後一個挑戰，和我自己比賽！」

阿拉克妮爬上她的蛛網，開始解開雅典娜．帕德嫩。

50 安娜貝斯

安娜貝斯失去對時間的感覺。

她可以感覺到先前吃下的神食開始逐漸發揮對腳的修復效果，然而傷處的疼痛依舊明顯，甚至會一路抽痛到頸部。在所有的牆上，小蜘蛛成群在黑暗中急走，彷彿在等待女主人的命令。也因爲上千隻小蜘蛛在掛毯後面快跑著，讓編織的景色移動得像風一樣。

安娜貝斯坐在不時剝落的地板上，想要保留一點體力。當阿拉克妮沒在注意她時，她便試圖用代達羅斯的電腦抓一點訊號來聯絡朋友，結果當然不如理想。這讓她無事可做，只能驚訝又驚恐地看著阿拉克妮工作。阿拉克妮的八隻腳用著催眠的速率在工作，她慢慢解開纏繞雕像的絲線。

在金色衣裝與亮白臉孔下，雅典娜·帕德嫩看起來比阿拉克妮還要可怕。它嚴厲地往下望，好像在說：「給我好吃的點心或別的東西。」安娜貝斯可以想像身爲古希臘人走進帕德嫩神殿，看到這尊巨大的女神雕像，一手拿著盾牌、長槍與巨蟒皮松，另一隻手握著帶翼的勝利之神妮琪，這樣就足以讓任何凡人嚇到衣服扭曲打結了。

不只這樣，這尊雕像還散射出力量。當雅典娜的束縛被逐漸解開時，周遭的空氣開始變得溫暖，她象牙白的膚色也發出生氣的亮光。整個空間裡的小蜘蛛都鼓譟起來，開始往門口處撤退。

安娜貝斯猜測，阿拉克妮的網子以某種方式遮蔽、抑制了雕像的魔法。現在它自由了，雅典娜．帕德嫩的魔法能量充盈著整個空間。幾世紀以來的膜拜者與燃燒的獻禮讓它有辦法重現，雅典娜的力量也灌入其中。

阿拉克妮似乎沒在注意，她不斷自言自語，數著絲線的長度，估算這個計劃還需要多少的線。每當她猶豫遲疑，安娜貝斯就出聲鼓勵她，提醒她掛毯放到奧林帕斯山會有多漂亮。

雕像散發出更多的溫暖與亮度，安娜貝斯也開始將這間神殿看得清楚一點。這個羅馬磚石建築曾經亮白如洗，之前阿拉克妮的受害者殘骨與她的食物都掛在網上，而有一條最主要的絲線纜繩是連接著地面與天花板。安娜貝斯看到自己腳下的磁磚是多麼脆弱，僅僅靠著單薄的蛛網覆蓋，彷彿一塊紗布支撐住破碎的鏡子。不論何時，只要雅典娜．帕德嫩輕微地動一下，更多裂痕便延展出來，在地面繼續加寬。在某些地方，裂縫缺口已經大到像下水道的出口。安娜貝斯幾乎希望房間再回到黑暗之中，因為即使她的計劃成功了、可以打敗阿拉克妮，她也不知道該如何活著離開這個地方。

「這麼多絲線，」阿拉克妮自言自語，「我可以做二十條掛毯……」

「繼續做！」安娜貝斯往上叫喊：「你目前做得非常好！」

蜘蛛繼續工作，就在經過了幾乎是永遠的時間後，一整山發亮的絲線堆積在雕像腳邊。房間的牆面依舊包覆著蜘蛛網，撐住這整個房間的支撐纜繩也沒受到影響，但雅典娜．帕德嫩解脫束縛了。

「請你醒過來，」安娜貝斯在心中祈求雕像，「母親，幫幫我。」

沒有任何事發生，但地板的龜裂似乎散布得更加快速。根據阿拉克妮所說，那些想法惡毒的怪物幾世紀來都在啃食這裡的基礎，如果那是眞的，這個自由的雅典娜·帕德嫩或許會吸引更多塔耳塔洛斯怪物的注意。

「這個設計，」安娜貝斯說：「你需要更快一點。」

她抬起電腦螢幕給阿拉克妮看，但蜘蛛打斷她。「我記得一清二楚，孩子，我具有看清所有細節的藝術家眼光。」

「你當然有，但我們應該快一點。」

「爲什麼？」

「這個嘛……我們才可以向全世界介紹你的作品啊！」

「嗯，很好。」

阿拉克妮開始編織。要把絲線變成宛如長條的布是緩慢的功夫。房間撼動著，安娜貝斯腳下的裂痕變得更寬。

如果阿拉克妮看到了這些，她似乎也不在乎。安娜貝斯考慮過要想辦法把蜘蛛推進那個洞中，但她很快打消這個念頭。那個洞並不夠大，再說，如果地板崩塌了，阿拉克妮或許可以吊掛在她的絲網上逃離，而安娜貝斯和雕像卻會掉進塔耳塔洛斯。

漸漸地，阿拉克妮將絲線全部做成長條的粗繩，開始編織。她的技巧的確完美無瑕，安娜貝斯忍不住讚歎。她心中閃出一陣對母親的懷疑，萬一阿拉克妮眞的是比雅典娜還好的編織者呢？

但阿拉克妮的技巧不是重點。她是因爲驕傲與無禮而受到懲罰。不論你是個多麼厲害的人，你也不能一直侮辱天神。奧林帕斯的存在就是在提醒你永遠有人比你好，所以不可以有大頭症。然而……被永遠變成一個怪物般的蜘蛛，只為了處罰她吹牛，似乎是太過嚴苛了。

阿拉克妮工作得更加快速，把一股股粗繩合在一起。很快地，結構已經完成了。在雕像的腳邊躺了一個絲線編成的編織圓柱體，直徑有一公尺半，長度達三公尺，表面像海螺殼一樣閃亮。但是對安娜貝斯來說，它顯現的不是漂亮，而是功能。它是一個圈套，圈套只有在發揮功效時才會美麗。

阿拉克妮轉頭看她，露出飢渴的微笑。「完成了！現在，我的獎賞！證明給我看你可以做到你的承諾。」

安娜貝斯審視著這個圈套。她皺著眉頭，在它附近走動繞圈，從每個角度檢查編織狀況。然後，她小心注意自己骨折的那隻腳，用手與膝蓋趴下來，爬進圓柱體中。她在腦海裡做好計算，如果她搞錯了，一切計劃會搞砸。但她順利地滑過絲質隧道，沒有碰觸到側面。蜘蛛網織物有點黏性，但本來就不可能沒有。最後她從另外一頭爬了出來，搖一搖頭。

「裡面有個小瑕疵。」她說。

「什麼？」阿拉克妮尖叫，「不可能！我完全按照你的指示……」

「內側，」安娜貝斯說：「你自己爬進去看看，就在正中央，有一個編織上的瑕疵。」

阿拉克妮嘴巴冒出泡泡。安娜貝斯很怕自己要求太多，蜘蛛會打斷她的筋骨，她就成為蛛網上的另一副骸骨。

然而阿拉克妮卻是暴躁地移動八條腿。「我不會做錯。」

「喔，那只是很小的缺陷，」安娜貝斯說：「你應該可以修好的，但我只想要讓天神看到你最棒的作品。你聽好，進去裡面檢查，如果能修好，我們就帶這個去給奧林帕斯眾神看，你會成爲史上最有名的藝術家。他們可能會辭退九個謬思女神，請你來監管所有的藝術事業。阿拉克妮女神……眞的，我一點都不感到驚訝呢。」

「女神……」阿拉克妮的呼吸緩和下來。「對，對，我可以修好那個小瑕疵。」

她把頭探向隧道。「在哪邊？」

「就在正中間。」安娜貝斯鼓勵她。「你往前走，可能對你來說會有點擠。」

「我沒事的！」她打斷她的話，直接鑽進去。

如同安娜貝斯希望的，蜘蛛的腹部爬進去了，可是非常勉強。當她繼續往前行，編織的絲線根據她的體型延展開來，讓她得以通過。阿拉克妮一路進到裡面，最後連身上的吐絲器都進去了。

「我看不到瑕疵！」她宣布。

「眞的嗎？」安娜貝斯問：「咦，這就奇怪了。你先出來，讓我再進去看看。」

關鍵時刻。阿拉克妮扭動身體，試著要退出來，整個編織結構開始收縮，快速包住她。她試著往前扭動，但這個圈套已經卡住她的腹部，她也無法從那個方向出來。安娜貝斯本來擔心蜘蛛的鉤刺腳會刺穿絲質構造，不過阿拉克妮的腿被緊緊壓近身體，幾乎無法動彈。

「這是……這是什麼？」她喊著，「我被卡住了！」

「啊，」安娜貝斯說：「我忘了告訴你，這件作品叫做『中國手銬』，至少是它的擴大改良版，我稱它爲『中國蜘蛛銬』。」

「詭計！」阿拉克妮猛烈抽身、轉動並蠕動，然而陷阱只是將她愈包愈緊。

「這是存活之計。」安娜貝斯糾正她。「反正你都要殺了我，不管我幫不幫你，是嗎？」

「當然！你是雅典娜的小孩！」陷阱暫停不動。「我是說……不對，當然不對，我尊重我的承諾。」

「嗯哼。」安娜貝斯往後站，編織圓柱體又開始抽動。「通常這種圈套都是用竹條編織成的，但蜘蛛絲更棒，它可以快速抓住你，然後強韌到難以破壞，即使對你也一樣。」

「呸！」阿拉克妮轉動加扭動，安娜貝斯稍微退開一些。即使腳踝受傷，她還是可以勉強避開巨大的絲質手指圈套。

「我要毀掉你！」阿拉克妮發誓。「我的意思是……不，我會對你非常好，如果你能讓我出去的話。」

「如果我是你，我會省點力氣。」安娜貝斯深呼吸一口氣，這麼多個小時裡第一次可以喘息一下。「我要呼叫我的朋友。」

「你……你要叫他們來看我的作品嗎？」阿拉克妮充滿希望地問。

安娜貝斯環視房間，必須想個方法傳送伊麗絲訊息給阿爾戈二號。她的水瓶裡還有一些水，但如何在黑暗的洞中弄出可以製造彩虹的陽光和水氣？

阿拉克妮又開始拚命轉動。「你是呼叫你的朋友來殺我！」她尖叫著：「我不會死的，不會這樣死的！」

「冷靜下來，」安娜貝斯說：「我們會讓你活下去，我們只想要雕像。」

「雕像？」

「對。」安娜貝斯應該說到這裡就好了，可是她的恐懼已經轉成氣憤和厭惡。「我要擺在奧林帕斯山上最顯眼地方的作品是什麼？不會是你的作品。雅典娜．帕德嫩才屬於那裡，就在天神的中央公園裡。」

「不！不行！那太恐怖了！」

「喔，那不會馬上發生的，」安娜貝斯說：「首先我們要把雕像帶到希臘去，預言說它有能力幫助我們對抗巨人。那之後……嗯，我們也不能將它修復好就放回帕德嫩神殿，那會引起太多問題。還是放到奧林帕斯山比較安全，它可以聯合雅典娜的小孩，替羅馬與希臘混血人帶來和平。謝謝你這幾個世紀以來把它放在安全的地方，你替雅典娜做了一項了不起的服務。」

阿拉克妮尖叫，用力敲打絲質圓柱體。一縷絲線從她的吐絲器射出來，黏附到遠方牆壁的一面掛毯上。阿拉克妮收縮腹部，努力要擠出那個編織圓柱。她繼續滾動，不時噴出一些絲線翻倒魔法火盆，或把地上磁磚弄離地面。整個房間搖晃，掛毯開始燃燒，

「停止那麼做！」安娜貝斯試著從蜘蛛絲之間爬出一條路。「你會把整個洞穴都弄垮，我們兩個會一起死的。」

「總比見到你贏了還要好！」阿拉克妮大叫，「我的孩子，來幫我！」

喔，太好了。安娜貝斯一直期待雕像的魔法光環可以讓那些小蜘蛛遠離，但阿拉克妮不斷尖叫，要求牠們來幫忙。安娜貝斯想過要殺了這個蜘蛛女人，好讓她閉嘴，現在要用匕首會比較容易。可是她又猶豫是否要在怪物那麼無助時殺掉牠們，即使是阿拉克妮。再說，如果她刺向那個編織的絲質圈套，反而可能將它解開，阿拉克妮就有可能在安娜貝斯殺了她之前取得自由。

種種想法都來得太遲了。蜘蛛蜂擁進入洞穴，雅典娜雕像發出更多光亮，蜘蛛們顯然不

想靠近它，不過牠們慢慢往前移動，像是在鼓起勇氣，因爲牠們的母親正在尖叫請求支援。終於，他們大舉進入，攻向安娜貝斯。

「阿拉克妮，停止這些！」她大喊，「我會……」

阿拉克妮在她的監牢裡扭轉了一下，把腹部對準安娜貝斯的聲音。一股絲線襲向她的胸部，就好像一個重量級手套。

安娜貝斯摔倒，她的腳再度感到劇痛。她瘋狂拿著匕首揮擊蛛網，阿拉克妮卻把她一直拉往吐絲器。

安娜貝斯努力砍斷了絲線，趕快爬開，但所有小蜘蛛靠近包圍住她。她了解到自己盡最大努力做到的還是不夠。她出不去了，阿拉克妮的小孩將會殺死她，就在母親雕像的腳邊。

「波西，」她心想：「我很抱歉。」

就在此時，整個房間發出轟轟聲，洞穴頂端在一陣火光中爆了開來。

51 安娜貝斯

安娜貝斯以前見過許多怪事，但從來沒見過車輛雨。

當洞頂崩塌時，陽光照得她什麼都看不到。她稍微瞄到阿爾戈二號在上空盤旋。它一定是用了砲火直接在地面炸出一個洞。

一塊塊的柏油路面掉落進來，有的和車庫門一樣大，還有六、七輛義大利車也跟著摔進來。有一輛應該會打到雅典娜·帕德嫩，但雕像的光環好像形成一個力場，將那輛車彈開。不幸的是，它直接彈向安娜貝斯。

她往旁邊一跳，扭到了本來就受傷的腳。一波劇烈的痛楚幾乎讓她昏過去，但她轉回來躺著時，剛好見到一輛鮮紅色的飛雅特五百撞到阿拉克妮的絲質圈套，車子摔落到洞穴的地底下，中國蜘蛛銬也連帶消失無蹤。

當阿拉克妮掉落時，她尖叫到像是載貨火車要撞車了，不過她的哀號迅速消退。在安娜貝斯四周，有愈來愈多的殘骸物體撞穿地面，到處都在打洞。

雅典娜·帕德嫩仍然沒有損傷，然而它基座之下的大理石有一片星爆的裂痕。安娜貝斯身上覆滿蜘蛛絲，她拖著手臂與腳上的絲線移動，就好像一個牽線木偶人。神奇的是，這些殘骸不知爲何沒有一個打到她。她想要相信是雕像保護了她，雖然心裡覺得可能只是因爲運氣好。

蜘蛛大軍已經消失了，他們可能是退回黑暗之中，又或許是墜入無底裂縫。當陽光照進洞穴，阿拉克妮的掛毯連同牆壁一起崩落成灰，安娜貝斯幾乎不忍心去看，尤其是描繪她與波西的那一張。

可是這些都不重要了，她聽見波西的聲音從上面傳來：「安娜貝斯！」

「這裡！」她開始啜泣。

所有的恐懼似乎在這一大聲呼喊中消散了。當阿爾戈二號下降時，她見到波西倚在欄杆邊，他的笑容遠勝過任何掛毯的圖樣。

這個房間繼續在搖晃，但安娜貝斯勉強站起來，她腳下的地板在這一刻似乎變得穩固。她的背包與代達羅斯的電腦都不見了，還有從七歲就拿到的銅匕首也不在身邊，或許都掉進那個洞裡。然而安娜貝斯不在乎。她還活著呢。

安娜貝斯前進到被飛雅特汽車砸出的大洞邊。她放眼所見，都有不規則的石牆崩落到無盡黑暗中。有些小小的岩礁突起，但她看不到上面有任何東西，只有一些蜘蛛絲垂落側邊，感覺就像聖誕裝飾。

安娜貝斯猜想阿拉克妮說的有關裂縫的事是不是眞的。那些蜘蛛也一路墜落到塔耳塔洛斯了嗎？她想要因此而感到滿足，實際上卻讓她感到哀傷。阿拉克妮曾製造一些美麗的作品，她已經承受非常久的痛苦，現在她最後一些掛毯也被毀掉。在那之後，她墜落到塔耳塔洛斯，這似乎是一個太過嚴苛的結局。

安娜貝斯隱約感覺到阿爾戈二號在空中從盤旋到停止，距離地面大概有十幾公尺。它降下繩梯，但安娜貝斯依然暈眩地站在那邊，瞪著無盡黑暗。突然間波西站到她身旁，握住她的手。

他帶她輕輕轉過身子，退離大洞，用手環抱著她。安娜貝斯將臉埋進他的胸膛，開始哭泣出聲。

「沒事了，」他說：「我們在一起。」

他並沒有說「你還很好呀」或「我們都還活著」。在去年的經歷之後，他知道最重要的事就是他們兩個在一起。她喜歡他這麼說。

他們的朋友都聚集過來。尼克．帝亞傑羅也在，可是安娜貝斯的腦海實在太混沌了，她沒有太多驚喜感，只覺得他和他們在一起很正常。

「你的腳。」派波蹲在她身旁檢查氣泡紙夾板。「噢，安娜貝斯，發生了什麼事？」

她開始解釋。說出來是困難的，一旦起了頭，話語就源源不斷地出來。波西不肯放開她的手，這也讓她更有信心。當她講完時，朋友的表情都是驚喜地鬆了一口氣。

「奧林帕斯的天神呀，」傑生說：「你一個人完成了這些事，而且腳還骨折了。」

「嗯，有些還是靠骨折的腳完成的。」

波西笑笑。「你讓阿拉克妮編織自己的圈套？我知道你很厲害，但神聖的希拉呀……安娜貝斯，你真的辦到了。幾世代的雅典娜小孩嘗試過又失敗，而你真的找到雅典娜．帕德嫩！」

所有人盯著雕像看。

「我們該拿她怎麼辦？」法蘭克問：「她還真大。」

「我們必須帶她到希臘。」安娜貝斯說：「這尊雕像帶有力量，她有某種特質，能幫我們阻止巨人。」

「巨人剋星蒼白金黃矗立，」海柔引述，「從結網牢籠中痛苦勝利。」她崇拜地看著安娜貝斯，「這說的就是阿拉克妮的牢籠，你騙她編織了自己的牢籠。」

還有一大堆痛苦的事，安娜貝斯心想。

里歐舉起手，用手指對著雅典娜．帕德嫩比出相框的樣子，好像在做測量。「嗯，也許我們要重新做一些安排，不過我想我們可以從船底馬廄的艙門把她放進去。如果她有一端跑出來，我也許就要在她腳上綁個旗子之類的。」

安娜貝斯發抖了。她想像雅典娜．帕德嫩從戰船上面露出腳，還會有個標籤寫著：「貨物過長」。

然後她想想預言裡的其他字句：雙生子扼抑天使氣息，無數死亡之鑰歸他所攜。

「那你們呢？」她問：「巨人發生了什麼事？」

波西告訴她關於拯救尼克、巴克斯的現身，以及圓形競技場與巨人雙胞胎的決鬥。尼克沒有多說什麼，這個可憐的傢伙看起來就像已在貧瘠之地晃蕩了六週。波西解釋尼克發現的死亡之門狀況，說明它們必須從兩邊一起關上才行。即使太陽仍高掛天空，波西的消息卻讓洞穴似乎再次黑暗。

「所以凡人這頭是在伊庇魯斯，」她說：「至少這是我們可以到達的地方。」

尼克露出痛苦的表情。「但另一頭才是問題，塔耳塔洛斯。」

這個字眼似乎在洞穴中迴盪起來，他們後面的洞口吐出一陣冷空氣。就在這時，安娜貝斯確定了，這個裂隙的確是接通到冥界。

波西一定也感受到了，他扶著她再離那個洞遠一點，她的手臂和腳都還拖拉著蜘蛛絲，好像在進行結婚儀式。她眞希望自己的匕首還在手上，可以砍掉這些垃圾。她幾乎要拜託波西拿波濤劍來幫她，正要開口時，他說：「巴克斯提到我的旅程會比我預期的辛苦。不確定爲什麼……」

房間又發出吱嘎聲。雅典娜．帕德嫩往一邊傾斜，它的頭靠上阿拉克妮的支撐纜繩，但是腳下的大理石基座已經在碎裂。

安娜貝斯胸口湧起一陣反胃。如果雕像掉進裂隙，她所有的努力就白費了，他們的任務也將失敗。

「快點保護它！」安娜貝斯大喊著。

朋友們迅速反應過來。

「張！」里歐大叫：「讓我上去舵輪，快一點！黑傑教練單獨留在上面。」

法蘭克瞬間變成一隻巨鷹，他們兩個就衝向船上。

傑生攬著派波，轉頭對波西說：「一秒之後就回來。」他召喚一陣風，直接飛入天空。

「地板撐不了多久！」海柔警告。「我們其他人應該過去繩梯了。」

地上的洞開始噴出煙塵和蜘蛛網，支撐的絲質纜繩像一條巨大的吉他弦般晃動，然後開始鬆脫。海柔衝向繩梯底部，示意尼克跟上，但尼克並沒有急速跟隨的反應。

波西抓緊安娜貝斯的手。「會沒事的。」他喃喃說道。

安娜貝斯往上看，繩索從阿爾戈二號上拋下來，套住了雅典娜．帕德嫩。一個套索像動物陷阱般套住了雕像的脖子，里歐在舵輪那邊發出命令，傑生和法蘭克瘋狂地在繩索間飛來飛去，幫忙做好確保。

尼克才跑到繩梯，一股尖銳的刺痛又襲擊安娜貝斯受傷的那隻腳。她倒抽一口氣，還絆了一跤。

「怎麼了？」波西問。

她試著蹣跚走向繩梯，爲什麼卻是倒退著走呢？她的腳從身體下滑出去，整個人面朝地倒下。

「她的腳踝！」海柔從繩梯上大喊，「切斷！切斷！」

安娜貝斯的頭腦已經因爲疼痛而混亂不清了。切斷她的腳踝嗎？

顯然波西也不了解海柔的意思。這時，忽然有個東西從後面猛拉安娜貝斯，把她往那個洞的方向拖去。波西撲出去，抓住她的手臂，然而那個動能連他一起拖著走。

「幫幫他們！」海柔呼吼。

安娜貝斯瞧見尼克朝他們搖晃地走來，海柔努力解開卡在繩梯的騎士劍，其他的朋友都在專心處理雕像，而海柔的呼救聲音消逝在洞穴的震動與隆隆聲響裡。

安娜貝斯哭著來到洞口，她的腳已經翻過邊緣。太遲了，她現在才了解到是怎麼一回事，她被蜘蛛絲纏住了。她應該要當機立斷清掉它們的，她以爲那只是鬆開的細線，但這裡的地面整個都是蜘蛛網，她沒有注意到有一縷絲線圍繞住她的腳，而那縷線的另一頭在洞裡面。它顯然連到黑暗中的某個要把她拉進去的重物上。

「不，」波西喃喃說著，眼中出現光芒，「我的劍……」

然而他只要去拿劍，勢必就得鬆開牽住安娜貝斯的手，而安娜貝斯已經沒力氣了。她滑過邊緣，波西陪她一起墜落。

她的身體撞到某個東西，她一定是因爲痛楚而短暫暈厥過。當她視線再度恢復時，意識到自己還落在洞裡的半空中，懸掛在無盡虛空之上。波西努力抓住了洞口四、五公尺下的一塊凸出物，另一隻手緊抓著安娜貝斯的手腕，可是拉住她腳部的力量實在太強大了。

「無法逃走，」下面黑暗中有個聲音說：「我去塔耳塔洛斯，你也要去。」

安娜貝斯不確定她是否眞的聽見阿拉克妮在說話，抑或是她心裡的感覺。

整個洞都在搖晃。波西是唯一沒讓她掉下去的原因，但他勉強抓住的東西也不過是個書櫃大小的突起。

尼克靠過來洞口，對著下面拚命揮手，然而他的距離實在太遠，根本幫不上忙。海柔呼喊著其他人，但即使他們能在喧鬧中聽到，也不可能及時趕到。

安娜貝斯的腳感覺好像已經脫離了身體，痛楚把每個東西都染成紅色。冥界的力量拉著她，像一種黑暗的地心引力。她沒有力氣去對抗，她知道自己距離被救已經太遙遠。

「波西，放開我，」她勉強擠出聲音，「你沒辦法拉我上去的。」

他的面容因爲用力而蒼白。從他的眼中，她知道波西也覺得毫無希望。

「絕不！」他說。他抬頭看看四、五公尺之上的尼克。「尼克，另外一頭！我們會在那裡碰面的，懂嗎？」

尼克睜大眼睛。「但是……」

「帶他們過去！」波西吶喊，「答應我！」

「我……我會的。」

在他們下方，笑聲從黑暗中升起。「犧牲呀。美麗的獻禮會喚醒女神。」

波西將安娜貝斯的手腕抓得更緊。他面容憔悴，帶著擦傷和血漬，頭髮滿是蛛網，但當他的眼神定在安娜貝斯身上，她覺得他再也沒有比此時更帥的時候。

「我們會在一起的，」他承諾，「你不會離開我，再也不會。」

直到這時她才明白即將發生的事情。一條有去無回的單向旅程，一個非常猛烈的墜落。

「只要我們在一起。」她說。

她聽見海柔和尼克依然在尖叫求援。她看見上方極爲遙遠的陽光——或許將是她最後看到的陽光了。

然後波西鬆開抓住突出物的手，兩人一起，手牽著手，安娜貝斯與波西墜入無盡黑暗中。

52 里歐

里歐依然處於震驚中。

每件事都發生得太快。他們得要用繩索確保住雅典娜．帕德嫩，那是剛好在地板崩落、最後幾柱固定繩網扯斷之時。傑生和法蘭克衝下去救其他人，但他們只有找到海柔和尼克懸掛在繩梯上。波西和安娜貝斯不見了，通往塔耳塔洛斯的洞被掩埋在幾噸的殘骸瓦礫之下。里歐將阿爾戈二號拉離洞穴，距離整個地方往內塌陷才差幾秒，連停車場的其他地方都被拉下去了。

阿爾戈二號現在停在一座小山丘上瞭望城市。傑生、海柔和法蘭克回到災難現場，希望能挖出一些蛛絲馬跡，好去拯救波西和安娜貝斯，但他們士氣低落地回來。那個洞穴就是消失了，現場擠滿了警察與搜救人員。雖然沒有凡人受傷，義大利人恐怕會抓破頭想好幾個月，想知道停車場中央怎麼會出現一個大地洞，還吞噬掉十幾輛狀況很好的汽車。

在茫然與哀傷中，里歐和其他人小心翼翼地把雅典娜．帕德嫩裝載好，利用船上的液壓絞盤和兼差大象法蘭克的協助。雕像剛剛好塞進來，不過他們能拿它來做什麼，里歐倒是一點想法也沒有。

黑傑教練傷心到難以幫忙。他不斷在甲板上來回踱步，雙眼噙著淚，拉著他的山羊鬍子，拚命打自己耳光，喃喃說著：「我應該能救他們的！我應該炸掉更多東西的！」

里歐最後請他下到船艙去，確保所有東西已經就定起飛位置。他一直打自己對事情沒有半點幫助。

六個混血人在後甲板集合，凝望遠方塌陷現場升起的煙塵柱。

里歐的手放在阿基米德的球體表面；這東西現在放在舵輪上，里歐準備把它安裝起來。他應該要感到興奮的，這是他此生最大的發現，甚至比九號密庫還大的發現。如果他能夠解讀阿基米德的卷軸，他就可以做出神奇的東西。他不大敢想像，但或許他可以替他的龍朋友打造一個全新的控制面板。

然而，代價太高了。

他幾乎可以聽見涅梅西絲在大笑。「我告訴過你，我們可以合作出一些事業的，里歐．華德茲。」

他打開了幸運餅乾，得到密碼來拯救法蘭克和海柔，然而犧牲的是波西和安娜貝斯。里歐很確信。

「都是我的錯。」他難過地說。

其他人看著他，似乎只有海柔能了解，因爲是她陪他一起去大鹽湖的。

「不，」她堅持說：「不是的，這都是蓋婭的錯，和你一點關係也沒有。」

里歐也想這樣相信，但他沒有辦法。這段旅程一開始就是里歐捅出了大紕漏，對新羅馬開火。如今旅程在羅馬結束，又靠著里歐打開幸運餅乾，換得比失去一隻眼睛還慘痛許多的代價。

「里歐，你聽我說，」海柔抓住他的手，「我不允許你再這樣責怪你自己。我沒有辦法承受，自從……自從山米……」

她說不下去，不過里歐明白她的意思。他的祖父一輩子責怪自己造成了海柔的失蹤。山米活了一段美好的人生，但他直到死前都相信，是自己賣掉鑽石才害慘心愛的女孩。

里歐不想再讓海柔再一次傷心難過，然而這一次的狀況並不同。「眞正的成功需要犧牲。」里歐選擇打開餅乾，波西和安娜貝斯掉入塔耳塔洛斯，這不會只是巧合。

尼克．帝亞傑羅走過來，靠著他的黑劍。「里歐，他們沒有死。如果他們死了，我會感覺得到。」

「你怎麼能確定呢？」里歐問：「如果那個洞眞的通向……你知道……你怎能從距離那麼遠的地方感應到？」

尼克和海柔交換一個表情，或許是在對照他們的黑帝斯或普魯托死亡雷達筆記。里歐打了個哆嗦。對他來說，海柔看起來完全不像一個冥界的小孩，可是尼克．帝亞傑羅就很像。這個人讓人不寒而慄。

「我們不能百分之一百肯定，」海柔承認，「但我想尼克是對的。波西和安娜貝斯依然還活著……至少到目前爲止。」

傑生的手敲打著欄杆。「我應該多留意一些，我應該飛下去救他們的。」

「我也是。」法蘭克哀怨地說，這大塊頭看起來已經要爆出淚水了。

派波的手放到傑生背上。「不是你的錯，也不是你的錯，你們都在努力拯救雕像。」

「她說得對，」尼克說：「即使那個洞沒有被埋住，要飛進去而不被拉下去根本是不可能。我是唯一去過塔耳塔洛斯的人，我沒有辦法形容那裡的力量有多強大，你一旦靠近，它就會把你吸進去，我連個機會也沒有。」

法蘭克抽噎。「那麼波西和安娜貝斯也沒有機會了嗎？」

尼克轉轉他的骷髏頭戒指。「波西是我遇過最強的混血人，我無意冒犯各位，但事實就是如此。如果有任何人能在那裡存活，就是波西，特別是有安娜貝斯陪著他。他們會找到通往塔耳塔洛斯的路。」

傑生轉過身來。「你是指通往死亡之門嗎？可是你告訴我們，那裡被蓋婭的重兵守衛著。兩個混血人如何可能……？」

「我也不知道。」尼克承認，「但波西告訴我，要帶你們去伊庇魯斯，也就是在凡人這一側的死亡之門，他計劃和我們在那裡碰面。如果我們可以從冥王之府存活，並從蓋婭軍隊中殺出一條路，或許我們就能與波西和安娜貝斯合作，把兩邊的死亡之門都關起來。」

「還能安全帶回波西和安娜貝斯？」里歐問。

「或許吧。」

里歐不喜歡尼克說話的方式，他好像不願意把所有的疑慮和大家分享。再說，里歐知道很多門與門鎖的事，如果死亡之門必須由兩邊來密封，除非有人留在冥界，不然怎能辦到呢？是要被困在那邊嗎？

尼克深呼吸一口氣。「我不知道他們能想出什麼辦法，不過波西和安娜貝斯一定能夠找出一條路的。他們會穿越塔耳塔洛斯，然後發現死亡之門。當他們在這樣做的同時，我們必須做好準備。」

「那並不容易，」海柔說：「蓋婭會把她擁有的所有可能都丟給我們，讓我們難以到達伊庇魯斯。」

「還能有什麼新消息？」傑生嘆氣。

派波點點頭。「我們別無選擇，我們必須在巨人讓蓋婭升起之前關上死亡之門，不然她的軍隊就永遠不會死。我們必須趕快，羅馬人已經到達紐約了，他們很快就要進攻混血營。」

「我們最好的狀況是可以有一個月的時間，」傑生說：「艾非亞特士說過，蓋婭將在一個月後升起。」

里歐挺直胸膛。「我們辦得到的。」

每個人都瞪著他。

「阿基米德的球體可以將船隻升級，」他說，但願自己說得沒錯，「我會研究到手的這些古代卷軸，那裡面應該會有各種可以製造的新武器。我們要用全新的軍事設備來痛擊蓋婭的勢力。」

在船首的非斯都發出嘰嘎聲，打開下巴噴出挑戰的火焰。

傑生擠出一個笑容。他拍拍里歐的肩膀。

「聽起來已經有計劃了，艦隊司令。你要設定航線了嗎？」

他們開他玩笑、叫他司令，但這一次里歐接受了這個稱號。這是他的船，他不會航行了這麼遠就此放棄。

他們會找到冥王之府，他們會抵達死亡之門。還有，諸神可證，如果里歐必須設計一個夠長的機器手臂，好把波西和安娜貝斯從塔耳塔洛斯抓出來，那他一定會去做。

涅梅西絲希望他找蓋婭復仇？里歐會開心從命。他要讓蓋婭後悔，居然敢來玩弄里歐．

華德茲的生活。

「對，」他再看羅馬城最後一眼，此時天色已經轉成接近夕陽的血紅。「非斯都，揚起船帆！我們要去救幾個朋友了。」

混血營英雄 3

智慧印記

文 / 雷克・萊爾頓　譯 / 蔡青恩

副主編 / 林孜懃、陳懿文
特約編輯 / 賴惠鳳　美術設計 / 唐壽南
行銷企劃 / 陳佳美　出版一部總編輯暨總監 / 王明雪

發行人 / 王榮文
出版發行 / 遠流出版事業股份有限公司　104005 台北市中山北路一段11號13樓
電話：(02)2571-0297 傳真：(02)2571-0197 郵撥：0189456-1
著作權顧問 / 蕭雄淋律師
輸出印刷 / 中原造像股份有限公司
□ 2013年7月1日 初版一刷　□ 2024年2月5日 初版二十刷

定價 / 新台幣380元 (缺頁或破損的書，請寄回更換)

ISBN 978-957-32-7203-8
遠流博識網 http://www.ylib.com　E-mail:ylib@ylib.com
遠流雷克萊爾頓奇幻欄 http://www.facebook.com/thekanefans
混血營英雄中文官方網站 http://www.ylib.com/hotsale/TheHeroes
波西傑克森—混血人俱樂部 http://blog.ylib.com/PercyJackson

THE HEROES OF OLYMPUS: THE MARK OF ATHENA

國家圖書館出版品預行編目資料

混血營英雄：智慧印記 / 雷克．萊爾頓（Rick Riordan）
著；蔡青恩譯. -- 初版. -- 臺北市：遠流, 2013.07
面；公分

譯自：The Heroes of Olympus : The Mark of Athena
ISBN 978-957-32-7203-8（平裝）

874.57 102008430